OS OSSOS DAS COLINAS

OBRAS DO AUTOR PUBLICADAS PELA EDITORA RECORD

Dunstan
O Falcão de Esparta
O livro perigoso para garotos (com Hal Iggulden)
Tollins – histórias explosivas para crianças

Série O Imperador

Os portões de Roma
A morte dos reis
Campo de espadas
Os deuses da guerra
Sangue dos deuses

Série O Conquistador

O lobo das planícies
Os senhores do arco
Os ossos das colinas
Império da prata
Conquistador

Série Guerra das Rosas

Pássaro da tempestade
Trindade
Herança de sangue
Ravenspur

Como C. F. Iggulden

Série Império de Sal

Darien
Shiang

CONN IGGULDEN

OS OSSOS DAS COLINAS

Tradução de
ALVES CALADO

6ª edição

EDITORA RECORD
RIO DE JANEIRO • SÃO PAULO
2025

CIP-BRASIL. CATALOGAÇÃO-NA-FONTE SINDICATO
NACIONAL DOS EDITORES DE LIVROS, RJ

I26o
6ª ed.

Iggulden, Conn
Os ossos da colina / Conn Iggulden; tradução de Alves Calado. –
6ª ed. –Rio de Janeiro: Record, 2025.
(O conquistador; 3)

Tradução de: Bones of the hills
ISBN 978-85-01-08552-8

1. Gengis Khan, 1162-1227 – Ficção. 2. Mongois – Reis e governantes – Ficção. 3. Ficção histórica inglesa. I. Alves-Calado, Ivanir, 1953-. II. Título. III. Série.

10-0621

CDD: 823
CDU: 821.111-3

Título original inglês:
Bones of the Hills

Texto revisado segundo o novo Acordo da Língua Portuguesa.

Direitos exclusivos de publicação em língua portuguesa somente para o Brasil adquiridos pela
EDITORA RECORD LTDA.
Rua Argentina 171 – Rio de Janeiro, RJ – 20921-380 – Tel.: 2585-2000
que se reserva a propriedade literária desta tradução

Impresso no Brasil

ISBN 978-85-01-08552-8

Para meu filho, Arthur

PRÓLOGO

A FOGUEIRA RUGIA NO CENTRO DO CÍRCULO. SOMBRAS TREMELUZIAM AO REDOR enquanto figuras sombreadas saltavam e dançavam com espadas. Seus mantos se torciam no ar e elas uivavam acima das outras vozes erguidas numa canção ululante. Havia homens sentados com instrumentos de corda sobre os joelhos, dedilhando canções e ritmos ao mesmo tempo em que batiam os pés.

Próximo à fogueira, havia uma fila de guerreiros mongóis de peitos nus ajoelhados com as mãos amarradas às costas. Como se fossem um só, mostravam os rostos frios aos captores triunfantes. Seu oficial, Kurkhask, fora espancado violentamente na batalha. Sua boca estava coberta por uma crosta de sangue e seu olho direito estava fechado devido ao inchaço. Ele já sofrera coisa pior. Kurkhask estava orgulhoso de como os outros se recusavam a demonstrar medo. Olhava aqueles guerreiros do deserto de pele escura, gritando e cantando para as estrelas, balançando espadas curvas marcadas com o sangue de homens que ele conhecera. Eram uma raça estranha, pensou Kurkhask, aqueles homens que usavam várias camadas de pano amarradas à cabeça e túnicas frouxas sobre calças de pernas largas. A maioria era barbuda, de modo que as bocas não passavam de um corte vermelho em meio aos pelos pretos. Eram mais altos e mais musculosos do que os maiores guerreiros mongóis. Fediam a temperos estranhos e muitos homens mastigavam raízes escuras, cuspindo placas marrons no chão. Kurkhask escondeu o nojo enquanto eles se sacudiam, gritavam e dançavam, animando-se até um frenesi.

O oficial mongol balançou a cabeça, cansado. Tinha sido confiante demais, agora sabia. Os vinte homens que Temuge mandara com ele eram todos guerreiros experientes, mas não um grupo de ataque. Ao tentar proteger as carroças de presentes e subornos, haviam reagido muito lentamente e sido apanhados. Kurkhask pensou nos meses anteriores e percebeu que a missão pacífica o havia sossegado, fazendo-o baixar a guarda. Ele e seus homens tinham se visto de repente numa terra difícil, de passagens estonteantes pelas montanhas. Haviam passado por vales com plantações esparsas e trocado presentes simples com agricultores pobres como tantos outros. No entanto, a caça havia sido farta e seus homens assaram cervos gordos nas fogueiras. Talvez tivesse sido um erro. Os agricultores apontaram para as montanhas alertando, mas ele não havia entendido. Não tinha problemas com as tribos dos morros, mas à noite um bando de guerreiros os havia dominado, saindo da escuridão gritando selvagemente e atacando os homens adormecidos. Kurkhask fechou os olhos por um momento. Apenas oito de seus companheiros sobreviveram à luta, mas ele não vira o filho mais velho desde o primeiro choque de armas. O garoto estivera fazendo o reconhecimento do terreno adiante e Kurkhask esperava que ele tivesse sobrevivido para levar a notícia ao cã. Somente esse pensamento lhe dava prazer contra o amargo ressentimento.

As carroças haviam sido saqueadas, a prata e o jade roubados pelos atacantes. Enquanto os observava com a cabeça abaixada, Kurkhask viu muitos deles agora vestindo dils mongóis com manchas escuras de sangue no tecido.

O canto se intensificou até que Kurkhask pôde ver cuspe branco se juntar nas laterais das bocas dos homens. Manteve as costas muito eretas enquanto o líder da tribo sacava uma espada e avançava até a fila, gritando. Kurkhask trocou olhares com os outros.

— Depois desta noite, estaremos com os espíritos e veremos as colinas de casa — gritou para eles. — O cã saberá. Varrerá totalmente esta terra.

Seu tom calmo pareceu levar o árabe até um auge de fúria ainda maior. Sombras tremeluziam no rosto do homem, que girava a espada contra um guerreiro mongol. Kurkhask assistia sem expressão. Quando a morte era inevitável, quando sentira o hálito dela no pescoço, havia descoberto que todo o medo podia ser posto de lado e que podia recebê-la com calma. Isso, pelo menos, lhe dava alguma satisfação. Esperava que as esposas à sua espera derramassem muitas lágrimas quando soubessem.

— Seja forte, irmão — gritou Kurkhask.

Antes que ele pudesse responder, a espada arrancou a cabeça do guerreiro. Sangue jorrou e os árabes uivaram e bateram os pés no chão, apreciando. O homem da espada riu, os dentes muito brancos contra a pele escura. De novo a espada baixou e outro mongol tombou de lado no chão poeirento. Kurkhask sentiu a garganta se apertar de raiva, até quase se engasgar. Aquela era uma terra de lagos e límpidos rios de montanha, 3.200 quilômetros a oeste de Yenking. Os aldeões que eles haviam conhecido receberam com espanto reverente, embora amigável, seus rostos estranhos. Naquela manhã mesmo, Kurkhask se despedira deles levando bênçãos e doces pegajosos que faziam os dentes grudar um no outro. Havia cavalgado sob um céu azul e jamais imaginaria que as tribos das montanhas estavam espalhando a notícia de sua presença. Ainda não sabia por que tinham sido atacados, a não ser que fosse simplesmente para roubar os presentes e as mercadorias que eles carregavam. Varreu os morros com os olhos em busca de algum vislumbre do filho, esperando de novo que sua morte fosse testemunhada. Não podia morrer mal se o garoto estivesse olhando. Era o último presente que poderia lhe dar.

O homem da espada precisou de três golpes para cortar a terceira cabeça. Quando ela finalmente se soltou, ele segurou-a pelos cabelos e a mostrou aos companheiros, rindo e cantando em sua língua estranha. Kurkhask começara a aprender algumas palavras do idioma pachto, mas não conseguia entender o jorro de sons. Ficou olhando em silêncio pesado enquanto a matança continuava, até que, finalmente, era o último homem vivo.

Levantou a cabeça para olhar sem medo. O alívio o preencheu quando captou movimento muito além da luz da fogueira. Algo branco se mexeu na escuridão e Kurkhask sorriu. Seu filho estava lá, sinalizando. Antes que o garoto se revelasse, Kurkhask baixou a cabeça. O movimento vago e distante desapareceu, mas Kurkhask relaxou, toda a tensão se esvaindo dele. O cã ficaria sabendo.

Olhou para o guerreiro árabe que recuava a lâmina de aço ensanguentada.

– Meu povo o verá novamente – disse Kurkhask.

O afegão hesitou, incapaz de entender.

– Que sua boca se encha de poeira, infiel! – gritou ele, e as palavras eram uma algaravia de som para o oficial mongol.

Kurkhask deu de ombros, cansado.

– Você não tem *ideia* do que fez – disse. A espada baixou.

Primeira Parte

CAPÍTULO 1

O VENTO CAÍRA SOBRE A ENCOSTA ELEVADA. NUVENS ESCURAS DESLIZAVAM acima, fazendo faixas de sombra marcharem na terra. A manhã estava silenciosa e a terra parecia vazia enquanto os dois homens cavalgavam à frente de uma coluna estreita, um *jagun* de cem jovens guerreiros. Os mongóis podiam facilmente estar sozinhos num raio de mil quilômetros, apenas com couro estalando e pôneis bufando para romper a quietude. Quando pararam e ouviram, foi como se o silêncio rolasse de volta sobre o chão poeirento.

Tsubodai era um general do grande cã e isso era visível no modo como se portava. Sua armadura de escamas de ferro sobre couro estava bem gasta, com buracos e ferrugem em muitos lugares. O elmo estava marcado nos lugares em que salvara a vida de Tsubodai mais de uma vez. Todo o seu equipamento estava desgastado, mas o homem permanecia tão duro e implacável quanto a terra invernal. Em três anos atacando no norte, perdera apenas uma pequena escaramuça e retornara no dia seguinte para destruir a tribo antes que a notícia se espalhasse. Havia se tornado mestre em seu ofício numa terra que parecia ficar mais fria a cada quilômetro que ele penetrava no ermo. Não tinha mapas para a viagem, apenas boatos de cidades distantes construídas sobre rios congelados, tão sólidos que bois podiam ser assados sobre o gelo.

Ao seu lado direito cavalgava Jochi, o filho mais velho do próprio cã. Com apenas 17 anos, era, no entanto, um guerreiro que poderia herdar a nação e talvez comandar até mesmo Tsubodai na guerra. Jochi usava um equipamento semelhante, de couro engordurado e ferro, além das bolsas de sela e armas que todos os guerreiros carregavam. Tsubodai sabia, sem precisar perguntar, que Jochi estaria com sua ração de sangue seco e leite, precisando apenas de água para fazer um caldo nutritivo. A terra não perdoava os que não levavam a sobrevivência a sério e os dois homens haviam aprendido as lições do inverno.

Jochi sentiu estar sendo examinado e seus olhos escuros se inquietaram, sempre em guarda. Havia passado mais tempo com o jovem general do que com o pai, mas os velhos hábitos eram difíceis de se romper. Para ele era difícil confiar, mesmo que seu respeito por Tsubodai não tivesse limites. O general dos Jovens Lobos tinha uma percepção especial da guerra, ainda que negasse isso. Tsubodai acreditava em batedores, treinamento, tática e uso do arco acima de qualquer coisa, mas os homens que o seguiam viam apenas que ele vencia, não importando as chances. Enquanto outros eram capazes de moldar uma espada ou uma sela, Tsubodai moldava exércitos, e Jochi sabia que era privilegiado em aprender ao lado dele. Imaginou se seu irmão Chagatai havia se saído igualmente bem no leste. Era fácil devanear cavalgando nas montanhas, imaginando os irmãos e o pai aparvalhados ao ver como ele havia crescido e ficado forte.

— Qual é o item mais importante que se carrega? — perguntou Tsubodai de repente. Jochi levantou os olhos para o céu triste por um instante. Tsubodai adorava testá-lo.

— Carne, general. Sem carne não posso lutar.

— Não é o seu arco? Sem um arco, o que você é?

— Nada, general, mas sem carne fico fraco demais para usar o arco.

Tsubodai grunhiu ao ouvir as próprias palavras serem repetidas.

— Quando a carne acaba por completo, quanto tempo você pode viver se alimentando de sangue e leite?

— Dezesseis dias, no máximo, com três montarias para dividir os ferimentos. — Jochi não precisava pensar. Fora treinado nas respostas desde que ele e Tsubodai haviam partido com 10 mil homens da sombra da cidade do imperador jin.

— Que distância você poderia viajar nesse tempo? — perguntou Tsubodai.

Jochi deu de ombros.

— No máximo 2.500 quilômetros com montarias reservas descansadas. Metade dessa distância se eu dormisse e comesse na sela.

Tsubodai viu que o rapaz nem estava se concentrando, e seus olhos brilharam enquanto mudava de abordagem.

— O que há de errado com aquela crista adiante? — perguntou rispidamente.

Jochi levantou a cabeça, espantado.

— Eu...

— Depressa! Os homens estão esperando sua decisão. Vidas dependem da sua palavra.

Jochi engoliu em seco, mas, tendo Tsubodai, ele aprendera com um mestre.

— O sol está atrás de nós, portanto seremos visíveis durante quilômetros enquanto nos aproximamos da crista. — Tsubodai começou a assentir, mas Jochi continuou: — O terreno é poeirento. Se atravessarmos o ponto elevado da crista com alguma velocidade, levantaremos uma nuvem no ar.

— Isso é bom, Jochi — disse Tsubodai. Enquanto falava, apertou os calcanhares e acelerou em direção à crista. Como Jochi havia previsto, os cem cavaleiros levantaram uma névoa de poeira avermelhada que subiu acima de suas cabeças. Alguém certamente veria e informaria sobre a posição deles.

Tsubodai não parou ao chegar à crista. Fez sua égua passar por cima, as patas traseiras escorregando em pedras soltas. Jochi o acompanhou e depois inspirou a áspera poeira, o que o fez tossir na mão. Tsubodai havia parado cinquenta passos depois da crista, onde o terreno irregular começava a descer para o vale. Sem precisar de ordens, seus homens formaram uma ampla fileira dupla ao redor dele, como um arco retesado no chão. Fazia muito tempo que eram familiarizados com a energia de um general que fora posto acima deles.

Tsubodai olhava à distância, franzindo a testa. As colinas rodeavam uma planície lisa atravessada por um rio inchado pela chuva de primavera. Ao longo das margens, uma coluna trotava em movimento lento, cheia de bandeiras e estandartes. Em outras circunstâncias seria uma visão de tirar o fôlego, e ao mesmo tempo em que seu estômago se apertava, Jochi sentiu uma ponta de admiração. Dez, talvez 11 mil cavaleiros russos seguiam juntos, com bandeiras de famílias em ouro e vermelho se desfraldando acima das cabeças. Um número quase igual seguia num comboio de carregamentos, com carroças e montarias de reserva, mulheres, meninos e serviçais. O sol escolheu esse momento para romper as nuvens escuras num grande raio que iluminou o vale. Os cavaleiros brilharam.

Seus cavalos eram animais enormes e peludos, com quase o dobro do peso dos pôneis mongóis. Até os homens que os montavam eram tipos estranhos aos olhos de Jochi. Portavam-se como se fossem feitos de pedra, sólidos e pesados em roupa de metal desde o rosto até os joelhos. Apenas os olhos azuis e as mãos estavam desprotegidos. Os cavaleiros com armaduras tinham vindo preparados para a batalha, carregando lanças compridas com pontas de aço. Cavalgavam com as lanças levantadas, a base apoiada em copos de couro logo atrás dos estribos. Jochi podia ver machados e espadas pendendo de cintos, e cada homem cavalgava com um escudo em forma de folha, preso à sela. Os penachos balançavam sobre as cabeças e pareciam muito belos nas faixas de ouro e sombra.

— Eles devem nos ver — murmurou Jochi, olhando para a nuvem de poeira acima da cabeça.

O general ouviu-o falar e se virou na sela:

— Eles não são homens das planícies, Jochi. São meio cegos a esta distância. Está com medo? Esses cavaleiros são tão grandes! Eu teria medo.

Por um instante Jochi olhou-o irritado. Vindo de seu pai, aquilo seria zombaria. Mas Tsubodai falava com uma luz nos olhos. O general ainda não tinha 30 anos, era jovem para comandar tantos. Mas não estava com medo. Jochi sabia que Tsubodai não se importava nem um pouco com os enormes cavalos de batalha nem com os homens que os montavam. Em vez disso, punha a fé na velocidade e nas flechas de seus Jovens Lobos.

O *jagun* era composto de dez *arbans*, cada um comandado por um oficial. Por ordem de Tsubodai, apenas esses dez homens usavam armadura pesada. O resto tinha túnicas de couro embaixo de dils acolchoados. Jochi sabia que Gêngis preferia a carga pesada à leve, mas os homens de Tsubodai pareciam sobreviver. Podiam golpear e galopar mais rápido do que os pesados guerreiros russos, e não havia medo em suas fileiras. Assim como Tsubodai, olhavam famintos para a encosta lá embaixo, para a coluna, e esperavam ser vistos.

— Sabe que seu pai mandou um cavaleiro para me levar para casa? — perguntou Tsubodai.

Jochi assentiu.

— Todos os homens sabem.

— Eu esperava ir ainda mais para o norte, mas sou homem de seu pai. Ele fala e eu obedeço; entende?

Jochi olhou para o jovem general, esquecendo-se por um momento dos cavaleiros no vale abaixo.

— Claro — disse, sem que o rosto demonstrasse coisa alguma.

Tsubodai olhou-o de novo, achando divertido.

— Espero que saiba, Jochi. O seu pai é um homem a ser seguido. Imagino como ele reagiria ao ver como você cresceu.

Por um momento a raiva fez o rosto de Jochi se retorcer, antes que ele aplacasse as feições e respirasse fundo. Tsubodai fora mais como um pai do que o verdadeiro, em muitos sentidos, mas Jochi não se esquecia da verdadeira lealdade do sujeito. A uma ordem de Gêngis, Tsubodai o mataria. Enquanto olhava o jovem general, pensou que haveria algum arrependimento, mas não o bastante para impedi-lo.

— Ele precisará de homens leais, Tsubodai — disse Jochi. — Meu pai não nos chamaria de volta para construir coisas ou descansar. Ele terá encontrado alguma nova terra para despedaçar. Assim como o lobo, ele vive faminto, a ponto de ter o estômago explodido.

Tsubodai franziu a testa ao ouvir o cã sendo descrito desse modo. Em três anos não vira qualquer afeto quando Jochi falava no pai, embora às vezes houvesse uma melancolia, que se mostrava cada vez menos à medida que as estações passavam. Gêngis mandara embora um garoto, mas um homem retornaria para ele, disso Tsubodai havia se certificado. Apesar de toda a amargura, Jochi mantinha-se tranquilo em batalha, e os homens o olhavam com orgulho. Ele serviria.

— Tenho outra pergunta para você, Jochi — disse Tsubodai.

Jochi sorriu um instante.

— O senhor sempre tem, general — respondeu ele.

— Nós atraímos esses cavaleiros de ferro por centenas de quilômetros, exaurindo seus cavalos. Capturamos os batedores deles e os interrogamos, mas não sei o que é esta "Jerusalém" que eles buscam nem quem é esse "Cristo branco". — Tsubodai deu de ombros. — Talvez eu o encontre algum dia ao alcance da minha espada, mas o mundo é grande e sou apenas um homem.

Enquanto falava, ele ficou olhando os cavaleiros com armaduras e as longas filas de bagagens atrás, querendo ser visto.

— Minha pergunta, Jochi, é a seguinte: esses cavaleiros não são nada para mim; seu pai me chamou de volta e eu poderia partir agora, enquanto os pôneis estão gordos com o capim de verão. Então por que estamos aqui, esperando o desafio?

Os olhos de Jochi estavam frios enquanto ele respondia:

— Meu pai diria que é isso que fazemos, que não existe um modo melhor de um homem passar seus anos do que em guerra contra inimigos. Ele também diria, talvez, que o senhor gosta disso, general, e que esse motivo lhe basta.

O olhar de Tsubodai não se alterou.

— Talvez ele *de fato* dissesse isso, mas você se esconde atrás das palavras dele. Por que estamos aqui, Jochi? Não queremos os grandes cavalos deles, nem para comer a carne. Por que arriscarei a vida de guerreiros para esmagar a coluna que você está vendo?

Jochi deu de ombros com irritação.

— Se não é por isso, não sei.

— Por *você*, Jochi — disse Tsubodai, sério. — Quando retornar ao seu pai, você terá visto todas as formas de batalha, em todas as estações. Você e eu capturamos povoados e devastamos cidades; percorremos desertos e florestas tão densas que mal podíamos abrir caminho. Gêngis não encontrará qualquer fraqueza em você. — Tsubodai deu um breve sorriso diante da expressão pétrea de Jochi. — Ficarei orgulhoso quando os homens disserem que você aprendeu suas habilidades com Tsubodai, o Valente.

Jochi teve de rir ao escutar o apelido vindo do próprio Tsubodai. Não havia segredo nos acampamentos.

– Aí está – murmurou Tsubodai, apontando para um mensageiro distante que corria até a frente da coluna russa. – Temos um inimigo que lidera estando na frente, um homem muito corajoso.

Jochi podia imaginar a consternação súbita entre os cavaleiros olhando para os morros e vendo os guerreiros mongóis. Tsubodai resmungou baixinho enquanto uma fila inteira se soltava da coluna e começava a trotar encosta acima, as lanças compridas preparadas. Mostrou os dentes à medida que a distância começava a diminuir. Eles vinham atacar morro acima, em sua arrogância. Ansiou por lhes ensinar que estavam errados.

– Está com seu paitze, Jochi? Mostre-o.

Jochi levou a mão para trás, onde o suporte de arco estava preso à sela. Levantou uma aba no couro duro e tirou uma placa de ouro maciço, gravado com a cabeça de um lobo. Com meio quilo, era pesada, mas suficientemente pequena para ser segurada na mão.

Tsubodai ignorou os homens que subiam teimosamente o morro para enfrentar o filho mais velho de Gêngis.

– Você tem isso e o direito de comandar mil, pela minha mão, Jochi. Os que comandam um *jagun* têm apenas uma de prata, como esta. – Tsubodai levantou um bloco maior, do metal branco. – A diferença é que o paitze de prata é dado a um homem eleito pelos oficiais de cada *arban* que serve a ele.

– Sei disso – respondeu Jochi.

Tsubodai olhou novamente para os cavaleiros que se esforçavam por chegar mais perto.

– Os oficiais deste *jagun* pediram que você os comandasse, Jochi. Eu não tive parte nisso. – Ele estendeu o paitze de prata e Jochi o pegou, em júbilo, devolvendo a placa de ouro. Tsubodai estava solene e deliberadamente formal, mas seus olhos brilhavam. – Quando retornar ao seu pai, Jochi, você terá conhecido todos os postos e cargos. – O general fez um gesto, cortando o ar com a mão. – À direita, à esquerda e ao centro.

Olhou por cima das cabeças dos cavaleiros que se esforçavam para subir o morro a meio galope, vendo um tremor de movimento numa fenda à distância. Tsubodai assentiu incisivamente.

— É a hora. Você sabe o que precisa fazer, Jochi. O comando é seu. — Sem outra palavra, Tsubodai deu um tapa no ombro do rapaz e cavalgou de volta por cima da crista, deixando o *jagun* de cavaleiros aos cuidados de um líder subitamente nervoso.

Jochi podia sentir os olhares da centena de homens às suas costas enquanto tentava esconder o prazer. Cada *arban* de dez elegia um homem para comandá-lo, e então esses homens elegiam um dos seus para comandar os cem na guerra. Ser escolhido assim era uma honra. Uma voz em sua mente sussurrou que eles apenas honravam seu pai, mas ele a esmagou, recusando-se a duvidar. Tinha merecido o direito, e a confiança cresceu dentro dele.

— Linhas de arcos! — gritou. Em seguida apertou as rédeas com força para esconder a tensão enquanto os homens formavam uma linha mais larga de modo que cada arco tivesse espaço. Jochi olhou por cima do ombro, mas Tsubodai havia ido embora mesmo, deixando-o sozinho. Os homens ainda o olhavam e ele forçou o rosto a manter-se frio, sabendo que eles se lembrariam de sua calma. Enquanto eles erguiam os arcos, Jochi levantou um punho fechado, esperando enquanto o coração martelava dolorosamente no peito.

A quatrocentos passos, baixou o braço e a primeira saraivada de flechas chicoteou no ar. Viera de longe demais, e as que alcançaram os cavaleiros se lascaram nos escudos, agora mantidos ao alto e à frente, de modo que quase o homem inteiro ficasse protegido. Os escudos longos mostraram seu propósito quando uma segunda saraivada acertou as fileiras sem que um único cavaleiro caísse.

Os cavalos fortes não eram rápidos, mas ainda assim a distância continuou diminuindo, e Jochi apenas observava. A duzentos passos levantou o punho de novo e mais cem flechas passaram a aguardar nas cordas rangentes. A essa distância ele não sabia se a armadura dos cavaleiros iria salvá-los. Nada jamais salvara.

— Atirem como se vocês nunca tivessem possuído um arco — gritou ele.

Os homens ao redor sorriram e as flechas saltaram. Jochi se encolheu instintivamente ao ver as setas que passavam longe, por cima da cabeça dos inimigos, como se disparadas por idiotas em pânico. Apenas algumas acertaram, e, dessas, um número ainda menor derrubou um homem ou cavalo. Agora podiam ouvir o trovão da carga e viram as primeiras fileiras baixar as lanças em antecipação.

Encarando-os, Jochi esmagou o medo num súbito florescer de raiva. Não queria nada mais do que desembainhar a espada e instigar a montaria morro abaixo contra o inimigo. Tremendo de frustração, deu uma ordem diferente.

— Recuem por cima da crista — gritou. Em seguida puxou as rédeas e seu cavalo se virou bruscamente. Seu *jagun* gritou de modo incoerente, virando-se em caos atrás do general. Atrás dele, escutou vozes guturais gritando de triunfo e o ácido subiu em sua garganta, mas ele não sabia se era de medo ou raiva.

Ilya Majaev piscou para afastar o suor dos olhos quando viu os mongóis se virando como os covardes imundos que eram. Como fizera mil vezes antes, segurou as rédeas frouxamente e bateu no peito, rezando para santa Sofia trazer os inimigos da fé para sob seus cascos. Por baixo da cota de malha e da túnica acolchoada estava um fragmento do osso de um dedo dela, num medalhão de ouro, a coisa mais preciosa que ele possuía. Os monges de Novgorod haviam-lhe garantido que ele não seria morto enquanto o usasse, e ele se sentia forte à medida que seus cavaleiros passavam rápidos pela crista. Seus homens haviam deixado a cidade da catedral dois anos antes, levando mensagens para o príncipe, no leste, antes de finalmente virarem para o sul e começarem a longa jornada que iria levá-los a Jerusalém. Ilya oferecera a vida, junto com os outros, para defender aquele local sagrado contra os infiéis que procuravam destruir seus monumentos.

Deveria ter sido uma jornada de orações e jejum antes de usarem suas habilidades e armas contra os homens sem Deus. Em vez disso, tinham sido aferroados repetidamente pelo exército mongol que assolava a área. Ilya ansiava por tê-los suficientemente perto para matar, e inclinou-se adiante na sela enquanto sua montaria corria atrás dos cavaleiros em fuga.

– Dai-os a mim, ó Senhor, e eu quebrarei seus ossos e pisotearei seus deuses falsos – sussurrou para si.

Os mongóis estavam disparando feito loucos encosta abaixo, mas os cavalos russos eram poderosos e a distância diminuía constantemente. Ilya sentiu o humor dos homens ao redor enquanto eles rosnavam e gritavam uns para os outros. Tinham perdido companheiros sob saraivadas de flechas na escuridão. Batedores haviam desaparecido sem deixar rastro, ou pior, foram encontrados com ferimentos de fazer um homem vomitar. Em um ano, Ilya vira mais cidades queimadas do que era capaz de lembrar, as plumas de fumaça negra atraindo-o em perseguição desesperada. Os saqueadores mongóis sempre já haviam sumido quando ele chegava. Instigou a montaria a galope, mas os flancos do animal cansado já estavam arfando e placas de saliva branca voavam, acertando-lhe nos braços e no peito.

– Avante, irmãos! – gritou Ilya para os outros. Sabia que eles não se cansariam, agora que os mongóis estavam finalmente ao alcance. Os inimigos eram uma afronta a tudo que Ilya valorizava, desde as ruas pacíficas de Novgorod até a calma silenciosa e a dignidade da catedral de sua santa abençoada.

À frente, os guerreiros mongóis corriam desorganizados através de uma nuvem de poeira que eles próprios levantavam. Ilya gritou ordens e seus homens se fecharam numa coluna sólida, cinquenta fileiras de vinte homens lado a lado. Amarraram as rédeas ao arção das selas e se inclinaram adiante por cima do pescoço dos cavalos, com escudo e lança, usando apenas os joelhos para instigar os animais a avançar. Certamente nunca houvera uma força tamanha de homens e ferro igual na história do mundo! Ilya arreganhou os dentes em antecipação pelo primeiro sangue.

O caminho tomado pelos mongóis em fuga os levou para além de uma colina amortalhada em antigas faias e olmos. Enquanto passava trovejando, Ilya viu algo se mover na sombra. Mal teve tempo para gritar um alerta antes que o ar se enchesse com flechas sibilando. Mesmo assim não hesitou. Tinha visto as flechas se quebrando nos escudos de seus homens. Berrou uma ordem para manter a formação, sabendo que eles podiam abrir o caminho com o ímpeto.

Um cavalo gritou e trombou nele pela esquerda, comprimindo sua perna e quase derrubando-o. Ilya xingou de dor, respirando fundo ao ver o cavaleiro pendendo frouxo. Uma saraivada de flechas depois da outra vinha das árvores escuras e, com horror, ele viu seus homens caindo das selas. Flechas atravessavam as cotas de malha como se fossem de linho, fazendo o sangue espirrar. Ilya gritou desesperadamente, instigando a montaria exausta a continuar. Adiante viu os mongóis girando numa integração perfeita, o comandante encarando-o diretamente. Os mongóis não pararam para retesar os arcos. Seus pôneis saltaram adiante como se fossem um só, os guerreiros disparando flechas enquanto cavalgavam.

Ilya sentiu uma delas acertar seu braço, depois as duas forças se chocaram e ele se preparou. Sua lança comprida acertou um guerreiro no peito, mas foi arrancada de sua mão tão depressa que ele pensou ter quebrado os dedos. Desembainhou a espada com a mão quase entorpecida demais para segurá-la. A poeira vermelha estava em toda parte e, no meio, os mongóis cavalgavam como demônios, calmamente disparando flechas contra as fileiras compactas de seus homens.

Ilya ergueu o escudo e foi empurrado para trás quando uma flecha o acertou, a ponta aparecendo claramente do outro lado da madeira. Seu pé direito saiu do estribo e ele oscilou, totalmente sem equilíbrio. Outra flecha acertou-o na coxa antes que ele pudesse se recuperar, e ele gritou de dor, levantando a espada enquanto cavalgava em direção ao arqueiro.

O mongol olhou-o se aproximar, o rosto vazio de qualquer emoção. Era pouco mais do que um garoto imberbe, viu Ilya. O russo girou a espada, mas o mongol se abaixou sob o golpe e o empurrou quando passou por ele. O mundo girou em silêncio por um momento e Ilya bateu no chão, atordoado.

A peça de seu elmo que cobria o nariz esmagou-se com o impacto, quebrando seus dentes da frente. Ilya se levantou, cego de lágrimas e cuspindo sangue e fragmentos. Sua perna esquerda se dobrou e ele tombou desajeitadamente, desesperado para encontrar a espada que caíra de sua mão.

Ouviu som de cascos atrás justo no momento em que viu a arma caída no chão empoeirado. Levou a mão à relíquia no peito e murmurou uma oração enquanto a lâmina mongol descia sobre seu pescoço, quase decapitando-o. Não viveu para ver o resto de seus homens ser trucidado, pesados e lentos demais para se defender contra os guerreiros de Tsubodai, general de Gêngis Khan.

Jochi apeou para examinar os mortos, tendo ordenado que uma dúzia de seus homens fizessem uma varredura na área e informassem sobre os movimentos da coluna principal. A cota de malha dos russos não os havia salvado. Muitos dos corpos caídos tinham sido acertados mais de uma vez. Apenas os elmos haviam aguentado. Jochi não pôde encontrar um único homem derrubado com uma flecha na cabeça. Pegou um elmo e esfregou o dedo sobre uma brilhante reentrância de metal onde uma flecha havia resvalado. Era bem projetado.

A emboscada acontecera exatamente como Tsubodai havia planejado, pensou Jochi com um riso torto. O general parecia ler a mente de seus inimigos. Jochi respirou fundo, esforçando-se para controlar o tremor que o atacava depois de cada batalha. Não seria bom que os homens o vissem tremendo. Não sabia como eles o olhavam andar com os punhos fechados e só viam que ele continuava com fome, um homem jamais satisfeito, não importando o que alcançasse.

Três outros *jaguns* haviam participado da emboscada. Jochi viu os oficiais saírem do meio das árvores onde haviam esperado durante toda a noite. Depois de anos com Tsubodai, ele conhecia cada homem como um irmão, como um dia Gêngis lhe orientara a fazer. Mekhali e Altan eram homens sólidos, leais porém pouco imaginativos. Jochi assentiu para ambos, que trotavam com seus pôneis até o campo dos mortos. O último, Qara, era um guerreiro baixo e vigoroso, com a cicatriz de um ferimento antigo no rosto. Apesar de ele ser impecavelmente formal, Jochi percebia uma aversão que não conseguia entender. Talvez o sujeito carrancudo se ressentisse dele por causa de seu pai. Jochi havia encontrado muitos homens que suspeitavam de sua ascensão nas fileiras. Tsubodai não era sutil ao incluir Jochi em cada plano e estratagema, assim como Gêngis fizera um dia com o garoto da tribo Uriankhai que se tornara seu general. Tsubodai olhava para o futuro, enquanto homens como Qara imaginavam enxergar apenas um jovem príncipe mimado, promovido para além de sua capacidade.

Enquanto Qara se aproximava e resmungava diante da visão dos cavaleiros mortos, Jochi percebeu que não era mais superior dele. Tinha aceitado a prata com a aproximação de uma batalha e ainda sentia a honra de receber em confiança cem vidas. No entanto, isso significava que, pelo menos por um tempo, Qara não precisava mais se vigiar na presença do filho do cã. Um olhar disse a Jochi que o guerreiro pequeno e musculoso já havia pensado nisso.

— Por que estamos esperando aqui? — perguntou Qara de repente. — Tsubodai estará atacando enquanto cheiramos a grama e ficamos parados.

Jochi se ressentiu das palavras, mas falou em tom leve, como se Qara o tivesse meramente cumprimentado. Se o sujeito fosse um verdadeiro líder, já teria começado a cavalgar de volta para Tsubodai. Num clarão de percepção, Jochi entendeu que Qara ainda estava esperando ordens dele, apesar de sua queda de posto. Olhando para Mekhali e Altan, viu que eles também o estavam observando. Talvez fosse apenas hábito deles, mas sentiu uma ideia começando a se formar e soube que não desperdiçaria o momento.

— Está vendo as armaduras deles, Qara? — perguntou. — A primeira peça é pendurada no elmo, cobrindo todo o rosto a não ser os olhos. A segunda peça, de argolas de ferro, vai até os joelhos.

— Ela não deteve nossas flechas — respondeu Qara dando de ombros. — Quando estão sem cavalos, movem-se tão devagar que é fácil derrubá-los. Acho que não precisamos de uma proteção tão ruim.

Jochi riu para o sujeito, gostando da confusão que isso provocou.

— Precisamos sim, Qara.

No alto das colinas acima do vale, Tsubodai esperava a pé, seu pônei farejando em meio às agulhas mortas de pinheiro. Quase 5 mil homens descansavam ao seu redor, aguardando sua decisão. Ele esperava os batedores que havia mandado. Duzentos tinham cavalgado em todas as direções, e seus informes permitiam que o general formasse uma imagem da área por muitos quilômetros ao redor.

Sabia que a emboscada de Jochi fora um sucesso quase antes de ela terminar. Com mil inimigos a menos, restavam apenas 10 mil, mas ainda era um número grande demais. A coluna de cavaleiros se movia lentamente pelo vale do rio, esperando que o grupo de ataque retornasse vitorioso. Eles não tinham trazido arqueiros para o ermo, um erro que lhes custaria caro. No entanto, eram homens grandes e tão fortes que Tsubodai não podia se arriscar a um simples ataque frontal. Tinha visto cavaleiros crivados de flechas que ainda lutavam e mataram dois ou até mesmo três de seus homens. Eram guerreiros de grande coragem, mas ele achava que isso não bastaria. Homens corajosos avançavam quando eram atacados, e Tsubodai planejava de acordo com isso. Qualquer exército podia ser debandado nas condições certas, disso tinha certeza. Não o dele, claro, mas o de qualquer inimigo.

Dois batedores chegaram galopando para marcar a última posição da força russa. Tsubodai os fez apear e desenhar com gravetos no chão, de modo que ele tivesse certeza de não haver equívoco.

— Quantos batedores eles mandaram? — perguntou.

O guerreiro que estava desenhando com o graveto respondeu sem hesitar:

— Dez na retaguarda, general, numa varredura ampla. Vinte para a frente e os flancos.

Tsubodai assentiu. Sabia o suficiente para finalmente se mover.

— Eles devem ser mortos, especialmente os que estão atrás da coluna de cavaleiros. Matem-nos quando o sol estiver mais alto e não deixem nem um sequer escapar. Atacarei assim que você sinalizar com bandeira que os batedores morreram. Repita suas ordens.

O guerreiro falou rapidamente, as palavras perfeitas, como fora treinado. Tsubodai não permitia confusão no campo. Apesar do uso de bandeiras para se comunicar por distâncias vastas, ainda era forçado a contar com o alvorecer, o meio-dia e o pôr do sol como os únicos marcos de tempo. Olhou para cima através das árvores quando pensou nisso, vendo que o sol não estava muito longe do meio-dia. Não demoraria muito; e ele sentiu o familiar arrepio no estômago que vinha antes das batalhas. Tinha dito a Jochi que o ataque era para treiná-lo, e era verdade, mas não toda a verdade. Tsubodai não revelara que os cavaleiros viajavam com forjas portáteis no comboio de bagagens. Os ferreiros eram mais valiosos do que qualquer outro artesão que pudessem capturar, e Tsubodai ficara intrigado ao saber das carroças de ferro arrotando fumaça enquanto andavam.

Sorriu sozinho, desfrutando da empolgação crescente. Como Gêngis, não sentia paixão por saquear cidades e povoados. Era algo que tinha de ser feito, claro, assim como alguém derramaria água fervente num formigueiro. Eram as batalhas que Tsubodai queria, cada uma delas colocando em prova ou aumentando sua maestria. Ele não encontrara júbilo maior do que em ser mais esperto do que seus inimigos, confundindo-os e destruindo-os. Tinha ouvido falar da estranha saga em que os cavaleiros estavam envolvidos, até uma terra tão distante que ninguém sabia seu nome. Não importava. Gêngis não permitiria homens armados passando por suas terras – e todas as terras eram dele.

Tsubodai apagou os desenhos na poeira com o bico da bota. Virou-se para o segundo batedor, que esperava pacientemente, em maravilhada reverência pelo general.

– Vá até Jochi e descubra por que ele está atrasado – ordenou Tsubodai. – Ele ficará do meu lado direito durante o ataque.

– À sua vontade, senhor – disse o batedor, fazendo uma reverência antes de montar e partir a galope entre as árvores, numa velocidade espantosa. Tsubodai fitou de olhos apertados as árvores ao sol. Iria se mover em pouco tempo.

Em meio ao trovejar de 10 mil cavalos, Anatoly Majaev olhou por cima do ombro, para a pequena crista por trás da qual Ilya desaparecera. Para onde seu irmão teria ido? Ainda pensava nele como o pequeno Ilya, apesar de o irmão ter mais peso do que ele tanto em músculos quanto em fé. Anatoly balançou a cabeça, cansado. Havia prometido à mãe que cuidaria dele. Ilya os alcançaria, tinha certeza. Não ousara fazer a coluna parar, agora que os mongóis haviam mostrado que estavam na área. Anatoly mandara batedores para todos os lados, mas eles também pareciam ter sumido. Olhou para trás de novo, forçando os olhos para enxergar os estandartes de mil homens.

Adiante, o vale se estreitava numa passagem através de morros que poderiam ter feito parte do Jardim do Éden. As encostas eram verdes com um capim tão denso que um homem não conseguiria arrancar as raízes em metade de um dia. Anatoly amava essa terra, mas seus olhos estavam sempre no horizonte, e um dia veria Jerusalém. Murmurou baixinho uma prece à Virgem; e nesse momento a passagem escureceu, e o cavaleiro viu o exército mongol cavalgando em sua direção.

Então os batedores estavam mortos, como havia temido. Anatoly praguejou e não pôde evitar outro olhar para trás, em busca de Ilya.

Anatoly ouviu gritos atrás de si e se virou completamente na sela, praguejando ao ver outra massa escura de mongóis aproximando-se rapidamente. Como eles o haviam cercado sem ser vistos? Desafiava a crença o fato de o inimigo se mover como fantasma através dos morros.

Sabia que seus homens poderiam dispersar os mongóis durante uma carga. Eles já haviam soltado as amarras dos escudos e os levantado, olhando-o à espera de ordens. Como filho mais velho de um barão, Anatoly era o oficial de maior posto. Inclusive, fora sua família que havia financiado toda a viagem, usando parte da vasta fortuna para ganhar a boa vontade dos mosteiros que tinham se tornado tão poderosos na Rússia.

Anatoly sabia que não poderia atacar tendo todo o comboio de bagagem e as fileiras da retaguarda expostos. Nada irritava mais os soldados do que serem atacados pela frente e por trás ao mesmo tempo. Começou a gritar uma ordem para que três de seus oficiais pegassem suas centúrias e girassem para atacar à retaguarda. Enquanto se virava, um movimento nos morros atraiu seu olhar e ele sorriu, aliviado. A distância, uma fileira de pesados cavalos russos voltava por cima da crista, com estandartes voando leves à brisa. Anatoly avaliou as distâncias e tomou sua decisão. Chamou um batedor.

– Vá até meu irmão e diga para atacar as forças na nossa retaguarda. Ele deve impedir que elas se juntem à batalha.

O jovem partiu, não estorvado por armadura ou armas. Anatoly se virou para a frente, sua confiança crescendo. Com a retaguarda garantida, ele estava em maior número do que os que galopavam em sua direção. Suas ordens demoraram apenas alguns instantes e ele soube que poderia esmagar os mongóis como um punho com luva de ferro.

Anatoly apontou sua lança comprida por cima das orelhas do cavalo.

— Formação de carga! Pelo Cristo branco, avante!

O batedor de Anatoly corria a pleno galope pelo chão poeirento. A velocidade era tudo, com os dois exércitos convergindo contra a coluna. Cavalgava com o corpo comprimido o mais abaixado que podia, a cabeça do cavalo subindo e descendo empurrada pela sua. Era jovem e estava empolgado, e cavalgou quase até alcançar os homens de Ilya Majaev, antes de parar, chocado. Apenas quatrocentos tinham voltado por sobre a crista e haviam passado por um inferno. Manchas de sangue marrom apareciam em muitos homens enquanto se aproximavam, e havia algo estranho no modo como montavam.

De repente o batedor entendeu e puxou as rédeas em pânico. Era tarde demais. Uma flecha o acertou embaixo do braço que se sacudia e ele caiu por cima das orelhas do cavalo, fazendo o animal disparar.

Jochi e os outros mongóis não olharam para a figura caída enquanto passavam galopando. Tinham demorado muito para tirar as cotas de malha dos mortos, mas o ardil estava funcionando. Nenhuma força havia cavalgado para interceptá-los e, ainda que os russos não soubessem, estavam sendo atacados por três lados. À medida que a encosta ficava menos íngreme, Jochi bateu os calcanhares e tirou a lança pesada do suporte de couro. Era uma coisa desajeitada e ele precisava se esforçar para mantê-la firme enquanto trovejava com seus homens em direção ao flanco russo.

Anatoly estava a pleno galope, mais de meia tonelada de carne e ferro focalizada numa ponta de lança. Viu as fileiras da frente estremecer quando os arqueiros mongóis dispararam suas primeiras flechas. O inimigo era rápido, mas a coluna não podia ser contida nem mesmo obrigada a se virar àquela velocidade. O barulho dos impactos nos escudos e dos cascos era ensurdecedor, mas ele ouviu gritos atrás de si e se obrigou a recuperar a clareza. Estava no comando e, à medida que sua mente se limpava, sacudiu a cabeça com horror. Viu Ilya atacar o flanco principal, cortando os próprios homens que haviam prestado juramento à família Majaev para a peregrinação.

Enquanto ofegava, Anatoly viu que os homens eram menores e usavam ferro ensanguentado. Alguns tinham perdido os elmos no primeiro choque, revelando, assim, rostos de mongóis gritando. Então empalideceu, sabendo que seu irmão estava morto e que o ataque duplo esmagaria a retaguarda. Não podia se virar, e, mesmo gritando ordens frenéticas, ninguém o escutou.

Adiante, os mongóis os deixaram chegar, disparando flechas aos milhares contra os cavaleiros russos. Os escudos foram golpeados e a coluna se sacudiu como um animal ferido. Homens caíam às centenas. Era como uma foice sendo passada pela frente da coluna, cortando homens vivos.

Atrás, os mongóis cercaram o comboio de bagagens, matando qualquer um nas carroças que levantasse uma arma. Anatoly se esforçou para pensar, para perceber detalhes, mas estava em meio ao inimigo. Sua lança rasgou um pescoço de cavalo, abrindo um grande talho que espirrou sangue quente nele. Uma espada relampejou e Anatoly recebeu o golpe no elmo, quase perdendo a consciência. Algo o acertou no peito e de repente ele não pôde respirar, nem mesmo pedir ajuda. Esforçou-se para conseguir ao menos um pouquinho de ar, apenas um hausto, mas isso não veio, e ele desmoronou, batendo no chão com força suficiente para amortecer a agonia final.

Em meio às fogueiras naquela noite, Tsubodai cavalgou pelo acampamento de seus 10 mil. Os cavaleiros mortos tinham sido despidos de qualquer coisa valiosa e o general agradara os homens recusando sua parte nos espólios. Para os que não recebiam pagamento pelas batalhas, a coleta de medalhões de ouro, anéis e pedras preciosas era algo desejado na nova sociedade que Gêngis estava criando. Um homem podia ficar rico no exército das tribos, mas sempre pensava em termos dos cavalos que podia comprar com sua riqueza. As forjas dos cavaleiros eram de mais interesse para Tsubodai, assim como as próprias rodas das carroças, feitas com raios de madeira e com cintas de ferro, mais fáceis de consertar do que os discos sólidos que os mongóis usavam. Tsubodai já havia instruído os armeiros capturados a ensinar o ofício aos seus carpinteiros.

Jochi estava examinando o casco da frente de seu pônei predileto quando Tsubodai trotou até ele. Antes que o rapaz pudesse fazer uma reverência, Tsubodai inclinou a cabeça, dando-lhe honra. O *jagun* que Jochi comandara se levantou orgulhoso.

Tsubodai levantou a mão para mostrar a Jochi o paitze de ouro que havia apanhado com ele antes do meio-dia.

– Você fez com que eu me perguntasse como os russos podiam voltar dos mortos – disse Tsubodai. – Foi um golpe ousado. Tome isto de volta, Jochi. Você vale mais do que prata.

Jogou a placa de ouro pelo ar e Jochi pegou-a, lutando para manter a compostura. Somente o elogio do próprio Gêngis teria significado mais naquele momento.

– Iremos para casa amanhã – disse Tsubodai, tanto para os homens quanto para Jochi. – Estejam prontos ao amanhecer.

CAPÍTULO 2

CHAGATAI SENTIU UMA COCEIRA NA AXILA ESQUERDA, ONDE O SUOR ESCORRIA sob sua melhor armadura. Apesar de ser o segundo filho do cã, sentia que não seria correto dar uma boa coçada no lugar enquanto esperava o rei koryon.

Arriscou um olhar rápido para o homem que o trouxera à distante cidade murada de Songdo. O salão dos reis era sufocante ao calor do meio-dia, mas Jelme não demonstrava desconforto em sua armadura laqueada. Assim como os cortesãos e os guardas reais, era como se o general mongol fosse esculpido em madeira.

Chagatai podia ouvir água correndo a distância, o som suave ampliado, de algum modo, no calor e no silêncio opressivos. A coceira ficou enlouquecedora e ele lutou para pensar em outra coisa. Enquanto seu olhar pousava no teto alto, de gesso branco e antigas traves de pinheiro, lembrou-se de que não tinha motivo para sentir-se intimidado. Apesar de toda a dignidade, a dinastia Wang não pudera esmagar os khara-kitai quando aquele povo entrou nas terras Wang, vindo do território jin, e construiu ali fortalezas. Se Jelme não tivesse oferecido seu exército para queimá-las, o rei koryon ainda seria um quase prisioneiro em seu próprio palácio. Aos 15 anos, Chagatai sentia uma vaga presunção com esse pensamento. Tinha todo o orgulho e a arrogância de um jovem guerreiro, no entanto, neste caso, sabia que isso era justificado.

Jelme e seus guerreiros tinham vindo para o leste a fim de descobrir que exércitos poderiam enfrentá-los e para ver o oceano pela primeira vez. Haviam encontrado inimigos nos khara-kitai e os expulsaram de Koryo como cães chicoteados. Chagatai sabia que era simplesmente justo que o rei pagasse tributo, quer tivesse pedido ajuda ou não.

Suando no ar pesado, Chagatai se torturava com a lembrança da brisa do mar no sul. O vento fresco fora a única coisa boa naquela vastidão azul, em sua opinião. Jelme ficara fascinado com os navios koryones, mas a ideia de viajar pela água deixava Chagatai pasmo. Se algo não podia ser cavalgado, não tinha utilidade para ele. Até a lembrança da barca real oscilando ancorada fazia seu estômago se apertar.

Um sino soou no pátio, ecoando pelos jardins onde abelhas zumbiam em bandos ao redor das flores de acácia. Chagatai visualizou os monges budistas fazendo força com a tora que batia no grande sino e se empertigou, de novo cônscio da própria postura. O rei estava vindo, e aquele tormento acabaria. Ele podia aguentar a coceira um pouquinho mais: só a ideia do alívio fazia aquilo parecer suportável.

O sino estrondeou de novo e os serviçais puxaram telas para trás, abrindo o salão para o cheiro dos pinheiros dos morros ao redor. Chagatai não pôde evitar soltar um suspiro quando o calor intenso começou a diminuir. A multidão se movia sutilmente, esforçando-se para ver o rei, e Chagatai aproveitou a distração para enfiar dois dedos na axila e coçar vigorosamente. Sentiu o olhar de Jelme saltar para ele e retomou a expressão impassível enquanto o rei do povo koryon entrava finalmente.

Nenhum deles era alto, pensou Chagatai ao ver o monarca diminuto passar por um portal esculpido. Supunha que o nome do sujeito fosse Wang, por causa da família, mas quem sabia ou se importava em saber como aquelas pessoas pequenas e magras davam nomes umas às outras? Em vez disso, Chagatai olhou para duas jovens serviçais no séquito do rei. Com sua pele dourada e delicada, eram muito mais interessantes do que o homem a quem serviam. O jovem guerreiro ficou olhando as mulheres agitadas ao redor do senhor, arrumando seus mantos enquanto ele se sentava.

O rei não parecia notar os mongóis que o observavam, enquanto esperava que os ajudantes terminassem. Seus olhos eram quase do mesmo tom amarelo escuro de Gêngis, mas lhes faltava a capacidade de inspirar terror que os do pai tinham. Comparado com o cã, o rei koryon era apenas um cordeiro.

Finalmente os serviçais terminaram suas tarefas e o olhar do rei se concentrou no *arban* ou dez guerreiros, que Jelme havia trazido. Chagatai se perguntou como o sujeito podia suportar panos tão grossos num dia de verão.

Quando o rei falou, Chagatai não entendeu uma palavra. Como Jelme, teve de esperar a tradução para a língua jin, que ele havia se esforçado bastante para aprender. Mesmo assim, mal conseguiu captar o significado e ficou ouvindo com frustração crescente. Não gostava de línguas estrangeiras. Tendo um homem aprendido a palavra que significava cavalo, por que usar outra? Obviamente, Chagatai sabia que os homens de terras distantes poderiam não conhecer o modo certo de falar, mas sentia que eles tinham obrigação de aprender e não continuar com sua algaravia, como se todas as línguas tivessem o mesmo valor.

— Vocês cumpriram suas promessas — disse o tradutor solenemente, interrompendo os pensamentos de Chagatai. — As fortalezas khara-kitai queimaram durante muitos dias e aquele povo imundo se foi da bela terra alta.

Com o silêncio de novo, Chagatai se remexeu em desconforto. A corte dos koryones parecia adorar a lentidão. Lembrou-se de ter experimentado a bebida que eles chamavam de "nok cha". Jelme havia franzido a testa para o modo como Chagatai esvaziou sua taça num só gole e a estendeu pedindo outra. Aparentemente o líquido verde-claro era valioso demais para ser bebido como água. Como se um guerreiro devesse se incomodar com o modo de beber de outro! Chagatai comia quando estava com fome e frequentemente se esquecia de comparecer às refeições elaboradas da corte. Não conseguia entender o interesse de Jelme por rituais sem sentido, mas não havia expressado seus pensamentos em voz alta. Quando governasse a nação mongol, não permitiria pretensão, prometeu a si mesmo. A comida não era algo com que se demorar, ou a se preparar com mil sabores. Não era de espantar que o povo koryon tivesse chegado tão perto de ser conquistado. Seria necessário exigir que falassem apenas uma língua e comessem talvez não mais do que dois ou três pratos diferentes, preparados rapidamente e sem pompa. Isso lhes deixaria mais tempo para dedicar ao treinamento com armas e a exercícios para tornar o corpo forte.

Os pensamentos devaneantes de Chagatai se focaram quando Jelme falou enfim, aparentemente tendo pesado cada palavra:

— É uma sorte os khara-kitai terem escolhido atacar meus batedores. Nossas necessidades foram ao encontro da destruição deles. Agora falo em nome do grande cã, cujos guerreiros salvaram seu país de um inimigo terrível. Onde está o tributo prometido por seus ministros?

Enquanto a tradução era feita, o rei se enrijeceu ligeiramente no trono. Chagatai se perguntou se o idiota se sentiu insultado com as palavras. Talvez tivesse se esquecido do exército acampado do lado de fora da cidade. A um simples comando de Jelme, eles queimariam as traves envernizadas que cercavam o rei. Ainda era um mistério para Chagatai por que não haviam feito isso. Sem dúvida Gêngis os mandara para aprimorar suas habilidades, não? Chagatai apreciava, de modo distante, a arte que havia em negociar, uma arte que ele ainda não aprendera. Jelme tentara explicar a necessidade de lidar com poderes estrangeiros, mas Chagatai não conseguia vê-la. Um homem era inimigo ou amigo. Se fosse inimigo, tudo que possuía podia ser tomado. Chagatai sorriu ao completar o pensamento. Um cã não precisava de amigos, só de serviçais.

De novo, sonhou acordado em governar seu povo. As tribos jamais aceitariam seu irmão, Jochi, ainda que ele fosse filho do cã. Chagatai fizera sua parte espalhando o boato de que Jochi era resultado de um estupro, muitos anos antes. Gêngis permitira que os rumores criassem raízes profundas aos manter suas atitudes distantes para com o garoto. Chagatai sorriu sozinho ante a lembrança, permitindo que a mão fosse até o punho da espada. Seu pai a dera a ele, e não a Jochi, uma espada que vira o nascimento de uma nação. No fundo de seu coração, Chagatai sabia que nunca faria o juramento a Jochi.

Um dos ministros do rei se inclinou para perto do trono a fim de trocar palavras sussurradas. Aquilo seguiu por tempo suficiente para que as fileiras de cortesãos definhassem visivelmente em seus mantos e joias, mas finalmente o ministro recuou alguns passos. De novo o rei falou, e as palavras foram traduzidas de modo tranquilo:

– Aliados honrados podem aceitar *presentes* em nome de uma nova amizade, como foi discutido – disse o rei. – Cem mil folhas de papel impermeável foram preparadas para vocês, trabalho de muitas luas. – A multidão de nobres koryones murmurou ao ouvir tais palavras, mas Chagatai não podia imaginar por que papel seria visto como tão valioso. – Dez mil vestes de seda foram costuradas, e o mesmo peso acrescentado em jade e prata. Duzentos mil kwan de ferro e o mesmo em bronze vieram das minas e da guilda dos trabalhadores em metal. De meus próprios depósitos, sessenta peles de tigre foram embrulhadas em seda e preparadas para viajar com vocês. Por fim, oitocentas carroças de carvalho e faias são o presente da dinastia Wang, em agradecimento pela vitória que vocês trouxeram ao povo koryon. Agora vão em paz e honra e contem sempre conosco como aliados.

Jelme assentiu rigidamente quando o tradutor terminou.

– Aceito vosso tributo, majestade.

Um ligeiro rubor havia aparecido em seu pescoço. Chagatai se perguntou se o general ignoraria a tentativa feita pelo rei de salvar a honra. Estava sendo dado tributo aos conquistadores, e Jelme ficou parado em silêncio por um longo tempo enquanto pensava nas palavras do rei. Quando falou de novo, sua voz foi firme:

– Só peço que sejam acrescentados a isso seiscentos rapazes entre 12 e 16 anos. Eu os treinarei nas habilidades de meu povo e eles conhecerão muitas batalhas e grande honra.

Chagatai lutou para não demonstrar aprovação. Que eles engasgassem com *isso*, depois daquela história de presentes de aliados honrados. A exigência de Jelme revelara o verdadeiro equilíbrio de poder no salão, e os cortesãos ficaram visivelmente perturbados. O silêncio se estendeu no local e Chagatai viu com interesse o ministro se curvar para perto do rei outra vez. Viu os nós dos dedos do rei ficarem brancos quando apertou com força o braço da cadeira. Chagatai estava cansado da pose deles. Até as mulheres mais perfeitas aos pés do rei haviam perdido encanto. Queria sair ao ar fresco e talvez se banhar no rio antes que o sol perdesse o calor.

No entanto Jelme não moveu um músculo e seu olhar firme parecia deixar nervosos os homens em volta do rei. Seus olhares rápidos eram desperdiçados nos guerreiros em silêncio, que se mantinham de pé esperando um certo resultado. A cidade de Songdo tinha menos de 60 mil habitantes e um exército de não mais do que 3 mil. O rei poderia assumir o ar que quisesse, mas Chagatai sabia a verdade da situação. Quando a resposta chegou finalmente, não foi surpresa.

— Sentimo-nos honrados pelo senhor aceitar tantos rapazes ao seu serviço, general — disse o rei.

Sua expressão era azeda, mas Jelme respondeu ao intérprete, emitindo mais expressões de boa vontade que Chagatai ignorou. Seu pai havia chamado Jelme para casa depois de três anos percorrendo o leste em reconhecimento. Seria bom ver de novo as montanhas, e Chagatai mal conseguia conter a impaciência ao pensar nisso. Jelme parecia achar que este papel seria importante, mas Chagatai duvidava que Gêngis fosse valorizá-lo. Nesse ponto, pelo menos, seu pai era previsível. Era uma coisa boa Jelme ter exigido seda e madeiras de lei também. Essas coisas valia a pena ter.

Sem um sinal óbvio, o sino soou de novo no pátio lá fora, terminando a audiência. Chagatai viu as serviçais preparando o senhor para se levantar e ficando atrás dele. Suspirou enquanto o salão relaxava sutilmente ao redor, sentindo prazer em coçar a axila de novo. Casa. Jochi também estaria voltando, com Tsubodai. Chagatai se perguntou como seu irmão teria mudado em três anos. Aos 17 anos, seria totalmente adulto e sem dúvida Tsubodai o treinara bem. Chagatai estalou o pescoço com a ajuda das mãos, saboreando em antecipação os desafios que viriam.

Na metade sul das terras jin, guerreiros do terceiro exército de Gêngis bebiam até perder o sentido. Às suas costas, os cidadãos de Kaifeng esperavam atrás de altas muralhas e portões, já desanimando. Alguns jin haviam acompanhado o próprio imperador quando ele viera de Yenking para o sul, três anos antes. Tinham visto a fumaça no céu ao norte enquanto aquela cidade ardia em fogo. Durante um tempo, acharam que os mongóis haviam passado direto por eles, mas então o exército de Khasar veio atrás, riscando linhas de destruição pelo chão como um ferro quente sobre a carne.

As ruas de Kaifeng haviam se tornado terra sem lei, mesmo no coração da cidade. Os que tinham guardas armados podiam subir nas muralhas e olhar o exército sitiante. O que viam não trazia conforto nem esperança. Para os jin, até a natureza casual do cerco de Khasar era um insulto.

Nesse dia, o irmão do grande cã estava se divertindo com uma competição de luta entre seus homens. O grande número de iurtas de Khasar não tinha um padrão claro, e seus vastos rebanhos de animais percorriam a terra com liberdade, apenas raramente perturbados pelos longos chicotes dos pastores. Os mongóis não haviam propriamente cercado Kaifeng, e sim feito um acampamento ali. Para os jin que os odiavam e temiam, era irritante ver o inimigo desfrutando de jogos e esportes enquanto Kaifeng começava a passar fome. Ainda que os jin não desconhecessem a crueldade, os mongóis eram mais implacáveis do que eles podiam compreender. O exército de Khasar não se importava nem um pouco com o sofrimento dos habitantes de Kaifeng, apenas se ressentia, por eles adiarem a queda da cidade. Estavam ali havia três meses e mostravam uma paciência terrível, ilimitada.

A cidade do imperador, Yenking, caíra diante daqueles cavaleiros primitivos. Os grandes exércitos locais não os haviam contido. Com esse exemplo, ninguém em Kaifeng sentia esperança de verdade. As ruas eram dominadas por gangues implacáveis e só os fortes ousavam sequer sair de casa. A comida era distribuída a partir de um depósito central, mas em certos dias eles não tinham nada. Ninguém sabia se a comida estava acabando ou se fora roubada no caminho.

No acampamento, Khasar ficou de pé, berrando de empolgação com Ho Sa quando o lutador conhecido como Baabgai, o Urso, levantou o oponente acima da cabeça. A princípio o homem derrotado lutou, mas Baabgai permaneceu imóvel, rindo para seu general como uma criança estúpida. As apostas diminuíram até um fiapo, e depois a nada. O homem que ele segurava estava tão espancado e exausto que apenas puxava debilmente as pontas quadradas dos dedos de Baabgai.

Khasar havia encontrado o lutador entre seus recrutas jin, vendo-o imediatamente como extraordinário devido ao tamanho e à força. Estava ansioso para fazer o idiota gigantesco desafiar um dos campeões em casa. Se avaliasse bem os apostadores, poderia fazer de alguns homens mendigos em apenas uma partida, dentre eles seu irmão Temuge.

Baabgai esperava impassível a ordem de Khasar. Poucos outros teriam conseguido resistir a um guerreiro adulto por tanto tempo, e o rosto de Baabgai estava rosado e brilhante de suor.

Khasar olhava através do grande lutador, os pensamentos voltando a se focar na mensagem de Gêngis. O batedor que seu irmão havia mandado ainda estava de pé onde Khasar o havia colocado horas antes. Moscas sugavam o sal da pele do batedor, mas o rapaz não ousava se mexer.

O bom humor de Khasar desapareceu e ele sinalizou irritado para seu campeão de luta.

— Quebre-o — disse rispidamente.

A multidão respirou fundo quando Baabgai se colocou subitamente sobre um dos joelhos, descendo o oponente sobre a outra coxa. O estalo da coluna quebrada soou na clareira e todos os homens rugiram e trocaram os resultados das apostas. Baabgai sorriu sem dentes para eles. Khasar desviou os olhos quando a garganta do mutilado foi cortada. Era uma gentileza não deixá-lo vivo para os cães e ratos.

Sentindo que seus pensamentos ficavam mais sombrios, Khasar sinalizou para permitir a luta seguinte e para pedir um odre de airag preto: qualquer coisa que o distraísse do mau humor. Se soubesse que Gêngis chamaria os exércitos de volta, teria sido mais rápido ao entrar nas terras dos jin. Com Ho Sa e Ogedai, filho de Gêngis, havia passado anos à vontade, queimando cidades e executando seus habitantes, o tempo todo chegando mais perto de onde o menino imperador buscara refúgio. Aquela fora uma época muito feliz para ele.

Khasar não era um homem dado a pensar muito intensamente em si mesmo, mas passara a gostar do comando. Para homens como Gêngis, isso era natural. Khasar não conseguia imaginar Gêngis permitindo que alguém o comandasse nem mesmo para ir a uma latrina, quanto mais para uma batalha. Para Khasar, isso viera lentamente, a necessidade crescendo como musgo. Durante três anos não havia falado com nenhum de seus irmãos, Gêngis, Kachiun ou Temuge. Seus guerreiros esperavam que ele soubesse aonde ir e o que fazer assim que chegassem. A princípio Khasar achara isso exaustivo, assim como um cão líder só dura um determinado tempo à frente de uma matilha. Ele sabia disso muito bem, mas descobriu outra verdade: que comandar era tão empolgante quanto exaustivo. Seus erros eram seus, mas seus triunfos também eram seus. À medida que as estações passavam, Khasar havia mudado sutilmente e não queria ir para casa. Esperando a queda de Kaifeng, ele era pai de 10 mil filhos.

Olhou ao redor, para os homens que havia trazido até tão longe de casa. Seu segundo no comando, Samuka, estava sóbrio como sempre, assistindo à luta mas divertindo-se com distanciamento. Ogedai estava gritando e suando com a bebida, parecendo pequeno no ombro de guerreiros. Khasar deixou seu olhar cair sobre o garoto, imaginando como ele receberia a notícia da iminente volta. Na idade de Ogedai, tudo era novo e empolgante, e Khasar achou que ele ficaria contente. Seu humor azedou ainda mais ao examinar os homens. Cada um deles havia provado seu valor. Tinham tomado mulheres aos milhares, cavalos, moedas e armas, tanto que seria necessário passar uma vida inteira enumerando. Soltou um suspiro longo. No entanto, Gêngis era o grande cã, e Khasar não podia se imaginar rebelando-se contra o irmão mais velho, assim como não podia criar asas e voar por cima das muralhas de Kaifeng.

Ho Sa pareceu sentir o humor do general e levantou um odre de airag preto para ele, enquanto o ruído da luta crescia em volta dos dois. Khasar deu um sorriso tenso, sem prazer. Junto com Samuka, Ho Sa tinha ouvido a mensagem do batedor. O dia fora arruinado e os dois homens sabiam disso.

Antigamente o oficial xixia teria estremecido diante do pensamento de beber com mongóis cheios de piolhos. Antes de eles chegarem, Ho Sa levava uma vida de austeridade simples, orgulhoso de seu lugar no exército do rei. Acordava a cada manhã para uma hora de exercício antes do banho, depois começava o dia com chá preto e pão mergulhado em mel. A vida de Ho Sa havia sido quase perfeita, e às vezes ele ansiava por ela, ao mesmo tempo em que morria de medo de sua monotonia.

Nas noites muito escuras, quando todos os fingimentos dos homens são desnudados, Ho Sa sabia que encontrara um lugar e uma vida que jamais teria desfrutado com os xixia. Tinha ascendido até o terceiro posto num exército mongol, e homens como Khasar confiavam a vida a ele.

As picadas das pulgas e dos piolhos eram um pequeno preço a pagar. Acompanhando o olhar preto de Khasar, Ho Sa também fez uma careta ébria para Kaifeng. Se tudo que um imperador podia fazer era se encolher atrás de altas muralhas, não era um imperador, na visão de Ho Sa. Tomou outro gole do airag límpido e se encolheu quando ele ardeu e pareceu cortar suas gengivas.

Às vezes Ho Sa sentia falta da paz e das rotinas da vida antiga, mas sabia que elas continuavam em algum lugar. Esse pensamento lhe trazia conforto quando estava cansado ou ferido. Também ajudava o fato de ter uma fortuna em ouro e prata. Se algum dia voltasse para casa, teria esposas, escravos e riqueza.

A segunda luta terminou com um braço quebrado e os dois homens fizeram reverência a Khasar antes de ele lhes dar licença para tratar dos ferimentos. Os acontecimentos do dia lhe custariam talvez uma dúzia de feridos e uns poucos mortos, mas valia a pena, para inspirar os outros. Afinal de contas, eles não eram menininhas delicadas.

Khasar olhou irritado para o batedor. Fora o próprio Khasar que havia tomado as fortalezas solitárias que agora os mongóis usavam como postos de parada para seus mensageiros. Elas se estendiam numa linha longa e ininterrupta até os restos calcinados de Yenking, no norte. Se Khasar tivesse percebido que a nova rota de comércio permitiria que Gêngis mandasse uma ordem de retorno apenas *18* dias antes, talvez não tivesse feito aquilo. Será que seu irmão entenderia se ele esperasse mais um ano até a queda da cidade-fortaleza? Chutou uma pedra, assustando o batedor ali parado. Sabia a resposta. Gêngis esperaria que ele largasse tudo e retornasse, trazendo consigo o filho do cã, Ogedai. Era irritante, e Khasar olhou para Kaifeng como se pudesse derrubar as muralhas somente com a raiva. Mal viu a terceira luta, mas a multidão bêbada apreciou-a.

— Recite as ordens de novo — disse Khasar de repente. Com os guerreiros gritando, teve de repetir duas vezes para ser ouvido.

O batedor baixou a cabeça, sem entender o clima que sua mensagem havia criado.

— Venha para casa e beba airag preto com nosso povo, irmão. Na primavera, beberemos leite e sangue.

— Isso é tudo? — perguntou Khasar rispidamente. — Diga como ele estava quando mandou você.

O batedor se remexeu, desconfortável.

— O Grande Cã estava discutindo planos, senhor, com seus principais comandantes. Eles tinham mapas firmados com pedras de chumbo, mas não ouvi o que disseram antes de eu ser convocado.

Diante disso, Ho Sa levantou a cabeça, os olhos vítreos de bebida.

— Leite e sangue significa que ele planeja uma nova guerra — gritou ele.

O barulho da multidão diminuiu subitamente diante de suas palavras. Ogedai havia se imobilizado para ouvir. Até os lutadores pararam, sem saber se deveriam continuar. Khasar piscou e depois deu de ombros. Não lhe importava quem ouvisse.

— Se meu irmão estava com seus preciosos mapas abertos, deve ser isso. — Suspirou. Se Gêngis soubesse que ele estava diante das muralhas de Kaifeng, certamente esperaria. O menino imperador havia escapado deles em Yenking. A ideia da corte imperial jin olhando os mongóis partirem era quase insuportável.

— Meu irmão mandou chamar Tsubodai e Jelme? — perguntou Khasar.

O mensageiro engoliu em seco, nervoso, diante dos olhos de tantos homens.

— Eu não levei tais mensagens, senhor.

— Mas você sabe. Os batedores sempre sabem. Diga, ou mandarei arrancar sua língua.

O jovem mensageiro engoliu as dúvidas e falou rapidamente:

— Dois outros homens foram mandados para trazer os generais de volta ao cã, senhor. Foi o que ouvi.

— E os exércitos em casa? Estão treinando e se preparando, ou apenas esperando?

— Receberam ordens de treinar para eliminar a gordura do inverno, senhor.

Khasar viu Samuka rir e praguejou baixinho.

— Então *é* guerra. Volte pelo caminho que eu fiz e diga ao meu irmão "estou indo". Isso basta.

— Devo dizer que o senhor estará lá antes do fim do verão? — perguntou o batedor.

— Sim — respondeu Khasar. Em seguida cuspiu no chão enquanto o batedor corria para longe. Tinha tomado cada cidade em 150 quilômetros ao redor de Kaifeng, cercando o imperador de destruição e cortando seus suprimentos. No entanto, partiria justo quando a vitória estava garantida. Ao ver os olhos de Ogedai arregalados de empolgação, Khasar olhou para o outro lado.

Seria bom ver os irmãos de novo, percebeu. Imaginou vagamente se Jelme ou Tsubodai teriam uma riqueza comparável à que ele tomara das cidades jin. Florestas inteiras haviam sido cortadas a fim de se fazerem carroças suficientes para levar tudo. Ele até recrutara guerreiros dentre os jin, de modo que retornaria com 2 mil homens a mais do que os que levara. Suspirou. O que queria era levar para Gêngis os ossos de um imperador. Não se importava nem um pouco com os outros espólios de guerra.

CAPÍTULO 3

GÊNGIS DEIXOU SUA ÉGUA CORRER À VONTADE NA PLANÍCIE ABERTA, CHEGANDO a pleno galope de modo que o ar quente passava rápido por ele e fazia seu cabelo comprido e preto ondear ao vento. Usava apenas uma túnica leve que deixava os braços nus, revelando uma densa teia de cicatrizes brancas. As calças que se agarravam aos flancos da égua eram velhas e escurecidas por banha de carneiro, assim como as botas macias nos estribos. Não carregava espada, mas uma capa de couro para arco repousava atrás de sua coxa e uma pequena aljava de setas balançava em seus ombros, a tira de couro lhe atravessando o peito.

O ar estava preto de pássaros acima, o ruído das asas estalando enquanto os falcões passavam rasgando entre eles, capturando as presas para seus donos. A distância, 3 mil guerreiros haviam formado um círculo fechado, cavalgando lentamente e impelindo cada coisa viva diante deles. Não demoraria muito até que o centro estivesse cheio de marmotas, cervos, raposas, ratos, cães selvagens e mil outros animais pequenos. Gêngis podia ver que o chão estava coberto deles e sorriu em antecipação à matança. Um cervo correu corcoveando e bufando em pânico através do círculo, e Gêngis derrubou-o facilmente, mandando uma flecha em seu peito. O cervo desmoronou, chutando, e ele se virou para ver se seu irmão Kachiun havia testemunhado o tiro.

O círculo de caçada não era propriamente esporte, mas ajudava a alimentar as tribos quando a carne estava escasseando. Contudo, Gêngis gostava, e como prêmio dava lugares no centro aos homens a quem queria honrar. Além de Kachiun, Arslan estava lá, o primeiro homem a lhe fazer juramento. O velho espadachim tinha 60 anos e era fino como uma faca. Montava bem, ainda que rigidamente, e Gêngis o viu pegar um pombo no ar enquanto o pássaro voava.

O lutador Tolui atravessou sua visão, galopando inclinado para baixo na sela para derrubar uma marmota gorda que ia correndo pelo capim em pânico. Um lobo saiu de um trecho de capim comprido e assustou o pônei de Tolui, quase tirando-o da sela. Gêngis riu enquanto o guerreiro enorme lutava para ficar ereto. O dia estava bom e o círculo, quase em cima deles. Uma centena de seus oficiais mais valiosos corria de um lado para outro enquanto o terreno escurecia devido ao conjunto sólido de animais. Eles se apinhavam tão densos que o número daqueles esmagados por cascos era maior do que aqueles acertados pelas lanças. O círculo de cavaleiros se fechou até estarem ombro a ombro e os homens do meio esvaziaram as aljavas, divertindo-se.

Gêngis viu um felino da montanha na confusão e bateu os calcanhares para ir atrás dele. Viu Kachiun também correndo atrás do animal e ficou satisfeito quando o irmão se desviou para lhe permitir o tiro. Os dois estavam perto dos 40 anos, eram fortes e perfeitamente em forma. Com os exércitos retornando, levariam a nação para novas terras, e Gêngis estava satisfeito com isso.

Tinha voltado da capital jin desgastado e gravemente enfermo. Havia demorado quase um ano para recuperar a saúde, mas agora a fraqueza era apenas uma lembrança. À medida que o fim do verão se aproximava, sentia sua antiga força e, com ela, o desejo de esmagar aqueles que tinham ousado matar seus homens. Queria seus inimigos orgulhosos e fortes, de modo que pudesse derrubá-los de uma altura ainda maior em sua vingança.

Gêngis tentou pegar outra flecha e seus dedos se fecharam no nada; ele suspirou. Agora os meninos e as meninas dos acampamentos viriam correndo com martelos e facas para terminar a matança e começar a preparar as carcaças para uma grande festa.

Os batedores do cã haviam informado que os exércitos de Khasar e Tsubodai estavam a apenas alguns dias de distância. Os generais de Gêngis seriam homenageados com vinho de arroz e airag preto quando retornassem. Gêngis imaginou como seus filhos teriam crescido nos anos longínquos. Era empolgante pensar em ir à guerra com Chagatai e Ogedai, tomar novas terras de modo que eles também pudessem ser cãs. Sabia que Jochi estava retornando, mas essa era uma ferida antiga e ele não queria ter de lidar com ela. Havia desfrutado de anos tranquilos com as esposas e os filhos pequenos, mas se o pai céu tinha um propósito para ele, Gêngis sabia que não era o de passar o tempo calmamente enquanto o mundo dormia.

Gêngis cavalgou até Kachiun enquanto o irmão dava um tapa nos ombros de Arslan. O chão entre eles estava vermelho de sangue e pelos, e meninos corriam quase por baixo dos cascos, gritando e chamando uns aos outros, empolgados.

— Viram o grande felino que eu derrubei? — perguntou Gêngis aos dois. — Foram necessárias duas flechas apenas para fazê-lo desacelerar.

— Foi uma bela matança — gritou Kachiun, o rosto brilhando de suor. Um garoto magricelo chegou perto demais dos estribos de Kachiun enquanto ele falava, e Kachiun se abaixou para dar um cascudo no garoto, derrubando-o esparramado, para diversão dos companheiros.

Arslan sorriu enquanto o menino se recompunha e olhava furioso para o irmão do cã, antes de sair correndo.

— Eles são novos demais, essa nova geração — disse ele. — Mal consigo me lembrar de ter sido tão pequeno.

Gêngis assentiu. As crianças das tribos jamais conheceriam o medo de ser caçadas, como acontecera com ele e os irmãos. Ouvindo as risadas e as vozes agudas delas, só podia se maravilhar diante do que tinha conseguido. Apenas alguns pastores ainda percorriam os vales e montanhas de sua terra natal. Ele havia reunido o resto e os transformado numa nação sob o comando de um homem e sob o pai céu. Talvez por isso ansiasse para responder ao desafio das tribos do deserto. Um homem sem inimigos ficava rapidamente mole e gordo. Uma nação se sairia mal sem alguém espiando seus acampamentos. Sorriu ao pensar nisso. Não havia escassez de inimigos no mundo, e ele agradecia aos espíritos por eles existirem aos milhões. Não podia imaginar um modo melhor de passar a vida e tinha bons anos pela frente.

Arslan falou de novo, e a leveza sumira de sua voz:

— Pensei durante muitos meses, senhor, que é hora de abrir mão de meu posto de general. Estou ficando velho demais para sustentar uma campanha durante o inverno, e talvez cauteloso demais. Os homens precisam de alguém mais novo que possa arriscar tudo numa única jogada.

— Você ainda tem anos pela frente — respondeu Kachiun com igual seriedade.

Arslan balançou a cabeça, querendo ver como Gêngis reagia às suas palavras.

— É a hora. Esperarei o retorno de meu filho Jelme, mas não desejo deixar minha terra natal de novo. Meu juramento é ao senhor, Gêngis, e ele não será violado. Se o senhor me disser para cavalgar, cavalgarei até cair. — Ele falava na morte. Nenhum guerreiro caía da sela estando vivo. Arslan fez uma pausa para ver se o cã entendia sua lealdade, antes de prosseguir: — Nenhum homem pode cavalgar para sempre. Meus quadris e ombros doem e minhas mãos ficam rígidas ao primeiro toque do frio. Talvez seja por tantos anos batendo metal; não sei.

Gêngis franziu a boca, trazendo sua montaria para mais perto, de modo a poder segurar o ombro de seu general.

— Você está comigo desde os primeiros dias — disse com leveza. — Ninguém serviu com mais honra. Se quer passar seus últimos dias em paz, eu o libero de seu juramento.

Arslan baixou a cabeça, visivelmente aliviado.

— Obrigado, meu senhor cã. — Quando levantou os olhos, seu rosto estava vermelho de emoção. — Eu o conheci quando o senhor estava sozinho e sendo caçado. Vi grandeza no senhor quando ofereci minha vida. Eu sabia que esse dia viria e preparei meu segundo para o comando de meu *tuman*. A decisão é sua, mas recomendo Zurgadai para me substituir.

— Ninguém poderia substituí-lo — disse Gêngis imediatamente. — Mas honrarei sua escolha e sua sabedoria esta última vez. Conheço esse tal de Zurgadai, a quem chamam de "Jebe", a flecha.

Arslan fez uma discreta careta.

— Se o senhor diz. O senhor o conheceu quando cavalgamos contra o clã Besud, há anos. Ele matou o seu cavalo.

Gêngis soltou uma exclamação de surpresa.

— Eu sabia que conhecia o nome! Pelos espíritos, ele sabia atirar com um arco. Foram trezentos passos? Lembro que quase abri minha cabeça.

— Ele serenou-se um pouco, senhor, mas não muito. Tem sido leal ao senhor desde que foi poupado naquele dia.

Gêngis assentiu.

— Então passe para ele seu paitze de ouro e convide-o à minha tenda do conselho. Faremos da festa uma celebração pela sua vida. Os contadores de histórias cantarão suas loas ao pai céu e todos os jovens guerreiros saberão que um grande homem deixou as fileiras.

Ele pensou um momento enquanto Arslan ficava vermelho de orgulho.

— Você terá mil cavalos de meu próprio rebanho e uma dúzia de mulheres como serviçais para sua esposa. Mandarei três rapazes para guardá-lo na velhice. Você não ficará sozinho quando se afastar, general. Terá ovelhas e cabras suficientes para engordá-lo durante cem anos.

Arslan apeou e tocou a cabeça no pé de Gêngis, pousado no estribo.

— O senhor me honra, mas preciso de bem pouco. Com sua permissão, tomarei minha esposa e apenas um pequeno rebanho de cabras e cavalos. Juntos encontraremos um lugar tranquilo perto de um riacho e lá permaneceremos. Não há mais ladrões nas colinas, e se por acaso houver, meu arco e minha espada ainda falam por mim. — Ele sorriu para o homem que tinha visto crescer de menino a conquistador de nações. — Talvez eu construa uma pequena forja e faça uma última espada para ser enterrada comigo. Ouço o som do martelo na mente, até mesmo agora, e estou em paz.

Gêngis viu-se com lágrimas nos olhos enquanto fitava o homem que tinha sido como um segundo pai para ele. Apeou também e abraçou Arslan brevemente, fazendo com que as crianças que gritavam ao redor ficassem em silêncio.

— É um bom sonho, meu velho.

As terras em volta do rio Orkhon eram de um verde mais forte do que podia ser encontrado em qualquer outro local. O rio em si era largo e límpido. Tinha de ser, para sustentar 200 mil homens e mulheres, com o dobro desse número em cavalos quando Khasar e Tsubodai chegaram, tendo um dia de diferença entre um e outro. Sob a mão regente do cã, a nação havia crescido e sempre havia crianças berrando em toda parte. Desde seu retorno da capital jin, Gêngis fizera um acampamento semipermanente junto ao rio, rejeitando a planície de Avraga. Era verdade que Avraga sempre seria sagrada como o local onde ele forjara uma nação, mas era uma terra seca e plana. Em comparação, uma cachoeira próxima se chocava nas águas do Orkhon, produzindo uma fumaça branca, e os cavalos e ovelhas podiam beber o quanto quisessem. Gêngis havia nadado muitas vezes nos poços profundos desse rio, recuperando assim as forças.

Khasar havia chegado primeiro e abraçado os irmãos: Gêngis, Kachiun, até mesmo Temuge, que não era guerreiro, mas administrava os acampamentos e resolvia disputas entre famílias. Khasar trouxe Ogedai. O garoto tinha apenas 13 anos, mas era musculoso e possuía membros compridos, que prometiam a altura do pai. Nas superfícies afiadas do rosto de Ogedai os irmãos podiam ver um eco do menino que um dia os mantivera vivo quando estavam banidos e sozinhos, com apenas algumas migalhas de comida para livrá-los da fome e da morte. Khasar pegou Ogedai pela nuca, mandou-lhe ir ver o pai, mostrando seu orgulho.

— Ele é bom com arco e espada, irmão — disse Khasar, inclinando um odre de airag preto e mandando um jato da bebida garganta abaixo.

Gêngis ouviu o grito deliciado de sua esposa Borte na iurta da família e soube que seu filho estaria rodeado por mulheres dentro de apenas alguns instantes.

— Você cresceu, Ogedai — disse ele sem jeito. — Esta noite quero ouvir tudo sobre suas viagens. — Ele ficou olhando Ogedai fazer uma reverência formal, o rosto do garoto escondendo qualquer emoção. Três anos era muito tempo para ficar longe, mas Gêngis ficou satisfeito com o guerreiro adolescente que havia retornado para ele. Ogedai tinha os mesmos olhos amarelos, e Gêngis aprovou seu silêncio e sua calma. Não os testou abraçando-o, não com tantos guerreiros olhando, guerreiros que talvez seguissem Ogedai num ataque um dia.

— Você tem idade para beber, garoto? — perguntou Gêngis, levantando um odre. Quando o filho assentiu, ele jogou-o e Ogedai pegou-o no ar com facilidade, inundado pelas visões e sons de seu povo ao redor. Quando a mãe avançou e o abraçou, ele permaneceu rígido, tentando mostrar ao pai que não era um menininho que se dissolvia nos braços dela. Borte mal pareceu notar isso e segurou o rosto dele com as duas mãos, chorando por ele ter retornado em segurança.

— Deixe-o, Borte — murmurou Gêngis junto ao ombro dela. — Ele tem idade para lutar e cavalgar comigo. — A esposa o ignorou e Gêngis suspirou, sereno.

Gêngis sentiu o peito apertar quando viu Tsubodai trotando em sua direção através da planície apinhada de gente, com Jochi ao lado. Os dois apearam e Gêngis viu que Jochi caminhava com o passo ágil de um guerreiro nato. Havia crescido e estava quase 3 centímetros mais alto do que o cã, mas seus olhos ainda lembravam a Gêngis que algum outro homem poderia ser seu pai. Ele não sabia como reagiria a Jochi, mas por instinto falou diretamente com Tsubodai, ignorando-o.

— Você fez um bom trabalho com eles, general? — perguntou.

Tsubodai respondeu com um risinho:

— Vi muitas coisas estranhas, meu senhor cã. Teria ido mais longe se o senhor não tivesse nos chamado de volta. É guerra, então?

Uma sombra atravessou o rosto de Gêngis, mas ele balançou a cabeça.

— Mais tarde, Tsubodai, mais tarde. Terei cães para você chicotear, mas Arslan deixará o cargo de general e, quando Jelme chegar, celebraremos a vida dele.

Tsubodai mostrou tristeza ao ouvir a notícia.

— Eu devo muito a ele, senhor. Meu poeta é um ótimo homem. Posso oferecer o serviço dele?

Gêngis sorriu.

— Para o general ferreiro tenho uma dúzia de poetas e contadores de histórias brigando como gatos pela honra, mas seu homem pode se juntar a eles.

Gêngis podia sentir a mãe de Jochi, Borte, olhando-o enquanto ele falava. Ela estaria esperando aceitação pública de seu filho primogênito antes de também lhe dar as boas-vindas. Quando veio o silêncio, Gêngis se virou finalmente para Jochi. Era difícil não se irritar sob aquele olhar negro e impassível. Fazia muito tempo, nos acampamentos, que nenhum homem ousava encarar o cã daquele modo, e Gêngis sentiu o coração bater mais rápido, como se enfrentasse um inimigo.

— Fico feliz em vê-lo bem e forte, pai — disse Jochi, a voz mais grossa do que Gêngis havia esperado. — Quando parti, o senhor ainda estava fraco devido ao veneno do assassino.

Gêngis viu a mão de Tsubodai estremecer, como se quisesse levantá-la em alerta a Jochi. O general tinha a inteligência mais afiada do que Jochi, pelo jeito. O jovem guerreiro se mantinha orgulhoso diante do pai como se não fosse uma cria nascida de um estupro e não muito bem-vinda nas iurtas da família.

Gêngis lutou contra a irritação, muito consciente da presença silenciosa de sua esposa.

— Parece que sou um homem difícil de matar — disse mansamente. — Você é bem-vindo ao meu acampamento, Jochi.

Seu filho permaneceu imóvel, mas, para Gêngis, dar-lhe os direitos de hóspede como se fosse um guerreiro comum era uma farpa sutil. Ele não dissera essas palavras a Tsubodai ou Khasar; não eram necessárias entre amigos.

— O senhor me honra, senhor cã — disse Jochi, baixando a cabeça de modo que o pai não visse seus olhos furiosos.

Gêngis assentiu, analisando o rapaz enquanto ele segurava as mãos da mãe gentilmente e fazia uma reverência, o rosto pálido e tenso. Os olhos de Borte se encheram de lágrimas de júbilo, mas havia mais contenção entre mãe e filho do que houvera com Ogedai. Numa atmosfera assim, ela não podia abraçar o guerreiro jovem e alto. Antes que Gêngis pudesse falar de novo, Jochi se virou para o irmão mais jovem e toda a rigidez o abandonou de uma vez.

— Estou vendo você, homenzinho — disse Jochi.

Ogedai sorriu e avançou para dar um soco no ombro do irmão, o que instigou-os a uma luta breve que terminou com sua cabeça presa na axila de Jochi. Gêngis ficou olhando irritado, querendo dizer mais alguma coisa que cortasse os modos tranquilos de Jochi. Em vez disso, Jochi afastou-se com Ogedai, que murmurou protestos por Jochi ter esfregado sua cabeça. O cã não havia dispensado o filho, e abriu a boca para ordenar-lhe que voltasse.

— Seu filho aprendeu bem, senhor — disse Tsubodai antes que ele pudesse falar. — Comandou mil homens em batalhas contra os guerreiros da Rússia, e os homens o respeitam.

Gêngis fez um muxoxo, sabendo que, de algum modo, o momento lhe escapara.

— Você não o elevou depressa demais? — perguntou.

Um homem mais fraco poderia ter concordado, mas Tsubodai balançou a cabeça imediatamente, leal ao rapaz de quem havia cuidado durante três anos.

— Ele aprendeu rapidamente o que significa comandar, senhor, ter cada homem olhando-o em busca de força. Meu poeta tem muitos versos sobre Jochi e os homens falam bem sobre o filho do cã. Ele sabe comandar. Não tenho elogio maior.

Gêngis olhou para onde Jochi estava rindo com Ogedai. Juntos eles pareciam mais jovens, mais como os meninos que haviam crescido em sua iurta. Assentiu relutante, mas quando falou de novo, as esperanças de Tsubodai desvaneceram.

— O sangue ruim pode chegar à superfície a qualquer momento, general. Numa carga, ou numa batalha, ele poderia mudar de lado. Tenha cuidado para não arriscar a vida por ele.

Tsubodai não poderia contradizer o cã sem insultá-lo, mas ardeu de vontade de falar contra aquela injustiça. No fim, sua revolta permaneceu interna e ele baixou a cabeça.

— Jelme e Chagatai estão a apenas três dias de distância — disse Gêngis, sua expressão ficando leve. — Então você verá um filho meu, Tsubodai, e saberá por que tenho orgulho dele. Iluminaremos a terra com lâmpadas e comeremos e beberemos tanto que os homens falarão disso durante anos.

— Como quiser, senhor — respondeu Tsubodai, escondendo a perturbação. Em três anos tinha visto Jochi crescer e virar um bom homem, capaz de liderar exércitos. Tsubodai não vira fraqueza nele, e sabia que era um bom avaliador de caráter. Enquanto seguia o olhar do cã até o filho mais velho, Tsubodai sofreu pela dor que Jochi devia sentir. Nenhum homem deveria jamais ser rejeitado pelo pai. Se Jochi tivesse todos os outros generais a seus pés e o desprezo de Gêngis, sentiria apenas o desprezo. Quando Gêngis se virou para o outro lado com Khasar e Kachiun, Tsubodai balançou a cabeça ligeiramente, depois reassumiu o rosto frio e se juntou aos outros nos preparativos para a festa. Jelme e Chagatai estavam vindo, e Tsubodai não ansiava por ver Gêngis louvar o segundo filho acima do primeiro.

CAPÍTULO 4

ALGO ARRANCOU JELME DE UM SONO PROFUNDO. NA ESCURIDÃO COMPLETA, sentou-se e ficou prestando atenção. O buraco para a fumaça em sua iurta estava coberto e seus olhos não se ajustaram à falta de luz. Ao lado, uma mulher jin se remexeu e ele estendeu a mão para tocar o rosto dela.

– Fique quieta – sussurrou. Conhecia os sons do acampamento: os relinchos dos pôneis, o riso ou o choro na noite que o acalmavam e faziam dormir. Conhecia os sons de seu povo e as menores mudanças neles. Como um cão selvagem, uma parte dele jamais dormia totalmente. Era experiente demais para descartar o sentimento arrepiante de perigo considerando-o um pesadelo. No silêncio, afastou as peles e se levantou de peito nu, usando apenas uma calça velha.

O som era baixo e distante, mas o toque da trombeta de um batedor era inconfundível. Enquanto a nota morria, Jelme agarrou uma espada que estava pendurada no mastro central. Calçou botas macias, jogou uma capa pesada nos ombros e saiu para a noite. O acampamento já estava acordando ao redor, guerreiros montando com murmúrios e estalos de língua para os animais. Estavam a menos de um dia de cavalgada até Gêngis, e Jelme não fazia ideia de quem seria louco a ponto de arriscar as pernas de cavalos preciosos no escuro. Bastaria um buraco de marmota no lugar errado e uma pata poderia se quebrar. Jelme não imaginava algum inimigo naquelas planícies vazias, muito menos um inimigo que ousasse atacá-lo. Mesmo assim estaria preparado. Não seria surpreendido em seu próprio acampamento.

Chagatai chegou correndo pelo capim escuro, seu passo cambaleante mostrando a quantidade de airag que havia entornado naquela noite. O rapaz se encolheu quando lâmpadas foram acesas em volta da iurta de Jelme, mas o general não demonstrou compreensão. Um guerreiro sempre deveria estar preparado para cavalgar, e ignorou as feições emaciadas do filho de Gêngis.

– Pegue cem homens, Chagatai – disse rispidamente, a tensão começando a se revelar nele. – Faça batidas em volta procurando algum inimigo, qualquer coisa. Há alguém fora esta noite.

O jovem príncipe afastou-se rapidamente, já assobiando para seus suboficiais. Jelme chamou homens, organizando-os sem hesitar. Os batedores tinham lhe dado tempo, e ele não desperdiçou. Fileiras foram se formando no negrume e de repente a noite estava ruidosa com cada homem, mulher e criança preparando armas ou armazenando suprimentos e amarrando carroças. Guardas pesadamente armados corriam em pares pelo acampamento, procurando agressores ou ladrões.

Jelme sentou-se no centro da tempestade, sentindo o redemoinho de movimento ao redor. Não havia gritos de alarme, ainda não, mas ouviu a trombeta distante do batedor soar de novo. À luz tremeluzente e sibilante das lâmpadas de gordura de carneiro, os serviçais trouxeram seu capão predileto e ele pegou a aljava cheia que lhe foi entregue.

Quando Jelme saiu trotando pela escuridão, seu exército estava alerta e pronto. Os primeiros 5 mil guerreiros cavalgavam com ele, uma força de homens que conheciam sangue, bem treinados em batalha. Ninguém gostava de lutar no escuro, e, se tivessem de fazer uma carga, homens e cavalos seriam mortos. Jelme trincou o maxilar contra o frio, que sentiu pela primeira vez desde que acordara.

Gêngis galopava na escuridão, cego de bebida e tão leve que sentia que os estribos serviam ao propósito de impedi-lo de sair flutuando. Conforme a tradição exigia, ele começara cada odre de airag jogando algumas gotas para os espíritos que guiavam seu povo. Havia cuspido mais algumas sobre as fogueiras da festa, de modo que o clarão o fazia girar na fumaça doce. Apesar de tudo isso, uma boa quantidade chegara-lhe à garganta e ele perdera a conta dos odres que havia derrubado.

A festa começara dois dias antes. Gêngis dera as boas-vindas formalmente aos filhos e aos generais que retornavam, honrando todos diante de seu povo. Até o mau humor constante de Jochi havia se suavizado quando grandes pratos de carne da caçada foram servidos. Khasar e Ogedai também haviam caído sobre os melhores cortes com um grito de prazer. Tinham comido muitas coisas estranhas nos anos passados longe, mas ninguém nas terras dos koryones ou jin poderia ter levado um prato de carneiro de terra, verde, às mesas que gemiam. Aquela carne fora enterrada no inverno anterior e trazida inteira para o retorno dos generais. Os olhos de Khasar tinham se enchido de lágrimas, apesar de ele ter dito que era a amargura da carne podre e não a nostalgia pela iguaria rara. Ninguém acreditou, mas isso não importava.

A festa havia crescido até um clímax de ruído e deboche. Os guerreiros mais fortes andavam em meio às iurtas, procurando mulheres. As do povo estavam em segurança, mas as escravas jin ou as russas capturadas eram caça liberada. Seus gritos soavam altos na noite, quase abafados pelos tambores e trombetas ao redor das fogueiras.

Haviam sido iniciados poemas que demorariam um dia inteiro para terminar. Alguns eram cantados no estilo antigo, de duas notas emitidas pela mesma garganta. Outros eram falados em voz bem alta, competindo, no caos, por quem quisesse ouvir. As fogueiras ao redor de Gêngis ficaram mais apinhadas à medida que a primeira noite ia virando alvorecer.

Mesmo então Khasar não havia dormido, pensou Gêngis, procurando a sombra do irmão no escuro. À medida que o segundo dia ia terminando, Gêngis vira como os poetas guardavam suas baladas dedicadas a Arslan, esperando o filho do general. Foi então que Gêngis, ele próprio, encheu de novo a taça de Arslan.

— Chagatai e Jelme estão a uma curta cavalgada daqui, Arslan — dissera por cima do som de sopros e cordas. — Quer vir comigo encontrar nossos filhos?

Arslan sorriu bêbado, assentindo.

— Levarei os poetas até eles, para ouvir as histórias sobre você, meu velho — disse Gêngis, engrolando as palavras.

Era uma ideia grandiosa e, com um sentimento caloroso, ele convocou seu conselho de generais. Tsubodai e Jochi pediram cavalos enquanto Khasar e Ogedai vinham cambaleando. Ogedai pareceu meio verde e Gêngis ignorou o cheiro azedo de vômito em volta do filho.

Foi Kachiun que trouxe a égua cinza do cã, um belo animal.

— Isso é loucura, irmão! — gritou Kachiun, alegre. — Quem cavalga rápido à noite? Alguém cairá.

Gêngis indicou a escuridão e depois seus companheiros.

— Não temos medo! — declarou, os bêbados ao redor aplaudindo o sentimento. — Tenho minha família e meus generais. Tenho o ferreiro Arslan e Tsubodai, o Valente. Que o chão tenha medo de *nós*, se cairmos. Vamos abri-lo com nossa cabeça dura! Estão prontos?

— Disputarei contigo, irmão — respondeu Kachiun, aderindo ao clima de loucura. Os dois trotaram à frente da pequena coluna, que foi crescendo progressivamente à medida que outros se juntavam. O xamã, Kokchu, estava lá, um dos poucos que pareciam sóbrios. Gêngis havia procurado seu último irmão, Temuge, e o viu a pé, balançando a cabeça redonda em desaprovação. Não importa, pensou Gêngis. O desgraçado inútil era incapaz de cavalgar.

Ele olhou em volta, para sua família, certificando-se de que todos tivessem odres cheios de airag e vinho de arroz. Não seria bom ir com pouco. Uma dúzia de poetas se juntara a eles, os rostos brilhantes de empolgação. Um já havia começado a declamar versos e Gêngis sentiu-se tentado a chutá-lo do pônei e deixá-lo para trás.

Havia um pouco de luz de estrelas e ele podia ver seus filhos, irmãos e generais. Riu por um instante da ideia de algum pobre ladrão surgindo diante desse grupo de cortadores de gargantas.

— Darei uma égua branca a quem chegar antes de mim ao acampamento de Jelme e meu filho Chagatai. — Ele parou um instante para deixar sua fala ser absorvida e para captar os risos selvagens dos homens. — Cavalguem com tudo, se tiverem coragem! — rugiu então, batendo os calcanhares e instigando a égua a um galope pelo acampamento. Os outros foram quase igualmente rápidos, gritando enquanto corriam em perseguição. Talvez 2 mil tenham seguido o cã na escuridão profunda, todos os que tinham cavalos ao seu alcance quando o cã havia saltado sobre sua montaria. Ninguém hesitou, ainda que o terreno fosse duro e cair fosse jogar uma vida e não saber se ela acabaria.

Cavalgar a toda velocidade pelo terreno preto que corria a seus pés ajudou a clarear um pouco a cabeça de Gêngis, ainda que uma dor tivesse começado a latejar atrás do seu olho esquerdo. Havia um rio em algum lugar próximo, lembrou-se. A ideia de mergulhar a cabeça na água gélida era muito tentadora.

Seu humor leve se despedaçou quando sentiu um movimento flanqueando-o na escuridão. Por um breve instante, imaginou se teria arriscado a vida, sem estandartes, tambores ou qualquer coisa que o identificasse como cã. Então instigou a montaria adiante e gritou feito louco. Tinham de ser os homens de Jelme que formavam chifres de cada lado dele. Cavalgou como um maníaco em direção ao centro da linha, onde sabia que encontraria seu general.

Khasar e Kachiun estavam logo atrás, e então Gêngis viu Jochi passar por ele, montando deitado sobre a sela e gritando com sua montaria, instigando o animal.

A ponta de lança da coluna irregular mergulhou em direção às fileiras de Jelme, seguindo o cã. Dois caíram quando seus cavalos bateram em obstáculos ocultos. Outros se chocaram nos homens e pôneis esparramados na escuridão, incapazes de parar. Outros três animais quebraram patas e foram derrubados; alguns homens saltaram e ficaram de pé, rindo e incólumes, enquanto outros jamais se levantariam de novo. Gêngis não soube de nada disso, atento que estava à ameaça dos homens de Jelme e alcançando seu filho errante.

Jochi não gritou um alerta para as fileiras de Jelme, por isso Gêngis não podia fazê-lo. Se seu filho optava por cavalgar direto para as gargantas de homens nervosos com arcos retesados, Gêngis só podia engolir o arrepio súbito que repuxava sua embriaguez. Só podia cavalgar.

Jelme forçava a vista para enxergar na escuridão, seus homens a postos. Os guerreiros que cavalgavam feito loucos no negrume estavam quase o alcançando. Tinha estendido as alas em volta da coluna, de modo que eles cavalgavam para dentro de uma taça que ia se aprofundando. Ainda que mal pudesse ver mais do que uma massa preta à luz das estrelas, poderia encher o ar com flechas num instante.

Hesitou. Tinha de ser Gêngis, cavalgando na dianteira. Quem mais poderia ser tão imprudente? No entanto nenhum alerta fora gritado. Jelme sabia que ele não deixaria nenhum inimigo se chocar diretamente contra seus melhores homens. Mandaria primeiro uma tempestade de flechas.

Apertou os olhos, virando a cabeça à esquerda e à direita para deixar claras as sombras móveis. Poderia ser o cã? Seria capaz de jurar que ouvira alguém cantando na coluna que disparava em sua direção. No escuro, somente ele estava à luz de uma tocha, para ser visto. Levantou o braço e, ao longo de todas as linhas, milhares de arcos se retesaram como se fossem um só.

— À minha ordem! — gritou Jelme, o mais alto que pôde. Podia sentir o suor gelando ao vento no rosto, mas não estava com medo. Não havia ninguém a quem perguntar, ninguém para lhe dizer o que fazer. A decisão era somente sua. Jelme olhou pela última vez para os cavaleiros escuros que chegavam e deu um sorriso tenso, balançando a cabeça como um tique nervoso. Ele não podia *saber*.

— Baixem! — gritou de repente. — Deixem que eles venham! Formação larga.

Seus oficiais repetiram as ordens pela linha. Jelme só podia esperar para ver se os cavaleiros parariam ou se alcançariam suas fileiras e começariam a matança. Ficou vendo o borrão de sombras chegar a cem passos, no fundo da taça formada pelas alas. Cinquenta passos e eles continuavam seguindo o homem que ia à frente, para a boca da destruição.

Jelme viu alguns deles diminuírem a velocidade, e homens nas alas começaram a gritar ao ouvir as vozes de amigos e familiares. Relaxou, agradecendo ao pai céu por seu instinto estar correto. Virou-se de novo e seu queixo caiu quando a fileira da frente, muito apertada, se chocou contra seus homens com um estrondo tão alto que fazia doer os ouvidos. Cavalos e guerreiros caíram, e de repente cada mão segurava uma espada ou retesava um arco de novo.

— Tochas! Tragam tochas aqui! — gritou Jelme. Escravos correram pelas fileiras para iluminar a cena de homens gemendo e chutando, cavalos se esparramando.

Jelme reconheceu Gêngis no centro daquilo e empalideceu ligeiramente, imaginando se o cã exigiria sua cabeça. Será que deveria ter recuado ou aberto um caminho para eles passarem pela horda? Soltou o fôlego lentamente quando Gêngis abriu os olhos e xingou, sentando-se com esforço. Jelme gesticulou para dois guerreiros para que fossem ajudar o cã a ficar de pé, mas ele repudiou os braços dos homens.

— Onde está você, general? — gritou Gêngis, balançando a cabeça.

Jelme avançou, engolindo em seco de nervoso ao ver Gêngis tocar o queixo e sua mão voltar com uma mancha de sangue.

— Estou aqui, senhor cã — disse, mantendo-se dolorosamente ereto. Não ousava olhar os outros homens caídos ao redor e gemendo, mas reconheceu a voz raivosa de Khasar tentando tirar alguém inconsciente de cima dele.

Gêngis se virou para Jelme e seus olhos focalizaram finalmente.

— Você reconhece, general, que nenhum outro homem chegou às suas linhas antes de mim?

Jelme piscou.

— Acredito que sim, senhor cã.

Gêngis assentiu com a vista turva para os que estavam atrás dele, satisfeito.

— A noite mal começou e já estou com a cabeça ferida.

Gêngis sorriu, e Jelme viu que ele havia quebrado um dente do lado direito. Viu Gêngis cuspir sangue no capim, olhando irritado para um guerreiro ali perto, que se encolheu visivelmente.

— Acenda fogueiras, Jelme. Seu pai está em algum lugar por aí, mas não foi tão rápido como eu, nem de longe. Se Arslan ainda estiver vivo, brindaremos à vida dele com vinho de arroz e airag e seja qual for a comida que você tiver.

— O senhor é bem-vindo ao meu acampamento, senhor cã — disse Jelme formalmente. Quando captou o humor descomedido dos homens que haviam cavalgado até ali, começou a rir. Até seu pai estava rindo incrédulo enquanto se levantava, apoiando-se num estoico jovem guerreiro.

— O senhor não parou, então? — murmurou Jelme, maroto, para o pai.

Arslan deu de ombros e balançou a cabeça, os olhos brilhando ante a lembrança.

— Quem poderia parar? Ele carrega todos nós.

Os 10 mil de Jelme continuaram a festa no ermo. Até as crianças menores foram acordadas e trazidas para ver o grande cã andando pelo acampamento. Gêngis fez menção de pôr a mão na cabeça dos pequenos, mas estava distraído e impaciente. Tinha ouvido trombetas soarem chamando de volta os cavaleiros dos flancos e soube que Chagatai estava chegando. Não podia culpar Jelme por seus preparativos, mas queria ver o filho.

Os serviçais de Jelme trouxeram vinho e comida fria para os recém-chegados enquanto fogueiras enormes, feitas de fina madeira de Koryo, eram montadas e acesas, lançando poços de ouro e escuridão. O capim úmido foi coberto com grossas camadas de feltro e linho. Quando ocupou seu lugar de honra, Gêngis sentou-se com as pernas cruzadas, Arslan a seu lado direito. Kachiun, Khasar e Tsubodai se juntaram a ele diante das chamas que rugiam, passando um odre de vinho de arroz de um para o outro. À medida que o círculo se fechava, Jochi garantiu um lugar à direita de Khasar, de modo que Ogedai ficou mais adiante na linha. Os mais velhos não pareceram notar, embora Jochi pensasse que Kachiun via tudo. O xamã, Kokchu, agradeceu ao pai céu pelas conquistas que Jelme fizera e as riquezas que havia trazido. Jochi olhou o xamã girar e berrar, jogando gotas de airag para os ventos e espíritos. Jochi sentiu uma gota atingir seu rosto e escorrer pelo queixo.

Quando Kokchu voltou para seu lugar, músicos começaram a tocar pelo acampamento, como se tivessem sido liberados. O som das baquetas ficou turvo e as notas gemidas se misturavam e se voltavam umas contra as outras, gritando para lá e para cá por sobre as chamas. Homens e mulheres cantavam canções e poemas à luz das fogueiras, dançando até o suor pingar. Os que tinham vindo com Jelme estavam satisfeitos em homenagear o grande cã.

O calor da fogueira era forte no rosto de Jochi, o fogo saindo de um coração de brasas alaranjadas e percorrendo estranhos caminhos até o âmago. Ali sentado, Jochi observou os generais de seu pai e encontrou os olhos de Kachiun por um instante, antes de desviar o olhar. Mesmo naquele breve contato houve comunicação. Jochi não voltou a fitá-lo, sabendo que Kachiun estaria observando-o com interesse aguçado. Os olhos mostravam a alma, e eram sempre mais difíceis de mascarar.

Quando Chagatai chegou cavalgando, foi acompanhado pelos gritos de seu *jagun* de guerreiros. Jelme ficou satisfeito ao ver que o estupor bêbado de Chagatai havia desaparecido com um pouco de cavalgada rápida. O segundo filho de Gêngis parecia cheio de vida e forte quando pulou do cavalo por sobre o ombro do animal.

Gêngis se levantou para recebê-lo e os guerreiros gritaram em apreciação quando o pai segurou o braço do filho e lhe deu um soco nas costas.

– Você ficou alto, garoto – disse Gêngis. Seus olhos estavam vítreos da bebida e o rosto, manchado e inchado. Chagatai fez uma reverência profunda ao pai, o modelo de filho perfeito.

Chagatai manteve-se calmo enquanto apertava mãos e batia nos ombros dos homens de seu pai. Para irritação de Jochi, cozida em fogo brando, seu irmão andava bem, as costas eretas e os dentes brancos reluzindo enquanto gargalhava e sorria. Aos 15 anos, sua pele mal tinha cicatrizes além de nos pulsos e antebraços e não mostrava marcas de doenças. Gêngis olhava-o com orgulho evidente. Quando Jochi viu Chagatai ser chamado para sentar-se perto de Gêngis, ficou feliz porque a grande fogueira escondia seu rubor de raiva. Chagatai havia olhado Jochi, um instante de frio reconhecimento. Não tinha se dado ao trabalho de encontrar palavras para o irmão mais velho, mesmo depois de três anos. O rosto de Jochi permanecia calmo, mas era espantoso como a raiva saltava dentro dele, despertada apenas por aquele olhar. Por alguns instantes não queria nada mais do que seguir com ímpeto por entre os bêbados idiotas e derrubar Chagatai. Podia sentir a própria força inchar nos ombros enquanto imaginava o soco. No entanto, aprendera paciência com Tsubodai. Enquanto Gêngis enchia a taça de Chagatai, Jochi ficou sentado sonhando com assassinato, sorrindo com todos os outros.

CAPÍTULO 5

QUANDO A ALVORADA CHEGOU, O POETA DE TSUBODAI ESTAVA NO MEIO DA história da Boca do Texugo, em que Arslan havia lutado contra o maior exército jamais visto por qualquer pessoa do povo. Com Gêngis e os generais olhando, o poeta foi mais honesto do que o usual ao contar os feitos de Arslan. Todos haviam se saído bem naquela passagem de montanha antes de Yenking. Todos se lembravam daqueles dias sangrentos, o orgulho e o espanto se misturando ao vinho no sangue deles. Ninguém mais além deles entenderia o que significara estarem juntos, ali, contra o império jin — e vê-lo ser humilhado. A Boca do Texugo fora o útero que os levara a um novo mundo: mais forte e mais perigoso. Tinham ido para o leste e Yenking havia queimado.

O sol nascente trouxe a visão de milhares de cavaleiros se espalhando pela terra, vindos do acampamento junto ao rio Orkhon, muitos com mulheres e crianças nas selas. Gêngis era o cã e podia cavalgar aonde quisesse, mas todos queriam ouvir as histórias de Arslan. À medida que o sol da manhã subia no céu, poemas e histórias foram declamados por uma centena de gargantas, repetidamente, até que os poetas e xamãs estivessem roucos.

Nem mesmo Gêngis havia percebido que tantos iriam querer ouvir sobre os primeiros dias, mas o povo estava sentado em fascínio com as apresentações, inclusive os que bebiam pesadamente e enchiam a barriga com o carneiro gorduroso e a carne de cabrito. Ouviu de novo como Arslan o havia resgatado de um buraco e piscou com a lembrança dolorosa de nomes que não recordava havia anos. Arslan fora o primeiro a lhe prestar juramento, prometer cavalos, iurtas, sal e sangue, quando Gêngis não tinha nada além de sua mãe e sua irmã, alguns irmãos selvagens e a fome como companheiros. Fora um imenso ato de confiança e Gêngis viu-se lembrando e se comovendo de novo com as mudanças que Arslan havia tecido e testemunhado. Este era o propósito da narrativa de verdades da vida de um homem: que todos que ouvissem recordassem o que ele havia significado e o que havia realizado ao longo dos anos.

As recitações foram interrompidas para os narradores descansarem as gargantas nos preparativos para as apresentações da tarde. Nesse ponto havia ficado claro que toda a nação mongol iria se mudar para aquela região.

Não era onde Gêngis pretendia homenagear seu primeiro general. O rio ficava muito longe, as pastagens eram pouco abundantes e o chão propriamente dito era rochoso e seco. No entanto foi essa falta de permanência que o fez grunhir de satisfação enquanto mijava na terra. Seu povo não deveria se acostumar ao conforto, disse a si mesmo, com a mente turva. A vida dura os mantinha mais fortes do que os que viviam em cidades.

Seus pensamentos foram interrompidos por gritos e comemorações ali perto. Guerreiros pareciam estar se juntando ao redor de um ponto, como um enxame de abelhas. Piscando, Gêngis viu Chagatai subir numa carroça para se dirigir aos homens. Gêngis franziu a testa quando outro som silenciou a multidão, um rugido urrado, tossido, que fez os pelos de sua nuca se eriçarem. Gêngis baixou a mão ao punho da espada enquanto caminhava em meio ao seu povo, deixando os homens recuarem diante dele para não tocarem o cã e, assim, perderem uma das mãos ou a cabeça.

Seus generais tinham se reunido em volta de uma jaula de ferro na carroça, mas Gêngis não olhou para eles, nem para Chagatai, que parecia um dono orgulhoso. O animal atrás das barras era maior do que qualquer grande felino que ele já vira. Gêngis só pôde balançar a cabeça, espantado, fechando um olho por causa da dor do dente quebrado e de uma dor de cabeça latejante. Para entorpecê-la, pediu mais airag com um gesto e acertou a garganta com um jato da bebida. Mesmo assim seus olhos não se afastaram do animal que andava de um lado para o outro, mostrando os dentes brancos e curvos para demonstrar raiva. Ele ouvira falar do tigre com listras alaranjadas e pretas, mas ver suas mandíbulas e ouvir as batidas da cauda enquanto o bicho andava para trás e para a frente na jaula fez seu coração bater acelerado. Havia um desafio nos olhos amarelos da fera, que abalava a multidão espantada.

— Não é um presente digno de um cã? — disse Chagatai.

Gêngis meramente olhou-o, mas Chagatai perdeu parte da presunção nesse alerta. A multidão ao redor havia silenciado, esperando a reação do cã. Jelme estava visivelmente desconfortável e Gêngis assentiu para ele em aprovação.

— Nunca vi um animal assim, general. Como o capturou?

— O tigre é um presente para o senhor, do rei de Koryo. Foi criado desde filhote, mas eles não podem ser domesticados. Disseram que ele derruba até mesmo um homem a cavalo e mata a montaria e o cavaleiro.

Gêngis ficou bem perto das barras, olhando nos olhos do tigre. Quando o encarou de volta, o animal se moveu de súbito, seu peso sacudindo a jaula quando ele se chocou contra as barras. Gêngis estava bêbado demais para se desviar e sentiu um impacto dilacerante no braço quando uma pata saltou para ele. Olhou com alguma surpresa para o sangue na manga rasgada. Uma única garra o havia acertado e dado um talho fundo na carne.

— Tão rápido... — disse com espanto. — Já vi cobras mais lentas. E com esse tamanho todo! Posso acreditar na história de que ele mata um homem e o cavalo. Essas mandíbulas podem partir um crânio. — Ele oscilou ligeiramente enquanto falava, mas ninguém mencionou o ferimento, para o caso de isso envergonhar o cã.

— Em Koryo, há guerreiros que caçam os tigres — disse Chagatai mais humildemente —, mas eles trabalham em grupos e usam arcos, lanças e redes. — O olhar de Chagatai pousou em Jochi enquanto falava, e sua expressão ficou pensativa. Seu irmão mais velho parecia tão fascinado pela fera quanto o próprio Gêngis, e estava perto demais das barras.

– Cuidado, Jochi – alertou Chagatai em voz alta. – Ele te acertará também.

Jochi olhou-o irritado. Queria contestá-lo, mas não podia alardear sua velocidade enquanto o pai sangrava.

– Você caçou um desses tigres, na terra koryon? – perguntou Jochi.

Chagatai deu de ombros.

– Eles não são comuns perto dos palácios do rei. – Sob o olhar morno de Jochi, não pôde evitar acrescentar. – Teria participado, se encontrassem um.

– Talvez – disse Jochi, franzindo a testa. – Mas duvido que Jelme arriscaria a vida de um menino contra um monstro desses.

O rosto inteiro de Chagatai ficou vermelho enquanto alguns homens davam risinhos. Apenas alguns momentos antes disso ele fora o senhor da multidão. De algum modo, Jochi e o pai haviam roubado seu momento, por isso ele precisava defender seu orgulho. Com 15 anos, tinha apenas despeito, e dele lançou mão sem pensar, contra o único que ele ousava desafiar:

– Você acha que poderia enfrentar um tigre, Jochi? Eu apostaria uma fortuna para ver isso.

Jelme abriu a boca, mas a raiva de Jochi avançou e ele falou com aspereza:

– Diga quais são seus termos, irmão. Considerarei a ideia de ensinar um pouco de respeito ao seu animal. Afinal de contas, ele derramou o sangue do meu pai.

– Isso é tolice ébria – disse Jelme rispidamente.

– Não, deixe-o tentar – respondeu Chagatai, igualmente rápido. – Aposto cem carroças de minha parte do tributo dos koryones. Marfim, metal, ouro e madeira. – Ele abanou a mão como se isso não valesse nada. – Se você matar o tigre, tudo será seu.

– E você vai se ajoelhar diante de mim, na frente de todas as tribos – disse Jochi. A raiva o consumia, deixando-o imprudente. Seus olhos brilhavam olhando para Chagatai, mas o rapaz continuava com um sorriso de desprezo.

— Para isso você terá de fazer mais do que matar um tigre, irmão. Para isso você terá de ser cã. Talvez nem mesmo isso baste.

A mão de Jochi baixou para o punho da espada, e ele a teria desembainhado se Jelme não segurasse seu pulso.

— Vocês vão brigar como crianças diante do acampamento? Na noite em que meu pai é homenageado? O tigre é um presente de um rei ao cã. Ninguém mais pode decidir o que será feito com ele. — Seus olhos estavam furiosos e Chagatai baixou a cabeça, instantaneamente humilde. Durante seu treinamento, ele suportara castigos rígidos e sermões contundentes do general. O hábito da obediência era profundo.

Gêngis falou finalmente, tendo presenciado toda a troca de palavras:

— Aceito o presente — disse. Seus olhos amarelos pareciam da mesma cor dos do felino enorme que rosnava atrás deles. Jochi e Chagatai baixaram a cabeça para não ver a fúria do cã irromper. Quando estava bêbado, Gêngis podia derrubar um homem apenas por encará-lo.

— Poderíamos fazer um círculo com guerreiros armados — disse Gêngis pensativamente — apontando espadas e lanças para o centro. Então um homem poderia enfrentar a fera, se quisesse.

— Esses animais são mais perigosos do que qualquer coisa que eu já vi — disse Jelme com a voz tensa. — Com mulheres e crianças a toda volta... — Ele estava entre a necessidade de obedecer ao cã e à loucura do que Gêngis parecia estar considerando.

— Afaste as mulheres e as crianças, general — respondeu Gêngis, dando de ombros.

O treinamento de Jelme era forte demais para permitir que ele argumentasse, e ele baixou a cabeça diante do inevitável. Chagatai não ousou olhá-lo.

— Muito bem, senhor. Eu poderia mandar meus homens amarrar tábuas pesadas a toda volta. Poderíamos usar as catapultas para formar a estrutura.

Gêngis assentiu, não se importando em saber como os problemas seriam resolvidos. Virou-se para Jochi, que, parado, assustava-se de ver aonde sua birra e seu orgulho haviam levado. Até Chagatai parecia cheio de espanto, mas Gêngis estava tomando todas as decisões e eles só podiam ficar olhando.

— Mate esta fera e talvez seu irmão dobre um joelho diante de você — disse Gêngis com calma. — As tribos estarão olhando, garoto. Será que eles verão um cã em você?

— Ou um cadáver, ou as duas coisas — disse Jochi sem hesitar. Não podia recuar, principalmente com seu pai e Chagatai esperando isso. Olhou o tigre na jaula e soube que o bicho iria matá-lo, mas de algum modo não conseguia se importar. Tinha cavalgado com a morte antes, nos ataques de Tsubodai. Aos 17 anos, podia apostar a própria vida e nada pensar disso. Respirou fundo e deu de ombros.

— Estou pronto — disse.

— Então formem o círculo e ponham a jaula no meio — ordenou Gêngis.

Enquanto Jelme começava a mandar seus homens pegar madeira e cordas, Jochi chamou Chagatai. Ainda atordoado, o irmão mais novo saltou com leveza no chão, fazendo a jaula balançar e provocando um rosnado do tigre que arranhou-lhe os nervos.

— Precisarei de uma boa espada para enfrentar esse animal — disse Jochi. — A sua.

Chagatai estreitou os olhos, lutando para esconder o triunfo. Jochi não podia sobreviver lutando contra um tigre. Ele sabia que os koryones não caçavam um animal daqueles sem ter pelo menos oito homens, todos bem treinados. Estava olhando nos olhos de um homem morto e não podia acreditar na própria sorte. Num impulso súbito, tirou do cinto a espada que Gêngis lhe dera três anos antes. Sentiu a perda quando o peso dela o deixou, mas ainda assim seu coração estava pleno.

— Eu a terei de volta quando essa fera arrancar sua cabeça — murmurou. Ninguém mais ouviu.

— Talvez — disse Jochi. Não pôde resistir a olhar o animal na jaula. Chagatai percebeu o olhar e riu alto.

— É simplesmente natural, Jochi. Eu jamais poderia aceitar um bastardo nascido de estupro como cã. — E foi andando, deixando Jochi olhando para suas costas, cheio de fúria.

Enquanto o sol se punha, o círculo tomava forma na planície gramada. Sob o olhar atento de Jelme, era uma sólida construção de carvalho e faia trazidos de Koryo, amarrados com cordas grossas e reforçados em todos os pontos por plataformas de catapultas. Com quarenta passos de diâmetro, não havia entrada nem como fugir do círculo. Jochi teria de subir por cima da barricada e abrir a jaula ele próprio.

Enquanto Jelme ordenava que tochas fossem acesas ao redor do círculo, toda a nação se comprimia o mais perto que pôde. A princípio parecia que só os que pudessem subir nas paredes conseguiriam ver, mas Gêngis queria que o povo visse, por isso Jelme havia usado carroças como plataformas para formar um círculo externo, levantando homens em pirâmides de escadas de pinho que foram pregadas grosseiramente umas às outras. Eles formaram enxames nas torres como formigas, e mais de um idiota bêbado caiu sobre a cabeça dos que estavam embaixo, tão juntos uns dos outros que não se podia enxergar o chão.

Gêngis e seus generais tinham os melhores lugares no círculo, e o cã os havia instigado a beber até ficarem quase cegos enquanto o terceiro dia se esvaía. Brindaram a Arslan e o homenagearam, mas nesse ponto todo o acampamento sabia que um filho de cã lutaria contra uma fera estrangeira e todos estavam empolgados com a proximidade da morte. Temuge viera com as últimas carroças do acampamento próximo ao rio Orkhon. Ele pegou a maioria das apostas dos guerreiros, mas eram apenas quanto à duração da luta. Ninguém apostava em Jochi contra o horror listrado que balançava a cauda e andava de um lado para o outro, olhando-os.

À medida que a noite caía, a única luz na planície era aquele círculo, um olho dourado rodeado pela massa arfante da nação mongol. Sem que pedissem, os meninos dos tambores tinham começado a bater os ritmos da guerra. Jochi havia se retirado para a iurta de Jelme para descansar durante a tarde, e eles o esperavam, olhos se virando constantemente para captar o primeiro vislumbre do filho do cã.

Jelme parou e olhou o rapaz sentado numa cama baixa, com a espada do pai sobre os joelhos. Jochi usava a armadura pesada que Tsubodai lhe dera: uma camada de escamas de ferro com a largura de um dedo sobre tecido grosso, do pescoço aos joelhos. O cheiro de suor azedo era forte na iurta.

– Estão chamando você – disse Jelme.

— Estou ouvindo — respondeu Jochi, com a boca se retesando.

— Não posso dizer que você não precisa ir. Você precisa. — Jelme começou a estender a mão, pretendendo colocá-la no ombro do rapaz. Em vez disso, deixou-a cair e suspirou. — Posso dizer que isso é uma coisa estúpida de se fazer. Se eu soubesse que acabaria nisso, teria soltado o bicho nas florestas de Koryo.

— Está feito — murmurou Jochi. Em seguida olhou o general de seu pai torcendo a boca de um jeito amargo. — Agora só terei de matar aquele gato grande, não é?

Jelme deu um sorriso tenso. Lá fora, o barulho da multidão havia crescido em volume e ele podia ouvir o nome de Jochi sendo entoado. Seria um momento glorioso, mas Jelme sabia que o garoto não conseguiria sobreviver. Enquanto o círculo era construído e a jaula tirada da carroça, ele havia estudado o animal e visto a força de seus músculos. Mais rápido do que um homem e quatro vezes mais pesado, seria impossível detê-lo. Ficou quieto, em um momento de premonição, enquanto Jochi se levantava e arqueava os ombros. O primeiro filho do cã herdara a velocidade ofuscante do pai, mas isso não bastaria. O general viu suor pingando pelo rosto de Jochi numa gota gorda. Gêngis não lhe deixara espaço para interpretar as ordens, mas ele ainda lutava contra a obediência nele entranhada. Jelme havia trazido o tigre para o cã. Não podia simplesmente mandar um garoto para a morte. Quando falou finalmente, sua voz não passava de um murmúrio.

— Estarei na parede com um arco bom. Se você cair, tente se segurar e eu mato o bicho. — Viu um clarão de esperança nos olhos do rapaz. Jelme se lembrou da única caçada que vira em Koryo, quando um tigre havia levado uma flecha no coração e ainda assim estripou um experiente caçador com rede.

— Você não pode demonstrar medo — disse Jelme baixinho. — Não importa o que acontecer. Se você for morrer esta noite, morra bem. Para a honra de seu pai.

Em resposta, Jochi lançou um olhar furioso para o general.

— Se ele depende de mim para ter honra, é mais fraco do que eu pensava — disse rispidamente.

— Mesmo assim, todos os homens morrem — continuou Jelme, ignorando a explosão. — Pode ser esta noite, no ano que vem ou dentro de quarenta anos, quando você estiver desdentado e fraco. Tudo que você pode fazer é escolher como se portar quando ela chegar.

Por um instante o rosto de Jochi se abriu num sorriso.

— O senhor não está aumentando minha confiança, general. Eu daria valor àqueles quarenta anos.

Jelme deu de ombros, tocado pelo modo como Jochi mostrava coragem.

— Então eu deveria dizer o seguinte: mate-o e seu irmão se ajoelhará à sua frente diante das tribos. Seu nome será conhecido e, quando você usar a pele do bicho, todos os homens o olharão em admiração. Assim está melhor?

— Sim, está — respondeu Jochi. — Se eu for morto, esteja preparado com seu arco. Não quero ser devorado. — Respirando fundo, ele mostrou os dentes por um instante, depois se abaixou, passou pela porta e saiu para a noite. Seu povo rugiu ao vê-lo, o som preenchendo a planície e abafando os rugidos do tigre que ali esperava.

A multidão se abriu para deixá-lo passar e Jochi não viu os rostos o encarando, não os viu aplaudindo, enquanto se aproximava das paredes do círculo. A luz das tochas tremulava e cuspia enquanto ele se alçava agilmente até o topo e depois saltava no capim abaixo. O tigre olhou-o, focando-o de forma aterrorizante, e Jochi não quis abrir a jaula. Olhou os rostos de seu povo. Sua mãe era a única mulher que ele podia ver, e mal pôde encará-la, para que ela não diminuísse sua hombridade. Enquanto seu olhar se desviava dela, viu as mãos de Borte apertarem a madeira, como se quisesse estendê-las para o filho primogênito.

O rosto do pai estava fixo e ilegível, mas o tio Kachiun assentiu para ele quando se encararam. Tsubodai mantinha o rosto frio e, ao fazer isso, escondia a dor que Jochi sabia que ele estaria sentindo. O general não podia fazer nada para impedir a vontade do cã, mas Jochi sabia que, pelo menos, ele não sentiria prazer com a luta. Por instinto, Jochi baixou a cabeça para o general e Tsubodai retribuiu o gesto. O tigre rugiu e abriu a bocarra para morder uma barra, frustrado, sua raiva elevada pelo círculo de homens gritando. Jochi viu que o animal era um jovem macho, sem cicatrizes e inexperiente. Sentiu as mãos tremerem e a boca seca típica dos momentos anteriores à batalha. Sua bexiga se fez sentir e ele segurou com força a espada do pai, que era adornada com a cabeça de um lobo. Era uma boa lâmina, e ele a desejava havia tempos. Não conhecera seu avô Yesugei, só esperava que o espírito do velho lhe desse força. Empertigou-se, e outra respiração profunda lhe trouxe calma.

Chagatai observava-o com olhos que brilhavam à luz das tochas. Jochi sustentou o olhar dele por um tempo, mostrando ao garoto seu desprezo antes de se virar para a jaula. O barulho dos guerreiros aumentava enquanto ele se aproximava das barras e levantava a mão para o pino de ferro que mantinha a porta fechada. O tigre pareceu sentir sua intenção e ficou esperando. Os olhos dos dois se encontraram, e Jochi murmurou um cumprimento ao grande felino:

— Você é forte e rápido — disse baixinho —, e eu também. Se eu matá-lo, carregarei sua pele com orgulho até o fim dos meus dias. — Ele puxou o pino e empurrou para trás a porta da jaula, afastando-se rapidamente. A multidão ficou em silêncio, cada um dos guerreiros olhando a forma listrada que saiu deslizando como óleo.

Jochi recuou seis passos longos e parou com a espada à frente e apontada para baixo, pronto para estocar. Seu coração martelava no peito e ele se sentia com pés pesados e desajeitado em comparação com essa fera que ele viera matar.

A princípio o tigre o ignorou. Andou ao longo das paredes, procurando uma saída. Sua cauda balançava com irritação e desconforto enquanto a turba recomeçava os gritos. Jochi ficou olhando o animal se esticar por completo, de encontro a uma parede, os pés com garras escavando sulcos na madeira dura. Na jaula, sua força e graça estavam menos evidentes. Movendo-se, era simplesmente mortal, e Jochi engoliu em seco, nervoso, esperando ser atacado.

O bicho tinha consciência dele. Jochi viu o olhar dourado do animal passar sobre o seu e depois se fixar enquanto se agachava, a cabeça erguida. A cauda bateu no capim como chicote e de novo a multidão silenciou.

Jochi ofereceu sua alma ao pai céu. Nenhum homem poderia enfrentar um monstro daqueles, tinha certeza. O tremor em suas mãos se dissipou e ele ficou parado, esperando.

O tigre atacou. Quando ele veio, foi com tamanha explosão de velocidade que quase alcançou Jochi ainda imóvel. Em três passos a fera passou de estátua a borrão e saltou direto sobre ele.

Jochi não tentou usar a espada. Jogou-se de lado e mesmo assim foi lento demais. O ombro da fera o acertou e o mandou rolando pelo capim, desesperado para ficar outra vez de pé. Captou um vislumbre do animal pousando e se virando a uma velocidade impossível antes de estar sobre ele outra vez. Uma mandíbula maior do que sua cabeça se fechou sobre seu braço esquerdo, coberto pela armadura, e ele gritou de dor e choque quando a pressão chegou. Levou o braço direito adiante, cravando a lâmina no peito castanho-escuro enquanto tombava para trás. Os dois rolaram juntos e a multidão enlouqueceu, gritando estímulos ao homem corajoso que lutava lá embaixo.

Jochi sentiu golpes violentos quando as patas traseiras do felino rasparam sobre ele. Sua armadura protegia a barriga, mas as escamas de ferro saíram voando ao se prender em garras do tamanho de seus dedos. Sentiu os ossos de seu braço trincarem e os membros inferiores do tigre continuaram golpeando, batendo e pressionando-o contra o capim. O hálito do animal era quente em seu rosto e ele golpeou com a espada repetidamente, em um terror mais forte do que jamais havia sentido. Não conseguia se levantar com o peso do bicho em cima, e quando o tigre tentou soltar seu braço para morder de novo, Jochi enfiou a manga da armadura mais fundo na garganta dele, apesar da dor.

O tigre tossiu em volta da obstrução, balançando a cabeça de um lado para o outro para livrar os dentes. Jochi se manteve firme enquanto tendões se rasgavam, lágrimas de agonia lhe enchendo os olhos. Teria machucado a fera? Não sabia. A lâmina de aço golpeava e golpeava, perdida no pelo denso. Sentiu nova dor nas pernas enquanto a fera esfrangalhava sua armadura com as garras. A espada foi derrubada de sua mão e ele puxou uma faca, cravando-a no pescoço peludo enquanto o braço esquerdo cedia.

Jochi gritou quando um sangue fedorento jorrou como fonte sobre seu rosto, cegando-o. Não podia ver nada, e os guerreiros que assistiam estavam longe, as vozes parecendo sussurros de folhas. Sentiu a morte chegando num forte vento, mas continuou cravando a faca mais fundo, movendo-a para trás e para a frente.

De súbito o tigre se afrouxou, o peso prendendo Jochi ao chão. Perdido num mundo de dor, ele não viu Tsubodai e Jelme saltarem para dentro do círculo com os arcos retesados. Ouvia a voz do pai, mas não conseguia distinguir as palavras devido à respiração áspera do tigre tão perto do rosto. O animal ainda vivia, mas os golpes em sua barriga e pernas haviam parado. O ofegar do felino tomava todo o mundo, e mesmo então Jochi continuou enfiando a faca, sem pensar.

Enquanto Jelme lhe dava cobertura com um arco, Tsubodai usava o pé para empurrar o tigre de cima do guerreiro despedaçado. A cabeçorra balançou ao tombar de lado, mas o peito ainda subia e descia, e os olhos brilhavam de fúria e ódio. De sua garganta jorrava sangue, e o peito branco estava escorregadio e fétido do líquido. Todos ao redor do círculo assistiram ao animal tentar se levantar de novo, depois desmoronar, imobilizando-se finalmente.

Tsubodai se curvou para Jochi, afastando a mão que veio cegamente para ele com uma faca. O braço esquerdo do rapaz pendia frouxo e suas pernas estavam rasgadas e pingando sangue de talhos que iam até os pés. Nem mesmo 1 centímetro de pele aparecia sob a máscara de sangue que quase o havia afogado. Tsubodai tirou a faca de Jochi e limpou os olhos dele com os polegares, de modo que Jochi pudesse enxergar. Mesmo então o rapaz estava claramente atordoado, sem perceber que havia sobrevivido.

— Você consegue ficar de pé? Consegue me ouvir? — gritou Tsubodai.

Jochi abanou o braço, deixando uma marca de sangue no dil do general. Tsubodai segurou seu pulso e puxou-o. Jochi não conseguia ficar de pé sozinho e era um peso morto contra o general até que Jelme baixou o arco e segurou-o por baixo de uma axila. Os dois generais sustentaram o filho do cã e o viraram para encarar o pai.

— Ele vive, senhor cã! — declarou Tsubodai em triunfo.

Havia espanto nos rostos ao redor do círculo, como Jelme havia previsto. Apenas Chagatai lutava para esconder a fúria. Jelme viu a amargura no rapaz que ele havia treinado durante três anos, e sua boca ficou dura. Jochi merecia muita honra por sua coragem, e Jelme conferenciou brevemente com Tsubodai, deixando-o com todo o peso ao se afastar. O general baixou a mão para a espada ensanguentada que estava sobre a grama, pegou-a e disse:

— Ele mereceu esta espada, senhor, não mereceu? — disse, levantando-a para que o punho com cabeça de lobo fosse visível a todos. Os guerreiros gritaram aprovando, batendo nas laterais do círculo. Gêngis não lhes deixava entrever nada. Seu rosto era uma máscara.

Jelme ficou esperando enquanto o filho do cã sangrava. Os pensamentos do cã entraram num redemoinho, o orgulho e a sede de sangue se misturando com irritação. Ele também havia esperado que Jochi morresse, não planejara o que faria diante desse resultado. A dor de cabeça retornou enquanto olhava para dentro do círculo, e sua boca tinha um gosto azedo. Por fim assentiu, e Jelme se curvou à vontade dele.

Sem ser ouvido pelos que estavam em volta do círculo, Jelme falou com Jochi enquanto apertava a espada contra seus dedos insensíveis.

— Eles se lembrarão disso, garoto — disse no ouvido de Jochi. O rapaz não deu sinal de ter escutado, e Jelme percebeu que ele estava inconsciente.

— Os ferimentos ainda podem matá-lo — disse Tsubodai a Jelme.

O general deu de ombros.

— Isso está nas mãos do pai céu. O que importa é que ele encarou essa fera. Ninguém que viu isso esquecerá.

Enquanto falava, Jelme olhou de novo para Chagatai. O rosto amargo havia desaparecido, e ele suspirou. Estava se posicionando melhor para segurar a forma frouxa de Jochi quando vozes se ergueram do lado de fora do círculo. Gêngis havia gritado uma ordem para a escuridão, e a turba girava ao redor de um ponto oculto para os que estavam no círculo. Enquanto Jelme olhava, Gêngis levantou a mão, indicando-lhe que permanecesse ali, com Tsubodai e seu fardo.

Chagatai apareceu de novo ao lado do pai, cambaleando enquanto guerreiros o empurravam à frente. Todos tinham ouvido seus termos, e parecia que Gêngis não iria deixá-lo desaparecer na escuridão. O cã não o olhou, mas uma ordem murmurada fez Chagatai ficar vermelho e subir por cima da barreira de madeira. Jelme e Tsubodai olharam em silêncio enquanto Chagatai saltava e se aproximava deles. Um homem mais velho poderia ter feito isso com um floreio, dando e recebendo honra num gesto grandioso. A Chagatai faltava o dom de conseguir virar a situação em vantagem própria. Parou diante do irmão inconsciente, tremendo de raiva e humilhação.

Em silêncio, Chagatai olhou de novo para o pai. Não houve concessão. Ele se abaixou rapidamente sobre um dos joelhos e a multidão rugiu e uivou. Chagatai se levantou mais devagar, o rosto frio enquanto andava rigidamente até as paredes de madeira e aceitava uma mão para puxá-lo de volta.

Jelme assentiu cansado.

– Acho que teve o filho melhor para treinar, amigo – murmurou para Tsubodai.

– Espero que o pai saiba disso – respondeu Tsubodai.

Os dois compartilharam um olhar de compreensão antes de chamarem guerreiros para começar a tirar a pele do tigre. A carne alimentaria o maior número de homens possível, que forçariam as migalhas semi queimadas para dentro das próprias gargantas. Havia muitos que desejavam a velocidade e a ferocidade de um animal daqueles. Jelme se perguntou se Chagatai provaria a carne naquela noite, ou somente a própria fúria.

CAPÍTULO 6

PASSARAM-SE MAIS TRÊS DIAS ANTES QUE GÊNGIS FOSSE VER JOCHI. DEPOIS da noite tumultuosa que se seguiu à luta com o tigre, quase todo o acampamento havia dormido e o próprio Gêngis tinha se levantado apenas para vomitar durante um dia e uma noite inteiros, tendo passado os três anteriores bebendo ininterruptamente. Mais um dia fora passado movendo a grande horda de volta para as margens do rio Orkhon. O acampamento de Jelme fora um ótimo lugar para festejar a vida de Arslan, mas os rebanhos e os cavalos precisavam de água e capim frescos. Com sua vitalidade costumeira, Gêngis se recuperou durante a cavalgada, mas suas entranhas permaneciam aquosas quando ele parou diante da iurta do xamã Kokchu. Deprimia-o pensar que antigamente anularia os efeitos de tanta bebedeira com apenas uma noite de sono.

Gêngis abriu a pequena porta e encontrou uma cena pacífica que lhe lembrou a morte de seu pai. Engoliu ácido e entrou, o olhar duro a observar a figura coberta de bandagens nas sombras. Kokchu estava lavando Jochi, e se virou irritado antes de ver quem era. O xamã se levantou e fez uma reverência profunda diante do cã.

A sombra era um alívio depois da cruel luz do sol, e Gêngis relaxou um pouco, satisfeito por estar longe do acampamento movimentado.

— Ele acordou? — perguntou.

Kokchu balançou a cabeça solenemente, em negativa.

— Só por alguns instantes, senhor. Os ferimentos deixaram uma febre entrar em seu corpo e ele acorda e grita antes de dormir mais um pouco.

Gêngis chegou mais perto, atraído por lembranças. Ao lado de Jochi estava a espada que ele havia ganhado, uma arma que o próprio Gêngis herdara. Em sua bainha, ela trazia de volta muitas lembranças e ele não pôde deixar de inspirar fundo, procurando o cheiro de podridão. Era doloroso lembrar-se da época em que ele chegara junto do pai agonizante, o corpo devastado e cheio de veneno. Gêngis respirou fundo acima da forma deitada do filho. Kokchu observou-o atentamente e Gêngis devolveu o olhar, para não deixar que este pousasse sobre ele sem ser desafiado.

— Ele viverá, xamã? Perdi a conta das vezes que me perguntaram.

Kokchu olhou para o jovem guerreiro deitado tão imóvel. O peito mal subia e descia, e ele não sabia dizer. Indicou as bandagens que enrolavam as duas pernas e o braço preso com talas.

— O senhor está vendo os ferimentos. O animal quebrou dois ossos do braço, além de três costelas. Ele deslocou um dedo da mão direita, mas isso é coisa pequena. Os talhos incharam e estão chorando pus. — Ele balançou a cabeça. — Já vi homens se recuperarem de coisa pior.

— Você selou os cortes? — perguntou Gêngis.

Kokchu hesitou, depois falou depressa demais. Com a queda de Yenking ele pegara livros sobre medicina e magia, que valiam mais do que ouro ou jade. Não esperava ver seu tratamento ser questionado e falou sem a confiança que lhe era usual.

— Tenho textos jin que são espantosos, senhor, pelo que conhecem sobre o corpo. A prática deles é derramar vinho fervente num talho, antes de costurar. Fiz isso, além de emplastros para tirar a febre.

— Então você não os selou ao modo do nosso povo — respondeu Gêngis, com os olhos frios. — Mande trazer um braseiro de ferro para a iurta e queime os cortes da forma certa. Já vi isso dar certo.

Kokchu sabia que não deveria argumentar mais.

— A sua vontade, senhor. — A pedido do pai, ele encostaria ferro incandescente em cada ferida, ainda que agora considerasse isso uma prática grosseira, abaixo do mérito de um homem com seu conhecimento. Escondeu a aversão e Gêngis pareceu satisfeito. Kokchu viu que o cã pretendia ir embora e falou de novo, ainda tentando entender o homem que comandava as tribos:

– A dor será intensa, senhor. Se acordá-lo, devo dar a ele uma mensagem sua?

Gêngis virou os olhos claros para o xamã. Saiu sem dizer mais palavra.

Os generais se reuniram na iurta do cã, que tinha uma vez e meia a altura e o dobro da largura das maiores do acampamento. Khasar e Kachiun tinham vindo com Temuge, ainda que este fosse responsável apenas pelo acampamento propriamente dito e não cavalgasse com eles. Tsubodai, Jelme e Chagatai tinham sido convocados e ocuparam seus lugares no círculo de camas baixas que serviam como assentos para o conselho do cã. A iurta era tão simples quanto a do pastor mais pobre, e todos se lembraram de que Gêngis não se importava nem um pouco com a riqueza e seus adornos.

A última dupla a entrar antes de Gêngis foram Arslan e o rapaz que ele escolhera como sucessor. Jebe, a flecha, não pareceu impressionado com a presença de tantos líderes de seu povo num único lugar. Quando Arslan indicou que ele ocupasse um banco, o rapaz assentiu para os outros como se tivesse todo o direito de estar ali. Os outros meramente o observaram, mas cumprimentaram Arslan abertamente, pondo de lado a expressão fria para demonstrar a apreciação pelo velho. Ele também não cavalgaria com o grupo. Todos os homens presentes sabiam que Arslan havia amarrado pacotes a três éguas e três garanhões e que sua mulher e um pequeno rebanho viajariam para o ermo.

Os olhos de Jelme estavam brilhantes de orgulho pelo pai, e ele fez questão de ceder seu lugar a Arslan. Os dois trocaram olhares, e, ainda que não tenham falado, Arslan também pareceu comovido ao perceber que o momento finalmente chegara.

Quando Gêngis entrou na iurta, os homens lá dentro ficaram sutilmente mais empertigados. Ele ocupou seu lugar sobre uma pilha de selas e cobertores virada para a porta e sinalizou para um serviçal trazer um copo de leite de cabra para aplacar seu estômago.

Arslan esperou até que o cã terminasse de beber, antes de falar:

— Meu senhor, recomendo-lhe este homem, Jebe, que o senhor nomeou.

Gêngis olhou o rosto novo do outro lado da iurta, percebendo a largura dos ombros dele. Jebe usava um manto aberto por cima do peito nu, e sua pele avermelhada brilhava de saúde e gordura de carneiro. Mesmo sentado ele parecia com pose firme e alerta, um guerreiro nato. Fez Gêngis sentir-se velho.

— Seja bem-vindo à minha iurta, Jebe. Com Arslan falando a seu favor, você será sempre bem-vindo. Nos próximos dias você será testado. Certifique-se de honrar seu nome em tudo que fizer.

— Farei isso, senhor — respondeu Jebe. Sua confiança era óbvia, e Khasar sorriu para si mesmo quando Gêngis desviou o olhar.

Gêngis respirou fundo e pousou as mãos nos joelhos. Sabia, tanto quanto todos os outros, que essa reunião de generais mudaria o mundo, e desfrutou o momento de silêncio enquanto eles esperavam sua fala.

— Quando vocês me deixaram para terminar o cerco de Yenking, mandei enviados a terras distantes. Alguns trouxeram mercadorias e fizeram alianças em meu nome. Outros foram atacados ou simplesmente não retornaram. — Ele fez uma pausa, mas nenhum homem falou. Mal estavam respirando enquanto ouviam o homem que iria mandá-los como lobos na caçada. Todo o acampamento sabia que viria guerra, e era um prazer serem os primeiros a ouvir os detalhes.

— Um grupo foi para o oeste, mais de 3 mil quilômetros. Um único batedor retornou quando o resto foi trucidado. A princípio não pensei muito nisso. Há não muito tempo, um grupo de desconhecidos em nossa própria terra seria morto por qualquer tribo que o encontrasse.

Alguns homens mais velhos assentiram, mas Tsubodai e Jebe mal conseguiam se lembrar desse tempo.

— Fiquei sabendo pelo batedor que o líder daquela terra é um sujeito que se intitula xá Ala-ud-Din Mohammed. — Gêngis pronunciou o nome com dificuldade, depois indicou Temuge. — A conselho de meu irmão mandei um grupo de quatrocentos guerreiros, bem armados, mas apenas como ameaça. Eles viajaram até a cidade mais próxima, Otrar, e encontraram o governante de lá. Levaram cartas com minhas palavras para o xá. — Gêngis fez uma careta ao se lembrar disso. — Eu esperava que ele entregasse os homens envolvidos, ou pelo menos desse notícia de onde ficava o acampamento deles. Chamei-o de "filho amado" e mencionei apenas comércio e amizade. – Nesse ponto ele olhou com frieza para Temuge, até que seu irmão desviou o olhar. Tinha sido o conselho dele que fracassara tão espetacularmente.

"O bazar de Otrar é um local público. Mandei três espiões junto com os guerreiros para testemunhar o tratamento que eles receberiam."

Gêngis mostrou os dentes por um instante; a raiva lhe crescia por dentro.

– O governante comanda uma guarnição de 20 mil homens. Eles prenderam os meus guerreiros e rasgaram minhas palavras como um gesto para a multidão. – De novo ele olhou irritado para Temuge. – Mesmo assim não reagi! Esse xá é servido por um idiota, mas pensei que ele talvez pudesse ser levado a andar por um caminho reto. Fiquei sabendo de cidades maiores do que Otrar no leste e mandei três oficiais ao próprio xá, exigindo que o governante fosse amarrado e entregue a mim para ser punido, e que meus homens fossem libertados. *Com relação a isso também fui escarnecido.* – Seu rosto ficara vermelho e os homens na iurta sentiram o coração bater mais forte em resposta.

"O xá Mohammed mandou as cabeças deles de volta para mim", continuou Gêngis. Em seguida fechou as mãos devagar. "Não sou o autor dessa crise, mas rezei ao pai céu para me dar a força de exercer a vingança."

A distância ouviram uma voz de homem gritando, e mais de um virou a cabeça bruscamente. Gêngis também ouviu e assentiu, satisfeito.

– É Jochi. Meu xamã está cuidando dos ferimentos dele. – Em seguida olhou para Chagatai enquanto falava, e seu filho fez uma pergunta bruscamente:

– Ele também cavalgará conosco?

Os olhos de Gêngis ficaram distantes.

– Ele matou o tigre, na frente do povo. E o nosso número cresceu. – Sua expressão ficou dura ao se lembrar de Chagatai se ajoelhando. – Como *você* tem um lugar, ele também terá, se sobreviver. Cruzaremos as montanhas Altai para o oeste e mostraremos àqueles homens do deserto quem eles optaram por insultar.

– E as terras jin? – perguntou Khasar. – Há cidades mais ricas do que qualquer uma que já vimos, e elas estão intocadas ao sul.

Diante disso Gêngis ficou quieto. Ainda sonhava em pôr o império jin do sul a seus pés. Levar sua nação para o oeste implicava riscos e era tentador mandar pelo menos um dos homens que estavam na iurta para esmagar seu inimigo ancestral. Lembrou-se das estimativas dos números dos jin e de novo fez uma careta. Contra milhões, um *tuman* não bastaria. Com relutância decidira que os jin deviam esperar até vê-lo aproximar-se no horizonte.

— Eles ainda estarão lá, irmão, quando voltarmos. Você verá terras jin de novo, prometo.

Khasar franziu a testa diante disso, e teria falado de novo, mas Gêngis continuou:

— Perguntem-se o seguinte: com que objetivo vamos à guerra e arriscamos a vida? É por moedas de ouro e para construir o tipo de palácios que derrubamos? Não me importo com essas coisas. Um homem passa a vida em luta, desde a dor do parto até a última respiração. — Ele observou todos ao redor, seu olhar finalmente pousando em Jebe e Chagatai. Alguns dirão que buscam a felicidade, que não há nada mais em nossa vida do que esse simples objetivo. Eu lhes digo agora que as ovelhas são felizes nas planícies e que os falcões são felizes no ar. Para nós a felicidade é uma coisa pequena, a ser descontada na vida do homem. Nós lutamos e sofremos porque sabemos, por meio destas coisas, que estamos vivos.— Ele fungou. — Você pode querer ver as cidades jin humilhadas, Khasar, mas posso eu deixar que este desafio não seja respondido? Quanto tempo se passará até que cada pequeno rei ouse cuspir na minha sombra? — Sua voz ficou mais dura à medida que ele falava, até preencher a iurta. Lá fora puderam ouvir outro grito de Jochi, e isso pareceu um contraponto adequado, sob aqueles olhos amarelos. — Posso eu deixar a morte de meus homens ficar sem vingança? Nunca neste mundo.

Ele havia convencido todos. Sabia disso, como sempre soubera.

— Quando eu tiver morrido, não quero que os homens digam: "Vejam quanta riqueza a dele, suas cidades, seus palácios e suas roupas finas." — Gêngis fez uma pausa. — Em vez disso, quero que digam: "Certifiquem-se de que ele morreu mesmo. É um velho maligno que conquistou metade do mundo." — Ele deu um risinho, e parte da tensão se esvaiu do grupo. — Não estamos aqui para ganhar riquezas com um arco. O lobo não pensa em coisas finas, só quer que sua matilha esteja forte e que nenhum outro lobo ouse atravessar seu caminho. Isso basta.

Seu olhar varreu-os e ele ficou satisfeito. Gêngis se levantou e seus modos mudaram para uma postura de respeito enquanto indicava Arslan.

— Seus cavalos estão prontos, general — disse. — Pensarei em você descansando os ossos enquanto cavalgarmos.

— Vida longa e vitória, meu senhor — respondeu Arslan.

Quando todos se levantaram, a iurta ficou subitamente apinhada. Tendo o posto mais elevado, Gêngis poderia ter deixado o local primeiro, mas esperou Arslan sair para a luz. Um a um os homens os seguiram, até restar apenas Jebe, que olhou por toda a iurta do cã. O jovem guerreiro absorveu tudo aquilo e assentiu, estranhamente satisfeito com a falta de ornamentos. Sentiu que o cã era um homem a ser seguido, e tudo que Arslan havia dito fora confirmado. Jebe deu um riso leve, sem ninguém para vê-lo. Tinha nascido numa colina e fora criado em invernos tão terríveis que seu pai trazia as ovelhas para dentro da única iurta, a fim de protegê-las. Seus olhos estavam brilhantes ao se lembrar. Agora comandaria um *tuman* para o cã. Se Gêngis ao menos soubesse! Ele havia soltado um lobo. Jebe assentiu para si mesmo, satisfeito. Dali a um tempo, cada homem e mulher das tribos conheceria seu nome.

Lá fora, Arslan verificou suas bagagens e montarias mais uma vez, recusando-se a deixar a seriedade do momento alterar seus hábitos. Gêngis o viu testar cada nó e dar instruções a três meninos pastores que iriam acompanhá-lo até seu primeiro acampamento. Ninguém falou até que o velho estivesse pronto. Quando ficou satisfeito, Arslan abraçou Jelme e todos puderam ver que os olhos do filho estavam orgulhosos. Finalmente, Arslan parou diante de Gêngis.

— Eu estava presente no início, senhor — disse Arslan. — Se fosse mais jovem, cavalgaria com o senhor até o fim.

— Eu sei, general — respondeu Gêngis. Em seguida indicou o vasto acampamento nas margens do rio. — Sem você, nada disso estaria aqui. Sempre honrarei seu nome.

Arslan nunca fora um homem que gostasse de contato físico, mas apertou a mão de Gêngis, ao estilo cumprimento do guerreiro, e depois montou. Sua jovem esposa olhou para o marido, orgulhosa ao ver grandes homens honrarem-no com sua presença.

— Adeus, velho amigo — gritou Gêngis enquanto Arslan estalava a língua e os pôneis se afastavam. Os meninos pastores usaram as varas para levar os animais junto com seu senhor.

À distância podiam ouvir o filho do cã gritando, um uivo lamentoso que parecia continuar e continuar.

Mover uma horda tão grande de pessoas e animais não era tarefa pequena. Além de 100 mil guerreiros, 250 mil pôneis tinham de ser arrebanhados, com um número equivalente de ovelhas, cabras, iaques, camelos e bois. A necessidade de pastagens crescera ao ponto de que a nação só conseguia ficar em cada lugar durante um mês.

Num alvorecer gélido, com o sol mal tocando o leste, Gêngis cavalgou pelo acampamento agitado, notando cada detalhe das filas de carroças com as figuras encolhidas de mulheres e crianças pequenas em cima. A coluna se estendia por quilômetros, sempre cercada pelos rebanhos. Ele convivera com os sons de animais durante toda a vida e mal notava o balido constante de cabras e ovelhas. Seus generais estavam prontos; seus filhos também. Restava ver se as nações árabes estavam prontas para enfrentá-los na guerra. Em sua arrogância, elas haviam convidado a aniquilação.

Jochi sobrevivera à queima de seus ferimentos. Como Gêngis promovera Chagatai para comandar um *tuman* de 10 mil guerreiros, não poderia fazer menos pelo mais velho, em especial por um filho que havia triunfado contra uma fera selvagem. O povo ainda falava disso. No entanto, iriam se passar meses até que Jochi estivesse em condições de ocupar seu lugar à frente deles. Até lá viajaria com as mulheres e crianças, sendo cuidado por serviçais enquanto se curava.

No meio da horda, Gêngis passou trotando pela iurta de sua segunda mulher, Chakahai, que já fora princesa do reino xixia. O pai dela permanecera vassalo leal durante quase uma década e o tributo provia os mongóis de seda e madeira valiosa. Gêngis praguejou baixinho ao perceber que não arranjara um meio de o tributo acompanhá-lo para o oeste. Não podia confiar que o rei iria guardá-lo para ele. Era mais uma coisa para dizer a Temuge antes que as tribos se movessem. Gêngis passou pela carroça onde Chakahai estava sentada no meio de peles com os três filhos que dera à luz. Sua filha mais velha baixou a cabeça em reverência e sorriu ao ver o pai.

Não se desviou do caminho para ir ao encontro das carroças de Borte e da mãe, Hoelun. As duas haviam se tornado inseparáveis com o passar dos anos e deviam estar juntas em algum lugar. Gêngis fez uma careta ao pensar nisso.

Passou por dois homens que cozinhavam carne de cabrito sobre uma pequena fogueira enquanto esperavam. Tinham uma pilha de bolsas com pão ázimo, prontas para juntar à carne para a viagem. Ao ver o próprio cã, um dos homens ofereceu um prato de madeira com a cabeça do animal em cima, tocando os olhos brancos com um dedo para garantir que Gêngis os visse. Gêngis dispensou a oferta com um aceno de cabeça e o homem fez uma reverência profunda. Enquanto o cã passava, o guerreiro jogou um dos olhos para o ar, para o pai céu, antes de colocar o outro na boca e mastigar com prazer. Gêngis sorriu ao ver aquilo. Seu povo ainda não havia esquecido os costumes antigos nem fora estragado pelas riquezas saqueadas. Pensou nos novos postos dos caminhos, que se estendiam em fileiras para o leste e o sul, controlados por guerreiros aleijados e por velhos. Um batedor podia trocar de cavalos em uma dúzia daqueles lugares, cobrindo terra mais rápido do que Gêngis um dia achara possível. Haviam percorrido um longo caminho desde as tribos famintas e briguentas que ele conhecera quando era garoto, mas ainda eram os mesmos.

Numa massa de carroças e animais, Gêngis apeou finalmente, tendo cavalgado por mais de 1,5 quilômetro desde a frente da coluna. Sua irmã Temulun estava ali, ela que era apenas um bebê de colo quando a tribo o abandonara, anos antes. Havia crescido e se tornado uma bela jovem e se casado com um guerreiro dos olkhun'ut. Gêngis se encontrara com o sujeito apenas uma vez, no casamento, mas ele parecera saudável e Temulun estava satisfeita com a união.

Enquanto ele ajeitava a barrigueira do pônei, ela estava ordenando que os serviçais jin recolhessem o resto de seus pertences. Sua iurta fora guardada antes do alvorecer, deixando um círculo preto no capim. Quando viu Gêngis, Temulun sorriu e foi até ele, segurando as rédeas do irmão.

— Não se preocupe, irmão, estamos prontos, se bem que não consigo encontrar minha melhor panela de ferro. Sem dúvida está no fundo da bagagem, embaixo de todo o resto. — Ela falava em tom leve, mas seus olhos eram interrogativos. O cã não a visitava desde que ela se casara. O fato de ele ter vindo quando partiam para a guerra a deixou inquieta.

— Agora não vai demorar muito — disse Gêngis, deixando de lado parte de sua rigidez. Gostava de Temulun, ainda que para ele, de certa forma, ela fosse sempre uma criança. Ela não se lembrava dos primeiros invernos sozinhos, quando os irmãos e a mãe eram caçados e passavam fome.

— Meu marido está bem? — perguntou ela. — Não vejo Palchuk há três dias.

— Não sei — admitiu Gêngis. — Ele está com Jebe. Decidi deixar Palchuk comandar mil e levar o paitze de ouro.

Temulun bateu palmas de prazer.

— Você é um bom irmão, Gêngis. Ele ficará feliz. — Sua testa se franziu ligeiramente quando ela pensou em dar a boa notícia ao marido.

— Foi por ele que você fez isso ou por mim?

Gêngis piscou ao ver a mudança de humor.

— Por você, irmã. Eu não deveria elevar minha própria família? Posso deixar o marido da minha única irmã nas fileiras como soldado raso? — Viu que a expressão dela continuava perturbada. Esse tipo de coisa estava fora de sua compreensão, ainda que ele lutasse para entender. — Ele não recusará, Temulun — disse Gêngis.

— *Disso* eu sei! — respondeu ela. — Mas ele terá receio de a promoção vir de você.

— E vem mesmo.

Temulun ergueu os olhos por um instante, diante da limitação do irmão.

— Quero dizer que importará para ele, não ter merecido o novo posto.

— Então deixe que ele prove ser digno disso — disse Gêngis, dando de ombros. — Eu sempre posso pegar o paitze de volta.

Temulun olhou irritada para o irmão.

– Você não ousaria. É melhor nunca dar o posto do que elevá-lo e rebaixá-lo segundo sua vontade.

Gêngis suspirou.

– Mandarei Jebe dizer a ele. Jebe ainda está reorganizando o *tuman* de Arslan. Não será muito estranho, a não ser que seu precioso marido seja idiota.

Gêngis olhou em volta, vendo quem estaria ali perto e pudesse ouvir.

– Você é um homem bom, Gêngis – respondeu Temulun.

– Mantenha isso em segredo, mulher! – Ele riu consigo mesmo, montando de novo e pegando as rédeas de volta. – Deixe a panela para trás, se não conseguir encontrá-la, Temulun. É hora de ir.

A ânsia inquieta que o fizera passar ao longo das carroças foi se afastando enquanto ele voltava à frente. Assentiu para seus generais e viu que eles também sentiam o mesmo prazer simples. Seu povo estava em movimento de novo e cada dia traria um novo horizonte. Não havia nada como o sentimento de liberdade que isso trazia, com o mundo todo diante deles. Enquanto alcançava seus irmãos e seus generais, Gêngis tocou uma nota longa numa trompa de batedor e instigou o pônei a trotar. Lentamente a nação moveu-se atrás dele.

CAPÍTULO 7

NEVAVA NAS ALTAS PASSAGENS. AS MONTANHAS ALTAI FICAVAM MAIS A oeste do que os lugares para onde a maior parte das famílias já viajara. Apenas as tribos túrquicas, os uigures e os uriankhai as conheciam bem, e mesmo assim como um lugar a ser evitado, um lugar de pouca caça e morte no inverno.

Ainda que os guerreiros montados pudessem atravessar a cordilheira em um dia, as carroças muito pesadas eram lentas, construídas para planícies cobertas de capim e inadequadas para as grossas camadas de neve e os caminhos de cabras. As novas rodas com raios, sugeridas por Tsubodai, se saíam melhor do que os discos sólidos, que se partiam com muita facilidade, mas apenas algumas carroças tinham sido convertidas, e o progresso era lento. A cada dia parecia haver um novo obstáculo, e em algumas ocasiões as encostas eram tão íngremes que as carroças precisavam ser baixadas com cordas, seguras com dificuldade por grupos de guerreiros. Quando o ar estava o mais rarefeito possível e os homens e animais ficavam exaustos, tinham sorte de andar 8 quilômetros num dia. Cada pico era seguido por um vale sinuoso e outra subida teimosa até a melhor travessia. A cordilheira parecia continuar interminavelmente e as famílias se amontoavam, sofridas em suas peles, expostas ao vento. Quando paravam, a correria para levantar as iurtas antes do pôr do sol era dificultada pelos dedos congelados. Quase todas as pessoas dormiam à noite embaixo das carroças, envoltas por cobertores e cercadas pelos corpos quentes de cabras e ovelhas amarradas às rodas. Cabritos precisavam ser mortos para alimentá-los, e os vastos rebanhos diminuíam à medida que viajavam.

Trinta dias após saírem do rio Orkhon, Gêngis mandou pararem cedo. As nuvens haviam baixado a tal ponto que tocavam os picos ao redor. A neve tinha começado a cair enquanto as tribos faziam um acampamento temporário ao abrigo de um vasto penhasco que se erguia até a brancura acima das cabeças. Naquele lugar havia pelo menos alguma proteção contra o vento cortante, e Gêngis deu a ordem de parar em vez de levá-los por cima de uma crista exposta que iria obrigá-los a continuar viajando enquanto a luz fosse sumindo. Havia mandado cavaleiros até 150 quilômetros ou mais à frente, um grupo de jovens guerreiros que procuravam o melhor caminho e informavam qualquer coisa que encontrassem. As montanhas marcavam o fim do mundo que Gêngis conhecia, e enquanto olhava seus serviçais matarem um cabrito, ele imaginou como seriam as cidades árabes. Será que lembrariam as fortalezas de pedra dos jin? À frente dos batedores mandara espiões para descobrir o que conseguissem sobre os mercados e as defesas. Qualquer coisa poderia ser útil na campanha vindoura. Os primeiros estavam começando a retornar, exaustos e famintos. Ele começava a ter uma imagem na cabeça, mas ainda em fragmentos.

Seus irmãos sentaram-se com ele na iurta do cã sobre a carroça, acima da cabeça de todos os outros. Olhando para a brancura, Gêngis podia ver iurtas como uma horda de conchas claras, com finos fios de fumaça subindo para o céu. Era um lugar frio e hostil, mas ele não ficou desencorajado. As cidades não tinham utilidade para sua nação, e a vida das tribos continuava ao redor, desde as rixas e amizades até comemorações de família e casamentos. Elas não precisavam parar para viver: a vida continuava, independentemente de qualquer coisa.

Gêngis esfregou as mãos, soprando nelas enquanto olhava seus serviçais jin fazerem um corte no peito do cabrito antes de enfiar a mão e apertar a veia principal em volta do coração. O cabrito parou de chutar e eles começaram a tirar a pele habilmente. Cada pedaço seria usado e a pele enrolaria um dos seus filhos pequenos para proteger do frio do inverno. Gêngis ficou olhando os serviçais esvaziarem o estômago no chão, tirando um bolo de capim semidigerido. Assar a carne dentro da bolsa branca e flácida era mais rápido do que o cozimento lento que as tribos preferiam, em água fervente. A carne ficaria dura nos dentes, mas num frio assim era importante comer depressa e ganhar forças. Ao pensar nisso, Gêngis testou o cotoco de dente que havia quebrado na cavalgada bêbada até Jelme, e se encolheu. Doía constantemente; talvez tivesse de pedir para Kokchu arrancar a raiz. Seu humor azedou ante essa perspectiva.

— Daqui a pouco o colocarão no fogo — disse Gêngis aos irmãos.

— Para mim já é tarde — respondeu Khasar. — Não como desde o amanhecer. — Ao redor deles, na passagem da montanha, milhares de refeições quentes estavam sendo preparadas. Os animais mal teriam um punhado de capim seco, mas não havia opção. Acima dos balidos constantes, todos podiam ouvir os ruídos e as conversas do povo, e apesar do frio havia contentamento nesse som. Estavam cavalgando para a guerra e o humor no acampamento era leve.

A distância, os generais ouviram um som fraco de comemoração e olharam para Kachiun, que geralmente sabia de tudo que acontecia nas iurtas. Sob o olhar dos irmãos, ele deu de ombros.

— Yao Shu está treinando os jovens guerreiros — disse ele.

Temuge estalou a língua, baixinho, em desaprovação, mas Kachiun o ignorou. Não era segredo que Temuge não gostava do monge budista que ele e Khasar haviam trazido das terras jin. Ainda que Yao Shu fosse sempre cortês, ele havia caído nas más graças do xamã, Kokchu, quando Temuge era seu discípulo mais fiel. Talvez por causa dessas lembranças, Temuge o via com irritação, em especial quando ele pregava sua fraca fé budista aos homens que lutavam. Gêngis havia ignorado os protestos de Temuge, vendo apenas ciúme de um homem santo que podia lutar melhor com as mãos e os pés do que a maioria dos guerreiros com espadas.

Ouviram outro grito de comemoração, desta vez mais alto, como se mais homens tivessem se juntado para assistir. As mulheres estariam preparando comida no acampamento, mas era bastante comum os homens lutarem ou treinarem quando as iurtas estavam erguidas. Nas altas passagens, frequentemente esse era o único modo de permanecer aquecido.

Khasar se levantou e baixou a cabeça para Gêngis.

— Se o cabrito ainda vai demorar para ficar pronto, irei até lá assistir, irmão. Yao Shu faz nossos lutadores parecerem lentos e desajeitados.

Gêngis assentiu, vendo Temuge fazer uma careta. Olhou para fora, para o inchado estômago do cabrito, e farejou o ar, com fome.

Kachiun, vendo que Gêngis queria uma desculpa para assistir ao treino, sorriu sozinho.

— Pode ser Chagatai, irmão. Ele e Ogedai passam um bocado de tempo com Yao Shu.

Foi o bastante.

— Vamos todos — disse Gêngis, seu rosto se iluminando. Antes que Temuge pudesse protestar, o cã saiu ao vento frio. O resto o acompanhou, mas Temuge olhou para trás, para o cabrito assando, a boca se enchendo d'água.

Yao Shu estava com o peito despido apesar da altitude. Parecia não sentir o frio, e enquanto Chagatai andava num círculo, fazendo-o se virar, os flocos de neve que caíam descansavam ao tocar nos ombros do monge. Yao Shu estava com a respiração leve, ainda que Chagatai já estivesse vermelho e com hematomas da luta. Ele olhava o cajado do monge, cauteloso quanto a um ataque súbito. Ainda que o pequeno budista desdenhasse espadas, usava o cajado como se tivesse nascido com ele. Chagatai sentia dores lancinantes nas costelas e na perna esquerda, onde fora golpeado. Ainda não acertara nenhum golpe e sua irritação fumegava junto à superfície.

A multidão havia crescido, inchando-se com guerreiros no momento desocupados. Havia pouca coisa a fazer além disso, e eles estavam sempre curiosos. A passagem era muito estreita para que mais do que umas poucas centenas assistissem ao treino, e eles se empurravam e brigavam ao mesmo tempo em que tentavam dar espaço aos lutadores. Chagatai percebeu o movimento na turba antes de ver o pai e os tios passando, as fileiras recuando para não atrapalhar o caminho dos generais. Trincou o maxilar, decidido a acertar pelo menos um golpe bom enquanto Gêngis olhava.

Pensar era agir, e Chagatai saltou, girando seu cajado num golpe curto e forte. Se Yao Shu tivesse permanecido parado, a vara racharia sua cabeça, mas ele se abaixou e acertou Chagatai nas costelas inferiores antes de se afastar.

Não foi uma pancada forte, mas Chagatai ficou vermelho de raiva. Yao Shu balançou a cabeça.

— Permaneça calmo — murmurou o monge. Era a principal falha do garoto nos treinos de luta. Não havia nada de errado em seu equilíbrio ou nos reflexos, mas o temperamento o prejudicava todas as vezes. Yao Shu havia trabalhado por semanas para conseguir que Chagatai permanecesse frio na batalha, para colocar de lado tanto a fúria quanto o medo. As duas emoções pareciam permanentemente ligadas no jovem guerreiro, e Yao Shu estava resignado ao progresso lento.

Chagatai circulou, revertendo o passo no momento em que parecia que poderia atacar. Yao Shu oscilou para trás, recebendo o cajado que veio baixo. Bloqueou-o com facilidade, mandando o punho esquerdo contra o rosto de Chagatai. Viu os olhos do garoto chamejarem e a fúria tomar conta dele, como já acontecera muitas vezes. Chagatai veio rápido, com o cajado parecendo um borrão. A multidão uivou aos sons da madeira enquanto ele era bloqueado repetidamente. Os braços de Chagatai estavam queimando quando ele tentou se afastar, e nesse momento o monge prendeu o pé do rapaz sob o seu, fazendo Chagatai cair esparramado.

Os movimentos os haviam levado para longe do terreno aberto entre duas iurtas. Yao Shu teria falado com Chagatai, mas sentiu alguém logo atrás e se virou, sempre alerta.

Era Kachiun que estava ali, o rosto sem demonstrar nada. Yao Shu fez uma breve reverência ao general, ainda prestando atenção ao som de Chagatai vindo para ele de novo.

Kachiun baixou a cabeça para perto, embora a multidão ruidosa dificilmente conseguisse ouvir.

— Não dará nada a ele, monge? — murmurou Kachiun. — Com o pai assistindo, e homens que o garoto comandará?

Yao Shu olhou com expressão vazia para o general mongol. Havia treinado desde menino a dominar o próprio corpo. A ideia de deixar uma criança orgulhosa como Chagatai acertá-lo era um conceito estranho. Se tivesse sido um guerreiro mais humilde, que não cantaria vantagem sobre isso durante meses, Yao Shu poderia concordar. Para o mimado segundo filho do cã, ele apenas negou com um gesto de cabeça.

Kachiun teria falado de novo, mas os dois se moveram bruscamente quando Chagatai atacou por trás, desesperado para obter alguma vantagem. Kachiun firmou a boca irritado ao ver Yao Shu se livrar com passos tranquilos, quase deslizando pelo chão. O monge estava sempre equilibrado e Kachiun sabia que Chagatai não iria tocá-lo naquele dia. Ficou olhando com frieza Yao Shu bloquear mais dois golpes, depois atacar com mais força e mais rápido do que antes — sua resposta a Kachiun.

Todos os guerreiros ouviram o "uff" de Chagatai quando o cajado tirou o ar de seus pulmões. Antes que ele pudesse se recuperar, Yao Shu o acertou na mão direita, de modo que ela se abriu e o cajado tombou. Sem pausa, o monge passou sua arma entre as pernas de Chagatai, fazendo o garoto tropeçar no chão gelado. A multidão não aplaudiu quando Yao Shu fez uma reverência ao prostrado filho do cã. Esperavam que Chagatai devolvesse o gesto, mas em vez disso ele se levantou com as bochechas em chamas e saiu do espaço aberto pisando firme, sem olhar para trás.

Yao Shu manteve a posição por mais tempo do que o necessário, mostrando a raiva por ter sido ignorado. Era seu hábito discutir as lutas com os jovens guerreiros, explicando onde haviam fracassado ou se saído bem. Em cinco anos com as tribos, tinha treinado muitos dos homens que Gêngis comandava e mantinha uma escola para vinte dos mais promissores. Chagatai não era um deles, mas Yao Shu aprendera o bastante do mundo para saber que sua permissão para continuar ali tinha um preço. Hoje o preço fora alto demais para ele. Passou por Kachiun sem ao menos olhar o general.

Ainda que muitos na multidão tenham observado Gêngis para ver como ele reagia à grosseria do filho, o cã lhes mostrou o rosto frio. Virou-se para Temuge e Khasar depois de olhar o monge passando por Kachiun.

— Aquele cabrito já deve estar pronto — disse.

Temuge sorriu por um instante, mas não era por causa da comida quente. Em sua inocência, o monge transformara homens violentos em inimigos. Talvez eles lhe ensinassem a humildade. O dia havia ficado melhor do que Temuge poderia esperar.

Yao Shu era um homem pequeno, mas mesmo assim precisou se abaixar para entrar na iurta da segunda mulher do cã. Quando entrou, fez uma reverência a Chakahai, como era devido a uma princesa xixia. Na verdade ele não se importava nem um pouco com os títulos dos homens, mas admirava o modo como aquela mulher fizera seu lugar entre os mongóis. Aquela sociedade não poderia ser mais diferente da corte que ela um dia conhecera, mas a princesa havia sobrevivido e Yao Shu gostava dela.

Ho Sa já estava lá, tomando o chá preto que o pai dela mandava ao acampamento. Yao Shu assentiu para ele, aceitando uma xícara minúscula e fumegante das mãos da própria Chakahai antes de se acomodar. Em certos sentidos o acampamento era um lugar pequeno, apesar do tamanho vasto e esparramado. Yao Shu suspeitava de que Kachiun saberia exatamente quantas vezes os três se encontravam e talvez até tivesse pessoas ouvindo do lado de fora. A ideia fez o chá ter um gosto azedo em sua boca, e Yao Shu fez uma ligeira careta. Este não era o seu mundo. Ele viera aos acampamentos espalhar os ensinamentos gentis do Buda. Ainda não sabia se fizera a escolha certa. Os mongóis eram um povo estranho. Pareciam aceitar qualquer coisa que ele dizia, em especial se apresentasse as lições sob a forma de histórias. Yao Shu havia passado adiante boa parte das coisas que aprendera na infância, mas quando as trompas de guerra soavam os mongóis descartavam seus ensinamentos e saíam correndo para matar. Não havia como entendê-los, mas ele havia aceitado isso como seu caminho. Enquanto tomava, lentamente, o chá, imaginou se Chakahai aceitava tanto assim o seu papel.

Yao Shu praticamente não falou durante longo tempo, enquanto Ho Sa e Chakahai discutiam o bem-estar dos soldados jin que faziam parte dos *tumans* do cã. Talvez 8 mil homens do acampamento já houvessem residido em cidades jin, ou tinham sido soldados do próprio imperador.

No entanto, um número equivalente viera das tribos túrquicas do norte. Os recrutas jin deviam ter tido pouca influência, mas Chakahai cuidara para que todos os homens importantes fossem servidos por pessoas de seu povo. Através delas sabia tão bem quanto o próprio Kachiun o que acontecia nos acampamentos.

Yao Shu observou a mulher delicada garantir a Ho Sa que falaria com o marido sobre os ritos de morte para os soldados jin. Yao Shu terminou de tomar seu chá, sentindo prazer no gosto amargo e no som do seu idioma natural nos ouvidos. Esta era uma coisa da qual sentia falta, sem dúvida. Seus pensamentos dispersos foram arrastados bruscamente de volta, ao som de seu nome.

— ... talvez Yao Shu possa nos dizer — disse Chakahai. — Ele tem estado com os filhos do meu marido por mais tempo do que a maioria dos outros.

— O que a senhora quer saber? — perguntou ele.

Chakahai suspirou.

— Você não estava escutando, amigo. Perguntei quando Jochi estaria em condições de ocupar seu lugar junto aos homens.

— Na próxima virada da Lua, talvez — respondeu Yao Shu imediatamente. — Os ferimentos permaneceram limpos, mas as pernas e o braço sempre terão as cicatrizes dos ferros quentes. Ele precisa refazer os músculos nessas partes. Posso trabalhar com ele. Pelo menos ele ouve, ao contrário do irmão tolo.

Chakahai e Ho Sa se enrijeceram ligeiramente quando ele falou. Os serviçais tinham sido mandados para fora, fazer alguma tarefa, mas sempre existiam ouvidos para escutar.

— Eu assisti ao treino, mais cedo — disse Ho Sa. Ele hesitou, cônscio do terreno delicado. — O que o general Kachiun disse a você?

Hao Shu levantou os olhos, irritado pelo modo como a voz de Ho Sa havia baixado até pouco mais do que um sussurro.

— Isso não é importante, Ho Sa, assim como não é importante proteger minhas palavras nesta iurta. Eu falo a verdade que conheço. — Ele suspirou. — No entanto, já tive 15 anos e já fui tolo. Talvez Chagatai ainda possa crescer e se tornar um homem forte, não sei. Como está, ele é mais um garoto raivoso.

Para o monge, essa foi uma explosão espantosa, e Ho Sa piscou, surpreso.

— Um dia esse "garoto raivoso" pode liderar as tribos — disse Chakahai baixinho.

Yao Shu fungou dentro do chá.

— Às vezes acho que fiquei entre as tribos por tempo demais. Não deveria me importar nem um pouco em saber que homem herda o estandarte de cauda de cavalo do pai, ou mesmo se esses novos inimigos irão pisoteá-lo na terra.

— Você tem amigos aqui, Yao Shu — disse Ho Sa. — Por que não deveria se importar com o que acontece conosco?

O monge franziu a testa.

— Um dia pensei que eu poderia ser a voz da razão neste acampamento, que poderia ter influência sobre o cã e seus irmãos. — Ele fez um som gutural, como se agora repudiasse a ideia. — A arrogância dos jovens é tamanha. Na época pensei que poderia trazer a paz aos corações ferozes dos filhos. — As bochechas de Yao Shu ficaram ligeiramente vermelhas sob a pele. — Em vez disso, talvez eu fique assistindo a Chagatai liderar o povo de seu pai e levá-lo a mais destruição do que qualquer um de nós pode imaginar.

— Como você disse, ele ainda é um garoto — murmurou Chakahai, comovida ao ver Yao Shu tão perturbado. — Ele aprenderá, ou então Jochi liderará as tribos.

O rosto do monge se suavizou diante do tom de voz dela, e ele estendeu a mão para dar um tapinha no ombro de Chakahai.

— Foi um dia difícil, princesa. Ignore o que eu disse. Amanhã serei um homem diferente, com o passado para trás e o futuro desconhecido, como sempre. Lamento ter trazido minha raiva para cá. — Sua boca se retorceu em ironia. — Às vezes acho que sou um mau budista, mas não gostaria de estar em nenhum outro lugar.

Chakahai sorriu para ele, assentindo. Ho Sa encheu de novo sua própria xícara com o chá precioso, imerso em pensamentos. Quando falou, sua voz saiu muito baixa e difícil de escutar:

— Se Gêngis fracassar na batalha, Kachiun será o cã. Ele tem seus próprios filhos e tudo isto será como folhas ao vento.

Chakahai inclinou a cabeça para ouvir. Era linda à luz do lampião, fazendo Ho Sa pensar de novo que o cã era um homem de sorte por ter uma mulher assim esperando em suas iurtas.

— Se meu marido nomeasse um herdeiro entre os filhos, acho que Kachiun honraria isso.

— Se a senhora o pressionar, ele nomeará Chagatai — disse Ho Sa. — Todo o acampamento sabe que ele pretere Jochi, ao passo que Ogedai e Tolui ainda são muito novos. — Ele fez uma pausa, suspeitando de que Gêngis não ficaria satisfeito em ter outros homens falando com sua esposa sobre esse assunto. Mesmo assim estava curioso. — A senhora já falou com o cã sobre isso?

— Ainda não — respondeu Chakahai. — Mas você está certo. Não quero que os filhos de Kachiun herdem. Onde eu ficaria, nesse caso? Não faz muito tempo que as tribos abandonavam as famílias dos cãs mortos.

— Gêngis sabe disso melhor do que ninguém — disse Ho Sa. — Ele não iria querer que a senhora sofresse como a mãe dele sofreu.

Chakahai assentiu. Era um prazer poder falar abertamente em sua língua, tão diferente da fala áspera e gutural dos mongóis. Percebeu, do jeito como as coisas estavam, que preferiria voltar à casa do pai a ver Chagatai se tornar cã; no entanto, Ho Sa falava a verdade. Kachiun tinha suas próprias esposas e filhos. Será que algum deles a trataria com gentileza caso seu marido caísse? Kachiun lhe daria honra, talvez até a mandasse de volta para o rei xixia. Contudo, sempre haveria alguns que olhariam para as esposas e filhos do antigo cã e veriam uma figura de proa. Kachiun ficaria mais seguro mandando matar todos no mesmo dia em que seu irmão caísse em batalha. Assim, ela mordeu o lábio enquanto pensava nisso, perturbada por ter pensamentos tão sombrios em sua iurta. Gêngis não aceitaria Jochi, Chakahai tinha quase certeza. Ele estava de cama, curando-se, havia mais de um mês, e um líder precisava ser visto por seus homens para não ser esquecido. Além disso, ela não conhecia Jochi, só sabia que Chagatai seria uma escolha ruim. Seus filhos não sobreviveriam por muito tempo à ascensão dele, tinha certeza. Imaginou se teria a habilidade para trazer Chagatai para seu lado.

— Pensarei nisso — disse ela aos dois homens. — Encontraremos o caminho certo.

Do lado de fora da iurta podiam ouvir o vento gemendo através das carroças e lares da nação mongol. Os dois homens ouviram a tristeza na voz de Chakahai enquanto ela os dispensava de volta aos seus postos, para dormir.

Quando saiu ao vento e à neve, Yao Shu estremeceu, apertando o dil em volta dos ombros. Não era só o frio, que ele mal notava depois de tantos anos usando apenas um manto fino. Às vezes sentia que dera um passo errado ao se misturar ao povo dos cavalos. Gostava deles, apesar de toda a arrogância infantil e da crença de que podiam moldar o mundo ao seu gosto. O cã era um homem digno de ser seguido e Yao Shu ficara impressionado com ele. No entanto, não conseguira encontrar os ouvidos certos para as palavras do Buda. Apenas o pequeno Tolui parecia aberto a elas, e mesmo assim porque era muito novo. Chagatai ria escancaradamente de qualquer filosofia que não implicasse esmagar inimigos sob os calcanhares, e Jochi parecia ouvir com interesse distanciado, deixando as palavras e ideias fluírem por cima dele sem penetrá-lo.

Yao Shu estava perdido em pensamentos enquanto andava pelos caminhos nevados entre as tendas. Mesmo assim permanecia cônscio do ambiente, e soube que os homens estavam ali assim que começaram a cercá-lo. Suspirou. Havia apenas um garoto tolo que teria mandado guerreiros atacá-lo naquela noite. Yao Shu nem levara seu cajado de treino para a iurta de Chakahai, acreditando que estava seguro.

Ainda assim, ele não era uma criança para ser emboscado por idiotas. Será que Chagatai tinha dito para eles o matarem ou apenas quebrarem alguns ossos? Não importava: sua reação seria a mesma. Enquanto a neve caía em redemoinhos, Yao Shu disparou entre duas iurtas e atacou o primeiro vulto escuro que surgiu diante dele. O homem foi lento demais e Yao Shu o derrubou facilmente com um golpe no queixo, enquanto usava o pé para bloquear a perna do outro que estava posicionada para trás. Não pretendia matar naquela passagem de montanha, mas ouviu outras vozes reagindo ao som e soube que eram muitos. Passos vinham leves de todas as direções e Yao Shu controlou a raiva crescente no peito. Era improvável que conhecesse os homens ou que eles o conhecessem. Não haveria maldade no ataque, a não ser que o monge matasse um deles. Deu de ombros, pensando de novo que o tempo passado entre as tribos o havia mudado imperceptivelmente. O Buda deixaria que eles o atacassem sem levantar sequer uma das mãos por raiva. Yao Shu deu de ombros, indo em direção a outra sombra. Pelo menos não estava mais com frio.

— Onde ele está? — sussurrou um homem, a apenas um passo de distância.

Yao Shu surgiu atrás dele, empurrando-o para o chão antes que ele pudesse resistir e passando por ele depressa. O grito surpreso do guerreiro ecoou nos morros altos e Yao Shu ouviu outros homens se aproximando rapidamente.

O primeiro a alcançá-lo foi recebido com um soco explosivo nas costelas inferiores. Yao Shu sentiu-as se partirem sob sua mão e recuou antes de cravar as lascas em órgãos vitais. Abaixou-se por instinto quando outra coisa se moveu, mas na brancura não tinha visto dois guerreiros e um deles o segurou pela cintura, jogando-o no chão duro.

Yao Shu deu um chute e seu pé acertou algo sólido, machucando-o. Levantou-se enquanto um círculo de homens se fechava e olhou os rostos ao redor, que não sorriam. Irritou-se ao ver que três eram de seu grupo de treinamento. Eles, pelo menos, não o encaravam. Os outros eram estranhos carregando cajados pesados.

— Agora você está em nossas mãos, monge — rosnou um deles.

Yao Shu se preparou, abaixando-se ligeiramente com as pernas dobradas de modo a ficar em equilíbrio perfeito. Não poderia derrotar tantos, mas estava novamente pronto para ensinar.

Oito homens vieram para o centro do círculo e Yao Shu quase deslizou entre dois deles e saiu. Um deles conseguiu, por sorte, agarrar seu manto. Yao Shu sentiu dedos roçarem sobre a pele de seu crânio e levou a cabeça para trás bruscamente. Os dedos duros desapareceram e o monge golpeou com o pé direito. Outro homem caiu para trás com um grito e o joelho despedaçado, mas nesse ponto eles já o haviam acertado muitas vezes e Yao Shu estava tonto. Ainda golpeava com as mãos, os joelhos e a cabeça sempre que podia, mas eles o derrubaram. Os cajados grossos subiam e desciam com raiva insensata. Ele não gritou, nem quando um deles pisou em seu pé direito e quebrou os ossos pequenos.

Antes de perder a consciência, Yao Shu pensou ter escutado a voz de Kachiun gritando e sentiu as mãos se afastando dele. As palavras de seus professores espiralaram na mente enquanto ele desmaiava na neve. Eles o haviam dito que se agarrar à raiva era como segurar um carvão em brasa. Só ele seria queimado. No entanto, enquanto os homens se dispersavam e ele sentia braços fortes levantando-o, Yao Shu apertou o carvão com força e sentiu apenas calor.

CAPÍTULO 8

Yao Shu levantou os olhos quando Kachiun entrou na iurta onde os feridos eram tratados. Durante o dia, os homens doentes e as mulheres viajavam nas carroças, bem enrolados em peles. Sempre havia alguns que precisavam ter lancetado um dedo do pé infeccionado, ou que fosse feito um curativo num ferimento. Yao Shu conhecia três dos homens que estavam com ele. Eram os que ele próprio havia ferido. Não tinha falado com eles, e os três parecendo embaraçados por seu silêncio, não o encaravam.

Kachiun se animou ao cumprimentar Jochi, sentando-se na beira da cama e falando de coisas amenas com ele. Admirou a pele listrada do tigre aos pés de Jochi, passando as mãos pelas dobras rígidas e pela cabeça achatada enquanto conversavam. Yao Shu podia ver que os dois eram amigos. Tsubodai também fazia visitas a cada alvorecer, e, apesar da reclusão, Jochi estava bem informado. Yao Shu observava os dois conversarem com certa curiosidade, enquanto testava as talas no pé e se encolhia de dor.

Quando a conversa morreu, Kachiun se virou para o monge, visivelmente procurando palavras. Sabia melhor do que ninguém que só poderia ter sido Chagatai quem ordenara o espancamento. Também sabia que isso jamais seria provado. Chagatai andava arrogantemente pelo acampamento e não eram poucos os guerreiros que o olhavam com aprovação. Para eles não existia vergonha em se vingar, e Kachiun podia adivinhar o que Gêngis pensava a respeito. O cã não contaria com outros para defender seu argumento, mas não perderia o sono com isso, caso contasse. O acampamento era um mundo cruel, e Kachiun se perguntava como explicaria isso a Yao Shu.

— Kokchu diz que você estará andando em apenas algumas semanas — disse ele.

Yao Shu deu de ombros.

— Eu estou me curando, general. O corpo é apenas um animal, afinal de contas. Cães e raposas se curam, e eu também.

— Não ouvi mais nada sobre os homens que o atacaram — mentiu Kachiun. Os olhos de Yao Shu foram até os outros na pequena iurta e Kachiun ficou ligeiramente ruborizado. — Sempre há alguém brigando no acampamento — disse ele, abrindo as mãos.

Yao Shu olhou-o com calma, surpreso ao ver que o general parecia sentir-se culpado. Ele não participara daquilo, afinal de contas, e era responsável por Chagatai? Não. Aliás, a surra poderia ter sido muito pior se Kachiun não tivesse surgido e dispersado os homens. Os guerreiros tinham desaparecido em suas iurtas, levando seus feridos. Yao Shu suspeitava de que Kachiun saberia dizer o nome de cada um deles, se quisesse, talvez os nomes de suas famílias também. Não importava. Os mongóis adoravam vingança, mas Yao Shu não sentia raiva de jovens tolos que cumpriam ordens. Tinha prometido dar outra lição a Chagatai, no devido tempo.

O monge ficou perturbado ao ver que sua fé vinha em segundo lugar, depois de um desejo tão ruim, mas mesmo assim sentia prazer nessa perspectiva. Com os homens de Chagatai na iurta não podia falar disso, mas eles também estavam se recuperando, e não iria se passar muito tempo até que ele estivesse sozinho com Jochi. Ainda que talvez tivesse ganhado um inimigo em Chagatai, Yao Shu vira a luta com o tigre. Enquanto olhava a grande pele listrada dobrada sob a cama baixa de Jochi, pensou que certamente ganhara também um aliado. A princesa xixia ficaria satisfeita, pensou com ironia.

Kachiun se levantou automaticamente quando ouviu a voz de Gêngis do lado de fora. O cã entrou e Yao Shu viu que todo o rosto dele estava inchado e vermelho, o olho esquerdo quase fechado.

O cã registrou a presença dos homens na iurta e assentiu para Yao Shu antes de falar com Kachiun. Ignorou Jochi, como se este não estivesse presente.

O xamã entrou enquanto ele falava, trazendo consigo o estranho odor que fazia Yao Shu franzir o nariz. Não conseguia gostar do feiticeiro magricelo. Descobrira que o xamã era competente em consertar ossos partidos, mas Kokchu, ao mesmo tempo que tratava os doentes como se fossem um incômodo, bajulava os generais e o próprio Gêngis desavergonhadamente.

– O dente, Kokchu – resmungou Gêngis. – É hora.

O suor brotava em sua testa, e Yao Shu supôs que ele estaria sofrendo uma dor tremenda, mas o cã tinha a superstição de jamais demonstrá-la. Às vezes Yao Shu se perguntava se aqueles mongóis não eram insanos. A dor era meramente parte da vida, algo a ser aceito e compreendido, não esmagado.

– Sim, senhor cã – respondeu Kokchu. – Irei arrancá-lo e lhe darei ervas para o inchaço. Deite-se, senhor, e abra a boca o máximo que puder.

Pouco à vontade, Gêngis ocupou a última cama da iurta e inclinou tanto a cabeça para trás que Yao Shu pôde ver a carne inflamada. Os mongóis tinham dentes muito bons, pensou. O cotoco marrom parecia deslocado no meio dos brancos. Yao Shu se perguntou se a dieta à base de carne era responsável pela força e violência deles. Ele próprio evitava carne, acreditando que ela era responsável pelos humores ruins do sangue. Mesmo assim os mongóis pareciam prosperar comendo-a, com ou sem humores ruins.

Kokchu desenrolou um tubo de couro, revelando um pequeno par de pinças de ferreiro e um conjunto de facas estreitas. Yao Shu viu os olhos de Gêngis girando para ver as ferramentas, depois o cã encontrou seu olhar; sobre Gêngis veio uma imobilidade impressionante de se observar. O homem decidira tratar aquele sofrimento como um teste, Yao Shu podia ver. O monge se perguntou se sua autodisciplina seria suficiente.

Kokchu bateu as pontas da pinça juntas e respirou fundo para firmar as mãos. Olhou dentro da boca aberta do cã e franziu os lábios.

— Serei o mais rápido que puder, senhor, mas tenho de arrancar a raiz.

— Faça seu trabalho, xamã. Arranque — disse Gêngis bruscamente, e de novo Yao Shu viu que a dor devia ser imensa para ele falar daquele modo. Enquanto Kokchu sondava o dente quebrado, o cã apertou as mãos com força e depois deixou-as se afrouxar, ficando imóvel como se estivesse dormindo.

Yao Shu observou com interesse Kokchu escavar fundo com a pinça, tentando encontrar um ponto de apoio. A ferramenta de metal escorregou duas vezes enquanto ele fazia pressão. Com uma careta, o xamã se virou de novo para seu rolo e pegou uma faca.

— Terei de cortar a gengiva, senhor — disse nervoso.

Yao Shu podia ver que o xamã estava tremendo como se sua própria vida estivesse em jogo. Talvez estivesse mesmo. Gêngis não se deu ao trabalho de responder, mas de novo as mãos se retesaram e relaxaram enquanto ele lutava pelo controle do corpo. O cã se enrijeceu quando Kokchu fez força com a faca, cavando fundo. Gêngis engasgou numa enchente de pus e sangue, afastando Kokchu com um empurrão para cuspir no chão, antes de se deitar de novo. Seus olhos estavam selvagens, viu Yao Shu, em um espanto silencioso diante da força de vontade daquele homem.

Mais uma vez Kokchu cortou e revirou bruscamente a lâmina, depois avançou com a pinça, conseguiu apoio e fez força. O xamã quase caiu quando uma comprida lasca de raiz se soltou e Gêngis grunhiu, levantando-se para cuspir mais.

— Saiu quase toda, senhor — disse o xamã.

Gêngis olhou-o irritado, depois se deitou de novo. O segundo pedaço saiu rapidamente e o cã sentou-se, segurando o queixo dolorido e claramente aliviado por aquilo ter acabado. A borda de sua boca estava vermelha; e Yao Shu ficou olhando Gêngis engolir o amargor.

Jochi também observara a extração, mas havia tentado fingir que não vira. Quando Gêngis se levantou, Jochi se deitou na cama e ficou olhando as ripas de faia que compunham o teto da iurta. Yao Shu pensou que o cã sairia sem falar com o filho, e ficou surpreso quando Gêngis parou e deu um tapa na perna de Jochi.

— Você consegue andar, não consegue? — perguntou Gêngis.

Jochi virou a cabeça lentamente.

— Sim, posso andar.

— Então pode cavalgar. — Gêngis notou a espada com cabeça de lobo, que Jochi nunca deixava longe da vista, e sua mão direita estremeceu de vontade de segurá-la. Em vez disso, pousou-a sobre a pele do tigre e passou os dedos entre os pelos duros.

— Se você pode andar, pode cavalgar — disse Gêngis de novo. Nesse ponto poderia ter se virado e ido embora, mas algum impulso o manteve ali.

— Pensei que esse bicho iria matar você — disse Gêngis.

— Quase matou — respondeu Jochi.

Para sua surpresa, Gêngis riu para ele, mostrando dentes vermelhos.

— Mesmo assim você o derrotou. Você tem um *tuman* e nós cavalgamos para conquistar.

Yao Shu viu que o cã estava tentando consertar pontes entre eles. Jochi comandaria 10 mil homens, um posto de confiança imensa e que não era dado levianamente. Para desapontamento particular de Yao Shu, Jochi deu um risinho de desprezo.

— O que mais eu poderia querer de você, meu senhor?

Nesse momento uma imobilidade se fez presente, até que Gêngis deu de ombros.

— Você mesmo disse, garoto. Eu lhe dei mais do que o bastante.

O fluxo de carroças e animais demorou dias para se derramar das montanhas para as planícies. Ao sul e a oeste estavam as cidades comandadas pelo xá Mohammed. Cada homem e mulher do povo tinha ouvido falar no desafio ao seu cã e na morte dos enviados. Todos estavam impacientes para se vingar.

Ao redor do núcleo do povo, batedores cavalgavam em círculos amplos enquanto se moviam, deixando as montanhas frias para trás. Os generais tinham disputado, usando ossos de dedos, o direito de levar um *tuman* para fazer um ataque de surpresa, e foi Jebe quem jogou quatro cavalos e ganhou. Quando Gêngis ficou sabendo, convocou o substituto de Arslan para dar as ordens. Jebe havia encontrado o cã com seus irmãos, imerso em conversa enquanto planejavam a guerra vindoura. Quando Gêngis finalmente notou o rapaz parado junto à porta, assentiu para ele, mal erguendo os olhos dos novos mapas que estavam sendo desenhados com carvão e tinta.

— Preciso mais de informações do que de pilhas de mortos, general — disse Gêngis. — O xá pode contar com cidades tão grandes quanto qualquer uma das que existem nas terras jin. Devemos encontrar os exércitos dele, mas quando isso acontecer, será nos meus termos. Até esse dia, preciso de tudo que você possa descobrir. Se uma cidade tiver menos de duzentos guerreiros, deixe que eles se rendam. Mande a mim os comerciantes e mercadores deles, homens que conhecem um pouco do mundo ao redor deles.

— E se não se renderem, senhor? — perguntou Jebe.

Khasar deu um risinho sem levantar os olhos, mas o olhar amarelo do cã se afastou dos mapas.

— Então limpe o caminho — respondeu Gêngis.

Quando Jebe se virou para sair, Gêngis assobiou baixinho. Jebe se virou para ele com ar interrogativo.

— Agora eles são seus guerreiros, Jebe, não meus, nem de qualquer outro homem aqui. Eles olharão primeiro para você. Lembre-se disso. Já vi guerreiros corajosos que desistiram e fugiram, e meses depois, apenas, enfrentaram reveses impossíveis. A única diferença era que seus oficiais tinham mudado. Jamais acredite que outro homem pode fazer o seu trabalho. Entendeu?

— Sim, senhor — respondeu Jebe. Ele havia lutado para não demonstrar o deleite, mas sentia-se tonto de prazer. Era seu primeiro comando independente. Dez mil homens olhariam apenas para ele, suas vidas e sua honra nas mãos dele. Gêngis deu um sorriso torto, plenamente cônscio de que o rapaz tinha as palmas das mãos suadas e o coração martelando.

— Então vá — disse o cã, retornando aos mapas.

Numa manhã de primavera, Jebe saiu em cavalgada com 10 mil veteranos, ansioso para fazer seu nome. Em apenas alguns dias mercadores árabes chegaram cavalgando ao acampamento como se o próprio diabo estivesse atrás deles. Estavam dispostos a negociar e vender informações a essa nova força na terra, e Gêngis recebeu um monte deles em sua iurta, mandando-os embora com as bolsas cheias de prata. Atrás deles, distantes nuvens de fumaça subiam preguiçosamente no calor.

Jochi se reuniu aos seus homens dois dias depois de ter visto Gêngis na iurta dos doentes. Estava magro e pálido devido às seis semanas de reclusão, mas montou rigidamente em seu cavalo predileto, apertando o queixo por causa da dor. O braço esquerdo estava preso com talas e os ferimentos nas pernas rachavam e escorriam, mas ele sorriu enquanto trotava até as fileiras. Seus homens tinham sido avisados de que ele viria e entraram em forma para receber o general e primeiro filho do cã. A expressão de Jochi permaneceu séria, concentrando-se em sua própria fraqueza. Levantou a mão em cumprimento, ao que eles aplaudiram sua sobrevivência e a pele de tigre que ele pusera entre a sela e a pele do cavalo. A cabeça seca do tigre estaria sempre rosnando.

Quando ocupou seu lugar na primeira fila, virou o pônei e olhou para os homens que seu pai lhe dera. Dos 10 mil, mais de 4 mil eram das cidades jin. Estavam montados e com armaduras ao estilo mongol, mas Jochi sabia que não eram capazes de disparar flechas tão rápido quanto seus irmãos. Mais 2 mil eram das tribos túrquicas que havia ao norte e oeste, homens de pele escura que conheciam as terras árabes melhor do que os próprios mongóis. Pensou que seu pai os dera pois os via como de sangue inferior, mas eram ferozes e conheciam o terreno e a batalha. Jochi ficou satisfeito com eles. Os últimos 4 mil eram do povo: naimanes, oirates e jajirates. Jochi lançou o olhar por cima das fileiras deles e foi ali que sentiu uma fraqueza nos rostos sérios. Os mongóis sabiam que Jochi não era um filho predileto do cã, talvez até nem fosse seu filho. Pressentiu dúvida sutil no modo como os homens se entreolhavam e não comemoravam com tanto desejo quanto os outros.

Jochi, sentindo sua energia decair, reuniu a força de vontade. Gostaria de ter tido mais tempo para curar o braço. No entanto, tinha visto Tsubodai reunir homens e estava ansioso para começar o trabalho.

— Vejo homens diante de mim — gritou a eles. Sua voz era forte, e muitos sorriram. — Vejo guerreiros, mas ainda não vejo um exército.

Os risos hesitaram, e ele indicou a vastidão de carroças a deixar as montanhas, atrás deles.

— Nosso povo tem homens suficientes para manter os lobos longe. Cavalguem comigo hoje e verei em que posso tornar vocês.

Bateu os calcanhares, ainda que suas pernas já tivessem começado a doer. Atrás dele, 10 mil homens começaram a trotar para as planícies. Faria com que corressem até se esfrangalharem, disse a si mesmo, até ficarem cegos de exaustão ou até que seus membros doessem tanto que ele não suportasse mais. Sorriu ao pensar nisso. Ele aguentaria. Sempre aguentara.

A cidade de Otrar era uma das muitas joias de Khwarezm, tendo enriquecido nos caminhos em que se cruzavam impérios antigos. Havia guardado o oeste durante mil anos, participando da riqueza que seguia as estradas do comércio. Suas muralhas protegiam milhares de casas de tijolos, algumas com três andares e pintadas de branco por causa do sol forte. As ruas estavam sempre movimentadas e era possível comprar qualquer coisa do mundo em Otrar, desde que se tivesse ouro suficiente. O governante, Inalchuk, fazia oferendas todos os dias na mesquita e demonstrações públicas de sua devoção aos ensinamentos do profeta. Em sua vida particular, bebia vinho proibido e mantinha uma casa de mulheres escolhidas entre escravas de uma dúzia de raças, todas selecionadas para seu prazer.

Enquanto o sol mergulhava em direção aos morros, Otrar esfriava lentamente e as ruas perdiam a energia insana enquanto homens e mulheres voltavam para casa. Inalchuk enxugou o suor dos olhos e deu uma estocada contra o instrutor de espada. O sujeito era rápido; havia ocasiões em que Inalchuk achava que ele permitia que seu senhor ganhasse pontos. Não se importava, desde que o instrutor fosse inteligente. Se permitisse uma abertura óbvia demais, Inalchuk golpeava com mais força, deixando um inchaço ou um hematoma. Era um jogo, assim como todas as coisas eram jogos.

Pelo canto do olho, Inalchuk viu seu principal escriba parar na cercania do pátio. O instrutor saltou contra ele, para castigá-lo pelo momento de desatenção, e Inalchuk caiu para trás, depois golpeou por baixo, fazendo a ponta de sua espada rombuda afundar na barriga do sujeito. O instrutor caiu pesadamente e Inalchuk riu.

— Você não vai me fazer levantá-lo, Akram. Uma vez é suficiente para cada truque.

O instrutor sorriu e ficou de pé em um salto, mas a luz estava se esvaindo e Inalchuk fez uma reverência a ele antes de entregar a espada.

À medida que o sol se punha, Inalchuk ouviu as vozes dos muezins gritando a grandeza de Deus por sobre Otrar. Era hora das orações da tarde e o pátio começou a se encher com membros de sua casa. Eles carregavam tapetes e se arrumaram em fileiras, de cabeça baixa. Inalchuk conduzia-os nas respostas, com os pensamentos e preocupações do dia se desvanecendo enquanto assumia a primeira posição.

Enquanto entoavam em uníssono, Inalchuk estava ansioso para acabar com o jejum do dia. O ramadã estava quase terminando e nem mesmo ele ousava ignorar suas disciplinas. Os serviçais fofocavam como pássaros e ele sabia que não deveria lhes dar provas contra ele para os tribunais da xariá. Prostrando-se, encostando a testa no chão, pensou nas mulheres que escolheria para banhá-lo. Mesmo no mês santo, todas as coisas eram possíveis depois de o sol se pôr, e ali pelo menos um homem podia ser rei em seu próprio lar. Mandaria trazerem mel e iria pingá-lo nas costas de sua atual favorita enquanto se regalava nela.

— *Allahu Akbar*! — disse alto. Deus é grande. Mel era uma coisa maravilhosa, pensou, presente de Alá a todos os homens. Inalchuk poderia comê-lo todos os dias, se não fosse sua cintura se expandindo. Parecia que para cada prazer havia um preço.

Prostrou-se de novo, um modelo de devoção diante de sua casa. O sol havia se posto durante o ritual e Inalchuk estava morrendo de fome. Enrolou seu tapete de orações e caminhou rigidamente pelo pátio, o escriba andando atrás dele.

— Onde está o exército do cã? — gritou Inalchuk por cima do ombro.

O escriba procurou num maço de papéis, como sempre fazia, mas Inalchuk não duvidava de que ele tinha a resposta pronta. Zayed bin Saleh envelhecera servindo-o, mas a idade não havia embotado a inteligência do homem.

— O exército mongol se move lentamente, senhor — disse Zayed. — Graças a Alá. Eles escurecem toda a terra até as montanhas.

Inalchuk franziu a testa, a imagem de uma pele coberta de mel desaparecendo de sua imaginação.

– Mais do que pensávamos antes?

– Talvez 100 mil guerreiros, senhor, mas não posso ter certeza, com tantas carroças. Eles cavalgam como uma grande serpente na terra.

Inalchuk sorriu diante da imagem.

– Mesmo uma serpente dessa tem apenas uma cabeça, Zayed. Se o cã gosta de criar problema, mandarei os Assassinos a cortarem fora.

O escriba fez uma careta, mostrando dentes que pareciam marfim amarelado.

– Eu preferiria abraçar um escorpião a lidar com aqueles místicos xiitas, senhor. Eles não são perigosos somente com as adagas. Não rejeitam os califas? Penso que não são verdadeiros homens do islã.

Inalchuk riu, dando um tapinha no ombro de Zayed.

– Eles o amedrontam, pequeno Zayed, mas podem ser comprados, e não há ninguém que seja tão bom quanto os Assassinos. Eles não deixaram um bolo envenenado no peito do próprio Saladim enquanto ele dormia? É *isso* que importa. Eles honram seus contratos e toda a sua loucura sombria é somente para manter a aparência.

Zayed estremeceu delicadamente. Os Assassinos comandavam suas fortalezas na montanha e nem mesmo o xá podia ordenar que saíssem. Eles cultuavam a morte e a violência, e Zayed achava que Inalchuk não deveria ser tão casual ao falar deles, nem mesmo em seu próprio lar. Esperou que seu silêncio fosse considerado uma censura sutil, mas Inalchuk continuou, pois outro pensamento lhe veio:

– Você não mencionou nenhuma notícia do xá Mohammed – disse. – Será que ele ainda não respondeu?

Zayed balançou a cabeça.

– Ainda não vieram reforços, senhor. Tenho homens esperando por eles no sul. Saberei assim que aparecerem.

Haviam chegado ao complexo de banhos da casa do governante. Como homem escravo, Zayed não podia passar pela porta, e Inalchuk parou também, pensando em suas ordens.

– Meu primo tem mais de 1 milhão de homens armados, Zayed, mais do que o suficiente para esmagar esse exército de carroças e cabras magras.

Mande outra mensagem com meu selo pessoal. Diga a ele... que 200 mil guerreiros mongóis atravessaram as montanhas. Talvez ele entenda que minha guarnição só poderia recuar, diante de um número tão grande.

— Talvez o xá não acredite que eles atacarão Otrar, senhor. Há outras cidades sem nossas muralhas.

Inalchuk estalou a língua em irritação e passou a mão pelas mechas da barba amaciada com óleo.

— Aonde mais eles viriam? Foi aqui que mandei os homens do cã serem açoitados na praça do mercado. Foi aqui que fizemos uma pilha de mãos a uma altura que chegaria à cintura de um homem. Não foi meu primo que me orientou nisso? Eu segui as ordens dele sabendo que seu exército estaria pronto para derrubar esses mongóis. Agora eu o chamei e ele fica protelando.

Zayed não respondeu. As muralhas de Otran nunca haviam sido partidas, mas mercadores árabes estavam começando a chegar das terras jin. Falavam que os mongóis usavam máquinas capazes de esmagar cidades. Não era impossível que o xá tivesse deixado a guarnição de Otrar testar a força do cã mongol. Havia 20 mil homens dentro das muralhas, mas Zayed não sentia confiança.

— Lembre ao meu primo que um dia salvei a vida dele, quando éramos garotos — disse Inalchuk. — Ele nunca me pagou essa dívida.

Zayed baixou a cabeça.

— Mandarei avisá-lo, senhor, usando os cavalos mais rápidos.

Inalchuk assentiu brevemente, desaparecendo pela porta. Zayed olhou-o se afastar e franziu a testa. O senhor fornicaria como um cão no cio até o amanhecer, deixando o planejamento da campanha com os serviçais.

Zayed não entendia a luxúria, assim como não entendia homens como os Assassinos, que gostavam de comer as varetas de haxixe marrom e pegajoso que baniam o medo e os faziam se retorcer de desejo de matar. Quando era jovem, seu corpo o havia atormentado, mas uma das bênçãos da velhice era o alívio das exigências da carne. O único prazer verdadeiro que ele já conhecera vinha do planejamento e da erudição.

Zayed percebeu debilmente que precisaria comer para se sustentar durante a noite longa. Tinha mais de cem espiões no caminho do exército mongol e os relatórios deles vinham a cada hora. Ouviu os grunhidos rítmicos de seu senhor começando e balançou a cabeça, como se para uma criança travessa. Agir desse modo quando o mundo estava pronto a virar de cabeça para baixo o deixava espantado. Zayed não duvidava de que o xá Mohammed tinha pretensões de se tornar um novo Saladim. Na época Inalchuk era apenas uma criança, mas Zayed se lembrava do reinado do grande rei. Guardava com carinho lembranças dos guerreiros de Saladim passando por Bukhara em direção a Jerusalém, mais de trinta anos antes. Tinha sido uma era de ouro!

O xá não deixaria Otrar cair, Zayed tinha quase certeza. Havia muitos líderes que tinham vindo se juntar aos seus estandartes, mas eles estariam procurando sinais de fraqueza. Era a maldição de todos os homens fortes, e o xá não poderia abrir mão de uma cidade rica. Afinal de contas, os jin nunca haviam estado mais fracos. Se Gêngis pudesse ser detido em Otrar, haveria um mundo a ser conquistado.

Zayed ouviu a paixão grunhida do senhor aumentar de volume e suspirou. Sem dúvida Inalchuk tinha seus próprios olhos direcionados ao trono do xá. Se os mongóis pudessem ser derrotados rapidamente, talvez esse trono estivesse até mesmo ao seu alcance.

O corredor estava fresco depois do pôr do sol e Zayed mal notou os escravos acendendo lampiões a óleo por toda a extensão. Não estava cansado. Essa também era uma bênção da velhice, ele precisava de pouquíssimo sono. Foi andando distraidamente para a escuridão, com a mente em mil coisas que precisava fazer antes que o dia amanhecesse.

CAPÍTULO 9

JEBE PERDERA A CONTA DOS QUILÔMETROS QUE TINHA CAVALGADO NAQUELE mês passado longe do exército do cã. A princípio havia ido para o sul, chegando a um vasto lago em forma de crescente. Jebe nunca vira um corpo d'água doce assim, tão largo que nem os batedores, com seus olhos afiados, conseguiram enxergar o outro lado. Durante dias, ele e seus homens haviam cravado lanças em peixes gordos e verdes cujo nome não sabiam, refestelando-se com a carne antes de ir em frente. Jebe tinha decidido não tentar atravessar fazendo os cavalos nadarem, portanto levou seu *tuman* pelas margens de barro. A terra era cheia de animais que eles podiam comer, desde gazelas e cabritos monteses até um urso marrom que saiu urrando de um bosque e quase alcançou um grupo de guerreiros antes que as flechas o derrubassem. Jebe pôs sobre a garupa do cavalo a pele do urso, grossa de gordura apodrecendo. Esperava curtir a pele com fumaça antes que ela se estragasse demais. Falcões e águias voavam nos ventos acima e os morros e vales faziam Jebe se lembrar de onde nascera.

Como Gêngis ordenara, ele deixava os pequenos povoados em paz, seus homens passando numa massa escura enquanto os camponeses corriam ou ficavam olhando com medo opaco. Aqueles homens faziam Jebe pensar em gado e só podia estremecer ao pensar numa vida assim, preso num lugar durante todo o tempo. Havia destruído quatro cidades grandes e mais de uma dúzia de fortalezas de estrada, deixando o saque enterrado em locais marcados nas colinas. Seus homens estavam passando a conhecê-lo como líder e cavalgavam de cabeça erguida, gostando de seu estilo de atacar depressa e cobrir distâncias enormes em apenas alguns dias. Arslan fora mais cauteloso como general, mas havia ensinado bem a Jebe, que impelia seus homens com força. Tinha um nome a fazer entre os generais e não permitia fraqueza nem hesitação entre os que o seguiam.

Se uma cidade se rendesse depressa, Jebe mandava os mercadores do lugar para o norte e o leste, até onde achava que Gêngis podia ter chegado com as carroças, que eram mais lentas. Prometia-lhes ouro e os tentava com moedas jin como prova da generosidade que receberiam. Muitos tinham sido obrigados a ver suas casas serem queimadas até os alicerces e não sentiam amor pelo jovem general mongol, mas aceitavam os presentes e iam embora. Não podiam reconstruir, com Gêngis vindo para o sul, e Jebe descobriu que eram mais pragmáticos do que seu próprio povo, aceitando mais o destino que pode erguer um homem e derrubar outro sem causa ou razão. Não admirava essa atitude, mas ela servia bem aos seus propósitos.

No fim da lua nova, que Jebe ficara sabendo que era o mês árabe do ramadã, ele chegou a uma nova cordilheira ao sul do lago em forma de crescente. Otrar ficava a oeste, e mais adiante estavam as cidades douradas do xá, com nomes que Jebe mal conseguia pronunciar. Ficou sabendo sobre Samarkand e Bukhara e mandou que camponeses árabes desenhassem a localização delas em mapas grosseiros que Gêngis apreciaria. Jebe não foi até lá ver aqueles lugares cercados por muralhas. Quando fizesse isso, seria com a horda mongol às costas.

Enquanto a lua ia sumindo, Jebe fez uma última varredura nas montanhas ao sul, mapeando fontes de água e mantendo os homens em forma. Estava quase pronto para retornar e ir à guerra. Ainda que seu *tuman* tivesse ficado fora por mais do que um giro da lua, ele não tinha iurtas e fez o acampamento num vale abrigado, com batedores postados em todos os picos ao redor. Foi um deles que voltou ao acampamento com o pônei coberto de suor.

– Vi cavaleiros, general, a distância.

— Eles viram você?

O jovem guerreiro balançou a cabeça com orgulho.

— Não nesta vida, general. Foi na última luz antes de o sol se pôr, e voltei na mesma hora. — O homem hesitou, e Jebe esperou que ele falasse de novo. — Eu pensei... eles poderiam ser mongóis, general, pelo modo como montavam. Eu os vi bem rapidamente, antes que a luz terminasse, mas havia seis homens cavalgando juntos e podiam ser dos nossos.

Jebe se levantou, esquecendo aos pés a carne de coelho que estivera comendo.

— Quem mais teria vindo tão ao sul? — murmurou. Com um assobio baixo, fez seus homens deixarem as rações e montar à toda volta. Estava escuro demais para cavalgar depressa, mas ele vira uma trilha atravessando as montanhas antes do pôr do sol, e Jebe não resistiu a se aproximar na escuridão. Ao amanhecer estaria posicionado. Passou as ordens aos oficiais e deixou que eles informassem aos homens. Num instante estavam estalando a língua baixinho para as montarias, formando uma coluna.

Sem lua, a noite estava muito escura, mas eles seguiam as ordens, e Jebe sorriu sozinho. Se fosse Khasar, ou, melhor ainda, Tsubodai, adoraria surpreender uma força mongol ao amanhecer. Enquanto levava sua montaria para a frente da fileira, mandou batedores com ordens sussurradas, sabendo que os generais do cã sentiriam prazer em agir do mesmo modo com ele. Diferentemente dos homens mais velhos, ele precisava fazer seu nome e adorava o desafio de uma terra nova. A ascensão de Tsubodai mostrara que Gêngis valorizava mais o talento do que o sangue, todas as vezes.

Jochi acordou, depois de dormir como um morto, no meio de um bosque de pinheiros na metade de uma encosta de montanha. Ficou parado na escuridão de breu, levantando a mão esquerda diante do rosto e piscando cansado. Os árabes definiam o amanhecer como a hora em que um fio preto podia ser distinguido de um branco, e ainda não estava suficientemente claro para isso. Bocejou e soube que não dormiria de novo, agora que seu corpo sofrido havia se arrastado para fora do sono. As pernas ficavam rígidas de manhã e ele começava cada dia esfregando óleo nas cicatrizes altas causadas pelos ferros quentes e pelas garras do tigre. Lentamente esfregou a pele ondulada com os polegares, grunhindo de alívio enquanto os músculos relaxavam. Foi então que ouviu o som de cascos na escuridão e um de seus batedores chamando.

— Aqui — disse ele. O batedor apeou e ajoelhou-se ao seu lado. Era um dos recrutas jin; Jochi lhe entregou o pote de óleo para continuar enquanto ouvia. O recruta falou rapidamente em sua própria língua, mas Jochi só interrompeu uma vez, para perguntar o significado de uma palavra.

— Em três semanas não vimos sinal de uma força armada, e agora eles vêm se esgueirando até nós no escuro — disse Jochi, encolhendo-se enquanto os dedos do guerreiro jin trabalhavam num ponto dolorido.

— Ao amanhecer poderíamos estar a quilômetros de distância, general — murmurou o batedor.

Jochi balançou a cabeça. Seus homens lhe permitiriam fugir se ele tivesse algum plano para atrair o inimigo a uma emboscada. Recuar simplesmente iria minar sua força em meio aos vários grupos de seu *tuman*.

Praguejou baixinho. Na noite sem lua não podia saber onde o inimigo estava nem quantos vinham contra ele. Seus melhores rastreadores seriam inúteis. A única vantagem era que ele conhecia o terreno. O vale isolado ao sul fora sua área de treino durante meio mês e ele o usara para fazer seus homens adquirirem uma nova dureza. Junto com os batedores, conhecia cada trilha e cada cobertura desde uma extremidade até a outra.

— Chame meus oficiais de *minghaan* — disse ao batedor. Os dez oficiais superiores podiam espalhar suas ordens rapidamente aos milhares indivíduos do *tuman*. Gêngis havia criado o sistema, que funcionava bem. Jochi tinha apenas acrescentado a ideia de Tsubodai, de dar nome a cada milhar e cada *jagun* de cem homens. Isso levava a menos confusão na batalha e ele estava satisfeito.

O batedor jin entregou-lhe o pote de óleo e fez uma reverência antes de sair rapidamente. Jochi se levantou e ficou satisfeito ao descobrir que as pernas tinham parado de doer, pelo menos por um tempo.

Quando seus homens estavam andando com as montarias até a crista que dava no vale abaixo, mais dois batedores chegaram. O sol ainda não tinha nascido, mas a luz cinzenta do amanhecer do lobo estava sobre os morros, o momento em que os homens sentiam a vida se agitar nos membros. Jochi viu que os batedores estavam dando risinhos e sinalizou para eles se aproximarem. Eles também eram jin, mas os guerreiros, geralmente impassíveis, estavam visivelmente se divertindo com alguma coisa.

— O que é? — perguntou Jochi, impaciente.

Os dois batedores trocaram um olhar.

— Esses que vêm são mongóis, senhor.

Jochi ficou apenas olhando-os, confuso. Era verdade que podia identificar o rosto dos batedores à luz fraca, mas eles haviam cavalgado pela escuridão para voltar a ele.

— Como sabem? — perguntou.

Para sua surpresa, um deles bateu no nariz.

— Pelo cheiro, general. A brisa sopra de norte para o sul, e não há como se enganar. Os guerreiros árabes não usam gordura rançosa de carneiro.

Os batedores obviamente esperavam que Jochi ficasse aliviado, mas em vez disso ele estreitou os olhos, dispensando-os com um gesto incisivo. Só podia ser o *tuman* de Arslan, comandado pelo novo homem que seu pai havia promovido. Ele não tivera a chance de conhecer Jebe antes que Gêngis o mandasse em sua missão. Jochi arreganhou os dentes no escuro. Iria encontrá-los, pelo menos, em seus próprios termos, numa terra que Jebe não poderia conhecer tão bem.

Deu novas ordens e eles apressaram o passo, pois precisavam estar no vale antes do amanhecer. Todos tinham ouvido a notícia de outro *tuman* na área e, assim como seu general, estavam ansiosos para mostrar o que podiam fazer. Destruir os exércitos do xá Mohammed não traria a mesma satisfação de confundir seus próprios colegas.

Com o sol acima do horizonte, Jebe avançou lentamente. Seus homens tinham se esgueirado pelo restante de escuridão, movendo-se furtivamente para rodear um vale onde podiam ouvir guerreiros e cavalos. Os relinchos iam longe no conjunto de morros, e Jebe havia deixado quarenta éguas no cio bem para trás, de onde não chamariam os garanhões.

A primeira luz fez o jovem general sorrir ao ver o terreno adiante. Guerreiros se moviam como manchas escuras na terra, rodeados por encostas e penhascos de todos os lados. Os xamãs contavam histórias de grandes pedras caindo das estrelas e abrindo vales. Este lugar parecia ter sido feito assim. Jebe viu uma encosta proeminente onde podia direcionar os grupos de flanco e usar a cobertura das árvores para se mover até lá, sempre fora de vista dos que estavam no solo do vale. Não pretendia tirar vidas, apenas mostrar ao *tuman* mongol que podia tê-lo destruído. Eles não esqueceriam a visão de suas fileiras armadas trovejando encosta abaixo.

Os olhos de Jebe eram afiados para enxergar a distância e ele ficou satisfeito ao não ver qualquer sinal de alarme nos homens que observava. Claramente estavam treinando, e dava para ver uma linha de discos distantes que só podiam ser alvos de palha para tiro com arco. Fileira após fileira cavalgava e disparava as flechas a toda velocidade antes de voltar para outra tentativa. Jebe riu quando ouviu o toque distante das trombetas mongóis.

Com dois comandantes e dois porta-estandartes, Jebe amarrou suas rédeas a um pinheiro e se agachou, movendo-se lentamente até a crista. Nos últimos passos aproximou-se deitado de barriga, arrastando-se até que pôde ver todo o vale verde. Ainda estava longe demais para reconhecer o general, mas notou as formações bem definidas girando e manobrando. Quem quer que fosse, havia treinado bem seus homens.

A 800 metros de distância, viu um clarão vermelho que sumiu tão rapidamente quanto aparecera num alto penhasco. Seu flanco esquerdo havia encontrado uma encosta por onde podiam cavalgar, e os homens estavam a postos. Esperou que o flanco direito fizesse o mesmo; seu coração bateu mais rápido quando uma bandeira azul tremulou.

Nesse momento algo o incomodou, perturbando sua concentração. Onde estavam os outros batedores, os homens que deveriam ficar atentos exatamente a esse tipo de ataque? O solo do vale era vulnerável a qualquer força hostil, e Jebe não conseguia pensar em nenhum dos generais de Gêngis que se permitiria ficar cego. Seus homens tinham ordens de desarmar os batedores antes que eles pudessem tocar as trompas, mas isso estava por conta da sorte. Talvez o pai céu estivesse observando suas atividades nesse dia e os batedores tivessem sido dominados em silêncio. Balançou a cabeça, cauteloso.

— Onde estão os batedores? — murmurou.

O homem mais perto dele era Palchuk, que havia se casado com a irmã de Gêngis, Temulun. Jebe vira que ele era uma escolha sólida, mesmo tendo suspeitado de que Gêngis violara suas próprias regras ao promovê-lo.

— Não há nenhum grande exército perto deste lugar — disse Palchuk, dando de ombros. — Talvez os batedores tenham vindo mais adiante.

Do outro lado do vale, Jebe viu uma luz piscar. A distância era grande demais para que bandeiras fossem vistas, mas seu homem carregava um pedaço de vidro jin e o usava para refletir o sol. Jebe pôs de lado as dúvidas e se levantou. A cem passos atrás do general estavam 2 mil homens com seus pôneis ao lado. Os animais, bem treinados, praticamente não fizeram nenhum som quando os homens tiraram o braço do pescoço deles e lhes permitiram ficar de pé.

— Mantenham os arcos nos suportes — gritou Jebe. — Estamos treinando homens, não os matando.

Palchuk deu um risinho baixo enquanto ele e Jebe montavam junto com os outros. Eles atacariam em quatro frentes, convergindo no centro, onde Jebe encontraria o general. Lembrou-se de não cantar vantagem quando o sujeito o reconhecesse.

Quando levantou um braço para dar a ordem, Jebe viu um clarão vermelho à esquerda, como se seu flanco estivesse sinalizando de novo.

— O que eles estão fazendo? — perguntou em voz alta.

Antes que Palchuk pudesse responder, homens irromperam do chão de todos os lados. Os guerreiros de Jebe gritaram, confusos, enquanto guerreiros se levantavam de buracos rasos, segurando arcos retesados. Tinham esperado durante o resto da escuridão em silêncio completo, escondidos sob uma grossa camada de folhas e agulhas de pinheiro mortas. Em poucos instantes, um número cada vez maior deles apontava flechas afiadas para Jebe, que girava sua montaria, pasmo.

Viu Jochi se aproximar caminhando entre as árvores e virou a cabeça para trás, rindo. O filho do cã não respondeu até chegar junto ao estribo de Jebe, então baixou a mão sobre a espada com a cabeça de lobo.

— Seus homens foram dominados, general — disse ele. — Ninguém virá resgatá-lo, e você é meu. — Só então Jochi sorriu, e os mais próximos rodearam Jebe, rindo de modo maligno.

— Eu *sabia* que deveria ter havido mais batedores espalhados — disse Jebe. Entrando no clima, entregou sua espada. Jochi fez uma reverência e devolveu-a, o rosto luminoso de sucesso. Enquanto Jebe olhava, achando divertido, Jochi tocou uma nota longa numa trompa de batedor que ecoou pelo vale. Lá embaixo os guerreiros pararam suas manobras e suas vozes em comemoração chegaram até as alturas.

— Você é bem-vindo ao meu acampamento, general — disse Jochi. — Quer descer até o vale comigo?

Jebe cedeu ao inevitável. Esperou até que os homens de Jochi tivessem guardado as armas e que os cavalos fossem trazidos até a crista.

— Como você sabia que eu direcionaria meus homens a partir daqui? — perguntou a Jochi.

O filho do cã deu de ombros.

— É o lugar que eu escolheria.

— E você foi treinado por Tsubodai — respondeu Jebe com um riso torto.

Jochi sorriu, optando por não mencionar os homens que ele havia escondido em quatro outros lugares ao longo da crista. As horas de espera silenciosa tinham sido úmidas e frias, mas ver a expressão de Jebe quando eles se levantaram fez valer o desconforto.

Os generais cavalgaram juntos encosta abaixo até o vale, confortáveis na presença um do outro.

— Estive pensando em um nome para o meu *tuman* — disse Jochi.

Jebe olhou-o, levantando as sobrancelhas.

— Tsubodai tem seus Jovens Lobos, e isso soa melhor do que os "guerreiros de Jochi" ou o "*tuman* de Jochi", não acha?

Jebe havia testemunhado aquele rapaz estranho manter-se firme enquanto um tigre saltava sobre ele. A pele listrada se encontrava sob a sela de Jochi, e Jebe lembrou-se, desconfortável, da pele de urso já meio podre sobre a qual estava montado. Jochi não parecia tê-la notado.

— Está pensando em tigres ou algo do tipo? — perguntou Jebe cautelosamente.

– Ah, não, não tem de ser um animal – disse Jochi, e depois finalmente viu a pele de urso.

Jebe sentiu o rosto ficar vermelho e deu um risinho de novo. Gostava daquele filho do cã, não importando o que dissessem dele nos acampamentos. Fosse ele filho verdadeiro de Gêngis ou não, Jebe relaxou. Não sentia nele nada da arrogância espalhafatosa que vira em Chagatai, e isso lhe agradava.

Tinham descido até onde os homens de Jochi esperavam em quadrados perfeitos. Jebe inclinou a cabeça para os oficiais, dando-lhes honra diante de seus homens.

– Eles parecem bastante perigosos – disse Jebe. – Que tal "lança de ferro"?

– Lança de ferro – repetiu Jochi, testando o som. – Gosto de "ferro", mas tenho muito poucas lanças para que o nome funcione. Não pareceria certo fazer com que eles refaçam o treinamento só para justificar o nome.

– Cavalo de ferro, então – respondeu Jebe, entrando no jogo. – Todos têm montarias, pelo menos.

Jochi puxou as rédeas.

– Gostei disso! Tsubodai tem os Jovens Lobos. Eu tenho o Cavalo de Ferro. É, é bem inspirador. – Ele sorriu enquanto falava, e de repente os dois estavam gargalhando, para confusão dos oficiais em volta.

– Como soube que nós vínhamos? – perguntou Jebe.

– Senti o cheiro dessa pele de urso – respondeu Jochi, fazendo os dois gargalharem de novo.

Os homens de Jochi haviam caçado bem e tinham carne suficiente para todos os guerreiros de Jebe. Seguindo o exemplo dos dois generais que se sentavam juntos como velhos amigos, os *tumans* se misturaram com facilidade e o clima era leve. Só os batedores se mantinham no alto dos morros, e dessa vez Jochi mandou homens se espalharem por quilômetros, como fizera todos os dias do treinamento. Não poderia ser surpreendido em seu vale.

Jebe permitiu que seus homens treinassem com Jochi e passou a maior parte do dia discutindo táticas e o terreno que haviam coberto. Aceitou a oferta de Jochi, de dormir no acampamento improvisado, e só no alvorecer seguinte decidiu ir embora. Tinha sido um agradável descanso da cavalgada intensa e das rações de viagem. Jebe comeu e Jochi ofereceu o resto de um estoque de airag para os oficiais. O filho do cã não se referiu nem uma vez ao modo como surpreendera o outro general nas alturas, e Jebe sabia que estava em dívida. Os homens falariam disso durante meses.

— Vou deixá-lo com seu Cavalo de Ferro, general — disse Jebe quando o sol nasceu. — Talvez, com o tempo, eu encontre um nome para meus homens.

— Pensarei em algum — prometeu Jochi. Por um momento ele perdeu a atitude tranquila. — Tenho novos amigos, Jebe. Posso dizer que você é um deles?

A princípio Jebe não respondeu. O filho do cã andava por um caminho difícil e ele sentiu um arrepio ao pensar que poderia ser colocado entre Gêngis e aquele rapaz alto. Talvez tenha sido sua dívida, ou simplesmente porque gostava de fato de Jochi, mas sempre fora impulsivo: com um gesto rápido, desembainhou uma faca e cortou a palma da mão, estendendo-a.

Jochi ficou olhando, depois assentiu. Copiou o gesto e os dois apertaram as mãos. Não era um gesto trivial, e os homens ao redor ficaram em silêncio, assistindo.

A distância, dois batedores chegavam cavalgando, e o momento foi interrompido quando os dois generais se viraram. Simplesmente pela velocidade eles souberam num instante que os batedores tinham novidades, e Jebe adiou os planos de ir embora até ficar sabendo o que era.

Eram homens de Jochi, e Jebe só podia ficar parado ouvindo enquanto eles faziam o relatório.

— O inimigo está à vista, general. Cinquenta quilômetros ao sul e vindo para oeste.

— Quantos? — perguntou Jebe, incapaz de se conter. O batedor viu Jochi assentir e respondeu:

— Não posso contar uma força tão grande de homens e cavalos, general. Mais do que todos os guerreiros do cã, talvez o dobro. Viajam com animais enormes que nunca vi antes, com armaduras douradas.

– O xá está no campo – disse Jochi com satisfação. – Meu Cavalo de Ferro irá ao encontro deles. Sua Pele de Urso vem conosco?

– Não gosto de "Pele de Urso" *nem um pouco* – respondeu Jebe.

– É um ótimo nome, mas vamos discutir isso enquanto cavalgamos – respondeu Jochi, assobiando para pedir seu cavalo e seu arco.

CAPÍTULO 10

Mesmo tendo percorrido razoavelmente rápido as trilhas dos morros que Jochi conhecia bem, os *tumans* demoraram a maior parte do dia para chegar ao ponto onde o batedor tinha visto o exército do xá. Em terras montanhosas, às vezes era possível dois exércitos se cruzarem separados apenas por um vale e jamais um saber que o outro estava ali. No entanto, se as estimativas do batedor estivessem corretas, uma horda daquele tamanho não poderia estar escondida. No fim da tarde os generais estavam suficientemente perto para ver uma trilha de poeira avermelhada que pairava no ar como um horizonte falso. Jebe e Jochi se juntaram para discutir um plano para o primeiro contato com o exército do xá. Com homens mais velhos, decidir quem comandaria quem poderia ter sido uma coisa delicada. Jochi era o filho do cã, ao passo que Jebe tinha sete anos a mais de experiência. Com as riscas vermelhas ainda frescas na palma da mão, nenhum dos dois criou problema. Cavalgaram até um ponto central para discutir os planos e observar o inimigo.

Jebe havia perdido o humor tranquilo da manhã. Assentiu para Jochi enquanto trotavam lado a lado, à frente de 20 mil guerreiros. Como homem, gostava do filho do cã, mas não o conhecia como general e sentiu a primeira pontada de irritação por ter de ceder a outra força no campo.

Os exércitos mongóis cavalgavam por uma passagem alta em direção à trilha de poeira. Adiante a luz era mais clara à medida que a terra se abria, e os dois homens apontaram suas montarias para uma crista acima da planície mais além. Jochi, pelo menos, havia explorado o lugar antes. A poeira pairava como nuvens de tempestade a distância e ele só pôde engolir em seco ao imaginar uma força inimiga tão grande a ponto de causar aquela visão.

Por fim os generais pararam, ambos levantando o braço para que os guerreiros às costas deles se detivessem. A trilha de poeira dos próprios mongóis movia-se em caudas preguiçosas na brisa quente. O inimigo saberia que estava sendo vigiado, mas à luz do dia era impossível mover forças tão grandes sem ser visto.

Jochi e Jebe pararam num silêncio sério ao verem uma horda cheia de estandartes trovejar a oeste, a apenas 1 quilômetro e meio de distância. Era um exército diante do qual os *tumans* do cã pareciam anões, tanto com soldados de infantaria quanto um número enorme de homens montados, nos flancos. O fundo do vale seguia plano por quilômetros, mas mesmo assim parecia pequeno demais para abrigar uma massa tão grande.

Jochi podia ver lanças como pinheiros em uma floresta, mesmo àquela distância. À luz forte do Sol, armaduras de ferro brilhavam. Olhou para Jebe, querendo ver como ele reagia, e descobriu o general abaixado na sela, olhando num fascínio.

— Está vendo os arcos? — perguntou Jebe, franzindo os olhos.

Jochi não tinha visto, mas assentiu, desejando que Tsubodai estivesse ali para avaliar aquela força que iriam enfrentar em batalha.

Jebe falou como se já estivesse fazendo seu relatório:

— De curva dupla, como os nossos. E também têm bons escudos, maiores do que os nossos. Tantos camelos! Nunca vi tantos num lugar só, nem vi camelos indo à guerra. Devem ser mais rápidos em terreno difícil do que os nossos cavalos. Temos de fazer com que eles não usem essa vantagem.

Havia algo em Jebe que sempre aliviava o estado de espírito de Jochi.

— Não esqueça aquelas feras enormes, com chifres, ou dentes, ou sei lá o que são. Elas também serão novas para nossos homens.

— Elefantes — respondeu Jebe. — Jelme falou que viu um na corte de Koryo. São animais temíveis. — Ele indicou as alas pretas do exército do xá, cortando o ar com as mãos. – Eles usam a cavalaria nas laterais, protegendo o centro. É lá que encontraremos os generais. – Da colina, ele podia ver adiante toda a estrutura do exército do xá. Um grupo menor de cavaleiros ia no centro, em fileiras perfeitas. Jebe sugou entre os dentes enquanto pensava. – Está vendo as caixas nas costas daqueles elefantes? Rodeados por cavaleiros? São os oficiais. – Fez uma pausa e deu um assobio. – São ótimos cavaleiros. Veja como mantêm a formação.

Jochi olhou-o de lado enquanto respondia:

– De dar medo, não é?

Jochi deu um risinho.

– Não tenha medo, Jochi. Estou aqui agora.

Jochi fungou, mas de fato estava com medo. O exército de seu pai podia ser engolido por um número tão grande, e ele não podia ver nenhuma fraqueza nas escuras linhas de homens.

Os dois tinham consciência de que haviam sido vistos praticamente assim que apareceram na crista. Cavaleiros disparavam para a frente e para trás das fileiras do xá, e os generais mongóis olhavam com interesse, aprendendo tudo que pudessem. Havia muita coisa que eles não compreendiam. Ainda que Jebe tivesse ouvido a descrição dos elefantes, a realidade de ver aqueles animais enormes erguendo-se acima dos cavaleiros era intimidante. As grandes cabeças pareciam ter armadura de osso, além de metal brilhante. Se pudessem ser usados para atacar, ele não achava que haveria como detê-los.

Quando Jebe se virou para apontar um detalhe para Jochi, uma vasta horda de cavaleiros árabes se separou da coluna principal e entrou em formação em meio à poeira em redemoinho. Toques de trompa fizeram o resto parar, e mesmo naquilo eles podiam ver a disciplina dos homens do xá. Jebe e Jochi se entreolharam, ambos atônitos em perceberem a mesma coisa:

– Eles vão nos atacar! – disse Jebe. – Você deveria recuar, Jochi, e levar a notícia ao seu pai. Tudo que vimos aqui será útil nos próximos dias.

Jochi balançou a cabeça. Seu pai não o veria com bons olhos se ele simplesmente fosse embora. A informação poderia ser levada por um único batedor, e eles não haviam chegado às terras do xá para recuar diante dos exércitos dele.

Jochi sentiu uma pontada de ressentimento por Jebe estar com ele. Tinha percorrido um longo caminho para liderar seus guerreiros, e não lhe agradava ceder a um superior.

— Temos pelo menos o terreno elevado — disse Jochi. Em seguida se lembrou dos cavaleiros russos que haviam sofrido para subir um morro e chegar até ele, e sabia o quanto valia essa vantagem. À distância, as maciças formações árabes partiram num trote rápido e Jochi sentiu um pânico súbito. Sabia que não poderia fazer o *tuman* ir direto contra os cavaleiros inimigos. Havia maneiras mais fáceis de desperdiçar vidas. Pensou numa corrida que atraísse os árabes pela planície. Seus homens estavam numa forma física que só os mongóis conheciam, mas ele não sabia se os soldados jin em suas fileiras ficariam para trás e seriam destruídos.

Jebe parecia em júbilo, sem perceber os pensamentos em redemoinho de Jochi, enquanto falava:

— Eles terão de vir direto para nós, com seu xá olhando. Não saberão quantos homens temos atrás desta crista. Acho que estão tão surpresos quanto nós por nos encontrar neste lugar, tão longe de Otrar ou do cã. Você pode dar a volta até o flanco?

Jochi olhou à distância antes de assentir. Jebe sorriu como se os dois estivessem meramente discutindo uma luta livre ou uma aposta.

— Então o plano será esse. Esperarei até que eles se cansem, ao subir, e depois cairei como uma montanha em cima da cabeça deles. Você virá pelo flanco e abrirá uma cunha no centro. Acho que suas lanças serão úteis lá.

Jochi olhou para baixo da encosta íngreme.

— É uma pena não termos pedras para lançar sobre eles.

Jebe ficou, surpreso.

— Que ideia excelente! Eu daria minha segunda esposa em troca de potes de óleo para lançar também, mas verei o que posso encontrar.

Por um instante os dois sentiram a tensão um no outro e trocaram um olhar que não tinha nem um pouco da leveza de suas palavras.

— Não poderemos dominar tantos, se forem tão bons quanto suas armas e armaduras — disse Jochi. — Golpearei o flanco, mas depois recuarei e deixarei que eles me sigam para longe da força principal.

— É a voz de Tsubodai que estou ouvindo? — perguntou Jebe.

Jochi não sorriu.

— É a minha voz, general. Farei com que corram até a exaustão, para bem longe dos seus reforços.

Jebe baixou a cabeça para o filho do cã. Não mencionou que quase metade do *tuman* de Jochi era composta por guerreiros jin. Mesmo montando os duros pôneis mongóis, eles não teriam a resistência de homens nascidos sobre a sela.

— Boa sorte, general — gritou enquanto girava a montaria.

Jochi não respondeu, já dando ordens aos seus homens. Dez mil dos que estavam atrás da crista se juntaram rapidamente e cavalgaram para o leste, para rodear a encosta íngreme. Não seria fácil atacar sobre o cascalho solto, e Jebe sinceramente não sabia qual deles tinha a tarefa mais difícil.

O califa Al-Nayhan era um homem preocupado enquanto cavalgava morro acima, com seu belo capão já tendo de se esforçar em meio ao calor e à poeira. Havia crescido naquelas montanhas e conhecia a crista que estava atacando. O xá dera a ordem e ele formara os homens sem hesitação, mas seu estômago parecia oco. Depois do primeiro choque de ver batedores mongóis a centenas de quilômetros de onde deveriam estar, o xá Mohammed entrara numa fúria que o califa sabia que era capaz de permanecer por dias ou semanas. Não era hora de sugerir que esperassem um terreno melhor.

O califa instigou sua montaria a avançar pelo terreno irregular, olhando para a crista que parecia muito acima de sua cabeça. Talvez lá no topo não houvesse mais do que um acampamento de batedores. Quando chegasse, eles podiam muito bem ter galopado para longe, e então, pelo menos, o xá ficaria satisfeito. Ninguém sabia como aqueles mongóis selvagens tinham deixado um imperador jin de joelhos, e o xá precisava de vitórias rápidas para tranquilizar seus chefes tribais.

O califa afastou os pensamentos vagos enquanto cavalgava, sentindo o suor arder nos olhos. O verão fora ameno até agora, mas subir a encosta era difícil. Ele confiava nos homens ao seu redor, muitos deles de sua própria tribo de guerreiros do deserto. O xá não poupara nada em ataviá-los para a guerra e, ainda que os escudos e armaduras novos fossem pesados, o califa sentia a confiança que eles proporcionavam. Eram homens bem escolhidos: os primeiros a entrar em cada batalha, capazes de quebrar muralhas e exércitos. Sentiu o arco batendo na coxa, mas não podia pegar as flechas enquanto estivesse subindo aquela encosta. De novo pensou no xá, que estaria olhando, e sacudiu a cabeça para afastar os pensamentos de fraqueza. Eles venceriam ou seriam mortos. Para Alá dava no mesmo.

No ponto mais íngreme da encosta o califa soube que estavam comprometidos. Os cavalos se esforçavam, mas o terreno era mais macio ainda do que ele recordava, e o progresso era dolorosamente lento. O califa sentia-se exposto e fez as pazes com Deus enquanto desembainhava o *shamsher*, um sabre curvo, que lhe servira por muitos anos. Com a mão esquerda levantou o escudo e cavalgou apenas com os pés nos estribos. Como muitos de seus homens, desprezava secretamente os suportes de metal para os pés, que tornavam difícil apear depressa. No entanto eles demonstravam sua utilidade numa encosta assim, quando era preciso as duas mãos para as armas.

Um tapa rápido na bota mostrou que a adaga ainda estava lá, na bainha de couro, e ele se inclinou adiante na brisa quente que vinha por cima da crista.

Em tempos de paz, a civilização não tinha espaço para carniceiros como ele, mas ainda eram necessários, e sempre seriam, quando as cidades cobertas de joias e os parques verdes eram ameaçados. O califa escapara de duas acusações de assassinato entrando para o exército e assumindo um nome novo. Era o que ele fazia melhor. Às vezes era pago e em outras era caçado, dependendo de como e onde praticasse suas habilidades. Cavalgar com seus homens para os dentes do inimigo era o que ele amava. O xá estava olhando, e se eles ensanguentassem as espadas haveria recompensas na forma de mulheres e ouro para os comandantes.

– Mantenha a linha reta, Ali, ou farei com que seja chicoteado! – gritou o califa para seus homens. Viu poeira ainda subindo da crista e soube que o inimigo não fugira. Mal podia enxergar em meio às nuvens de pó que seus homens provocavam, mas só havia um objetivo e seu cavalo se mantinha forte.

Acima, viu pedras crescendo de tamanho ao serem empurradas para a borda. Gritou um alerta, mas não pôde fazer nada. Ficou olhando com medo enquanto os pedregulhos vinham ricocheteando, rasgando o caminho entre homens e cavalos numa série de estalos repugnantes. O califa gritou quando uma veio tão perto que ele sentiu o vento. Quando passou, a pedra pareceu saltar como uma coisa viva, acertando o homem atrás com um estrondo de esmagamento. Só pôde ver seis pedras abrindo brechas entre seus guerreiros, mas cada uma tirou muitas vidas e deixou o terreno cheio de pedaços de armaduras e homens. Cavalgando em fileiras cerradas, não havia espaço para se desviar.

Quando não veio mais nenhuma pedra, um áspero grito de comemoração se ergueu dos que ainda subiam a encosta. A crista não estava a mais de quatrocentos passos e o califa instigou a montaria, agora faminto para levar vingança contra os que matavam seus homens. Viu uma linha escura de arqueiros adiante e levantou o escudo instintivamente, baixando a cabeça sob a borda. Estava tão perto que podia escutar ordens sendo gritadas numa língua estranha, e ele trincou os dentes. O xá havia mandado 40 mil homens subirem aquela encosta. Nenhuma força no mundo poderia fazer mais do que diminuir o contingente inimigo antes de eles estarem em seu meio, matando.

Disparando morro abaixo, os arqueiros mongóis podiam mandar suas flechas mais longe do que o normal. O califa podia apenas manter a cabeça baixa enquanto as flechas batiam no escudo. Na única vez em que levantou a cabeça ela foi imediatamente empurrada para trás por um golpe de raspão que arrancou seu turbante e o deixou pendurado. Para que ele não se prendesse em alguma coisa, o califa cortou-o junto com parte de seu cabelo comprido, e o turbante foi quicando morro abaixo.

A princípio os escudos protegeram seus homens, mas à medida que eles chegavam aos últimos cem passos, o ar estava denso de flechas assobiando, e os homens morriam aos montes. O escudo do califa era de madeira, coberto com couro seco de um hipopótamo — o melhor e mais leve de todos os equipamentos do xá. O escudo aguentou, ainda que os músculos de seu braço estivessem doloridos e continuassem sendo golpeados até que ele mal conseguia sustentá-lo. Sem aviso, sentiu o cavalo estremecer e começar a morrer.

O califa teria saltado com facilidade, mas seus pés se prenderam nos estribos e, por um momento de pânico de perder o fôlego, sua perna direita ficou presa sob o cavalo agonizante. Outra montaria se chocou contra a sua enquanto caía, e ele se soltou, agradecendo a Alá. Levantou-se no terreno arenoso, cuspindo sangue e louco de fúria.

Toda a fileira da frente fora derrubada pelos arqueiros, atrapalhando os que vinham atrás. Muitos de seus homens gritavam, puxando flechas cravadas nas pernas e nos braços, enquanto outros estavam caídos e imóveis. O califa gritou novas ordens e os homens de trás apearam para puxar as montarias em meio aos mortos. A distância diminuiu mais, e ele manteve a espada erguida, apontando-a para o inimigo acima. Faltavam cem passos, e ele estava imerso em seu desejo de matar. Pelo menos era mais rápido ir a pé, ainda que cada passo no terreno frágil minasse sua força. Continuou subindo desajeitadamente com a espada pronta para o primeiro golpe. O xá estava observando, e o califa quase podia sentir os olhos do velho em suas costas.

Os mongóis jorraram pela crista, descendo direto a encosta íngreme. Seus pôneis escorregavam, com as pernas da frente retas e rígidas enquanto as de trás se dobravam para mantê-los de pé. Os guerreiros do deserto se firmaram para receber o primeiro impacto, mas, para o choque do califa, outra onda de flechas derrubou-os antes que as duas forças sequer se encontrassem. Não conseguia entender como os mongóis podiam retesar os arcos e disparar ao mesmo tempo em que guiavam as montarias descendo uma encosta daquelas, mas a saraivada devastou seus homens. Centenas morreram a pé ou puxando as montarias, e desta vez as flechas foram seguidas pela linha de frente dos mongóis se chocando contra eles. O califa ouviu os gritos deles crescendo, até que pareciam ecoar nos morros a todo o redor.

Os cavaleiros mongóis vinham como uma onda arrebentando, esmagando tudo no caminho pela pura força. O califa estava de pé atrás dos corpos de dois cavalos e só pôde olhar atônito enquanto a carga passava por ele, rugindo, uma cunha com pontas de lanças que se cravou cada vez mais fundo no meio das fileiras que, abaixo, iam subindo.

Foi deixado vivo, mas os inimigos continuavam chegando. O califa não podia subir mais. O caminho estava bloqueado por milhares de cavaleiros mongóis, guiando as montarias apenas com os joelhos enquanto disparavam flechas contra qualquer coisa que se movesse. Uma haste longa rasgou o lado de seu corpo, partindo os elos de aço da armadura como se fossem feitos de papel. Ele caiu, gritando incoerentemente, e foi então que vislumbrou outra força atravessando a face da encosta.

Os homens de Jochi golpearam o flanco dos cavaleiros árabes abaixo da carga de Jebe. Suas flechas abriram um buraco nas fileiras e eles foram atrás com lanças e espadas, matando homens que ficavam presos na confusão. O califa se levantou para vê-los, medo e bile subindo-lhe pela garganta. Flechas continuavam assobiando junto à sua cabeça desnuda, mas ele não se encolheu. Viu as duas forças se encontrarem no centro, e a massa combinada forçou seus homens a ir mais para baixo, de modo a quase chegarem ao piso do vale. Corpos cobriam o chão atrás deles e cavalos sem cavaleiros corriam loucos, enquanto, no pânico, iam derrubando outros guerreiros das selas.

A carga mongol que descera a encosta havia passado por ele. O califa viu um cavalo com as rédeas presas sob um morto e correu até ele, ignorando a dor no lado do corpo enquanto montava e jogando o escudo para o lado com um palavrão quando as hastes das flechas prenderam. O ar estava denso de poeira e dos gritos dos irmãos agonizantes, mas ele tinha um cavalo e uma espada, e nunca pedira mais que isso. Talvez 30 mil homens do deserto ainda estivessem vivos, lutando mais abaixo para conter a carga dupla. O califa podia ver que os mongóis haviam investido toda a sua força no ataque, e gritou enquanto descia correndo feito louco, em direção às fileiras. Eles podiam ser contidos. Podiam ser derrotados, tinha certeza.

Quando chegou aos seus homens, gritou ordens aos oficiais mais próximos. Um quadrado sólido começou a se formar, cercado de escudos. Os mongóis se lançaram contra as bordas e começaram a morrer enquanto encontravam as espadas da tribo inimiga. O califa sentiu a batalha como uma coisa viva e soube que ainda poderia transformar as perdas em triunfo. Fez seus homens recuarem em ordem até o terreno plano, o tempo todo acossados pelos guerreiros mongóis. Atraiu-os para fora da encosta que tinham usado com tremendo efeito, e quando o terreno ficou duro sob sua montaria, o califa ordenou um ataque contra eles, instigando seus homens com palavras do profeta:

— Eles devem ser mortos, crucificados ou ter as mãos e os pés cortados em lados alternados, ou ser banidos da terra. Devem ser mostrados em vergonha neste mundo e seriamente castigados no mundo além!

Seus homens eram verdadeiros árabes de sangue. Ao ouvirem, ficaram ferozes de novo, levando a guerra ao inimigo. Ao mesmo tempo o xá finalmente se moveu, mandando novos soldados correndo em quadrados enquanto os mongóis chegavam ao alcance. As linhas se encontraram e um rugido cresceu quando os mongóis foram obrigados a recuar, defendendo-se desesperadamente à medida que vinham ataques de mais de uma direção. O califa viu as fileiras do xá se movendo em um círculo amplo para rodeá-los, marchando com firmeza.

Os guerreiros mongóis hesitaram, dominados enquanto o califa abria caminho com seu cavalo até a linha de frente. Um jovem guerreiro veio contra ele e o califa decepou sua cabeça ao passar. Os cavaleiros do xá avançaram, as espadas vermelhas. A disciplina os mantinha e ele sentiu orgulho. De novo sentiu incerteza nos cavaleiros que atacavam, então de repente eles se abalaram e fugiram, deixando os regimentos de infantaria para trás, enquanto galopavam para longe.

O califa ordenou que seus lanceiros fossem atrás deles e ficou satisfeito com a formação; acertaram em muitos dos homens em fuga, arrancando-os das selas.

— Pelo profeta, irmãos! — rugiu. — Destruam esses cães!

Os guerreiros mongóis estavam jorrando pela planície em seus pôneis, fugindo. Califa levantou a mão e baixou-a, ao que as fileiras de árabes bateram os calcanhares para perseguir. Passariam junto ao flanco do exército do xá, e o califa esperava que o velho feroz visse e agradecesse. Enquanto cavalgava, olhou de volta para a encosta que levava à crista. Estava preta de tantos mortos. Ele sentiu uma força nova crescer por dentro. Aqueles homens tinham ousado entrar em sua terra, e só encontrariam fogo e espada.

CAPÍTULO 11

DEPOIS DA CORRIDA INICIAL PARA LESTE AO LONGO DO VALE, OS DOIS *TUMANS* e seus perseguidores se estabeleceram num galope lento que persistiu por quilômetros. Antes que o sol se pusesse, os homens do califa tentaram diminuir a distância por três vezes e foram rechaçados com flechas, que os homens disparavam girando na sela. Diferentemente dos mongóis, os cavaleiros árabes não eram acurados em disparar flechas a toda velocidade. Ainda que suas montarias fossem mais rápidas em distâncias mais curtas, foram obrigados a diminuir a marcha para uma longa perseguição. Quando o sol tocou o oeste, atrás deles, estavam a mais de 20 quilômetros do exército do xá. Os guerreiros mongóis cavalgavam em concentração grave, sabendo que ficar para trás era o mesmo que morrer.

Jochi e Jebe tinham se juntado aproximadamente na metade das fileiras de seus homens. Não sabiam quantos dos seus tinham sido perdidos nas encostas sob a crista. Os árabes haviam lutado bem no final, mas os dois generais estavam satisfeitos com o que tinham conseguido. Gêngis ficaria sabendo dos pontos fortes e fracos do inimigo, e o que eles haviam aprendido seria vital para o cã nos dias vindouros. Mesmo assim precisavam sobreviver à insistente perseguição. Os dois sabiam que era mais fácil perseguir do que ser perseguido. Assim como as águias e os lobos, os homens também tinham olhos na frente do rosto. Cavalgar atrás de um inimigo mantinha o espírito forte, mas ouvir o inimigo sempre às costas minava a confiança dos *tumans*. No entanto, os homens não vacilavam.

— Acha que eles vão nos seguir após escurecer? — perguntou Jochi.

Jebe olhou por cima do ombro, para a massa de cavaleiros. Talvez 30 mil homens tivessem vindo atrás deles, e não dava para saber qual era sua qualidade. Ele e Jochi haviam deixado tantos nas encostas que ele achava que a raiva faria os árabes continuarem a persegui-los durante muito tempo. Eles haviam sido atingidos pelo caos na batalha e não deixariam o inimigo ir embora sem caçá-lo. Enquanto olhava para trás, Jebe admitiu que os árabes eram cavaleiros excelentes. Tinham mostrado disciplina e coragem. Contra isso, os dois *tumans* só podiam se valer da resistência estoica que haviam aprendido nas brutais planícies de inverno. Não cairiam, nem se tivessem de correr até o fim do mundo.

Jebe olhou para o sol se pondo atrás dele, agora apenas uma linha dourada cujas sombras se retorciam à frente de seus homens. Percebeu que não havia respondido à pergunta e deu de ombros.

— Eles parecem bastante determinados e têm mais velocidade em distâncias curtas. Se eu fosse o líder deles esperaria a escuridão total e depois me aproximaria quando, não conseguindo enxergar, não conseguíssemos mantê-los atrás com nossas flechas.

Jochi cavalgava com cuidado, conservando as forças. Seu braço esquerdo doía e as pernas estavam rígidas, as velhas cicatrizes mandando agulhadas de desconforto pelas coxas quando se esticavam. Mesmo assim, lutava para não mostrar o orgulho pela ação realizada na crista. Seu ataque de flanco despedaçara os soldados árabes, mas Jebe não havia mencionado isso.

— Então quando escurecer devemos correr por 1 quilômetro e meio e abrir uma vantagem que eles não possam superar com facilidade.

Jebe se encolheu quando pensou em cavalgar a toda velocidade em terreno desconhecido. O maior medo era que os árabes soubessem que o vale terminaria abruptamente, talvez num cânion bloqueado. Os *tumans* podiam estar cavalgando direto para a destruição. Jochi se esforçava para enxergar adiante, mas os picos dos dois lados pareciam continuar para sempre. Uma pontada de fome interrompeu seus pensamentos, ao que ele enfiou a mão num bolso e pegou um pedaço de cordeiro seco. À última luz, olhou em suspeita para aquele negócio preto, mas arrancou um pedaço e mastigou, depois estendeu-o a Jebe. O general aceitou o presente sem falar, cortando-o com os dedos antes de devolver o resto. Não tinham comido desde de manhã, e os dois estavam famintos.

— Quando meu pai lutou contra o reino xixia — disse Jochi, mastigando —, o rei usou pregos de ferro amarrados que podiam derrubar toda uma linha de ataque.

— Isso seria útil agora — respondeu Jebe, assentindo. — Se fizéssemos cada homem carregar alguns, poderíamos obrigar esses árabes a cavalgar por cima de uma trilha de pregos.

— Da próxima vez, amigo — disse Jochi. — Se houver uma próxima.

O sol se pôs; uma luz cinzenta e fraca atravessou o vale, caindo de sombra a sombra até atingir o negrume. Tinham pouco tempo antes que a lua nova surgisse, com o crescente branco revertido. Jochi e Jebe deram ordens que mal podiam ser ouvidas acima do trovejar de cascos, e o ritmo aumentou lentamente. Os dois líderes dependiam da resistência dos pôneis criados nas planícies. Os batedores estavam acostumados a cavalgar 150 quilômetros num único dia, Jochi e Jebe contavam com isso para exaurir o inimigo. Assim como os homens que os montavam, os pôneis eram duros como couro velho.

Atrás, os dois generais ouviram o ritmo dos cavalos árabes mudando para um galope ainda mais rápido, mas já haviam aumentado a distância. Jochi mandou uma ordem para as filas de trás dispararem, cada uma, três flechas, para a escuridão. A decisão foi recompensada com estrondos de colisão e gritos que ecoaram nos morros. De novo os perseguidores ficaram para trás e os generais se acomodaram num meio-galope rápido, prontos para acelerar a qualquer momento. Os pôneis mongóis já haviam lutado e atacado naquele dia. Muitos estavam cansados e já sofrendo sem água, mas não havia como deixá-los descansar.

— Viu as bandeiras do exército do xá? — perguntou Jochi.

Jebe assentiu, lembrando-se da enorme quantidade de crescentes ao longo de todas as fileiras árabes. A lua nova era significativa para o inimigo, talvez porque marcasse o início e o fim do mês sagrado para eles. Jebe esperava que isso não fosse um presságio de sorte para os que cavalgavam atrás dele.

O crescente lançava um brilho prateado sobre os exércitos que se estendiam pelo vale. Alguns guerreiros mongóis usaram a luz fraca para disparar flechas, até Jochi dar uma ordem de conservar o estoque. Era difícil demais matar um homem protegido com escudo no escuro, e eles precisariam de cada flecha.

O califa cavalgava num silêncio furioso à frente de seus homens. Jamais havia experimentado nada como essa perseguição ao luar, e não podia escapar ao sentimento incômodo de que havia conduzido a ala de cavalaria do xá a um território que já se mostrara hostil. Já perseguira exércitos em fuga antes, mas aquele era um momento breve e louco depois que um inimigo era derrotado, quando um guerreiro podia ensanguentar a espada em júbilo no pescoço dos homens em fuga ou disparar flechas até que a aljava estivesse vazia. Lembrava-se desses tempos com grande prazer, já que vinham depois de batalhas em que ele cavalgara perto da morte.

Aquilo era diferente, e ele não conseguia entender os generais mongóis adiante. Eles cavalgavam em boa ordem e cada tentativa de derrotá-los antes do pôr do sol fora repelida. Será que a coragem deles havia sumido? Eles não fugiam num pânico insensato. Em vez disso, pareciam estar preservando as forças das montarias, mantendo-se à frente apenas o bastante para que ele não pudesse usar seus arcos.

O califa trincou os dentes, irritado, a lateral do corpo ferida latejando. O xá escolhera aquele vale como a rota mais rápida para o oeste, para apoiar Otrar. A fenda entre as montanhas tinha mais de 150 quilômetros de comprimento e se abria numa grande planície perto do povoado onde o califa havia nascido. Cada quilômetro o levava para mais longe do exército principal e o fazia se perguntar se os mongóis não o estariam levando deliberadamente para longe. No entanto, não podia puxar as rédeas e deixá-los ir embora. Seu sangue gritava por vingança pelos que os inimigos haviam trucidado.

A lua subiu, o que trouxe uma certa folga enquanto ele passava horas calculando ângulos do planeta vermelho Merreikh até a Lua e o horizonte a leste. Não conseguia decidir se os resultados prometiam sorte ou não, e o jogo mental não o satisfez. Será que os mongóis poderiam ter planejado uma emboscada tão longe do local inicial da batalha? Sem dúvida era impossível. À medida que a Lua se esgueirava mais para o alto, ele forçou os olhos na semiescuridão em busca de algum sinal de que os mongóis estivessem sinalizando para outra força à espera.

Não podia ver nada além das costas deles, que cavalgavam como se não estivessem sendo perseguidos por um vasto exército de homens furiosos decididos a matá-los. No vale escuro, era fácil imaginar inimigos em cada sombra. A raiva do califa o sustentava enquanto o frio chegava cortando. Tomou um gole d'água de seu odre e sacudiu-o irritado. Não estava cheio no início, portanto só restava bem pouquinho. Sentiu seus homens olhando-o à espera de ordens, mas não tinha palavras para eles. Não retornaria ao xá só para dizer que o inimigo havia escapado. Não podia.

Jebe e Jochi haviam passado boa parte da noite conversando, desenvolvendo um respeito mútuo que se aprofundou com as horas na sela. Alguns homens cochilavam em turnos ao redor, sempre com um amigo para pegar as rédeas caso as montarias começassem a ficar para trás em meio às fileiras. Cavalgar dormindo era uma prática comum para os que tinham sido pastores, mas em geral apenas a passo de caminhada. Ninguém caía, apesar da cabeça balançando. Os *tumans* haviam diminuído a velocidade à medida que a lua começou a descer, e a cavalaria árabe aos seus calcanhares havia instantaneamente instigado um galope, diminuindo a distância de novo. Por quatro vezes eles tinham sido obrigados a equiparar a velocidade desvairada antes de diminuí-la, mas à medida que o alvorecer se aproximava os dois exércitos estavam trotando, com as montarias mordendo espuma enquanto ofegavam e continuavam em frente.

Jochi viu o primeiro amanhecer do lobo e estendeu a mão para cutucar Jebe. A lua era apenas uma fina lasca de prata sobre os morros, e um dia novo ia começando. Outro ataque era provável e os homens ao redor esfregavam o cansaço dos olhos. A noite que haviam passado parecia ter durado uma eternidade e, ao mesmo tempo, se desvanecera num instante. Apesar do inimigo às costas, ela fora estranhamente pacífica enquanto os homens compartilhavam o resto da carne desidratada e passavam odres de água quente e salobra até estarem vazios.

Jebe estava dolorido e com a boca seca, sentindo como se houvesse areia em cada junta. A parte inferior das costas doía e ele só conseguia se espantar que o inimigo ainda estivesse lá, quando olhava para trás. À medida que a luz ia aumentando, viu que os cavalos árabes estavam exaustos da corrida. Os perseguidores balançavam nas selas, mas não tinham caído nem permitido que os *tumans* se afastassem muito.

Jochi se orgulhava dos jin que cavalgavam com seu povo. Tinham sofrido mais do que todos os outros, e tantos haviam ficado para trás que formavam a retaguarda dos *tumans*. Mesmo assim continuavam. Menos de 800 metros separavam os dois exércitos e isso não havia mudado desde as horas de maior escuridão.

Quando o sol subiu em glória, o califa passou ordens aos seus oficiais. Havia sofrido durante a noite, com frio e exaustão. O fim do vale estava à vista e ele sabia que tinham coberto mais de cento e cinquenta quilômetros de uma só vez. Quando era jovem, talvez tivesse cumprido o desafio rindo, tranquilamente, mas agora, aos 40 anos, seus joelhos e tornozelos tinham começado a doer a cada passo da montaria. Seus homens também estavam cansados, mas tinham a resistência séria dos árabes do deserto. Eles levantaram a cabeça quando veio a ordem de diminuir a distância de novo. Sem dúvida conseguiria trazer os mongóis à batalha desta vez!

Não houve um aumento súbito de velocidade para alertar o inimigo adiante. Em vez disso, o califa instigou devagar a montaria ofegante, diminuindo a distância para somente quatrocentos passos antes que os mongóis reagissem. Nesse momento o califa levantou a mão, rugindo apesar do pó na garganta, com a ordem de um ataque.

Seus homens bateram os calcanhares e os cavalos exaustos reagiram, assumindo um galope irregular. O califa ouviu um cavalo gritar e cair, jogando um homem no chão. Não pôde ver o que tinha acontecido enquanto diminuía a distância para duzentos passos e tirava uma flecha comprida e preta das costas.

Os mongóis tinham visto a ameaça e reagiram com uma saraivada de flechas disparadas para trás enquanto galopavam. Mesmo assim a precisão era terrível e o califa viu homens e cavalos serem derrubados, provocando tropeções dos dois lados. Rosnou de frustração enquanto as penas de sua flecha tocavam seu rosto. Seu cavalo estava esfalfado e eles ainda conseguiam aumentar a distância. Disparou a flecha, gritando de triunfo quando ela acertou um inimigo no alto das costas, derrubando-o com estrondo. Dezenas de outros foram acertados, mas as armaduras salvaram alguns. Os que caíram ficaram por baixo dos cascos dos árabes, retorcendo-se no pó, acertados muitas vezes até os ossos virarem polpa esmagada.

O califa soltou um grito áspero para seus homens, mas eles estavam acabados. Podia ver, pelo modo como oscilavam na sela, que suas forças estavam no fim. Muitos dos cavalos haviam ficado mancos durante a noite. Eles iam ficando para trás enquanto os cavaleiros os golpeavam inutilmente com chicotes e bainhas das espadas.

Pensou em ordenar que parassem, mas o esforço era demasiado. Sempre pensava que poderia se sustentar um pouquinho mais, só até que os mongóis acabassem matando seus cavalos e começassem a morrer também. Seus olhos estavam feridos e vermelhos por causa do pó áspero através do qual tinha cavalgado a noite toda, e só podia ficar olhando enquanto o inimigo se afastava de novo, até 800 metros à frente e mais longe ainda. Assim eles permaneceram enquanto o sol subia mais alto e nenhum dos lados conseguia aumentar nem diminuir a distância. O califa colocou o arco de novo na bainha de couro atrás da perna direita e deu um tapinha no pescoço do cavalo.

— Só mais um pouquinho, grande coração — murmurou ao animal exaurido. Sabia que muitos cavalos estariam arruinados depois de uma corrida daquelas. Eles haviam sido forçados além de qualquer coisa por que tivessem passado antes, e o fôlego de muitos estaria acabado para sempre. Ouviu outro som surdo e um grito quando um cavalo caiu em algum lugar atrás, cambaleando de encontro aos que estavam ao redor e despencando. Outros o seguiriam, ele sabia, mas as últimas fileiras dos mongóis continuavam chamando-o adiante, e ele estreitou os olhos para se proteger da poeira sufocante.

À medida que os *tumans* saíam do vale mal iluminado para uma planície, o ânimo deles aumentou. Podiam ver a fumaça matinal de povoados a distância e seguiram uma estrada de terra batida, em direção ao leste. Em algum lugar adiante estavam cidades do xá e potenciais reforços para os que ainda prosseguiam. Jebe e Jochi não tinham ideia de quantos homens o xá podia trazer ao campo. Suas cidades podiam ter sido despidas para a guerra ou deixadas com homens suficientes, ansiosas por uma incursão exatamente como essa em seu território.

A estrada era larga, talvez por causa do exército enorme que havia pisoteado a terra ao passar, apenas alguns dias antes. A coluna mongol se estreitou para aproveitar o terreno duro, cavalgando em fileiras de cinquenta de largura enquanto saíam das montanhas num redemoinho de pó. O sol passou do meio-dia e o calor fez cavalos e homens despencarem dos dois lados, desaparecendo atrás num torvelinho de cascos. Os mongóis suavam e não havia água ou sal para manter as forças. Jebe e Jochi começaram a olhar para trás com cada vez maior frequência, em desespero.

Os cavalos árabes eram melhores do que qualquer coisa que eles já haviam enfrentado na guerra, certamente melhores do que as montarias jin e russas. No entanto, à medida que o calor minava suas forças, os perseguidores começaram a ficar mais para trás até que Jebe ordenou um ritmo mais lento. Não queria perdê-los nem permitir que tivessem tempo para parar e se reorganizar. Pensou que talvez tivessem afastado os cavaleiros do xá por mais de 240 quilômetros, aproximando-se do limite até mesmo dos mais resistentes batedores mongóis. Os pôneis estavam cobertos com listras de cuspe que pareciam de sabão, a pele escura de suor e com feridas novas onde as selas haviam raspado trechos de calos antigos.

No avançado da tarde quente passaram por um forte de estrada, com soldados boquiabertos nas muralhas, gritando desafios enquanto eles passavam. Os mongóis não responderam. Cada homem estava perdido em seu próprio mundo, resistindo à fraqueza da carne.

Jochi passou as horas de calor sentindo dor, pois um ponto em carne viva apareceu em sua coxa, que sofrera atrito na corrida até sangrar. À medida que a noite se aproximava de novo, o lugar ficou entorpecido, o que foi um alívio. Suas cicatrizes haviam melhorado, mas o braço esquerdo estava fraco e a dor ali havia se tornado um ferro quente na carne enquanto ele segurava as rédeas. A essa altura ninguém falava nas fileiras mongóis. Suas bocas estavam fechadas, como tinham aprendido, conservando a umidade nos corpos enquanto chegava ao fim sua resistência. Jochi olhava ocasionalmente para Jebe, esperando que o outro avaliasse a melhor hora de interromper a corrida. Jebe cavalgava rigidamente, os olhos mal se afastando do horizonte à frente. Olhando-o, Jochi pensou que o jovem general poderia muito bem cavalgar até o horizonte.

— É hora, Jebe — gritou Jochi finalmente para ele.

O general saiu preguiçosamente do seu atordoamento, murmurando algo incoerente e cuspindo sem força, de modo que a bola de catarro ficou presa no próprio peito.

— Meus guerreiros jin estão ficando mais para trás ainda — continuou Jochi. — Poderemos perdê-los. Os perseguidores estão deixando a distância aumentar.

Jebe se virou na sela, contorcendo-se de dor quando os músculos protestaram. Os árabes estavam quase 1,5 quilômetro atrás. Os animais da frente tropeçavam e mancavam, e Jebe assentiu, com um sorriso cansado atravessando o rosto à medida que ficava totalmente alerta.

— Nesse ritmo, 1,5 quilômetro são apenas quatrocentas batidas do coração — disse ele.

Jochi assentiu. Haviam passado parte do amanhecer calculando a velocidade com base em marcos do caminho pelos quais passavam e em seguida observando quando as fileiras árabes chegavam a esse mesmo ponto. Tanto Jochi quanto Jebe achavam esses cálculos fáceis e haviam se divertido mutuamente avaliando a distância e a velocidade para passar o tempo.

— Aumente o ritmo, então — respondeu Jochi. Em seguida forçou sua montaria a um meio galope enquanto falava, e os *tumans* os imitaram, teimosamente. O inimigo foi ficando para trás com lentidão dolorosa à medida que os generais indicavam um marco. Quando os primeiros cavaleiros árabes passaram por uma pedra meio rosada, seiscentas batidas do coração após o último mongol, os generais se entreolharam e assentiram com seriedade. Tinham chegado mais longe do que qualquer batedor já havia cavalgado. Todos os homens estavam cansados e doloridos, mas era hora. Jochi e Jebe passaram ordens pela fileira, de modo que os guerreiros estavam prontos. Apesar de terem se castigado até o limite, Jochi e Jebe viam algo nos olhos vermelhos dos que estavam ao redor, algo que os deixou orgulhosos.

Jochi dera ordens para os oficiais do *minghaan* de seus recrutas jin na parte de trás, e foi um desses homens que avançou por entre as fileiras para falar com ele.

O soldado jin estava coberto de pó grosso como tinta, de modo que apareciam rachaduras em volta dos olhos e da boca. Mesmo assim Jochi podia ver sua raiva.

– General, devo ter entendido mal a ordem que o senhor mandou – disse ele, sua voz parecendo um grasnido seco. – Se nos virarmos para enfrentar o inimigo, meus homens estarão na primeira fileira. Certamente o senhor não pretende que nos desloquemos para trás, não é?

Jochi olhou para Jebe, mas o general mongol havia fixado o olhar no horizonte.

– Seus homens estão exaustos, Sen Tu – disse Jochi.

O oficial jin não podia negar isso, mas balançou a cabeça.

– Nós chegamos até aqui. Meus homens ficarão envergonhados se forem tirados da linha de batalha no final.

Jochi viu um orgulho feroz em seu oficial e percebeu que não devia ter dado a ordem. Muitos jin morreriam, mas eles também eram homens a serviço dele, e ele não devia ter tentado poupá-los.

– Muito bem. Vocês terão a primeira fileira quando eu sinalizar a parada. Mandarei até vocês os que têm lanças. Mostrem que são dignos desta honra.

O oficial jin fez uma reverência na sela, antes de retornar à retaguarda. Jochi não olhou de novo para Jebe, mas este último assentiu, em aprovação.

Demorou para que as ordens se espalhassem pelos cavaleiros mongóis. Para homens cansados, aquilo foi como um gole de airag, de modo que os guerreiros ficaram mais empertigados nas selas e prepararam os arcos, lanças e espadas. Enquanto ainda cavalgavam, Jebe mandou seus lanceiros apoiarem a retaguarda e esperou até estarem em posição.

— Percorremos um longo caminho, Jochi — disse Jebe.

O filho do cã assentiu. Depois da cavalgada noturna, era como se tivesse conhecido Jebe durante toda a vida.

— Está preparado, velho? — disse Jochi, sorrindo apesar do cansaço.

— Estou me sentindo mesmo velho, mas estou preparado — respondeu Jebe.

Os dois levantaram a mão esquerda e giraram o punho. Os *tumans* mongóis pararam e os cavalos ofegantes foram virados na direção do inimigo, que cavalgava para eles.

Jebe desembainhou a espada e apontou para os empoeirados cavaleiros árabes.

— Aqueles são homens *cansados* — rugiu ele. — Mostrem que somos *mais fortes.*

Seu cavalo fungou como se enraivecido e partiu a galope, os flancos arfando como foles enquanto os mongóis atacavam o inimigo que os perseguia.

O califa cavalgava atordoado, entrando em estado de alerta e logo saindo. Às vezes pensava no vinhedo perto de Bukhara, onde vira pela primeira vez sua mulher cuidando da plantação. Sem dúvida ele estava lá, e aquela cavalgada era apenas um sonho febril, cheio de poeira e dor.

Seus homens começaram a ao redor gritar, com a garganta rouca, e o califa levantou a cabeça devagar, piscando. Viu que os mongóis haviam parado e por um momento respirou, sentindo dor lancinante e triunfo. Viu as fileiras de trás levantarem lanças e de repente a distância entre os exércitos estava diminuindo. O califa mal tinha forças para falar. Quando tentou gritar, sua voz saiu num sussurro débil. Quando ele havia esvaziado o odre de água? De manhã? Não conseguia lembrar. Viu a fileira se aproximando e, de algum modo, rostos jin riam com malícia para ele. Mesmo então ele mal conseguia levantar o escudo.

Alguma parte dele notou que os homens que se aproximavam traziam escudos pequenos na mão esquerda. Os arqueiros precisavam das duas mãos para os arcos e eram vulneráveis no momento em que começavam a retesá-los. O califa assentiu para si mesmo ao pensar nisso. O xá valorizaria essa informação.

Os dois exércitos se juntaram com um estrondo entorpecedor. As pesadas lanças de bétula quebravam escudos e penetravam nos homens. Na estrada estreita, a coluna atravessava o exército inimigo indo de encontro aos cavaleiros árabes, cada vez mais fundo, despedaçando-os.

Flechas passavam uivando por suas orelhas, e o califa sentiu algo queimar em seu estômago. Quando olhou para baixo, viu uma flecha ali e tentou puxá-la. Seu cavalo finalmente havia parado de se mover, caindo de joelhos quando o coração estourou no peito. O califa caiu com ele, os estribos malditos prendendo-lhe a perna direita, de modo que o joelho se partiu e o corpo se retorceu enquanto caía. Ele ofegou enquanto a flecha penetrava ainda mais. Acima de sua cabeça, podia ver mongóis cavalgando como reis.

O califa não podia ouvir nada além do vento passando pelos ouvidos. Os mongóis os haviam vencido na corrida, e ele temeu pelos exércitos do xá. O xá precisava ser avisado, pensou, mas então morreu.

— Matem todos eles! — gritou Jochi acima do ruído ensurdecedor produzido pelos cascos e homens.

Os árabes tentaram se organizar, mas muitos mal conseguiam levantar as espadas mais de uma vez, e caíam como trigo. Os generais os esmagavam com sua coluna, parecendo receber força nova de cada homem que matavam.

Demorou horas para tornar vermelha a poeirenta estrada. À medida que escurecia, a matança continuou, até que não pudessem enxergar para dar golpes, e os que tentavam fugir eram derrubados com flechas ou perseguidos como cabras perdidas. Jebe mandou batedores procurarem água e finalmente fizeram acampamento nas margens de um pequeno lago apenas 5 quilômetros adiante na estrada. Os guerreiros precisavam ficar atentos, porque suas montarias beberiam até estourar. Mais de um teve de bater com força no focinho do pônei para impedi-lo de tomar água demais. Só quando os animais tinham bebido é que os homens se jogaram no lago, deixando as águas escuras rosadas de sangue e poeira enquanto ofegavam, bebiam e vomitavam de volta, celebrando os generais que os tinham levado àquela vitória. Jochi se demorou elogiando Sen Tu pelo modo como comandara os recrutas jin. Eles haviam rasgado o inimigo com uma ferocidade sem igual, e estavam sentados junto às fogueiras com mongóis dos dois *tumans*, orgulhosos do papel que tinham representado.

Jochi e Jebe mandaram homens doloridos voltarem ao longo da estrada para esquartejar cavalos mortos e trazê-los às fogueiras. Os homens precisavam de carne tanto quanto de água, se quisessem voltar a Gêngis. Os dois generais sabiam que tinham feito algo extraordinário, mas entraram nas atividades do acampamento com apenas um olhar de triunfo compartilhado. Tinham privado o xá de suas alas de cavalaria e dado a Gêngis uma chance de lutar.

CAPÍTULO 12

OS PORTÕES DA CIDADE DE OTRAR ESTAVAM FECHADOS, PARA IMPEDIR A ENTRADA de Gêngis. Ele parou com seu pônei num morro acima da cidade e ficou olhando a fumaça escura subir preguiçosa sobre os subúrbios incendiados. Tinha passado três dias examinando o terreno, mas mesmo para os que haviam tomado dezenas de cidades jin, não havia uma falha óbvia no projeto. As muralhas tinham sido construídas em camadas de calcário cinza e leve sobre uma base de granito, cada pedra pesando muitas toneladas. Nas muralhas da cidade interna, dois portões de ferro levavam a um enorme labirinto de mercados e ruas abandonados. Tinha sido estranho cavalgar por aquelas passagens cheias de ecos, à vista das grandes muralhas. Havia meses que o governante sabia que eles viriam, e, afora alguns poucos cães desgarrados e potes quebrados, tudo de valor fora levado embora. Os batedores de Gêngis encontraram várias armadilhas discretas preparadas para eles, enquanto procuravam. Um garoto de apenas 13 anos tinha chutado uma porta para abri-la e caído para trás com uma seta de besta no peito. Depois de mais duas mortes, Gêngis deu a Temuge a tarefa de incendiar a cidade externa, e Otrar ainda estava sufocando na fumaça preta. Nas cinzas e no entulho abaixo do morro, os Jovens Lobos de Tsubodai usavam picaretas para derrubar as muralhas e abrir caminho para o cã adentrar a cidade.

Não havia escassez de informações. Em troca de ouro, mercadores árabes davam até a localização de poços dentro das muralhas. Gêngis havia percorrido toda a cidade com seus engenheiros, notando a grossura da pedra.

A fraqueza mais óbvia era o morro no lado norte da cidade, cuja vista dava para as muralhas. Ali seus batedores tinham encontrado jardins de prazer abandonados, cheios de flores e com um lago ornamental e um pavilhão de madeira. Dois dias antes, Gêngis mandara guerreiros limparem o topo, deixando o resto coberto por antigos pinheiros. Se ele colocasse suas armas de quebrar muralhas onde estivera o pavilhão, elas teriam altura suficiente para mandar pedras direto pela garganta do governante.

Gêngis olhou para a cidade abaixo, desfrutando do sentimento de tê-la quase nas mãos. Se governasse de um lugar daqueles, mandaria derrubar o morro, para não dar uma vantagem ao inimigo. No entanto, não conseguia desfrutar disso. Cinquenta quilômetros a leste, o acampamento estava protegido por seu irmão Khasar, com apenas dois *tumans*. O resto fora para o campo, contra Otrar. Antes que os batedores distantes tivessem chegado, ele sentira confiança de que as muralhas poderiam ser derrubadas.

Naquela manhã, seus batedores haviam informado sobre um exército gigantesco chegando do sul. Mais de dois homens para cada um dos seus 80 mil marchavam em direção àquela posição, e Gêngis sabia que não deveria ser apanhado entre Otrar e o exército do xá. Ao redor dele, no topo do morro, 12 homens desenhavam mapas e faziam anotações sobre a cidade. Comandados por Lian, um mestre pedreiro de uma cidade jin, outros trabalhavam montando catapultas e empilhando potes de barro com óleo para colocar fogo. Lian também se sentira confiante antes de o exército do xá ter sido avistado. Agora as decisões seriam militares e o pedreiro simplesmente abria as mãos quando algum trabalhador perguntava o que o futuro traria.

— Eu deixaria o governante de Otrar apodrecer em sua cidade se ele não tivesse 20 mil homens para acertar nosso traseiro no momento em que nos mexermos — disse Gêngis.

Seu irmão Kachiun assentiu pensativo enquanto virava o cavalo, mantendo-se no lugar.

— Não podemos barrar os portões por fora, irmão — respondeu Kachiun. — Eles desceriam os homens por cordas e tirariam os troncos. Posso ficar aqui enquanto você leva o exército para enfrentar nosso inimigo. Se você precisar de reservas, mande um batedor e eu vou.

Gêngis fez uma careta. Os guerreiros de Jebe e Jochi haviam desaparecido nos vales e morros, sem qualquer sinal ou contato. Ele não podia deixar as famílias no acampamento sem proteção e não poderia deixar Otrar ficar livre com tantos homens. Mas se os batedores estivessem certos, ele enfrentaria 160 mil com apenas seis de seus dez *tumans*. Ninguém tinha mais fé na capacidade de luta de seus guerreiros do que o próprio Gêngis, mas seus espiões diziam que aquele era apenas um dos exércitos do xá. Gêngis não precisava somente esmagá-lo, mas também sair da luta sem perdas sérias, caso contrário o exército seguinte acabaria com ele. Pela primeira vez desde que viera para o oeste, imaginou se teria cometido um erro. Com uma força tão vasta a seu dispor, não era de espantar que o governante de Otrar tivesse sido tão arrogante.

— Você mandou homens procurarem Jochi e Jebe? — perguntou Gêngis subitamente.

Kachiun baixou a cabeça, embora o cã já houvesse feito a pergunta duas vezes só naquela manhã.

— Ainda não há sinal. Mandei batedores por 150 quilômetros em todas as direções. Alguém trará notícias.

— Eu já esperava que Jochi estivesse ausente quando eu precisasse dele, mas Jebe! — disse Gêngis rispidamente. — Se algum dia precisei dos veteranos de Arslan, esse dia é agora! Contra um número tão grande, será como jogar seixos num rio. E elefantes! Quem sabe como podemos enfrentar aquelas feras?

— Deixe o acampamento sem defesas — disse Kachiun.

Gêngis encarou-o com irritação, mas o outro apenas deu de ombros.

— Se fracassarmos, dois *tumans* não bastarão para levá-los para casa. O xá cairá sobre eles com tudo que tiver de sobra. Os riscos já são bem grandes, simplesmente estando aqui.

Gêngis não respondeu, ficou olhando as vergas de uma catapulta sendo postas em posição. Se tivesse mais um mês, dois no máximo, poderia abrir caminho à força para dentro da cidade, mas o xá nunca lhe daria essa folga. Fez uma expressão de desagrado diante das opções. Um cã não podia ficar jogando ossos com todo o seu povo, disse a si mesmo. O risco de ser colocado numa situação intolerável era grande demais.

Balançou a cabeça, sem falar. Um cã poderia fazer o que quisesse com a vida dos que o seguiam. Se ele jogasse e perdesse, seria uma vida e morte melhor do que criar cabras nas planícies de casa. Ainda se lembrava de como havia sido viver com medo da visão de homens no horizonte.

— Quando estávamos diante das muralhas de Yenking, irmão, eu o mandei para sangrar uma coluna jin. Sabemos para onde o xá está indo e não vou esperar em quadrados e colunas pacientes até que ele venha a nós. Quero os homens dele sob ataque por todo o caminho até Otrar.

Kachiun levantou o rosto ao ver o brilho retornar aos olhos do irmão. Pegou um mapa, feito por batedores, de um dos homens a seu serviço e o abriu, colocando-o no chão. Os dois irmãos se agacharam, curvados sobre o mapa, à procura de terrenos que pudessem usar.

— Com tantos homens e animais, teremos de dividir as forças dele *aqui* e *aqui*, ou trazê-los num só grupo através dessa passagem larga — disse Kachiun. A terra ao sul de Otrar era uma planície irregular, com fazendas e plantações, mas para chegar até ela o xá precisava atravessar uma cordilheira que afunilaria os árabes, formando uma coluna comprida.

— Quanto tempo para eles chegarem às passagens? — perguntou Gêngis.

— Dois dias, talvez mais, se forem lentos. Depois disso estarão em terreno aberto, de fazendas. Nada que temos os fará parar.

— Você não pode guardar três passagens, Kachiun. Quem você quer?

Kachiun não hesitou:

— Tsubodai e Jelme.

O cã olhou para o irmão mais novo, vendo seu entusiasmo se acender.

— Minhas ordens são para deixá-los em menor número, Kachiun, e não para lutar até o fim. Ataque e recue, depois ataque de novo, mas não deixe que eles o prendam numa armadilha.

Kachiun baixou a cabeça, ainda olhando para o mapa, mas Gêngis lhe deu um tapinha no braço.

— Repita a ordem, irmão — disse mansamente.

Kachiun riu e repetiu.

— Está com medo de que eu não deixe o suficiente para você? — disse ele.

Gêngis não respondeu, e Kachiun desviou o olhar, ficando vermelho. O cã se levantou; Kachiun ficou de pé com ele. Num impulso, o irmão fez uma reverência, e Gêngis aceitou o gesto baixando a cabeça ligeiramente. Com o passar dos anos havia aprendido que o respeito vinha ao custo do calor pessoal, mesmo com os irmãos. Eles o olhavam em busca de respostas para todos os problemas de guerra, e ainda que isso o tornasse uma figura distante, fazia parte dele, não era mais uma máscara.

— Mande chamar Tsubodai e Jelme — disse Gêngis. — Se vocês atrasarem o xá por tempo suficiente, talvez Jebe e Jochi o ajudem. Eles também estão sob seu comando. Você tem metade do meu exército, irmão. Estarei esperando aqui.

Ele e Kachiun haviam percorrido um longo caminho desde os jovens guerreiros tribais que tinham sido, pensou Gêngis. Dez generais enfrentariam o exército do xá; Gêngis não sabia se eles viveriam ou morreriam.

Chakahai saiu de sua iurta para ver o que eram aqueles gritos súbitos. Parou ao sol quente com os serviçais jin fazendo sombra para sua pele e mordeu os lábios ao ver os guerreiros saindo de suas casas com suprimentos e armas.

Chakahai vivia entre os mongóis fazia tempo suficiente para saber que não era apenas um grupo de batedores se formando. Todos os homens menos Khasar e seu segundo no comando, Samuka, estavam na cidade a oeste, e ela mordeu o lábio, frustrada. Ho Sa estaria com Khasar, claro, mas certamente Yao Shu saberia o que estava acontecendo. Com uma ordem rude, fez os serviçais se moverem junto com ela, procurando o monge budista enquanto o acampamento ficava mais barulhento ao redor. Podia ouvir mulheres gritando de raiva e passou por uma que estava chorando no ombro de um rapaz. Chakahai franziu a testa, suas suspeitas aumentando.

Passou pela iurta de Borte e Hoelun antes de conseguir avistar o monge. Chakahai hesitou do lado de fora, mas a decisão foi tomada quando Borte saiu, vermelha e com raiva. As duas mulheres de Gêngis se viram ao mesmo tempo e ambas ficaram paradas, rígidas, sem conseguir deixar de lado a tensão que sentiam.

— Sabe de alguma novidade? — Chakahai falou primeiro, deliberadamente honrando a mulher mais velha. Era um gesto pequeno, mas os ombros de Borte ficaram menos rígidos, e ela assentiu. Chakahai viu como a outra estava cansada ao falar.

— Gêngis está levando os *tumans* — disse Borte. — Khasar e Samuka têm ordem de partir ao meio-dia.

Uma das serviçais de Chakahai emitiu um som aterrorizado, ao que Chakahai estendeu a mão instantaneamente e deu um tapa no rosto da garota. Em seguida se virou de novo para Borte, que já estava olhando para os homens entrando em formação, do outro lado do acampamento.

— E se formos atacados? — perguntou Chakahai.

Borte se encolheu e balançou a cabeça.

— Quantas vezes me perguntaram isso desde que veio a ordem? — disse ela. Ao ver o medo genuíno nos olhos da princesa xixia, suavizou o tom de voz. A mulher fora dada a Gêngis como presente pelo pai derrotado. Ela já vira o caos e conhecia o terror que ele trazia junto.

— Você acha que ficaremos indefesas, irmã? — disse Borte.

Chakahai também havia olhado para longe, mas a expressão de amizade proferida por Borte fez seu olhar voltar rapidamente.

— Não estamos? — perguntou ela. — O que mulheres e crianças podem fazer contra soldados, se eles vierem?

Borte suspirou.

— Você não foi criada nas tribos, Chakahai. Se formos atacados, as mulheres pegarão facas e lutarão. Os guerreiros mutilados montarão do melhor modo que puderem e atacarão. Os meninos usarão seus arcos. Temos cavalos e armas suficientes para machucar qualquer um que nos incomode.

Chakahai ficou olhando em silêncio, o coração martelando. Como seu marido podia tê-la deixado indefesa? Sabia por que Borte falava daquele jeito. O pânico destruiria o acampamento antes mesmo que avistassem o inimigo. Famílias ficariam divididas entre a segurança de um grupo grande e o fato de que o acampamento em si atrairia o perigo. Deixadas sozinhas para proteger os filhos, muitas esposas e mães pensariam em ir embora no meio da noite para encontrar um lugar seguro nos morros. Para uma mãe de crianças pequenas, a ideia era tentadora, mas Chakahai resistiu. Assim como Borte, era esposa do cã. As outras olhariam para elas em busca de liderança. Dentre todas as mulheres deixadas para trás, elas não poderiam fugir.

Borte parecia estar esperando uma resposta, e Chakahai pensou com cuidado antes de falar. As crianças ficariam apavoradas ao ver os últimos guerreiros partirem. Precisariam ver confiança, ainda que fosse totalmente falsa.

— É tarde demais para eu aprender a usar o arco, irmã? — perguntou Chakahai.

Borte sorriu.

— Com esses ombros ossudos e estreitos? É sim. Mas arranje uma boa faca.

Chakahai assentiu, ainda que a incerteza a varresse por dentro.

— Nunca matei um homem, Borte.

— Talvez não tenha essa chance. A faca é para cortar e moldar guerreiros de palha para colocar na sela dos cavalos reserva. Na luz fraca, um inimigo não verá que nossos homens foram embora.

Borte deixou suas preocupações de lado por ora, e as duas mulheres compartilharam um olhar antes que cada uma se virasse, satisfeita. Não poderia existir amizade verdadeira entre elas, mas nenhuma das duas encontrara uma fraqueza na outra, e ambas sentiram conforto com isso.

O sol chegava ao seu ponto mais alto. Khasar olhou de volta para o acampamento que ele recebera ordem de abandonar: estava movimentado como um formigueiro, com mulheres e crianças correndo entre as iurtas. Mesmo sem os *tumans*, era uma reunião enorme, mais de 100 mil pessoas e iurtas perto de um rio pequeno. Ao redor, rebanhos pastavam, sem saber de nada. Tudo que haviam saqueado dos jin estava ali, desde jade até ouro e armas antigas. Temuge e Kokchu tinham sua coleção de manuscritos e livros. Khasar mordeu o lábio ao pensar nos soldados do xá encontrando um tesouro daqueles desprotegido. Talvez mil guerreiros velhos ou aleijados permanecessem, mas ele não tinha esperança de que homens que haviam perdido braços e pernas conseguiriam deter um inimigo decidido. Se eles viessem, as iurtas seriam queimadas, mas seu irmão o havia chamado e ele não desobedeceria. Tinha três esposas e 11 filhos pequenos em algum lugar naquele labirinto de iurtas e lamentava não ter tido tempo para falar com eles antes de reunir seus homens.

Estava feito. O sol ia alto e ele fora chamado. Olhou seu segundo no comando, Samuka. O homem estava entre o orgulho pela promoção para comandar um *tuman* e a vergonha de abandonar o acampamento. Khasar estalou a língua para atrair a atenção dele, depois levantou o braço e o baixou. Seus homens bateram os calcanhares e cavalgaram com ele, deixando para trás tudo aquilo a que davam valor.

Jochi e Jebe cavalgavam juntos à frente dos *tumans*. O humor do filho do cã estava leve enquanto serpenteavam por vales, retornando ao oeste. Havia perdido quase mil homens. Alguns tinham caído no ataque louco pela face da encosta, enquanto outros foram mortos ou caíram por pura exaustão na longa cavalgada que nenhum deles jamais esqueceria. A maioria desses havia sido de seus soldados jin, mas os que tinham sobrevivido cavalgavam de cabeça erguida, sabendo que haviam merecido o direito de seguir seu general. Jebe perdera um número equivalente, mas eram homens que ele conhecera durante anos sob o comando de Arslan. Haviam morrido bem, mas mesmo assim teriam negados os funerais do céu, onde os corpos eram levados aos picos mais altos para alimentar falcões e aves de rapina. Os dois generais sabiam que não havia tempo para homenagear os mortos. Palchuk, o cunhado de Gêngis, estava entre os cadáveres; fora encontrado com um grande talho no rosto, causado por uma espada árabe. Jebe não sabia como Gêngis reagiria à notícia e passou dois dias descansando junto ao lago, num silêncio grave.

Jebe e Jochi tinham uma dolorosa consciência da ameaça ao cã, mas os cavalos estavam desgastados. Haviam sido obrigados a deixar os animais recuperarem as forças antes de montar de novo. Mesmo assim, era cedo demais. Muitos ainda estavam mancos e doía aos homens mais antigos ordenar que os arruinados fossem mortos e que a carne fosse distribuída. Dezenas de guerreiros carregavam costelas ou um pernil atravessado na sela, enquanto outros montavam cavalos árabes em condições pouco melhores. Para homens que viam os cavalos como os únicos verdadeiros espólios de guerra, a batalha na passagem fora um triunfo que valia ser contado ao redor das fogueiras durante gerações. Duas ou três montarias árabes seguiam ao lado de cada guerreiro. Muitos estavam mancos e sem fôlego, mas sua força poderia ser usada e os mongóis não suportariam deixá-los para trás.

Dezoito mil homens cavalgavam com os generais quando se afastaram do vale principal e pegaram uma rota mais tortuosa. Por mais tentador que fosse cavalgar nos rastros do exército árabe, o xá poderia ter deixado uma força de emboscada em algum local adiante. Os homens precisavam de tempo para se recuperar antes de enfrentar um inimigo de novo.

Pelo menos havia água abundante. Muitos dos homens tinham bebido até ficar com a barriga inchada. Quando estavam sendo perseguidos, tinham esvaziado a bexiga quando quer que houvesse necessidade, deixando o líquido quente atravessar a camada de poeira que cobria as montarias. No caminho de volta, tinham comida dentro do corpo. A velocidade fora diminuída porque dezenas de homens a cada vez apeavam rapidamente e se agachavam no chão antes de se limpar com trapos e saltar de volta na sela. Estavam fedendo, imundos e magros, mas endurecidos pela terra onde haviam cavalgado por tanto tempo.

Foi Jochi que viu os batedores voltando de uma crista adiante. Em Jebe ele encontrara um homem que entendia a necessidade de conhecer o terreno tão bem quanto Tsubodai. Os dois estavam sempre rodeados por um círculo de cavaleiros espalhados por muitos quilômetros. Jochi assobiou para atrair a atenção de Jebe, mas o outro general também tinha visto e meramente levantou as sobrancelhas, confirmando.

— Eu não mandei *dois* homens naquela direção? — gritou Jochi. Três estavam retornando, e mesmo a distância podiam ver que o outro cavaleiro era um batedor como os seus, sem armadura nem qualquer coisa além de uma espada que pudesse diminuir sua velocidade. Alguns até cavalgavam sem essa arma, contando apenas com a velocidade.

Sem qualquer sinal, os jovens generais instigaram as montarias à frente da linha, ávidos por informação.

O batedor não era dos *tumans* deles, mas parecia quase tão cansado e empoeirado quanto seus homens. Jochi e Jebe observaram o rapaz apear e fazer uma reverência, segurando as rédeas. Jebe levantou uma das mãos e os guerreiros pararam. A princípio o batedor hesitou na presença dos dois generais, sem saber a quem se dirigir primeiro. A impaciência de Jochi rompeu o silêncio.

— Você nos encontrou — disse ele. — Informe.

O batedor fez outra reverência, assoberbado por falar com um filho do cã.

— Eu já ia voltar quando vi a poeira dos seus cavalos, general. Tsubodai me mandou. O xá está no campo com um grande exército.

Se o batedor havia esperado alguma empolgação com essa notícia, ficou desapontado.

— E? — perguntou Jebe.

O batedor começou a baixar a cabeça e hesitou de novo, a compostura abandonando-o.

— Fui mandado para trazer os senhores a toda velocidade, general. Meu senhor Gêngis vai atacar, mas não sei mais nada. Estive fora durante dois dias, sozinho, procurando os senhores.

— Nós poderíamos atacar a retaguarda se voltarmos para aquele vale — disse Jochi a Jebe, ignorando o batedor.

Jebe olhou para seus homens, sabendo que eles ainda estavam quase em exaustão completa. Um guerreiro das tribos podia cavalgar o dia inteiro e ainda lutar, mas os cavalos tinham limites mais claros para sua força. Se montassem um ataque para as fileiras da retaguarda do xá, isso seria perdido se um inimigo descansado se virasse para despedaçá-los. Jebe assentiu com gravidade para Jochi. Gêngis esperaria que eles fossem em frente.

— O exército do xá deve ter se afastado de onde nós o deixamos — disse Jebe. — Podem faltar ainda 150 quilômetros, e depois uma batalha para vencer.

Jochi virou seu pônei, preparando-se para cavalgar.

— Então teremos de ser rápidos, general — disse ele.

O batedor assistiu à conversa cauteloso, sem saber se deveria falar mais. Olhou com inveja os rebanhos de cavalos: pôneis e árabes juntos.

— Se tiverem um cavalo descansado para mim, eu vou à frente e conto ao cã que os senhores estão chegando — disse ele.

Por algum motivo os dois generais compartilharam um riso diante de suas palavras.

— Está vendo algum cavalo descansado? — perguntou Jebe. — Se vir, pode levar.

O batedor olhou de novo os animais em volta, vendo como eles se mantinham de pé de uma forma que preservasse as pernas doloridas. Olhou as fileiras de guerreiros empoeirados e sérios que estavam com eles. Alguns estavam com os braços e pernas enrolados em tiras de pano rasgado, mostrando trechos ensanguentados por baixo da sujeira. Os guerreiros olhavam de volta com indiferença, prontos para receber ordens. Seus generais lhes haviam mostrado a própria força naquela longa corrida pelo vale. Os que tinham sobrevivido haviam ganhado uma confiança que não conheciam antes. Se podiam fazer 30 mil árabes cavalgarem até a morte, o que não poderiam fazer?

Desapontado, o batedor fez outra reverência aos generais, antes de montar. Era pouco mais do que um garoto; e Jochi deu um risinho ao ver o nervosismo dele. Com olhos renovados, o general olhou a massa de cavaleiros. Eles haviam sido testados e não fracassariam. Por um instante viu o prazer que seu pai sentia em liderar os homens em guerra. Não havia nada igual.

Jochi estalou a língua, ao que o batedor olhou para ele.

— Diga a meu pai que estamos indo. Se ele tiver novas ordens, mande batedores pelo vale comprido que fica logo ao norte. Poderão nos encontrar lá.

O batedor assentiu gravemente e partiu com pressa, ciente da importância de sua tarefa.

CAPÍTULO 13

O XÁ ALA-UD-DIN MOHAMMED FUMEGAVA ENQUANTO O ELEFANTE EMBAIXO dele balançava como um navio no mar. A última vez que vira sua cavalaria fora quando ela desaparecera em direção ao leste, dias antes. Depois de cada prece ao amanhecer ele não resistia a se virar para o sol para ver se eles estavam retornando, mas as esperanças diminuíam a cada vez. As tribos do deserto não eram de confiança; ele tinha certeza de que o califa estava descansando em alguma cidade distante, sem se importar nem um pouco com a traição. Ala-ud-Din jurou que haveria um acerto de contas, depois que os mongóis tivessem sido expulsos de volta para além das montanhas ou destruídos.

Ao redor do xá, seu exército marchava imperturbável, em direção aos morros que os levariam a Otrar e ao cã mongol. A visão das fileiras brilhantes jamais deixava de animar seu coração idoso. Na verdade a invasão chegara na hora certa para ele. Tinha passado quase 12 anos obrigando reis e chefes tribais a se ajoelhar, e quando eles estavam mais rebeldes, um inimigo viera do norte, obrigando-os a escolher a lealdade e não a birra e as rivalidades mesquinhas.

Era difícil não pensar em Saladim enquanto o exército percorria o terreno rochoso. O grande rei havia capturado Jerusalém e expulsado os cruzados. Saladim enfrentara inimigos tão temíveis quanto o cã mongol, ou mais ainda. A cada noite, quando o exército acampava, Ala-ud-Din lia à luz do lampião registros do próprio Saladim sobre suas batalhas, aprendendo o que pudesse, depois os enfiava sob um travesseiro fino e encontrava o sono. Depois de seu exemplar do Corão, era sua posse mais valiosa.

O *howdah* cercado por cortinas ainda estava fresco, mesmo depois da noite, mas o sol estaria feroz ao subir. Ala-ud-Din quebrou o jejum com um prato de tâmaras e damascos secos, que ajudou a descer com um gole de iogurte frio. Seus homens carregavam cordeiro seco e pão ázimo que ficara rançoso havia muito, mas isso não importava. Otrar estava a alguns dias de distância e seu primo idiota, Inalchuk, iria recebê-lo com as melhores carnes e frutas quando salvassem sua cidade.

Ala-ud-Din estremeceu quando um serviçal pigarreou baixinho do lado de fora das cortinas.

— O que é? — perguntou ele. A cortina se abriu, revelando o homem parado num degrau preso à barrigueira do elefante.

— O restinho de café, senhor.

Ala-ud-Din assentiu e estendeu a mão para pegar a xícara. Estavam em movimento havia quase uma hora, e ele ficou surpreso ao encontrar o líquido preto ainda fumegando. Emborcou-o com cuidado para não pingar o líquido precioso na barba.

— Como conseguiu mantê-lo quente? — perguntou.

— Coloquei o pote numa bolsa de couro, senhor, cheia de cinzas das fogueiras da manhã.

Ala-ud-din grunhiu, bebericando. Estava amargo e delicioso.

— Fez bem, Abbas. Está ótimo.

A cortina se fechou enquanto o serviçal descia. Ala-ud-Din ouviu-o correr ao lado do grande animal durante um tempo. Sem dúvida ele estava pensando no que conseguiria rapinar para a refeição seguinte do seu senhor após as orações do meio-dia.

Se seus homens tivessem permitido, Ala-ud-Din havia pensado em conceder a dispensa para não rezarem enquanto marchavam. Perdiam mais de três horas por dia fazendo isso, e os atrasos o irritavam. Os que desejavam desafiá-lo considerariam isso como fraqueza na fé, e ele afastou o pensamento mais uma vez. Era a crença que os mantinha fortes, afinal de contas. As palavras do profeta formavam o chamado à oração, e nem mesmo um xá poderia resistir.

Finalmente havia tirado seu exército do grande vale, indo para o norte em direção a Otrar. Adiante havia uma cordilheira de montes marrons, e mais além seus homens cairiam sobre a horda mongol com toda a ferocidade de homens criados nos duros desertos do sul. Ala-ud-Din fechou os olhos no *howdah* que se balançava e pensou naqueles que havia trazido à guerra. Com a perda dos guerreiros do califa, tinha apenas quinhentos cavaleiros, sua própria guarda de filhos de nobres. Já fora obrigado a usá-los como mensageiros e batedores. Para os filhos das famílias antigas isso era um insulto ao sangue, mas ele não tinha escolha.

Mais atrás na coluna, 6 mil camelos caminhavam lenta, penosamente, carregando nas costas os suprimentos de todo o exército. Com metade da velocidade dos cavalos melhores, eles podiam carregar um peso imenso. O resto do exército marchava, enquanto o xá e a maioria dos oficiais viajavam no conforto. Ele adorava seus elefantes pela pura força e pelo poder, oitenta machos no auge da forma.

Olhando para fora do *howdah*, Ala-ud-Din sentiu orgulho da força que havia reunido. O próprio Saladim teria orgulho. O xá podia ver seu filho mais velho, Jelaudin, montado num garanhão preto. O coração do xá se elevou ao ver o rapaz bonito que um dia iria sucedê-lo. Os homens adoravam o príncipe e não era difícil sonhar com sua linhagem governando todos os povos árabes nos séculos vindouros.

Ala-ud-Din pensou de novo nos cavaleiros do califa e lutou para impedir que a raiva estragasse sua manhã. Mandaria caçá-los quando a batalha terminasse e não deixaria nenhum vivo. Jurou isso em silêncio enquanto seu exército marchava e os morros iam se aproximando lentamente.

Os batedores de Tsubodai voltaram correndo enquanto ele se agachava num dos joelhos, olhando a planície abaixo dos morros e o exército do xá. A vista se estendia por muitos quilômetros e ele não precisava que os jovens lhe dissessem que o inimigo vinha através da passagem larga, a que ele escolhera para defender.

Enquanto os batedores apeavam, Tsubodai balançou a mão na direção deles.

— Eu sei — disse. — Vão dizer aos outros generais. Vamos atacá-los aqui.

A distância, viu os batedores do xá cortando linhas de poeira em meio a plantações mirradas, cavalgando para o norte. Tsubodai tentou se colocar na posição do xá, mas era difícil. Jamais teria trazido um exército tão grande através de uma única passagem. Em vez disso, rodearia as montanhas e deixaria Otrar cair. As distâncias atrasariam o xá por mais um mês no campo, mas os *tumans* mongóis seriam obrigados a enfrentá-lo em terreno aberto, sem quaisquer das vantagens.

Em vez disso, o xá escolheu a rota mais fácil, mostrando que valorizava Otrar. Tsubodai estava aprendendo tudo que podia, anotando cada decisão que ajudaria a destruir seu inimigo. Sabia melhor do que ninguém que Gêngis estava concentrado demais naquele reino. Não era mais uma questão de trazer vingança a uma cidade, mas a simples sobrevivência de seu povo. Eles haviam enfiado a mão num vespeiro tão furioso quanto o império jin, e mais uma vez os riscos eram altíssimos.

Tsubodai sorriu ao pensar nisso. Alguns homens lutavam por terras novas, por mulheres exóticas, até mesmo por ouro. A partir de suas conversas particulares com o cã, Tsubodai sabia que ele e Gêngis não se importavam nem um pouco com essas coisas. O pai céu dava ao homem sua vida e nada mais. O povo do cã estava sozinho nas planícies e era uma solidão selvagem. No entanto, ele podia cavalgar e conquistar, tomar cidades e impérios um a um. Talvez com o tempo os que o seguiam ficassem tão fracos e moles quanto os moradores das cidades que eles enfrentavam, mas para Tsubodai isso não importava. Ele não era responsável pelas escolhas de seus filhos e netos, apenas pelo modo como vivia sua própria vida. Ajoelhado ali, na pedra dura e cinza, olhando as nuvens de poeira abaixo chegando mais perto, pensou de novo que tinha apenas uma regra, que guiava tudo que fazia.

— Lute por cada respiração e cada passo — murmurou alto; as palavras eram um talismã para ele. Era possível que o grande exército do xá não pudesse ser detido, que ele rolasse por cima dos *tumans* de Gêngis até as planícies natais. Só o pai céu sabia. Assim como o cã, Tsubodai ainda procuraria qualquer um que pudesse representar ameaça e atacaria primeiro e com mais força do que eles acreditariam. Com isso, quando chegasse ao fim da vida, poderia olhar para trás com orgulho e não com vergonha.

Interrompeu os pensamentos quando cavaleiros de Kachiun e Jelme vieram trotando até ele. Depois de dias naquele local, Tsubodai conhecia todos pelo nome e os cumprimentou. Eles apearam e fizeram reverências profundas, honrados por um general que se lembrava desses detalhes.

— Os *tumans* estão chegando, general — disse um deles.

— Vocês têm ordens para transmitir a mim? — respondeu Tsubodai.

O batedor balançou a cabeça; Tsubodai franziu a testa. Não gostava de ser posto sob o comando de Kachiun, mesmo tendo percebido que ele era um líder sólido.

— Digam aos seus superiores que não podemos esperar aqui. O xá ainda pode mandar homens ao redor de nós. Precisamos ferroá-lo, obrigá-lo a seguir a rota que escolhemos.

Tsubodai levantou a cabeça junto com os outros quando Kachiun e Jelme chegaram cavalgando, saltando dos animais e caminhando até o alto penhasco. Tsubodai ficou de pé e baixou a cabeça para Kachiun.

— Eu queria ver pessoalmente — disse Kachiun, olhando as terras de plantações abaixo. O exército do xá estava a apenas alguns quilômetros e todos podiam ver as primeiras filas através da poeira. Eles aproximavam-se como um bloco sólido, e só o tamanho já bastava para alarmar qualquer um.

— Esperei suas ordens antes de agir, Kachiun — disse Tsubodai.

Kachiun olhou-o incisivamente. Conhecia o general desde que ele era apenas mais um guerreiro, mas Gêngis vira algo valioso nele. Lembrou-se de que Tsubodai retribuira muitas vezes a confiança de seu irmão.

— Diga o que tem em mente — respondeu Kachiun.

Tsubodai assentiu.

— Este é um exército gigantesco, comandado por um homem. O fato de ele ter optado por vir através desta passagem mostra que ele não tem nossa estrutura de oficiais. Por que não confiou em dois bons homens para levar colunas através de outras passagens? Conheça o inimigo e você saberá como matá-lo. Isso é bem útil para nós.

Kachiun e Jelme se entreolharam. Por mais experientes que eles fossem, a reputação de Tsubodai de manter seus guerreiros vivos era sem igual entre as tribos. Ele falava sem pressa, e enquanto isso o exército do xá vinha se aproximando.

Tsubodai viu Jelme olhar por cima de seu ombro e sorriu.

— Vamos acertá-los com essa fraqueza — continuou. — Juntos temos trinta *minghaans*, cada um deles comandado por um homem que sabe pensar e agir sozinho. Nossa força está nisso e em nossa velocidade. — Ele pensou de novo em vespas enquanto continuava: — Vamos mandar todos, exceto quatro, contra eles. Como um enxame. Que o xá tente esmagá-los com suas mãos desajeitadas. Somos rápidos demais para eles.

— E os 4 mil homens que ficam para trás? — perguntou Kachiun.

— Os melhores arqueiros — respondeu Tsubodai. — Os melhores que tivermos. Eles farão uma fila na passagem, no alto das pedras. Você mostrou o poder de nossos arcos na passagem da Boca do Texugo, não foi? Não consigo encontrar um exemplo melhor.

Kachiun torceu a boca diante do elogio. Contra a cavalaria jin ele uma vez havia se mantido com 9 mil homens e atirado flechas até os inimigos serem dominados.

— Se eu mantiver os homens suficientemente baixos nas pedras para serem acurados — respondeu ele —, os arqueiros do xá vão derrubá-los com suas flechas. Nem sabemos como serão aqueles elefantes na guerra.

Tsubodai assentiu, sem se preocupar.

— Nenhum plano é perfeito, general. O senhor deve usar seu próprio julgamento para colocar seus homens, claro, mas eles terão mais alcance para atirar flechas de cima para baixo do que de baixo para cima, não? Eu disse como cuidaria desse xá e de sua horda. Mesmo assim seguirei suas ordens.

Kachiun pensou apenas por um momento.

— Reze para estar certo, Tsubodai. Mandarei os homens.

Tsubodai deu um risinho, surpreendendo Jelme e Kachiun.

— Não rezo a ninguém, general. Acho que, se eu rezasse, o pai céu diria: "Tsubodai, você tem os melhores guerreiros do mundo, generais que ouvem seus planos e um inimigo tolo e vagaroso, e ainda assim está querendo uma vantagem?" – Ele riu de novo da ideia. – Não, eu usarei o que temos. Vamos despedaçá-los.

Kachiun e Jelme olharam de novo para o inimigo imenso que marchava em direção à passagem. Eram 160 mil homens que vinham com o sangue espicaçado, mas de algum modo pareciam menos terríveis após as palavras de Tsubodai.

O xá Ala-ud-Din Mohammed estremeceu quando seu exército ao redor soltou um grito enorme. Ele estivera jogando xadrez consigo mesmo para passar as horas e o tabuleiro escorregou da mesinha no *howdah*, espalhando as peças. Xingou baixinho enquanto puxava as cortinas da frente, forçando a vista para a distância. Seus olhos não eram fortes e ele só conseguia distinguir corpos de cavaleiros vindo contra seu exército. Trompas de alarme soaram em meio à horda e Ala-ud-Din sentiu um espasmo de medo quando se virou para olhar seu serviçal. Abbas já estava correndo ao lado e saltou agilmente para o degrau de madeira. Os dois olharam até a distância de pouco mais de 3 quilômetros, onde estavam os mongóis, cavalgando.

– Não vai dizer nada, Abbas?

O serviçal engoliu em seco, nervoso.

– Isso é... estranho, senhor. Assim que saem da passagem eles se desviam e tomam direções diferentes. Não há ordem.

– Quantos? – perguntou o xá, perdendo a paciência.

Abbas contou rapidamente, a boca se movendo no processo.

– Talvez 20 mil, senhor, mas eles se movem constantemente. Não dá para ter certeza.

Ala-ud-Din relaxou. O cã mongol devia estar desesperado, para mandar tão poucos contra eles. Podia vê-los melhor agora, galopando em direção a seu exército em marcha. Seguiam em padrões estranhos, serpenteando e sobrepondo os grupos de modo que ele não podia ver onde atacariam primeiro. Nenhuma ordem fora dada até o momento e seus homens marchavam estoicamente na direção da passagem, preparando os escudos e espadas. Ele desejou que os cavaleiros do califa estivessem ali, mas isso era meramente revisitar uma raiva inútil.

Ala-ud-Din acenou para três filhos de chefes tribais que cavalgavam atrás de seu elefante. Viu seu filho Jelaudin cavalgando próximo a ele, o rosto jovem em expressão séria devido à raiva indignada. Ala-ud-Din levantou a mão com orgulho, cumprimentando os batedores quando chegaram.

— Levem minhas ordens para a linha de frente — disse. — Mandem os flancos se abrirem numa linha mais larga. Onde quer que o inimigo ataque, vamos cercá-lo.

— Senhor — disse Abbas. O serviçal havia empalidecido. — Eles já estão atacando.

— O quê? — reagiu Ala-ud-Din bruscamente. Em seguida estreitou os olhos, piscando de surpresa ao ver como os mongóis haviam chegado perto. Pôde ouvir gritos distantes quando seus homens na linha de frente receberam as primeiras saraivadas de flechas com os escudos levantados.

Colunas de cavaleiros mongóis a galope vinham chegando, passando pela frente e seguindo ao longo dos flancos vulneráveis do exército inimigo. Ala-ud-Din ficou boquiaberto. O califa poderia tê-los contido, mas o sujeito o traíra. Podia sentir o olhar do filho se cravando nele, mas não mandaria a guarda por enquanto. Eles eram seu escudo, e montavam os únicos cavalos que restavam.

— Diga aos generais que não pararemos para esses homens. Continuem marchando e usem os escudos. Se eles chegarem perto demais, façam com que o céu fique preto de tantas flechas.

Os filhos dos nobres partiram para adiante a toda velocidade e o xá ficou pensando; seu elefante continuava andando, alheio às preocupações do dono.

Tsubodai ia a pleno galope, seguindo o flanco do exército do xá. Levantou-se nos estribos com o arco retesado, equilibrando-se sobre o pônei. Podia sentir a batida de cada casco, e então havia um momento de imobilidade e voo quando as quatro patas ficavam no ar. Isso durava menos de uma batida do coração, mas ele disparou a flecha nesse instante e viu-a acertar um soldado inimigo que gritava, derrubando-o.

Podia ouvir os oficiais do xá gritando ordens, sílabas estranhas ao vento. O sujeito propriamente dito estava bem protegido no coração do exército. Tsubodai balançou a cabeça, pasmo com o núcleo de cavaleiros presos no centro. De que adiantavam eles ali, onde não podiam manobrar? Os elefantes também estavam bem no meio das fileiras, longe demais para ele acertar com suas flechas. Tsubodai se perguntou se o xá os valorizava mais do que aos próprios homens. Era mais uma coisa a descobrir. Enquanto pensava e cavalgava, milhares de homens em marcha levantaram seus arcos de curva dupla e dispararam. Flechas zumbiram em sua direção, ao que Tsubodai abaixou-se instintivamente. Os arcos do xá tinham mais alcance do que qualquer coisa que ele enfrentara nas terras jin. Tsubodai havia perdido homens na primeira passagem pelo flanco, mas não podia ficar fora do alcance e ao mesmo tempo fazer com que suas flechas tivessem efeito. Em vez disso trazia sua coluna em movimentos sinuosos, atacando os árabes com flechas e então galopando para longe quando a resposta vinha. Era uma manobra arriscada, mas ele começara a sentir por quanto tempo podia se demorar, para mirar. Os árabes tinham de acertar numa coluna em movimento rápido, ao passo que seus homens podiam mirar em qualquer ponto da massa.

Ao redor, seus *minghaans* adotaram a tática, cada coluna de mil homens abrindo buracos nas linhas árabes antes de se afastar rapidamente. O exército do xá continuava marchando e, ainda que os escudos salvassem muitos, uma trilha de mortos marcava o caminho em direção à passagem nos morros.

Tsubodai levou seus homens numa curva mais ampla do que nos últimos três ataques, forçando os olhos para ver a passagem. Assim que as primeiras fileiras do xá a alcançassem, não haveria chance de voltar e se juntar a Kachiun. O exército do xá avançava como uma rolha sendo forçada numa garrafa, e não restava muito tempo até que a passagem fosse bloqueada. Tsubodai hesitou, os pensamentos a mil. Se o xá continuasse àquela velocidade, ele deixaria as colunas para trás e abriria caminho até Otrar. Os 4 mil de Kachiun certamente não deteriam uma massa daquelas. Era verdade que Tsubodai poderia continuar com os ataques à retaguarda enquanto eles avançavam, e ele sabia que essa era uma decisão sensata. Ele e seus homens poderiam matar milhares das fileiras desprotegidas e o xá não poderia impedi-los. Mesmo assim, havia duas outras passagens que poderia usar para rodear o exército. Tsubodai poderia levar os *minghaans* por lá e ainda ajudar Gêngis em Otrar.

Não bastava. Ainda que os guerreiros mongóis tivessem matado milhares, o exército do xá mal estremeceu, apenas reorganizou as fileiras sobre os mortos e foi em frente. Quando chegassem à planície diante de Otrar, Gêngis ficaria com o mesmo problema que Tsubodai fora mandado para resolver. O xá atacaria o cã pela frente, enquanto a guarnição de Otrar esperava às costas.

Tsubodai avançou com seus homens de novo, disparando mil flechas de cada vez. Sem aviso, outro *minghaan* atravessou seu caminho e ele foi obrigado a parar, ou se chocaria contra o jovem idiota que o comandava. Flechas voaram dos flancos do xá assim que o viram diminuir a velocidade, e desta vez dezenas de guerreiros caíram, seus cavalos gritando e ensanguentados. Tsubodai xingou o oficial que havia atravessado sua linha e viu rapidamente a expressão perplexa do sujeito enquanto as duas forças se separavam e se afastavam. Não era realmente culpa do oficial, admitiu Tsubodai. Ele havia treinado seu próprio *tuman* para um ataque assim, mas era difícil serpentear trilhas ao redor do xá sem que houvesse alguma confusão. Isso não salvaria o sujeito da desgraça pública quando Tsubodai o alcançasse mais tarde.

O exército do xá alcançou a passagem, e a chance de Tsubodai passar à frente dele havia sumido. Tsubodai procurou Jelme, sabendo que o general mais velho estava fazendo seu próprio caminho sinuoso, mas não conseguiu achá-lo. Viu a cauda da grande horda começar a se encolher enquanto o xá ia passando para o que achava que era a segurança. Pelo menos, os ataques como ferroadas contra os flancos se intensificaram enquanto os *minghaans* tinham menos terreno a cobrir. Enquanto a cauda se encolhia, eles atacaram de novo e de novo, e Tsubodai viu alguns homens mais enlouquecidos comandar ataques com espadas, cortando diretamente as linhas que marchavam. Os árabes gritavam e lutavam, sustentando-se do melhor modo que podiam, mas a cada passo os números caíam a favor de Tsubodai. Haveria um momento em que as rápidas colunas estariam em maior número do que os que restavam na retaguarda, e ele decidiu que então iria separá-la completamente.

Mandou seus homens mais descansados repassarem a ordem, mas quase não era necessário. Os mongóis haviam se reunido em volta dos últimos homens do exército do xá, atacando-os tão de perto que eles haviam praticamente parado. O terreno estava vermelho ao redor da boca da passagem; Tsubodai viu membros e corpos em toda parte enquanto a carnificina crescia.

Ainda restavam 40 mil árabes na coluna antes da passagem quando um tremor os atravessou com uma ondulação. Tsubodai inclinou a cabeça e pensou ter ouvido gritos a distância, ecoando dos morros. O ataque de Kachiun havia começado. A aljava de Tsubodai estava vazia às costas portanto ele desembainhou a espada, decidido a ver a retaguarda do xá murchar ao sol.

Gritos de alerta romperam sua concentração enquanto Tsubodai instigava seus homens de novo, desta vez diretamente contra a face da coluna. Tinha escolhido um local próximo da passagem e seu coração estava martelando enquanto ele instigava a montaria a galope. A princípio não ouviu os gritos, mas seus instintos eram bons e ele procurou de onde vinham, levantando a espada para fazer seus homens pararem antes do ataque.

Por um instante Tsubodai xingou baixinho. Podia ver cavaleiros, e surgiu uma suspeita medonha de que o xá tivesse mantido uma retaguarda para surpreender os inimigos num momento assim. O medo passou tão rapidamente quanto havia aparecido. Jochi ainda estava vivo, e Jebe cavalgava com ele.

Tsubodai olhou em volta rapidamente, com novos olhos. Talvez 30 mil árabes ainda tentassem alcançar a passagem, golpeados por todos os lados. Os *minghaans* realmente pareciam um enxame de vespas ao redor deles, pensou, mas até mesmo um urso podia ser derrubado, no final das contas. Ele não era necessário ali, mas não poderia ir embora sem dizê-lo a Jelme.

Pareceu demorar uma eternidade para encontrar o outro general, ensanguentado e exausto, mas em júbilo enquanto os dois preparavam os homens para atacar de novo.

— Como ovelhas num matadouro! — gritou Jelme enquanto Tsubodai se aproximava. Concentrado na batalha, ainda não tinha visto os cavaleiros, e Tsubodai apenas fez um gesto de cabeça na direção deles.

Jelme franziu a testa e deixou os dedos baixarem até uma flecha comprida que o havia acertado no ombro, atravessando a armadura e cortando a carne logo abaixo da pele. Jelme tentou furiosamente soltá-la. Tsubodai se aproximou e tirou-a, quebrando-a rápido e jogando os pedaços fora.

— Obrigado — disse Jelme. — São os nossos generais desaparecidos?

— Quem mais tem dois *tumans* neste lugar? — respondeu Tsubodai. — Poderíamos tê-los usado antes, mas vou mandá-los ao redor das passagens para atacar o xá quando ele sair.

— Não — respondeu Jelme. — Você e eu podemos fazer isso muito bem. Deixe esses recém-chegados pegarem nossas sobras e seguirem o xá para dentro da passagem. Eu ainda estou disposto, general. Lutarei de novo hoje.

Tsubodai riu e deu um tapinha no ombro de Jelme. Mandou dois batedores levarem ordens a Jebe e Jochi antes de se afastar e chamar seus homens. A passagem mais próxima ficava a pouco mais de 1,5 quilômetro dali.

Em apenas alguns instantes o ataque à retaguarda havia cessado e os últimos soldados ensanguentados do xá passaram por entre os morros. Quando a sombra finalmente atravessou seus rostos, eles olharam temerosos para trás, para os cavaleiros selvagens que partiam tão rapidamente para outro lugar. Ninguém comemorou por ter sobrevivido. Todos tinham uma forte premonição sombria; e quando olharam para trás, para a vastidão de mortos que haviam deixado, outro exército cavalgava para cada vez mais perto, pronto para recomeçar a matança.

Tsubodai forçou sua montaria sobre o terreno irregular, indo em direção aos morros. A segunda passagem era uma trilha estreita e o xá podia tê-la descartado para um número tão grande de homens. Mesmo assim ela servia a uma fileira de dez cavaleiros lado a lado e, enquanto subia, Tsubodai olhou as plantações abaixo, vendo um corte vermelho e sinuoso marcando o caminho da batalha, secando rapidamente e virando marrom. Por cima dele chegavam os *tumans* de Jochi e Jebe, e mesmo daquela distância Tsubodai podia ver que estavam cavalgando devagar. Quando as figuras minúsculas de seus batedores os alcançaram, eles aceleraram o passo.

Depois disso a visão de Tsubodai foi bloqueada e ele não os viu seguirem o xá para dentro da passagem. Kachiun ficaria sem flechas, mas ainda assim o exército era grande demais para as forças de Gêngis em Otrar. No entanto, Tsubodai estava satisfeito com a matança. Havia mostrado a força das colunas sozinhas e o melhor modo de agir contra um inimigo lento. Olhou adiante, para onde Jelme cavalgava, instigando seus homens. Tsubodai sorriu do entusiasmo e da energia do outro, ainda inalterados. Cada guerreiro ali sabia que poderiam ter outra chance de atacar se conseguissem atravessar os morros antes que o xá alcançasse terreno aberto. Então não haveria lugar para vespas picando, percebeu Tsubodai. Com o tempo certo, eles acertariam o flanco direito do xá com o melhor de quase 20 mil homens. A maior parte de suas flechas havia ido embora. Escudos e espadas teriam de terminar o que elas haviam começado.

CAPÍTULO 14

Ao sol da manhã, Gêngis se virou tão rápido que fez Khasar dar um pulo. Quando viu que era o irmão mais novo, o rosto do cã ficou um pouquinho menos terrível, mas a tensão visível permanecia. Gêngis tinha sofrido com raiva e frustração durante os últimos dois dias, enquanto seus homens lutavam e morriam do outro lado dos morros ao sul. Se as muralhas de Otrar fossem um pouquinho menos grossas, ele teria feito as catapultas trabalharem todo esse tempo. Mas, dada a sua real força, esse seria um gesto inútil, e ele havia esperado. A cidade não era tão importante quanto sobreviver ao exército do xá, mas a inatividade havia desgastado seus nervos até os ossos

— Dê-me boas notícias — disse Gêngis rispidamente.

Khasar hesitou; Gêngis fez uma careta ao ver isso.

— Então me dê o que tem — disse ele.

— Os batedores informaram que houve uma batalha antes da passagem. Os generais reduziram os homens do xá, como você ordenou, mas o exército ainda está em sua maior parte intacto. Kachiun está pronto com arqueiros nas encostas mais altas. Eles vão matar muitos, mas a não ser que o exército se desintegre e fuja, o xá vai atravessar. Você sabia que seria assim, irmão.

Ele ficou olhando Gêngis fechar o punho esquerdo com tanta força que fez o braço tremer.

— Diga como impedir que 20 mil guerreiros caiam sobre nós por trás e eu ficarei no caminho do xá quando ele sair — disse Gêngis.

Khasar olhou para a cidade que zombava de seus preparativos. Com o acampamento sem guerreiros, cinco *tumans* inteiros esperavam ordens e Gêngis se irritava a cada instante perdido. Não subestimava o risco que havia assumido. Além de suas esposas, seus filhos Ogedai e Tolui tinham sido deixados sem proteção enquanto ele tentava aproveitar cada vantagem das forças disponíveis. Depois que sol subira no segundo dia, só Khasar ousara falar com Gêngis, e não conseguia oferecer qualquer solução.

Khasar sabia tão bem quanto o irmão que se o xá conseguisse atravessar os montes com seu exército, o contingente em Otrar atacaria assim que vissem os estandartes. Os *tumans* seriam esmagados. Khasar sabia que não era tão brilhante quanto Tsubodai, nem tão destemido quanto Kachiun, mas só conseguia ver uma ordem a ser dada. Não poderiam dominar Otrar. O que poderiam fazer era recuar, levando todos os generais junto. No entanto, esperava Gêngis.

A fumaça preta da parte exterior da cidade incendiada havia diminuído até sumir, nos dias anteriores. O ar estava limpo e quente; Gêngis olhava seu exército lá embaixo. A cidade estava silenciosa, esperando libertação.

— Haverá outros anos, irmão — disse Khasar, sua paciência se dissolvendo. — Outras batalhas.

— Você preferiria que eu recuasse, Khasar? — Gêngis se virou de novo para o irmão.

Khasar deu de ombros.

— É melhor do que ser morto. Se você levar os *tumans* até 15 quilômetros ao norte, esse xá vai se juntar ao contingente de Otrar e pelo menos nós enfrentaríamos um exército, sem ninguém para atacar a retaguarda.

Gêngis fungou com desdém pela ideia.

— Quilômetros de planícies e montanhas que eles conhecem melhor do que nós. Eles nos castigariam até chegarmos a nossas terras, e nem meus generais podem deter um número tão grande. No entanto, se eu puder chegar a essa passagem, o xá não conseguirá manobrar. Agora mesmo, seria difícil alcançá-lo antes que o sol se ponha, irmão. O tempo está nos matando.

Gêngis ficou em silêncio de repente: um pensamento lhe viera.

— O homem que era o seu segundo, Samuka. Ele é leal?

Khasar estreitou os olhos, perguntando-se o que Gêngis estaria pensando.

— Claro — respondeu.

Gêngis assentiu rapidamente, tomando uma decisão.

— Dê-lhe 5 mil homens e mande-o sustentar este lugar até que eu volte. Ele não precisa vencer a batalha, só impedir que eles entrem no campo. Diga que preciso de tempo e que ele precisa conseguir isso para mim.

A princípio Khasar não respondeu. O *tuman* de Chagatai estava mais perto da cidade do que os homens de Samuka, mas Khasar sabia que Gêngis não mandaria o filho para a morte certa, como parecia disposto a fazer com Samuka.

— Muito bem, irmão. Direi a ele.

Gêngis já estava montando em seu cavalo e virando-o para assumir o lugar na frente do exército. Khasar cavalgou de volta para as fileiras, atravessando o caminho a galope para alcançar Samuka.

Encontrou seu antigo segundo no comando junto de Ho Sa, discutindo a ordem de cavalgada. O rosto deles se iluminou ao ver Khasar, cujo coração se encolheu diante do que tinha de dizer. Com um gesto, Khasar os separou dos outros oficiais e falou em voz baixa:

— Meu senhor Gêngis ordena que você fique para trás, Samuka. Pegue 5 mil dos melhores arqueiros e sustente a cidade até retornarmos.

Ho Sa enrijeceu como se tivesse levado um soco. Os olhos escuros de Samuka observaram Khasar por um momento. Os três homens sabiam que era uma sentença de morte. A guarnição iria despedaçá-los no desespero de sair da cidade.

— Eles farão o máximo para atravessar — continuou Khasar. — Será um trabalho sangrento.

Samuka assentiu, já resignado. Cinco mil homens não bastariam para segurar dois portões. Quando um pensamento lhe veio, ele olhou para Ho Sa.

— Não preciso deste homem, general. Deixe-o ir com você. — Samuka deu um sorriso cansado. — Ele é inútil, de qualquer modo, e não precisarei dele aqui.

Ho Sa teve um momento de fraqueza absoluta. Não queria morrer numa terra que mal conhecia. Samuka lhe dera a chance de viver. Khasar desviou os olhos para não ver o tumulto no rosto de Ho Sa.

— Eu ficarei — disse Ho Sa.

Samuka olhou para o céu e soprou o ar das bochechas estufadas.

— Então é um idiota — disse. Em seguida se virou para Khasar e respirou fundo, subitamente objetivo: — Quanto tempo devo resistir?

Khasar não deu sinal de ter notado o dilema de Ho Sa.

— Talvez um dia. Eu mesmo virei substituí-lo.

Ho Sa e Samuka baixaram a cabeça, aceitando a tarefa. Num impulso, Khasar estendeu a mão e segurou o ombro de Ho Sa. Conhecia o oficial xixia havia muitos anos, desde os primeiros ataques aos territórios jin.

— Fique vivo, irmão — disse Khasar. — Eu virei se puder.

— Estarei esperando você — disse Ho Sa, com a voz rouca. Seu rosto não mostrou nada do medo que borbulhava em seu estômago.

Gêngis já estava à frente do exército, olhando com frieza para os três homens. Esperou até que Samuka gritasse ordens a cinco oficiais de *minghaans*, ao que eles se afastaram do exército principal. Khasar demorou um tempo para pegar quatro flechas de cada guerreiro do *tuman* de Chagatai, entregando-as em feixes. Samuka e Ho Sa precisariam de cada uma delas. Se pudessem deter a guarnição de Otrar até o escurecer, talvez Gêngis conseguiria justificar o desperdício de homens.

Quando a ordem de permanecer se espalhou entre os 5 mil homens, muitas cabeças se viraram para Khasar. Eles sabiam o que aquilo significava. Ele ficou sentado imóvel como uma pedra, satisfeito em ver que não houve discussão. Seu povo havia aprendido a disciplina, mesmo destinados à morte.

Gêngis bateu os calcanhares e seu pônei saltou adiante. Chagatai e Khasar foram com ele em direção aos morros marrons onde o xá lutava contra os generais. Atrás deles, o povo de Otrar comemorou nas muralhas, e apenas a força pequena e séria que estava com Samuka e Ho Sa, seus homens com expressões graves, cavalgou de volta, parecendo minúscula diante da cidade.

As primeiras fileiras do exército do xá saíam da passagem marchando para o sol luminoso, rugindo de alegria por terem sobrevivido. Flechas haviam caído sobre eles às dezenas de milhares enquanto forçavam o caminho. Seus escudos estavam repletos de flechas disparadas; muitos homens usavam facas para cortar as hastes enquanto andavam em direção a Otrar.

Atrás deles ainda havia gritos no vale enquanto os mongóis rasgavam a retaguarda do exército inimigo, talvez esperando que os árabes entrassem em pânico e debandassem. O xá Ala-ud-Din Mohammed deu um sorriso sério diante desse pensamento. Não havia vergonha em morrer bem, e seus homens eram fortes na fé. Nenhum deles havia fugido das espadas sangrentas do inimigo. Os arcos mongóis tinham ficado silenciosos lá atrás, e isso, pelo menos, era misericórdia de Alá. O xá se perguntou se eles teriam esgotado as flechas contra os cavaleiros do califa, e em sua mente conectada à batalha, esperou que sim. Era um fim melhor para o ladrão do deserto, preferível à traição.

Havia demorado um tempo enorme para os árabes marcharem através da tempestade de flechas lançadas pelos mongóis empoleirados como falcões nos penhascos. O sol passara do meio-dia havia muito, e o xá não fazia ideia se aqueles demônios continuariam os ataques durante o escurecer. Otrar estava a menos de 40 quilômetros ao norte, e ele pressionaria seus homens a avançar até que a cidade estivesse à vista. Faria seu acampamento onde o povo da cidade soubesse que ele viera salvá-lo.

Ouviu novos gritos de morte atrás e rosnou para si mesmo. Os mongóis estavam em toda parte, e, ainda que seus homens tivessem juntado os escudos, era difícil ter um inimigo matando de onde não era possível vê-lo. Suas fileiras continuavam seguindo adiante, em marcha. Só a morte as impediria de chegar à cidade.

De sua posição elevada nas costas do elefante, Ala-ud-Din estava entre os primeiros a ver Tsubodai e Jelme saindo das montanhas de seu lado direito. Xingou baixinho, chamando de novo seus nobres mensageiros. Lançou um olhar rápido por cima de seu exército, registrando mentalmente as forças e os regimentos à mão, depois assentiu para o primeiro homem que se aproximou.

— Diga ao meu filho Jelaudin para destruir a força que está nos flanqueando. Ele pode usar 12 elefantes e 10 mil homens que estão sob o comando do general Faisal. Diga que estarei olhando.

O cavaleiro encostou os dedos nos lábios e no coração antes de partir correndo para levar a ordem. Ala-ud-Din afastou o olhar do flanco direito, sabendo que seu filho iria derrubá-los.

O xá deu um sorriso sombrio; seu exército saía da passagem das montanhas. Nada poderia impedi-lo de chegar a Otrar. Em algum lugar adiante, Gêngis cavalgava, mas havia deixado a cidade tarde demais. Mesmo que ele estivesse a caminho, o contingente de Inalchuk iria cortar seus jarretes. Os mongóis eram rápidos e tinham tanta mobilidade que o xá Mohammed mal podia acreditar, mas ele ainda possuía um número muito maior, e seus homens não fugiriam enquanto ele vivesse.

Seria uma bela batalha, e Ala-ud-Din ficou surpreso ao descobrir que estava ansioso para ver o cã ser esmagado. Era quase com pesar que tinha de matar um inimigo com tanta ousadia. O ano anterior fora empolgante e recompensador. Suspirou sozinho, lembrando-se de uma história de infância de um xá que temia a depressão negra quase tanto quanto os picos vertiginosos do excesso de confiança. Quando pediu aos conselheiros que lhe encontrassem uma solução, eles haviam forjado um anel simples com as palavras "Isto também passará" gravado no ouro. Havia verdade nessa simplicidade, e o xá estava contente enquanto seu exército sofrido seguia na direção de Otrar.

As colunas de Tsubodai formaram uma larga linha de ataque enquanto saíam dos morros. A linha de frente do exército do xá já estava à vista, mas Tsubodai fez seus homens parar e passar flechas até as fileiras da frente. Eram muito poucas. Tinha o bastante para três disparos rápidos executados por quinhentos homens antes que a coisa ficasse por conta das espadas.

Jelme chegou ao seu lado enquanto os pôneis voltavam a avançar.

— Jochi e Jebe estão na cauda desta serpente — disse Jelme. — Será que podemos cortar a cabeça?

— Tudo é possível — gritou Tsubodai por cima do ombro. — Mal posso acreditar que este inimigo suportou tantos ataques sem perder a formação. É mais uma coisa a descobrir, general: eles têm disciplina extraordinária, quase tão boa quanto a nossa. Mesmo tendo um idiota como líder, serão difíceis de ser vencidos.

Tinham apenas pouco menos de 2 quilômetros antes de atacar a ala direita. Tsubodai calculou mentalmente o tempo. Naquela velocidade, poderiam alcançar as fileiras em duzentas batidas do coração.

Enquanto partiam ao encontro do exército que se derramava para fora da passagem, Tsubodai viu um grande pedaço da massa de homens inimiga se separar e se virar em sua direção. Franziu os olhos para uma fileira de elefantes que chegava à linha de frente, instigados e chicoteados por aqueles que os guiavam. Mais sentiu do que viu seus homens hesitarem e gritou encorajamentos para eles:

— As cabeças têm armaduras. Mirem nas pernas! — gritou. — Qualquer coisa viva pode ser morta por nós.

Os que ouviram riram maliciosamente enquanto as ordens corriam pelas fileiras. Os arqueiros retesaram os arcos para preparar-se, testando a força.

Os elefantes começaram a avançar lentamente, ganhando velocidade depressa. Tsubodai viu soldados a pé correndo ao lado deles. Aqueles animais eram aterrorizantes, cresciam e cresciam diante de seus olhos. Tsubodai preparou a espada: girou-a levemente junto ao flanco do cavalo, partindo o ar. Podia ver os *tumans* sob o comando de Gêngis chegando do norte e se perguntou, vagamente, como o cã deixara Otrar.

— Matem os elefantes primeiro! — rugiu aos seus arqueiros. Eles estavam preparados, e Tsubodai sentiu o coração acelerando no peito e na garganta. O sol baixava para o horizonte e era um bom dia para estar vivo.

Samuka havia arrumado seus 5 mil em dois grupos em cada extremidade da cidade, cada um deles virado para os altos portões das muralhas. Ho Sa comandava o segundo grupo e Samuka aprovou o rosto frio que o oficial xixia aprendera no tempo passado entre as tribos. Assim que os dois estavam posicionados, Samuka ficou calmo. Seus homens haviam montado altas barreiras firmadas contra pedras, que iriam protegê-los das flechas enquanto sustentassem o portão. Samuka suspirou. Gêngis lhe deixara apenas uma vantagem, que ele iria usar do melhor modo possível. Passou um estandarte de seda entre os dedos, apreciando a sensação. Podia ver rostos escuros olhando-o das altas torres de Otrar e pensou que não teria de esperar muito tempo.

Gêngis estava a apenas uns poucos quilômetros ao sul quando Samuka ouviu as ordens da guarnição inimiga ecoando dentro das muralhas. Assentiu para si mesmo e verificou mais uma vez se seus oficiais estavam prontos. Eles pareciam tão graves quanto o general, e ninguém era tolo a ponto de achar que sobreviveria à batalha que se seguiria.

A porta de ferro na muralha leste se abriu devagar. Ao mesmo tempo, fileiras de arqueiros escuros apareceram nas muralhas, milhares deles. Samuka olhou para cima com indiferença, calculando os números. Nos dias anteriores, os mongóis haviam aberto um caminho até o portão, usando picaretas para tirar o entulho das casas queimadas. Na ocasião fora um bom plano, mas isso agora havia tornado mais fácil para os inimigos saírem com furor. Samuka gritou uma ordem e seus homens prepararam os arcos, colocando flechas cuidadosamente aos pés, onde poderiam ser apanhadas em velocidade. Uma das barreiras improvisadas com madeira despencou e Samuka ouviu um oficial praguejar enquanto mandava que homens a firmassem. Samuka deu um sorriso tenso. Gêngis o pusera ali, e ele não seria tirado com facilidade.

Não sabia se a guarnição viria só naquele ponto ou se tentaria forçar também o portão guardado por Ho Sa, que ele não podia ver. De qualquer modo, seu caminho estava decidido; ele ficou montado no pônei, fora de alcance, olhando as folhas do portão de ferro serem empurradas para trás. Na cidade ensolarada do outro lado, fileiras de homens com boas armaduras esperavam em bons cavalos árabes. Samuka franziu a vista para eles. Eram os que ele tinha de destruir. A infantaria não poderia alcançar Gêngis a tempo.

Para um homem que adorava cavalos, era uma ordem amarga, mas Samuka levantou a cabeça:

– Matem os cavalos – gritou, sua voz chegando longe. Como um eco, ela foi repetida, mas com uma força tão pequena não haveria muitos que não o tivessem escutado. Os pôneis mongóis eram de pouca utilidade para usar numa formação em crescente que não poderia se mover, mas era reconfortante estar na sela, e Samuka não gostaria de ficar no chão com um inimigo vindo para ele.

Vozes rugiram na cidade e o inimigo deu a partida. O portão comprimia suas fileiras, de modo que apenas cinco podiam começar a galopar de cada vez. Samuka levantou a mão esquerda, esperando o momento. Cem homens curvaram seus arcos nas aberturas entre as barricadas. Ele sabia que precisava combinar as saraivadas para conservar o estoque de flechas, mas queria que a primeira fosse aterrorizante.

Viu que a guarnição havia se planejado bem. Eles alargaram as fileiras enquanto passavam pelo portão, saindo o maior número de homens possível no tempo mais curto. Samuka ficou olhando impassível enquanto eles atravessavam o marco que ele deixara à distância de cem passos.

– Cavalos primeiro! – gritou de novo e baixou a mão.

O estalo que se seguiu fez seu coração disparar. Cem flechas compridas foram lançadas, praticamente sem diminuir a velocidade até acertarem os cavaleiros que saíam da cidade. A primeira fileira desmoronou como um odre estourado, cavalos e homens caindo no chão poeirento. Samuka levantou a mão de novo e baixou-a quase imediatamente, sabendo que os cem seguintes estariam prontos. Nada poderia resistir a golpes tão violentos. Apesar de usarem armadura e levarem escudos, os árabes caíam violentamente junto com os cavalos, e em seguida mais flechas se cravavam nos que tentavam ficar de pé.

O ar acima dos portões se encheu de flechas zumbindo; os arqueiros nas muralhas retesavam e disparavam. Samuka se abaixou instintivamente, ainda que as barreiras o protegessem. As que vinham altas caíam sobre os escudos de seus homens. Eles eram experientes e recebiam os golpes com mão leve, absorvendo o impacto.

E ainda assim os cavaleiros continuavam saindo. Samuka mandou uma saraivada depois da outra contra o inimigo, até haver pilhas de homens e cavalos mortos diante de Otrar. Alguns dos mongóis foram acertados com flechas disparadas das muralhas, mas foram apenas uns poucos.

Houve pausas enquanto a guarnição usava suas próprias barricadas de madeira para retirar os corpos. Isso tomou tempo, e os mongóis ficaram satisfeitos em esperar antes de recomeçar a matança. Mesmo assim Samuka desanimou enquanto estimava a quantidade de flechas que restavam. Se cada disparo tirasse uma vida, no fim ainda teriam de contar com as espadas.

O desafio brutal continuou. Se a guarnição estivesse pretendendo sair direto, Samuka ao menos poderia contê-la até o escurecer, tinha quase certeza. Sua confiança estava aumentando, até que viu novos movimentos na muralha. Levantou o olhar rapidamente, presumindo que fosse uma mudança de homens, ou flechas sendo levadas a eles. Fez uma careta ao ver cordas sendo penduradas sobre os muros e soldados descendo por elas, queimando as mãos devido à necessidade de chegar depressa ao solo.

Xingou, mas havia esperado por isso. Centenas já estavam se formando fora de seu alcance, e o tempo todo seus homens disparavam flechas contra o portão, matando cavaleiros que gritavam enquanto lutavam para romper a passagem. Samuka chamou um batedor e mandou-o para Ho Sa, do outro lado da cidade. Se os guerreiros de lá ainda estivessem intocados, ele poderia trazer algumas centenas e varrer para longe a nova ameaça. Enquanto Samuka olhava, mais e mais cordas ficavam pretas de tantos homens que desciam, e as fileiras no chão iam ficando mais e mais densas e confiantes. Seu coração se encolheu ao vê-los correr para o ponto onde ele se encontrava, espadas e escudos brilhando ao sol da tarde. De novo baixou a mão para mandar flechas contra os cavaleiros que instigavam as montarias por cima dos próprios mortos. Não podia manobrar até que as flechas tivessem acabado.

Se os oficiais de Otrar tivessem decidido fazer uma rota ampla ao redor dele, Samuka seria obrigado a interceptá-los. Era cedo demais para permitir que fossem até o xá ajudá-lo. Samuka olhava-os atentamente, mas em sua fúria e empolgação o governador claramente ordenara que eles varressem os mongóis. Eles vieram correndo e Samuka mandou que seus ágeis quinhentos os recebessem com flechas enquanto eles se aproximavam, as flechas rasgando fileiras. Mais e mais desciam pelas cordas para fora da cidade; Samuka trincou o maxilar de raiva e frustração quando a primeira leva de soldados encontrava os seus.

Enquanto seus homens lutavam com selvageria, quatrocentos cavaleiros mongóis chegaram, tendo dado a volta, e atacaram diretamente a infantaria de Otrar. A princípio atravessaram-na, disparando uma onda maligna de flechas depois da outra, antes de desembainhar espadas e cair na matança. A guarnição se dobrou sob o ataque violento, mas cada guerreiro mongol era rechaçado por três ou quatro soldados árabes. Samuka viu os números deles irem diminuindo enquanto a carga chegava a uma parada estremecida. Atacados por todos os lados, eles lutaram bem e ninguém cedeu, mas os árabes os derrubaram até que apenas algumas dúzias restavam na confusão, golpeando desesperadamente qualquer coisa que pudessem alcançar. Eles também caíram, finalmente, e Samuka gemeu alto, quando quase 10 mil homens da guarnição inimiga se formaram de novo. Ele tinha um último osso para jogar, e isso não bastaria.

Dentro do portão de ferro podia ver novas linhas de cavaleiros gritando e levantando os escudos. Eles sabiam que tinham a vitória.

Cansado, Samuka tirou a bandeira de seda de onde a havia enfiado, sob um pano de sela. A brisa a fez balançar enquanto ele a erguia sobre a cabeça. Olhou para cima, para o morro atrás da cidade, e sentiu uma sombra lhe passar pelo rosto antes de ouvir o estalo das catapultas.

Bolas de cerâmica se despedaçaram contra o portão de Otrar, cada uma do maior tamanho que um homem podia carregar. Samuka segurou uma flecha com a ponta enrolada em pano encharcado de óleo e deixou um guerreiro acendê-la com um lampião protegido. Viu mais dois bolos de barro se quebrando contra o portão, fazendo um cavaleiro cair. Samuka mirou com cuidado e disparou a flecha.

Foi recompensado por um jorro de chamas que envolveu o portão e incinerou todos que tentavam atravessá-lo. O óleo de fogo jin era terrível de se ver, o calor tão intenso que muitos pôneis mongóis dançaram para trás, recuando, até serem controlados. As catapultas no morro lançaram mais bolos de barro por cima da cabeça de seus homens, fazendo aumentar o pandemônio até que o próprio portão começou a adquirir uma cor vermelha opaca. Samuka sabia que poderia esquecer o portão durante um tempo. Ninguém conseguiria atravessar aquelas chamas e sobreviver. Tinha pretendido juntar-se a Ho Sa do outro lado enquanto o primeiro portão rugisse em chamas, mas o plano fora arruinado pela massa de soldados que descera pelas cordas.

Enquanto seus homens viravam os arcos para a infantaria árabe, derrubando-a, Samuka agitou a cabeça para limpar a visão. Soldados a pé não poderiam chegar a Gêngis, lembrou a si próprio. Um sopro rápido numa trompa de batedor fez seus homens virarem os cavalos para ele.

Samuka usou a espada para apontar e instigou a montaria, passando tão perto do portão envolto em chamas ferozes que sentiu o calor no rosto. Mesmo enquanto ele fazia isso, a cidade vomitava mais soldados pelas cordas para substituir os mortos, mas não restava inimigo algum para enfrentá-los.

Era estranho deixar uma batalha para trás. Otrar não era uma cidade pequena, e Samuka viu figuras turvas nas muralhas enquanto ele e seus homens disparavam sob as sombras delas, junto com o ritmo dos cascos e o cheiro de fumaça. Não tinha ideia de quanto tempo o suprimento de óleo jin iria durar, e sofria ao imaginar que um estrategista melhor teria encontrado um modo de segurar os dois portões.

Ouviu os homens de Ho Sa antes de vê-los. Samuka tirou o arco do suporte; a arma era como uma extensão de seu forte braço direito. As muralhas passaram a toda velocidade e o som aumentou até ele chegar a uma cena de caos sangrento.

Ho Sa havia lutado para sustentar o segundo portão, Samuka viu com apenas um breve olhar. Sem as catapultas, ele e seus homens tinham sido empurrados para trás por ondas de soldados. Estes rugiam para os mongóis, enlouquecidos a ponto de arrancar flechas do próprio corpo enquanto marchavam, deixando passos de sangue no chão.

Os últimos mil homens de Samuka os acertaram por trás, cortando os regimentos árabes num impacto tão colossal que os atravessaram quase até o cerne dos guerreiros de Ho Sa num único movimento. Samuka sentiu que eles diminuíam a velocidade ao redor enquanto cavalos eram mortos ou pressionados uns contra os outros pelos inimigos agonizantes. Levou a mão para pegar uma flecha mas não encontrou nada, então jogou o arco no chão e desembainhou a espada de novo.

Pôde ver Ho Sa lutando para dar cada passo enquanto os guerreiros eram empurrados para trás. Samuka grunhiu e deu golpes com toda a força para chegar até ele, mas um número cada vez maior de homens vinha correndo pelo contorno da cidade, às suas costas, e ele sentiu como se fosse engolido num mar escuro e cheio de rugidos.

O sol estava baixando em direção ao oeste. Samuka percebeu que estava lutando havia horas, mas não era tempo suficiente. No segundo portão, a cem passos dali, nenhuma chama ardia. Podia ver cavaleiros saindo, sem se juntar aos outros. Samuka gritou de fúria e desespero enquanto eles se afastavam numa coluna irregular. Até mesmo um número pequeno de cavalaria golpeando a retaguarda do cã poderia significar a diferença entre vida e morte.

Samuka piscou para tirar o sangue dos olhos enquanto chutava um homem para longe de seu estribo direito. Dos homens que Khasar lhe deixara, apenas algumas centenas ainda viviam. Eles haviam matado um número muito maior do que o seu, mas aquilo era o fim. De algum modo Samuka havia acreditado que sobreviveria, apesar das chances em contrário. A ideia de seu corpo esfriando no solo estava além da sua imaginação.

Gritou o nome de Ho Sa por cima do enxame de cabeças e mãos de homens que tentavam agarrá-lo. Podia sentir os dedos deles puxando seus pés e chutou loucamente, também golpeando com a espada, quando Ho Sa o viu. Talvez por um momento o oficial xixia tenha pensado que ele estava pedindo ajuda, mas Samuka indicou com a espada a cavalaria em fuga. Quando Ho Sa se virou para acompanhar o gesto, Samuka o viu receber um talho no pescoço, o sangue jorrando enquanto ele despencava.

Samuka uivou de fúria, baixando a espada contra dedos que se cravavam em suas coxas. Havia tantos rostos barbudos ao redor que seu cavalo parou, ao que Samuka sentiu uma calma súbita, misturada à surpresa. Khasar não tinha voltado. Ele estava perdido e sozinho, e todos os seus homens morriam.

Mãos conseguiram agarrar alguma parte de sua armadura, e, para seu horror, Samuka sentiu que começava a escorregar. Matou outro homem com um giro louco, mas então seu braço ficou preso e a espada lhe foi arrancada da mão. O cavalo estremeceu, ferido, embora Samuka não pudesse ver onde, e os homens ao redor estavam tão perto que ele podia ver as gargantas vermelhas gritando. Samuka escorregou para o meio da massa, ainda balançando os braços. O sol poente desapareceu enquanto ele caía aos pés de homens que pisoteavam e davam golpes de espada. A dor era pior do que ele temera. Disse a si mesmo que tinha feito todo o possível, mas ainda era uma morte dura e a guarnição de Otrar havia saído da cidade.

CAPÍTULO 15

MESMO ACIMA DO BARULHO DOS CAVALOS GALOPANDO, TSUBODAI PÔDE OUVIR o estalo das penas junto às orelhas enquanto retesava o arco. Levantou-se na sela e mirou nas pernas dianteiras de um elefante que vinha para ele como uma avalanche. De cada lado seus homens o copiavam, e, quando ele disparou, um borrão preto de flechas saltou para a frente. Nenhum dos guerreiros precisava pensar nas ações. Tinham treinado desde que haviam sido amarrados a uma ovelha e aprendido a montar, com 2 ou 3 anos. Antes que as primeiras flechas acertassem o alvo, eles já estavam com uma segunda na corda. Músculos poderosos cresciam no ombro direito enquanto eles retesavam o arco de novo.

Os elefantes trombetearam e empinaram em dor, girando a cabeça de um lado para o outro. Tsubodai viu flechas se cravando nas enormes pernas cinzentas no momento em que davam um passo, quebrando, assim, o ritmo do ataque. Metade dos enormes animais tropeçou quando uma de suas pernas se dobrou. Outros levantaram a tromba e mostraram presas amarelas, num desafio furioso. A velocidade dos animais ficou maior, mas a segunda onda de flechas partiu com estalos e os elefantes estremeceram ao receber o impacto. Flechas se prendiam entre as pernas, abrindo ferimentos.

Tsubodai estendeu a mão automaticamente para pegar outra flecha, mas seus dedos se fecharam numa aljava vazia. Nesse ponto estava quase em cima da cavalaria do xá, então colocou o arco de volta na rígida bainha de couro que havia na sela e levantou a espada sobre o ombro direito, pronto para baixá-la num golpe.

Os homens ao redor dispararam uma última flecha contra as linhas que se aproximavam, e Tsubodai se levantou nos estribos ao ver os elefantes mais próximos se empinarem nas pernas traseiras, loucos de dor. Os treinadores gritavam, batendo loucamente nos animais enquanto eram girados. Seu coração pareceu ficar mais lento ao ver um deles ser arrancado das costas largas do elefante e jogado ao chão com força espantosa. Os animais se viraram em agonia, afastando-se da linha de guerreiros que vinham a galope, e nisso derrubaram cavalos e homens.

Tsubodai gritou de triunfo quando os animais enormes recuaram às cegas em meio às fileiras do xá. Eles abriram linhas entre os soldados que avançavam; era como se andassem em meio a um capim denso, usando as presas para jogar longe homens adultos. Nada podia pará-los em sua loucura. Em apenas alguns instantes, Tsubodai encarava as fileiras da frente partidas, atordoadas e ensanguentadas pelos animais que passavam. Alguns árabes se recuperaram suficientemente rápido para disparar suas flechas com os arcos de curva dupla. Guerreiros e cavalos mongóis foram derrubados, mas os outros arreganharam os dentes e cavalgaram. Nos últimos segundos antes que as forças se encontrassem, Tsubodai escolheu seu homem e guiou o pônei apenas com os joelhos.

Os guerreiros mongóis passaram pela fileira dianteira e penetraram no caos. Tsubodai decepou a cabeça de um soldado, depois quase caiu da sela quando outro mirou o arco nele, mas o general passou por baixo. Enquanto se erguia, Tsubodai estendeu a espada e seu ombro se retorceu ao impacto com a armadura. Sua postura baixa e seu peso o mantiveram na sela enquanto um árabe caía e Tsubodai se via numa das trilhas de sangue deixadas pelos elefantes. Ainda podia vê-los se afastando violentamente, atormentados e cegos à destruição que deixavam. Tsubodai agradeceu em silêncio aos animais monstruosos enquanto olhava ao redor à procura de outro inimigo.

As fileiras do xá tinham sido imobilizadas pelo choque dos elefantes em fúria. Arqueiros árabes se espalhavam, morrendo enquanto gritavam ordens com medo ao mesmo tempo em que os mongóis vinham com toda força, sendo atingidos mas sem emitir um som, enquanto golpeavam e cortavam. Lâminas boas se arruinavam nas armaduras árabes, mas seus braços subiam e desciam sem descanso, e se um escudo impedia um golpe, eles davam outro acima ou abaixo, cortando pernas e gargantas. Eram mais rápidos do que os inimigos. Tsubodai se chocou contra um enorme árabe barbudo, que lutava num frenesi insensato. Sentiu o cheiro do suor do sujeito enquanto usava o ombro do pônei para desequilibrá-lo. Logo antes de passar pelo homem, Tsubodai viu que a espada curva não tinha guarda, ao que deixou sua lâmina deslizar, decepando três dedos e fazendo a arma girar para longe. Os homens do xá eram grandes; Tsubodai se perguntou se tinham sido escolhidos mais pela força do que pela habilidade. Os golpes deles martelavam seus guerreiros, mas repetidamente os mongóis se abaixavam ou se desviavam, revidando como podiam e indo em frente. Muitos soldados do xá recebiam três ou quatro ferimentos antes que a perda de sangue os fizesse cair.

Tsubodai viu centenas de soldados a pé se reunirem em volta de um homem montado num garanhão preto. Mesmo a distância podia ver que o animal era muito bom. O cavaleiro estava gritando ordens e homens fizeram formação com ele, organizando-se como uma cunha. Tsubodai se preparou para um contra-ataque, mas em vez disso eles levantaram os escudos e começaram a lutar apenas para recuar até as fileiras principais.

O general mongol não precisou dar novas ordens. Seus oficiais dos *minghaans* estavam por conta própria; quatro deles perceberam a retirada e partiram para o ataque. Flechas teriam trucidado os soldados que recuavam, mas não restava nenhuma e as fileiras árabes permaneceram juntas em boa ordem, deixando colinas de mortos para trás.

A distância, Tsubodai ouviu trompas de batedores gemendo por cima da terra. Levantou os olhos e viu os *tumans* de Gêngis se aproximando. Finalmente o cã havia entrado em campo. Tsubodai enxugou o suor dos olhos, repleto de um prazer terrível.

Seus homens tinham despedaçado os que tinham sido mandados contra eles, mas Tsubodai continuava impaciente. A retirada em ordem cumprira sua função, impedindo que as fileiras desmoronassem sobre si mesmas e cortando a cabeça do exército principal do xá. Ele e seus homens se juntaram à margem da batalha, alguns ainda lutando com os últimos agrupamentos de exaustos soldados de infantaria. Tsubodai se perguntou quem seria o jovem oficial que impedira uma debandada completa. O homem mantivera seus soldados juntos no fogo da batalha e Tsubodai acrescentou esse conhecimento ao que já sabia sobre o inimigo. Pelo jeito o xá tinha pelo menos um oficial competente sob seu comando.

Os minghaans se reorganizaram na paisagem de homens caídos e armaduras e armas espalhadas. Alguns apearam para arrancar preciosas flechas dos mortos, mas apenas umas poucas estavam em condições de serem usadas de novo. Tsubodai sentiu os batimentos cardíacos se regularizarem e observou o campo de batalha, avaliando onde ele era necessário. O exército do xá estava fora das passagens, e ele podia ver os *tumans* de Jebe e Jochi sangrando-o na retaguarda. O sol afundava no oeste; Gêngis mal teria tempo de atacar antes que a luz se acabasse, pensou ele.

Tsubodai assentiu para si próprio. Podia ver que o resto da infantaria do xá estava de volta ao flanco, olhando com ar maligno para os guerreiros mongóis que se amontoavam ao redor dos corpos. A maioria dos elefantes havia desaparecido, mas alguns estavam caídos, chutando, no lugar onde tinham sido acertados com mais flechas das próprias fileiras do xá, para que não continuassem causando mais destruição. Tsubodai sentia cansaço e dor numa dúzia de lugares, mas a batalha estava longe de terminar.

– Formem comigo! – gritou, e os que escutaram obedeceram. Enquanto as fileiras do xá passavam marchando, novos soldados a pé surgiam sob o olhar frio de Tsubodai. Ele mal podia acreditar, mas os soldados do xá estavam tão decididos a alcançar Otrar que continuavam em frente, apesar das forças que os atacavam.

Tsubodai balançou a cabeça. Os generais haviam mostrado as vantagens das forças móveis, com os oficiais agindo por conta própria. No entanto o exército do xá continuava andando, agarrando-se a uma única ordem independentemente do que havia adiante. Tsubodai pensou que o xá seria tão implacável quanto o próprio Gêngis, pelo modo como desperdiçava seus homens.

Enquanto os guerreiros de Jelme formavam colunas junto com os seus, Tsubodai viu rostos amedrontados no exército do xá se virarem para ele. Sabiam o que viria no mesmo momento em que ele tomava a decisão. Olhou-os retesarem os arcos e se prepararem.

Pegou a trompa de batedor pendurada no pescoço, mas descobriu que estava partida em dois pedaços, cortada por um golpe do qual ele não se lembrava. Xingou sozinho, cego aos risos que suas palavras produziram nos homens próximos.

– Comigo! – gritou. À sua esquerda, os homens de Jelme bateram os calcanhares e cavalgaram.

Gêngis havia se esforçado tremendamente por mais de 30 quilômetros para estar naquele local, trocando para montarias descansadas quando a batalha estava à vista. Viu que o xá havia saído das montanhas, mas quanto a isso não havia o que fazer. Olhou ao longo das fileiras até onde seu filho Chagatai galopava, depois mais adiante, para Khasar. Ao todo 50 mil homens cavalgavam às suas costas, com uma grande cauda de cavalos reserva seguindo-os. No entanto, enfrentavam um exército cuja extensão se perdia de vista. As bandeiras de Tsubodai mal se viam à esquerda, atacando os flancos. Atrás da horda árabe, nuvens de poeira giravam em fúria: Otrar estava longe, e sua guarnição não conseguiria chegar à batalha naquele dia. Ele fizera tudo que pudera, mas este era o último lance dos ossos. A coisa havia chegado a esse ponto e ele não tinha outro plano a não ser acertar a coluna do xá e envolvê-la numa formação de chifres.

Gritou uma ordem a um porta-estandarte e ouviu o esvoaçar quando uma bandeira dourada subiu. Ao longo de toda a linha, milhares de arcos estalaram. O exército do xá tentou se firmar para o impacto, mas seus oficiais continuaram instigando-o. Ninguém queria enfrentar de novo aqueles guerreiros austeros, mas não havia para onde ir. Eles gritaram em desafio enquanto a bandeira dourada baixava e o ar ficava negro.

Os mongóis atacaram a toda velocidade, rugindo, e o simples ritmo era tão perigoso quanto as armas que eles carregavam. Os amplos chifres da formação mongol se esparramaram ao redor da dianteira do exército inimigo, correndo ao longo dos flancos e se fechando. A luz já era cinzenta quando os exércitos se encontraram, o sol afundando no oeste. A tarde ia límpida e perfeita enquanto os mongóis se lançavam contra a horda do inimigo.

O xá Ala-ud-Din gritou em choque quando uma linha de mongóis veio cortando direto até ele. Sua guarda montada os trucidava homem a homem, mas ele estava cercado por todos os lados e metade de seu exército não tinha espaço para usar as armas. O xá estava prestes a entrar em pânico, olhando em todas as direções. Logo iria escurecer e no entanto os mongóis continuavam lutando feito loucos. Não faziam nenhum som, nem mesmo quando a vida lhes era arrancada. O xá só conseguia balançar a cabeça diante daquela demonstração. Eles não sentiam dor? Seu filho Jelaudin acreditava que eles eram mais como animais entorpecidos do que homens, e talvez ele estivesse certo.

Ainda assim, o exército do xá continuava se movendo, cambaleando, pois lutava contra o desejo de fugir do inimigo. Ala-ud-Din viu colunas brilhantes de seus homens sendo despedaçadas nos flancos, e o trovejar dos mongóis na retaguarda continuava sempre impelindo-os a seguir adiante.

Mais e mais guerreiros do cã morriam tentando abrir caminho até o centro. Os soldados do xá mantinham a formação e os despedaçavam quando eles vinham galopando. Não conseguiam se igualar em velocidade com os mongóis, mas seus escudos detinham muitas flechas, e as que chegavam eram retalhadas ao passarem, mandadas de volta repetidamente. À medida que a luz diminuía, Ala-ud-Din exultou com os inimigos mortos enquanto seu elefante passava sobre eles.

A escuridão chegou e por um tempo foi uma visão do inferno. Homens gritavam lutando numa massa arfante de sombras e facas. O exército do xá parecia cercado por um gênio maligno que rosnava, tamanho era o trovejar de cascos nos ouvidos. Soldados se sacudiam enquanto marchavam, aterrorizados com o barulho de cavaleiros vindo diretamente para eles. Acima de suas cabeças, as estrelas estavam límpidas e luminosas, e a lua crescente ia subindo devagar.

O xá pensou que o cã mongol poderia continuar até o amanhecer, e rezava constantemente enquanto dava as ordens, esperando sobreviver às horas de escuridão. De novo seus guardas tiveram de lutar contra uma coluna de guerreiros num ataque súbito, matando cerca de oitenta homens e fazendo o resto galopar para longe para ser cortado por outros. Os filhos das casas antigas estavam gostando daquilo, Ala-ud-Din podia ver. Os dentes deles relampejavam enquanto imitavam, usando de mímica, os bons golpes para os amigos. O exército ao redor estava sendo despedaçado, mas aqueles filhos de nobres não contariam essas perdas. Afinal de contas, Alá dava e tomava conforme quisesse.

Ala-ud-Din pensou que o amanhecer revelaria um resto sangrento da horda que ele havia comandado. A única coisa que o mantinha decidido era pensar que o inimigo estaria sofrendo igualmente.

A princípio não notou o som diminuindo. Era como se tivesse vivido com as pancadas de cascos em todas as direções durante a vida inteira. Quando aquilo começou a se esvair, ele ainda estava chamando os filhos, querendo mais informações. O exército continuava marchando e antes do amanhecer Otrar certamente estaria próxima.

Por fim um dos oficiais superiores do xá gritou dizendo que o cã havia recuado. Ala-ud-Din agradeceu pela salvação. Sabia que cavaleiros não podiam atacar à noite. Praticamente sem nenhuma luz da lua, eles não podiam coordenar os ataques sem se chocar uns com os outros. Ouviu as novidades quando os batedores chegaram, estimando a distância até Otrar e repassando cada detalhe que tinham visto da posição do cã.

Ala-ud-Din se preparou para acampar. O amanhecer traria um fim àquilo e os mongóis desgraçados teriam deixado suas flechas para trás, nos corpos dos homens árabes. Com Otrar à vista, ele alargaria as fileiras e teria mais espadas em condições de uso contra eles. Na última hora os mongóis haviam perdido tantos homens quanto ele, tinha certeza. Antes disso, eles haviam estripado sua horda. Olhou as fileiras que marchavam ao redor, imaginando quantos teriam sobrevivido à luta através das montanhas. Uma vez ele vira um grupo de caça acompanhar um leão ferido que se arrastava para longe das lanças. O animal deixara uma trilha de sangue da largura do próprio corpo, pois arrastara-se sobre a barriga rasgada. O xá não conseguia escapar à visão de seu exército num estado exatamente assim, com a mancha vermelha brilhando atrás. Deu finalmente a ordem de parar e pôde ouvir o suspiro em massa de milhares de homens que podiam agora descansar. O xá começou a descer do animal, mas ao fazer isso viu luzes brotando no leste. Conhecia bem os pontos de luz das fogueiras de um exército e permaneceu nas costas do elefante, enquanto um número cada vez maior de luzes ia brotando até parecerem estrelas longínquas. Ali estava seu inimigo, descansando e esperando o amanhecer.

Ao redor de Ala-ud-Din, seus homens começavam a fazer fogueiras com lenha e esterco seco carregados pelos camelos. A manhã veria o fim daquilo. O xá escutou vozes chamando os fiéis à oração e assentiu ferozmente para si mesmo. Alá ainda estava com eles, e o cã mongol também sangrava.

Enquanto a Lua cruzava o céu preto, Gêngis reuniu seus generais em volta de uma fogueira. O humor não era jubiloso enquanto eles o esperavam falar. Os *tumans* haviam trucidado muitos homens do xá, mas suas próprias perdas eram espantosas. Na última hora antes do escurecer, 4 mil guerreiros veteranos tinham sido mortos. Eles haviam aberto caminho quase até o xá, mas então as espadas árabes tinham se juntado contra eles e os expulsado.

Jebe e Jochi haviam entrado juntos no acampamento, recebidos por Kachiun e Khasar enquanto Gêngis meramente os olhava. Tsubodai e Jelme se levantaram para dar os parabéns aos dois jovens, tendo ouvido a história da longa cavalgada, que ia se espalhando pelo acampamento.

Chagatai também tinha ouvido a história; sua expressão era azeda enquanto olhava Jelme dar um tapinha nas costas de seu irmão mais velho. Não podia entender por que eles pareciam tão satisfeitos. Ele também havia lutado, seguindo as ordens do pai em vez de desaparecer durante dias seguidos. Ele pelo menos estivera onde Gêngis precisava que ele estivesse. Chagatai tinha esperado ver Jebe e Jochi serem humilhados pela ausência, mas até mesmo sua chegada tardia às fileiras de trás do xá estava sendo tratada como um golpe de gênio. Sugou os dentes da frente, olhando para o pai.

Gêngis estava sentado de pernas cruzadas, um odre de airag no quadril e uma tigela de queijo coalhado no colo. As costas de sua mão esquerda estavam cobertas por uma casca de sangue e o tornozelo direito estava amarrado bem apertado, mas ainda minava sangue. Enquanto Chagatai afastava o olhar dos louvores idiotas ao seu irmão, Gêngis limpou a tigela com um dedo e mastigou o resto do queijo. O silêncio caiu enquanto ele punha a tigela de lado e se sentava perfeitamente imóvel.

— Samuka e Ho Sa neste momento devem estar mortos — disse Gêngis por fim. — A guarnição de Otrar não pode estar longe e eu não sei quantos deles sobreviveram ao fogo e às flechas.

— Eles não vão parar durante a noite — disse Kachiun. — Talvez levem os cavalos a pé, mas ainda assim alcançarão o xá antes do amanhecer. — Enquanto falava, Kachiun olhou para a noite, para onde chegaria a guarnição. Mais adiante podia ver as fogueiras do acampamento do xá, e mesmo depois de tantas mortes ainda havia centenas de pontos de luz, a apenas alguns quilômetros de distância. Sem dúvida os batedores árabes já estavam cavalgando de volta para se juntar à guarnição de Otrar e guiá-la. A escuridão iria escondê-los bastante bem.

— Tenho batedores num círculo ao nosso redor — disse Gêngis. — Se eles atacarem esta noite não haverá surpresas.

— Quem ataca à noite? — perguntou Khasar. Seus pensamentos estavam com Samuka e Ho Sa, e ele mal levantou os olhos da carne de cabrito seca que forçou por entre os lábios.

À luz das chamas, Gêngis virou um olhar frio para o irmão.

— Nós — respondeu ele.

Khasar engoliu a carne mais depressa do que pretendia, mas Gêngis continuou antes que ele pudesse responder:

— Que opção nós temos? Sabemos onde eles estão e, mesmo assim, as flechas se acabaram todas. Se atacarmos por todos os lados, não vamos atrapalhar as linhas uns dos outros.

Khasar pigarreou e falou com a voz espessa:

— A Lua está fraca esta noite, irmão. Como poderíamos ver bandeiras ou saber como está indo a batalha?

Gêngis levantou a cabeça.

— Você saberá quando eles forem derrotados; ou quando você for morto. É a única opção que nos resta. Você prefere que eu espere até que uma guarnição de 20 mil homens se junte a eles ao amanhecer? Homens descansados que não lutaram como nós? — À luz da fogueira ele olhou seus generais ao redor. Muitos se moviam rigidamente e o braço direito de Jelme estava enrolado num pano ensanguentado, ainda molhado.

— Se eu conheço Samuka, não deve haver nem metade desse número — murmurou Khasar, mas Gêngis não respondeu.

Tsubodai pigarreou e os olhos de Gêngis se viraram para o jovem general.

— Senhor cã, as colunas voadoras funcionaram bem quando tínhamos flechas. À noite, cada ataque seria recebido com homens usando escudos e em fileiras sólidas. Poderíamos perder todos.

Gêngis fungou em irritação, mas Tsubodai foi em frente, sua voz baixa acalmando os outros:

— Uma coluna poderia abrir caminho, mas nós vimos isso hoje. Esses árabes não fogem de nós, pelo menos não facilmente. Cada passo traz mais e mais homens para o flanco da carga, até que ela seja suplantada.

— Você tem uma alternativa? — reagiu Gêngis com rispidez. Ainda que sua voz estivesse dura, ele escutava. Conhecia a mente afiada de Tsubodai e tinha respeito por ela.

— Precisamos confundi-los, senhor. Podemos fazer isso com um falso segundo ataque, circulando em volta. Eles mandarão homens para nos deter e nós os faremos recuar a partir do nosso lado.

Gêngis balançou a cabeça, pensando. Tsubodai insistiu:

— E se puséssemos um número menor de homens guiando cavalos até a ala esquerda do xá, senhor? Eles podem levar todas as montarias de reserva e fazer o máximo de barulho possível. Quando o xá mandar seus soldados para lá, nós atacamos à direita com tudo que temos. Isso pode fazer diferença.

Ele esperou enquanto Gêngis pensava, sem perceber que estava prendendo a respiração.

— É um bom plano — começou o cã. Todos os homens em volta da fogueira se enrijeceram ao escutar uma trompa de batedor soar na noite.

Quase em resposta, um rugido soou a distância, vindo na direção deles. Enquanto conversavam e comiam, o xá havia atacado suas fogueiras.

Como se fossem um só, os generais se puseram de pé em um salto, ansiosos para retornar aos seus homens.

– Isto é mais simples, Tsubodai – disse Khasar enquanto passava.

Tsubodai sorriu diante do tom insolente. Já havia se planejado para um ataque assim, e os guerreiros estavam preparados.

CAPÍTULO 16

ENQUANTO TROTAVA PELA ESCURIDÃO, JELAUDIN OLHAVA AS FOGUEIRAS À frente. Os homens que corriam junto aos seus estribos estavam exaustos, mas ele havia pressionado o pai por mais um ataque em massa, sabendo que suas melhores chances estavam em pegar os mongóis dormindo. Fumegou ao pensar que a preciosa guarda de seu pai ainda mal havia tocado em sangue. O xá tinha recusado suas exigências de deixar que eles o acompanhassem, justo quando teriam justificado sua própria existência. Jelaudin xingou o pai e o califa também, por perder a cavalaria, depois afastou a raiva para se concentrar. Apenas uma incursão no acampamento inimigo poderia bastar para derrotá-los finalmente. A lua estava escondida por nuvens, portanto Jelaudin cavalgava com lentidão pelo terreno irregular, esperando o rugido que viria.

Veio mais cedo do que ele esperava: quando os batedores inimigos tocaram notas de alerta antes de serem alcançados e derrubados. Jelaudin desembainhou a espada e arriscou o pescoço com um galope mais rápido. Os homens que corriam ficaram para trás enquanto ele apontava a montaria para as fogueiras mongóis.

O cã fizera apenas um acampamento precário depois de dias lutando. Jelaudin viu que o flanco esquerdo era uma massa de luzes, revelando a presença de muitos homens. As noites eram frias e eles deviam estar agrupados perto daquelas chamas. À direita as fogueiras eram mais esparsas, diminuindo de número até apenas alguns pontos de luz no ponto mais distante do acampamento. Foi para lá que ele levou seus homens, correndo para se vingar do que haviam sofrido.

Ouviu os mongóis se levantando contra o ataque, uivando em sua raiva insensata. Jelaudin gritou um desafio para a noite, que foi ecoado por seus homens. As fogueiras ficaram mais próximas e de repente havia homens de todos os lados. As forças se encontraram. Jelaudin teve tempo de gritar com surpresa antes que seu garanhão fosse arrancado por baixo e ele saísse voando.

Tsubodai esperava com Jochi, Jebe e Chagatai. Havia sido sua ideia organizar as fogueiras de modo a atrair um inimigo descuidado. Onde as luzes eram densas, ele tinha apenas alguns homens cuidando delas. Na escuridão, *tumans* veteranos se agrupavam com seus pôneis, longe do calor. Eles não se incomodavam com o frio da noite. Para os que haviam nascido nas planícies gélidas, aquele frio não era nada. Com um grande grito, atacaram as fileiras árabes que se aproximavam.

Quando as duas forças se juntaram, os árabes foram mandados para longe, girando, esmagados por homens que tinham lutado e treinado desde a mais tenra infância. Os braços direitos mal se cansavam enquanto abriam caminho pelo inimigo e o empurravam para trás. Tsubodai gritou ordens para avançar e eles trotaram, ombro a ombro, as montarias pisando delicadamente em homens agonizantes.

A lua subiu sobre eles, mas o ataque foi dominado rapidamente e a força árabe, obrigada a recuar para seu acampamento principal. Enquanto corriam, os árabes olhavam por cima dos ombros, aterrorizados com a hipótese de os mongóis os alcançarem e derrubarem. Menos da metade conseguiu fugir; Jelaudin foi um deles, humilhado e a pé. Cambaleou de volta até seu pai, ainda atordoado com o caos e o medo. À distância os mongóis acabaram com os feridos e esperaram pacientemente pelo amanhecer.

O xá Ala-ud-Din andava de um lado para o outro na tenda, olhando com fúria para o filho mais velho quando se virava. Jelaudin estava parado nervoso, com medo da raiva do pai.

— Como eles sabiam que você ia atacar? — perguntou o xá, ríspida e repentinamente. — Não há espiões nas fileiras, não aqui. É impossível.

Ainda angustiado pelo fracasso, Jelaudin não ousou responder. Em particular achava que os mongóis tinham meramente se preparado para a possibilidade de um ataque, e não que sabiam mas não poderia dar a entender que os estava elogiando enquanto seu pai liberava a fúria.

— Está vendo agora por que não lhe dei minha guarda pessoal? — disse o xá.

Jelaudin engoliu em seco. Se tivesse cavalgado com 5 mil cavaleiros, não achava que a debandada seria tão fácil ou tão completa. Com esforço engoliu a resposta.

— O senhor é sábio, pai. Amanhã eles lutarão com o inimigo — disse. Em seguida recuou um passo quando o pai se virou bruscamente para ele e parou tão perto que os fios da sua barba tocavam o rosto do filho.

— Amanhã você e eu estaremos mortos — rosnou o xá. — Assim que o cã vir quantos homens me restam, cairá sobre nós e acabará com isso.

Jelaudin ficou aliviado quando escutou alguém pigarreando na entrada da tenda. O serviçal particular do pai, Abbas, estava parado à luz do lampião, o olhar saltando do pai para o filho e avaliando o clima ali dentro. Jelaudin fez um gesto impaciente para o homem sair, mas Abbas o ignorou, entrando e fazendo reverência ao xá. Jelaudin viu que ele carregava um maço de pergaminhos de bezerro e um pote de tinta, e hesitou antes de ordenar que o sujeito saísse.

Abbas tocou a testa, os lábios e o coração em respeito ao xá antes de pôr o material na mesinha que ficava num dos lados. O pai de Jelaudin assentiu, sua fúria ainda evidente no maxilar apertado e na pele vermelha.

— O que é isto?— perguntou Jelaudin finalmente.

— Isto é vingança pelos mortos, Jelaudin. Quando eu colocar meu nome, isto será uma ordem para os Assassinos livrarem minha terra desse cã.

O filho sentiu um peso sendo retirado dos ombros com esse pensamento, apesar de ter reprimido um tremor. A seita de fanáticos xiitas tinha uma reputação sombria, mas o pai era sensato em trazê-los.

— Quanto o senhor mandará para eles? — perguntou baixinho.

O pai se dobrou sobre o pergaminho grosso e a princípio não respondeu, enquanto lia as palavras que Abbas havia preparado.

— Não tenho tempo para negociar. Ofereci um vale de 100 mil moedas de ouro, a ser resgatado de meu próprio tesouro. Eles não recusarão essa quantia, nem mesmo pela cabeça de um cã.

Jelaudin sentiu as mãos ficarem úmidas ao pensar em tanto ouro. Era o bastante para construir um grande palácio ou começar uma cidade. No entanto não falou. Sua chance de derrubar os mongóis fora desperdiçada durante a noite.

Assim que o xá havia assinado o vale pelo ouro, Abbas enrolou as folhas grossas e amarrou-as com uma tira de couro, dando um nó hábil. Fez uma reverência muito profunda ao xá antes de deixar os dois a sós.

— Ele é de confiança? — perguntou Jelaudin assim que o homem havia saído.

— Mais do que meus filhos, ao que parece — respondeu o xá irritado. — Abbas conhece a família de um dos Assassinos. Fará com que o documento chegue em segurança a eles e então nada salvará esse cachorro desse cã que derramou tanto sangue do meu povo.

— Se o cã morrer amanhã, o ouro será devolvido? — perguntou Jelaudin, ainda pensando na vasta riqueza de que seu pai abrira mão apenas num instante. Sentiu o xá caminhando até ele e virou a cabeça para afastar o olhar da entrada da tenda.

— A não ser que Alá o acerte com um raio por sua ousadia, ele não morrerá amanhã, Jelaudin. Você não entende, nem mesmo agora? Não viu enquanto voltava à minha tenda? — Ele falava com uma intensidade contida que Jelaudin não conseguia entender, e o rapaz gaguejou ao tentar dar a resposta:

— Viu... o quê? Eu...

— Meu exército está acabado — disse o xá rispidamente. — Com os homens que você perdeu esta noite, mal temos o suficiente para conter *um* dos desgraçados generais dele de manhã. Eles nos reduziram a menos de 30 mil homens, e mesmo que a guarnição de Otrar apareça neste momento, nós perdemos. Entende agora?

O estômago de Jelaudin se apertou de medo ao ouvir as palavras do pai. Haviam lutado durante dias e a matança fora terrível, mas, sendo o campo de batalha vasto, ele não sabia como as perdas tinham sido ruins.

— Tantos mortos? — disse finalmente. — Como é possível?

Seu pai levantou a mão e, por um momento, Jelaudin pensou que ele iria lhe dar um tapa. Em vez disso, o xá girou para pegar outro maço de relatórios.

— Quer contá-los de novo? — perguntou. — Deixamos uma trilha de cadáveres por 150 quilômetros e os mongóis continuam fortes.

Jelaudin firmou a boca, tomando uma decisão.

— Então me dê o comando, para amanhã. Leve sua guarda de nobres e volte para Bukhara e Samarkand. Retorne na primavera com um novo exército e me vingue.

Por um instante a expressão furiosa do xá se esvaiu. Seus olhos se suavizaram enquanto olhava o filho mais velho.

— Nunca duvidei da sua coragem, Jelaudin.

Ele estendeu a mão e segurou a nuca do filho, puxando-o para um abraço breve. Quando se separaram, Ala-ud-din suspirou.

— Mas não vou jogar sua vida fora. Você virá comigo e no ano que vem traremos quatro vezes mais guerreiros para arrancar pelas raízes esses invasores sem Deus. Vou armar cada homem que possa segurar uma espada e lançaremos fogo e vingança sangrenta sobre a cabeça deles. Até lá os Assassinos terão matado o cã. Em troca de tanto ouro, eles agirão rapidamente.

Jelaudin baixou a cabeça. Na escuridão fora da tenda, podia ouvir os barulhos do acampamento e os gemidos dos feridos.

— Partimos esta noite, então?

Se o xá sentiu a pontada da desonra, não demonstrou.

— Reúna seus irmãos. Entregue o comando ao oficial de maior posto que esteja vivo. Diga a ele... — A voz ficou no ar, os olhos se distanciando. — Diga que a vida dos nossos homens deve ser vendida por um alto preço, se quiserem entrar no paraíso. Eles estarão apavorados quando descobrirem que fui embora, mas devem aguentar.

— Os mongóis vão nos perseguir, pai — respondeu Jelaudin, já pensando nos suprimentos que precisaria levar. Ele teria de juntar a guarda montada do pai o mais silenciosamente possível, para não alarmar os que ficariam para trás.

O xá balançou a mão, irritado.

— Vamos para o oeste, para longe deles, depois virar para o norte e o leste quando passarmos por Otrar. A terra é vasta, meu filho. Só amanhã eles saberão que fomos embora. Junte o que precisamos e volte quando estiver pronto.

— E Otrar?

— Otrar está perdida! — cuspiu o xá. — Meu primo Inalchuk trouxe esse desastre sobre nós, e, se eu pudesse, mataria eu mesmo o idiota.

Jelaudin tocou a testa, os lábios e o coração com a cabeça baixa. Seu sonho de cavalgar à frente de um exército vitorioso fora esmagado, mas ele era filho de seu pai, haveria outros exércitos e outros dias. Apesar da humilhação e do horror das batalhas contra os mongóis, nada pensava quanto às vidas que haviam sido dadas por seu pai. Eram homens do xá e qualquer um deles morreria para protegê-lo. E deviam mesmo, pensou.

Trabalhou rapidamente enquanto a Lua passava no alto. Não faltava muito para o amanhecer e ele precisava estar bem longe da batalha e dos batedores mongóis quando o dia chegasse.

Gêngis esperava ao luar, com fileiras escuras de homens às suas costas. Khasar estava com ele, mas nenhum dos irmãos falava enquanto se preparavam. Os batedores haviam alertado sobre a chegada da guarnição de Otrar. Mesmo assim, mal houvera tempo de conter o ataque noturno ao acampamento deles. Atrás, Gêngis dera o comando a Tsubodai, o mais capacitado de seus generais. Não esperava dormir antes do amanhecer, mas isto era bastante comum para os guerreiros ao seu redor, e, com carne, queijo e o feroz airag preto, eles ainda estavam fortes.

Gêngis inclinou a cabeça ao ouvir um som vindo da escuridão. Estalou a língua para alertar os homens mais próximos, mas eles também tinham ouvido. Sentiu uma pontada de pesar pela morte de Samuka e Ho Sa, mas isso passou depressa. Sem o sacrifício deles, teria perdido tudo no dia anterior. Virou a cabeça para a esquerda e a direita, à procura de mais sons.

Ali. Gêngis desembainhou a espada e por toda a linha a primeira fila preparou as lanças. Não tinham flechas. Tsubodai passara boa parte da noite recolhendo as últimas e enchendo aljavas, mas elas seriam necessárias quando o amanhecer chegasse. Gêngis podia ouvir cavalos andando adiante e esfregou o cansaço dos olhos com a mão livre. Às vezes parecia que vinha lutando durante a vida toda contra aqueles loucos de pele escura.

Com Jelme, havia escolhido um lugar para esperar perto do topo de uma encosta baixa. Mesmo ao luar não seria visto, mas seus batedores continuavam em movimento, deixando os cavalos e correndo no escuro para mantê-lo informado. Um deles apareceu junto ao seu estribo e Gêngis baixou a cabeça para ouvir as palavras em voz baixa, grunhindo de surpresa e prazer.

Quando o batedor foi embora, Gêngis levou o cavalo para perto de Khasar.

— Nós estamos em maior número do que eles, irmão! Samuka e Ho Sa devem ter lutado feito tigres.

Khasar assentiu gravemente.

— Já é hora. Estou cansado de cavalgar contra os enormes exércitos deles. Está pronto?

Gêngis fungou.

— Esperei uma eternidade por essa guarnição, irmão. Claro que estou pronto.

Os dois se separaram no escuro, e então a linha mongol avançou por cima da colina. Contra eles, os restos da guarnição de Otrar estava indo rumo ao sul, para juntar-se ao xá. Eles pararam em choque quando as fileiras mongóis apareceram, mas não havia ninguém para salvá-los quando as lanças baixaram.

O xá Ala-ud-Din puxou as rédeas ao ouvir os sons de batalha ecoando nas montanhas. Ao luar podia ver borrões distantes de homens em luta, mas não conseguia adivinhar o que estava acontecendo. Talvez os malditos mongóis tivessem atacado de novo.

Com apenas quatrocentos cavaleiros sobreviventes, ele e seus filhos tinham abandonado o exército e cavalgado com empenho. O xá olhou para o leste e viu o amanhecer chegando. Tentou preencher a mente com planos para o futuro, entorpecendo-a contra os pesares. Era difícil. Tinha vindo esmagar um invasor, e em vez disso vira a força de seus melhores homens sangrar. Os mongóis eram matadores incansáveis; ele os havia subestimado. Só a ideia de Abbas cavalgando para a fortaleza dos Assassinos nas montanhas lhe deu satisfação. Os homens das sombras jamais fracassavam, e ele só queria ver o rosto do cã quando sentisse as facas enegrecidas de fuligem se cravando no peito.

Kokchu podia sentir cheiro de medo no acampamento, denso no ar quente da noite. Aquilo ficava visível à luz dos lampiões pendurados em postes em cada cruzamento no labirinto de iurtas. As mulheres e crianças estavam com medo do escuro, com inimigos imaginados a toda volta. Para Kokchu, o terror fervilhando no escuro era inebriante. Junto com os guerreiros mutilados, com Temuge, o irmão de Gêngis, e Yao Shu, ele era um dos pouquíssimos homens deixados em meio a milhares de mulheres apavoradas. Era difícil esconder a excitação diante dos rostos vermelhos delas. Viu-as se prepararem do melhor modo possível para um ataque, enfiando capim seco em roupas e armaduras antes de amarrá-las em montarias de reserva. Muitas lhe vinham a cada dia, oferecendo tudo que tinham para que ele rezasse pela volta de seus maridos em segurança. Nessas ocasiões ele se guardava com rigor, obrigando-se a lembrar que os guerreiros retornariam e perguntariam às esposas sobre o tempo que elas haviam passado sozinhas. Enquanto moças se ajoelhavam e cantavam diante dele em sua iurta, com as oferendas patéticas espalhadas na terra, às vezes ele punha as mãos nos cabelos delas e ficava vermelho enquanto as guiava em suas súplicas.

A pior de todas era Temulun, a irmã de Gêngis. Era esguia e tinha pernas longas, um eco da força do irmão no corpo. Tinha vindo por três vezes pedir proteção para Palchuk, o marido. Na terceira, tinha forte cheiro de suor. Enquanto pequenas vozes gritavam alertas em sua cabeça, ele insistira em colocar um feitiço na pele dela, um feitiço que se estenderia a todos os que ela amava. Sentiu-se ficar duro com a lembrança, apesar das dúvidas. Como ela o havia olhado com esperança nos olhos! Como havia acreditado! Tê-la sob controle o deixou imprudente. Contou a ela sobre um feitiço mais poderoso, que seria como ferro contra as espadas inimigas. Ele fora sutil em suas dúvidas, e no fim ela havia implorado sua proteção. Tinha sido difícil esconder a excitação enquanto cedia à necessidade dela.

Ela havia tirado as roupas sob sua ordem, ficando nua de pé diante dele enquanto ele começava a entoar um cântico. Lembrou-se do modo como seus dedos tinham tremido quando ela fechou os olhos e o deixou desenhar em seu corpo uma teia de sangue de ovelha.

Kokchu parou em seu caminho sinuoso e xingou baixinho. Era um idiota. A princípio ela ficara orgulhosa e imóvel, os olhos fechados enquanto ele desenhava linhas com um dedo contra sua carne. Ele a havia marcado com um vermelho sinuoso até que a barriga e as pernas eram um padrão entrecruzado. Seu desejo era avassalador e talvez ele tivesse começado a respirar com força demais, ou ela tivesse visto seu rosto ruborizado. Ele se encolheu ao pensar nela sentindo-o pressionar sua coxa enquanto ele se inclinava para mais perto. Os olhos dela haviam se aberto bruscamente, saindo do transe, olhando através da fumaça de incenso e subitamente duvidando dele. Estremeceu ao se lembrar da expressão da jovem. Sua mão estava se demorando sobre os seios dela, marcando-os com sangue brilhante, cujo cheiro enchia suas narinas.

Então ela havia ido embora depressa, juntando as roupas ao mesmo tempo em que ele protestava que o feitiço não estava terminado. Tinha-a visto ir embora quase correndo e seu estômago se apertou diante do que ousara fazer. Não temia o marido dela, Palchuk. Havia poucos homens que ao menos ousariam falar com o xamã, e Kokchu não duvidava de que poderia mandar o sujeito embora. Não era ele o intermediário entre o cã e os espíritos, aquele que trazia uma vitória após outra a Gêngis?

Kokchu mordeu o lábio ao pensar nisso. Se Temulun contasse a Gêngis suas suspeitas, contasse sobre a mão colocada com intimidade demais em suas coxas e nos seios, nenhuma proteção no mundo iria salvá-lo. Tentou dizer a si mesmo que ela não faria isso. À luz fria do dia, ela admitiria que não sabia nada sobre espíritos ou sobre o modo de invocá-los. Talvez ele devesse pensar em pintar um dos homens mutilados do mesmo modo, para que a notícia do ritual chegasse até ela. Pensou nisso seriamente por um momento, depois xingou de novo a própria luxúria, sabendo que pusera tudo em perigo.

Kokchu parou numa encruzilhada, olhando duas jovens puxando pôneis pelas rédeas. Elas baixaram a cabeça ao passar e ele as cumprimentou graciosamente. Sua autoridade era absoluta, disse a si mesmo, seus segredos estavam em segurança. Muitas mulheres no acampamento não teriam seus homens voltando para casa. Então ele poderia escolher entre elas, enquanto as consolava.

CAPÍTULO 17

ANTES QUE O AMANHECER ILUMINASSE A PLANÍCIE, OS RESTOS DE DEZ *TUMANS* deixaram as cinzas de suas fogueiras e se reuniram. Nenhum dos dez estava intacto e nos piores casos haviam se reduzido a apenas alguns milhares de homens. Os que se encontravam feridos demais para lutar permaneceriam no acampamento improvisado, cobertos de sangue e bandagens, ou simplesmente deixados para morrer com os companheiros. Os xamãs que poderiam costurá-los e curá-los estavam longe. Muitos pediam uma morte limpa e a recebiam, em um único golpe de espada, com toda a honra.

Na semiescuridão, Gêngis ouvia uma contagem dos mortos enquanto uma nova brisa atravessando a planície o fazia estremecer. Baixou a cabeça ao ouvir nomes de homens importantes como Samuka e Ho Sa.

Eram muitos, impossível citar o nome de todos; 23 mil haviam sido mortos, mutilados ou perdidos nas batalhas contra o xá. Era a pior contagem que ele já tivera, e um golpe terrível para a nação. Gêngis sentiu uma fúria lenta ardendo sempre que procurava rostos e descobria que estavam faltando nas fileiras. O marido de sua irmã, Palchuk, estava entre os mortos, e ele sabia que rios de aflição correriam quando finalmente retornasse ao acampamento.

Olhou de cima abaixo as linhas se formando. Além de seu próprio *tuman* de 10 mil, notou os estandartes de Khasar e Kachiun, Jebe e

Tsubodai, Chagatai, Jelme e Jochi. Tinha dado ordens para que *tumans* partidos preenchessem os lugares dos mortos, ao que oito *tumans* haviam se formado a partir das cinzas. Desde os meninos mais novos, de 14 anos, todos eram veteranos. Sabia que não iriam falhar.

Gêngis baixou a mão para tocar a parte de baixo da perna e fez uma careta diante da sensação ruim e da umidade que encontrou. Tinha recebido o ferimento na véspera, mas não se lembrava de como acontecera. Não conseguia ficar de pé apoiado naquela perna, mas havia amarrado o pé no estribo de modo a ainda conseguir cavalgar. Alguns de seus guerreiros tinham perdido parte das armaduras para flechadas ou golpes de espada, sofrendo talhos que eles amarravam com tiras de pano sujo. Outros tinham febre devido aos ferimentos e porejavam de suor numa brisa matinal que não conseguia resfriá-los. Mantinham-se nos cavalos numa raiva séria, esperando o amanhecer e a primeira visão do inimigo. Ninguém dormira na noite anterior e todos estavam completamente exaustos, mas não havia neles nenhuma prostração, nenhuma fraqueza. Todos tinham perdido amigos ou parentes. Os dias de batalha haviam destruído tudo, restando apenas um desejo frio de vingar os mortos.

Quando havia luz suficiente para enxergar, Gêngis olhou a distância, para o exército do xá. Ouviu trompas distantes tocando um alarma enquanto os batedores do xá viam a horda que os esperava, mas os árabes estavam lentos em suas movimentações. A visão do exército mongol os deixava nervosos, e Gêngis podia vê-los se misturando sem foco, toda a ordem desaparecida.

Deu o comando para trotar, ao que seus *tumans* se moveram com ele. Toda a sua frente de 2 mil homens sopesava lanças nas mãos, sentindo o esforço nos músculos cansados e feridos. O resto preparou espadas, e a distância diminuía.

Gêngis viu dois homens correndo à frente das linhas que se formavam, segurando estandartes de pano branco. Imaginou se pretendiam se render, mas isso não importava. A hora de misericórdia se fora havia muito tempo. Muitos do que tinham morrido ele conhecia, e a estes tinha apenas uma resposta a dar, só uma que eles aprovariam caso seu espírito ainda visse o mundo embaixo. Os homens com bandeiras brancas foram mortos enquanto a fileira mongol passava por eles varrendo, e um gemido baixo veio do resto ao ver aquilo, tentando se preparar para o ataque.

Quarenta elefantes foram trazidos à frente, mas Tsubodai ordenou que seus arqueiros atirassem nas pernas, fazendo-os empinar de volta em direção ao exército árabe, provocando, assim, mais destruição do que os inimigos poderiam ter tido diante de homens montados.

A grande linha de lanças acertou quase como se fosse uma só, e Gêngis gritou a ordem para as trompas. Seu filho Chagatai avançou pela direita, enquanto Jochi fazia o mesmo à esquerda. Os guerreiros mongóis começaram a chacina enquanto o sol subia no leste. Eles não podiam ser contidos. Não podiam ser empurrados de volta.

O *tuman* de Chagatai se comprimiu contra o flanco direito, a velocidade e ferocidade dos homens levando-os até o centro dos árabes. No caos e no barulho, não havia como chamá-lo de volta. A ala de Jochi se esparramou pelo flanco esquerdo, escavando mortos nas fileiras dos vivos. Do outro lado do campo de batalha viu que Chagatai havia mergulhado longe demais na massa de homens aterrorizados. Podia vê-lo a apenas algumas centenas de passos antes que as fileiras de árabes parecessem engoli-lo. Jochi gritou. Bateu os calcanhares e guiou seus homens como um golpe de lança contra o corpo espasmódico do exército árabe.

As fileiras da frente foram acertadas com tanta força por Jebe e Tsubodai que se curvaram para trás, numa taça sangrenta. Ninguém havia assumido o comando, e, no caos, os *tumans* de Chagatai e Jochi rasgaram um caminho entre os árabes até que os irmãos estavam separados apenas por alguns homens, que lutavam ofegantes.

Os árabes desmoronaram, aterrorizados com os guerreiros do cã. Milhares jogaram as armas no chão e tentaram fugir, mas nenhum dos generais hesitou. Os que davam as costas eram mortos sem misericórdia e ao meio-dia o exército do xá era um atoleiro de grupos desesperados correndo de um lado para o outro. A matança continuou sem pausa. Alguns homens do xá se ajoelhavam e rezavam em voz alta com vozes esganiçadas até que suas cabeças eram decepadas por homens a galope. Era um trabalho de carniceiro, mas os mongóis estavam dispostos. Muitos deles quebraram as espadas em golpes violentos e tiveram de pegar um dos sabres curvos que cobriam o chão. Lanças eram cravadas em árabes que estivessem atordoados demais para sair do caminho.

No fim restavam apenas algumas centenas. Não tinham armas e levantavam os braços bem alto para mostrar as mãos vazias. Gêngis grunhiu uma ordem final, ao que uma fileira de lanceiros acelerou. Os árabes gritaram de terror, depois ficaram em silêncio enquanto os cavaleiros passavam por cima deles e retornavam, apeando para retalhar os mortos em pedacinhos, até que sua fúria e seu rancor estivessem exauridos.

Os *tumans* mongóis não comemoraram a vitória. Desde a primeira luz não houvera resistência no exército árabe, e ainda que os mongóis tivessem sentido um prazer selvagem na matança, não havia nisso mais glória do que num círculo de caçada.

Sobre o chão mole de tanto sangue, guerreiros saqueavam os mortos, cortando dedos para pegar anéis e despindo os corpos de botas boas e roupas quentes. Moscas se juntavam em grandes enxames, de modo que os mongóis precisavam afastá-las dos lábios e dos olhos. Os insetos, zumbindo, se arrastavam livremente sobre os mortos, que começavam a apodrecer no calor.

Gêngis chamou seus generais; eles vieram machucados e exaustos, mas com satisfação nos olhos.

— Onde está o xá? — perguntou a cada um deles. Tinham encontrado camelos carregados com tendas de seda e os homens de Jebe haviam descoberto um tesouro de joias, metade das quais já haviam usado para apostas em jogos e para trocar entre si.

Quando Gêngis perguntou a Tsubodai, o general balançou a cabeça, pensativo.

— Os cavaleiros dele sumiram, senhor cã — respondeu ele. — Não vi nem sequer um.

Gêngis xingou, o cansaço desaparecendo.

— Mande os batedores procurarem rastros. Quero que ele seja caçado.

Os batedores que ouviram saltaram de volta às selas e partiram às pressas, enquanto Gêngis fumegava.

— Se ele partiu ontem à noite, teve quase um dia para ir embora. Ele não deve escapar! Os mercadores árabes falam em exércitos cinco vezes maiores do que este, ou mais ainda. Mande seus homens se juntarem aos batedores. Nada é mais importante do que isso, *nada*.

Cavaleiros partiram em todas as direções e não demorou muito até que dois homens do *tuman* de Jochi voltassem correndo. Gêngis escutou as informações e empalideceu.

— Tsubodai! Cavalos viajando a leste — disse.

Tsubodai ficou rígido.

— As cidades dele ficam no sul — respondeu. — Ele está nos contornando em seu caminho. Posso ir proteger o acampamento, senhor?

Gêngis xingou baixinho.

— Não. Pegue seu *tuman* e persiga o xá. Se ele alcançar uma cidade e encontrar novos reforços, estaremos todos mortos.

Jebe estava ao lado do cã quando a ordem foi dada. Tinha visto o exército do xá quando este era luminoso e forte. A ideia de enfrentar novamente um número tão grande era de fazer o estômago embrulhar. Virou-se para Tsubodai e balançou a cabeça.

— Com a permissão de meu senhor cã, irei com você — disse ele.

Gêngis balançou a mão e Tsubodai assentiu enquanto batia os calcanhares nos flancos do cavalo. Tsubodai gritou uma ordem ao oficial mais próximo, mas não esperou enquanto o sujeito corria para reunir os Jovens Lobos.

Enquanto a notícia se espalhava, Jochi chegou cavalgando junto ao pai. Fez uma reverência baixa na sela enquanto puxava as rédeas.

— O acampamento corre perigo? — perguntou.

Gêngis virou os olhos claros para o jovem general, notando a pele de tigre sobre as costas do pônei. Todos eles tinham familiares lá, mas mesmo assim se eriçou. Fora sua ordem deixar o acampamento sem defesa. Não havia outra opção.

— Mandei Jebe e Tsubodai perseguirem o xá — respondeu Gêngis finalmente.

— São bons homens, os melhores que o senhor tem — disse Jochi. O rosto de seu pai estava frio, mas ele continuou com ousadia, pensando na mãe: — Posso levar meu *tuman* e trazer as famílias para cá?

Gêngis pensou, de má vontade. O acampamento estava a menos de um dia de cavalgada a leste de Otrar. Não gostava da ideia de Jochi anunciando a vitória às mulheres e crianças. Sem dúvida o rapaz já estava pensando numa recepção de herói. Gêngis sentiu o estômago se retorcer ante essa ideia.

— Preciso de você em Otrar — disse. — Dê a ordem a Chagatai.

Por um instante Gêngis viu a raiva relampejar no rosto de Jochi. O cã se inclinou adiante na sela, a mão baixando ao punho da espada. Mesmo nisso, contudo, sentiu uma amargura crescendo, já que Jochi carregava ao quadril a espada com a cabeça de lobo. O lapso foi mascarado rapidamente; Jochi baixou a cabeça, afastando-se para ir falar com o irmão mais novo.

Chagatai estava no centro de um grupo barulhento de jovens guerreiros. A princípio não viu Jochi se aproximar e estava gargalhando de algum comentário quando se enrijeceu. Os homens que estavam com ele fizeram o mesmo, e Jochi passou com seu pônei no meio dos olhares hostis.

Nenhum dos irmãos disse qualquer cumprimento. Jochi deixou a mão baixar até a pele de tigre no arção da sela, os dedos brincando com os pelos duros. Chagatai esperou que ele falasse, levantando uma sobrancelha, de modo que seus colegas deram risinhos.

— Você deve levar seu *tuman* de volta ao acampamento e trazer as pessoas até a terra que circunda Otrar — disse Jochi, quando se cansou daquele jogo. Chagatai franziu a testa. Não queria ser babá de mulheres e crianças enquanto Otrar tremia em temor de vê-los chegarem.

— De quem é essa ordem? — retrucou. — De qual autoridade?

Jochi se controlou diante do tom insolente.

— Gêngis mandou você ir — disse, virando a montaria para se afastar.

— É o que você diz, mas quem ouve quando um bastardo nascido de estupro fala?

Chagatai falou sabendo que estava rodeado por seus homens, todos esperando uma farpa daquelas, que poderiam repetir com prazer ao redor das fogueiras. Jochi se enrijeceu na sela. Deveria ter deixado os idiotas rindo, mas nada no mundo lhe provocava raiva com tanta facilidade quanto a arrogância espalhafatosa do irmão mais novo.

— Talvez ele ache que você é a pessoa adequada para tomar conta das mulheres, depois do modo como se ajoelhou diante de mim, irmão — respondeu. — Não posso saber o que ele pensa.

Com um sorriso tenso, Jochi manteve a montaria a passo. Mesmo com homens armados às costas, não lhes daria a satisfação de vê-lo instigar o pônei num trote.

Ouviu o jorro súbito de cascos e sua mão pousou automaticamente no punho com cabeça de lobo antes de afastá-la depressa. Não poderia desembainhar uma espada contra Chagatai diante de tantas testemunhas. Seria seu fim.

Jochi olhou para trás o mais despreocupadamente que pôde. Chagatai vinha diminuindo a distância entre eles, com sua cauda de seguidores trotando atrás. Tinha o rosto vermelho de fúria, e Jochi mal havia aberto a boca para falar de novo quando o rapaz pulou da sela, derrubando-o com força.

Quando bateram no chão e rolaram, Jochi perdeu o controle e golpeou o irmão, acertando socos inutilmente. Os dois se separaram e ambos se puseram de pé com olhos homicidas. Mesmo assim os velhos hábitos eram fortes e eles não pegaram as espadas. Chagatai veio para Jochi com os punhos levantados e Jochi chutou-o o mais forte que pôde entre as pernas.

Chagatai despencou no chão em agonia, mas sua fúria era tão absoluta que, para espanto de Jochi, ele fez esforço para se levantar e veio novamente para ele, cambaleando. Nesse momento seus colegas haviam apeado e separaram os dois generais. Jochi limpou uma mancha de sangue do nariz e cuspiu com desprezo no chão aos pés de Chagatai. Ficou olhando enquanto o irmão recuperava uma espécie de calma e só então olhou para Gêngis.

O cã estava pálido de fúria; quando seus olhos encontraram os de Jochi, ele bateu os calcanhares e trotou para perto. Nenhum dos guerreiros ousou olhar para cima, imobilizaram-se em sua presença. O temperamento do cã era lendário nas famílias, e os rapazes ficaram subitamente cônscios de que sua vida poderia depender de uma palavra ou um gesto.

Apenas Chagatai pareceu não se afetar. Enquanto o pai se aproximava, ele avançou e tentou dar um tapa no rosto do irmão com as costas da mão. Jochi se desviou instintivamente e estava desequilibrado quando Gêngis chutou-o com força entre as omoplatas, fazendo-o cair esparramado.

Até Chagatai ficou parado ao ver aquilo, ainda que seu riso de desprezo permanecesse. Gêngis apeou lentamente, os punhos apertando as rédeas com força até finalmente soltá-las.

Quando se virou para os filhos, sua fúria estava tão evidente que Chagatai recuou um passo. Não bastou. Gêngis encostou a mão no seu peito e o empurrou com facilidade, para se juntar a Jochi no chão.

— Vocês *ainda* são crianças? — disse Gêngis. Ele tremia visivelmente diante dos jovens idiotas que ousavam brigar enquanto seus homens assistiam. Queria pegar um pedaço de pau e espancá-los até que tomassem tino, mas o último pingo de autodomínio o conteve. Se os espancasse, eles nunca mais teriam o respeito dos guerreiros. Sussurros dissimulados iriam segui-los pelo resto da vida.

Nem Jochi nem Chagatai respondeu. Finalmente percebendo o perigo que corriam, optaram por ficar quietos.

— Como vocês podem comandar...? — Gêngis parou antes de destruir ambos, a boca se mexendo sem som. Kachiun havia galopado pelo campo improvisado assim que ouviu falar do que estava acontecendo, e sua aproximação permitiu que o cã interrompesse o olhar furioso.

— O que você faria com jovens idiotas como esses? — perguntou Gêngis a Kachiun. — Com todos os inimigos que ainda temos, com nosso próprio acampamento correndo perigo, eles brigam como crianças.

Seus olhos imploravam em silêncio para que Kachiun encontrasse um castigo que não significasse o fim dos dois. Se fosse apenas Jochi, ele teria ordenado sua morte, mas fora Chagatai que ele vira saltando do cavalo para fazer o irmão rolar na terra.

O rosto de Kachiun estava austero, mas ele entendia o dilema do cã.

— São cerca de 30 quilômetros até Otrar, senhor cã. Eu mandaria que eles fizessem a viagem a pé, antes do escurecer. — Ele olhou para o Sol, estimando a hora. — Se não puderem, talvez não estejam em condições de liderar seus homens.

Gêngis soltou o ar lentamente num alívio que não podia demonstrar. Isso serviria. O sol era implacável, e uma corrida daquelas poderia matar um homem, mas eles eram jovens e fortes, e isso serviria como castigo.

— Estarei lá para ver vocês chegando — disse aos dois rapazes estarrecidos. Chagatai olhou furioso para Kachiun por causa da sugestão, mas quando abriu a boca para questionar, Gêngis baixou a mão e o deteve, num gesto fluido. O punho do pai parou logo abaixo do queixo dele, quando falou de novo.

— Tirem suas armaduras e vão — E virou-se para Chagatai. — Se eu vir você brigando de novo, farei de Ogedai meu herdeiro.

Os dois irmãos assentiram; Gêngis encarou Jochi, irritado porque ele pensara que as palavras eram para ele também. Seu temperamento chamejou de novo, mas Kachiun escolheu deliberadamente esse momento para chamar os homens a formar fileiras para a cavalgada até Otrar, e Gêngis deixou Chagatai ir.

Para todos os que poderiam ouvir e repetir as palavras mil vezes, Kachiun forçou um sorriso enquanto Jochi e Chagatai começavam a correr no calor maligno.

— Você venceu uma corrida assim quando nós éramos garotos, eu lembro.

Gêngis balançou a cabeça irritado.

— Que importa? Foi há muito tempo. Mande Khasar trazer as famílias de volta para Otrar. Tenho dívidas a cobrar lá.

O xá Ala-ud-Din Mohammed puxou as rédeas ao ver o fino fio de fumaça de comida sendo preparada no acampamento mongol. Havia cavalgado lentamente para o leste, cobrindo muitos quilômetros desde a primeira luz cinzenta de antes do amanhecer. À medida que o sol subia queimando a névoa da manhã, olhou para as iurtas imundas das famílias mongóis. Por um instante a ânsia de cavalgar entre aquelas mulheres e crianças com sua espada foi avassaladora. Se soubesse que o cã as havia deixado tão vulneráveis, teria mandado 20 mil homens para matar todas. O xá fechou os punhos, frustrado, enquanto a luz aumentava. Guerreiros se agrupavam nas extremidades, a cabeça dos pôneis farejando pacificamente o terreno poeirento à procura de capim. Pela primeira vez não houve trompas de alerta vindo dos malditos batedores mongóis.

Com um rosnado, o xá começou a virar a montaria para longe do acampamento. Aqueles mongóis procriavam como piolhos, e ele tinha apenas seus preciosos quatrocentos homens para mantê-lo em segurança. O Sol estava subindo e seus guardas logo seriam vistos.

Um de seus homens gritou alguma coisa e Ala-ud-Din virou a cabeça. A luz do sol revelou o que as sombras haviam escondido e ele sorriu de repente, seu humor melhorando. Os guerreiros não passavam de bonecos de palha amarrados aos cavalos. O xá forçou os olhos enquanto a luz aumentava, mas não pôde ver um único homem armado. A seu redor a notícia se espalhou e os filhos dos nobres riram e apontaram, já afrouxando as espadas nas bainhas. Todos haviam tomado parte em ataques de punição contra aldeias, quando os impostos atrasavam. Em lugares assim o esporte era bom, e o desejo de vingança era forte.

Jelaudin não compartilhou o riso dos homens enquanto cavalgava até seu pai.

— O senhor faria os homens desperdiçarem metade de um dia aqui, com nossos inimigos tão perto?

Em resposta, seu pai desembainhou uma espada curva. O xá olhou para o sol.

— Este cã deve aprender o preço de sua arrogância, Jelaudin. Matem as crianças e queimem o que puderem.

CAPÍTULO 18

LENTAMENTE, QUASE COMO UM RITUAL, CHAKAHAI ENROLOU A MÃO NUM PEDAÇO de seda, amarrando-a ao punho de uma adaga longa. Borte havia lhe dito para ter cuidado com o choque do impacto, que a mão de uma mulher podia se afrouxar com a pancada, ou suar o suficiente para escorregar. O processo de enrolar a seda em volta dos dedos e morder uma das pontas para fazer um nó foi de certa forma calmante enquanto ela olhava por entre as iurtas, para os cavaleiros do xá. O nó de terror em seu estômago não estava sob seu controle.

Ela, Borte e Hoelun haviam feito o possível para preparar o acampamento. Haviam tido pouco tempo de alerta e as armadilhas mais elaboradas ainda não estavam prontas. Pelo menos tinham armas, e Chakahai murmurou uma oração budista de morte enquanto se preparava. A manhã estava fria, mas o ar parecia pesado e prometia mais um dia de calor. Ela escondera os filhos do melhor modo possível na iurta. Eles estavam em silêncio perfeito sob pilhas de cobertores. Com um esforço gigantesco, Chakahai pôs de lado o medo que sentia por eles, deixando-o num lugar separado de modo que sua mente ficasse limpa. Algumas coisas eram destino, o que os budistas indianos chamavam de *carma*. Talvez todas as mulheres e crianças fossem mortas naquele dia; não dava para saber. Só desejava a chance de matar um homem pela primeira vez, cumprir seu dever para com o marido e os filhos.

Sua mão direita, amarrada, estava tremendo quando ela levantou a faca, mas gostou da sensação de segurar a arma e sentiu força com isso. Gêngis iria vingá-la, sabia. A não ser que ele também tivesse sido morto. Esse era o pensamento que ela mais tentava esmagar enquanto crescia na mente. De que outro modo os árabes teriam vindo ao acampamento, senão por cima de uma nação morta e do corpo de seu marido? Se Gêngis ainda estivesse vivo, ele certamente teria movido montanhas para proteger o acampamento. Para um mongol, as famílias eram tudo. No entanto não havia sinal do cã no horizonte e Chakahai lutava contra o desespero, buscando uma calma que vinha e ia embora em espasmos.

Por fim respirou fundo e sentiu o coração se estabilizar numa batida lenta e pesada, os membros estranhamente frios, como se o sangue tivesse gelado nas veias. Os cavaleiros vinham trotando para a cidade de iurtas. A vida era apenas um incansável sono febril, uma respiração curta entre o sono mais longo. Ela acordaria de novo e renasceria sem a agonia da memória. Isso, pelo menos, era uma bênção.

Os rebanhos de pôneis mongóis se remexiam nervosos enquanto o xá se aproximava com seus homens. Ele podia ver ondulações percorrendo os animais e, no silêncio estranho, teve um sentimento de premonição. Olhou para os outros, para ver se também tinham uma premonição de perigo, mas eles estavam cegamente ansiosos para a caçada, inclinando-se para a frente nas selas.

Adiante, fios de fumaça dos fogos de cozinhar subiam preguiçosamente. Já estava ficando mais quente, e o xá sentiu o suor escorrer pelas costas quando alcançou as primeiras iurtas. Seus guardas se espalharam numa linha ampla enquanto penetravam no labirinto, e o xá sentiu os nervos se retesarem. Os lares mongóis eram tão altos que poderiam esconder qualquer coisa atrás deles. Nem mesmo um homem montado poderia ver o que estava depois da próxima iurta, e isso causava inquietação ao xá.

O acampamento estava deserto. Se não fossem os fogos de cozinhar, Ala-ud-Din poderia pensar que o lugar estava desprovido de vida. Pretendera atravessá-lo numa grande varredura, matando qualquer um que atravessasse seu caminho. Em vez disso, as vias e becos estavam silenciosos e os cavalos árabes penetravam cada vez mais fundo sem encontrar uma alma viva. Muito acima de sua cabeça uma águia circulava, com a cabeça se virando para trás e para a frente como se procurasse uma presa.

Ele não tinha avaliado o simples tamanho do acampamento mongol. Talvez houvesse 20 mil iurtas naquele lugar, ou até mais, uma verdadeira cidade que brotara do nada em meio ao ermo. Eles haviam ocupado a terra que ficava às margens de um rio próximo, e Ala-ud-din podia ver peixe secando, amarrado em suportes de madeira, enquanto passava. Até as moscas estavam quietas. Deu de ombros, tentando afastar o humor sombrio. Alguns de seus homens já estavam apeando para entrar nas iurtas. Ele ouvira os mais velhos falando em ameaçar as crianças para deixar as mulheres mais solícitas. O xá suspirou irritado. Talvez Jelaudin tivesse razão: assim que entrassem nas iurtas a manhã estaria perdida. Os mongóis não podiam estar muito atrás, e ele não pretendia ser apanhado naquele local desolado. Pela primeira vez desejou ter simplesmente passado direto pelo acampamento.

Ala-ud-Din viu quando o filho de um dos seus amigos se abaixou para empurrar a porta de uma iurta. A entrada era pequena demais, quase não deixava passar seus ombros enormes. O soldado árabe enfiou o rosto barbudo pela abertura, tentando enxergar na semiescuridão. Ala-ud-Din piscou quando o homem estremeceu de repente, as pernas se sacudindo como se tivesse tido um ataque epilético. Para sua perplexidade, o soldado tombou de joelhos, depois caiu chapado dentro da iurta, o corpo ainda estremecendo.

Enquanto tomava fôlego para dar ordens, Ala-ud-Din captou um movimento com o canto dos olhos e girou a espada num golpe amplo. Uma mulher havia se esgueirado até ele e a ponta da espada cortou o rosto dela, abrindo um talho no maxilar e quebrando os dentes. Ela caiu para trás com sangue jorrando da boca, mas depois, para o horror do xá, saltou contra ele e cravou uma adaga em sua coxa. O segundo golpe do xá decepou por completo a cabeça dela; depois, o silêncio se quebrou e tornou-se caos a toda volta.

As iurtas irromperam e os guerreiros árabes estavam instantaneamente lutando pela vida. Ignorando a dor do ferimento, o xá girou o cavalo e usou o peso do animal para derrubar uma mulher e um menino que corriam para ele, gritando e brandindo facas pesadas. Seus homens eram cavaleiros veteranos, acostumados a defender as montarias contra homens a pé. No entanto as mulheres mongóis pareciam não ter medo da morte. Corriam até perto e cortavam o cavalo ou a perna de um homem antes de desaparecer atrás da iurta mais próxima. Ala-ud-Din viu mais de uma ser cortada e vir cambaleando antes que a morte as tomasse, usando o último fôlego para cravar uma lâmina na carne de alguém.

Em instantes cada homem de seus quatrocentos estava se defendendo de mais de uma, às vezes de quatro ou cinco mulheres. Cavalos disparavam feito loucos quando suas ancas eram cortadas e homens gritavam de dor enquanto eram puxados das montarias e esfaqueados.

Os guardas árabes mantiveram a postura. Mais de metade deles correu corajosamente, para cercar o xá, e o resto entrou em formação cerrada, cada homem alerta a ataques contra os outros. As mulheres saltavam para eles da lateral de cada iurta, aparecendo e desaparecendo como fantasmas. O xá sentiu-se pressionado, mas não poderia cavalgar para longe e deixar que o cã dissesse ao mundo que ele fugira de mulheres e crianças. Uma iurta havia desmoronado quando um cavalo se chocara contra ela, e ele viu um fogão de ferro quebrado. Gritou uma ordem para seu serviçal, Abbas, olhando ansioso quando o sujeito rasgou uma grande tira de feltro e a acendeu com os restos do fogo.

Os ataques ficaram mais desesperados, mas nesse ponto seus homens haviam estabelecido um ritmo. O xá podia ver que alguns idiotas loucos haviam apeado para estuprar uma jovem no chão, e cavalgou furioso para eles, usando seu cavalo para derrubá-los de lado.

— Vocês perderam a cabeça? — rugiu. — Levantem-se! Já! Ponham fogo nas iurtas!

Diante de sua fúria, eles passaram uma faca pela garganta da mulher que lutava e se levantaram, envergonhados. Abbas já havia incendiado uma iurta. Os guardas mais próximos pegaram pedaços do material em chamas, cavalgando com eles para espalhar o terror ao máximo que pudessem. Ala-ud-Din tossiu enquanto respirava a fumaça cinza e densa, mas exultou ao pensar que o cã, ao voltar, encontraria um campo de cinzas e cadáveres frios.

Jelaudin foi o primeiro a ver os meninos correndo. Eles disparavam por entre as iurtas perto do rio, serpenteando pelos caminhos, mas sempre chegando mais perto. Jelaudin podia ver centenas daqueles demônios, correndo com o peito nu e o cabelo voando. Engoliu em seco, nervoso, ao ver que eles carregavam arcos, como seus pais. Jelaudin teve tempo de gritar um alerta aos seus homens, ao que eles levantaram os escudos e partiram pelos caminhos, contra a nova ameaça.

Os garotos mongóis se mantiveram firmes enquanto os árabes trovejavam em sua direção. Os homens de Jelaudin viram uma voz aguda gritar uma ordem, então os arcos se curvaram e as flechas voaram à brisa.

Jelaudin soltou um palavrão ao ver homens ser derrubados, mas foram apenas uns poucos. Os meninos eram tão precisos quanto os adultos, mas não tinham força para cravar flechas através de armaduras. As únicas mortes vieram de flechas na garganta, e isso era uma boa vantagem. Enquanto Jelaudin se aproximava, os meninos se espalharam diante de seus homens, desaparecendo no labirinto. Xingou aquele tipo de organização que significava que eles só precisavam virar uma esquina para sumir de vista. Talvez fosse isso que os mongóis pretendessem quando montavam os acampamentos.

Jelaudin deu a volta em uma iurta e encontrou três garotos amontoados. Dois dispararam uma flecha assim que o viram, mas passaram longe. O outro demorou um instante a mais e soltou a flecha assim que o cavalo de Jelaudin se chocou contra ele, despedaçando as costelas do menino e jogando-o longe. Jelaudin rugiu de dor, olhando com incredulidade para a flecha que havia rasgado sua coxa, por baixo da pele. Não era um ferimento grave, mas ele gritou de fúria enquanto desembainhava a espada e matava os dois garotos perplexos antes que eles pudessem reagir. Outra flecha passou zumbindo por sua cabeça, vinda de trás, mas quando ele girou a montaria não pôde ver ninguém.

A distância, a fumaça subia em rolos densos enquanto os homens de seu pai incendiavam o local. As fagulhas já deviam estar alcançando outras iurtas, penetrando fundo no feltro seco. Jelaudin estava completamente sozinho mas sentia movimento a toda volta. Quando era bem pequeno, uma vez se perdera num campo de trigo dourado, a plantação mais alta do que ele. A toda volta ouvia o movimento rápido e os leves ruídos dos ratos. O antigo terror agora vinha à tona. Não suportava ficar sozinho num lugar assim, onde o perigo se esgueirava de todos os lados. No entanto, ele não era um garoto. Desafiou o ar com um rugido e partiu pelo caminho mais próximo, indo em direção ao pai, onde a fumaça era mais densa.

Os homens do xá haviam matado centenas de mulheres mongóis, no entanto elas continuavam aparecendo e morrendo. Um número cada vez menor delas conseguia derramar sangue dos guardas, agora que eles estavam preparados. Ala-ud-Din ficou atônito com a ferocidade delas, equivalente à dos homens que tinham devastado seus exércitos. Sua espada estava ensanguentada, e ele ardia de tanta necessidade que sentia de castigá-las. Respirou a fumaça pesada e engasgou por um momento, deliciando-se com a destruição enquanto o fogo se espalhava de uma iurta a outra. O centro do acampamento estava em chamas, e seus homens desenvolveram uma nova tática. Enquanto viam um lar mongol se queimar, esperavam do lado de fora que os moradores saíssem correndo. Às vezes as mulheres e crianças cortavam caminho pelas paredes de feltro, mas um número cada vez maior era trucidado enquanto corriam contra homens armados e a cavalo. Alguns já estavam pegando fogo e optavam por morrer pelas espadas em vez de pelas chamas.

Chakahai corria descalça em direção a um guerreiro de costas. O cavalo árabe parecia enorme quando ela se aproximou, e o sujeito sobre o animal estava tão acima que ela não sabia como feri-lo. O estalo das chamas escondia o som de seus passos enquanto ela corria pelo capim. O cavaleiro continuava sem se virar. Quando ele gritou para outro homem, ela viu que ele usava uma túnica de couro decorada com placas de algum metal escuro. O mundo ficou mais lento enquanto ela alcançava aos quartos traseiros da montaria, e foi então que ele a sentiu. O homem começou a se virar, movendo-se como num sonho. Chakahai viu rapidamente um pedaço de corpo exposto na altura da cintura, entre o cinto e a armadura de couro. Partiu sem hesitação, cravando a faca de baixo para cima, como Borte lhe havia ensinado. O choque subiu pelo seu braço; o homem ofegou, a cabeça virando-se bruscamente para trás, de modo que ele olhou para o céu. Chakahai tentou puxar a faca de volta e descobriu que estava presa na carne do homem. Puxou-a num frenesi, e não ousou olhar para o árabe enquanto ele erguia o braço com a espada para matá-la.

A faca de Chakahai se soltou, e ela caiu para trás, o braço coberto com o sangue dele. O árabe ficou mole e caiu quase ao seu lado, de modo que por um instante os olhos dos dois se encontraram. Ela golpeou de novo, em pânico, mas ele já estava morto.

Então ela ficou de pé, o peito arfando enquanto se enchia de um prazer sombrio. Que todos morressem assim, com as entranhas se abrindo e as bexigas escurecendo o chão! Ouviu cascos galopando e olhou atordoada quando outro garanhão árabe se aproximou com o objetivo de derrubá-la. Não pôde se mover a tempo, e a empolgação de matar a abandonou, substituída por um imenso cansaço.

De frente para o soldado árabe, ela viu Yao Shu antes que o inimigo o visse. O monge budista saltou diante da cara do cavalo, apontando um cajado pesado contra uma das pernas dianteiras. Ela ouviu um estalo e o animal caiu com força. Ficou olhando, atordoada, o animal cair para trás, esmagando o homem que estava montado em suas costas. Chakahai só pôde observar as pernas chutando, vendo que uma delas pendia num ângulo estranho. Sentiu as mãos de Yao Shu puxando-a por entre as iurtas e então o mundo voltou de súbito e ela começou a ter ânsias de vômito, em fraqueza.

O pequeno monge movia-se em espasmos como um pássaro, atento à ameaça seguinte. Ao notar que ela o olhava, ele apenas assentiu, levantando em saudação o cajado que usara.

— Obrigada — disse ela, baixando a cabeça. Iria recompensá-lo se sobrevivessem, prometeu a si mesma. Gêngis iria honrá-lo diante de todos.

Chakahai olhou para o sangue que ia manchando o pano enrolado na sua mão direita e sentiu apenas satisfação com a lembrança. Gêngis teria orgulho dela, se ainda estivesse vivo.

Ala-ud-Din virou a cabeça quando ouviu uma série de sons curtos e duros. Não entendia as palavras, só soube que havia homens chegando. Seu estômago se retorceu em pânico, pensando que o cã já o teria encontrado. Gritou novas ordens para seus homens deixarem as iurtas e enfrentarem o inimigo. Muitos deles estavam imersos numa orgia de destruição, os rostos selvagens, com loucura fanática. No entanto, Jelaudin escutou o xá vir correndo e mais dois de seus filhos repetiram as ordens, gritando até ficarem roucos.

A fumaça era densa, e a princípio Ala-ud-Din não podia ouvir nem ouvir nada, a não ser cascos se aproximando. O som ecoava pelo acampamento, e sua boca ficou seca. Certamente haveria centenas vindo atrás dele, querendo sua cabeça.

Saindo da fumaça vieram cavalos a pleno galope, o branco dos seus olhos aparecendo claramente enquanto corriam. Não tinham homens sobre as costas, mas naquele espaço confinado não podiam parar para os homens do xá. Com Jelaudin, Ala-ud-Din foi suficientemente rápido para se enfiar atrás de uma iurta, mas outros reagiram com muita lentidão. Os cavalos corriam pelo acampamento como um rio transbordando das margens – muitos de seus guardas foram derrubados e pisoteados.

Atrás das montarias mongóis vinham os homens mutilados. Ala-ud-Din ouviu seus gritos de batalha enquanto eles chegavam disparados em meio à horda de cavalos. Eram tanto jovens quanto velhos, muitos sem membros. Um deles se virou para matar o xá e Ala-ud-Din viu que o sujeito carregava apenas um cajado grosso na mão esquerda. A direita lhe faltava. O guerreiro mongol morreu rapidamente sob a espada de Jelaudin, mas alguns deles tinham arcos, e o xá estremeceu diante do som das flechas. Ouvira aquilo com muita frequência no mês anterior.

Havia cheiro de sangue e fogo no ar, denso demais para se respirar à medida que mais e mais iurtas se incendiavam. Ala-ud-Din procurou seus oficiais, mas todos estavam se defendendo. Sentiu-se rodeado, impotente no labirinto apertado das iurtas.

– Comigo! Ao xá! Comigo! – rugia ele, batendo os calcanhares nos flancos do cavalo. Mal conseguira conter o animal, que, solto, se moveu como se tivesse sido disparado de um arco, atravessando o acampamento e deixando a fumaça e o terror para trás.

Jelaudin repetiu a ordem e os sobreviventes foram atrás, tão aliviados quanto seu senhor por estarem se afastando da luta. O xá cavalgava às cegas, de pé nos estribos em busca de algum sinal de que estivesse indo na direção certa. Onde estava o rio? Ele teria dado um segundo filho em troca da altura de um elefante, para conseguir ver a saída. Ao mesmo tempo em que seus homens lutavam para se livrar do estouro de cavalos e dos aleijados, viu fileiras de crianças – meninos e meninas – correndo ao longo das iurtas dos dois lados. Flechas voavam contra seus homens e facas eram atiradas, mas nenhum caiu e ele não parou até que o rio estivesse à vista.

Não havia tempo para procurar um ponto de travessia. O xá mergulhou na água gelada, entorpecido pelo choque enquanto os borrifos saltavam de todos os lados. "Graças a Alá que não é fundo demais!", pensou enquanto o cavalo se esforçava para chegar à margem oposta. Quase caiu da sela quando o animal subiu a margem coberta de lama alisada pelo rio. Por fim encontrou terreno firme e descansou, ofegando e olhando para o acampamento em chamas.

Kokchu se encolheu à sombra de uma iurta enquanto os guerreiros árabes passavam a toda velocidade, sem vê-lo. Os guerreiros mutilados os perseguiam com gritos guturais e eram temíveis de se ver. Kokchu havia cuidado de muitos dos ferimentos daqueles homens e cortado membros de guerreiros que gritavam como bebês desamparados, mas os que haviam sobrevivido não tinham nada a perder. Homens que não podiam andar ainda conseguiam montar e muitos deles davam a vida de boa vontade, sabendo que jamais teriam novamente a chance de lutar pelo cã. Kokchu viu um com a perna direita faltando até a altura do joelho. Seu equilíbrio era todo errado, mas quando os árabes diminuíram a velocidade nos caminhos mais estreitos o guerreiro pegou um retardatário e se lançou contra ele, os dois caindo no chão. O guerreiro segurou o inimigo com força, tentando matá-lo antes que ele conseguisse ficar de pé. Tinham caído perto de Kokchu; o xamã viu o olhar do guerreiro pousar nele, desesperado por ajuda.

Kokchu permaneceu em seu lugar, mas passou os dedos por sua faca, nervoso. O árabe caído mergulhou uma faca na lateral do corpo do guerreiro e empurrou-a para trás e para a frente rasgando, com força selvagem. Mesmo assim o homem continuou lutando, os braços fortes como ferro devido a anos suportando o peso do corpo. Um deles estava em volta da garganta do árabe e apertava convulsivamente, os dedos esmagando o inimigo, que sufocou e continuou esfaqueando num frenesi até ficar roxo.

Kokchu saltou adiante e usou sua faca para cortar a garganta do árabe, decepando os dedos do guerreiro ao mesmo tempo. O sangue jorrou enquanto os dois homens morriam juntos, mas Kokchu foi em frente, o medo desaparecendo e tornando-se fúria diante do inimigo indefeso. Quando o árabe caiu para trás, Kokchu cravou a faca repetidamente, gemendo de modo insensato até estar picando carne morta.

Levantou-se ofegante, as mãos apoiadas nos joelhos enquanto sugava grandes haustos de ar quente. Na semiescuridão de uma iurta próxima, viu a irmã de Gêngis, Temulun, olhando-o e se perguntou o que ela pensava ter visto. Então ela sorriu e ele relaxou. Não poderia ter salvado o guerreiro mutilado, tinha quase certeza.

As chamas ao redor de Kokchu pareceram esquentar seu sangue, talvez também a loucura que viera de sentir o pulso da morte sob as mãos. Sentia-se forte enquanto dava três passos até a iurta e entrava com ela, fechando a porta em seguida. Ao pensar na pele dourada de Temulun, retesada com linhas de sangue seco, sua mente foi dominada pela imagem, enlouquecendo-o. A jovem não teve força suficiente para resistir, e ele puxou o dil do ombro dela, expondo-a até a cintura. As linhas que ele havia desenhado ainda estavam ali, uma prova patética da fé de Temulun. Ele começou a devorá-las, lambendo o gosto amargo. Sentiu as mãos dela golpeando-o, mas eram distantes e não provocavam dor. Disse a si mesmo que ela sentia a mesma paixão, enquanto a empurrava de costas na cama baixa, ignorando os gritos desesperados que mais ninguém ouviria. Parte dele gritava que aquilo era loucura, mas ficou perdido por um tempo enquanto penetrava nela, os olhos parecendo vidro preto.

Tsubodai e Jebe tinham visto a fumaça de longe e chegaram ao acampamento no início da tarde, com os cavalos cobertos de suor e exaustos. Quase 10 mil iurtas haviam queimado; o fedor era azedo na brisa. Mesmo assim havia centenas de mulheres e crianças percorrendo o acampamento com baldes de couro, derramando água do rio em qualquer coisa que ainda fumegasse.

Dezenas dos guardas do xá estavam mortos no chão, para ser chutados e maltratados pelas crianças que passavam. Tsubodai encontrou os corpos de cinco meninas esparramadas no meio de uma iurta. Apeou e se ajoelhou com elas por um tempo, dizendo palavras baixas de desculpas que elas não podiam ouvir.

Quando ele se levantou, Jebe estava ali, e a compreensão que adveio sobre ambos foi completa. O xá não escaparia deles, não importando para onde corresse.

CAPÍTULO 19

A NAÇÃO HAVIA SE REUNIDO EM VOLTA DE OTRAR, A CIDADE NA MÃO DOS mongóis. Em tempos normais a ideia de ver os filhos do cã disputando uma corrida seria um grande acontecimento para os guerreiros. Eles teriam apostado fortunas em qual irmão seria o primeiro a tocar as muralhas da cidade. No fim, quando Jochi apareceu cambaleando, com Chagatai um pouco atrás, a chegada deles quase passou despercebida. A nação esperava notícias de que o acampamento estava seguro, pois cada homem ali tinha pais, esposas ou filhos. O *tuman* de Jochi não o encarou quando ele viu a pele de tigre sobre o seu cavalo. A cabeça seca da fera havia sido arrancada violentamente da pele, e esse foi o único sinal de que Gêngis não esquecera que os filhos haviam brigado diante dos seus comandados. Jochi passou os dedos na pele rasgada, em silêncio durante um tempo, depois virou as costas.

Quando os primeiros cavaleiros chegaram, um dia depois, os *tumans* se enfureceram com a notícia, era tudo que haviam temido. Por um tempo ainda restou a esperança de que suas famílias pudessem ter sido poupadas, mas Khasar chegou com os sobreviventes e os mortos. Guerreiros corriam para cada carroça que chegava, procurando esposas e filhos. Outros esperavam numa agonia silenciosa enquanto as mulheres cansadas passavam por eles, desesperadas em busca de um rosto conhecido. Alguns foram recompensados por um grito agudo e um abraço. A maioria ficou parada, sozinha.

Demorou mais de um mês para recolher cada guerreiro caído no caminho através das montanhas ao sul. Os árabes foram deixados apodrecendo, mas os que haviam lutado por Gêngis foram trazidos e tratados com honra. Seus corpos foram despidos das armaduras e enrolados em feltro branco e macio, depois levados em carroças até os picos mais altos que pudessem ser vistos, e expostos para os falcões e as águias. As mulheres que tinham morrido foram cuidadas pelas irmãs e mães, com Chakahai, Borte e Hoelun supervisionando o trabalho sinistro.

Gêngis viera ver o rosto morto de sua irmã quando ela foi trazida. Fora encontrada nua, com um corte enorme na garganta. O sofrimento do cã foi terrível de se ver. Era mais um crime a se colocar na conta do xá. Com a notícia, sua mãe havia envelhecido da noite para o dia, de modo que Hoelun parecia constantemente atordoada e precisava ser levada pelo braço aonde quer que fosse. Ela havia perdido um filho muitos anos antes; feridas antigas se abriram, deixando-a arruinada, em lágrimas. Quando Gêngis pousou o olhar sobre Otrar, os que viram o momento souberam que a cidade seria reduzida a pó, num vento quente.

As catapultas no morro tinham sido destruídas, deliberadamente incendiadas quando a guarnição de Otrar irrompeu e partiu rumo à própria destruição. Doze bons homens tinham sido encontrados em volta da madeira calcinada, mortos, pois sustentaram os postos até o final. Gêngis meramente resmungou quando recebeu a notícia e mandou seus artesãos jin fazerem outras com madeira de Koryo.

O fim do verão foi calmo: descansaram e se recuperaram, com a fúria borbulhante sempre junto à superfície. A cidade esperava por eles e ninguém ia mais às altas muralhas, ainda marcadas pela fuligem do óleo ardente que Samuka lançara contra elas.

Ho Sa e Samuka haviam sido encontrados entre as pilhas de mortos e homenageados devido aos inimigos que tinham levado com eles. Os contadores de histórias teceram baladas a seu respeito, para as noites, enquanto a carne vazia foi levada com o resto, sem cerimônia maior do que a recebida pelos guerreiros mais inferiores das tribos. À distância os picos estavam cobertos pelos mortos, e as aves de rapina se refestelavam, pairando como uma nuvem negra acima deles.

O inverno naquele lugar era fraco, comparado ao frio cortante do norte que eles conheciam. Gêngis não podia saber o que pensava o governante de Otrar, mas a chegada dos meses mais frios pareceu provocar agitação na cidade enquanto os mongóis esperavam que as catapultas fossem reconstruídas. Não havia sentimento de urgência nas tribos. Elas não precisavam se mover para viver, e um lugar era tão bom quanto qualquer outro. A cidade cairia, e se os habitantes sofriam enquanto esperavam, isso também era merecido.

À medida que os dias ficavam mais curtos, às vezes Gêngis podia ver figuras distantes nas muralhas, apontando e falando. Talvez pudessem ver as estruturas crescendo no morro fora da cidade. Não sabia, nem se importava. Às vezes ficava quase desatento, e mesmo depois de as catapultas serem terminadas, não deu a ordem, preferindo ficar em sua iurta e beber em sua sombria depressão. Não queria ver acusação nos olhos dos que haviam perdido as famílias. Tinha sido sua decisão, e ele se torturava com sofrimento e fúria, dormindo apenas quando a bebida o fazia apagar.

O portão de Otrar se abriu sem aviso num dia de nuvens cinzentas que ameaçavam chuva. O exército mongol iniciou uma tempestade de sons, batendo lanças e arcos nos escudos, mostrando, no ruído desordenado, a raiva que sentiam. Antes que Gêngis ou os generais que lhe restavam pudessem reagir, um pequeno grupo de homens saiu a pé e o portão se fechou rapidamente atrás deles.

Gêngis estava conversando com Khasar quando escutou o uivo dos guerreiros. Caminhou devagar até seu cavalo e montou rigidamente, olhando para Otrar.

Apenas 12 homens tinham saído da proteção das muralhas. Gêngis observava: guerreiros mongóis foram cavalgando rapidamente para eles, com as espadas à mostra. Poderia tê-los impedido, mas manteve a boca firmemente fechada.

Dentre os 12 árabes havia um homem amarrado, com os pés se arrastando no chão coberto de poeira. Encolheram-se diante dos guerreiros que giravam ao redor deles e levantaram as mãos para mostrar que estavam desarmados. Para os mongóis, isso também era provocação. Qualquer homem suficientemente tolo para se aventurar entre eles sem uma espada ou um arco apenas excitava seu desejo de matar.

Gêngis olhava impassivelmente os guerreiros galopando diante dos homens, que avançavam. Passavam cada vez mais perto, até que um deles acertou um árabe com o ombro do cavalo, mandando-o girando para longe.

O pequeno grupo parou em terror súbito, e Gêngis pôde ver os homens chamando o companheiro caído enquanto ele tentava se levantar. Mais guerreiros mongóis vieram e os forçaram a voltar a andar, gritando e instigando como se eles fossem ovelhas ou cabras perdidas. O homem foi deixado para trás, e os guerreiros apearam para acabar com ele.

O som de seus gritos ecoou nas muralhas de Otrar. O grupo de árabes continuou em frente, olhando para trás horrorizado. Outro homem foi derrubado por um golpe com o punho de uma espada, de modo que parte de seu couro cabeludo foi arrancada e o sangue lhe cobriu o rosto. Ele também foi deixado para trás, num torvelinho de homens que chutavam e cravavam suas espadas. Gêngis ficou montado em silêncio enquanto observava.

Duas mulheres mongóis se aproximaram de outro árabe e o puxaram para longe dos outros. Ele gritou algo em sua língua estranha e estendeu as duas mãos abertas, mas elas riram dele e o seguraram, impedindo-o de voltar para perto dos companheiros. Quando os outros haviam passado, o homem começou a gritar, e este não morreu depressa. Os sons cresciam em intensidade, cada vez mais e mais.

Quando restavam apenas seis no grupo, Gêngis estendeu a mão, sentado com as costas eretas ao sol da manhã. Os guerreiros mongóis que haviam esperado seu sinal se afastaram dos árabes ensanguentados e permitiram que os seis árabes tivessem caminho livre até o cã. O grupo seguiu em frente cambaleante, todos pálidos com o que tinham visto. Quando chegaram a Gêngis jogaram-se no chão, humilhando-se diante dele. O prisioneiro dos árabes se retorcia no pó, o branco dos seus olhos aparecendo.

Gêngis observou com frieza um dos árabes levantar a cabeça e falar na língua jin, as palavras lentas:

— Senhor, viemos negociar a paz!

Gêngis não respondeu, apenas olhou para Otrar, cujas muralhas estavam de novo pretas, cheias de figuras pequenas, olhando. O homem engoliu o pó da garganta e tentou de novo:

— O conselho da cidade votou para entregar nosso governante ao senhor. Fomos levados à guerra contra nossa vontade, somos inocentes. Imploro que nos poupe e tome apenas o governante Inalchuk, responsável por nossos problemas.

O homem aquietou-se de novo na poeira, agora que as palavras tinham sido ditas. Não podia entender por que ele e seus companheiros tinham sido atacados. Nem sabia se o cã entendera suas palavras. Gêngis não deu qualquer sinal disso, e o silêncio se alongou.

O governante tinha sido amordaçado, além de amarrado. Gêngis ouviu o gemido de palavras abafadas e sinalizou para Khasar cortar a mordaça. Seu irmão não foi gentil: a lâmina cortou os lábios de Inalchuk ao partir o pano, fazendo-o gritar e cuspir sangue.

— Esses homens não têm poder sobre mim! — disse Inalchuk em meio à dor. — Deixe-me negociar minha vida, senhor cã.

Gêngis, que havia aprendido apenas umas poucas palavras em árabe, não entendeu. Esperou com paciência um mercador árabe ser trazido, um dos que falavam muitas línguas. O mercador chegou parecendo tão nervoso quanto os outros que estavam no chão. Gêngis sinalizou para o governante falar de novo e ouviu com paciência a tradução para a língua jin. Ocorreu-lhe que seria melhor mandar Temuge treinar mais homens naquela tarefa, se pretendia ficar muito tempo nas terras árabes. Era difícil obrigar-se a se importar com isso.

Quando entendeu Inalchuk, Gêngis deu um risinho cruel, afastando uma mosca que zumbia em volta de seu rosto.

— Eles o amarraram como uma ovelha para o matadouro e o entregaram ao seu inimigo, no entanto você diz que eles não têm poder sobre você? Que outro poder existe?

Enquanto o intérprete tropeçava ao dar a resposta, Inalchuk sentou-se com esforço e tocou com as mãos amarradas o rosto que sangrava, ao que encolheu.

— Não *existe* conselho em Otrar, senhor. Estes homens são meramente comerciantes da minha cidade. Não falam em nome de alguém nomeado pelo próprio xá.

Um dos árabes começou a cuspir uma resposta, mas Khasar chutou-o nas costas.

— Fique quieto! — disse rispidamente. Em seguida desembainhou a espada, e os árabes espancados seguiram o movimento com olhos nervosos. Não era necessário tradução; o homem não tentou falar de novo.

— Poupe minha vida e mandarei que 6 mil oka de prata sejam entregues ao senhor — declarou Inalchuk.

O intérprete hesitou com relação à quantia, e Gêngis olhou-o. Sob aquele olhar amarelo o trêmulo mercador árabe se abaixou no chão junto com os outros.

— Senhor, não sei a palavra na língua jin. É uma medida de peso usada por ourives e artesãos de prata.

— Sem dúvida ele está oferecendo muito — respondeu Gêngis. — Afinal de contas, é o valor que estabeleceu pela própria vida.

O intérprete assentiu.

— O peso de muitos homens em prata, senhor. Talvez cem, ou mais ainda.

Gêngis pensou, olhando as muralhas de Otrar que ainda se erguiam acima de seu exército. Depois de um tempo cortou o ar com a mão.

— Esses outros serão dados às mulheres, para elas usarem como acharem melhor. Por enquanto o governante viverá. — Ele captou a surpresa de Khasar com o canto do olho, mas não reagiu. — Chamem Temuge — continuou Gêngis. — Estão nos olhando das muralhas de Otrar. Vou lhes dar algo para ver.

Seu irmão Temuge veio rapidamente ao ser chamado, mal prestando atenção na poeira misturada a sangue ou ao governante, que ainda estava sentado com o olhar saltando de um homem para outro.

— Quanto temos de prata no acampamento, Temuge? — perguntou Gêngis.

— Talvez cem carroças, meu senhor cã — respondeu Temuge. — Fiz a contabilidade de cada moeda, mas eu teria de trazer os registros se...

— Traga-me o peso de um homem nesse metal. — Gêngis sentiu Inalchuk olhando-o e deu lentamente um sorriso. — E uma das forjas móveis que Tsubodai trouxe. Quero que a prata corra como água antes do pôr do sol. Entendeu?

— Claro, senhor cã — respondeu Temuge, mas não entendeu nem um pouco. Saiu correndo para cumprir a ordem do irmão.

A população de Otrar se apinhava nas muralhas da cidade para ver o que seria feito do governante, que eles haviam mandado para o exército mongol. Aquelas pessoas haviam sofrido durante a batalha contra os homens de Samuka. Quando finalmente a guarnição havia saído, a reação do povo foi de júbilo. O xá estava vindo libertar a cidade; elas seriam salvas. Em vez disso, o exército mongol retornara do sul livremente e rodeara a cidade. Elas não sabiam se o xá ainda estava vivo, mas se estava, como o cã poderia estar sentado do lado de fora das muralhas? Os mercadores haviam demorado meses para formar um conselho e passaram-se dias de conversas secretas antes de surpreenderem Inalchuk em sua cama e o amarrarem para entregá-lo. Os mongóis não tinham ressentimento contra os cidadãos de Otrar, só contra o homem que os provocaram. Famílias subiram juntas à muralha e rezavam para ser salvas.

Antes do pôr do sol, Gêngis mandou que Inalchuk fosse colocado à distância de um tiro de flecha com relação à muralha. Era uma coisa perigosa de se fazer, mas ele supunha, e com razão, que as pessoas lá dentro não ousariam arriscar um disparo contra o único homem que poderia optar por poupá-las. A apenas 100 metros do portão de ferro, ele fez Inalchuk se ajoelhar com as mãos amarradas à frente do corpo.

A visão da forja soltando fumaça não passara despercebida ao governador de Otrar. Ela também fora empurrada para perto das muralhas de sua cidade, e ele podia sentir o cheiro de metal quente na brisa. Dobrou sua oferta, depois dobrou de novo, até que Gêngis disse ao intérprete para segurar a língua ou iria perdê-la.

Formavam um grupo estranho, parados sozinhos diante da cidade. Três homens fortes trabalhavam nos foles da forja, sob orientação de

Temuge. Gêngis parou com Khasar junto ao prisioneiro, mas o resto do exército mongol ficou para trás, em fileiras silenciosas, assistindo.

Por fim os trabalhadores da forja assentiram, indicando que as moedas de prata estavam derretidas, dentro de um caldeirão de ferro preto. Um deles enfiou um pedaço de pau no líquido. A madeira se queimou ao contato, enquanto gotas de prata sibilavam e cuspiam. Dois homens passaram varas compridas pelas alças do caldeirão e o levantaram da caixa de ferro e do calor incandescente do carvão e dos foles.

Inalchuk gemeu de terror enquanto os via trazer o caldeirão, que ia esquentando o ar até formar uma névoa acima do conteúdo fervente.

— Cem mil oka de prata, senhor — disse ele, suando. O intérprete levantou os olhos mas não falou, e Inalchuk começou a rezar em voz alta.

Enquanto os homens que carregavam o caldeirão avançavam, Gêngis olhou para a prata líquida e assentiu consigo mesmo.

— Diga estas palavras a ele em sua própria língua — ordenou ao intérprete. — "Prata ou ouro não têm utilidade para mim."

Inalchuk levantou os olhos em esperança e desespero enquanto o intérprete falava.

— O que ele está fazendo, amigo? Em nome de Alá, diga se vou morrer!

O intérprete prendeu o fôlego por um momento, olhando num fascínio nauseado para a prata que batia contra as laterais do ferro, cobrindo-as.

— Acho que vai — admitiu. — Pelo menos será rápido, portanto prepare a alma para Deus.

Sem entender as palavras, Gêngis continuou:

— Aceite este meu presente, governante de Otrar. Você pode ficar com o que conseguir segurar.

Gêngis virou o rosto frio para Khasar:

— Faça-o estender as mãos, mas tenha cuidado para não se queimar.

Khasar derrubou Inalchuk com um golpe na cabeça que o deixou atordoado. Mandou-o estender as mãos por meio de gestos, ao que o governante começou a gritar, recusando-se. Nem uma espada encostada na garganta conseguiu fazê-lo erguer as mãos. Numa raiva crescente, Khasar segurou-o pelo cotovelo e pelo ombro e partiu um osso com o joelho, como se quebrasse um graveto. Inalchuk gritou, ainda resistindo. Gêngis assentiu, e Khasar deu a volta para quebrar o outro braço.

— Faça o que eles querem, irmão! — disse o intérprete rapidamente. — O senhor talvez seja poupado! — Inalchuk ouviu em meio à loucura e aos soluços, então estendeu as mãos amarradas, uma sustentando a que pendia frouxa. Gêngis assentiu para os homens da forja e eles viraram o caldeirão, derramando a prata pela borda.

Um jorro de metal borbulhante cobriu as mãos do governador, de modo que por um tempo pareceu que ele segurava uma chuva brilhante. Ele abriu a boca para gritar, mas nenhum som saiu. Seus dedos foram fundidos juntos no calor, a carne se dissolvendo.

Ele caiu para trás, sacudindo-se enquanto batia com o rosto no chão, escorrendo baba da sua boca e com os lábios fazendo uma pasta de poeira. Seus olhos estavam vazios quando Gêngis postou-se à frente dele, olhando com interesse as mãos que pareciam ter o dobro do tamanho normal.

— Você me trouxe a esta terra seca — disse Gêngis à figura que se retorcia. — Eu lhe propus paz e comércio, e você me mandou a cabeça dos meus homens. Agora eu lhe dei sua preciosa prata para segurar.

Inalchuk não disse nada, embora seus lábios se mexessem sem som.

— Não tem palavras para me agradecer? — continuou Gêngis. — Sua garganta está muito seca? Aceite esta bebida para aplacar a sede. Assim você conhecerá um pequeno eco da dor que provocou.

O intérprete estava num silêncio horrorizado, mas Inalchuk não tinha mais condições de ouvir. O cã não se deu ao trabalho de olhar enquanto os homens da forja traziam o caldeirão e derramavam o resto do metal sobre o rosto do governador. Sua barba cheia de óleo pegou fogo e a boca aberta se encheu, mas Gêngis apenas fitava as pessoas na muralha. Muitas foram embora dali, entendendo finalmente que a morte viria para elas.

— As catapultas estão prontas, Khasar — disse Gêngis, ainda olhando para a cidade. — Pode começar a quebrar as muralhas amanhã ao alvorecer. Quero cada pedra fora dali. Otrar não será reconstruída quando formos embora. Esta cidade será varrida da face da terra, com cada ser vivo que houver nela.

Khasar compartilhava as profundezas do ódio do irmão. Baixou a cabeça.

– Como desejar, senhor cã.

O Velho tentava escutar, junto a uma grade minúscula no alto da parede da cela. Só podia ver uma silhueta nua na semiescuridão, mas ouviu os sons de um corpo jovem se mexendo ao se levantar de um sono drogado. Esperava com paciência. Quantas vezes havia guiado um garoto através do ritual de despertar? Tinha mostrado ao seu novo recruta o jardim, cuja glória foi aumentada pela droga presente no vinho, adoçado até virar quase um xarope. Havia lhe mostrado o paraíso e agora, na escuridão, ele veria o inferno.

O Velho sorriu sozinho enquanto escutava uma voz gritando lá embaixo, com horror. Podia imaginar o choque e a confusão, lembrando-se de como ele próprio se sentira, tantos anos antes. O cheiro de carne morta era forte naquela cela pequena, os corpos engordurados e com carne mole caídos sobre o jovem guerreiro. O Velho o ouviu sussurrar e soluçar enquanto tentava se livrar dos membros frouxos que o cobriam. Seria como se apenas instantes tivessem se passado desde que ele se sentara num lugar quase doloroso de tão lindo. O Velho havia aperfeiçoado o jardim e escolhido bem as mulheres, observando cada detalhe. Elas eram criaturas exóticas, e a droga inflamara o rapaz de tal modo que mesmo o toque mais leve em sua pele o levara quase à loucura. Depois ele havia fechado os olhos por um instante e acordado com aqueles mortos fétidos.

O Velho forçou a vista para enxergar na escuridão. Podia ver movimentos agitados do rapaz procurando o que havia ao redor. Ele sentiria a matéria mole sob as mãos no escuro, talvez sentiria o movimento dos vermes na carne dos cadáveres. O garoto gemeu e o velho o escutou vomitar. O fedor era insuportável, e o Velho encostou uma bolsa cheia de pétalas de rosas no nariz enquanto esperava. Aquele momento era sempre delicado, mas ele era mestre em sua arte.

O garoto estava nu naquele lugar de mortos escorregadios. O Velho o viu puxando fiapos de pele que haviam se grudado à dele. Sua mente estaria frágil, o coração disparado a ponto de quase morrer. O Velho achava que só os muito jovens sobreviveriam àquela experiência, mas até eles, depois daquilo, ficavam assombrados por ela para sempre.

De súbito o garoto gritou: sua atenção fora atraída por movimentos em uma massa de carne podre. O Velho sorriu: a imaginação do rapaz estaria aterrorizada; e preparou o lampião coberto que estava aos seus pés. Nenhum brilho desgarrado poderia estragar a lição. Abaixo dele o garoto rezava a Alá para libertá-lo daquele fedorento poço do inferno.

O velho abriu bruscamente a porta da cela, sua luz despedaçando a escuridão e cegando o garoto, que caiu para trás com as mãos sobre os olhos. O Velho sentiu prazer ao ouvir o som da urina quente sendo eliminada quando a bexiga do garoto cedeu. Ele havia escolhido bem o momento. Lágrimas escorriam atrás das mãos apertadas sobre o rosto do rapaz.

— Eu lhe mostrei o paraíso — disse o Velho. — E lhe mostrei o inferno. Devo deixá-lo aqui pelo tempo de mil vidas ou devo levá-lo de volta ao mundo? A opção que lhe espera depende de quão bem você me seguirá. Em sua alma, fale a verdade. Você dedicará sua vida a mim, para eu usá-la como achar adequado?

O garoto tinha 15 anos. Enquanto ele se encontrava ajoelhado, e chorando, os últimos traços do haxixe pegajoso foram sumindo de seu corpo jovem, deixando-o trêmulo e fraco.

— Por favor! Qualquer coisa que o senhor pedir! Eu sou seu — disse ele, soluçando. Mesmo assim não ousava abrir os olhos, para o caso de descobrir que a visão se fora e que estava sozinho de novo.

O Velho apertou uma taça contra os lábios dele e o deixou sentir o cheiro da resina que supostamente dava coragem. O garoto engoliu-a, o vinho púrpura correndo pelo peito e braços nus. O Velho grunhiu satisfeito quando o garoto tombou para trás, seus sentidos girando para longe.

Quando o garoto acordou, estava deitado em lençóis limpos num quarto de pedra nua, em algum lugar da fortaleza que era o abrigo do Velho longe do mundo. Sozinho, chorou diante do que vira, sem saber que ainda era observado. Enquanto baixava as pernas e tentava se levantar, sentiu-se cheio de uma decisão de nunca mais ver novamente os demônios do quarto dos mortos. Estremeceu lembrando-se de como os corpos se moviam e o olhavam, cada lembrança mais vívida e aterrorizante que a outra. Teria enlouquecido, pensou, se o jardim não tivesse permanecido também na mente. Sua paz o havia protegido, mesmo no inferno.

A porta de madeira do quarto se abriu e o garoto respirou fundo enquanto se levantava diante do homem poderoso que o tirara daquele lugar. O Velho era baixo e corpulento, os olhos ferozes num rosto escuro como mogno. A barba era oleada e perfeita, mas as roupas, simples, eram típicas de alguém que recusava todos os atavios espalhafatosos da riqueza. O garoto se jogou de corpo inteiro, deitando-se na pedra fria, em prostração por ter sido libertado.

– Finalmente você entende – disse o Velho baixinho. – Eu o peguei pela mão e lhe mostrei a glória e o fracasso. Qual você escolherá quando chegar a hora?

– Escolherei a glória, senhor – respondeu ele, tremendo.

– Sua vida não passa do voo de um pássaro por uma sala iluminada. Você passa da escuridão infinita para a luz interminável, com apenas um breve tempo entre um e outro. A sala não importa. Sua vida não importa, só o modo como você se prepara para a próxima.

– Entendo – disse o garoto. Mesmo então ele podia sentir o toque oleoso de membros mortos em sua pele e estremeceu.

– Ai daqueles que não sabem o que vem depois da morte. Você pode se manter forte no meio deles, porque viu o céu e o inferno e não hesitará.

O líder dos Assassinos levantou o garoto com a mão gentil.

– Agora você pode se juntar aos seus irmãos. Homens como você, que tiveram permissão de olhar por uma fresta na parede da realidade. Você não falhará com eles, nem comigo, quando trouxer uma morte perfeita aos pés de Alá.

– Não falharei, senhor – respondeu o garoto, com mais certeza do que jamais tivera em sua breve vida. – Diga quem devo matar. Não fracassarei.

O Velho sorriu, sempre tocado pela solene fé dos jovens guerreiros que ele mandava ao mundo. Ele fora um deles, e quando as noites eram escuras e frias, algumas vezes ainda ansiava pelo jardim que haviam lhe mostrado. Quando a morte finalmente o levasse, ele só poderia esperar que o verdadeiro fosse tão maravilhoso quanto o que ele havia criado. Que houvesse resina de haxixe no paraíso, pensou. Que ele fosse jovem e ágil como o garoto à sua frente.

– Você irá com seus irmãos ao acampamento do cã mongol, o que se autodenomina Gêngis.

– Em meio aos infiéis, senhor? – gaguejou o garoto, já sentindo-se sujo.

– Mesmo assim. Sua fé o manterá forte. Para isso, e apenas para isso, você treinou conosco durante cinco anos. Foi escolhido por sua habilidade para as línguas. Você pode servir bem a Alá com esse dom. – O Velho pousou a mão no ombro do garoto, e parecia irradiar calor. – Chegue perto do cã e, quando for o momento certo, arranque a vida dele com um único golpe no coração. Você percebe qual é o preço do fracasso?

O garoto engoliu em seco dolorosamente, com o poço do inferno ainda fresco na lembrança.

– Não fracassarei, senhor. Juro.

Segunda Parte

CAPÍTULO 20

NÃO HAVIA BRISA NO CALOR DO VERÃO. O AR ESTAVA PARADO E O SOL ESVAZIAVA as ruas durante horas por volta do meio-dia. A cidade de Almashan não era muito mais do que uma fortaleza cercada por muralhas, antiga e poeirenta, ainda que um rio brilhante corresse ao longo de seu flanco. Naquele dia não havia mulheres e crianças nas margens do rio. Almashan estava totalmente fechada, atulhada de pessoas e animais das fazendas ao redor. Os mercados cheiravam a medo e a fossas, que se enchiam de imundície até a superfície e não podiam ser esvaziadas.

A distância os mercadores da cidade podiam ouvir um trovão sussurrante, crescendo regularmente. Os que estavam no chão só podiam levantar os olhos para os postos de guarda nas muralhas e rezar pela libertação. Até os mendigos tinham parado de pedir esmolas.

— Estejam prontos! — gritou Ibrahim aos homens no portão embaixo. Ele olhou por cima da muralha, seu coração martelando no peito. Almashan era rodeada por solo fino, pobre demais para dar bons cultivos. No entanto, eles jamais haviam dependido de plantações para a riqueza que possuíam.

Na névoa do calor, uma linha preta de cavaleiros se aproximava a uma velocidade apavorante. Eles eram o motivo para a amada cidade de Ibrahim estar apinhada de estranhos. Mercadores e caravanas haviam corrido para dentro das muralhas em busca de segurança. Ibrahim havia cobrado um alto imposto de todos, metade dos bens que eles queriam proteger. Ninguém ousara reclamar. Se sobrevivessem ao ataque mongol, Ibrahim sabia que seria um homem extremamente rico, mas não estava confiante.

Sua pequena cidade havia se sustentado durante setecentos anos às margens daquele rio. Seus mercadores tinham viajado até terras distantes, como a dos jin e a Espanha, trazendo de volta tesouros e conhecimento inestimáveis, no entanto jamais de modo tão óbvio que provocasse o interesse de reis e xás. Os anciãos de Almashan pagavam seus impostos em dia, enquanto faziam fortunas à custa dos escravos infiéis. A cidadezinha havia construído suas muralhas e seus depósitos de grãos a partir desses lucros, tornando-se um centro para a venda de carne. A agricultura não teria trazido a Ibrahim a riqueza que ele já desfrutava, ou mesmo uma pequena parte dela.

Forçou a vista contra a claridade brutal; sob as mãos abertas, pedras escuras que tinham feito parte de uma fortaleza mais antiga do que qualquer pessoa conhecera. Antes mesmo disso, a cidade fora apenas um local para mercadores de escravos descansarem junto ao rio, antes de ir para os grandes mercados do sul ou do leste. Almashan havia se erguido do zero e os reivindicado para si.

Ibrahim suspirou. Pelo que tinha ouvido, os mongóis não entendiam o comércio. Veriam apenas uma cidade inimiga. Seu turbante absorvia o suor, mas ele continuava passando a mão no rosto, deixando uma mancha escura no pano branco e fresco da túnica.

À frente dos cavaleiros mongóis corria um único beduíno, olhando para trás por cima do ombro enquanto galopava. Ibrahim podia ver que ele montava um belo cavalo preto, cujo tamanho e velocidade o mantinham pouquíssimo à frente dos perseguidores. Ibrahim tamborilou com os dedos na pedra áspera enquanto pensava se abriria a portinhola engastada no portão. Sem dúvida o guerreiro do deserto pensava estar correndo para a segurança, mas se o portão permanecesse fechado talvez os mongóis não atacassem. Se o homem tivesse permissão de entrar, quanto tempo Almashan aguentaria o ataque que certamente viria em seguida?

A indecisão abalava Ibrahim quando ele se virou e olhou para baixo. Os souks e bazares ainda estavam repletos de burburinho sobre a notícia da derrota do xá, e ele estava desesperado por saber mais, porém não ao custo de sua cidade. Não. Ibrahim decidiu manter o portão fechado e deixar aquele homem morrer. Sua mente se encheu de raiva ao pensar nos infiéis matando um muçulmano bem diante de sua cidade, mas havia muitas famílias cuja segurança dependia dele. Talvez os mongóis passassem direto assim que tivessem derramado sangue. Ibrahim rezaria pela alma do homem.

A fileira mongol havia chegado perto, de forma que Ibrahim podia ver as montarias uma por uma. Estremeceu à visão dos guerreiros ferozes que tinham derrotado o xá Ala-ud-Din Mohammed e destruído sua grande horda sob os olhos de Otrar. No entanto, não via catapultas nem carroças, nenhum sinal da grande nação montada que havia se derramado das montanhas a leste. Talvez 3 mil homens estivessem cavalgando em direção a sua cidade, mas apenas homens montados não poderiam perturbar Almashan. A pedra sob suas mãos representava a riqueza de séculos de escravatura. As muralhas mantinham essa riqueza em segurança, assim como os que viviam ali.

O coração de Ibrahim ficou amargo ao ver o cavaleiro árabe puxar as rédeas diante do portão da cidade. O sujeito gesticulava desesperadamente, girando o cavalo no lugar enquanto gritava para os que olhavam.

— Deixem-me entrar! — gritou o homem. — Vejam estes homens atrás de mim!

Ibrahim sentiu o olhar de outros homens pousando nele. Manteve-se muito ereto enquanto balançava a cabeça. Os mongóis estavam a apenas 800 metros de distância, ele podia ouvir o trovejar dos cascos. Almashan era independente, sempre fora. Ele não podia se arriscar à raiva desse cã estrangeiro.

O árabe lá embaixo ficou boquiaberto, lançando um olhar de volta para os guerreiros que se aproximavam.

— Pelo amor de Alá! — rugiu ele. — Vão deixar que eu seja morto? Eu tenho notícias que vocês precisam ouvir!

Ibrahim fechou o punho, tremendo. Viu que o cavalo do homem estava cheio de bolsas na sela. Seria um mensageiro? Que notícias poderiam ser tão importantes? Os mongóis, os infiéis, estavam à distância de apenas algumas batidas do coração. Ibrahim podia ouvir os cavalos bufando e os gritos guturais dos homens, que retesavam os arcos. Praguejou baixinho enquanto desviava o olhar. O que era uma vida, comparada a uma cidade? Almashan sobreviveria.

Abaixo de seus pés, escutou vozes exaltadas e se afastou do parapeito para olhar de onde vinham. Para seu horror, viu seu irmão dar um tapa no rosto de um guarda. O sujeito caiu e, ainda que Ibrahim gritasse de raiva, seu irmão levantou a barra de trava e um facho de sólida luz do sol iluminou a semiescuridão embaixo. Antes que Ibrahim pudesse gritar de novo, a porta se fechou e o beduíno ofegante estava em segurança dentro. Vermelho de fúria, Ibrahim desceu correndo os degraus de pedra até a rua lá embaixo.

— Seus idiotas! — rugiu ele. — O que vocês *fizeram*?

Os guardas não queriam encará-lo, mas seu irmão apenas deu de ombros. De repente a porta engastada no portão estremeceu, fazendo todos pularem. A barra chacoalhou sob o impacto e, acima, alguém caiu para trás da muralha, com uma flecha no ombro. Ibrahim se encolheu enquanto do lado de fora os cavaleiros mongóis uivavam de frustração.

— Vocês mataram todos nós — disse Ibrahim em fúria. Sentiu o olhar frio do homem que havia entrado em Almashan e o ignorou. — Mandem-no de volta para eles e talvez ainda nos poupem.

Seu irmão deu de ombros.

— *Ihshallah* — murmurou ele. O destino deles estava nas mãos de Deus. Tinha agido, e o homem estava dentro da cidade. O barulho lá fora aumentou de volume, fazendo todos suarem.

O mensageiro estava ofegando depois de escapar por pouco. Ficou parado um momento com as mãos nos joelhos, e Ibrahim viu que ele trouxera as bolsas de sela.

— Meu nome é Yusuf Alghani — disse o homem enquanto se recuperava. Ouvira a troca de palavras entre os irmãos e seus olhos estavam frios ao se dirigir a Ibrahim. — Não tema por sua cidade. Os animais mongóis não têm armas de cerco. Suas muralhas estão seguras. Agradeça por não merecerem o desprazer de Alá por sua covardia.

Ibrahim esmagou a fúria e a frustração para responder:

— Por você, apenas você, meu irmão colocou todos nós em perigo. Somos uma cidade mercantil e somente a muralha nos mantém em segurança. Que notícia é tão importante a ponto de você arriscar a vida para chegar a Almashan?

Yusuf sorriu, mostrando dentes muito brancos no rosto escurecido pelo sol.

— Tenho notícias de uma grande vitória, mas não para você ouvir. Leve-me ao xá e eu animarei o coração dele.

Ibrahim piscou, confuso, olhando para o irmão e de volta para aquele rapaz confiante.

— O xá Mohammed não está em Almashan, irmão. Você pensou que estaria?

Yusuf riu, sem se abalar.

— Não jogue comigo, irmão. Ele irá querer saber do que eu sei. Leve-me a ele e não mencionarei como você quase me deixou morrer diante de sua muralha.

Ibrahim ficou perplexo, confuso.

— É verdade, ele não está em Almashan. Ele vem para cá? Deixe-me mandar que tragam comida e bebida para você. Conte o que sabe e eu relatarei ao xá quando ele chegar.

O sorriso do mensageiro sumiu lentamente enquanto ele entendia, sendo substituído por um grande cansaço.

— Eu tinha esperado que ele estivesse aqui — murmurou baixinho.

Ibrahim ficou olhando o rapaz bater com os dedos de uma das mãos nas bolsas de couro, como se o conteúdo tivesse ficado quente demais, impossível de segurar direito.

— Preciso partir — disse Yusuf de repente. Em seguida fez uma reverência a Ibrahim, ainda que o gesto fosse formal e rígido. — Minhas palavras são apenas para o xá e, se ele não está neste lugar, devo ir até a próxima cidade. Talvez eles não me façam esperar até o último instante para deixar que eu entre.

Ibrahim teria respondido, mas o barulho junto ao portão parou tão subitamente quanto havia começado. Com um olhar nervoso para seu irmão idiota, subiu correndo de novo os degraus de pedra até o topo da muralha. Os outros o seguiram e todos olharam para fora.

Os mongóis estavam se afastando. Ibrahim respirou aliviado e agradeceu a Alá por sua cidade. Quantas vezes o conselho havia reclamado do custo quando ele reforçara e consertara as muralhas? Estivera certo, mil vezes certo. Os mongóis não podiam atacar seu lar sem os lançadores de pedras, talvez nem com isso. Almashan zombava das espadas e dos arcos deles. Ibrahim ficou olhando deliciado os guerreiros inimigos se afastarem sem olhar para trás.

— Eles são espertos — disse Yusuf junto ao ombro de Ibrahim. — Pode ser que queiram nos enganar. Já vi isso acontecer. Não confie neles, senhor.

A confiança de Ibrahim havia crescido e ele estava expansivo quando respondeu:

— Eles não podem quebrar nossa muralha, Yusuf. Agora, quer tomar uma bebida fresca na minha casa? Estou curioso para saber que mensagens você carrega.

Para sua frustração, o rapaz balançou a cabeça, com a atenção ainda nos cavaleiros mongóis.

— Não ficarei aqui. Não quando o xá está perto. Ele precisa saber. Cidades maiores do que esta dependem de eu alcançá-lo.

Antes que Ibrahim pudesse responder, o homem se inclinou sobre o parapeito, olhando para baixo.

— Eles mataram meu cavalo?

O irmão de Ibrahim pigarreou.

— Eles o levaram — disse. Yusuf xingou enquanto o outro continuava: — Tenho uma boa montaria, uma égua. Você pode levá-la.

— Eu a comprarei de você — respondeu Yusuf.

O irmão de Ibrahim baixou a cabeça, mas ficou aliviado com a oferta.

— Ela é muito forte. Para o homem do xá, farei um preço excelente.

Ibrahim só pôde ficar imóvel com os punhos fechados enquanto o irmão mandava um homem trazer sua segunda melhor égua até o portão. O jovem mensageiro desceu de novo os degraus de pedra e Ibrahim foi obrigado a segui-lo junto com os outros. Não conseguiu deixar de olhar as bolsas estufadas mais uma vez, avaliando em silêncio se o conteúdo valeria cortar a garganta de um homem. Enquanto o pensamento se formava, Yusuf pareceu senti-lo e sorriu de novo.

— Não há nada de valor nas minhas bolsas, senhor — disse ele. Em seguida levantou a mão e bateu na cabeça. — Todas as minhas mensagens estão aqui.

Ibrahim ficou vermelho, com vergonha porque o rapaz havia adivinhado seus pensamentos. Quando a égua chegou, o mensageiro inspecionou o animal com olhar de quem conhecia cavalos. Por fim ficou satisfeito e pagou ao irmão de Ibrahim mais do que ele havia pedido, honrando-o. Com azedume, Ibrahim viu o rapaz verificar a barrigueira e as rédeas. Acima de suas cabeças, os guardas gritaram, dizendo que o caminho estava livre.

— Eu pagaria bem para ouvir essas mensagens — disse Ibrahim de repente. Para sua surpresa, o mensageiro hesitou. — Com ouro — continuou Ibrahim, ao sentir a primeira fraqueza.

— Muito bem, senhor — respondeu Yusuf. — Preciso de verbas para continuar minha busca pelo xá. Mas deve ser rápido.

Enquanto Ibrahim lutava para esconder o prazer, o mensageiro entregou as rédeas a um guarda e o acompanhou até a casa mais próxima. A família lá dentro não protestou quando Ibrahim disse para saírem. Em apenas alguns instantes estava sozinho com o mensageiro, quase tremendo para ouvir as notícias.

— O ouro que o senhor prometeu? — disse Yusuf baixinho.

Em sua empolgação, Ibrahim não hesitou. Tirou da túnica uma bolsa cheia, ainda quente e úmida do contato com sua pele. O rapaz sopesou-a, olhando o conteúdo com um sorriso torto antes de fazê-la desaparecer.

— Isto é somente para o senhor — disse Yusuf, a voz quase num sussurro. — Minha pobreza me obriga a falar, mas não é para todos os ouvidos.

— Conte — apressou-o Ibrahim. — A notícia não irá adiante.

— Bukhara caiu, mas a guarnição de Samarkand alcançou grande vitória. O exército do cã foi despedaçado no campo. Somente por este ano ele está fraco. Se o xá retornar para comandar suas cidades leais, ele terá a cabeça de todos os mongóis. *Se* ele vier, senhor. Por isso devo encontrá-lo rapidamente.

— Alá seja louvado — sussurrou Ibrahim. — Agora vejo por que você não pode se demorar.

O mensageiro encostou a mão na testa, nos lábios e no coração, fazendo o gesto antigo.

— Estou a serviço do xá nesta tarefa, senhor. Que a bênção de Alá esteja sobre o senhor e sua casa honrada. Agora preciso partir.

Nesse momento Ibrahim se moveu rapidamente, caminhando com mais confiança de volta ao portão. Sentiu o olhar de todos os seus homens e até seu irmão idiota ficou olhando como se pudesse discernir quais haviam sido as mensagens.

De novo a pequena abertura no portão se abriu, deixando entrar a luz do sol e o ar naquele local sufocante sob a muralha. O mensageiro fez uma reverência a Ibrahim e então levou sua montaria pela passagem. A porta foi fechada e travada, e ele bateu os calcanhares no flanco do animal, cavalgando rapidamente pelo terreno poeirento.

O sol ia se pondo quando Yusuf alcançou o *tuman* de Tsubodai e Jebe. Entrou no acampamento improvisado que eles haviam feito respondendo aos cumprimentos dos guerreiros. Tinha 19 anos e estava mais do que satisfeito consigo mesmo. Até Tsubodai riu da confiança do jovem árabe, que apeou com um floreio e fez uma reverência diante dos dois generais.

— O xá está lá? — perguntou Tsubodai.

Yusuf negou balançando a cabeça.

— Eles teriam me dito, general.

Tsubodai franziu os lábios, irritado. O xá e seus filhos eram como fantasmas. Os mongóis haviam perseguido o sujeito e seus guardas até o fim do verão e ele continuava escapando. Tsubodai pusera as esperanças na possibilidade de ele ter se entocado na cidade junto ao rio, cujas muralhas eram altas demais para um ataque.

— Aquele sujeito é um peixe escorregadio — disse Jebe. — Mas vamos acabar pegando-o. Ele não pode ir para o sul passando por nossas linhas sem que alguém o veja, mesmo com os homens que ainda tem.

Tsubodai resmungou.

— Eu gostaria de ter tanta certeza. Ele teve a inteligência de mandar seus homens numa trilha falsa. Quase o perdemos então, e é muito mais difícil rastrear um número tão pequeno. — Tsubodai coçou o braço, na parte em que um dos guardas do xá o havia surpreendido. Tinha sido uma emboscada benfeita, mas os guardas estavam em número tremendamente inferior. Mesmo tendo demorado, Tsubodai e Jebe trucidaram-nos até o último homem. Eles haviam verificado o rosto de cada árabe morto, mas todos eram jovens e fortes. Tsubodai mordeu os lábios ao lembrar. – Ele poderia se esconder numa caverna e apagar os rastros. Nós podemos já ter passado por ele.

– Na cidade não sabem de nada, general – disse Yusuf. – O xá não parou para pegar suprimentos em nenhum lugar aqui por perto. Os mercadores de escravos teriam ouvido dizer e me contariam. – Ele havia esperado receber os parabéns pelo sucesso do subterfúgio, ainda que tivesse sido ideia de Tsubodai. Em vez disso os dois generais estavam de volta às suas discussões como se sua participação não tivesse sido nada. Ele não mencionou a bolsa de ouro que havia ganhado com algumas poucas mentiras. Os outros tinham notado a égua nova que ele trouxera e a considerariam recompensa suficiente pelo trabalho. Os generais mongóis não precisavam saber tudo.

– Os batedores informaram sobre uma dúzia de povoados e cidades mais a oeste daqui – respondeu Jebe depois de olhar para Yusuf. – Se ele passou por elas, alguém vai se lembrar de um grupo armado com um velho. Vamos continuar fazendo-o ir até cada vez mais longe de suas cidades. Ele não pode fugir para sempre.

– Ele já conseguiu ir *bem longe* – retrucou Tsubodai rispidamente. Em seguida se virou para Yusuf, que ainda estava ali parado, apoiando o peso do corpo num pé e noutro. – Você se saiu bem, Yusuf. Agora deixe-nos a sós.

O rapaz fez uma reverência profunda. Era uma boa coisa o fato de esses mongóis pagarem bem. Se o xá conseguisse escapar deles até a volta do inverno, Yusuf seria um homem rico. Ao voltar pelo acampamento, assentiu e sorriu para alguns guerreiros que conhecia. Eles estavam em silêncio enquanto a noite chegava, assim como os lobos ficavam quietos quando não havia presas ao alcance. Viu-os afiando as espadas e consertando flechas, lenta e firmemente. Yusuf estremeceu de leve. Tinha ouvido falar do ataque contra as mulheres e crianças deles. Não gostaria de ver o que aconteceria quando finalmente pegassem o xá e seus filhos.

Jelaudin esfregou os olhos, furioso com sua própria fraqueza. Não podia deixar que os três irmãos vissem seu ar de confiança desaparecer, principalmente quando o olhavam a cada dia com medo e esperança.

Encolheu-se na escuridão ouvindo a respiração dificultosa do pai, o ar entrando e saindo num chiado lento que parecia continuar para sempre. A cada vez que aquilo parava, Jelaudin prestava atenção em desespero, sem saber o que faria se o silêncio continuasse a se estender ao seu redor.

Os mongóis haviam derrubado o velho, como se o tivessem acertado com uma de suas flechas. A perseguição por planícies e montanhas não permitira ao xá descansar e se recuperar. O terreno úmido e as chuvas torrenciais fizeram com que todos sofressem com resfriados e as juntas doloridas. Com mais de 60 anos, o velho era como um touro, mas a umidade havia lhe penetrado nos pulmões e arrancado suas forças. Jelaudin podia sentir novas lágrimas brotando nos olhos e esfregou-os com força demais, apertando as mãos contra as órbitas para que a dor aplacasse a raiva.

Nunca fora caçado antes. Durante o primeiro mês aquilo havia sido como um jogo. Ele e os irmãos riam dos mongóis em seu rastro, imaginando planos ridículos para despistá-los. Quando as chuvas chegaram, eles deixaram pistas falsas, dividiram as forças, depois dividiram-nas de novo. Tinham mandado homens para a morte em emboscadas, mas isso mal parecia diminuir a velocidade do inimigo implacável que seguia atrás deles.

Jelaudin ouviu a respiração do pai estalar no escuro. Os pulmões estavam cheios de muco denso e ele acordaria logo, sufocando. Jelaudin iria bater em suas costas, como tinha feito tantas vezes, até que a pele do velho perdesse a aparência de cera e ele pudesse se levantar para mais um dia em fuga.

— Para o inferno, todos eles — sussurrou. Os mongóis deviam ter homens capazes de seguir o caminho de um pássaro em voo. Por quatro vezes Jelaudin se arriscara a levar o pai de volta rumo ao sul. Em cada uma dessas ocasiões tinha visto uma linha distante de batedores espalhados e atentos exatamente a uma tentativa dessas. Na última eles foram obrigados a correr até a exaustão, finalmente perdendo-se no mercado de uma cidade. Jelaudin escapara por pouco, e a tosse do pai havia começado duas noites depois, após dormir no chão molhado.

Tinha sido doloroso para os irmãos mandar embora os últimos guardas. Era fácil demais rastrear grandes grupos de homens, ou mesmo as últimas dúzias que haviam permanecido teimosamente com o xá que haviam prometido servir. Agora apenas Jelaudin permanecia com os três irmãos mais novos para cuidar do pai. Eles haviam trocado de roupas e cavalos tantas vezes que nem se lembravam. Restava apenas um pouquinho de ouro para comida e suprimentos, e quando isso acabasse, Jelaudin realmente não sabia o que iria acontecer. Tocou uma pequena bolsa com pedras preciosas, escondida sob a túnica, sentindo conforto no som de vidro ao rolar uma contra a outra. Longe dos agiotas das grandes cidades, não sabia como poderia vender com segurança ao menos uma delas. Era enfurecedor. Ele e seus irmãos não podiam viver da terra, como os mongóis. Tinham nascido com seda, serviçais para atender aos menores caprichos.

Seu pai engasgou na escuridão e Jelaudin estendeu a mão para ele, ajudando-o a se sentar. Não conseguia se lembrar do nome da cidadezinha onde haviam parado. Talvez os mongóis estivessem cavalgando nos arredores naquele mesmo instante em que o xá arfava na tentativa de respirar.

Balançou a cabeça, desanimando. Mais uma noite no chão teria matado seu pai, tinha certeza. Se era a vontade de Alá que eles fossem levados naquela noite, pelo menos estariam em roupas secas, com uma refeição dentro das barrigas encolhidas. Melhor do que os lobos caírem sobre eles enquanto dormiam nos campos como ovelhas.

— Meu filho? — chamou o pai com a voz lamuriosa.

Jelaudin colocou a mão fria na testa do pai, quase se afastando bruscamente devido ao calor que havia ali. Uma febre o devastava e ele não tinha certeza de que o velho o tivesse sequer reconhecido.

— Shh, pai. O senhor vai acordar os empregados do estábulo. Esta noite estamos seguros.

O pai tentou dizer mais alguma coisa, mas um ataque de tosse partiu as palavras, transformando-as em jorros de som sem significado. O xá se inclinou por cima da beira da cama para escarrar e cuspir debilmente no balde. Jelaudin fez uma careta ouvindo o som. O amanhecer estava próximo e ele não havia dormido; não podia dormir enquanto o pai precisasse dele.

O mar Cáspio estava a mais de 150 quilômetros a oeste daquela cidadezinha precária no meio de campos enluarados. Jelaudin nunca viajara para além dele. Mal podia imaginar as terras ou as pessoas de lá, mas se esconderia entre elas se a linha mongol continuasse a varrê-los para cada vez mais longe de casa. Ele e os irmãos estavam desesperados para se vingar daqueles homens que os acuavam, mas como isso poderia ser feito? Tinha até mesmo deixado três homens escondidos sob folhas molhadas, para que os mongóis passassem por eles. Se tivessem sobrevivido, não teriam certamente trazido ajuda após a chegada do inverno? Cada barulho à noite era aterrorizante para o xá e os filhos, e não havia mais sorrisos ao referirem-se ao inimigo que não parava, jamais parava até que os tivesse derrubado.

O xá Ala-ud-Din Mohammed se deixou cair de volta, exausto, no estrado com palha que Jelaudin havia encontrado para ele. Os filhos dormiriam no estábulo imundo, e ainda assim era melhor do que qualquer coisa por que tinham passado durante meses. Jelaudin ouviu a respiração do pai ficar mais calma e xingou em silêncio o velho por sua doença. A cada dia eles pareciam percorrer uma distância mais curta, e Jelaudin duvidava de que os mongóis se movessem com lentidão igual.

Enquanto o pai dormia, Jelaudin pensou em ir para o chão, como fizera durante todos os meses quentes. Tinha precisado dos cavalos enquanto houvera uma chance de romper o cerco, mas se eles vendessem ou matassem os animais e entrassem numa cidade como um grupo de viajantes, como os mongóis iriam descobri-los? Seus rastreadores eram apenas homens, apesar de toda a sua habilidade maligna. Jelaudin havia instigado o xá a parar na antiga cidade de Almashan, mas o velho não queria saber de se esconderem como mendigos. A simples ideia parecia feri-lo. Tinha sido bastante difícil impedir que o pai anunciasse sua presença aos anciãos da cidade e desafiar os mongóis de cima das muralhas.

Parar era morrer, Jelaudin tinha certeza. O exército que perseguia seu pai levava junto o terror, e poucas cidades sacrificariam suas famílias pelo xá e seus filhos. No momento em que os mongóis cercassem uma cidade, Jelaudin sabia que eles seriam entregues ou assassinados durante o sono. Restavam poucas opções. Jelaudin olhava, através da escuridão, para o homem que dera ordens durante toda a vida. Era difácil aceitar que o xá estivesse frágil demais para saber como evitar os animais que estavam em seu rastro. Ainda que fosse o filho mais velho, Jelaudin não se sentia pronto para zombar da vontade do pai.

— Vamos parar, pai — sussurrou de repente. — Vamos nos esconder com os cavalos numa cidade. Temos dinheiro suficiente para levar uma vida simples enquanto o senhor recupera as forças. Eles passarão direto por nós. Que fiquem cegos, Alá. Se for sua vontade, deixe que eles passem direto.

O pai, em meio ao delírio, não pôde ouvir; a febre abria caminho para os pulmões e deixava menos e menos espaço, a cada dia, para respirar.

CAPÍTULO 21

Nos arredores da cidade de Nur, Gêngis passeava com suas esposas e filhos atrás de uma carroça puxada por camelos. Ainda que os dias fossem curtos no inverno, a brisa mal provocava um arrepio. Para os que haviam conhecido o gelo e a neve todos os anos da infância, aquilo era quase um dia de primavera. Sua mente estava límpida e calma pela primeira vez em meses, e ele olhava com orgulho o pequeno Tolui manobrar os animais com um estalo das rédeas. Seu filho mais novo mal tinha 14 anos, mas a cerimônia de casamento viera por exigência do pai da garota. Dois anos mais velha do que Tolui, ela já amamentava um menininho na iurta e estava grávida de outra criança. Fora necessária uma palavra de Borte a Gêngis para que o casamento acontecesse antes que um dos parentes da jovem fosse obrigado, com relutância, a declarar uma rixa de sangue contra o filho do cã.

Já estava se mostrando a segunda gravidez da garota, mas a família tentara do melhor modo possível escondê-la com mantos volumosos. Sem dúvida a mãe estava cuidando do primogênito, pensou Gêngis enquanto caminhava. Tolui e a garota, Sorhatani, pareciam num fascínio um pelo outro, ainda que descuidados com as leis das tribos. Não era incomum que meninas engravidassem, mas Sorhatani demonstrava um espírito incomum em prender Tolui a ela sem o consentimento do pai. Chegara a procurar Borte para pedir que Gêngis desse o nome ao primeiro filho. O cã, que sempre havia admirado esse tipo de coragem ousada, ficou satisfeito com a escolha de Tolui. Chamara o menino de Mongke, que significava "eterno", um nome adequado para alguém que levaria seu sangue. Enquanto andava, Gêngis pensou em declarar todos os filhos como legítimos, quer nascessem depois do casamento ou não. Isso pouparia encrencas no futuro, tinha certeza.

— Quando eu era garoto — disse Gêngis um tanto pensativamente —, um rapaz às vezes tinha de viajar dias para chegar à tribo da noiva.

Khasar zombou:

— Tenho quatro mulheres, irmão. Se tivesse de fazer isso a cada vez que quisesse uma nova, nunca conseguiria nada.

— Fico espantada em ver que elas o aceitaram — disse Borte, com um sorriso doce. Em seguida fez um gesto com o dedo mindinho para Chakahai, que deu uma risadinha.

Gêngis riu de sua primeira esposa. Animava seu espírito vê-la sorrir, alta e forte, os braços nus bronzeados pelo sol. Até a pele clara de Chakahai havia assumido um tom dourado nos meses quentes, e as duas mulheres reluziam de saúde. Gostou quando captou a piscadela de Borte, que havia notado o marido olhando-a. Ela e Chakahai pareciam ter alcançado um entendimento depois do ataque do xá contra as famílias. Pelo menos ele não precisava vigiá-las tanto quando estivessem juntas, para o caso de saltarem uma contra a outra como gatos num saco. Era uma espécie de paz.

— A nação precisa de crianças, Borte — respondeu ele.

Khasar deu um risinho lascivo em resposta, fazendo Borte e Chakahai revirarem os olhos uma para a outra. Khasar era pai de 17 filhos, que ele soubesse, e sentia o orgulho justo de 14 deles estarem vivos. Com a exceção de Temuge, os irmãos de Gêngis tinham feito sua parte em inchar a nação com moleques barulhentos para correr soltos em meio às iurtas. Temuge também havia se casado, mas a união ainda não produzira filhos. Em vez disso, seu irmão mais novo preenchia os dias administrando as disputas tribais. Gêngis olhou para ele, mas Temuge estava ignorando Khasar e olhando Tolui descer da carroça. Pela primeira vez Gêngis sentiu-se afável para com o irmão mais novo. Temuge havia criado seu próprio pequeno império dentro da nação, com oitenta homens e mulheres trabalhando para ele. Gêngis ouvira dizer que ele até lhes ensinava a ler e escrever. Isso parecia funcionar, e Gêngis ficava satisfeito porque o irmão não vinha procurá-lo com os problemas que enfrentava diariamente. Em contraste com os passos longos de seus irmãos guerreiros, Temuge andava com passos curtos e meticulosos e usava o cabelo comprido amarrado em estilo jin. Tomava banho com frequência demais e Gêngis podia detectar nele um cheiro de óleo perfumado quando a brisa soprava. Houvera um tempo em que Gêngis sentia vergonha dele, mas Temuge parecia contente e as tribos haviam aceitado lentamente sua autoridade.

A família da noiva fizera um pequeno acampamento a oeste de Nur, montando as iurtas no estilo tradicional. Gêngis viu Tolui hesitar quando homens armados vieram a toda velocidade interceptá-lo. O manto azul e a túnica dourada que seu filho usava eram inconfundíveis mesmo a distância.

Gêngis sorriu enquanto os homens da família faziam sua representação. Pareciam não perceber os milhares que tinham vindo testemunhar a união e balançavam as espadas como se genuinamente afrontados. Tolui fez uma reverência profunda diante do pai de Sorhatani. Gêngis não conseguiu deixar de se encolher, incomodado. Tolui era filho do grande cã, afinal de contas. Como Sorhatani já era mãe, seu pai dificilmente mandaria Tolui embora por não demonstrar respeito suficiente.

Gêngis suspirou para Borte, sabendo que ela entendia. Tolui era um bom filho, mas parecia carecer do fogo do pai e dos tios. Talvez fosse por crescer à sombra de Jochi e Chagatai. Gêngis lançou um olhar à direita, onde estavam esses dois rapazes, caminhando com Ogedai. Seus dois filhos mais velhos não tinham posto as diferenças de lado, mas esse era um problema para outro dia.

Finalmente o pai da noiva cedeu, deixando Tolui entrar em suas iurtas para cumprimentar a futura esposa. Gêngis e suas mulheres chegaram mais perto do acampamento da família enquanto Kokchu abençoava a terra e jogava gotas de airag preto no ar para os espíritos que assistiam.

— Ele é um ótimo filho — disse Kachiun, batendo nas costas do irmão e de Borte. — Vocês devem ter orgulho.

— Eu tenho — respondeu Gêngis. — Mas duvido que ele seja capaz de comandar. É manso demais para ter nas mãos a vida de homens.

— Ele ainda é novo — disse Borte imediatamente, balançando a cabeça numa censura. — E não viveu o mesmo que você.

— Talvez devesse ter vivido. Se eu tivesse deixado os meninos sobreviverem aos invernos de minha terra em vez de trazê-los para cá, talvez todos fossem cãs. — Gêngis pôde sentir Jochi e Chagatai ouvindo, mas eles fingiram que não.

— Eles ainda serão, irmão — disse Khasar. — Você verá. As terras que tomamos precisarão de homens para governá-las. Dê-lhe alguns anos e o coloque como xá de um desses reinos do deserto. Deixe-lhe um *tuman* como apoio e ele o deixará orgulhoso, não duvido.

Gêngis assentiu, satisfeito com o elogio ao filho. Viu Temuge se virar com interesse súbito diante das palavras de Khasar:

— Essa é uma boa ideia. Nas terras jin, frequentemente tivemos de tomar a mesma cidade mais de uma vez. Algumas resistiram até mesmo depois de um segundo ataque e precisaram ser destruídas. Nós não podemos simplesmente passar por cima delas e esperar que permaneçam derrotadas.

Gêngis fez uma ligeira careta por causa do “nós”. Não se lembrava de ter visto Temuge atacando cidades, mas, num dia assim, deixou isso passar. O mais novo de seus irmãos continuou alegremente:

— Dê-me a ordem e eu deixarei homens bons em cada cidade que tomarmos deste xá sumido, para governar em seu nome. Em dez ou vinte anos você terá um império equivalente ao jin e ao sung juntos.

Gêngis se lembrou de uma antiga conversa com um líder de tong na cidade jin de Baotou. O sujeito havia sugerido algo semelhante na época, tantos anos antes. Era um conceito difícil para ele. Por que um homem iria querer governar uma cidade quando as planícies estavam abertas e vazias? No entanto, a ideia o intrigava, e ele não desprezou as palavras do irmão.

A família da noiva não poderia alimentar tantas pessoas, mas Temuge ordenara que cada fogão nos acampamentos fosse aceso para a festa do casamento. Vastos tapetes de feltro foram desenrolados no terreno empoeirado e Gêngis sentou-se com os irmãos, aceitando, com um cumprimento de cabeça, um odre de airag e uma tigela fumegante. Ao redor, o humor era leve e canções fluíam de gargantas enquanto eles comemoravam a união de seu filho mais novo. Naquele lugar, com a cidade de Nur tendo se rendido apenas dois dias antes, Gêngis sentia-se relaxado como não acontecera nos muitos meses de guerra. A destruição de Otrar não lancetara o veneno de sua fúria. Em vez disso, ela havia crescido. Tinha pressionado todos fortemente, mas, com o xá ainda vivo, Gêngis sentia-se impelido a causar devastação nas terras dele. Um limite fora atravessado no ataque contra mulheres e crianças e, na ausência do próprio xá, Gêngis havia castigado o povo do seu inimigo do único modo que conhecia.

— Não gosto da ideia, Temuge — disse finalmente. O rosto do irmão se frustrou antes de Gêngis continuar. — Mas não proíbo. Não quero que esses árabes voltem se esgueirando, quando tivermos passado. Se eles forem deixados vivos, será como escravos. — Com esforço, tentou não deixar a raiva chegar à superfície enquanto prosseguia: — Governar uma cidade seria uma boa recompensa para guerreiros idosos, talvez. Um homem como Arslan poderia sentir-se renovado com esse desafio.

— Mandarei batedores procurá-lo — respondeu Temuge instantaneamente.

Gêngis franziu a testa. Não havia pensado no próprio Arslan. No entanto, ainda sentia falta do velho e não conseguiu encontrar motivo para ser contra.

— Muito bem, irmão. Mas mande chamar também Chen Yi, em Baotou, se ele ainda estiver vivo.

— Aquele marginalzinho! — reagiu Temuge, cuspindo. — Eu não quis dizer para dar o poder a simplesmente *qualquer um*. Ele já tem a cidade de Baotou, irmão. Posso citar uma dúzia de homens mais adequados ao trabalho que tenho em mente.

Gêngis balançou a mão com impaciência. Não queria começar uma discussão, e agora isso ameaçava dominá-lo e estragar o dia.

— Ele entendia o tipo de coisa que você quer dizer, Temuge, o que o torna valioso. Ofereça-lhe ouro e poder. Mesmo assim ele pode recusar, não sei. Será que tenho de me repetir?

— Claro que não — respondeu Temuge. — Passamos tanto tempo em guerra que é difícil pensar no que deve acontecer em seguida, mas...

— *Você* não passou muito tempo em guerra — disse Khasar, cutucando-o com o cotovelo. — *Você* passou seu tempo com maços de papel ou bancando o cã com suas criadas.

Temuge ficou vermelho instantaneamente; teria respondido, mas Gêngis levantou a mão pedindo paz.

— Hoje *não* — disse, e os dois obedeceram, olhando-se irritados.

Perto da cidade, Gêngis viu um grupo de guerreiros seus ficar de pé. Levantou-se instantaneamente, com cautela súbita quando três deles trotaram em meio à multidão animada, vindo em sua direção. O que quer que tivesse perturbado a refeição deles ainda não havia se espalhado pelo resto, e mais de uma família xingou alto quando os guerreiros pularam por cima ou ao redor delas. Muitos haviam trazido cães para a festa, e eles latiam agitados.

— O que houve? — perguntou Gêngis. Se um dos jovens idiotas tivesse começado uma briga no dia do casamento de seu filho, ele arrancaria seus polegares.

— Há pessoas saindo da cidade, senhor — respondeu o guerreiro com uma reverência profunda.

Sem mais palavra, Gêngis, Kachiun e Khasar caminharam pela multidão até poderem olhar a cidade. Embora a pé, todos estavam bem armados, como era o hábito de homens que sempre tinham uma espada ou um arco ao alcance.

As pessoas que saíam de Nur não pareciam perigosas. Gêngis olhou com curiosidade os cerca de sessenta homens e mulheres caminhando pelo terreno entre a cerimônia de casamento e Nur. Vestiam roupas coloridas que se assemelhavam ao manto nupcial de Tolui e não pareciam carregar armas.

A multidão do casamento ficara silenciosa e muitos outros homens tinham começado a ir em direção ao cã, prontos para matar caso surgisse a necessidade. Quando o grupo se aproximou, ficou diante de uma linha de veteranos ferozes, homens que Gêngis havia honrado com o convite. A visão daqueles guerreiros os fez hesitar, mas um deles gritou para os outros em sua língua estranha, claramente encorajando-os.

Quando estavam suficientemente perto para falarem, Gêngis reconheceu alguns dos anciãos da cidade que tinham se rendido a ele. Mandou Temuge à frente, para traduzir.

Seu irmão ouviu o líder de Nur, depois assentiu para si mesmo antes de falar:

— Eles trouxeram presentes ao filho do cã no dia de seu casamento — disse Temuge.

Gêngis resmungou, em parte tentado a mandá-los de volta para casa. Talvez por causa da conversa que acabara de ter, cedeu. Inimigos eram para ser destruídos, claro, mas aqueles haviam se declarado a favor dele e não fizeram nada para deixá-lo com suspeitas. Tinha consciência de que um exército acampado em volta de uma cidade torna as conversas de paz surpreendentemente fáceis, mas no fim assentiu.

— Diga que são bem-vindos, só por hoje — disse a Temuge. — Eles podem dar os presentes a Tolui quando a festa acabar.

Seu irmão soltou um jorro de palavras guturais e o grupo relaxou visivelmente, enquanto se juntava aos mongóis nas mantas de feltro e aceitava chá e airag.

Gêngis se esqueceu deles ao ver o pequeno Tolui sair da iurta de seu sogro e rir para a multidão. Ele havia tomado chá com a família e fora formalmente aceito por eles. Puxou Sorhatani pela mão e, ainda que o manto dela mostrasse um volume na frente, ninguém comentou, com Gêngis olhando. Kokchu estava pronto para dedicar a união ao pai céu e à mãe terra, trazendo bênçãos à nova família e pedindo crianças gordas e fortes para encher suas iurtas.

Quando o xamã começou a entoar, Chakahai estremeceu e afastou o olhar do sujeito. Borte pareceu entender e pôs a mão no braço dela.

— Não consigo olhar para ele sem pensar na pobre Temulun — murmurou Chakahai.

Ao ouvir esse nome, o humor de Gêngis azedou num instante. Ele convivera com a morte a vida toda, mas a perda da irmã fora dura. Sua mãe ainda não havia deixado a reclusão autoimposta nem para ir ao casamento do neto. Só isso já era razão suficiente para as cidades árabes lamentarem o dia em que tinham zombado dos homens mongóis e obrigado o cã a ir para suas terras.

— Este é um dia para recomeços — disse Gêngis, cansado. — Não falaremos de morte aqui.

Kokchu dançou e girou enquanto cantava, a voz indo até longe na brisa, que secava o suor das pessoas. A noiva e sua família permaneceram imóveis, de cabeça baixa. Só o pequeno Tolui se movia, realizando sua primeira tarefa de marido. Gêngis ficou observando com frieza Tolui começar a montagem de uma iurta com as pilhas de treliça de vime e feltro grosso. Era um trabalho duro para quem ainda mal chegara a homem, mas seu filho tinha dedos rápidos e a moradia começou a tomar forma.

— Vingarei Temulun e todo o resto — disse Gêngis subitamente, em voz baixa.

Chakahai olhou-o e assentiu.

— Isso não fará com que ela viva de novo — disse ela.

Gêngis deu de ombros.

— Não é por ela. O sofrimento de meus inimigos será uma festa para os espíritos. Quando eu estiver velho, me lembrarei das lágrimas que eles derramaram e isso aliviará meus ossos.

O clima leve do casamento havia desaparecido; Gêngis ficou olhando impaciente o pai da noiva se aproximar, ajudando o pequeno Tolui a levantar o mastro central da iurta, branco e novo. Quando ela estava pronta, o filho do cã abriu a porta pintada para levar Sorhatani à sua nova casa. Em teoria eles selariam o casamento naquela noite, mas estava claro que essa tarefa específica já fora realizada. Gêngis se perguntou, preguiçosamente, como seu filho arranjaria um trapo ensanguentado para mostrar que a virgindade dela fora tirada. Esperava que o garoto tivesse o bom senso de não se dar ao trabalho.

Gêngis pôs de lado um odre de airag e se levantou, batendo as migalhas de cima do dil. Poderia ter culpado Chakahai por estragar o dia, mas tinha sido uma pausa curta no trabalho sangrento que ele enfrentava. Sentiu a mente se encher com os planos e estratagemas de que precisava, assentando-se nos ritmos frios que tomariam cidades e limpariam as areias de todos que resistissem a eles.

Os que estavam junto sentiram a mudança. Ele não era mais o pai dedicado. O grande cã se levantou de novo e ninguém enfrentou seu olhar calmo.

Gêngis olhou o acampamento ao redor, os que ainda estavam deitados e comiam ou bebiam, desfrutando o calor e a ocasião. Por algum motivo a indolência deles o irritou.

— Mande os guerreiros voltarem ao acampamento, Kachiun — ordenou. — Mande que desgastem a gordura de inverno com uma longa cavalgada e treino com arco. — Seu irmão fez uma reverência breve, afastando-se e espalhando homens e mulheres com ordens rosnadas.

Gêngis respirou fundo e espreguiçou os ombros. Depois de Otrar, a cidade do xá, Bukhara, caíra quase sem que fosse dado um único golpe. Toda a sua guarnição de 10 mil homens havia desertado e ainda se esgueirava em algum lugar das montanhas, aterrorizada com ele.

Gêngis estalou a língua para fazer Jochi levantar os olhos.

— Leve seu *tuman* aos morros, Jochi. Encontre e destrua aquela guarnição.

Quando Jochi saiu, Gêngis sentiu um ligeiro alívio. O xá estava contido no extremo oeste, por Tsubodai e Jebe. Mesmo que escapasse deles e retornasse, seu império estaria reduzido a cinzas e entulho.

— Temuge? Mande seus batedores cavalgarem até Samarkand e trazer cada detalhe que puderem descobrir sobre as defesas. Comandarei o ataque, com Chagatai e Jochi, quando ele retornar. Transformaremos as preciosas cidades deles em pó.

Jelaudin estava de pé, de costas para a porta dos cômodos que haviam alugado na cidade de Khuday, deixando lá fora o barulho e o fedor do mercado. Odiava aquele lugarzinho sujo próximo a uma grande vastidão de areia onde nada vivia além de lagartos e escorpiões. Estremeceu. Já vira mendigos antes, claro. Nas grandes cidades de Samarkand e Bukhara eles procriavam como ratos, mas ele jamais tivera de andar em seu meio, ou sofrer com suas mãos doentes puxando-lhe a túnica. Não havia parado para colocar moedas nas palmas das mãos deles, e ainda fumegava de raiva com os xingamentos. Em outra época teria ordenado que a cidade fosse queimada por causa do insulto, mas pela primeira vez na vida estava sozinho, despido do poder e da influência que ele mal notara até que desapareceram.

Jelaudin deu um pulo quando soou uma batida perto de sua cabeça. Lançou um olhar desesperado pelo cômodo minúsculo, mas seu pai estava deitado no outro e os irmãos tinham saído para comprar comida para a refeição da noite. Enxugou o suor do rosto com um gesto rápido, depois escancarou a porta.

O dono da casa estava ali, espiando para dentro cheio de suspeitas, como se Jelaudin pudesse ter levado meia dúzia de outras pessoas para o casebre minúsculo que havia alugado. Jelaudin se abaixou junto com o dono, bloqueando a visão dele.

— O que é? — perguntou rispidamente.

O homem franziu a testa para o jovem inquilino arrogante, seu hálito pungente de especiarias.

— É meio-dia, senhor, vim pegar o aluguel.

Jelaudin assentiu irritado. Parecia um sinal de desconfiança pagar a cada dia, e não por mês. Imaginou que a cidade não via muitos estranhos, em especial desde que os mongóis haviam chegado à região. Mesmo assim era abominável para um príncipe ser tratado como um homem que poderia fugir à noite para não pagar as dívidas.

Jelaudin não encontrou moedas no bolso e teve de atravessar o cômodo até uma precária mesa de madeira. Encontrou ali uma pequena pilha, que havia sido contada na noite anterior. Aquilo não iria mantê-los ali por mais do que uma semana, e seu pai ainda estava doente demais para viajar. Pegou cinco moedas de cobre, mas não foi suficientemente rápido para impedir que o proprietário entrasse.

— Pronto — disse Jelaudin, colocando o dinheiro na mão dele. Teria ordenado que ele saísse, mas o sujeito parecia sem pressa de ir embora, e além disso Jelaudin percebia que a própria atitude não cabia a alguém reduzido a ficar em um alojamento tão pobre. Tentou parecer humilde, mas o dono permaneceu onde estava, passando as moedas gordurosas de uma das mãos para a outra.

— Seu pai ainda está mal, senhor? — perguntou o homem de repente. Jelaudin deu um passo para impedi-lo de olhar no outro cômodo enquanto ele continuava: — Conheço um médico muito bom. Ele é caro, mas foi treinado em Bukhara antes de retornar para a família aqui. Se o senhor puder pagar...

Jelaudin olhou de novo a pequena pilha de moedas. Em sua bolsa escondida tinha um rubi do tamanho da junta do polegar. Aquilo compraria a casa em que ele estava, mas, acima de qualquer outra coisa, não queria atrair atenção para sua família. A segurança deles dependia do anonimato.

No quarto dos fundos pôde ouvir o pai chiando; ele assentiu, cedendo.

— Posso pagar. Primeiro precisarei ver um joalheiro, um que compre pedras.

— Há muitos homens assim, senhor. Posso perguntar se alguém reivindica a joia que o senhor deseja vender?

Por um momento Jelaudin não entendeu o que estava sendo perguntado. Quando se deu conta, ficou vermelho de ultraje.

— Não é roubada! Eu... herdei da minha mãe. Quero um homem honesto que me pague o preço certo por ela.

O dono baixou a cabeça, embaraçado com o insulto que causara.

— Minhas desculpas, senhor. Eu também passei por tempos difíceis. Recomendo Abbud, cuja barraca no souk é a vermelha. Ele trabalha com ouro e itens valiosos de todos os tipos. Se o senhor disser que o cunhado dele o mandou, ele lhe fará um preço justo.

— E depois um médico? — continuou Jelaudin. — Mande que ele venha esta noite.

— Tentarei, senhor, mas há poucos homens tão estudados em Khuday. Ele é muito ocupado.

Jelaudin não estava acostumado a barganhar ou a pagar subornos. Um longo momento se passou, e o dono da casa teve de olhar deliberadamente para a pilha de moedas antes que a compreensão baixasse sobre Jelaudin. O jovem príncipe tirou a pilha da mesa com uma das mãos e entregou as moedas ao homem, tentando não se retrair quando as mãos dos dois se tocaram.

— Direi a ele que é um favor para mim, senhor — respondeu o homem, rindo de orelha a orelha. — Ele virá ao pôr do sol.

— Bom. Agora saia — respondeu Jelaudin, com a paciência se dissolvendo. Aquele não era o seu mundo. Mal tinha visto moedas antes da vida adulta, e somente para jogar, com os oficiais de seu pai. Sentia-se sujo com a troca, como se tivesse cedido a algum tipo de intimidade. Suspirou quando a porta se fechou de novo, desanimando.

CAPÍTULO 22

O JOALHEIRO ABBUD AVALIOU JELAUDIN, COM QUASE TANTA ATENÇÃO QUANTO a que dedicava ao rubi que ele havia trazido. Tanto a pedra quanto o homem à sua frente o deixaram com suspeitas, mas seu cunhado tinha um faro para lucros que era equivalente ao do próprio Abbud.

O homem que se dizia filho de mercador não tinha experiência em comércio, isso era óbvio. O modo como olhava aparvalhado os negociantes em suas barracas enquanto ia até o estabelecimento de Abbud era realmente estranho. Que tipo de homem jamais havia visitado um souk? Então sua arrogância fez os pelos da nuca de Abbud se eriçarem, todos os seus instintos alertando-lhe para perigo. Ele havia sobrevivido a quarenta anos de comércio em três cidades e confiava nos próprios instintos. O homem tinha mãos endurecidas por espada, para começar. Parecia mais um soldado do que um mercador e andava pelo mercado como se esperasse que os outros saíssem do caminho. Abbud havia se divertido ao assisti-los não fazerem isso, e o rapaz havia tropeçado em dois valentões que vendiam galinhas. Se não fosse pela espada ao quadril, eles poderiam ter, além das zombarias, lhe dado socos.

E a espada era muito boa. Abbud sentia a mão coçar em vontade de segurá-la, e só podia ficar curioso com a estupidez de um homem que carregava uma coisa daquelas pelo souk. A julgar pela prata trabalhada da bainha, ela valia mais ainda do que o rubi que ele pôs na bancada externa do souk para todos verem. Abbud havia coberto a pedra com a mão e o chamado para dentro, antes que o idiota fizesse com que os dois acabassem mortos, mas a espada poderia provocar isso de qualquer modo. As vidas eram baratas em Khuday, para alguns jovens diabos com facas valia a pena correr o risco por uma arma daquelas. Ela alimentaria suas famílias durante um ano, se fosse vendida ao homem certo. Abbud suspirou sozinho, imaginando se deveria alertar o cliente. Era provável que a espada fosse oferecida a ele próprio antes do fim do dia, talvez ainda com sangue.

Nenhum de seus pensamentos transparecia enquanto ele levava Jelaudin até os fundos da pequena barraca. Ali ele tinha uma mesa, longe dos olhares curiosos do mercado. Bateu numa cadeira para Jelaudin enquanto também se sentava e levava a pedra para perto de uma vela, procurando falhas antes de pesá-la com grande delicadeza numa minúscula balança de latão.

Seria roubada? Achava que não. Um ladrão não a teria deixado tão às claras. O homem era o dono, certamente, mas ainda assim a coceira de preocupação não abandonava Abbud. Ele sabia que o motivo para seu sucesso estava na capacidade de ler o desespero naqueles que o procuravam. Já ficara sabendo que o sujeito precisava de um médico. Suspeitava de que poderia ter a pedra por uma fração do valor, mas pousou-a como se ela o queimasse. Havia muitas coisas erradas com aquele homem e o rubi. Abbud disse a si mesmo que deveria mandá-lo embora. Teria feito isso, se a pedra não fosse tão perfeita.

— Não posso vender uma joia dessas em Khuday — disse com relutância. — Sinto muito.

Jelaudin piscou. O velho estava recusando-o?

— Não entendo — respondeu.

Abbud abriu as mãos.

— Meu negócio é receber uma percentagem em itens finos de ouro. Khuday é um lugar pobre e é improvável que alguém aqui vá me dar mais do que eu poderia lhe dar. Eu teria de mandar a joia com uma caravana a Bukhara ou Samarkand, ou talvez Ashgabad ou Mashhad, no sul. — Ele rolou a pedra com um dedo como se ela fosse apenas um badulaque. — Talvez Cabul tivesse um comprador, mas o custo de levá-la tão longe anularia o lucro que eu poderia ter. Como eu disse, lamento, mas não posso comprá-la.

Jelaudin estava perdido. Em toda a sua vida jamais havia barganhado nada. Não era idiota e reconhecia que o homem provavelmente estava jogando com ele, mas não fazia ideia do que oferecer. Num súbito jorro de raiva, pensou em pegá-la e ir embora. Só por pensar no médico chegando para ver seu pai ao pôr do sol é que se manteve sentado. Abbud observou-o atentamente, escondendo o deleite diante das emoções transparentes do rapaz. Não resistiu a torcer a faca, e empurrou a joia por sobre a mesa, como se encerrando a conversa.

– Posso mandar que tragam um chá? – sugeriu Abbud. – Não gosto de dispensar um homem sem oferecer ao menos algo para beber.

– Preciso vender isto – disse Jelaudin. – O senhor não pode recomendar alguém que fique com ela esta noite e me pague um bom preço?

– Mandarei trazer o chá – respondeu Abbud, como se a pergunta não tivesse sido feita. Ignorou as vozes de alerta que o haviam perturbado no início. *Preciso vender isto?* Que Alá lhe trouxesse uma fila de idiotas como este e ele se aposentaria indo morar num palácio abençoado por brisas frescas.

Quando seu ajudante trouxe o chá num bule de prata, Abbud observou o modo como o cliente verificava o sol lá fora. Sua ingenuidade era inebriante.

– Você está passando alguma necessidade, amigo – disse Abbud. – Eu não gostaria que dissessem que me aproveitei dessa necessidade, entende? Minha reputação é tudo.

– Entendo, claro – respondeu Jelaudin. O chá era muito bom, e ele foi tomando a bebida quente em confusão, imaginando o que fazer. O velho joalheiro se inclinou adiante e ousou dar-lhe um tapinha no braço como se fossem amigos.

– Meu cunhado contou-me que seu pai está doente. Mandaria eu embora um bom filho? Jamais nesta vida. Farei uma oferta pela pedra, o bastante para pagar o médico, pelo menos. Se eu ficar com o rubi, talvez encontre um comprador daqui a alguns anos, não é? Meu negócio não se resume a lucro rápido. Há ocasiões em que preciso pensar na minha alma. – Abbud suspirou audivelmente. Pensou que poderia ter passado do ponto com esta última demonstração, mas o rapaz se animou e assentiu para ele.

— O senhor é muito gentil — disse Jelaudin, seu alívio dolorosamente óbvio.

— Não seremos todos julgados? — disse Abbud com devoção. — Minha barraca não tem sido lucrativa ultimamente, com toda essa apreensão de que haverá guerra. — Então ele parou, observando uma tensão no rosto do rapaz.

— Você perdeu alguém, amigo? Alá dá e toma. Só podemos é suportar esta vida.

— Não, não é nada — respondeu Jelaudin. — Ouvi falar de grandes batalhas no leste.

— De fato. Tempos difíceis, estes. — O arrepio de alerta havia retornado com força total, e de novo Abbud pensou em dispensar o sujeito. O rubi brilhava na mesa; seus olhos foram atraídos para ele de novo.

— Por você, amigo, vou oferecer quatro moedas de ouro. Não é o que a pedra vale, nem metade, mas cobrirá sua dívida com o médico. Não posso oferecer mais.

Recostou-se, preparado para a negociação mas, para sua grande surpresa, Jelaudin ficou de pé:

— Muito bem. O senhor é um bom homem — disse ele.

Abbud encobriu a confusão e o espanto levantando-se também e segurando a mão estendida. Seria possível? A pedra valia quarenta vezes o que ele oferecera!

Abbud escondeu o deleite do melhor modo que pôde enquanto entregava quatro pequenas moedas. A bainha da espada brilhava na semiescuridão e ele teve de arrastar o olhar para longe dela. Devia alguma coisa ao idiota.

— Amigo, vou lhe dar um pedaço de pano para enrolar a espada que você carrega. Há ladrões no souk, ainda que me desagrade admitir. Eles podem já ter notado sua chegada aqui. Se tiver amigos, deixe que eu mande chamá-los para voltar com o senhor ao seu alojamento.

Jelaudin assentiu com insegurança.

— Muito gentil, senhor. Mais do que eu esperaria num lugar destes.

Abbud deu um risinho.

— Eu também tenho filhos. Rezarei pela rápida recuperação do seu pai.

Demorou até quase o pôr do sol para que o ajudante trouxesse consigo três homens da casa do cunhado de Abbud. Eram tão altivos e estranhos quanto o que tinha a pedra, e Abbud se perguntou se deveria mandar vigiarem a casa em que estavam. Se tivessem outras pedras para vender, ele não queria que fossem procurar um dos seus concorrentes. Limpariam aqueles ingênuos até os ossos. É, seria bom ter um alerta caso fosse haver encrenca. Algo nos quatro rapazes dizia que havia mesmo encrenca bem perto.

Jelaudin se sentia empolgado enquanto voltava pelo meio da multidão com os irmãos. Era quase o pôr do sol e o médico estaria a caminho, ele havia comerciado e retornado com ouro na bolsa. Era um sentimento inebriante e a princípio ele não viu as expressões nervosas dos irmãos. Eles andavam rapidamente ao seu lado e a visão dos rostos sérios bastou para afastar um par de rapazes magricelos que espreitavam perto da barraca de Abbud, olhando rudemente. Enquanto se aproximavam da casinha onde haviam alugado cômodos, Jelaudin notou finalmente a tensão nos irmãos.

— O que foi? — murmurou ele.

Eles trocaram olhares.

— Os mongóis, irmão. Nós os vimos nos mercados. Eles estão aqui.

O médico encostou os dedos compridos na barriga do xá, manipulando os órgãos. Jelaudin olhou com nojo a pele de seu pai se enrugar e se afrouxar como se não estivesse mais ligada à carne. Não se lembrava de tê-lo visto tão exposto e vulnerável em momento algum da vida. O médico parecia friamente profissional, mas Jelaudin estava acostumado a lidar com os doutores da corte. Cada um deles havia estabelecido a reputação antes que o xá o aceitasse. Jelaudin suspirou em silêncio. Pelo que sabia, o sujeito podia ser um charlatão.

O doutor massageou a pele do paciente, olhando com atenção e ouvindo a respiração dificultosa. O xá estava acordado, mas seus olhos pareciam amarelos em volta da íris e o rosto era pálido. Jelaudin só pôde ficar olhando enquanto o homem puxava a pálpebra inferior de seu pai e fazia “tsc-tsc”.

O médico murmurou ordens rápidas e seu ajudante começou a ferver água e partir ervas, colocando lá dentro. Para Jelaudin era um alívio entregar seu pai aos cuidados de outro, e pela primeira vez em meses não se sentiu completamente desamparado.

Por fim a inspeção terminou e o médico ficou de pé.

— O fígado dele está fraco — disse a Jelaudin. — Posso lhe dar uma coisa para isso, mas os pulmões são o problema mais urgente.

Jelaudin não ressaltou que qualquer um poderia ter feito aquele diagnóstico. Estava pagando ouro pelas atenções do sujeito e se agarrou a cada palavra. O médico puxou-o pelo braço até o braseiro, onde folhas escuras saltavam e borbulhavam no líquido.

— Mande seus amigos sentarem-no e colocar um pano sobre a cabeça dele. Essas ervas liberam um cheiro poderoso, que o ajudará a respirar.

Jelaudin assentiu para os irmãos, que ajudaram o pai a sentar-se. O chiado piorou instantaneamente.

— Vai funcionar rápido? — perguntou Jelaudin.

O médico o olhou.

— Rápido não, rapaz, nem um pouco. Seu pai está muito mal. Ele deve sentar-se acima dos vapores até que o líquido fique frio: ao amanhecer, ao meio-dia e ao anoitecer. Dê-lhe caldo de carne para recuperar as forças e se certifique de que ele beba o máximo de água que puder. Em uma semana voltarei e avaliarei o quanto ele melhorou.

Jelaudin se encolheu diante do pensamento de passar uma semana naqueles cômodos apertados. Será que até lá os mongóis teriam ido para outras partes? Certamente. Abençoou sua decisão de se esconder na cidade. A não ser que os mongóis a destruíssem por puro despeito, em Khuday eles estariam mais seguros do que em qualquer lugar.

Com cobertores enrolados para apoiá-lo, o pai tombou a cabeça sobre as pernas estendidas. Jelaudin ficou olhando enquanto outro cobertor era posto no colo do xá para protegê-lo do calor. Com uma pinça de metal, o ajudante do médico levantou o pote fumegante do braseiro e colocou-o na frente do velho. O chiado ficou ligeiramente abafado enquanto os irmãos de Jelaudin punham um pano por cima da cabeça dele. O xá tossiu duas vezes por causa dos vapores acres, mas então se acostumou com eles e o chiado realmente pareceu amenizar.

O médico ouviu atentamente antes de assentir.

— Posso deixar uma quantidade de ervas suficiente para alguns dias. Depois disso o senhor precisa comprar seu suprimento no mercado. — Ele deu um leve sorriso. — Peça "bordi" ou "pala". Eles não conhecem o nome em latim. Para o fígado, silymarina, ou cardo mariano, servirá bem. Faça com que ele beba junto com um pouco de mel.

— Obrigado — respondeu Jelaudin. Tentou não mostrar o alívio, mas o médico pareceu percebê-lo mesmo assim.

— Não se preocupe muito com seu pai. Ele é velho, mas forte. Um mês de descanso e ele voltará a ser o que era. Vejo que os senhores não têm um braseiro, não é?

Jelaudin balançou a cabeça. Seus irmãos vinham comprando comida quente no souk.

— Vou lhe emprestar este, mas os senhores terão de conseguir carvão.

Jelaudin baixou a cabeça e ficou olhando o médico juntar os materiais e medir porções das ervas amargas, lacrando-as em embrulhos de papel encerado. Restou ao ajudante estender a mão para receber o pagamento, ao que Jelaudin ficou vermelho por ter de ser lembrado. Colocou quatro moedas de ouro nas mãos do garoto, notando como ele era limpo em comparação aos moleques de rua.

Quando o dinheiro trocou de mãos o médico se empertigou discretamente, relaxando.

— Excelente. Façam o que eu disse e tudo ficará bem, *inshallah*. — Ele saiu dos aposentos minúsculos para a forte luz do sol, deixando os filhos com o pai.

— Não temos mais ouro — disse de repente o irmão mais novo de Jelaudin. — Como podemos comprar as ervas e o carvão?

Jelaudin se encolheu diante do pensamento de voltar ao mercado, mas pelo menos tinha um amigo lá. Ainda possuía meia dúzia de rubis menores, mas com a velocidade com que estava se desfazendo deles, duvidava que durassem. Em um mês os mongóis certamente teriam ido embora, e com a força do pai retornada, eles poderiam finalmente ir para o leste. Bastaria encontrar uma guarnição leal e ele levaria o inferno e a destruição sobre a cabeça do cã mongol. Mais ao sul havia muitos homens do islã que cavalgariam sob seu estandarte contra os infiéis.

Ele só precisaria avisá-los. Jelaudin rezou em silêncio enquanto seu pai engasgava e respirava com dificuldade sobre os vapores, a pele do pescoço vermelha de calor e vapor. Ele sofrera muitos insultos, mas ainda seriam pagos.

Até chegar o pôr do sol, dois homens diferentes haviam tomado chá na barraca vermelha de Abbud. Era incomum ele atrasar a hora de enrolar os toldos e caminhar até a pequena mesquita da cidade para seu último afazer do dia. À medida que os últimos raios do sol iluminavam os becos do souk, pôde ouvir o chamado à oração ecoando pela cidade. Abbud dispensou o último homem, colocando moedas em sua mão como presente pela informação que ele trouxera. Perdido em pensamentos, lavou as mãos na pequena tigela preparada para a oração da noite. O ritual limpou sua mente para pensar no que havia descoberto. Os mongóis andaram fazendo perguntas. Abbud ficou satisfeito por ter colocado um garoto para vigiar a casa de seu último cliente. Perguntou-se o quanto a informação valeria.

Ao redor, o mercado ia desaparecendo. Algumas barracas foram carregadas em jumentos ou camelos enquanto negócios mais estabelecidos abriam portas de madeira sobre buracos no próprio chão, que podiam ser trancadas com barras até o amanhecer. Enquanto terminava de enrolar o último pedaço de pano, Abbud assentiu para o guarda armado que ele havia contratado para dormir junto à porta. Pagava bem para o homem terminar as orações sozinho e deixou-o estendendo o tapete e lavando as mãos simbolicamente com terra.

O súbito jorro de movimento que chegava com o crepúsculo pareceu surpreender os mongóis que percorriam a cidade. Enquanto as barracas eram empacotadas, os estranhos foram revelados um a um, parados em pequenos grupos e olhando ao redor como crianças fascinadas. Abbud evitou atrair o olhar deles enquanto ia em direção à mesquita. Sua esposa estaria entrando por outra porta no prédio enfeitado e ele não poderia vê-la até que as orações terminassem. Ela não aprovaria o que ele estava pensando em fazer. As mulheres não entendiam os negócios dos homens, ele sabia. Só viam os riscos, e não as recompensas que vinham apenas com risco. Como se para lembrá-lo, sentiu o rubi bater contra a coxa enquanto andava, prova da bênção de Alá à sua casa.

Com o canto do olho viu um árabe jovem e alto parado com os guerreiros mongóis. A multidão que ia para a mesquita ignorou-os como se não estivessem ali, uma combinação de desprezo e medo. Abbud não pôde resistir a olhar para o beduíno enquanto passava, notando a costura característica de suas roupas, que o marcava como morador do deserto tão claramente como se fosse uma placa pendurada no peito.

O estranho, que não deixava nada fugir a sua atenção, captou o olhar rápido de Abbud e parou rapidamente para bloquear seu caminho. O joalheiro foi obrigado a parar ou perder a dignidade tentando correr em volta dele.

— O que é, filho? — perguntou Abbud irritado. Não tivera tempo de pensar no melhor modo de usar a informação que havia comprado. Os melhores lucros nunca vinham de ação apressada, e ele pretendera usar o tempo na mesquita para pensar bem. Olhou com suspeita enquanto o beduíno fazia uma reverência profunda. Não se podia confiar em ninguém do deserto.

— Desculpe, senhor. Eu não iria perturbá-lo a caminho da oração se o assunto não fosse importante.

Abbud pôde sentir o olhar dos outros comerciantes que passavam. Inclinou a cabeça para ouvir o chamado à oração, avaliando que tinha apenas alguns instantes.

— Depressa, filho, depressa.

O rapaz fez outra reverência.

— Estamos procurando cinco homens, quatro irmãos e o pai. O senhor sabe de algum estranho que tenha vindo para cá nos últimos dias?

Abbud ficou completamente imóvel enquanto pensava.

— Todo tipo de informação pode ser comprado, meu filho, se você estiver disposto a pagar o preço.

Viu o rosto do rapaz mudar, a empolgação aparecendo. Ele se virou e rosnou palavras estranhas aos mongóis que estavam olhando. O joalheiro soube quem era o líder antes que ele falasse, pelo modo como os outros se comportavam com deferência diante dele. Era estranho pensar naqueles homens queimando uma trilha de fogo através do mundo.

Não pareciam capazes disso, ainda que cada homem carregasse um arco, uma espada e uma adaga, como se esperassem que a guerra irrompesse no próprio souk.

As palavras do beduíno foram recebidas por um dar de ombros do líder. Abbud olhou atentamente o sujeito desamarrar uma sacola do cinto. Ele jogou-a quase com desdém para o joalheiro, que a pegou. Um breve olhar ao ouro que havia dentro bastou para que mais suor brotasse no seu rosto. O que lhe acontecera hoje? Precisaria contratar guardas armados na mesquita para sequer chegar em casa com aquela fortuna. Sem dúvida olhos perigosos tinham visto a bolsa, e não seria difícil adivinhar o conteúdo.

— Encontro vocês depois das orações, neste lugar — disse, virando-se para ir. Como uma cobra do deserto atacando, o líder mongol agarrou seu braço, segurando-o ao mesmo tempo em que rosnava para o beduíno.

— Você não entende — disse Yusuf a Tsubodai. — Ele *precisa* ir às orações. Mesmo sendo velho, lutará conosco se tentarmos segurá-lo aqui. Deixe-o ir, general. Ele não pode escapar. — Yusuf apontou deliberadamente para onde o guarda de Abbud estava sentado no alçapão sobre suas mercadorias. O gesto não passou despercebido ao joalheiro, mas ele sentiu uma pontada de raiva porque seu guarda idiota não estava nem ao menos virado para eles. O sujeito podia procurar outro trabalho, jurou consigo mesmo. Colocarem as mãos nele no meio da rua já era bastante ruim, mas ver o idiota distraído tornava o insulto quase insuportável. Quase. O ouro em sua mão multiplicava essa palavra por mil.

Com um puxão forte, Abbud soltou o braço, sentindo o coração martelar. Ficou tentado a devolver o ouro e se afastar com dignidade, mas o fato era que Khuday era uma cidade pequena e ele carregava em uma bolsa o lucro equivalente a cinco anos ou mais. Até podia pensar em se aposentar e passar os negócios ao filho. Realmente, Deus era bom.

— Meu amigo não deixará o senhor sair com o ouro — disse Yusuf, com o rosto vermelho. — Ele não entende o insulto à sua honra, senhor. Eu estarei aqui, se o senhor tiver a informação de que precisamos.

Com grande relutância, Abbud devolveu a sacola, desejando poder contar as moedas primeiro. Saberia se ela ficara mais leve quando retornasse, disse a si mesmo.

— Não fale com mais ninguém — disse Abbud com firmeza. — Sou eu o homem de quem você precisa.

Ele captou o fantasma de um sorriso no rosto do rapaz, que fazia reverência pela terceira vez, e passou entre os guerreiros irritadiços, que mantinham as mãos no punho das espadas.

Quando o joalheiro se afastou, Yusuf deu um risinho.

— Eles estão aqui — disse a Tsubodai. — Eu estava certo, não estava? Esta é a única cidade num raio de 60 quilômetros, e eles se esconderam.

Tsubodai assentiu. Não gostava de ter de depender de Yusuf, mas a língua ainda era uma confusão de sons para ele, mais parecendo o canto de pássaros do que uma fala de verdade.

— Não teremos de pagar a esse homem se nós mesmos os descobrirmos — disse.

As ruas haviam se esvaziado ao redor, e a agitação que o mercado tivera durante o dia todo estava, de alguma forma, encerrada, substituída por um canto fraco e abafado.

— Vocês árabes não matariam cavalos bons, penso eu — disse Tsubodai. — Devem estar em algum lugar perto, em estábulos. Enquanto eles rezam, vamos procurar. Quantas montarias boas pode haver nesta cidadezinha suja? Basta encontrar os cavalos e encontraremos o xá.

CAPÍTULO 23

Deitado no escuro, Jelaudin não conseguia dormir, a mente o atormentando com imagens fortes. Era difícil não ceder à melancolia enquanto coçava novas picadas de pulgas e apertava um cobertor fino em volta dos ombros, tentando se esquentar. Pelo menos no escuro nenhum de seus irmãos estava procurando-o para pedir conselhos, e o olhar de seu pai, que já fora penetrante, não podia encontrá-lo. Ele se recolhia o mais cedo possível a cada noite, procurando o sono como uma libertação e desejando que cada dia se esvaísse no nada. No entanto, o sono lhe escapava e sua mente agia como se fosse uma coisa separada, viva e se retorcendo na cabeça. Quando fechava os olhos era atormentado com visões de prazer nos palácios de seu pai, iluminado por milhares de velas e lampiões. Tinha dançado muitas vezes até o amanhecer e jamais pensara no custo do sebo ou do óleo. Agora sua única vela precisava ser poupada, assim como a comida e o carvão. Administrar um lar era uma revelação para ele, mesmo um lar tão pobre e esquálido quanto os cômodos em Khuday.

Quando abriu os olhos, com frustração, Jelaudin pôde ver o luar através das frestas do telhado. O ar estava preenchido pelo fedor denso de um balde de excrementos. Ele havia posto um do lado de fora em sua primeira noite em Khuday, mas o balde fora roubado de manhã e eles tinham sido obrigados a comprar outro. Aprendera a pagar a um garoto para carregá-lo até uma fossa pública fora da cidade, mas claro que seus irmãos tinham esquecido. Tudo custava dinheiro em Khuday. A vida era mais complicada do que ele imaginara, e às vezes se perguntava como os pobres comerciantes conseguiam viver.

Sentou-se com um susto quando um barulho soou e a pequena porta estremeceu no batente. Alguém estava batendo, e seu coração martelou dolorido no peito enquanto ele segurava a espada.

— Jelaudin? — chamou um dos seus irmãos, com medo.

— Esteja preparado — sussurrou ele de volta, vestindo as roupas no escuro. A calça justa fedia a suor velho, mas o balde de água estava tão vazio quanto o outro estava cheio, sem nem ao menos o bastante para passar no rosto. A batida soou de novo e ele respirou fundo enquanto desembainhava a espada. Não queria morrer no escuro, mas se os mongóis os tivessem encontrado, ele tinha consciência de que não deveria esperar misericórdia.

Escancarou a porta com a espada a postos, o peito nu arfando. A lua estava suficientemente clara para que ele visse um menino ali parado, e o alívio atravessou o jovem príncipe.

— Por que vem perturbar nosso sono? — perguntou.

— Meu senhor Abbud me mandou enquanto ia à mesquita para a oração da noite, senhor. Mandou-me falar que os mongóis sabem onde os senhores estão. Os senhores devem ir embora de Khuday.

O garoto se virou para ir embora, tendo dado o recado. Jelaudin estendeu a mão e agarrou-o, fazendo-o gritar de medo. A vida de um menino em Khuday era mais precária ainda do que a deles, e o pequenino se retorceu.

— Eles estão vindo para cá? — perguntou Jelaudin. — Agora?

— Sim, senhor — respondeu o garoto, com os dedos tentando soltar a mão de Jelaudin. — Por favor, preciso voltar correndo.

Jelaudin soltou o garoto, que saiu cambaleando. Olhou por um momento a rua enluarada, vendo inimigos em cada sombra. Fez uma rápida oração de agradecimento pela gentileza do velho joalheiro e depois entrou, fechando a porta como se ela pudesse conter seus temores.

Seus três irmãos estavam vestidos e prontos, de novo olhando-o em busca de liderança. Jelaudin fez uma careta.

— Acendam a vela e vistam nosso pai. Corra ao estábulo, Tamar, e pegue nossos cavalos.

— Você tem moedas, irmão? — retrucou Tamar. — O dono do estábulo vai querer pagamento.

Jelaudin sentiu como se um laço de forca estivesse apertando seu pescoço. Abriu uma bolsa e entregou um pequeno rubi ao irmão, deixando apenas cinco como o total de sua riqueza no mundo.

— Dê-lhe isso e diga que somos devotos seguidores do profeta. Diga que não haverá honra para qualquer homem que ajude nossos inimigos.

O irmão mais novo saiu correndo pela rua escura e Jelaudin começou a ajudar os outros com o pai. O xá Ala-ud-Din gemeu ao ser movimentado, e seus chiados ficaram mais altos na escuridão. Jelaudin se encolheu diante do calor doentio que vinha da pele do velho, mas não havia como evitar. Seu pai murmurou palavras sem significado, mas nenhum deles parou para ouvir.

Assim que o pai estava vestido e a vela acesa, dois dos filhos o seguraram enquanto Jelaudin lançava um olhar ao redor pelo lugarzinho infestado, que fora seu lar por um tempo. Por mais pobre que fosse, tinha servido de abrigo. A ideia de retornar à vida de perseguidos perturbava todos eles, mas Jelaudin não podia ignorar o aviso. O joalheiro lhe fizera esse favor e ele não iria desperdiçá-lo.

Lançou um olhar para o pequeno braseiro, mas o doutor deixara o objeto em confiança e Jelaudin não roubaria pela primeira vez na vida. Mesmo levando os embrulhos com as ervas amargas, deixou o braseiro para trás. Estava consumido pela necessidade de sair e mal ousava pensar na doença do pai. Não era certo um velho ser obrigado a fugir de novo. As esperanças de Jelaudin murcharam enquanto estava ali parado, substituídas por uma fúria desesperada. Se tivesse ao menos uma chance de se vingar do cã mongol, ele o faria, mesmo que custasse sua própria vida. Rezou para receber essa chance.

As ruas não estavam vazias, tão cedo na noite. Jelaudin podia ver muitos homens retornando das orações noturnas para suas famílias, ansiosos por calor e comida. Somente ele e os irmãos tinham tentado apagar outra noite com sono. O estábulo ficava a certa distância dali, uma decisão que ele tomara visando protegê-los. O pai tropeçava andando entre eles, e Jelaudin não sabia se o velho sequer entendia o que estava acontecendo. Quando ouviu uma pergunta engrolada sair dos lábios do pai, Jelaudin silenciou-o baixinho.

— Os homens que vocês procuram estão ali — disse Abbud.

Tsubodai deu ordens ríspidas e os guerreiros se moveram instantaneamente, chutando a porta e desaparecendo lá dentro.

Abbud esperou, suando, ouvindo barulhos estranhos. Os guerreiros voltaram quase tão rapidamente quanto haviam entrado, e ele não deixou de notar as expressões de raiva que viraram em sua direção. O jovem beduíno pegou Abbud pelo braço, quase lhe causando dor.

— Esta não é uma noite para brincadeiras, entende? Eu revistei estábulos durante metade da noite, enquanto esperava você. Agora você me leva a uma casa vazia. Será difícil impedir que eles o matem.

Abbud se encolheu, mas não tentou se soltar.

— Eles estavam aqui! A casa é do meu cunhado, e ele falou sobre esses homens no souk. Quatro rapazes e um velho muito doente. É só isso que sei, juro.

Ao luar, os olhos do beduíno estavam na sombra, o rosto mais frio do que a noite. Ele deixou o braço de Abbud cair, depois trocou um jorro de palavras com Tsubodai, que Abbud não pôde entender.

O mongol que Abbud havia identificado como líder encarou o velho joalheiro por um longo momento de silêncio. Depois deu novas ordens. Abbud só pôde ficar olhando enquanto os guerreiros chutavam outras portas e a noite era partida com gritos. Uma luta começou numa casa próxima e Abbud gritou em choque quando um dos guerreiros pegou a espada e matou um rapaz com um golpe no coração, passando por cima dele para revistar sua casa.

— Não precisa disso! — gritou Abbud. — Eles não estão aqui!

O beduíno se virou para ele e, para perplexidade de Abbud, parecia estar rindo.

— Agora não posso impedi-los, velho. Eles revistarão cada casa da rua, talvez a cidade inteira. Depois queimarão Khuday em volta de você.

Era demais para o joalheiro.

— Há estábulos aqui perto. Se eles foram para algum lugar, é lá.

— Leve-me até lá, velho — disse o beduíno. — Se você estiver certo, talvez Khuday não seja destruída.

Jelaudin trouxe seu cavalo até um agrupamento de arbustos mirrados na crista de um morro. O ar estava doce com o cheiro de folhas de limão e seu coração estava pesado enquanto olhava a cidade que os abrigara. À sua direita, a Estrela do Norte brilhava no céu, através do ar límpido e luminoso.

A leste, bem longe, podia ver as fogueiras do acampamento mongol como um brilho fraco. A oeste o mar Cáspio esperava, uma barreira final para sua família em fuga. Sabia que não poderia cavalgar pelas margens dele por 150 quilômetros com os mongóis procurando-os. Eles seriam apanhados com tanta facilidade quanto se fossem lebres em fuga. Sentia o leste como uma fome, desesperado para retornar e procurar as cidades que conhecera quando garoto.

A noite estava calma e a respiração torturada do pai era dolorida de ouvir. Jelaudin e seus irmãos haviam amarrado o velho à sela e puxado seu cavalo para fora da cidade, atravessando um ermo com mato ralo e evitando a estrada do leste.

Se os mongóis tivessem certeza de que eles estavam em Khuday, teriam cercado a cidade. Mas os filhos do xá haviam puxado os cavalos para longe e não viram vivalma. No entanto, escapar daquele local era coisa pequena. Se não pudessem virar para o sul, o mar iria prendê-los com certeza, como se fosse uma rede. Quando os chiados do pai se intensificaram, Jelaudin sentiu-se oprimido por um instante. Estava exausto demais para fugir de novo, exausto demais até mesmo para montar.

Seu irmão Tamar ouviu o som do choro de Jelaudin e pôs a mão em seu ombro.

— Temos de ir, Jelaudin — disse ele. — Sempre há esperança enquanto vivermos.

Jelaudin assentiu mesmo contra a vontade, esfregando os olhos. Passou uma das pernas pela sela e pegou as rédeas do cavalo do pai. Enquanto se afastavam para a escuridão, ouviu Tamar ofegando e olhou de novo para Khuday.

A cidade reluzia à noite. A princípio Jelaudin não pôde entender a luz estranha que tremulava acima das ruas apertadas. Balançou a cabeça enquanto a luz se espalhava: os mongóis estavam queimando a cidade.

— Eles irão se refestelar naquele lugar até o amanhecer — disse outro de seus irmãos.

Jelaudin ouviu uma nota de triunfo na voz do rapaz e quis lhe dar um tapa pela tolice. Imaginou se Abbud e seu ajudante sobreviveriam às chamas que eles haviam trazido para Khuday; era como se os irmãos atraíssem a pestilência e a destruição por onde passavam.

Não havia o que fazer senão cavalgar até o mar. Mesmo sentindo a própria morte como pequenas asas pretas batendo em sua direção, Jelaudin apertou os calcanhares e fez o cavalo trotar, descendo a encosta além.

Os irmãos puxaram o cavalo do pai por mais quatro dias até verem cavaleiros seguindo-os. Não podiam esconder os rastros no chão coberto de poeira e Jelaudin sabia que seriam seguidos, mas continuara se agarrando a débeis esperanças de que os mongóis não os encontraria. Tinha cavalgado até a exaustão, noite e dia, até sentir cheiro do sal do mar e ouvir os gritos das gaivotas. Por um tempo o ar limpo os havia reanimado e então ele vira figuras escuras a distância, uma massa de guerreiros em seu rastro, diminuindo a distância até eles.

Olhou o rosto do pai, que parecia feito de cera. Não houvera tempo para parar e fazer fogo para as ervas amargas, e a condição do velho havia piorado. Mais de uma vez Jelaudin havia apertado o ouvido contra os lábios do pai, tentando verificar se ele ainda respirava. Não poderia deixá-lo para ser despedaçado por aqueles cães de caça do cã, mas ele fazia com que todos fossem muito devagar.

Por um momento Jelaudin quis rugir seu ódio e o terror contra a linha distante dos que os caçavam. Mal tinha forças sequer para isso, e balançou a cabeça, cansado, levantando os olhos enquanto seus irmãos e ele passavam por cima de uma duna e viam a vastidão azul e tremeluzente do mar adiante. A escuridão estava chegando e eles teriam mais uma noite antes que os mongóis os achassem e matassem. Olhou ao longo da costa e viu apenas algumas cabanas e barcos de pesca. Não havia onde se esconder, nenhum outro lugar para onde pudessem fugir.

Sentiu dor ao apear, e o cavalo estremeceu quando seu peso foi removido. As costelas do animal estavam aparecendo, e Jelaudin deu-lhe um tapinha no pescoço, por sua fidelidade. Não conseguia se lembrar de quando havia comido pela última vez e a tontura o fez cambalear.

— Morreremos aqui, então? — perguntou um dos irmãos em tom lamentoso.

Jelaudin apenas resmungou em resposta. Tinha partido forte e jovem, perdendo homens e forças a cada momento, durante quase um ano. Sentia-se velho quando parou à margem, pegando um pedaço de pedra cinza e jogando-o na água salgada. Os cavalos baixaram a cabeça para beber e Jelaudin não se deu ao trabalho de tirá-los dali. O que importava se bebessem sal quando os mongóis estavam chegando para matar os filhos do xá?

— Não ficarei aqui esperando por eles! — Tamar era o próximo em idade, depois de Jelaudin. Andou de um lado para o outro na areia, forçando a vista em busca de uma saída. Com um suspiro, Jelaudin abaixou-se no chão e cravou os dedos na areia úmida.

— Estou cansado, Tamar — disse ele. — Cansado demais para me levantar de novo. Que isso termine aqui.

— Eu não ficarei! — respondeu o irmão rispidamente. A voz de Tamar estava rouca pela falta de água limpa, os lábios rachados e marcados de sangue. Mesmo assim seus olhos estavam brilhantes ao sol da tarde. — Há uma ilha lá adiante. Esses mongóis sabem nadar? Vamos pegar um dos barcos de pesca e quebrar os outros. Então estaremos a salvo.

— Tão a salvo quanto animais numa armadilha — respondeu Jelaudin. — É melhor sentar e descansar, irmão.

Para seu espanto, Tamar chegou perto e lhe deu um tapa no rosto, com força.

— Quer ver nosso pai ser trucidado nesta praia? Levante-se e me ajude a colocá-lo num barco, ou eu mesmo o mato.

Jelaudin riu amargamente, sem responder. Mesmo assim levantou-se quase atordoado e ajudou os irmãos a carregar o xá para a margem. Enquanto se esforçava na areia úmida sentiu um pouco de vida retornar aos membros e parte do desespero se esvair.

— Desculpe, irmão. Você está certo — disse.

Tamar apenas assentiu, ainda furioso.

Os pescadores saíram de suas cabanas, feitas de madeira lançada pelo mar à praia; gritavam e gesticulavam ao ver os rapazes golpearem seus barcos. A visão de espadas desembainhadas os reduziu a um silêncio carrancudo, parados num nó de fúria enquanto olhavam os estranhos quebrarem os mastros simples, abrirem buracos nos cascos e depois empurrarem-nos para a água funda, de modo que desapareceram no meio de borbulhas.

Enquanto o sol se punha, os irmãos empurraram o último barco para a água calma, vadeando atrás dele e subindo pelas laterais. Jelaudin içou a vela pequena e pegou a brisa, um momento estranhamente revigorante para seu espírito. Deixaram os cavalos para trás, e os pescadores pegaram as rédeas atônitos, ainda gritando palavrões contra eles, mas os animais valiam muito mais do que os barcos rústicos. Enquanto a brisa o refrescava, Jelaudin ocupou seu banco e enfiou o remo na água, amarrando uma corda que o mantinha no lugar. À última luz pôde ver a linha branca de ondas se quebrando numa ilhota na água funda. Olhou para o pai enquanto estabelecia o rumo e sentiu uma calma entorpecida passar sobre ele enquanto deixava a terra para trás. O velho não poderia durar muito, e era verdade que merecia uma morte pacífica.

CAPÍTULO 24

SAMARKAND SIGNIFICAVA "CIDADE DE PEDRA", E GÊNGIS PODIA VER POR QUE, ao olhar suas muralhas reforçadas. De todas as cidades que conhecera, apenas Yenking era uma fortaleza propriamente dita, e ele podia ver os minaretes de muitas mesquitas erguendo-se acima das muralhas. Construída na planície de aluvião de um rio que passava entre lagos enormes, era rodeada pelo solo mais fértil que Gêngis já vira desde que chegara às terras árabes. Não ficou surpreso ao descobrir que o xá Ala-ud-Din fizera do lugar seu preferido. Não havia pó ou areia ali. A cidade era onde se cruzavam caravanas de mercadores que viajavam milhares de quilômetros, seguros na proteção oferecida pelos trechos. Em tempos de paz elas percorriam as planícies trazendo seda dos jin e recolhendo grãos em Samarkand para levar a lugares ainda mais a oeste. Por um tempo não haveria mais desse comércio. Gêngis rompera a linha de cidades que sustentavam umas às outras e se tornaram ricas. Otrar havia caído, depois Bukhara. A nordeste, mandara Jelme, Khasar e Kachiun para forçar outras cidades à submissão. Estava perto de obliterar a coluna das rotas de comércio do xá. Sem comércio ou mensagens, cada cidade estava isolada das outras e só podia sofrer enquanto esperava os guerreiros. Enquanto o xá ainda vivesse, isso ainda não bastava, nem de longe.

A distância, Gêngis podia ver fumaça branca subindo no ar, da última caravana de comércio que tentara alcançar Samarkand antes de ele entrar na área. Agora não viriam outras, pelo menos até os mongóis terem ido em frente. De novo pensou nas palavras de Temuge, sobre a necessidade de estabelecer um governo mais permanente. O conceito o intrigava, mas continuava sendo um sonho. No entanto ele não era mais jovem; quando suas costas doíam de manhã, pensava no mundo que continuaria sem ele. Seu povo jamais havia se importado com a permanência. Quando os mongóis morriam, os problemas do mundo iam embora. Talvez porque tinha visto impérios, ele podia imaginar um que durasse para além de sua vida. Gostava da ideia de homens governando em seu nome, muito depois de ele ter partido. A ideia aplacava algo que ele mal percebia existir.

Enquanto Gêngis olhava, os *tumans* de Jochi e Chagatai voltaram das muralhas da cidade, tendo passado a manhã cavalgando tão perto que aterrorizaram a população. Eles haviam erguido uma tenda branca diante de Samarkand quando o cerco foi estabelecido, mas os portões permaneciam fechados. Com o tempo iriam substituí-la por uma vermelha, e depois pelo tecido preto, que significava a morte de todos que estivessem lá dentro.

Sem o xá, os árabes não tinham ninguém para organizar a defesa de Khwarezm, e cada uma de suas cidades lutava sozinha. Esse estado de coisas servia bem a Gêngis. Enquanto as cidades se sufocavam no medo, ele podia colocar dois ou três *tumans* num só lugar, quebrando a resistência e passando para a seguinte, deixando para trás apenas morte e fogo. Esta era a guerra como ele preferia, derrubando cidades e pequenas guarnições. Seus intérpretes árabes diziam que meio milhão de pessoas vivia atrás das muralhas de Samarkand – talvez mais, agora que as fazendas ao redor estavam vazias. Eles haviam esperado que ele se impressionasse, mas o cã tinha visto Yenking e não deixava que os números o perturbassem.

Ele e seus homens cavalgavam com impunidade, e os que viviam por trás de pedras só podiam esperar e temer. Era difícil imaginar alguém que escolhesse esse tipo de vida e não a capacidade de se mover e atacar onde quisesse, mas o mundo estava mudando e Gêngis resistia a novos conceitos. Seus homens haviam cavalgado até as vastidões geladas no norte e até Koryo, no oriente. Ele considerava essas terras como conquistadas. No entanto, estavam longe. Elas iriam reconstruir e esquecer que lhe deviam tributo e obediência.

Franziu os lábios ao pensar nos moradores das cidades fazendo novas muralhas e enterrando seus mortos. Esse pensamento não se adequava ao cã dos mongóis. Quando ele derrubava um homem, este permanecia caído, mas uma cidade podia se levantar de novo.

Então pensou em Otrar, na devastação que deixara para trás. Nenhuma pedra permanecera em cima de outra, ele não permitira, e não achava que haveria uma cidade ali de novo, nem em cem anos. Talvez para matar uma cidade fosse necessário cravar a faca bem fundo e forçá-la para trás e para a frente até o último sopro de vida. Esta também era uma perspectiva que lhe agradava.

Enquanto cavalgava lentamente em volta de Samarkand, os pensamentos de Gêngis foram interrompidas pelas notas fracas das trompas de alerta. Puxou as rédeas, sacudindo a cabeça para trás e para a frente na tentativa de ouvir os sons com mais clareza. Jochi e Chagatai tinham ouvido, podia ver. Estando entre Gêngis e a cidade, eles também haviam parado para escutar.

A distância Gêngis pôde ver batedores se aproximando a pleno galope. As trompas que soaram eram as deles, tinha quase certeza. Será que havia um inimigo à vista? Era possível.

Enquanto sua montaria baixava a cabeça para arrancar um bocado de capim seco, Gêngis viu os portões de Samarkand se abrirem e uma coluna sair a cavalo. Arreganhou os dentes, dando as boas-vindas ao excesso de confiança do inimigo. Ele estava com o *tuman* de Jebe, além de 10 mil de seus próprios veteranos. Junto com os *tumans* de Jochi e Chagatai, esmagariam qualquer exército que Samarkand pudesse vomitar sobre eles.

Os batedores aproximaram-se de Gêngis, seus cavalos quase mortos pela corrida maníaca.

– Homens armados a leste, senhor – gritou o primeiro antes de dois de seus colegas. – O equivalente a três *tumans* de guerreiros árabes.

Gêngis xingou baixinho. Então uma das cidades havia respondido ao chamado de Samarkand, afinal de contas. Jochi e Chagatai teriam de enfrentá-los. Tomou decisões rapidamente, de modo que seus guerreiros vissem apenas certezas em suas reações.

– Vá até meus filhos – disse ao batedor, ainda que o jovem guerreiro ofegasse como um cão ao sol. – Diga para eles atacarem este inimigo que está a leste. Eu conterei qualquer coisa que Samarkand possa trazer ao campo.

Os *tumans* de seus filhos se afastaram rapidamente, deixando Gêngis com apenas 20 mil homens. Suas fileiras se formaram com o cã no centro de um crescente raso, pronto para se mover facilmente em chifres que envolvessem o inimigo.

Mais e mais cavaleiros e homens a pé saíam da cidade, quase como se Samarkand tivesse sido um alojamento para uma ala do exército do xá. Enquanto punha sua montaria num trote lento e verificava as armas, Gêngis esperou que não tivesse mandado guerreiros demais para longe, a ponto de deixar escapar a vitória. Era possível, mas se ele atacasse apenas uma cidade de cada vez, dominar as terras árabes seria um trabalho para três vidas. As cidades dos jin tinham sido mais numerosas ainda, mas ele e seus generais haviam tomado noventa num único ano, antes de chegar a Yenking. Gêngis atacara 28 delas.

Se Tsubodai ou Jebe estivessem ali, ou mesmo Jelme e um dos seus irmãos, ele não teria se preocupado. À medida que a planície ficava negra de tantos árabes rugindo, Gêngis riu alto de sua própria cautela, fazendo os guerreiros ao redor soltarem risinhos. Não precisava de Tsubodai. Não temia aqueles inimigos, nem uma dúzia de exércitos como aquele. Era cã do mar de capim e eles eram apenas homens da cidade, moles e gordos apesar de toda a fanfarronice e espadas afiadas. Iria destruí-los.

Jelaudin estava sentado com as pernas cruzadas numa praia estreita, olhando por cima das águas agitadas do mar Cáspio para o litoral preto que havia deixado mais cedo naquele dia. Podia ver fogueiras feitas de madeira encontrada à deriva e sombras se movendo tremeluzentes ao redor. Os mongóis tinham chegado ao mar e não havia mais para onde correr. Jelaudin se perguntou inutilmente se ele e seus irmãos deveriam ter matado os pescadores e suas famílias. Assim os mongóis não saberiam aonde ele havia levado o xá e talvez desistissem da caçada. Fez uma careta diante do próprio desespero. Não duvidava de que os pescadores teriam lutado. Armados com facas e paus, a dúzia de barqueiros provavelmente dominaria sua pequena família.

A ilha ficava a apenas 1,5 quilômetro do litoral. Jelaudin e os irmãos tinham arrastado o barco para sob algumas árvores esparsas, mas era o mesmo que tê-lo deixado na praia. Sem dúvida as famílias de pescadores tinham contado aos mongóis para onde eles haviam ido. Jelaudin suspirou, mais cansado do que se lembrava de jamais ter estado. Até mesmo seus dias em Khuday pareciam um sonho débil. Havia trazido seu pai até ali para morrer, e depois disso em parte suspeitava de que o próprio fim viria rapidamente. Nunca conhecera um inimigo tão implacável quanto os mongóis, que permaneciam em sua trilha sob neve e chuva, sempre chegando mais perto, até que podia ouvir os cavalos durante o sono. O som chegava até ele, por cima da água, e ocasionalmente Jelaudin podia ouvir gritos esganiçados ou vozes erguendo-se em música. Eles sabiam que estavam perto do fim da caçada, depois de mais de 1.500 quilômetros. Sabiam que finalmente a presa havia entrado debaixo do chão, com toda a desesperança de uma raposa desaparecendo na toca, esperando, aterrorizada, que escavassem a terra e a pegassem.

De novo Jelaudin se perguntou se os mongóis sabiam nadar. Se soubessem, pelo menos não seria com espadas. Ouviu seus irmãos conversando e não conseguiu juntar energia para se levantar e mandar que ficassem quietos. Os mongóis já sabiam onde eles estavam. O dever final dos filhos do xá era vê-lo morrer, permitir-lhe a dignidade que ele merecia.

Levantou-se, os joelhos protestando, enquanto esticava e estalava o pescoço. Ainda que a ilha fosse minúscula, era coberta de árvores e folhas densas, de modo que ele e os irmãos foram obrigados a abrir um caminho com as espadas. Seguiu a rota que haviam cortado, usando as mãos para tirar os ramos finos que se prendiam na túnica.

Numa clareira formada por uma árvore caída, seu pai estava deitado de costas com os filhos em volta. Jelaudin ficou satisfeito em ver que o velho estava acordado para ver as estrelas, mas cada respiração chiada fazia seu peito estremecer com o esforço. Ao luar, viu os olhos do pai se virando para ele e baixou a cabeça num cumprimento. As mãos do pai fizeram um gesto débil e Jelaudin chegou perto para ouvir o homem que ele sempre considerara tão vital que nunca cairia. Essas verdades da infância haviam se esmagado ao seu redor. Ajoelhou-se para ouvir, e mesmo ali, tão longe de casa, parte dele ansiava por escutar a antiga força do pai, como se sua condição frágil pudesse ser banida por meio de esforço e em face da necessidade. Os irmãos vieram arrastando os pés mais para perto e por um tempo se esqueceram dos mongóis do outro lado das águas fundas.

— Sinto muito — disse o xá, ofegando. — Não por mim, mas por vocês, meus filhos. — Ele parou para sugar o ar, o rosto vermelho e o suor escorrendo livremente.

— Não precisa falar — murmurou Jelaudin. A boca do pai se remexeu ligeiramente.

— Se não falar agora — chiou ele —, quando? — Seus olhos estavam brilhantes; Jelaudin ansiou por ver o brilho de um humor antigo e seco. — Eu sinto... orgulho de você, Jelaudin — disse o xá. — Você se saiu bem.

De repente o velho engasgou; Jelaudin virou-o de lado e usou os dedos para arrancar uma placa de catarro de seus lábios. Quando virou o pai de volta, seus olhos estavam molhados. O xá expirou longamente, depois, devagar, encheu os pulmões torturados.

— Quando eu me for — sussurrou o velho. Jelaudin começou a contestar, mas suas palavras morreram. — Quando eu me for, você me vingará.

Jelaudin assentiu, mas havia deixado as próprias esperanças muito atrás. Sentiu a mão do pai apertar sua túnica e segurou-a com força.

— Só você, Jelaudin. Eles seguirão você — disse o xá.

O esforço de colocar as palavras para fora estava apressando o fim, e cada respiração vinha mais difícil. Jelaudin queria que o velho encontrasse a paz, mas não podia desviar o olhar.

— Vá para o sul e convoque a guerra santa contra... esse cã. Convoque os fiéis ao jihad. Todos eles, Jelaudin, todos.

O xá tentou se levantar com esforço, mas era demais para ele. Jelaudin fez um sinal para Tamar e, juntos, eles ajudaram o pai a sentar-se. Quando fizeram isso, ele soltou o ar completamente e sua boca ficou frouxa. O corpo fino se sacudiu nas mãos deles, lutando para respirar, e Jelaudin chorou ao sentir os pelos da barba do pai roçarem em sua mão. O xá lançou a cabeça para trás num grande espasmo, mas a respiração não veio; o tremor virou pequenos movimentos e, depois, nada. Jelaudin ouviu um sibilo de ar fétido quando as entranhas do velho se abriram e sua bexiga se soltou, a urina pungente encharcando a areia.

Gentilmente, os dois irmãos deitaram o velho de volta. Jelaudin abriu os dedos do pai, contraídos como garras, acariciando-lhe a mão. Viu Tamar fechando os olhos do pai e continuaram esperando, mal podendo acreditar que ele realmente se fora. O peito não se moveu e, um a um, os filhos se levantaram e olharam-no. O mundo estava quieto e as estrelas brilhavam no alto. Jelaudin sentiu que elas não deveriam estar assim, que deveria haver algo mais do que o som suave das ondas para marcar o falecimento de um grande homem.

— Acabou — disse Tamar, com a voz embargada.

Jelaudin assentiu e, para sua surpresa e vergonha, sentiu um grande peso ser tirado dos ombros.

— Os animais mongóis virão aqui no final — disse baixinho, olhando para onde sabia que eles estavam acampados, mas as árvores escuras os escondiam. — Encontrarão o... encontrarão nosso pai. Talvez isso baste para eles.

— Não podemos deixá-lo aqui para eles — respondeu Tamar. — Eu tenho uma pederneira, irmão. Há bastante madeira seca, e o que importa agora se formos vistos? Deveríamos queimar o corpo. Se vivermos para retornar, construiremos um templo aqui em sua honra.

— É uma boa ideia, irmão. Muito bem, mas quando o fogo pegar, deixaremos esta ilha e atravessaremos o mar adiante. Os mongóis não são marinheiros. — Ele se lembrou dos mapas que tinha visto na biblioteca do pai em Bukhara. O mar não parecera largo demais para se atravessar. — Que eles tentem nos seguir por sobre as águas profundas, onde não deixamos rastros.

— Não conheço as terras do outro lado do mar, irmão — respondeu Tamar. — Aonde iremos?

— Ora, para o sul, Tamar, como disse nosso pai. Provocaremos uma tempestade com os afegãos e a Índia. Retornaremos com um exército para esmagar esse Gêngis. Pela alma do meu pai, juro.

Jochi e Chagatai alcançaram o exército árabe começando a descer para uma tigela entre os morros a leste de Samarkand. A estimativa dos números, feita pelo batedor, fora no mínimo baixa. Enquanto conferenciava rapidamente com o irmão mais novo, Jochi pensou que quase 40 mil homens tinham vindo ajudar a cidade de joias do xá. Não deixou que o pensamento o preocupasse. Em terras jin e árabes, Gêngis havia mostrado que a qualidade dos homens era mais importante do que o simples número. Tsubodai tinha recebido o crédito de vencer contra todas as chances quando pôs em debandada uma guarnição de 12 mil homens numa cidade, contando com apenas oitocentos num serviço de exploração, mas todos os generais haviam se provado contra forças maiores. Eles estavam sempre em número menor.

A tigela formada pelos morros era um presente, e nenhum dos dois irmãos demorou muito ao avistar o inimigo. Veteranos de batalhas montadas, sabiam da vantagem extraordinária de ter o terreno mais elevado. As flechas iam mais longe e os cavalos eram impossíveis de ser parados numa carga, ao acertar o inimigo. Chagatai e Jochi conversaram brevemente, a inimizade posta de lado por enquanto. Chagatai meramente resmungou assentindo quando Jochi sugeriu que ele cavalgasse ao redor da tigela e acertasse as formações árabes no flanco esquerdo. Seria tarefa de Jochi recebê-las de frente ao pé do vale.

Os homens de Jochi se formaram sob suas ordens na linha mais larga que a terra permitia, o resto se juntando num bloco atrás dos guerreiros que tinham armaduras mais pesadas. Jochi podia ver lanças e arcos prontos nas fileiras árabes, mas ficou desapontado por eles não terem trazido elefantes. Os príncipes árabes pareciam muito ligados à ideia de usar elefantes na guerra. Em compensação, os mongóis gostavam de enlouquecê-los com flechas e depois assistir, deliciados, quando os animais pisoteavam as próprias tropas.

Jochi olhou para o vale abaixo, calculando a encosta íngreme que desceria. Era entrecruzada por trilhas de cabras selvagens, mas havia capim ralo, portanto os cavalos se sairiam bem atacando naquele solo. Olhou à esquerda e à direita ao longo das linhas enquanto assumia posição bem no centro da primeira fileira. Seu arco soaria junto com a primeira saraivada, e ele sentia crescer a confiança dos homens ao redor, enquanto olhavam o exército que marchava obstinado em sua direção. Os árabes tocavam trompas e batiam tambores durante a marcha, seus cavaleiros visivelmente nervosos nos flancos. O terreno inclinado já estava comprimindo-os, pelo que Jochi achou que eles eram guiados por algum jovem tolo promovido mais pelo sangue do que pelo talento. A ironia de sua própria posição divertiu-o quando ele deu sinal para os pôneis começarem a descer pelo desfiladeiro central. Só poderia haver pouquíssimos filhos de reis ou cãs que comandavam *apesar* dos pais, e não por causa deles.

Enquanto seu *tuman* passava para um trote lento, Jochi examinava constantemente as fileiras, procurando falhas. Seus batedores estavam espalhados por muitos quilômetros, como Tsubodai lhe ensinara. Não haveria emboscada, nem o surgimento súbito de reservas. Quem quer que comandasse a força enviada para libertar Samarkand havia tratado os mongóis com bem pouca consideração e pagaria por isso. Jochi tocou uma única nota na trompa pendurada ao pescoço e viu as lanças pesadas saírem dos suportes nas selas, agora seguras apenas por ombros e braços treinados até atingirem uma força férrea. Aumentou a velocidade até um meio-galope e assentiu para um porta-estandarte — viu a ordem de alargar a linha se espalhar ao redor. Para esse momento, havia treinado e treinado até que as mãos dos homens estivessem ensanguentadas de tanto disparar flechas a galope ou cravar pontas de lanças em alvos de palha cem vezes por dia.

O exército diante deles disparou uma saraivada de flechas a uma ordem gritada. Cedo demais, pensou Jochi, olhando metade delas caírem longe enquanto o resto resvalava, inútil, em escudos e elmos. Passou então para um galope tranquilo e não poderia ter contido seus homens nem se quisesse. Pôs de lado o nervosismo e deixou o ritmo da montaria controlar seus movimentos enquanto se levantava nos estribos e colocava uma flecha na corda.

Ao longo de todas as fileiras mongóis, homens acompanhavam seus movimentos. Os lanceiros começaram a baixar as pontas, avaliando o momento em que atacariam e matariam.

Jochi soltou sua flecha, ao que outras seiscentas seguiram-na instantaneamente. Enquanto eles levavam as mãos para pegar outras, os lanceiros bateram os calcanhares e avançaram juntos como um espeto blindado, partindo à frente do resto. Acertaram o inimigo a toda velocidade e passaram através ou por cima de tudo que tocavam, rasgando um buraco como uma boca vermelha. Os que vinham atrás não podiam parar, e Jochi perdeu de vista homens caídos enquanto era carregado para as profundezas do inimigo, retesando o arco de novo.

À frente, seus lanceiros largaram as hastes partidas e desembainharam as espadas como se fossem um só. Os arqueiros atrás dispararam mais uma saraivada para as laterais, alargando o buraco e obrigando homens a recuar como se queimassem. Era o melhor uso de lanças e arcos que Jochi havia descoberto, e ele exultou com a destruição que tinham produzido em apenas alguns instantes. Suas linhas de retaguarda cavalgaram para os lados num arco amplo para dominar as laterais, uma tática quase inversa da manobra de chifres preferida por seu pai. Em apenas alguns momentos a cabeça da coluna inimiga ferveu, toda a sua ordem perdida pois caía de costas sobre si mesma.

Jochi desembainhou a espada quando sua montaria praticamente parou, incapaz de prosseguir através das fileiras. Pôde sentir que o momento era perfeito para o ataque de flanco e levantou a cabeça, procurando o irmão. Só teve tempo para um único e breve olhar para a íngreme encosta à esquerda antes de estar se defendendo desesperadamente, empurrando de lado uma ponta de lança que ameaçava arrancá-lo da sela. Olhou de novo, sem acreditar, no entanto o *tuman* de Chagatai permanecia onde estava, na encosta.

Jochi podia ver com clareza a figura do irmão mais novo, montado no cavalo com as mãos relaxadas pousadas no arção da sela. Eles não haviam combinado um sinal para trazê-lo contra o flanco, mas mesmo assim Jochi soprou a trompa, cuja nota ressoou acima da cabeça de seus homens. Eles também viram seus companheiros parados, e os que não entenderam gesticulavam furiosamente para eles se juntarem à luta antes que a situação se invertesse.

Soltando um palavrão, Jochi largou a trompa, a fúria preenchendo-o de modo que os dois golpes seguintes pareceram ser dados sem esforço, a energia jorrando por seu braço direito. Queria que fosse Chagatai o homem que acertou na junta entre a armadura e o pescoço, abrindo um talho terrível enquanto ele caía sob os cascos.

Jochi se levantou nos estribos de novo, desta vez procurando um modo de libertar seus homens do esmagamento. Eram boas as chances de conseguir sair da batalha, com as fileiras da frente ainda emboladas nos chifres formados por seus melhores guerreiros. Se não tivessem sido traídos, poderiam ter se livrado facilmente, mas ele sentiu o choque atravessando seus homens, e isso lhes custou vidas. O inimigo não fazia ideia do motivo para um general mongol ficar parado sem fazer nada, mas foram rápidos em se aproveitar.

Jochi gritou ordens, frustrado, mas a cavalaria árabe alargou sua linha, fazendo um arco com fileiras de cavalos pesados até o terreno mais alto, e depois voltando para baixo contra os mongóis, que estavam cercados. Mesmo então eles não ousaram passar perto demais do flanco esquerdo, onde Chagatai esperava para ver Jochi ser trucidado. Em instantes sem fôlego entre os golpes, Jochi pôde ver homens de alto posto questionando seu irmão, mas então foi puxado de volta para a luta.

Seus próprios oficiais estavam esperando que ele sinalizasse uma retirada, mas Jochi estava cheio de fúria. Seu braço doía e a espada do pai havia perdido parte do gume contra homens com armaduras, mas ele sentia uma fúria insensata preenchê-lo, e todo mundo que ele matava era seu irmão ou o próprio Gêngis.

Seus homens viram que ele não olhava mais para os morros. O filho de Gêngis lutava com os dentes à mostra e o braço da espada girava com leveza enquanto ele batia os calcanhares e mandava o pônei por cima de homens mortos. Eles sorriam ao ver sua falta de medo e o seguiram com um uivo. Os que eram cortados ignoravam os ferimentos ou não os sentiam. Também eles se perderam durante um tempo enquanto o sangue respondia a ferida. Tinham prometido a vida a Jochi e cavalgado até exaurir um exército. Não existia nada que não pudessem fazer.

Seus soldados jin lutavam com intensidade insana, cortando o caminho e indo cada vez mais fundo na coluna inimiga. Ao mesmo tempo em que a cavalaria árabe os empalava com lanças, eles agarravam as armas, arrancando os cavaleiros das montarias e golpeando feito loucos enquanto ambos os homens morriam. Não dariam as costas para as espadas e flechas do inimigo tendo os amigos em fileiras ao redor. Não podiam.

Sob a pressão implacável de loucos que agarravam com mãos ensanguentadas as espadas que os matavam, os árabes se viraram e debandaram, o medo rasgando até mesmo os que ainda não haviam se juntado à batalha. Jochi viu um dos seus oficiais jin usando uma lança partida como se fosse um porrete, passando por cima de homens agonizantes para acertá-la no rosto de um árabe que montava um belo garanhão. O árabe caiu e o soldado jin rugiu em triunfo, gritando um desafio em sua própria língua para homens que não podiam entendê-la. Os mongóis riram ao ouvir seu tom desafiador e continuaram lutando até os braços ficarem pesados como chumbo e os ferimentos sugarem-lhes a força.

Mais e mais inimigos davam as costas ao ataque feroz e por um momento Jochi ficou cego com um jorro de sangue nos olhos. O pânico o preencheu ao pensar que seria acertado enquanto não conseguia enxergar, mas então ouviu as trompas de Chagatai gemendo do outro lado do vale, seguidas finalmente pelo som de trovão.

O *tuman* de Chagatai acertou um inimigo já desesperado para se afastar dos que o atacavam. Jochi olhou ofegante quando um espaço se abriu ao redor e novas flechas rasgavam os árabes em fuga. Viu seu irmão de novo por um instante, cavalgando como um rei antes de alcançar o piso do vale e desaparecer de vista. Jochi cuspiu catarro quente, o corpo sofrido doendo de tanta vontade pelo golpe que queria dar no pescoço de Chagatai. Seus homens sabiam o que acontecera. Ele teria de se esforçar para que não procurassem briga com aqueles que tinham ficado e assistido em segurança. Xingou ao imaginar Chagatai defendendo a atitude com palavras que pareceriam gordura doce na sua boca.

Não havia inimigos perto de Jochi quando ele passou um polegar pelo gume da espada, sentindo as mossas no aço. Estava rodeado por corpos, muitos deles que tinham cavalgado pelos morros e destruído a melhor cavalaria do xá. Outros o olhavam com a raiva ainda fresca nos olhos. Chagatai estava ocupado estripando o resto da coluna árabe, seus cavalos pisoteando estandartes no chão ensanguentado.

Se ele cuidasse de Chagatai do modo que o irmão merecia, os dois *tumans* lutariam até a morte, alertou-se Jochi. Os oficiais de seu irmão não deixariam que ele chegasse perto de Chagatai com uma espada, não quando sabiam qual era o motivo para sua raiva. A vergonha não iria impedi-los de desembainhar espadas, e então seus próprios homens reagiriam. Jochi lutou contra uma vontade poderosa de atravessar em disparada o campo de batalha e fazer picadinho do irmão. Não podia ir até Gêngis em busca de justiça. Era fácil demais imaginar o pai jorrando escárnio contra suas reclamações, descartando-as como uma crítica à tática e não uma acusação de assassinato. Sua respiração estremeceu de frustração enquanto os sons da batalha iam se afastando, deixando-o vazio. *Ainda assim* ele vencera, mesmo em meio a traição. Sentiu o orgulho de seus homens se misturando ao ódio e à impotência impostos a ele.

Lentamente enxugou o sangue da espada que havia ganhado de Chagatai. Tinha enfrentado a morte naquele dia, contra o tigre, e a havia enfrentado de novo hoje. Não podia simplesmente deixar passar o que lhe fora feito.

Jogou gotas de sangue no chão e começou a cavalgar lentamente para onde seu irmão estava montado. Com olhares sérios um para o outro, seus homens o seguiram, prontos para lutar de novo.

CAPÍTULO 25

SAMARKAND ERA UMA CIDADE BONITA. GÊNGIS ANDAVA COM SEU PÔNEI POR uma rua larga ladeada de casas, os cascos sem ferraduras estalando nas pedras irregulares. Em algum lugar adiante a fumaça pairava no céu e ele podia ouvir sons de luta, mas esta parte da cidade estava deserta e surpreendentemente tranquila.

Seus homens se mantinham atentos por ele, caminhando dos dois lados com arcos retesados, prontos para castigar o menor sinal de movimento. Haviam feito a guarnição voltar para a cidade num recuo organizado que teria honrado os seus próprios *tumans*. Gêngis ficou surpreso ao descobrir que eles haviam preparado uma segunda posição dentro da própria cidade, mas, afinal de contas, Samarkand era um lugar surpreendente. Como acontecera com Yenking, ele havia começado a pensar que teria de fazê-los morrer de fome, mas os árabes tinham arriscado tudo assim que o exército de apoio chegara perto. Sua insistência na velocidade dera frutos de novo, enfrentando um inimigo que subestimava tremendamente a força dos *tumans*.

Se permanecesse nas terras do xá, suspeitava que eles acabariam se comunicando, com os oficiais mais capazes imaginando modos de se contrapor aos seus ataques. Sorriu ao pensar nisso. Quando eles conseguissem fazer isso, todo o Khwarezm estaria sob seu controle.

Havia árvores ao longo das ruas, totalmente crescidas, mas de algum modo bem arrumadas. Enquanto passava, Gêngis podia ver os discos brancos nos galhos podados, além de manchas escuras nas raízes poeirentas, onde tinham sido molhadas, naquela manhã mesmo. Achava que os homens da cidade gostavam da sombra das árvores no verão, e teve de admitir que elas soltavam um cheiro agradável na brisa quente. Talvez até os homens das cidades precisassem ver um toque de folhas verdes, das suas varandas de pedra. De pé nos estribos, Gêngis pôde ver uma tigela de terra nua aberta, cercada por arquibancadas de madeira. Samarkand tinha muitas coisas estranhas dentro de suas muralhas. Aquele poderia ser um lugar onde os árabes se juntavam para ouvir oradores, ou até mesmo para corridas de cavalos. Seus homens estavam levando prisioneiros para lá, e o lugar já estava escuro de tanta gente apinhada em uma massa, todas amarradas e entorpecidas de medo.

Passou por um poço de pedra num cruzamento de ruas e apeou para examiná-lo. Ao espiar por cima da borda, viu um círculo escuro de água lá embaixo. Num impulso, pegou o balde de couro preso com uma corda e jogou-o, só para ouvir o som do espirro d'água. Quando o puxou para cima, bebeu com sofreguidão, limpando a poeira da garganta antes de entregá-lo a um dos seus arqueiros e montar de novo na sela. Samarkand era bem situada, ficava no arco formado por um rio e lagos. Num solo assim era possível plantar qualquer coisa; Gêngis tinha visto mercados desertos, embora cheios de frutas e legumes frescos, perto do portão principal. Imaginou o que os habitantes faziam com seus dias, se a comida e a água eram tão fartas. Estava claro que não o passavam treinando com armas, pelo modo como a guarnição havia recuado. Seus *tumans* tinham simplesmente seguido os guerreiros inimigos para dentro da cidade, mantendo-se tão perto que os árabes não puderam fechar os portões.

O simples tamanho de Samarkand era difícil de compreender. Gêngis estava rodeado por ruas e casas, prédios grandes e pequenos. O palácio do xá se destacava no labirinto ao redor, mas Gêngis apontou a montaria para a agulha de um minarete a oeste da cidade, sua curiosidade provocada por uma estrutura tão estranha erguendo-se acima das outras. Parecia até que aquilo ficava cada vez mais alto à medida que ele se aproximava.

O minarete se erguia sobre uma grande praça aberta, rodeado por prédios baixos com janelas fechadas. Gêngis mal notou quando seus oficiais chutaram portas e verificaram cada uma delas, em busca de inimigos. Ouviu grunhidos e barulhos de coisas sendo arrastadas, mas os guerreiros conheciam seu ofício, e os sons não demoraram muito. Mais prisioneiros foram amarrados e arrastados para a pista de corrida, alguns com loucura nos olhos ao fitarem o homem que estava sozinho ao pé do minarete.

Gêngis passou a mão pela base da estrutura: gostava da sensação dos ladrilhos intricados na superfície. Cada um se entrelaçava com o outro, e ele ficou tentado a pegar a faca e soltar um, só para olhar. A torre estreita brilhava ao sol; de onde ele estava, era preciso inclinar o pescoço para ver o topo. Quando se curvou para trás, o chapéu que usava se virou de repente e caiu aos seus pés. Ele sorriu, maravilhado ao ver que homens podiam construir uma coisa daquelas, depois se abaixou para pegá-lo.

Gêngis riu sozinho enquanto recolocava o chapéu na cabeça. Um dos homens ouviu o som.

— Senhor cã? — perguntou ele, pronto para uma ordem.

— Eu só estava pensando que nunca baixei a cabeça para ninguém desde que cheguei a estas terras — respondeu Gêngis em tom tranquilo. — Até esta torre.

O sujeito sorriu ao ver seu cã num humor tão afável. Talvez fosse a natureza aberta da cidade pela qual andavam. Já as cidades jin eram apertadas, e Gêngis não conseguia se imaginar governando aqueles lugares. Aqui, ao sol, era possível. Os cidadãos teriam água fresca e comida dos mercados para alimentar as famílias. Agricultores a trariam a cada manhã, antes do alvorecer, e levariam o pagamento em moedas de bronze e prata. Por um instante Gêngis viu todo o funcionamento de uma cidade com clareza em sua mente, desde os mercadores aos artesãos, professores e escribas. De algum modo tudo aquilo funcionava, ainda que ele ainda não conseguisse entender de onde vinham todas as moedas, para começar. Haveria minas por perto? E se houvesse, quem transformava o metal em moedas e as distribuía, para iniciar o comércio de Samarkand? O xá? Aquilo era confuso e complexo, mas ele virou o rosto para o sol e sentiu-se em paz. Tinha vencido uma batalha naquela manhã e mandado seus filhos para derrotar outro exército que viera libertar Samarkand. Era um bom dia.

O cheiro de fumaça veio mais forte até a praça e Gêngis pôs de lado os devaneios. Seus homens iam a todo lugar, recolher prisioneiros, mas a guarnição continuava lutando, e ele montou de novo para supervisionar a luta. Com sua linha de arqueiros, fez o cavalo andar até onde a fumaça cinza subia acima da cidade atordoada. Enquanto cavalgava, firmou a boca. De que adiantavam poços e pátios se não era possível mantê-los? Sempre havia homens famintos dispostos a pegar o que você tivesse construído. Um governante precisaria ser idiota para deixá-los espiar dentro de suas cidades e levar o que quisessem. No entanto, uma cidade podia ser defendida, Gêngis sabia. Tinha derrubado muralhas suficientes para ter uma boa ideia do que funcionava melhor contra suas catapultas e seus ganchos para muralhas. Sentiu-se tentado a testar a ideia com um dos seus generais no inverno seguinte. De preferência Tsubodai. Seu general predileto adoraria o desafio. Se Tsubodai conseguisse sustentar uma cidade contra os *tumans*, talvez Gêngis considerasse a possibilidade de permitir que ficassem intactas para serem governadas por sua própria família. Caso contrário, poderia deixá-las presas com estacas, como as cabras que eles usavam para pegar lobos em sua terra.

Enquanto entrava numa rua principal, viu corpos esparramados, na maioria com a armadura preferida pelos árabes de Samarkand. Uma porta estava suja de sangue, que secava ao sol, ainda brilhante, mas sem sinal de como fora parar ali. Os estalos dos arcos eram mais altos nesse momento, e ele passou por mais duas ruas antes de chegar aos terrenos do palácio do xá e à muralha alta ao redor deles. Ali a fumaça era mais densa, mas parecia limitada a umas poucas casas próximas. Sem dúvida alguém havia derrubado um lampião durante uma luta ou chutado uma fogueira de cozinhar quando passara correndo. As chamas rugiam, tornando o dia ainda mais quente. Seus homens se embolavam em volta da muralha do xá como formigas furiosas, subitamente cônscios de que o cã estava olhando.

Gêngis puxou as rédeas para observar os homens que atacavam a casa do xá Ala-ud-Din. Do outro lado da muralha podia ver uma colina cheia de jardins floridos, e no topo um grande palácio. Fosse por acaso ou planejado, a muralha vinha até a rua propriamente dita, interrompida apenas por um largo portão duplo feito com pesadas barras de ferro. Gêngis olhou para um lado e outro da rua comprida que acompanhava o muro. As casas estavam imersas em profunda sombra, mas pareciam mais limpas do que ele havia esperado. Talvez o povo de Samarkand tivesse fossas sépticas sob as casas, ou algum sistema para levar para longe os excrementos produzidos à noite. Havia problemas em manter tanta gente num só local, e Gêngis estava começando a apreciar a intricada inteligência de Samarkand.

Não havia espaço para catapultas, embora seus homens tivessem se dado ao trabalho de arrastá-las pelas ruas até aquele lugar. Ainda que os muros tivessem pouco mais de 3 metros de altura, a guarnição havia escolhido um bom local para resistir até a morte.

Gêngis observou: os melhores arqueiros ficavam mais atrás, disparando flechas contra qualquer rosto que aparecesse sobre a borda alta. Haveria uma plataforma do outro lado? Devia haver. Gêngis podia ver homens com armaduras se abaixando enquanto as flechas passavam zumbindo sobre as cabeças. Não eram muitos os que sobreviviam a uma distância daquelas, mas eles carregavam escudos pesados e brandiam as espadas e os arcos de trás daquela proteção. Gêngis viu o xamã, Kokchu, exortando os guerreiros a se esforçar mais. O sujeito usava apenas uma tanga na cintura, o corpo pintado em linhas de azul-escuro, de modo que a pele parecia se retorcer enquanto ele se movia.

Com o xamã e o cã presentes, os guerreiros chegavam a um frenesi, usando varas com ganchos para puxar a borda superior do muro, tentando derrubá-lo. Já haviam afrouxado uma parte, e Gêngis viu uma grande rachadura aparecer na trama de tijolos. Estivera a ponto de dar a ordem de pararem enquanto as catapultas eram trazidas. As casas mais próximas poderiam ser arrasadas para formar uma plataforma, e então o muro cairia facilmente. Vendo a rachadura, relaxou. Não demoraria muito.

Kokchu tinha-o visto, claro. Gêngis podia ver o xamã espiando com o canto dos olhos. Lembrou-se de quando tinham se conhecido, quando Kokchu havia levado o cã naimane até o topo de um morro, para longe da batalha. Gêngis lhe dera apenas um ano de vida, porém muitos mais tinham se passado desde então, e a influência dele crescera; agora o xamã fazia parte do pequeno grupo de homens leais que governavam sob o comando do cã. Gêngis aprovava a ambição nua do xamã. Era bom ter seus guerreiros reverentes para com os espíritos, e quem poderia realmente dizer se o pai céu havia abençoado o cã? As vitórias tinham vindo e Kokchu fizera seu papel.

Gêngis franziu o cenho de súbito, seus pensamentos indo para outra lembrança. Algo incomodava sua mente enquanto as palavras brincavam em sua cabeça, mas a coisa não se esclarecia. Com um gesto rápido, chamou um dos batedores, que estavam sempre prontos esperando ordens.

— Vá ao acampamento fora da cidade — disse ao jovem guerreiro de rosto descansado. — Encontre minha mulher, Chakahai, e pergunte por que ela não consegue olhar para Kokchu sem pensar em minha irmã. Entendeu?

O homem fez uma reverência profunda, assentindo enquanto memorizava a pergunta. Não sabia por que o cã devia parecer tão tempestuoso num dia em que haviam tomado uma nova cidade, mas sua tarefa era obedecer, e fez isso sem questionar, cavalgando rapidamente e nem mesmo olhando para trás quando o muro desmoronou para fora, esmagando dois guerreiros que não tinham saído do lugar a tempo. Sob o olhar frio do cã, Kokchu cabriolava como uma aranha pintada e os guerreiros jorravam para dentro, rugindo.

Chagatai viu o irmão cavalgar em sua direção. O grosso do seu *tuman* estava no campo de batalha, saqueando os mortos ou despachando os que ainda se mexessem. Um núcleo de guerreiros e oficiais permanecia com ele, e não precisavam que lhes desse ordens. Sabiam por que Jochi se aproximava, e moveram-se sutilmente para cercar o general. Muitos dos homens mais velhos embainharam deliberadamente a espada para não encarar um general com a lâmina à mostra, mas Chagatai zombou deles e gritou com raiva ao ver aquilo. Os mais próximos eram todos jovens e confiantes. Mantiveram as armas altas e visíveis, os rostos cheios de arrogância. Não se importavam por Chagatai ter deixado o irmão ser morto. A lealdade deles não era para com o filho nascido de estupro, e sim para o verdadeiro, o que um dia herdaria e seria cã.

Até os jovens guerreiros ficaram nervosos ao ver os homens de Jochi. A guarda pessoal de Chagatai não havia lutado naquele dia, enquanto os que Jochi tinha trazido estavam molhados de sangue – o cabelo e os rostos sujos e o pano das calças encharcado. Fediam a suor e morte, e os risinhos morreram no rosto dos jovens guerreiros de Chagatai à medida que eles se aproximavam. Aquilo não era um jogo. Jochi tremia de sentimentos fortes e já matara naquele dia.

Não puxou as rédeas ao alcançar os guerreiros que estavam com Chagatai. Seu olhar em nenhum momento se afastou do rosto do irmão enquanto a montaria empurrava para o lado dois homens de pé mesmo depois de eles abrirem a boca para alertá-lo. Se tivesse feito ao menos uma pausa momentânea eles teriam firmado a coragem e o feito parar, mas isso não aconteceu. Ele passou por mais homens, até que um oficial de alto posto girou o cavalo com força e bloqueou o caminho entre Jochi e Chagatai.

O oficial era um dos que haviam guardado a espada. Ele suava quando chegou ao alcance da espada de Jochi, esperando que o general não o golpeasse. Viu o olhar de Jochi se afastar do irmão sorridente e pousar no homem que estava em seu caminho.

– Saia da minha frente – disse Jochi.

O oficial empalideceu, mas balançou a cabeça. Jochi ouviu Chagatai rir, ao que sua mão apertou o punho da espada com cabeça de lobo.

– Está incomodado, irmão? – gritou Chagatai, os olhos brilhantes de maldade. – Depois de uma vitória dessas? Há muitas mãos nervosas por aqui. Talvez você devesse retornar aos seus homens antes que aconteça um acidente.

Jochi suspirou, escondendo bem o clarão da fúria. Não queria morrer num lugar daqueles, mas fora zombado por vezes demais na vida. Tinha contido o temperamento até seus músculos darem nós, mas neste dia levaria junto o irmãozinho com seu sorrisinho de escárnio.

Bateu os calcanhares e sua montaria saltou adiante. Ao passar deu um tapa com as costas da mão no rosto do oficial, derrubando-o da sela enquanto sua montaria avançava. Atrás dele, seus homens rugiram e atacaram.

Jochi teve o prazer de ver o rosto de Chagatai se transformar em choque antes que mais homens entrassem no seu caminho. Os guerreiros ao redor deles ficaram boquiabertos com o súbito choque de armas e vieram correndo. Jochi sabia que eles fariam isso, mas seus próprios homens estavam suficientemente perto para forçar um caminho e seu sangue, já exaltado. Matavam sem escrúpulos, sentindo a fúria do general tão atiçada quanto a deles.

Os jovens cabeças-quentes de Chagatai não foram lentos em reagir. Em instantes estavam lutando e golpeando homens que os atacavam com fúria. Jochi sentiu o cavalo ser tirado de baixo de si e deslizou livre, cambaleando quando sua perna se dobrou. A perna direita estava escura de sangue de um ferimento anterior. Deu outro passo adiante, abaixando-se para se desviar de um golpe violento e passando sua lâmina cega por uma axila, cortando fundo.

Chagatai viu o irmão ferido a pé e gritou, instigando seu cavalo à frente, através de seus próprios homens. Os ombros do animal os derrubaram de lado e subitamente ele estava ali, diante de Jochi. Baixou a espada num arco amplo e Jochi quase caiu sob os cascos enquanto se desviava, a perna cedendo de novo. Chagatai abandonou qualquer demonstração de estilo e golpeou loucamente. Tinha sido atacado entre seus próprios homens e nunca houvera uma chance melhor para remover o espinho que era seu irmão.

Com um golpe repulsivo, o cavalo de Chagatai teve a perna quebrada por um guerreiro enlouquecido que estava de pé ao lado de Jochi. O animal caiu de lado e Chagatai não pôde livrar as pernas dos estribos. Gritou quando seu tornozelo se partiu e quase desmaiou de dor. Sentiu a espada ser chutada violentamente de sua mão e, quando olhou para cima, Jochi estava ali parado, com um triunfo terrível no rosto.

O *tuman* de Chagatai uivou ao vê-lo cair. Então os homens perderam toda a cautela, golpeando os últimos homens de Jochi numa fúria ensandecida.

Jochi pôde sentir seu sangue se esvair, levando-lhe as forças. Lutou para levantar a espada enquanto olhava nos olhos de Chagatai. Não falou enquanto baixava-a com violência. Não sentiu a flecha que o acertou no peito, fazendo-o girar antes que o golpe o acertasse. Sua percepção se esvaiu e ele não sabia se tinha matado o irmão que queria tão desesperadamente matá-lo.

Chagatai gritou novas ordens e, no mínimo, a luta se intensificou à medida que mais e mais homens do *tuman* de Jochi chegavam num jorro. A luta continuou e centenas morreram para vingar seu general caído ou salvá-lo. Não sabiam. Um nó dos homens de Jochi se livrou com o corpo dele frouxo, seguro em seu meio, com a flecha ainda se projetando. Enquanto recuavam, os oficiais superiores tocaram o sinal para cessar a luta dos dois lados.

Rosnando e sentindo dor, os *tumans* se separaram e finalmente houve terreno limpo entre eles. Oficiais de *minghaans* gritavam e chutavam seus homens para afastá-los, usando os punhos das espadas para derrubar mais de um que tentou passar correndo ao redor. A cadeia de comando os convocara; cada *jagun* de cem, cada *arban* de dez tinha seu oficial gritando para os homens pararem.

Os *tumans* ficaram ofegando, impressionados com os mortos e com o que tinham feito. O nome de Gêngis podia ser ouvido em sussurros, e cada homem temia o que iria acontecer quando o cã ficasse sabendo. Ninguém se moveu enquanto Jochi era examinado por seus homens, e então gritos roucos ecoaram pela tigela dos morros. A flecha não havia penetrado na armadura. Ele ainda estava vivo, e quando Chagatai ouviu, cuspiu no chão em fúria contra a sorte que acompanhava o moleque gerado num estupro. Suportou enquanto sua perna era presa com uma tala feita de uma lança quebrada, mordendo o lábio quando a carne intumescida foi amarrada à madeira em três lugares, entre o joelho e o tornozelo. Seus homens o ajudaram a montar, e ecoaram gritos ao vê-lo vivo, mas era um grito fraco e ecoava em medo. A batalha fora vencida e agora eles deixariam a tigela de morros juntos, tendo começado uma rixa de sangue que só teria um fim com sangue ou fogo.

Era noite, e Chakahai levava seu pônei cinza a passo lento pelas ruas escuras, com homens mais escuros ao seu lado, ainda montados. O ar estava mais quente na cidade do que no acampamento, como se as pedras da rua mantivessem o calor para exalá-lo aos poucos na escuridão. Era fácil ficar pensativa enquanto ia até o palácio numa colina, onde Gêngis a esperava. A cidade estava cheia de pássaros, murmurando em cada laje e telhado. Será que haviam se perturbado com o movimento de guerreiros ou será que sempre vinham pousar nas telhas quentes de Samarkand? Pelo que sabia, era uma coisa benigna, natural, mas sentia-se desconfortável com a presença daquelas aves, e ouvia batidas de asas no alto.

Longe dela, à direita, uma mulher gritou, fora de vista. Chakahai podia ver a luz fraca de tochas enquanto guerreiros sem esposas iam à pista de corridas e arrancavam jovens dos braços de seus pais e maridos, deixando o resto para o julgamento de Gêngis, no amanhecer seguinte. Chakahai se encolheu ao pensar nisso, sentindo pena dos que estavam à mercê de mãos ásperas no escuro. Vivia entre os mongóis havia muitos anos e encontrara muita coisa amável no povo do mar de capim. No entanto, eles continuavam pegando mulheres de seus conquistados e não pensavam nada mais a respeito. Ela suspirou quando chegou ao muro quebrado que dava em jardins perfumados. Era a tragédia das mulheres, serem desejadas e roubadas à noite. Isso acontecia no reino de seu pai, nas terras jin e nas árabes. Seu marido não via nada de errado nessa prática, dizendo que os ataques para pegar mulheres mantinham seus homens afiados. Chakahai estremeceu como se um frio súbito tocasse seus braços nus.

Podia sentir o cheiro da morte por cima do perfume das flores nos jardins do xá. Ainda havia corpos em pilhas enormes junto ao muro, já começando a apodrecer no calor. O ar parecia fervido e velho, não conseguia refrescá-la; ela respirava pelo nariz e tentava não pensar nos olhares fixos dos cadáveres. O odor carregava doença, ela sabia. De manhã iria se certificar de que Temuge mandasse levá-los para longe e queimá-los antes que alguma peste assolasse o exército do seu marido.

Acompanhado pelos guardas armados, seu pônei subiu cuidadosamente os degraus projetados para homens, indo até o palácio que se erguia escuro na crista do morro. Enquanto prosseguia, pensava na pergunta que Gêngis fizera e no que ela poderia significar. Não entendia e, como consequência, não conseguia afastar uma sensação enjoativa no estômago. Certamente Kokchu não estaria presente quando ela falasse com o marido. Se estivesse, ela pediria para ver Gêngis em particular. A ideia dos olhos ferozes do xamã se cravando nela piorava a sensação de enjoo. Suspirou, imaginando se estaria grávida de novo ou se era apenas o resultado de tanto sofrimento e raiva ao redor durante tanto tempo.

Seu amigo Yao Shu não era muito bom em questões de medicina, mas conhecia os princípios do reequilíbrio. Chakahai decidiu procurá-lo quando retornasse ao acampamento. Os mongóis não buscavam a paz interior, e ela achava que se concentrar em violência e sangue quente era perigoso por longos períodos. Era necessário haver descanso e calma, mas eles não sabiam nada sobre os ensinamentos de Buda.

Apeou quando os degraus se abriram num pátio murado. Seus guardas a entregaram a outros que estavam esperando ali, e Chakahai os seguiu por corredores escuros, imaginando por que ninguém havia se dado ao trabalho de acender os lampiões que ela via. Certo, a raça de seu marido era estranha. A lua subia lá fora, lançando uma luz cinzenta pelas altas janelas em arco, de modo que às vezes ela se sentia como um fantasma caminhando com homens mortos. Ainda podia sentir o cheiro dos cadáveres no ar preguiçoso e lutava para manter a calma.

Encontrou Gêngis num trono em uma grande sala abobadada. Mesmo usando sandálias macias, seus passos ecoavam como sussurros de todos os lados. Os guardas permaneceram junto à porta e ela se aproximou do marido olhando nervosa ao redor, à procura de algum sinal do xamã.

Gêngis estava sozinho na sala do trono do xá, olhando para a cidade revelada através de um grande arco. A lua fazia Samarkand parecer uma maquete intricada, estendendo-se em todas as direções.

Chakahai acompanhou o olhar do marido e ficou parada por um tempo em silêncio, absorvendo aquilo. Seu pai havia governado num palácio assim, e a visão trouxe uma pontada de nostalgia surpreendentemente forte. Sem dúvida seu marido logo iria em frente e ela retornaria a uma vida nas iurtas, mas ali, por um tempo, poderia se lembrar da paz e da beleza de um grande palácio e esquecer os mortos que cobriam o terreno ao redor.

— Estou aqui, esposo — disse por fim.

Gêngis se virou para ela, saindo de seu devaneio.

— Você viu? — perguntou ele, indicando a cidade enluarada. — Está muito bonita.

Chakahai sorriu e assentiu.

– Lembra-me um pouco Xixia e a capital do meu pai.

Gêngis assentiu, mas dava para ver que estava perturbado, sua mente distante da esposa.

– Você mandou um homem me fazer uma pergunta – começou Chakahai.

Gêngis suspirou, deixando de lado os pensamentos sobre o futuro. O dia começara muito bem, mas havia terminado com Jochi e Chagatai lutando na frente dos homens, abrindo feridas em seu exército que até ele teria dificuldade para fechar. Virou o olhar cansado para a segunda esposa.

– Mandei. Estamos a sós aqui – disse ele. Chakahai olhou para os guardas ainda parados nas extremidades do salão, mas Gêngis não parecia cônscio deles pois continuou: – Diga por que não consegue olhar para Kokchu sem pensar na minha irmã. O que você quis dizer com isso?

Chakahai chegou mais perto de Gêngis e pôs as mãos frias na testa dele, que abriu os braços para envolvê-la. Ele gemeu baixinho com o toque, deixando-a acalmá-lo.

– Ele a encontrou, esposo, depois do ataque ao acampamento. Quando eu o vejo, vejo o momento em que ele saiu da iurta dela. O rosto dele estava louco de sofrimento e ainda me assombra.

Gêngis parecia uma estátua enquanto Chakahai falava, e ela sentiu-o se afastar. Ele segurou suas mãos e afastou-as com gentileza, mas quase lhe causava dor.

– Ele não a encontrou, Chakahai. Foi um dos meus homens que me trouxe a notícia, quando verificou as iurtas depois de o xá ter fugido.

Os olhos dele estavam frios ao luar enquanto pensava no que ela havia dito.

– Você o viu? – sussurrou Gêngis.

Chakahai assentiu, um nó de horror apertando-lhe a garganta. Engoliu para responder, forçando as palavras para fora.

– Foi quando a luta terminou. Eu estava correndo e o vi sair da iurta dela. Quando ouvi dizer que ela fora morta, pensei que ele devia ter levado a notícia a você.

– Não – respondeu Gêngis. – Ele não me disse *nada*, nem na ocasião nem depois.

Ele soltou as mãos dela e Chakahai cambaleou ligeiramente, dominada pelo que agora entendia.

– Não diga nada, Chakahai – disse o marido. – Eu cuidarei do xamã do meu jeito. – Gêngis xingou baixinho, inclinando a cabeça de repente de modo que ela visse a tristeza subindo por dentro. – Este foi um dia maligno.

De novo ela entrou em seu abraço, tocando o rosto dele e suavizando a dor.

– Eu sei, esposo, mas agora acabou e você pode dormir.

– Esta noite não; não depois disto – disse Gêngis num sussurro.

CAPÍTULO 26

PASSARAM-SE MAIS TRÊS DIAS ANTES QUE GÊNGIS CONVOCASSE OS FILHOS À câmara de audiências do palácio de Samarkand. Sob suas ordens, Kachiun, Khasar e Jelme haviam retornado com seus *tumans*, deixando para trás cidades em ruínas.

O dia fora quente e o cheiro de chamas, suor e gordura era forte no espaço confinado. Temuge também recebera a ordem de comparecer, e com ele quase setecentos oficiais superiores preenchiam o salão cheio de ecos, esperando Gêngis. Yao Shu estava entre eles, talvez o único homem ali que não comandava outros. O xamã, Kokchu, estava agachado ao pé do trono virado para a multidão, seu olhar vazio fixo no piso.

À medida que o sol se punha e tochas eram acesas nas paredes, Gêngis entrou sem fanfarra nem séquito, o olhar passando sobre a multidão e notando o rosto dos irmãos e dos filhos, desde Jochi, Chagatai, Ogedai e Tolui até a menina mais nova que sua esposa Chakahai lhe dera. Os menores estavam de pé com a mãe e Borte, pasmos com o teto alto. Não tinham visto uma cidade antes e olhavam para cima nervosos, imaginando o que impedia aquilo de cair sobre suas cabeças. Um dos meninos de Chakahai começou a chorar, mas foi Borte que o pegou e cantarolou para ele. Outras esposas de homens importantes também haviam comparecido, mas a mãe de Gêngis, Hoelun, continuava isolada em seu sofrimento pela filha perdida. Desde a morte de Temulun, Hoelun havia se afastado dos assuntos das tribos e Chakahai e Borte sentiam intensamente falta de sua sabedoria.

Naquele dia o cã não usava armadura. Em vez disso tinha-se vestido com as roupas simples de um dos seus pastores. Um dil cobria a túnica e a calça justa usadas com botas de couro macio. Sua pele estava limpa e brilhante de banha de carneiro fresca. O cabelo, amarrado para trás sob um chapéu quadrado, levemente marcado com pontos de costura decorativa. À medida que luz amarela preenchia o salão, os que estavam mais perto podiam ver cabelo grisalho em suas têmporas, mas ele parecia vital e alerta, sua presença bastando para impedir o menor movimento na multidão. Só faltavam Tsubodai e Jebe, com todos os seus oficiais de *minghaans* e *jaguns*. Gêngis poderia tê-los esperado, mas não havia notícia da caçada ao xá e as questões eram prementes, cada uma mais urgente do que a outra.

De pé e com o trono às costas, ele encarou Jochi e Chagatai, parados à frente da multidão silenciosa. Os dois tinham marcas da batalha travada. Chagatai se apoiava pesadamente num cajado para favorecer a perna presa com talas e suava visivelmente. O rosto de Jochi estava muito machucado e ele também mancava quando se movia; os cortes estavam recém-estancados e começando a formar cascas. Eles não podiam perceber nada no pai. Gêngis havia adotado o rosto frio, e nem mesmo os que o conheciam bem podiam avaliar seu humor ou adivinhar por que ele os chamara. Enquanto Gêngis olhava, Jochi levantou a cabeça, a expressão equivalente à do pai. Ele, pelo menos, não esperava que a reunião acabasse bem, mas se recusava a mostrar medo. Tinha passado três dias esperando algum tipo de convocação. Agora que ela viera, era quase um alívio.

Gêngis deixou o silêncio crescer enquanto os encarava. Conhecia muitos dos homens e mulheres que se encontravam ali no salão. Até os que eram estranhos ainda eram seu povo. Conhecia os defeitos e fraquezas deles tanto quanto os próprios, ou até melhor. Eles os trouxera dos morros de casa, tomando nas mãos os caminhos das vidas deles e juntando-os à força. Não eram mais tribos enquanto esperavam a fala do cã. Eram seus, até a última criança. Quando falou finalmente, sua voz preencheu o salão, mais calma do que qualquer um esperava.

— Esta noite nomearei meu herdeiro — disse.

O feitiço se manteve e ninguém se mexeu, mas Chagatai e Jochi trocaram um olhar rápido e silencioso, ambos muito cônscios um do outro.

— Não viverei para sempre — continuou Gêngis. — Tenho idade suficiente para me lembrar de quando cada tribo vivia caindo na garganta das outras. Não gostaria de ver aqueles dias retornarem quando eu me for. Neste salão, convoquei cada homem e mulher com poder na nação, menos os que estão com Tsubodai e Jebe. Falarei com eles em separado quando chegarem. Todos vocês prometeram a mim sua vida e sua honra. Farão o mesmo com meu filho.

Ele parou, mas ninguém ousava se mexer. No ar sufocante, alguns até prendiam o fôlego. Gêngis assentiu.

— Agradeço diante de vocês ao meu irmão Kachiun, que assumiu o fardo de ser meu herdeiro enquanto meus filhos cresciam até a vida adulta. — Ele procurou o irmão e recebeu o discretíssimo assentimento de Kachiun. — Seus filhos não comandarão a nação, Kachiun — disse Gêngis, sabendo que o irmão entendia a necessidade de ele dizer as palavras em voz alta. — Eles podem vir a governar outros povos e outras terras, mas o Grande Cã virá da minha escolha e da minha semente, apenas. Você será o primeiro a prestar juramento ao meu filho, depois meus irmãos Khasar e Temuge, e então todos os outros homens e mulheres que estão aqui.

Levantou para todos, de novo, os olhos amarelos que pareciam despi-los.

— Não somos nada mais do que os juramentos que fazemos. Se vocês não puderem dobrar o joelho para o meu filho, podem ir embora e levar suas vidas para longe antes de o sol nascer. Esta é a única escolha que permitirei.

Ele fez outra pausa, fechando os olhos por um instante, quando o sofrimento e a raiva ameaçaram invadi-lo.

— Adiante-se, Ogedai, meu herdeiro — disse ele.

Todos os olhos se viraram para o guerreiro de 16 anos. Ele havia crescido quase até a altura do pai no tempo passado nas terras árabes. Mal se via o garoto magro que havia retornado de uma cidade jin nos traços duros de seu rosto, mas ele parecia muito novo, abalado pelas palavras do pai. Seus olhos eram tão claros quanto os do cã, agora arregalados e sem piscar. O garoto não se mexeu, e Borte precisou cutucá-lo, ao que ele caminhou pelo salão apinhado, enquanto os homens mais velhos abriam caminho. Só Borte e Chakahai sabiam antes que seria assim. As duas haviam aconselhado Gêngis nos dias anteriores e, pela primeira vez, ele as ouvira. Lágrimas de orgulho brotavam em ambas.

Gêngis ignorou os olhares quentes de Chagatai e Jochi enquanto virava o atordoado terceiro filho na direção deles.

— O homem que lidera a nação não pode ser fraco — disse Gêngis. — Não deve ceder a atos impensados ou ao despeito. Deve usar a mente primeiro, mas quando *agir*, será como a mordida de um lobo, sem misericórdia. Muitas vidas dependem dele, e uma decisão errada pode destruir tudo que meus irmãos e eu construímos.

Gêngis mostrou um pouquinho da raiva interior nos punhos fechados enquanto respirava fundo.

— Sou o cã do mar de capim, do povo de prata. Escolhi meu herdeiro, como é meu direito. Que o pai céu e a mãe terra destruam cada homem ou mulher que se interponha.

Cabeças baixaram nervosamente na multidão, e Kachiun avançou em meio a elas até ficar diante de Gêngis e Ogedai. O cã esperou, com a mão no punho da espada, mas Kachiun meramente sorriu. Vendo que Ogedai estava nervoso, Kachiun piscou para ele antes de se abaixar sobre um dos joelhos.

— Faço meu juramento livremente, Ogedai, a você, filho e herdeiro do meu irmão. Que o dia em que você herdará esteja muitos anos no futuro, mas até lá honrarei a ordem de seu pai. Nesse dia jurarei seguir você com iurtas, cavalos, sal e sangue.

Khasar chegou logo atrás de Kachiun e também se ajoelhou e falou, com os olhos orgulhosos. Eles não podiam dar o juramento inteiro ao cã enquanto Gêngis vivesse, mas cada homem jurou honrar o garoto como herdeiro. À medida que a tensão se esvaía, Gêngis tirou a mão direita de cima da espada e deixou-a pousar no ombro de Ogedai. Temuge completou sua promessa e Jochi e Chagatai avançaram. Dentre todos naquele salão, Gêngis precisava ouvir os dois generais dando sua palavra em público, de modo que não pudesse haver dúvida. Todos os homens e mulheres mais importantes da nação estavam ali como testemunhas daquele momento, mais importante que todos os outros.

Jochi se encolheu de dor ao se ajoelhar, mas forçou um sorriso para Ogedai. No fundo ele sempre soubera que não poderia herdar. Ainda não tinha certeza se seu pai deixaria a coisa assim ou se arranjaria algum outro castigo para a tolice de sua luta com Chagatai. Pelo menos ali ele estava triunfante. Chagatai também não herdaria – ele, que sempre teve certeza de que um dia comandaria a nação. As esperanças despedaçadas de Chagatai eram como airag quente no sangue de Jochi.

Com a perna quebrada, Chagatai não podia se ajoelhar junto aos outros. Ele hesitou sob o olhar do pai, e os oficiais em volta observaram fascinados à medida que o problema ficava óbvio.

– O kowtow jin, estendido, Chagatai – disse Gêngis com frieza. – Como está ferido, você pode fazer isso.

O rosto de Chagatai ficou intensamente vermelho enquanto ele se deitava no chão e tocava a testa na pedra fria. Não era difícil adivinhar que seu pai infligiria um castigo brutal caso ele resistisse ao juramento.

De sua parte, Ogedai pareceu deliciado em ver Chagatai estendido no chão. Riu de orelha a orelha enquanto o irmão falava as palavras depois usava o cajado para se levantar, dolorosamente. Na multidão, Yao Shu também não conseguiu impedir que um sorriso lhe surgisse no rosto. Certamente, havia um lugar para o carma no mundo, para que ele vivesse até ver o jovem idiota ser humilhado diante da nação. A necessidade de vingança se esvaiu dele, deixando-o com um sentimento de vazio e sujeira. Yao Shu balançou a cabeça com tristeza diante do que se permitira se tornar nos acampamentos mongóis. Esta era uma segunda chance; ele prometeu retomar os estudos e voltar a ensinar aos filhos do cã. Animou-se quando pensou em trabalhar com Ogedai. O garoto tinha inteligência rápida e, se a violência da família pudesse ser temperada, um dia seria um cã excelente.

Demorou muito até que cada homem e mulher no salão fizesse seus votos a Ogedai. No fim, a noite estava quase terminada e o céu, cinza no leste. Gêngis não havia se dado ao trabalho de mandar trazer água para eles. Quando o último oficial de *arban* se levantou, o resto irrompeu em gritos de comemoração, entendendo que tinham visto o começo de uma dinastia naquela noite, numa cidade em uma colina. Sob o olhar do grande cã, até os oficiais de Jochi e Chagatai se juntaram entusiasmados na comemoração, aliviados porque nenhum sangue se derramara.

Gêngis levantou as mãos para silenciá-los.

— Agora vão e digam às suas famílias o que viram aqui. Faremos uma festa neste dia em Samarkand para marcar a data.

Sua expressão ficou tensa enquanto a multidão começava a conversar e sorrir, fluindo na direção das grandes portas em cada extremidade.

— Kachiun? Você e Khasar ficarão. Você também, Temuge. Preciso dos meus irmãos ao redor para o que ainda tenho de fazer.

Enquanto os três irmãos paravam, parecendo surpresos, Gêngis virou-se para onde Kokchu continuava agachado, perto dele.

— Tenho cavalos prontos lá fora, xamã. Você me acompanha.

Kokchu baixou a cabeça, escondendo a confusão.

— Como quiser, senhor cã.

Enquanto o sol subia, Gêngis cavalgou lentamente para fora de Samarkand, os três irmãos e o xamã com ele, acompanhados por uma montaria reserva. Temuge havia feito perguntas a princípio, mas quando Gêngis não respondeu ele ficou no mesmo silêncio dos irmãos. Nenhum sabia aonde Gêngis os levava, ou por que seu humor parecia tão sombrio naquele dia.

As famílias da nação estavam acampadas a poucos quilômetros de Samarkand, fora do alcance das linhas de batalha. Gêngis não hesitou ao chegar à primeira fila de iurtas, cada uma com seu fio de fumaça branca subindo lentamente no ar. O acampamento já estava movimentado. Os mongóis gostavam daquela fase do verão, antes que o calor ficasse intenso. Com o rio e os lagos ao norte, havia até mesmo umidade suficiente no ar para cobrir o capim com orvalho, e o sol o fazia brilhar por um curto tempo antes de evaporá-lo.

Os que já estavam de pé olharam, pasmos, o cã e os irmãos passarem e baixaram a cabeça para não encarar os grandes da nação. Cães latiam em agitação, mas Gêngis ignorou todos enquanto fazia o cavalo andar pelo labirinto. Passou por sua própria grande iurta sobre a carroça e finalmente apeou diante do pequeno lar de sua mãe.

– *Nokhoi Khor* – chamou baixinho, tanto um cumprimento quanto um pedido para que o velho cão da mãe fosse preso antes de sair correndo para atacar. Gêngis nunca gostara de cães e não tinha nenhum. Esperou alguns instantes, depois se virou para o pequeno grupo que o acompanhava. Juntos eles representavam os poderes governantes da nação mongol. Só Ogedai tinha posição equivalente, e mesmo assim apenas depois daquela noite.

– Esperem por mim – disse Gêngis, abaixando-se e abrindo a porta de madeira pintada da casa de sua mãe.

Lá dentro continuava escuro. Sua mãe ainda não havia tirado a cobertura de feltro que deixava a luz entrar durante o dia. A luz da porta aberta permitia-lhe ver uma figura encolhida na cama. O velho cão dela estava enrolado junto às pernas e mostrou os dentes enquanto ele se aproximava, com um rosnado grave na garganta. Gêngis engoliu em seco.

– Mande seu cachorro para fora, mãe. Preciso falar com a senhora.

Hoelun abriu sonolentamente os olhos, ainda vermelhos do airag que usava para trazer sono sem sonhos. Fechou um de novo quase imediatamente, encolhendo-se da dor que latejava na cabeça. Gêngis podia sentir o cheiro de urina na iurta e o odor forte de corpo não lavado. Entristeceu-lhe ver o cabelo grisalho da mãe revolto e descuidado, e sabia que deveria tê-la tirado do sofrimento muito antes disso. Ela parecia muito velha e desgastada, olhando-o. Enquanto ele havia enterrado a tristeza com o ataque à cidade, preenchendo os dias com planos e ações, Hoelun fora deixada sozinha para se lamentar, e aquilo acabara com ela.

Gêngis suspirou. Pôs a cabeça para fora de novo, piscando por causa da luz.

– Preciso que você pegue o cachorro dela, Kachiun. E preciso de comida, chá e lenha para o fogão. Pode pegar, Khasar?

Ele recuou para deixar que Kachiun tirasse o velho cão de perto da cama da mãe. Quando Kachiun estendeu a mão, o cão saltou, mordendo. Kachiun simplesmente deu-lhe um cascudo no focinho e o arrastou para fora da cama, chutando-o em direção à porta, e o cachorro correu para fora, ainda latindo.

— Deixe o cachorro em paz — disse Hoelun irritada.

Ao se sentar, ela percebeu que dois de seus filhos estavam na iurta. Ela passou a mão automaticamente pelo cabelo e olhou-os irritada. Gêngis podia ver que a mãe perdera peso de modo alarmante nos últimos meses. A culpa varreu-o por não ter se certificado de que alguém estivesse cuidando dela. Certamente Chakahai e Borte haviam trazido comida e trocado suas roupas, não?

— O que é? — disse Hoelun, encolhendo-se por causa do latejar na cabeça. Desistiu de ajeitar o cabelo e deixou as mãos caírem sobre os cobertores no colo; as unhas amarelas estavam escuras de sujeira.

Havia se dirigido a Kachiun, mas ele apenas deu de ombros e olhou para Gêngis.

— Tome um pouco de chá quente salgado e conversaremos — disse Gêngis em tom neutro. Na pequena iurta, ouviu a barriga dela roncar com gases e não ficou surpreso quando ela jogou os cobertores engordurados para trás e se levantou. Ela não falou enquanto enfiava os pés nas botas macias e deixava a iurta para visitar uma fossa sanitária ali perto.

Kachiun olhou o irmão, envergonhado.

— Foi para isso que você nos chamou? — disse ele. — Eu não sabia que ela estava tão mal; desculpe.

— Nem eu — respondeu Gêngis. — Não estou ocupado com mil coisas desde que Temulun morreu?

Então ele desviou o olhar, sabendo que suas palavras eram débeis.

— Consertaremos isso, depois de hoje — disse Gêngis.

Khasar retornou logo antes da mãe, de modo que ela o acompanhou para dentro da iurta. Ele também estava impressionado com a figura esquelética que ocupou seu lugar na cama. Abraçou-a formalmente, mas encolheu-se de incômodo enquanto arrumava a lenha no fogão e acendia a palha com pederneira e aço, soprando até que uma pequena chama saltasse em sua mão.

O chá pareceu demorar uma eternidade para ferver, e foi o próprio Gêngis que serviu a primeira caneca para a mãe. Ela tomou um pouco; e seus olhos perderam um pouco do vazio enquanto o calor se espalhava pelo seu corpo velho.

— O que você quer, Temujin? — disse ela finalmente, usando o nome de infância, como ninguém mais no campo ousava fazer.

— Vingar minha irmã — respondeu Gêngis, a voz quase num sussurro.

Os olhos de Hoelun estavam grandes e sombrios na semiescuridão; ela os fechou como se Gêngis tivesse lhe dado um soco.

— Não quero ouvir isso — disse Hoelun. — Volte amanhã e estarei mais forte.

Mas Gêngis estava implacável; pegou a tigela vazia das mãos dela, balançando a cabeça.

— Não, mãe. Vista-se ou eu mandarei uma serviçal ajudá-la. Você cavalgará com seus filhos hoje, para longe deste acampamento.

— Saia, Temujin — disse ela, a voz mais forte do que antes. — Leve seus irmãos. Estou esperando para morrer, entendeu? Representei meu papel na sua vida e na sua nação. Estava lá no início, e isso só me trouxe tristeza. Apenas saia e me deixe para trás, como sempre fez.

Quando Gêngis respondeu, sua voz saiu suave:

— Não farei isso, mãe. Kachiun? Diga a Temuge que ele terá de nos esperar um tempo. Vou lavá-la e vesti-la.

Derrotada, Hoelun se deixou afrouxar na cama. Permaneceu mole enquanto Gêngis usava um balde de água e pano para alisar seu cabelo. Ele encontrou um pente de osso no chão da iurta e ela ficou sentada em silêncio enquanto o filho começava a passá-lo pela massa cinzenta e cheia de nós, as mãos tendo um cuidado infinito para não machucá-la ainda mais.

O sol havia nascido completamente quando eles terminaram de vestir Hoelun. Ela não havia falado mais nada, mas tinha recebido bem o cachorro quando o bicho retornou ao lugar ao seu lado, disparando para dentro quando teve a chance. A vontade de resistir pareceu tê-la abandonado, e Gêngis e Kachiun ficaram em silêncio enquanto a ajudavam a montar na sela e punham seus pés nos estribos. Hoelun ficou mal acomodada, de modo que Khasar passou as rédeas por cima da cabeça do cavalo e prendeu-as no arção de sua própria sela para guiá-la.

Enquanto também montava, Gêngis olhou ao redor, vendo a família que se escondera dos inimigos numa fenda no chão, perdida e distante, quando ele era apenas um garoto. Naquela época haviam caminhado com a morte, e as lembranças lhe causavam frio na pele. Podia imaginar o espírito de Bekter com eles e soube que o irmão que ele havia matado aprovaria este dia. Esperava que Bekter pudesse ver isso. Temulun também estava faltando naquele pequeno grupo de sobreviventes, apesar de que ela era apenas um bebê chorão na época em que foram obrigados a fugir. Em seu lugar, o xamã cavalgava em silêncio, como que emburrado, observando o cã sob as pálpebras pesadas. Enquanto começava a trotar para fora do acampamento, Gêngis ouviu falcões gritando acima. As vozes agudas o lembraram dos gritos de Temulun, quando cada refeição era uma vitória e cada batalha ainda estava por vir.

Cavalgaram para o sul e o leste suportando o calor do dia, bebendo água dos odres que Gêngis fornecera junto com cada montaria. Ele havia se preparado para a jornada; as bolsas das selas estavam cheias de cordeiro seco e queijo duro. À tarde, quando o terreno começou a se elevar, Gêngis fez uma pausa, para partir o queijo numa pedra chata, usando o punho da faca para esmagar os blocos antes de misturá-lo com um odre de água quente, e colocando os sacos embaixo de cada sela. O caldo amargo iria sustentá-los quando parassem de novo naquela noite, mas ele fazia isso principalmente pela mãe, que não estava acostumada a cavalgar muito.

Hoelun havia acordado do estupor da manhã, mas ainda se encolhia contra o sol quente e parou uma vez para vomitar com debilidade antes de prosseguir. Seus olhos procuravam Gêngis enquanto ele cavalgava adiante, e ela também se lembrou dos primeiros dias de dificuldades, quando a mão de todo homem estava contra eles. Cinco filhos e uma filha haviam estado com ela na época, quando agora restavam apenas quatro filhos. Não havia ela dado o suficiente para as ambições e os sonhos de Gêngis? Viu as montanhas se erguendo à frente enquanto cavalgava, o cavalo escolhendo o caminho cuidadosamente quando até as trilhas das cabras terminaram. À medida que o sol batia forte, o terreno subia cada vez mais íngreme e Hoelun continuou sem falar com nenhum dos homens que a acompanhavam.

Kokchu suava profusamente e bebia mais do que Gêngis e Khasar juntos. Não estava acostumado a cavalgar em terreno irregular, mas não reclamava enquanto Hoelun permanecesse em silêncio, sabendo que isso só poderia envergonhá-lo aos olhos do cã. Não tinha ideia do motivo para ser chamado a acompanhar Gêngis, mas, olhando para cima e vendo a linha de neve dos picos, sabia que os espíritos eram fortes em lugares altos. Os mongóis nunca ficavam totalmente satisfeitos em terras quentes, onde moscas, suor e estranhas coceiras os atacavam e apodreciam carne limpa. No ar puro das montanhas, Kokchu sabia que eles se sentiriam mais à vontade. Talvez tivesse sido chamado para interceder por Gêngis ali.

Subiram uma crista até que o sol pairou baixo no oeste, lançando sombras compridas diante deles como se andassem na escuridão. O caminho era difícil, mas os cavalos andavam com passos seguros, seguindo Gêngis pela crista. Raramente era íngreme o bastante para obrigá-los a apear. Tinham puxado os cavalos apenas duas vezes naquele dia, e o silêncio sério parecia ter tomado conta de todos, de modo que as gargantas e os lábios secos achavam difícil falar de novo.

O humor sombrio não permaneceu após chegarem à linha da neve, pelo menos para Temuge, Khasar e Kachiun. Eles não viam neve desde que tinham deixado as montanhas de sua terra natal; sugaram o ar frio, desfrutando como ele cortava fundo.

Gêngis não pareceu sentir isso, nem ouvir como o som dos cascos mudava para o passo silencioso da neve. O pico da encosta ainda estava à frente. Ele fixou o olhar ali e nem se deu conta das vastas terras que eram reveladas daquela altura.

O dia longo e cansativo ia terminando quando ele finalmente puxou as rédeas. O sol estava parcialmente escondido no horizonte a oeste e a luz dourada lutava contra as sombras, de modo que tiveram de franzir os olhos enquanto apeavam. Khasar ajudou a mãe a descer e lhe entregou um odre de airag, que ela aceitou agradecida. A bebida áspera trouxe de volta um pouco de vida ao seu rosto exausto, mas ela tremia ali parada, olhando em volta perplexa. Podiam ver a mancha de Samarkand sobre as plantações e, mais adiante ainda, uma linha brilhante dos lagos ao norte. Parecia que ela poderia ver até sua casa, e o pensamento lhe trouxe lágrimas aos olhos.

Gêngis desembainhou a espada e o som sibilante fez todos os olhares se fixarem nele. Também ele sentia o conforto da neve. Nos lugares altos era mais fácil perceber o hálito do pai céu e a presença sussurrante dos espíritos. Mesmo numa terra tão distante, ele os sentia na pele. Ainda que a sensação o aliviasse, mal tocava o duro nó de fúria no peito que doía havia vários dias.

— Fique diante de mim, Kokchu — disse ele, observando atentamente o xamã se aproximar. A expressão de Kokchu era cautelosa e uma linha de suor brilhava em sua testa alta, mas Gêngis podia ver o brilho de outra coisa nos olhos dele. O vento aumentou de súbito e os irmãos se juntaram com a mãe em volta de Gêngis, espalhando pó de neve ao redor.

Gêngis não afastou o olhar do xamã enquanto falava com os irmãos e com Hoelun:

— Este é o homem que matou Temulun, e não um dos guardas do xá. Foi ele.

Kokchu teria saltado para trás se Khasar não estivesse ali.

— É mentira! — cuspiu o xamã. — O senhor sabe que é.

— Não, acho que não — disse Gêngis. Ele estava preparado para Kokchu atacar ou fugir, cada nervo seu se retesando enquanto falava. — O corpo da minha irmã só foi achado quando escureceu, e o homem que a encontrou veio direto até mim. No entanto, você foi visto saindo da iurta dela muito antes disso.

— Mais mentiras! Senhor cã, alguém está tentando me destruir. Há pessoas que acham que o senhor demonstra muita confiança em mim, que me favorece muito abertamente. Tenho muitos inimigos, senhor, *por favor...*

Temuge falou subitamente, ao que Kokchu se virou para ele numa esperança desesperada.

— Ele pode estar certo, irmão — disse Temuge. — Quem pode dizer em que iurta o viu, quando as fogueiras ardiam no acampamento?

Kokchu caiu de joelhos, suas mãos em garra tremendo enquanto agarravam punhados de neve.

— É verdade o que ele diz, senhor. Eu dei tudo ao senhor, iurtas, cavalos, sal e sangue, *tudo.* Isto está totalmente errado.

— Não — murmurou Gêngis. — Não está.

O xamã virou o rosto para cima, em terror, ao ver a espada do cã se erguer no ar.

— O senhor não deve derramar o sangue de um xamã. É proibido!

Kokchu não se virou a tempo de ver Hoelun acertar-lhe um tapa no rosto. O golpe foi fraco, mas Kokchu gritou enquanto caía para trás na neve. Quando ele se levantou, apoiando-se nos pés de Khasar, o general chutou suas costelas violentamente, sem pensar.

Gêngis ficou imóvel e sua família se virou para ele com ar interrogativo, enquanto ele deixava a espada baixar ao lado do corpo.

— Você não pode deixá-lo viver, Temujin — disse Hoelun, os olhos mais brilhantes do que ele os vira em qualquer momento daquele dia. Parte de sua antiga vitalidade retornara ao ver o xamã resistindo naquele pico frio, e ela não parecia sentir mais o vento. Gêngis lhe entregou a espada mas segurou seu pulso quando achou que ela iria usar a arma.

Ele flexionou as mãos vazias por um momento e Kokchu se encolheu, preso entre as pernas da família à qual servira. A mente do xamã girava a mil enquanto procurava o que mais poderia dizer. O rosto de tolo de Temuge estava cheio de dúvida e fraqueza, e até o cã havia posto a espada de lado. Ainda havia esperança.

— Não fiz nada, senhor. Quem lhe contou cometeu um erro, e isso não deve custar minha vida ou meu serviço ao senhor. Se eu morrer aqui, o azar o seguirá até o fim dos seus dias. O senhor *sabe* que falo a verdade.

Gêngis abaixou a mão e pegou-o pelos ombros num aperto terrível. Por um instante Kokchu achou que estava sendo levantado e ofegou com alívio. Então sentiu Gêngis soltar seus ombros e agarrar uma de suas pernas ossudas, os dedos duros envolvendo o joelho e se cravando na carne. O xamã se debateu feito louco enquanto Gêngis o levantava com um grunhido.

— *Por favor*, senhor, sou inocente! — gritou Kokchu.

Gêngis levantou o xamã mais alto, depois largou-o, caindo sobre um dos joelhos ao mesmo tempo. Kokchu bateu na coxa estendida do cã. Todos ouviram a coluna se partir e a boca de Kokchu se abriu sem emitir som algum. Suas pernas ficaram frouxas e as mãos gadanharam a neve e a luz fraca do sol. Temuge virou as costas em desgosto, mas

Kachiun e Khasar ficaram olhando como se estivessem determinados a se lembrar de cada detalhe.

Gêngis se ajoelhou perto do xamã, falando baixinho.

– Há lobos nestas montanhas. Eles o encontrarão aqui esta noite e a princípio apenas olharão. À medida que o frio enfraquecer você, eles chegarão mais perto e começarão a focinhar suas pernas e mãos. Irão se afastar quando você gritar e se mover, mas não irão longe e voltarão com mais coragem. Quando começarem a rasgar sua carne, quando o cheiro de sangue os excitar, lembre-se de mim.

Gêngis se levantou; os olhos selvagens do xamã seguiram seu movimento, turvos de lágrimas. Sua boca pendia aberta, revelando dentes marrons. Viu Hoelun passar um braço em volta de Gêngis e apertar seu ombro enquanto voltavam aos cavalos. Kokchu não pôde ouvir as palavras trocadas pela família. Jamais conhecera uma dor tão grande e todos os truques e rituais que conhecia desmoronaram diante da chama que o atravessava como uma lança.

Depois disso a escuridão veio rapidamente e ele gemeu ao descobrir que as pernas estavam inúteis. Uma vez conseguiu ficar quase sentado, mas, com uma nova onda de agonia, ele perdeu os sentidos. Quando acordou de novo, a Lua estava alta e ele pôde ouvir o som fraco de patas na neve.

CAPÍTULO 27

ENQUANTO O VERÃO TERMINAVA, GÊNGIS PERMANECIA EM SAMARKAND, MAS seus generais rugiam em seu nome através da região. As cidades de Merv, Nishapur, Balkh e Urganj caíram em rápida sucessão, suas populações trucidadas ou escravizadas. Nem mesmo a notícia da morte do xá e o retorno de Tsubodai e Jebe foram suficientes para levantar seu ânimo. Ele queria voltar para casa, para as planícies que conhecera na infância, mas descartou a ânsia como sendo fraqueza. Agora sua tarefa era treinar Ogedai para liderar, passar tudo que havia aprendido como cã em décadas de guerra. Havia retribuído em mil vezes o insulto do xá, mas no processo descobrira terras mais vastas até que as maiores que ele já conhecera.

Via a si mesmo como um lobo solto num rebanho de ovelhas, não podia simplesmente levar a nação para casa. Ogedai governaria seu povo, mas havia outros tronos. Com a energia renovada, Gêngis caminhava pelo palácio e pela cidade do xá, aprendendo tudo que podia sobre como um local daqueles servia de suporte para o povo.

Temuge trazia novos mapas à medida que eram capturados ou desenhados por prisioneiros. Cada um revelava mais e mais da terra ao redor de Samarkand e da forma do mundo propriamente dito. Gêngis mal podia acreditar que havia montanhas ao sul tão vastas que nenhum homem jamais as escalara, onde se dizia que o ar era rarefeito a ponto de matar. Ouviu falar de animais estranhos e príncipes indianos que fariam o xá de Khwarezm parecer um governador de província.

A maior parte do povo de Samarkand havia sido libertada para retornar às suas casas. Em outros lugares, Gêngis permitiu que os jovens guerreiros treinassem golpes de espada em prisioneiros amarrados. Não havia modo melhor de demonstrar o que uma espada poderia causar, e isso ajudava a prepará-los para batalhas verdadeiras. Em Samarkand as ruas estavam entupidas de pessoas, ainda que elas ficassem fora de seu caminho quando ele andava com guardas e mapas. Sua curiosidade era insaciável, mas quando retornava ao palácio a cada noite podia senti-la se fechar ao redor dele como uma tumba, até que ele mal conseguia respirar. Havia mandado um batedor às montanhas onde Kokchu fora deixado. O guerreiro trouxera de volta um pacote de ossos lascados, que Gêngis queimou num braseiro. Nem isso lhe trouxe paz. As paredes de pedra do palácio pareciam zombar de ambições baseadas em homens e cavalos. Quando Ogedai fosse cã, o que importaria se seu pai havia um dia tomado uma cidade ou a deixado intacta? De manhã Gêngis treinava diariamente com uma espada, até suar, contra os melhores de sua guarda. Era deprimente o quanto ele perdera em velocidade ao longo dos anos. Sua energia ainda era equivalente à de homens mais novos, mas o joelho direito doía depois de uma luta e os olhos não eram mais tão afiados a distância quanto antes.

Numa manhã que trazia o primeiro hálito do inverno, em seu quarto ano passado em Khwarezm, Gêngis descansava com as mãos nos joelhos, tendo lutado com um guerreiro de 20 anos até uma pausa.

— Se ele partir para você agora, você estará morto, velho amigo. Sempre deixe alguma coisa, se puder.

Gêngis levantou os olhos, surpreso, depois sorriu lentamente ao ver o velho rijo na extremidade da área de treino. Arslan estava bronzeado, além de magro como um cajado, mas vê-lo era um prazer que Gêngis não esperava ter de novo.

O cã lançou um olhar ao oponente, cuja respiração mal havia se alterado e que mantinha a espada a postos.

— Estou esperando surpreender esse jovem tigre quando ele virar as costas — disse. — É bom ver você. Pensei que ficaria contente em ficar com sua mulher e as cabras.

Arslan assentiu.

— As cabras foram mortas por lobos. Não sou pastor, pelo visto. — Ele pisou no quadrado de pedra e segurou o braço de Gêngis de modo familiar, os olhos avaliando as mudanças no cã.

Gêngis viu que o velho general estava marcado com a poeira grossa de meses cavalgando. Apertou-o mais, mostrando seu prazer.

— Coma comigo esta noite. Quero ouvir sobre as planícies de nossa terra.

Arslan deu de ombros.

— Estão iguais. De oeste a leste, mercadores jin não ousam cruzar sua terra sem pedir permissão a um dos postos de estrada. Há paz lá, alguns idiotas dizem que você não retornará, que os exércitos do xá são demais até mesmo para você. — Arslan sorriu ao lembrar-se de um mercador xixia e de como ele rira em sua cara. Gêngis era um homem difícil de matar e sempre fora.

— Quero ouvir tudo. Convidarei Jelme para comer conosco.

Arslan se animou ao ouvir o nome do filho.

— Eu gostaria de vê-lo — respondeu. — E há netos meus que não vi.

Gêngis se encolheu ligeiramente. A esposa de Tolui dera à luz seu segundo filho meses depois do primogênito de Chagatai. Era avô três vezes, mas parte dele não ficava nem um pouco empolgada com a ideia.

— Meus filhos são pais, agora — disse. — Até o pequeno Tolui tem dois menininhos em sua iurta.

Arslsan sorriu, entendendo Gêngis melhor do que ele desconfiava.

— A linhagem deve continuar, amigo. Eles também serão cãs um dia. Que nome Tolui deu a eles?

Gêngis balançou a cabeça, achando graça no interesse paterno de Arslan.

— Dei ao primeiro o nome de Mongke. Tolui chamou o segundo de Kublai. Eles têm meus olhos.

Foi com um estranho sentimento de orgulho que Gêngis mostrou Samarkand ao homem que governaria a cidade. Arslan ficou fascinado com o sistema de água e os mercados, com sua intricada teia de fornecedores vindos de toda parte ao redor num raio de mais de mil quilômetros. Gêngis já havia descoberto as minas de ouro que alimentavam o tesouro do xá. Todos os guardas originais tinham sido mortos e a mina fora saqueada quando ele percebeu seu significado nos mapas, mas tinha novos homens trabalhando e alguns dos seus jovens guerreiros mais inteligentes aprendendo o processo de tirar ouro e prata da terra. Descobrira que isso era uma das vantagens da cidade. A mineração sustentava mais homens do que a estrutura de vida que ele conhecera nas planícies. Aqueles homens podiam ser usados para construir outras coisas, talvez até maiores.

– Você terá de ver a mina – disse Gêngis a Arslan. – Eles cavaram o chão como marmotas e construíram grandes forjas para separar a prata e o ouro da pedra. Mais de mil homens cavam, e metade desse número esmaga a rocha até virar pó. É como um formigueiro, mas dele vem o metal que faz esta cidade funcionar. Todo o resto parte daí. Às vezes me sinto bem perto de entender como essas coisas passaram a ter valor. Parece algo construído a partir de mentiras e promessas, mas funciona, de algum modo funciona.

Arslan assentiu, mais observando Gêngis do que prestando atenção em coisas com as quais não poderia se importar menos. Havia atendido ao chamado porque Gêngis não o convocaria sem motivo. Ainda precisava entender por que subitamente as cidades tinham ficado importantes para o cã. Durante dois dias caminhou com Gêngis por Samarkand, conversando e observando a tensão interna dele. A esposa de Arslan recebera um conjunto de aposentos no palácio e parecia fascinada com as grandes salas de banho e as escravas jin que Gêngis lhe providenciara. Arslan achou interessante que nenhuma das esposas de Gêngis deixara o acampamento de iurtas, fora da cidade.

No terceiro dia, ao fim da manhã, Gêngis parou perto de um mercado, ocupando um banco velho com Arslan. As barracas estavam movimentadas, seus donos nervosos pela presença dos mongóis em seu meio. Os dois ficaram sentados confortavelmente, descartando com gestos os que vinham oferecer sucos de fruta ou pão salgado e carne.

– Samarkand é uma ótima cidade, Gêngis – disse Arslan. – Mas você antes não se importava com cidades. Eu o vi olhando para o acampamento de iurtas toda vez que andamos nas muralhas e não creio que você vá ficar aqui por muito tempo mais. Diga-me, então, por que *eu* deveria ficar.

Gêngis escondeu um sorriso. O velho não havia perdido a mente afiada nos anos que passara longe.

– Por um tempo pensei que eu tomaria cidades para o meu povo, Arslan. Que este seria o nosso futuro. – Ele balançou a cabeça. – Não é, pelo menos para mim. O lugar tem beleza, sim. Talvez seja o melhor ninho de ratos que já vi. Pensei que, se pudesse entender realmente como ela funciona, talvez pudesse governar a partir de uma cidade e passar meus últimos dias em paz, enquanto meus filhos e netos conquistam. – Gêngis estremeceu como se uma brisa tivesse entrado em contato sua pele. – Não posso. Se você se sente do mesmo modo, pode partir e voltar às planícies com minha bênção. Destruirei Samarkand e irei em frente.

Arslan olhou em volta. Não gostava de estar rodeado por tanta gente. As pessoas estavam em toda parte, e, para um homem que passara a maior parte da vida em planícies abertas tendo apenas o filho ou uma esposa, a proximidade daquela gente o deixava desconfortável. Suspeitava que Samarkand não era um lugar para guerreiros, ainda que talvez fosse um lugar para velhos. Sua esposa certamente achava isso. Ele não sabia se algum dia conseguiria ficar à vontade ali, mas sentia que Gêngis estava tentando alcançar alguma coisa e lutava para entender.

– Houve um tempo em que você só importava em arrasar cidades – disse ele finalmente.

– Eu era mais novo – respondeu Gêngis. – Achava que um homem podia lançar seus melhores anos contra os inimigos e depois morrer, temido e amado ao mesmo tempo. – Deu um risinho. – Ainda acho isso, mas quando eu for embora as cidades serão reconstruídas e não se lembrarão de mim.

Arslan piscou de surpresa ao ouvir essas palavras saindo do grande cã que conhecera quase desde a infância.

– O que isso importa? – perguntou, incrédulo. – Você andou escutando Temuge, acho. Ele vivia falando sobre a necessidade de história, de registros.

Gêngis cortou o ar com a mão, impaciente pelo modo como a conversa prosseguia.

— Não, isso surgiu de mim. Lutei durante toda a vida e lutarei mais e mais até ficar velho e frágil. Então meus filhos governarão terras ainda maiores, e os filhos deles depois. Este é o caminho que construímos juntos, Arslan, quando eu não tinha nada além de ódio para me sustentar e Eeluk comandava os Lobos.

Viu a perplexidade de Arslan e continuou, procurando as palavras para dar voz às ideias turvas:

— O povo desta cidade não caça para comer, Arslan. Eles vivem mais do que nós e é uma vida mais fácil, sim, mas não há somente mal nisso.

Arslan fungou, interrompendo-o sem se importar com a chama de raiva que isso provocou. Fazia muito tempo que ninguém interrompia a fala de Gêngis, nem mesmo os parentes mais íntimos.

— Até nós chegarmos e matarmos os reis e xás deles e derrubarmos suas muralhas — disse Arslan. — Dentre todos os homens, você foi quem mais mostrou a fraqueza das cidades, e agora quer aderir a elas? Talvez você construa estátuas para si mesmo, como as que existem perto das muralhas. Então cada homem poderá olhar para o rosto de pedra e dizer: "Aquele era Gêngis." É isso?

O cã havia ficado imóvel enquanto Arslan falava, e os dedos de sua mão direita batucavam em silêncio no banco de madeira. Arslan sentiu perigo irradiando de Gêngis, mas não temia homem nenhum e se recusou a recuar.

— Todos os homens morrem, Gêngis. Todos. Pense por um momento no que isso significa. Nenhum de nós é lembrado por mais do que uma ou duas gerações. — Ele ergueu uma das mãos enquanto Gêngis abria a boca para falar de novo. — Ah, sei que cantamos os nomes de grandes cãs junto à fogueira e que os jin têm bibliotecas que remontam a milhares de anos. E daí? Você acha que importa aos mortos que seus nomes sejam lidos em voz alta? Eles não *se importam*, Gêngis. Eles se foram. A *única* coisa que importa é o que fizeram enquanto estavam vivos.

Gêngis assentiu lentamente enquanto Arslan falava. Ter o conselho do velho de novo aliviava-o mais do que ele poderia dizer. Havia se perdido por um tempo com o sonho das cidades. Ouvir Arslan era como um balde de água fria em seus sonhos, mas gostou disso. Ouvir aquela voz era quase como ser jovem outra vez, quando o mundo era mais simples.

— Quando você tem medo e não faz nada, isso importa — continuou Arslan. — Corrói os homens, achar que são covardes. O modo como você cria seus filhos importa. A esposa que o acalenta à noite importa. A alegria que você tem por estar vivo, o prazer da bebida forte, do companheirismo e das histórias... *tudo* isso importa. Mas quando você for pó, outros homens continuarão sem você. Deixe isso tudo para lá, Gêngis, e encontre a paz.

Gêngis sorriu do tom solene.

— Então deduzo que você não governará Samarkand em meu nome, velho amigo.

Arslan balançou a cabeça, negando.

— Ora, aceitarei o que você está oferecendo, mas não para ser lembrado. Aceitarei porque estes ossos velhos estão cansados de dormir no chão duro. Minha mulher gosta daqui e quero que ela seja feliz também. Esses são bons motivos, Gêngis. O homem deve sempre se esforçar para agradar à esposa.

Gêngis deu um risinho.

— Nunca sei quando você está de brincadeira ou não — disse ele.

— Nunca, Gêngis, sou velho demais para brincadeiras. Sou quase velho demais para minha esposa também, mas hoje isso não é importante.

Gêngis deu-lhe um tapinha no ombro e se levantou. Quase ofereceu o braço para ajudar Arslan a ficar de pé, depois recuou-o, logo antes que o velho general se ofendesse.

— Eu lhe deixarei 5 mil homens. Talvez você tenha de derrubar parte da cidade para construir um alojamento para eles. Não deixe que amoleçam, meu velho. — Ele sorriu, enquanto Arslan mostrava seu desdém por uma ideia dessas.

Gêngis fez sua montaria trotar pelos mercados até o portão principal de Samarkand. Só a ideia de cavalgar com as famílias e os *tumans* de novo bastava para pôr de lado o sentimento de aperto que ele sofrera dentro da cidade. O inverno, como sempre, tinha voltado às terras do xá, mas ainda havia dias quentes. Gêngis coçou com preguiça um machucado na mão enquanto guiava o cavalo ao longo da rua pavimentada. Seria bom ter capim fresco sob os cascos de novo. Oito *tumans* esperavam que ele saísse da cidade, arrumados em ordem de batalha na área de plantações que havia em volta de Samarkand. Garotos que chegavam aos 14 anos tinham preenchido as lacunas nas fileiras, de forma que ele encontrara 5 mil homens bons para deixar com Arslan.

Para além dos *tumans*, as iurtas se encontravam desmontadas sobre carroças e as pessoas estavam mais uma vez prontas para se mover. Ele ainda não sabia para onde iria levá-las. Não importava, e Gêngis repetiu para si mesmo um antigo pensamento nômade enquanto se aproximava do portão ao sol invernal. Eles não precisavam ficar parados de pé para viver, não como os que estavam ao redor. Nas tribos, as partes importantes da vida continuavam quer estivessem acampados numa ensolarada margem de rio ou atacando uma cidade inimiga, ou, ainda, esperando o fim de um inverno cruel. Tinha perdido isso de vista por um tempo em Samarkand, mas Arslan o ajudara a colocar os pensamentos em ordem.

As multidões na cidade se mantinham bem afastadas do homem que poderia ordenar a morte de todos que via. Gêngis mal notava os rostos o fitando enquanto se aproximava do portão e olhava pelo espaço aberto, para seu contingente de guerreiros.

Seu pônei estremeceu sem aviso e Gêngis foi lançado à frente. Viu que um homem havia saído da multidão e segurado as tiras de couro presas ao freio. Um puxão forte havia virado a montaria e feito o cã parar. Seus guardas estavam desembainhando espadas e abrindo a boca para gritar, mas Gêngis se virou muito lentamente e viu um segundo atacante correr para seu lado, o rosto de alguém gritando, alguém tão jovem que nem tinha barba. Uma faca foi brandida contra ele, o garoto tentando enfiá-la debaixo da armadura em camadas até chegar à carne.

Por instinto, Gêngis acertou o rapaz com força no rosto. Como estava vestido em armadura completa, seu antebraço encontrava-se coberto por placas de ferro batido, e o metal rasgou a face do garoto, derrubando-o. Gêngis desembainhou a espada enquanto a multidão parecia irromper ao redor. Viu mais facas em várias mãos e atacou o rapaz que segurava seu cavalo, batendo com a lâmina em seu peito. O homem que ele havia golpeado estava morrendo, mas segurou o pé de Gêngis e seu braço se sacudiu loucamente, rasgando, com uma faca, o quadril do cã. Gêngis grunhiu de dor, golpeando de novo, e desta vez quase decepando a cabeça do agressor. Pôde ouvir os atacantes gritando a toda volta, mas seus guardas vinham proteger o cã. Eles não sabiam nem se importavam muito em distinguir quem, na multidão, os estava atacando. Passavam no meio de todos, retalhando homens e mulheres, até que havia corpos em toda parte.

Enquanto Gêngis se mantinha ofegante em sua montaria, o garoto com a face cortada se recuperou e saltou para ele. Um de seus guardas empalou o garoto por trás, depois chutou a lâmina, tirando-a dele, e fazendo-o cair em cheio junto com o resto. A essa altura o mercado estava vazio, ainda que das ruas próximas continuassem ecoando gritos e sons de pés correndo. Gêngis baixou a mão para tocar o ferimento que havia sofrido. Já passara por coisa pior. Assentiu para os guardas, sabendo que eles temeriam sua raiva por deixarem que ele sequer fosse cortado. Na verdade, Gêngis já decidira fazer com que todos fossem enforcados pela desatenção, mas o momento para lhes dizer isso não era quando estavam com espadas, perto dele e ainda prontos para matar.

Esperou até que novos soldados viessem dos *tumans*, com Tsubodai e Kachiun. Passou uma das mãos pela garganta enquanto olhava para os guardas; eles abandonaram a firmeza sobre as montarias, pois todo o espírito de luta ia abandonando-os enquanto suas armas eram tomadas.

— Eu deveria ter esperado isso — disse Gêngis, furioso consigo mesmo. Talvez a própria cidade o tivesse levado a se descuidar. Sendo um homem que derrubava impérios, sempre haveria quem o odiasse. Jamais deveria ter relaxado dentro de uma cidade, nem mesmo em Samarkand. Xingou baixinho ao pensar que seus inimigos sabiam exatamente onde encontrá-lo durante meses. Essa era uma vantagem da vida nômade: os inimigos tinham dificuldade até mesmo para encontrá-lo.

Kachiun havia apeado para verificar os mortos. Quase quarenta pessoas tinham sido derrubadas pelos guardas; algumas ainda viviam e sangravam. O general não tinha interesse em encontrar culpa ou inocência, nem qualquer pena. Seu irmão fora atacado, mas, quando ele já ia ordenar que seus homens dessem fim aos que ainda se arrastavam, hesitou, levantando uma das mãos.

Dois rapazes haviam caído perto um do outro, logo no início do ataque. Cada um usava um manto parecido com os que protegiam os árabes do deserto das tempestades de areia. Por baixo tinham o peito nu, e, estando mortos, Kachiun pôde ver a mesma marca na parte de baixo do pescoço. Abriu o pano mais ainda, depois indicou que um guerreiro fizesse o mesmo com o resto dos mortos. Homens e mulheres, todos tiveram a roupa rasgada. Kachiun encontrou outros seis homens com a marca, nenhum vivo.

Gêngis o viu se virar para um jovem árabe que estava junto a Tsubodai.

– Você. O que isso significa?

Yusuf Alghani balançou a cabeça, com os lábios apertados.

– Nunca vi antes – respondeu ele.

Gêngis olhou para o sujeito, sabendo que ele escondia alguma coisa.

– É uma palavra na escrita de vocês – disse. – Leia para mim.

Yusuf fingiu analisar o primeiro homem que Kachiun encontrara. Leu da direita para a esquerda, e Kachiun pôde ver que suas mãos estavam tremendo.

– Senhor, é a palavra "serenidade". É tudo o que sei.

Gêngis assentiu como se aceitasse. Quando Yusuf não olhou os outros, ele fez um som duro com a garganta e apeou, arreganhando os dentes quando sentiu na perna o impacto do próprio peso.

– Segurem-no – disse ele.

Antes que Yusuf pudesse reagir, a espada de Tsubodai estava em sua garganta, o metal quente de encontro à pele.

– Você sabia que todas seriam iguais, garoto – disse Gêngis. – Diga quem pode usar esta palavra no peito. Diga e viverá.

Mesmo com a ameaça, os olhos de Yusuf ainda percorriam o mercado vazio ao redor, à procura de alguém que pudesse estar olhando. Não viu ninguém, mas sabia que devia haver alguém. Suas palavras alcançariam o ouvido dos homens que haviam ordenado o ataque.

– O senhor sairá da cidade? – perguntou ele, com a voz ligeiramente embargada pela pressão da lâmina de Tsubodai.

Gêngis levantou as sobrancelhas, surpreso com a coragem que via. Ou loucura, ou medo, mas ele não sabia o que ou quem poderia inspirar mais medo do que uma espada na garganta.

— Sim, garoto, partirei hoje. Agora fale.

Yusuf engoliu em seco.

— Os Assassinos usam essa marca, essa palavra, senhor. Isso é realmente tudo que sei.

Gêngis assentiu lentamente.

— Então serão facilmente achados. Afaste a espada, Tsubodai. Precisamos deste aí.

— Já encontrei utilidade nele, senhor — respondeu Tsubodai. — Com sua permissão, mandarei um mensageiro até o general com esta notícia. Ele fará com que todos os empregados sejam examinados em busca da marca, talvez todos na cidade. — Quando o pensamento se formou em sua mente, Tsubodai se virou e agarrou Yusuf, puxando sua túnica antes que ele pudesse reagir. A pele estava nua, e Yusuf olhou irritado para o general enquanto se arrumava de novo.

— Seria sensato — disse Gêngis. Em seguida olhou os corpos mortos em volta, já atraindo moscas. Samarkand não era mais problema seu.

— Enforque meus guardas antes de se juntar a mim, Tsubodai. Eles fracassaram hoje.

Ignorando a dor no quadril, montou novamente e seguiu rumo aos *tumans*.

CAPÍTULO 28

O MOVIMENTO DA IURTA DO CÃ BALANÇANDO NA CARROÇA ERA UMA SENSAÇÃO estranha para Yusuf Alghani. O jovem beduíno tinha visto muitas coisas espantosas desde que oferecera seus serviços aos mongóis. À medida que o dia prosseguia e os *tumans* se movimentavam com as famílias, ele esperou ser convocado de novo para diante do cã. Yusuf observara com interesse enquanto cada homem e mulher árabe era verificado em busca da marca da serenidade. Agora que ele prestara atenção, havia um surpreendente número de rostos morenos no acampamento. Nos anos desde que haviam chegado a Khwarezm, os mongóis tinham recolhido quase mil árabes em sua esteira, jovens e velhos. Na maior parte trabalhavam como intérpretes, mas alguns praticavam medicina e outros eram, junto aos jin, engenheiros e artesãos, trabalhando para o cã. Gêngis não parecia se importar quando eles interrompiam os trabalhos para desenrolar os tapetes de orações, mas Yusuf não sabia dizer se era por respeito ou indiferença. Suspeitava que fosse a segunda hipótese, já que o acampamento continha, além de muçulmanos, budistas e cristãos nestorianos sendo o número de membros de crenças infiéis muito maior do que o de crentes verdadeiros.

Enquanto o cã terminava uma refeição, Yusuf esperava que ele falasse. Gêngis havia até mesmo permitido que açougueiros muçulmanos matassem cabritos e ovelhas do modo como desejavam, e os mongóis não pareciam se dar ao trabalho de saber como eles comiam e viviam, desde que obedecessem. Yusuf não entendia o homem sentado à sua frente, preguiçosamente tirando algo dos dentes com uma lasca de madeira. Quando chegara a ordem de comparecer diante do cã, Tsubodai o pegara pelo braço e dissera para fazer tudo que fosse mandado.

Yusuf não precisava mesmo do aviso. Aquele era o homem que havia trucidado seu povo às dezenas de milhares, ou mais. No entanto, o xá morto fizera o mesmo em suas guerras e perseguições. Yusuf aceitava essas coisas. Desde que sobrevivesse, não se importava se o cã vencesse ou se fosse deixado para os corvos.

Gêngis pôs o prato de lado, mas manteve no colo uma faca comprida, de prontidão. O aviso não passou despercebido ao rapaz que o observava.

— Você pareceu nervoso no mercado — disse Gêngis. — Esses Assassinos têm uma força tão grande assim?

Yusuf respirou fundo. Ainda se sentia desconfortável até mesmo em falar sobre eles, mas se não estava em segurança rodeado por *tumans* de guerreiros, era o mesmo que já estar morto.

— Ouvi dizer que eles podem alcançar um homem em qualquer lugar, senhor. Quando são traídos, levam uma vingança terrível aos que os desafiaram, parentes, amigos, até povoados inteiros.

Gêngis deu um leve sorriso.

— Já fiz o mesmo — disse. — O medo pode manter acorrentados homens que, de outra forma, lutariam até a morte. Fale sobre eles.

— Não sei de onde vêm — respondeu Yusuf rapidamente. — Ninguém sabe.

— Alguém deve saber — interrompeu Gêngis, seus olhos ficando frios. — Caso contrário, eles não poderiam receber os pagamentos pelas mortes.

Yusuf assentiu nervoso.

— Verdade, senhor, mas eles protegem seus segredos e eu não estou entre os que sabem. Tudo que ouvi foram boatos e lendas.

Gêngis não falou, então o rapaz prosseguiu rapidamente, querendo encontrar algo que satisfizesse aquele velho demônio, que, naquele momento, brincava com uma faca.

— Dizem que eles são comandados pelo Velho das Montanhas, senhor. Acredito que isso seja mais um título que um nome, já que é o mesmo há muitas gerações. Eles treinam jovens para matar e os mandam em missões em troca de vastas quantias em ouro. Jamais param até que a vida lhes seja tomada.

– Eles foram impedidos hoje de manhã – disse Gêngis.

Yusuf hesitou antes de responder:

– Haverá outros, senhor, sempre mais, até que o contrato seja cumprido.

– Todos levam essa marca na pele?

Gêngis pensou que não seria difícil guardar sua família contra homens que se identificavam daquele modo. Para seu desapontamento, Yusuf balançou a cabeça.

– Eu achava que isso era parte da lenda, senhor, até que vi no mercado. É um pecado contra Deus eles marcarem o corpo desse modo. Fiquei surpreso só de ver que era verdade. Não acredito que todos tenham a marca, em especial agora que sabem que o senhor a descobriu. Os que vierem agora serão jovens, com a pele intocada.

– Como você – disse Gêngis baixinho.

Yusuf forçou um riso, mas saiu oco.

– Eu tenho sido leal, senhor. Pergunte aos seus generais Tsubodai e Jebe. – Ele bateu no peito. – Minha aliança é somente ao senhor.

Gêngis fungou diante da mentira. O que mais diria o rapaz, se fosse um Assassino? A ideia de que algum dos árabes em seu acampamento poderia ser um matador era preocupante. Ele possuía esposas e filhos pequenos, assim como seus irmãos. Poderia se guardar contra exércitos, mas não contra inimigos que vinham à noite e davam a própria vida para tirar a dele.

Gêngis se lembrou do assassino jin que saíra de Yenking para assassiná-lo na iurta. A sorte o salvara naquela noite, e mesmo assim fora por pouco. A faca envenenada havia provocado mais dor e fraqueza do que ele jamais enfrentara. Só de pensar lhe veio suor à testa, enquanto ele olhava com antipatia para o jovem árabe. Pensou em mandar que levassem Yusuf para longe, longe das mulheres e crianças. Seus homens fariam com que ele dissesse tudo que quisessem ouvir, num instante.

Yusuf se remexeu sob o olhar feroz, os sentidos lhe gritando que ele corria perigo extremo. Foi necessário um esforço sobre-humano para não sair correndo da iurta até o seu cavalo. Apenas o fato de que os mongóis podiam cavalgar mais depressa do que qualquer pessoa viva o manteve no lugar. A carroça sacolejou quando as rodas passaram sobre um buraco no chão, e Yusuf quase gritou.

— Perguntarei, senhor. Prometo. Se alguém que souber como encontrá-los atravessar meu caminho, mandarei essa pessoa ao senhor. — Qualquer coisa para torná-lo mais valioso para o cã vivo, pensou. Não se importava se os mongóis destruíssem os Assassinos, bastava que Yusuf Alghani estivesse vivo quando a matança acabasse. Eles eram ismaelitas, afinal de contas, uma seita xiita, e não eram nem mesmo muçulmanos verdadeiros. Yusuf não tinha lealdade para com eles.

Gêngis resmungou, brincando com a faca nas mãos.

— Muito bem, Yusuf. Faça isso e me informe tudo que ficar sabendo. Procurarei de diferentes modos.

O rapaz interpretou que estava sendo dispensado com aquelas palavras e saiu rapidamente. Sozinho, Gêngis praguejou baixo. Jogou a faca, acertando o poste central da iurta, e ela ficou ali, tremendo. Ele podia destruir cidades que ficavam onde era possível vê-las. Podia derrotar cidades e nações. A ideia de matadores insanos saltando sobre ele à noite dava-lhe vontade de golpear algo. Como podia proteger sua família contra esse tipo de gente? Como podia manter Ogedai a salvo para herdar? Só havia um modo. Gêngis levou a mão à faca e soltou-a da madeira. Teria de encontrá-los e acabar com eles, onde quer que se escondessem. Caso fossem nômades, como o seu povo, ele iria encontrá-los; se tivessem um lugar fixo, iria destruí-lo. A conquista de cidades teria de esperar.

Mandou chamar seus generais, que vieram à sua iurta antes de o sol se pôr.

— Estas são minhas ordens — disse Gêngis. — Permanecerei aqui com um *tuman* para proteger as famílias. Se eles vieram atrás de mim, estarei preparado. Vocês partirão em todas as direções. Descubram qualquer coisa sobre esses Assassinos e voltem. São homens ricos que podem contratá-los, portanto vocês terão de arrasar cidades ricas para chegar a esses homens. Não façam prisioneiros, a não ser os que afirmarem saber alguma coisa. Quero o local.

— A notícia de uma recompensa se espalhará tão rápido quanto nossa velocidade ao cavalgar — disse Tsubodai. — Temos carroças cheias de ouro e jade, e este pode ser um uso para elas. Com sua permissão, senhor, também prometerei uma grande quantia a qualquer um que possa nos dizer onde os Assassinos treinam. Temos o suficiente para atrair até mesmo príncipes.

Gêngis balançou a mão, aceitando a ideia.

— Proponham poupar cidades que nos tragam a informação, se quiserem. Não me importo como for *feito*, apenas consigam a informação de que preciso. E levem junto os árabes que estão no acampamento. Não os quero em nenhum lugar por perto até termos encontrado e destruído essa ameaça. Até lá, *nada* mais importa. O xá está morto, Tsubodai. Esta é a única ameaça que enfrentamos.

Jelaudin sentiu a multidão se agitar como se ele segurasse o coração de todos na mão. Tinha-os presos às suas palavras, e o sentimento era tão inebriante quanto novo. No exército do pai, lidara com homens que já haviam jurado obediência. Nunca precisara recrutá-los ou convencê-los a abraçar sua causa. Descobrir que tinha essa habilidade, que possuía esse talento, o havia surpreendido quase tanto quanto aos irmãos.

Tinha começado visitando mesquitas em cidades afegãs, lugares pequenos com apenas algumas centenas de devotos. Falara com os imames desses lugares e apreciara o horror que eles demonstravam quando contava sobre as atrocidades dos mongóis. Foi então que aprendera o que funcionava, e as histórias iam ficando mais terríveis a cada narrativa. Saíra do primeiro povoado com quarenta homens fortes da tribo pathan. Até Jelaudin aparecer, eles nem sabiam que os infiéis tinham invadido terras árabes, quanto mais que haviam matado o xá de Khwarezm. Sua raiva indignada surpreendera Jelaudin a princípio, até que ele a viu ecoar em cada povoado que visitava. Os números de homens leais haviam crescido, e mais de 2 mil estavam sentados do lado de fora, na poeira, esperando pelo líder carismático que tinham prometido seguir.

— Vi com meus próprios olhos — dizia ele — os mongóis destruírem uma mesquita. Os homens santos levantavam as mãos vazias para impedi-los, mas foram mortos e jogados de lado, e os corpos, deixados para apodrecer.

A multidão murmurou com raiva, a maior multidão à qual ele já se dirigira desde que fora para o sul. A maioria era de homens jovens, e havia também muitos garotos, as cabeças sem os turbantes usados pelos mais velhos. Jelaudin descobriu que os jovens eram os primeiros que ele alcançava, mas eles traziam guerreiros experientes dos morros para ouvi-lo falar. Se seu pai tivesse vivido, Jelaudin imaginava que o xá poderia ter tentado a mesma coisa, mas sua morte era o acontecimento perfeito para que homens fortes pegassem em espadas. Ele falava com paixão sobre os estrangeiros que riam da fé e violavam lugares santos. Os homens bebiam suas palavras. Jelaudin levantou as mãos e eles silenciaram, olhando-o com atenção total. Ele os dominava.

— Vi nossas mulheres e crianças serem mortas e levadas pelos guerreiros deles, arrancadas das mãos dos maridos. As que usavam véus eram despidas e abusadas em público. Em Bukhara, mataram um imã nos degraus da mesquita azul, e os jovens deles urinaram sobre o corpo. Eu arrancaria meus olhos pelo que viram, se não precisasse deles para a vingança de Alá!

Muitos na multidão puseram-se de pé, dominados pela fúria e pela empolgação. Levantaram as espadas e as cravaram no ar, cantando palavras santas de guerra. Jelaudin se virou para trocar um olhar com os irmãos, ao que os viu já de pé, rugindo junto com os outros. Ficou olhando, surpreso; não esperava que eles fossem ser tão afetados por suas palavras. No entanto, eles também desembainharam espadas e seus olhos estavam brilhantes de raiva. Tinham visto tudo que Jelaudin vira, mas ainda assim as palavras, o ar quente e sem vida, a *necessidade* incendiava seu sangue. Até mesmo Tamar começou a cantar com os guerreiros do islã, entoando as palavras do profeta. O coração de Jelaudin crescia enquanto o barulho estrondeava sobre ele. Será que seu pai conhecera isso? Sentia-se como se estivesse equilibrando uma espada: se ela escorregasse, ele perderia tudo. Mas o peso da crença dos outros trazia realidade aos seus sonhos. Vinham homens até ele só com as palavras se espalhando pela região. Ele havia invocado uma guerra santa contra o inimigo mongol e suas palavras e promessas tinham incendiado a terra. Imãs pregavam em mesquitas que ele nunca vira, dizendo que ele era um guerreiro de Deus. Sua tarefa era meramente alimentar aquele fogo e depois mandá-lo para o norte.

Jelaudin sorriu para a multidão que se reunira naquela noite, sabendo que as pessoas iriam partir com ele para a cidade seguinte, e depois a seguinte. Ele chegaria em Cabul como líder espiritual de um exército, e pensou que aquela cidade faria crescer seus números em mais do que qualquer coisa que já vira. Talvez a mão de Deus realmente o guiasse, não sabia. Era um pobre vaso para Alá, mas de que outro modo Deus atuava, senão através das mãos dos homens? Talvez ele fosse o instrumento da vingança. Alá era realmente bom em lhe dar uma segunda chance.

Os *tumans* mongóis cavalgaram centenas de quilômetros em todas as direções, uma explosão de homens e cavalos que atacavam cada lugar onde houvesse pessoas a intimidar. A notícia de sua busca se espalhou com velocidade quase igual, e os boatos de grandes tesouros em troca de informação pareciam ter asas. No décimo dia Jebe encontrou um homem que disse conhecer as montanhas onde os Assassinos tinham sua base. Jelme encontrou mais dois que diziam ser parentes de uma família que os servia em sua fortaleza. Em cada caso, a destruição de suas cidades parou nesse instante, e isso trouxe ainda mais pessoas para falar aos generais mongóis, desesperadas para se salvar. Por duas vezes batedores mongóis retornaram de uma busca infrutífera, sem qualquer sinal de uma cidade dos Assassinos. Os homens que os haviam enganado eram ou tolos ou mentirosos, mas foram mortos e os *tumans* prosseguiram.

Chagatai havia cavalgado para o norte com Tsubodai, quase na mesma trilha que o general seguira na caçada ao xá. Ao pé de montanhas íngremes encontraram um povoado que queimaram até os alicerces, depois passaram para outro. Lá foram recebidos por um grupo de homens importantes que pediram uma audiência particular. Tsubodai marcou-a e, quando ouviu o que tinham a dizer, um dos homens não retornou para casa. Em vez disso, viajou com o general mongol, cavalgando o mais rápido possível de volta a Gêngis. Quando chegaram ao cã, três outros estavam lá para reivindicar o ouro, cada um com uma localização diferente para os Assassinos.

Quando Tsubodai chegou, Gêngis o cumprimentou com expressão cautelosa.

— Mais um, Tsubodai?

A empolgação do general se esvaiu.

— Há mais?

Gêngis assentiu.

— Ou são ladrões que acreditam que darei carroças de ouro em troca de mentiras ou os Assassinos lançaram boatos sobre diferentes localizações em uma dúzia de lugares. Se são tão antigos quanto seu Yusuf diz, acho que a última hipótese é a correta.

— Tenho um homem que diz saber, senhor. Não creio que seja tolo ou ladrão como os outros.

Gêngis arqueou as sobrancelhas, sabendo que o julgamento de Tsubodai era confiável.

— Traga-o à minha iurta depois de ele ser revistado em busca de armas — respondeu.

Tsubodai trouxe Yusuf para traduzir, ainda empoeirado da longa cavalgada de volta ao acampamento. O ancião do povoado estava dolorosamente nervoso ao enfrentar o cã. O suor brotava e ele exalava um cheiro forte de excremento e alho naquele espaço pequeno. Gêngis manteve a respiração rasa quando ele se aproximou.

— E então? Você disse ao meu general que sabia alguma coisa — disse rispidamente, cansado dos homens que vinham com ouro nos olhos. Esperou impaciente enquanto Yusuf ia traduzindo suas palavras em algaravia e o estranho assentiu, já aterrorizado. Havia três mortos numa cova rasa do lado de fora. Gêngis se certificara de que o ancião visse seus rostos virados para cima enquanto entrava na iurta do cã. Isso explicava o cheiro azedo que pairava em volta dele como uma névoa.

— Minha irmã mora num povoado nas montanhas, senhor, cerca de dois dias ao norte de onde encontrei seus homens. — Ele engoliu em seco, nervoso, enquanto Yusuf traduzia, e Gêngis lhe jogou um odre de airag para limpar a garganta. O homem bebeu e engasgou, tendo pensado que era água. Com o rosto vermelho, teve de levar um tapa nas costas para poder continuar.

— Desculpe, senhor. As bebidas fortes são proibidas para mim — ofegou ele. Yusuf riu enquanto repassava as palavras.

— Diga que não é uma bebida forte — resmungou Gêngis. — E diga para falar antes que eu mande que o joguem no buraco e cubram enquanto ele ainda respira.

Quando Yusuf terminou de falar, o homenzinho estava pálido e já balbuciando.

— Minha irmã diz que vivem homens nas montanhas, que pegam comida e serviçais no povoado. Eles não obedecem a ninguém, senhor, mas ela disse que às vezes carregam pedras de pedreira, em carroças, até os picos altos.

Enquanto ouvia Yusuf, Gêngis ficou mais irritado.

— Pergunte se é só isso que ele sabe. Não basta.

O árabe empalideceu mais ainda e balançou a cabeça.

— Ela me disse que dois rapazes do povoado seguiram as carroças uma vez há três, talvez quatro anos. Não voltaram, senhor. Foram encontrados mortos quando as famílias procuraram; com a garganta cortada.

Gêngis ficou olhando enquanto ouvia a última parte da tradução. Não era uma confirmação, mas era mais promissora do que todas as histórias malucas que haviam chegado.

— É possível, Tsubodai. Você estava certo em trazê-lo. Dê-lhe uma carroça de ouro com dois bois para puxar. — Gêngis pensou um momento. — Você e eu vamos para o norte, Tsubodai. Ele nos acompanhará até esse povoado de sua irmã. Se encontrarmos o que precisamos, ele poderá levar o ouro. Se não, sua vida acabou.

O homenzinho escutou Yusuf e caiu de joelhos aliviado.

— Obrigado, senhor — gritou enquanto Gêngis deixava a iurta, a mente já ocupada com planos de ataque.

CAPÍTULO 29

GÊNGIS SE OBRIGOU A TER PACIÊNCIA ENQUANTO SE PREPARAVA PARA LUTAR contra um inimigo diferente de todos os outros que já enfrentara. Levou as famílias de volta para o abrigo ao redor de Samarkand, deixando Jelme e Kachiun com elas para lhes dar proteção. Jelme veio lhe agradecer pelo posto, o que deixou Gêngis surpreso, mas ele rapidamente disfarçou. Não lhe ocorrera que o general preferiria passar o tempo com seu pai na cidade do que caçando os Assassinos que os ameaçavam.

Para essa tarefa levou seu próprio *tuman*, além do de Tsubodai. Quase 20 mil homens ainda eram uma força que o espantava ao se lembrar de seus primeiros bandos de guerreiros formados por poucas dezenas. Com eles podia derrubar montanhas se fosse necessário. Mesmo um número tão grande era capaz de percorrer entre 100 e 130 quilômetros por dia se carregassem pouca coisa, mas Gêngis não tinha ideia do que havia adiante. Os artesãos de Samarkand estavam ali para ser usados, e ele mandou que construíssem equipamento de cerco e novas carroças, empilhando praticamente qualquer coisa que pensasse ser necessária e amarrando com lona e corda. O cã era um redemoinho de energia enquanto planejava o ataque, e nenhum dos seus homens tinha dúvida da seriedade com que ele via a ameaça. Dentre todos os homens das tribos, Gêngis era o que mais entendia o perigo de assassinos; e estava ansioso pelo ataque.

As novas carroças tinham as rodas com raios, que Tsubodai trouxera da Rússia; eram mais fortes, mas gemiam e rangiam enquanto os dois *tumans* finalmente se punham em movimento. Mesmo depois de um mês de preparativos, Jochi não havia retornado ao acampamento. Era possível que ainda procurasse informações sobre os Assassinos, mas os acontecimentos tinham ido em frente. Gêngis mandou dois guerreiros para procurá-lo no leste, e mais dois para procurar Khasar, deixando-os com as mãos livres para agir. A região era cheia de cidades ricas, e sabia que, enquanto ele procurava os Assassinos, Khasar e Jochi gostariam de tomá-las ao bel-prazer.

Chagatai havia pedido para ajudar o pai na busca à fortaleza da montanha, mas Gêngis recusara. Nada que sabia sobre os Assassinos sugeria um número grande. A força deles estava no segredo; assim que este fosse violado, Gêngis esperava desencavá-los como se enfiasse uma faca num ninho de cupins. Chagatai ainda estava sob uma nuvem escura com relação ao pai, e Gêngis mal o olhava sem sentir raiva e esperanças despedaçadas virem à superfície. Não tomara com leviandade a decisão de elevar Ogedai. Os pensamentos em seu legado haviam perturbado o cã durante muitos meses, mas durante um tempo muito maior ele planejara que Chagatai herdasse. Não que se arrependesse disso, de modo nenhum. A decisão estava tomada. Mas Gêngis conhecia bem seu temperamento. Sabia que, se Chagatai mostrasse o mínimo ressentimento, poderia até matá-lo.

Em vez disso, mandou-o para o sul com Jebe, para arrasar a terra em seu nome. Todos os seus generais foram alertados a não deixar que árabes chegassem muito perto deles, até os que eles conheciam e em quem confiavam como intérpretes. Gêngis deixou apenas uns poucos dos seus atrás das muralhas de Samarkand, proibindo-os de chegarem perto do acampamento. Arslan seria implacável com quem desobedecesse a ordem e Gêngis sentia que havia garantido seu povo de todos os modos enquanto cavalgava para o norte.

Com as carroças carregadas, mal faziam 50 quilômetros por dia, começando ao alvorecer e cavalgando a passo durante todas as horas de luz. Deixaram para trás os campos verdes ao redor de Samarkand, levando as carroças por um vau raso no rio ao norte antes de passar para terras de poeira e capim ralo, morros e vales.

No quarto dia, Gêngis estava irritado com aquele ritmo. Cavalgava para a frente e para trás ao longo da fileira de carroças, instigando os cocheiros ao máximo de velocidade que pudessem. O que parecera bom senso e contenção em Samarkand agora minava sua confiança. Os Assassinos certamente sabiam que ele estava vindo. Teve medo de eles simplesmente abandonarem sua posição nas montanhas e a deixarem vazia para quando ele chegasse.

Tsubodai compartilhava essa opinião, mas não disse nada, sabendo que um general não critica seu cã, mesmo sendo um daqueles em quem confia. No entanto Tsubodai estava convencido de que Gêngis havia cuidado mal da situação. A única coisa que poderia funcionar era um ataque em massa, surpreendendo os Assassinos onde eram mais fortes antes mesmo que soubessem que os inimigos estavam na área. Essa caravana lenta feita de carroças era praticamente o exato o oposto do que Tsubodai queria. Cavalgando com pouco mais do que sangue com poeira e leite de égua, ele e seus homens haviam cavalgado das montanhas até Gêngis em 12 dias. Agora, enquanto a lua ia diminuindo para quase um ciclo inteiro, Tsubodai via aquilo com dúvida cada vez maior.

Quando chegaram ao último povoado que ele saqueara, Tsubodai já estava planejando o que fazer se os Assassinos tivessem desaparecido. Desta vez Gêngis não parou, ainda que figuras sujas de cinzas se escondessem e remexessem no entulho, procurando qualquer coisa que pudessem salvar. Os *tumans* mongóis passaram sem nem pensar nos que se escondiam deles.

Durante dias era possível ver as montanhas, antes de eles chegarem ao sopé. Diante da ansiedade nervosa de Tsubodai, Gêngis permitiu que ele cavalgasse com os batedores, à procura de novas informações. Encontrou o segundo povoado quando as carroças ainda estavam a 65 quilômetros e mais de um dia de viagem atrás dele. Ali é que Tsubodai havia encontrado o conselho do povoado e o homem que ele levara até Gêngis.

Ninguém vivia ali mais. O coração de Tsubodai se encolheu ao andar com os cavalos pelas estruturas estripadas das casas. Não era obra de seus homens, e nesse local morto não havia nem mesmo moleques para revirar as ruínas em busca de comida ou moedas. Se Tsubodai tivesse precisado de qualquer outra confirmação da presença dos Assassinos, encontrou-a nos cadáveres que estavam por toda parte, retalhados e queimados onde haviam caído. Apenas moscas, pássaros e cães selvagens viviam no povoado, o zumbido e as batidas das asas soavam a toda a volta, levantando-se em nuvens sufocantes enquanto seu cavalo passava.

Gêngis apareceu quando os cavaleiros de Tsubodai contaram-lhe a notícia. Manteve o rosto frio enquanto cavalgava até seu general, mexendo-se apenas uma vez para sempre uma mosca pousaria em seus lábios.

— Isso é um aviso — disse Tsubodai.

Gêngis deu de ombros.

— Um aviso ou um castigo. Alguém viu você falando com o mercador. — Ele deu um risinho ao pensar no homem que se aproximava sem saber de nada, com uma carroça cheia de ouro. Sua riqueza súbita não valeria nada naquele lugar.

— Poderemos encontrar a mesma coisa no povoado mais acima, do qual ele falou, onde mora a irmã.

Gêngis assentiu. Não se importava muito que povoados tivessem sido destruídos. Se as casas queimadas *eram* um aviso, havia poucos homens no mundo que poderiam encarar o ato tão pouco a sério quanto ele. Tinha visto coisa muito pior em seus anos como cã. Esse pensamento fez Gêngis se lembrar de algo que sua mãe costumava dizer quando ele era garoto; o cã sorriu.

— Eu nasci com um coágulo de sangue na mão direita, Tsubodai. Sempre andei com a morte. Se eles me conhecessem minimamente, saberiam disso. Esta destruição não é um aviso para mim, mas para qualquer outro que possa pensar em se associar comigo. — Ele franziu a testa e batucou com os dedos na sela. — É o tipo de coisa que eu poderia fazer se estivesse saindo dessa região.

Tsubodai assentiu, sabendo que o cã não precisava ouvir que ele concordava.

— Mesmo assim devemos ir em frente para ver onde eles se escondem — disse Gêngis, seu humor azedando —, mesmo que tenham abandonado o lugar.

Tsubodai meramente baixou a cabeça e assobiou para os batedores irem com ele para as montanhas. O povoado da irmã do homem ficava a um dia de viagem para um guerreiro rápido, talvez três para as carroças. As trilhas precisavam ser verificadas em todos os pontos, para evitar emboscadas, e Tsubodai precisava resistir à ânsia de correr na frente dos outros e ver se os Assassinos tinham deixado alguém para trás. A partir daquele ponto as montanhas eram íngremes, com apenas um caminho estreito levando os batedores até os vales profundos e os picos. Era uma terra difícil para atacar e preocupantemente fácil de se defender. Até o som era abafado naquele lugar, engolido pelas encostas íngremes dos dois lados, de modo que os cascos dos cavalos podiam ser ouvidos como ecos, enquanto o resto do mundo recuava. Tsubodai cavalgava com cautela, a mão sempre perto do arco e da espada.

Jochi parou seu *tuman* ao ouvir uma nota de alerta das trompas de seus batedores. Tinha cavalgado intensamente durante mais de um mês, cobrindo uma vasta distância a leste; chegara tão longe que ficou convencido de que as planícies de sua terra ficavam a 1.500 quilômetros ao norte. Para além delas o mundo era interminável, não mapeado nem mesmo por Tsubodai.

Jochi já sabia que seu pai acabaria mandando homens atrás dele. Parte dele havia pensado em virar para o norte antes daquele ponto, mas não teria feito muita diferença. Qualquer batedor era capaz de encontrar um simples homem, quanto mais os 7 mil que formavam seu *tuman*. A trilha que eles deixavam poderia ser seguida por um cego. Se as chuvas tivessem chegado, seus rastros seriam lavados, mas, para frustração de Jochi, o céu permanecera frio e azul o tempo todo, praticamente sem um fiapo de nuvem.

Seus guerreiros deixaram os pôneis pastarem no capim enquanto esperavam chegarem novas ordens. Até lá, eles estavam contentes e relaxados, pensando no futuro tanto quanto uma matilha de cães selvagens. Jochi não sabia se eles adivinhavam sua luta interna. Às vezes pensava que *deviam* saber. Os olhares pareciam perceber, mas ele sabia que era provavelmente uma ilusão. À medida que os batedores do cã chegavam mais perto, Jochi convocou seus oficiais, desde os que comandavam mil até os que lideravam apenas dez. Todos haviam estado no palácio em Samarkand e feito um juramento de honrar Ogedai como cã, e as palavras ainda estavam frescas em suas mentes. Ele não imaginava o que os homens fariam.

Mais de setecentos vieram, atendendo seu chamado, andando com suas montarias para longe de seus comandados. Cada um fora promovido pelo próprio Jochi, recebendo a honra de terem confiado outras vidas a suas mãos. Ele sentiu os olhares questionadores sobre si enquanto esperava os batedores do pai. Suas mãos tremiam ligeiramente, e ele as conteve apertando firme as rédeas.

Os batedores eram dois rapazes do próprio *tuman* de Gêngis. Usavam dils leves, escurecidos e engordurados pelo suor e o uso constante. Chegaram juntos; apearam e fizeram uma reverência ao general de Gêngis. Jochi manteve seu cavalo parado, uma grande calma inundando-o. Acreditara que estava preparado para isso, mas não. Agora que o momento finalmente chegara, sentia o estômago se revirar.

– Entreguem a mensagem – disse Jochi, fitando o homem mais próximo.

O batedor fez outra reverência, ainda relaxado e tranquilo depois de uma longa cavalgada.

– O grande cã partiu em busca dos Assassinos, general. Ele recebeu uma boa informação sobre onde é a fortaleza deles. O senhor está livre de novo para dominar as cidades e alargar as terras sob o controle do cã.

– Vocês vieram até longe – disse Jochi. – São bem-vindos no meu acampamento e devem ficar para comer e descansar.

Os batedores trocaram um rápido olhar antes que o primeiro respondesse:

– Senhor, não estamos cansados. Podemos voltar a cavalgar.

– Não quero saber disso – retrucou Jochi rispidamente. – Fiquem. Comam. Voltarei a falar com vocês ao pôr do sol.

Era uma ordem clara, e os batedores só podiam obedecer. Os dois baixaram a cabeça antes de montar de novo e trotar para o centro do *tuman*, para longe da reunião de oficiais. Rústicas fogueiras para cozinhar já estavam acesas, e eles foram bem recebidos pelos que desejavam as notícias mais recentes.

Jochi levantou a mão para que os oficiais o seguissem, virando a montaria para descer um morro, afastando-se de seus guerreiros. Um rio corria lá embaixo, à sombra de árvores velhas e retorcidas que estendiam os galhos sobre a água. Jochi apeou e deixou seu cavalo beber antes de se abaixar e tomar goles da água nas mãos em concha.

— Sentem-se comigo — disse com mansidão.

Seus homens não entenderam, mas amarraram os cavalos nas árvores e se reuniram em volta dele no terreno poeirento, até que metade da encosta estivesse cheia. O resto do *tuman* podia ser visto à distância, longe demais para ouvir as palavras de Jochi. Ele engoliu em seco, nervoso, a garganta ressecada apesar da água que tinha bebido. Sabia o nome de cada homem ali naquela clareira perto do rio que tinha um posto importante. Eles haviam cavalgado com ele contra os cavalos árabes, contra o exército do xá, contra cidades e guarnições. Tinham vindo ajudá-lo quando ele estava perdido e sozinho no meio dos guerreiros de seu irmão. Eram ligados a ele por mais do que juramentos, mas ele não sabia se isso seria o bastante. Respirou fundo.

— Eu não voltarei — disse.

Absolutamente todos os oficiais ficaram parados, alguns congelando no meio de um gesto de mastigar carne ou pegar um odre de airag nas bolsas das selas.

Para Jochi, dizer as palavras foi como uma represa se rompendo. Ele sugou o ar de novo, como se tivesse acabado de interromper uma corrida. Podia sentir o coração martelando e a garganta apertada.

— Esta decisão não é recente. Durante anos pensei que este dia poderia chegar, desde que lutei com o tigre e começamos nossa jornada até estas terras. Tenho sido leal ao meu pai, o cã, em cada ação. Dei-lhe o sangue da minha vida e o dos homens que me seguiram. Dei-lhe o suficiente.

Olhou os rostos silenciosos dos oficiais ao redor, avaliando como eles recebiam suas palavras.

— Depois disto irei para o norte. Não tenho desejo de entrar nas terras dos jin ao sul, ou de ir a qualquer lugar perto dos xixia, no leste. Verei nosso lar de novo e me refrescarei nos riachos que nos deram a vida por 10 mil anos. Depois cavalgarei para tão longe e tão rápido que nem os cães de caça do meu pai jamais me encontrarão. Há centenas de terras que ainda não conhecemos. Vi algumas delas com o general Tsubodai. Conheço-o bem, e nem ele conseguirá me encontrar. Cavalgarei até o fim do mundo e lá farei um lar, um reino meu. Não haverá rastros aonde eu for. Quando meu pai souber que não retornarei, já estarei inalcançável para ele.

Jochi podia ver o branco dos olhos de muitos de seus homens enquanto ouviam, atônitos.

— Não ordenarei que fiquem comigo — continuou ele. — Não posso. Não tenho família nas iurtas, ao passo que muitos de vocês têm esposas e filhos, que não veriam de novo. Não faço nenhuma exigência a vocês, que são ligados por juramento a meu pai e a Ogedai. Vocês violarão o juramento se cavalgarem junto a mim e não haverá retorno à sua nação nem trégua com meu pai. Ele mandará caçadores, que nos procurarão por muitos anos. Não terá piedade. Sou filho dele, sei disso melhor do que ninguém.

Enquanto falava, seus dedos encrespavam os pelos duros da pele de tigre junto ao arção, sentindo a borda áspera na parte em que Gêngis havia cortado a cabeça. Viu um dos oficiais de *minghaan* chineses se levantar lentamente; parou para ouvi-lo.

— Senhor... general — disse o homem, a voz embargada pela tensão imensa —, por que considera tal coisa?

Jochi sorriu, ainda que a amargura fluísse através dele.

— Porque *sou* filho do meu pai, Sen Tu. Ele formou sua tribo atraindo os que estavam ao redor. Devo fazer menos? Devo seguir Ogedai também até estar velho e minha vida ser apenas arrependimentos? Digo a vocês agora: isso não está em mim. Meu irmão mais novo será cã da nação. Ele não irá me procurar quando chegar o tempo. Até lá, encontrarei minhas esposas, filhos e filhas num lugar onde não tenham ouvido o nome de Gêngis.

Jochi passou o olhar pelo aglomerado de homens na beira do rio. Eles o encaravam sem se encolher, mas alguns estavam sentados como se tivessem levado um soco.

— Serei um homem dono de si próprio, talvez por apenas alguns anos até ser encontrado e morto. Quem pode dizer como isto terminará? No entanto, por um tempo, poderei dizer que sou livre. Por isso estou neste lugar.

O oficial jin sentou-se devagar, pensativo. Jochi esperou. Absolutamente todos os seus oficiais tinham assumido o rosto frio, escondendo os pensamentos dos que estavam ao redor. Não haveria agitadores junto ao rio. Cada um tomaria a decisão sozinho, como ele fizera.

Sen Tu falou de novo, de repente:

— O senhor terá de matar os batedores, general.

Jochi assentiu. Aqueles dois rapazes tinham posto a cabeça na boca do lobo, embora não soubessem. Não podiam ter permissão de retornar a Gêngis para revelar sua localização, mesmo que virasse para o norte quando eles fossem embora. Jochi havia pensado em mandá-los de volta com alguma história falsa para o pai, mas matá-los era muito mais seguro do que fazer jogos e ter esperanças de enganar homens como Tsubodai. Não subestimava a inteligência feroz do sujeito, nem a do pai. Se os batedores simplesmente desaparecessem, eles esperariam meses antes de mandar outros. Até lá, Jochi teria ido embora.

Sen Tu estava imerso em pensamentos. Jochi o observou atentamente, sentindo, assim como os homens ao redor, que o oficial jin falaria por muitos deles. Sen Tu tinha visto levantes na vida, desde o surgimento do cã em sua pátria jin até as nações árabes e aquele local pacífico junto ao rio. Tinha ficado na linha de frente contra os melhores cavaleiros do xá e ainda assim Jochi não sabia o que ele iria dizer.

— Tenho uma esposa nas iurtas, senhor, e dois meninos — disse Sen Tu, levantando a cabeça. — Eles estarão em segurança se eu não retornar?

Jochi queria mentir, dizer que Gêngis não tocaria em mulheres e crianças. Deu de ombros apenas por um instante, depois relaxou. Devia a verdade ao sujeito.

— Não sei. Não vamos nos enganar. Meu pai é um homem vingativo. Ele pode poupá-los ou não, conforme escolher.

Sen Tu assentiu. Tinha visto aquele jovem general ser atormentado por seu próprio povo durante anos. Sen Tu respeitava o grande cã, mas amava Jochi como se fosse seu filho. Dera sua vida ao rapaz que agora estava parado tão vulnerável à sua frente, esperando mais uma rejeição. Sen Tu fechou os olhos por um momento, rezando ao Buda para que seus filhos vivessem e um dia conhecessem um homem digno de ser seguido, como ele conhecera.

– Estou com o senhor, general, aonde quer que vá – disse Sen Tu.

Mesmo tendo falado baixo, as palavras chegaram aos que estavam ao redor. Jochi engoliu em seco.

– Você é bem-vindo, meu amigo. Eu não queria cavalgar sozinho.

Então outro oficial de *minghaan* falou:

– O senhor não estará sozinho, general. Eu estarei junto.

Jochi assentiu, seus olhos ardendo. Seu pai conhecera esse júbilo, essa promessa de seguir um homem, mesmo que significasse a morte e a destruição de tudo o mais que eles amavam. Isso valia mais do que ouro, mais do que cidades. Uma ondulação percorreu seus oficiais enquanto eles gritavam seus nomes e se juntavam a ele um a um. Para cada um era uma escolha pessoal, mas ele tinha todos, sempre tivera. Quando havia um número suficiente, eles soltaram um grito rouco de comemoração, um grito de batalha que pareceu abalar o chão onde Jochi estava.

– Quando os batedores estiverem mortos, explicarei aos homens – disse ele.

– General – disse Sen Tu de repente –, se alguns deles optarem por não ir, se decidirem voltar ao cã, irão nos trair.

Jochi olhou nos olhos escuros do sujeito. Havia planejado aquilo durante longo tempo. Parte dele sabia que deveria matar aqueles homens. Era menos perigoso deixar os batedores viverem do que permitir que seus próprios homens retornassem a Gêngis. Se os deixasse viver, suas chances de sobrevivência se desvaneciam, seriam quase nada. Sabia que, se fosse seu pai, teria tomado aquela mesma decisão num átimo, mas Jochi estava dividido. Sentiu os olhos de todos os oficiais, esperando para ver o que ele ordenaria.

– Não os impedirei, Sen Tu. Se algum homem quiser retornar a sua família, deixarei que ele parta.

Sen Tu se encolheu.

– Vejamos o que acontece, senhor. Se forem apenas uns poucos, posso deixar homens esperando com arcos para acabar com eles.

Jochi sorriu diante da lealdade implacável do oficial jin. Seu coração estava pleno enquanto olhava a multidão reunida à margem do rio.

– Matarei os batedores – disse – e então veremos.

CAPÍTULO 30

O POVOADO NAS MONTANHAS ESTAVA INTACTO. DURANTE TRÊS DIAS, TSUBODAI havia cavalgado com Gêngis e os *tumans*, às vezes seguindo uma trilha estreita que mal tinha a largura de três cavalos. Os mongóis não conseguiam entender como um povoado podia sequer sobreviver num lugar daqueles, mas antes do fim da manhã do terceiro dia eles encontraram uma carroça muito carregada, puxada por uma mula. Com um precipício íngreme de um dos lados, os *tumans* não podiam passar em segurança, por isso Jebe obrigou o dono a soltar a mula antes que seus homens jogassem a carroça pela beira. Tsubodai observou com interesse o veículo cair, até se despedaçar nas pedras lá embaixo, espalhando grãos e peças de tecido numa grande área.

O aterrorizado dono não ousou protestar. Tsubodai jogou-lhe uma bolsa de ouro por seu estoicismo, que desapareceu assim que o sujeito percebeu que tinha mais riqueza do que jamais vira.

O povoado em si fora construído com as pedras das montanhas, as casas e a rua única feitos de blocos da cor dos morros, de modo que se fundiam como afloramentos naturais. Atrás do pequeno conjunto de construções, um fino fio de água caía de uma altura estonteante, transformando o ar em névoa. Galinhas ciscavam na poeira e as pessoas olharam horrorizadas para os mongóis que se aproximavam, antes de baixar a cabeça e sair correndo.

Tsubodai via tudo isso com interesse, mas não conseguia escapar a um sentimento de inquietação. Guerreiros e carroças se estendiam ao longo da trilha das montanhas por muitos quilômetros; se fosse haver uma batalha, só os que estavam na frente poderiam lutar. Aquele território obrigava o general a violar cada regra que havia criado para guerras no correr dos anos, e ele não conseguia relaxar enquanto cavalgava com Gêngis ao longo da rua.

Tsubodai mandou um batedor de volta para trazer o homem que tinha uma irmã no povoado. Com ele foram uma dúzia de guerreiros para carregar o ouro e jogar a carroça pelo penhasco. Se não fizesse isso, o veículo bloquearia todos os homens que vinham atrás e cortaria o exército ao meio. Tsubodai não conseguia ver como levar os suprimentos da retaguarda. Sem uma área de arrumação, a fila de carroças tinha de permanecer atrás dos guerreiros. Tsubodai sofreu com as posições e o terreno, odiando o modo como as montanhas mantinham seus homens numa única e vulnerável linha.

Quando o mercador chegou, quase caiu em lágrimas ao ver o povoado intacto, tendo temido sua destruição durante dias de viagem. Encontrou rapidamente a casa da irmã e tentou acalmar o terror dela com relação aos mongóis que passavam lá fora. Ela viu boquiaberta os guerreiros largarem sacos de moedas de ouro na sua soleira, mas isso não a acalmou. Pelo contrário: empalideceu cada vez mais, à medida que a pilha crescia. Quando os guerreiros recuaram, ela deu um tapa no rosto do irmão, com força, e tentou impedir que ele passasse pela porta.

— Você me matou, seu idiota! — berrou a mulher enquanto ele a enfrentava na passagem. Ele recuou um passo, atônito com a fúria da irmã, e quando fez isso a porta se fechou com um estrondo e todos os homens puderam ouvi-la chorando lá dentro.

— Isso foi tocante — murmurou Gêngis a Tsubodai.

Tsubodai não sorriu. O povoado era rodeado por penhascos rochosos e ele tinha certeza de que todos os seus homens estavam sendo observados. A mulher que chorava certamente pensava o mesmo. Tsubodai tinha visto os olhos dela se levantarem para os picos ao redor por um instante, antes de fechar a porta na cara do irmão. O general levantou a cabeça e examinou cada ponto elevado, mas nada se mexia.

— Não gosto deste lugar — disse. — Este povoado existe para servir aos Assassinos, tenho certeza. Por que outro motivo ficaria tão longe de todas as outras coisas nas montanhas? Como eles sequer pagam pelos suprimentos trazidos de carroça? — Ao pensar nisso, Tsubodai levou o cavalo para mais perto de Gêngis, sentindo a rua estreita se fechar sobre ele. Uma única flecha poderia acabar com tudo, se os aldeões fossem suficientemente tolos ou desesperados.

— Creio que não devemos parar aqui, senhor cã — disse ele. — Há dois caminhos que penetram mais nas montanhas e só um de volta. Deixe-me mandar batedores pelos dois e descobrir qual é o certo.

Gêngis assentiu, e nesse momento um sino soou, abafado mas ecoando. Os mongóis estavam com arcos e espadas na mão antes mesmo que as notas morressem, e estremeceram em choque quando as portas das casas se abriram e homens e mulheres armados saíram correndo para a rua.

Em instantes o povoado passou de silencioso e deserto para o cenário de um ataque sangrento. O cavalo de Tsubodai escoiceou uma mulher atrás dele, atirando-a longe. Todos estavam indo para Gêngis, que girou a espada num grande arco, acertando no pescoço um rapaz que veio gritando.

Para surpresa de Tsubodai, os aldeões estavam determinados e desesperados. Seus homens tinham experiência em lidar com multidões em tumulto, mas a violência não podia ser aplacada com o choque do súbito derramamento de sangue. Viu um de seus guerreiros ser puxado do cavalo por um homem que tinha uma flecha cravada no peito, morrendo enquanto arrastava o mongol com a força que se lhe esvaía. Alguns gritavam o tempo todo enquanto lutavam, e o ruído era quase doloroso, vindo de uma centena de gargantas diferentes e ecoando nos morros a toda volta. Contudo, eles não eram guerreiros. Tsubodai recebeu alguns golpes de uma faca comprida na braçadeira, fazendo do bloqueio um soco curto que arrebentou o maxilar do atacante. Os aldeões não tinham defesa contra homens em armaduras, e apenas sua ferocidade os tornava difíceis de ser detidos. Tsubodai lutava com concentração maníaca, arriscando a vida para proteger Gêngis. Ficaram sozinhos apenas por alguns instantes, enquanto mais homens do *tuman* do cã lutavam para alcançá-lo e se virar de costas para o cã, para enfrentar quem viesse com as espadas e os arcos. Flechas sibilavam, atravessando gargantas de qualquer um que se movesse para além do círculo de ferro, abrindo caminho pelos aldeões, movimentando-se com Gêngis no centro.

O sol não havia se movido de sua posição acima dos morros quando as ruas ficaram cobertas de mortos. A irmã do mercador estava entre eles, uma das primeiras a ser aniquilada. Seu irmão, que tinha sobrevivido, ajoelhou-se perto do corpo talhado, chorando desenfreadamente. Quando um dos guerreiros apeou para empurrar a roupa dela para o lado, o homem resistiu brevemente numa fúria lacrimosa, até levar uma pancada nas costas. Os homens de Tsubodai não encontraram ninguém com a marca da serenidade no pescoço.

Tsubodai se inclinou para a frente na sela, ofegando de cansaço e alívio por ter sobrevivido. Realmente odiava o espaço fechado das montanhas, e a sensação de olhares fixos nele era mais forte ainda do que antes.

— Se eles não são Assassinos, por que nos atacaram de modo tão violento? — perguntou a um de seus oficiais de *minghaan*. O sujeito não podia responder a essa pergunta, então meramente baixou a cabeça e desviou o olhar.

Gêngis trotou com seu pônei até Tsubodai. O general olhava ao redor, ainda chocado com o que acontecera.

— Imagino que eles tenham recebido ordens de obstruir nosso caminho — disse Gêngis em tom tranquilo. Estava numa calma de fazer enlouquecer; nem mesmo ofegava. — Contra ladrões ou um bando de agressores eles teriam se saído muito bem. Seria necessário um exército decidido para atravessar este povoado e chegar até a fortaleza dos nossos inimigos. — Ele sorriu. — Felizmente eu tenho um exército assim. Mande seus batedores, Tsubodai. Descubra o caminho para mim.

Sob o olhar amarelo do cã, Tsubodai se recuperou rapidamente e mandou dois *arbans* de dez homens penetrarem mais fundo nas montanhas. As duas rotas faziam uma curva fechada depois de uma curta distância, de modo que os guerreiros desapareceram em pouco tempo. Ele ordenou que outros revistassem cada casa, para certificar-se de que não havia mais surpresas escondidas.

— Espero que isso signifique que os Assassinos não abandonaram seu lar — disse ele.

Gêngis se animou ainda mais com a ideia.

Ao pôr do sol, os homens de Tsubodai tinham empilhado os mortos numa extremidade do povoado, perto da gélida cachoeira. Ali havia um poço, antes que a água seguisse o caminho que descia mais ainda os penhascos. Tsubodai organizou a tarefa de dar água aos cavalos, um trabalho irritantemente vagaroso e difícil, mas vital. Para os que estavam muito atrás e não conseguiriam ir até lá, ele usou baldes do povoado e mandou seus guerreiros andarem quilômetros até eles. Muitos seriam obrigados a dormir na trilha estreita, distantes apenas pouco mais de 1 metro de uma queda que levaria à morte. Não houve reclamação, pelo menos nenhuma que chegasse aos ouvidos do general. Os homens aceitavam os ossos do ofício, como sempre.

Só um grupo dos batedores de Tsubodai retornou enquanto os morros eram iluminados a ouro e o sol se punha. O outro grupo havia desaparecido, e Tsubodai assentiu para Gêngis, a estrada ainda vazia. Um único batedor poderia ter caído ou quebrado a perna. Para dez jovens guerreiros desaparecerem nas montanhas, outra força tinha de existir, implacável e paciente.

Os mongóis tinham encontrado o caminho para os Assassinos. Dormiram onde estavam, meio congelados e com apenas alguns bocados de carne desidratada e água para mantê-los vivos enquanto esperavam pelo amanhecer.

Tsubodai estava de pé antes do primeiro raio de luz, em parte para conseguir colocar uma fileira de homens no caminho estreito antes que Gêngis tentasse ir à frente deles. O general estava convencido de que os primeiros a subir morreriam, portanto escolheu arqueiros com boas armaduras, de seu próprio *tuman*, dando-lhes a melhor chance possível de voltarem. Não queria que Gêngis se arriscasse contra um inimigo não visto e num lugar daqueles. As paredes de rocha que ladeavam o caminho eram fáceis demais de ser defendidas. Enquanto olhava para a escuridão que ia diminuindo, Tsubodai previa que enfrentariam pedras e flechas, no mínimo. Esperava que os Assassinos não tivessem um estoque de óleo, para lançar fogo, mas não estava confiante nisso. Não adiantava lamentar decisões passadas, mas os Assassinos tinham tido muito tempo para preparar o caminho. Se os inimigos tivessem optado por lutar, os mongóis teriam um caminho difícil para percorrer, e muitos de seus homens não retornariam das montanhas.

O sol não pôde ser visto por boa parte da manhã naquele lugar de picos e pedra, de modo que Tsubodai ficou imaginando a vida pouco iluminada dos aldeões. Mesmo no auge do verão suas casas deviam ser frias a maior parte do dia. Só quando o sol estava a pino é que a luz e o calor alcançariam a rua. Nesse momento já não duvidava de que todos os aldeões serviam aos homens que ele viera arrancar de sua fortaleza. Nada mais explicava por que escolheriam uma vida daquela.

Tsubodai cavalgava na segunda fileira e só olhou para trás uma vez quando o exército começou a se mover, uma cauda vasta e lenta que se estendia quase até o primeiro povoado, que ele encontrara destruído. Alguns homens ainda não tinham ideia do que acontecera no dia anterior, mas seguiam seus passos e serpenteavam pelo terreno hostil, avançando mais e mais.

O caminho se estreitou mais ainda quando ele deixou a aldeia para trás, forçando seus homens a cavalgar dois a dois. Era quase uma fenda na montanha, o ar ali frio devido à constante semiescuridão e às sombras. Tsubodai mantinha suas armas a postos, forçando a vista para enxergar adiante algum sinal do *arban* que ele mandara. Apenas pegadas de cascos permaneciam, e os homens de Tsubodai as seguiam lentamente, cautelosos para evitar alguma emboscada, mas mesmo assim prosseguindo.

O sentimento de enclausuramento tornava-se sufocante à medida que a encosta ficava mais íngreme. Para desconforto de Tsubodai, a trilha se estreitou de novo, de modo que só um homem de cada vez podia passar com o cavalo. Mas as pegadas continuavam guiando-os. Tsubodai nunca se sentira tão impotente na vida, e precisava lutar contra um pânico cada vez maior. Se fossem atacados, os primeiros a ser mortos bloqueariam o caminho dos de trás, tornando-os alvos fáceis. Achava que nem poderia virar seu cavalo numa passagem tão estreita e se encolhia a cada vez que as pernas roçavam a pedra cheia de musgo dos dois lados.

Tsubodai virou a cabeça bruscamente quando um dos seus homens deu um assobio baixo e os cavalos pararam de súbito. Xingou baixinho ao perceber que nem poderia cavalgar até a frente para ver o que eles haviam encontrado. O melhor exército do mundo fora reduzido a uma única fila de homens nervosos. Não era de espantar que os Assassinos não tivessem abandonado sua fortaleza. Tsubodai olhou para cima, para a tira de céu luminoso sobre sua cabeça, forçando a vista. Seriam necessários apenas alguns homens com pedras lá em cima e as montanhas se tornariam um túmulo para todas as esperanças e ambições deles. Respirou fundo quando uma pedrinha caiu de algum lugar no alto, mas nada veio em seguida.

Um dos seus homens voltou a pé, enfiando-se por baixo das pernas dos cavalos, o que acabou deixando os animais nervosos; também eles se sentiam comprimidos pela rocha de todos os lados, e Tsubodai teve medo de algum entrar em pânico. Num espaço tão pequeno, seria o caos.

— Há um muro adiante impedindo o caminho, general — disse o guerreiro. — Tem um portão, mas é feito de ferro. Se o senhor tiver marretas, mande-as para a frente; assim nós podemos arrebentar as dobradiças, mas não será rápido.

Tsubodai assentiu, mas a ideia de mandar ordens para trás ao longo de uma fila de cavalos parados seria cômica, se não fosse pela ameaça constante de um ataque. Mesmo contra a vontade, olhou de novo para cima, encolhendo-se.

— Você mesmo terá de ir. Mande que as marretas sejam passadas de homem a homem e mande um oficial arrancar os manteletes da carroça mais próxima que os tiver. — As barricadas de madeira portáteis seriam úteis, pelo menos. Gêngis havia insistido em mandar fazer dezenas daquelas coisas em Samarkand para proteger seus arqueiros, decisão que só agora estava dando frutos.

Tsubodai esperou com impaciência enquanto o mensageiro seguia com dificuldade pela fila. As carroças de suprimentos de cerco estavam muito atrás e o tempo passou lentamente, enquanto os homens conversavam e esperavam. Só Gêngis parecia animado, enquanto Tsubodai olhava para ele, mais atrás. Estava afiando a espada com uma pedra de amolar tirada de uma das bolsas de sela, levantando a lâmina a intervalos para inspecionar o gume. Pegou Tsubodai o olhando e deu um risinho, o som ecoando enquanto ele continuava a tarefa.

Naquela imobilidade, algum instinto fez Tsubodai olhar para cima pela terceira vez. Viu a tira de céu azul pintalgada por objetos escuros. Seu queixo caiu; gritou para os que estavam ao redor se protegerem, e levantou os antebraços com armadura sobre a cabeça logo antes que a primeira pedra o acertasse.

As pedras caíam em ondas, fazendo os mongóis grunhirem e rosnarem de dor. Os que tinham escudos levantavam-nos, mas eram apenas uns poucos. Os cavalos sofreram o ataque sem elmos ou armadura, empinando e escoiceando de medo e dor. Um bom número deles ficou atordoado, afrouxando o corpo e raspando as patas enquanto as pernas cediam. Tsubodai fechou os punhos sobre a cabeça quando viu que alguns deles não se levantariam de novo, pois tinham os crânios partidos. Viu homens com os braços pendendo frouxos, os ossos partidos apesar da armadura, e ainda assim as pedras continuavam caindo no espaço confinado. A única coisa pela qual Tsubodai poderia agradecer era por as pedras serem pequenas. Rochas capazes de partir a espinha de um homem ficavam entaladas na passagem acima ou ricocheteavam e se partiam em pedaços menores. No mesmo instante em que percebeu isso, uma das grandes sobreviveu ilesa à queda e acertou a testa de um cavalo a poucos metros dele, matando o animal instantaneamente. Veio-lhe uma lembrança da primeira fortaleza que ele tomara junto com Gêngis. Na ocasião havia homens acima dele num buraco para matança, disparando flechas quase na vertical. Eles tinham sido salvos por barreiras de madeira, que seguraram sobre as cabeças. Tsubodai sentiu o coração martelar dolorosamente ao perceber que havia se esquecido das carroças atrás. Elas não poderiam ser arrastadas para o caminho estreito, e teve uma visão de todo o exército sendo bloqueado, incapaz de virar na direção contrária pois as laterais de rochas pressionavam. Seus homens se encolhiam sob o tiroteio de pedras, gritando de dor e frustração.

— Onde estão esses manteletes?! — gritou. — Precisamos de manteletes aqui! — Sua voz chegou longe nas fileiras, ricocheteando nas paredes. Onde a trilha fazia uma curva, ele viu homens gesticulando ansiosos para os de trás, repassando sua ordem. A que distância estariam as carroças? Esperou, encolhendo-se com o estalo das pedras enquanto se agachava na sela com os braços protegendo a cabeça.

O tempo que passou escutando gritos e sua própria respiração pareceu uma eternidade, até que ouviu um berro. Arriscou-se a olhar por cima do ombro. Pedras continuavam batendo em sua armadura, sacudindo-o. Até as pequenas doíam. Respirou aliviado ao ver as pesadas conchas de madeira sendo passadas de cavaleiro a cavaleiro, por cima das cabeças. Já não era sem tempo.

A trilha de tapumes de madeira parou, pois os que estavam sob as pedras que caíam as seguravam sobre a cabeça, em vez de passar adiante. Tsubodai gritou ordens furiosas para eles. Estavam chegando mais, podia ver. Já se podia ouvir pedras batendo na madeira, com tanta força que doía os ouvidos. Tsubodai pegou o primeiro mantelete que chegou a ele, vendo que Gêngis já estava a salvo. Não achava que o cã iria abrir mão do primeiro que pegasse, e foi necessária uma enorme força de vontade passar a sua para os que estavam adiante. Eles só podiam movê-las inclinando-as. Quando os manteletes eram virados como conchas para proteger os homens, muitas vezes se entalavam nas paredes de pedra e praticamente não precisavam ser segurados.

Novamente desprotegido, Tsubodai olhou para Gêngis e viu que ele havia perdido a calma. O cã fez uma careta ao ver seu general indefeso e depois deu de ombros, como se isso não fosse nada. Tirou o próprio mantelete do lugar onde ele estava preso e levou a mão atrás para pegar outro. Tsubodai viu pedras caindo em volta do cã. Uma fez a cabeça dele balançar para trás quando lhe acertou o elmo, mas outro mantelete foi empurrado adiante e o general respirou com alívio ao vê-lo a salvo de novo.

A chuva de pedras diminuiu e depois parou, deixando homens machucados e agonizantes embaixo das tábuas pesadas. Sem armadura eles teriam sido destruídos. Tsubodai não sabia se os Assassinos tinham visto os tapumes de madeira ou se simplesmente haviam ficado sem pedras. Sabia que iria mover céus e terras para fazer com que pagassem pela agonia de terem ficado impotentes.

Marretas avançaram por baixo da concha de manteletes, entregues de homem em homem até que os golpes fortes começaram a ressoar em algum lugar adiante. Era enlouquecedor para Tsubodai não poder ver os homens da linha de frente. O muro que eles tentavam romper estava 12 cavalos adiante, e ele só podia esperar e suar.

Pensou que poderia ter de mandar que os cavalos mortos fossem retalhados e mandados para trás aos pedaços, pela fileira. Descartou a ideia tão rapidamente quanto ela viera. Eles precisavam sair do túnel de rocha — e estripar os cavalos demoraria demais, mesmo que tivessem espaço para usar os machados.

Em vez disso, viu que os manteletes podiam ser usados para cobrir homens e cavalos mortos, permitindo que os outros passassem por cima. Seria um negócio nojento, mas se não tivessem como chegar até a frente não adiantaria o portão de ferro ser derrubado.

O estrondo e os ecos do portão caindo puderam ser escutados longe e promoveu uma comemoração rouca dos guerreiros. Tsubodai viu os homens adiante avançarem rapidamente e depois gritarem ao ser acertados por algo que ele não podia enxergar. Encolheu-se, mas havia pouca luz naquele lugar, e a sombra dos manteletes a reduzia a quase nada. Logo à frente estava o cavalo que ele vira ser acertado. Seu cavaleiro fora preso contra a parede enquanto o animal tombava. Saíra sangue do nariz do homem, e ele estava pálido e imóvel. Tsubodai não sabia se ele estava vivo, mas deu ordens sem hesitar.

Passou seu mantelete adiante para cobrir os dois. Com Tsubodai instigando-o, o guerreiro mais perto bateu os calcanhares, forçando a montaria a passar por cima da plataforma instável.

A madeira se balançou sob o peso e o pônei aterrorizado resistiu a avançar, mas Tsubodai e o homem que o montava gritaram com ele. O guerreiro bateu nos flancos do animal até que este saltou adiante, relinchando nervoso. Tsubodai fez uma careta e seguiu-o tentando não ouvir o som de ossos se partindo sob seu peso. Disse a si mesmo que certamente o homem embaixo estava morto.

O cavalo de Tsubodai quase disparou ao ver um caminho livre à frente. O general puxou as rédeas em desespero, sabendo que o que quer que houvesse silenciado seus homens ainda estava à espera. Só um guerreiro ia à sua frente, cavalgando feito louco, soltando um grito de guerra e brandindo a espada.

Tsubodai passou pelos destroços do portão e a luz do Sol atingiu seus olhos, quase cegando-o. Vislumbrou, mais adiante, um trecho largo no caminho. Seu cavalo foi correndo para lá, desesperado para se afastar do medo e do fedor de sangue na passagem. Tsubodai puxou as rédeas violentamente, virando a montaria para a esquerda enquanto flechas passavam zumbindo. O outro guerreiro avançara diretamente, e surgiram flechas em seu peito. Tsubodai o viu cambalear, mas sua armadura aguentou e ele teve tempo de matar um arqueiro antes que outra flecha o acertasse sob o queixo, de uma distância curta.

O general ofegou, piscando enquanto mais guerreiros saíam ruidosamente da passagem para se juntar a ele. Os que tinham braços e clavículas quebradas não podiam usar as armas, mas corriam de encontro às flechas para liberar a passagem atrás.

Os arqueiros inimigos vestiam mantos brancos, que se abriam quando eles retesavam os arcos. Tsubodai pôde ver que eles usavam a marca da serenidade, ao que a fúria o dominou. Instigou a montaria contra as fileiras de homens em massa. Não havia para onde correr ou manobrar. Seus guerreiros ou romperiam a linha ou morreriam aos punhados.

O fato de os cavalos enlouquecerem de terror ajudou. Os guerreiros mongóis praticamente não tentavam pará-los enquanto atacavam. O cavalo de Tsubodai foi diretamente para um arqueiro que tentava colocar outra flecha na corda. O disparo passou zumbindo pelo general, que girou o cavalo enquanto mergulhava para a frente, seu animal derrubando o homem seguinte. Tsubodai arreganhou os dentes num prazer cruel quando seus guerreiros começaram a cortar as linhas mais fundo. O peito de cada homem estava eriçado de flechas, mas a armadura era boa e os arqueiros eram ruins. Os assassinos não eram guerreiros, apesar de todo o medo que produziam. Não tinham treinado todos os dias desde o momento em que aprenderam a andar. Não conseguiam esmagar o medo e a dor para causar um último corte no inimigo. Os guerreiros do cã conseguiam, e assim o fizeram.

A passagem adiante era larga o suficiente para cinco cavalos galoparem lado a lado. Havia talvez uma centena de arqueiros sobre plataformas de rocha, cortadas quase como degraus. Eles não podiam conter a torrente que vinha em sua direção. Disparos organizados poderiam ter derrubado as primeiras fileiras, mas Tsubodai viu que cada homem atirava sozinho. Girou a espada contra outro, abrindo um grande talho na lateral do corpo dele enquanto passava a toda velocidade. Seu cavalo estava fraquejando, com duas flechas cravadas fundas no peito. Só o pânico o mantinha correndo, mas Tsubodai estava pronto quando a força do animal se esvaiu e ele caiu com força. O general saltou com leveza, cambaleando até quase cair nos braços de um árabe. Girou num frenesi, de modo que sua espada passou na altura do pescoço. O homem morreu e o seguinte que ele encarou foi apanhado desprevenido entre dois disparos. Tsubodai deu dois passos rápidos e cravou a espada no peito nu, bem na altura da tatuagem da serenidade. Um guerreiro que passara ainda montado chutou quando Tsubodai se firmou para bloquear um terceiro, que foi lançado para trás. Tsubodai olhou para cima em agradecimento e viu que era Gêngis, coberto de sangue e em júbilo.

Se tivesse sido contra homens sem armadura, Tsubodai achava que os arqueiros inimigos teriam vencido até mesmo um número grande. A chaminé de rocha era a melhor defesa que ele já vira, e entendeu por que os Assassinos tinham ficado ali para lutar. Sem dúvida achavam que poderiam se defender de qualquer um. Tsubodai enxugou a boca, onde sentia algo imundo e pegajoso. Sua mão voltou vermelha, e ele cuspiu no chão.

Ao redor, enquanto os últimos arqueiros eram sendo mortos, os cavaleiros mongóis soltaram um brado de vitória, liberando todo o medo e a raiva que não haviam demonstrado antes. Tsubodai não fez o mesmo. Seu corpo estava doendo devido a uma centena de impactos, e ele se sentou nos degraus de pedra, usando o pé para empurrar um corpo e abrir espaço. Pegou-se ofegando intensamente em busca de ar, como se os pulmões não conseguissem se encher direito. O sol estava alto acima de suas cabeças, ainda não era nem meio-dia, e Tsubodai riu debilmente ao ver isso. Sentia que tinha ficado preso naquele lugar sombrio durante anos, e cada respiração era um esforço para encontrar a calma.

Olhou mais adiante no caminho, para além dos guerreiros e dos mortos. Tinha visto a fortaleza acima deles o tempo todo que lutava, mas só agora ela penetrava em seus pensamentos.

Os Assassinos tinham feito sua fortificação com as pedras da montanha, construindo-a bem na passagem, de modo que não havia como dar a volta. Os penhascos dos dois lados eram lisos demais para escalar, e Tsubodai suspirou enquanto examinava o único grande portão que ainda oferecia obstáculo.

– Marretas aqui! – gritou. – Marretas e manteletes.

CAPÍTULO 31

As CATAPULTAS QUE GÊNGIS HAVIA TRAZIDO DE SAMARKAND NÃO PODIAM ser arrastadas pela passagem estreita, nem mesmo em partes. Portanto, o trabalho coube a homens, que usaram marretas e ganchos para muralhas. A porta da fortaleza era feita de bronze e latão, bem engastada e recuada sobre colunas de pedra. O progresso era incrivelmente lento e o trabalho, exaustivo. Tsubodai organizou as equipes de marretas, com outros homens levantando os manteletes de modo que pudessem trabalhar sob proteção. No fim do primeiro dia as colunas dos dois lados da porta estavam lascadas e danificadas, com grandes buracos onde barras de ferro tinham sido golpeadas com marretas. Ainda se mantinha. Acima da cabeça dos homens, flechas vinham a intervalos, mas os melhores arqueiros da nação estavam prontos para elas, mandando outras flechas para cima antes que os Assassinos pudessem mirar. Mesmo assim não havia muitos defensores da fortaleza inimiga, Tsubodai se perguntou se a força principal dos Assassinos já não estaria morta nos ensanguentados degraus da fortaleza. Os Assassinos trabalhavam melhor no escuro e às escondidas. Não tinham número suficiente para enfrentar um exército determinado, como dissera Gêngis. Toda a sua força estava no fato de seu lar jamais ter sido descoberto.

Era um negócio tedioso trazer suprimentos através da fenda na montanha, mas Tsubodai organizou tochas e comida enquanto substituía seus homens e novos guerreiros assumiam a tarefa de esmagar as colunas da porta. Os arqueiros na muralha tiveram uma tarefa mais fácil durante a noite. Podiam ver os mongóis trabalhando, ainda que os manteletes continuassem sobre suas cabeças. Os guerreiros que passavam perto da luz das tochas se arriscavam a uma flecha súbita que chegava zunindo. À medida que o alvorecer chegou, sete dos homens de Tsubodai tinham sido acertados e um que segurava uma barra de ferro havia escorregado e tivera o pulso quebrado com uma marreta. Apenas três morreram. Os outros foram arrastados para um lugar abaixo dos degraus, onde cuidavam dos ferimentos e colocavam bandagens, esperando a luz do dia.

Durante a manhã, enquanto a porta se mantinha firme, Gêngis deu ordens para arrasar a aldeia de pedra que ficara atrás. Seus oficiais de *minghaans* voltaram com instruções de derrubar as casas de pedras e jogá-las pelos penhascos, de modo que mais homens pudessem usar o espaço aberto como local de arrumação. Quase 20 mil homens esperavam impotentes, incapazes de chegar a um inimigo enquanto apenas uns poucos suavam junto à muralha. Tsubodai parecia confiante em que seus homens iriam derrubar o portão, mas à medida que o segundo dia foi se esvaindo, Gêngis teve de forçar o rosto frio a esconder a impaciência.

O Velho das Montanhas olhava para os soldados com armaduras trabalhando lá embaixo ao sol. Mal podia conter a fúria que o dominava. No decorrer de sua vida fora honrado por príncipes e xás, desde o Punjab, na Índia, até o mar Cáspio. Exigia respeito, até mesmo deferência, dos poucos homens que sabiam quem ele era, não considerava a riqueza ou o sangue que possuíam. Sua fortaleza nunca fora atacada desde que seu ancestral descobrira a fenda nas montanhas e formara o clã que se tornaria a força mais temida nas terras árabes.

O Velho segurou o parapeito de pedra da janela aberta enquanto olhava as formigas trabalhando para chegar até ele. Xingou o xá de Khwarezm, que tentara comprar a morte desse cã, além de seu próprio destino, por aceitar a missão proposta pelo sujeito. Na época não sabia que as cidades do xá cairiam diante do invasor, e que o estoque de ouro que eles possuíam cairia junto. Tinha mandado seus homens escolhidos para matar apenas um, mas de algum modo isso havia provocado o cã a causar esta profanação. O velho soubera dias depois do fracasso em Samarkand. Seus seguidores haviam ficado exageradamente confiantes, seduzidos por ter o inimigo tão perto. Haviam morrido bastante bem, mas com isso trouxeram aqueles agressores insensatos ao seu santuário.

Os mongóis não pareciam se importar com quantas vidas perdiam. O Velho quase poderia admirá-los por isso, caso não os considerasse menos do que homens. Parecia que seu destino era ser derrubado por lobos sem deus, depois de tudo que alcançara. O cã era um inimigo implacável, impulsivo, e sua antiga vida estava caindo aos pedaços ao redor dele. Demoraria pelo menos uma geração para reconstruir o clã depois deste dia. Xingou sozinho pensando que seus Assassinos acabariam cobrando essa dívida de sangue, mas ao mesmo tempo sentia medo, quase terror, do homem que se lançara com tanta força contra as pedras da fortaleza. Nenhum árabe teria feito isso. Saberiam que fracassar era convidar a destruição a cair sobre três gerações de todas as suas pessoas queridas. Até o grande Saladim deixou de incomodar os Assassinos depois de eles o terem encontrado em sua própria tenda de comando.

O Velho ouviu passos atrás de si e, relutante, se virou, ficando de costas para o arco da janela. Era seu filho ali na câmara fria, vestido para viagem. Aos 40 anos, o homem conhecia todos os segredos do clã. Seria preciso todos para recomeçar. Com ele iam as últimas esperanças do Velho. Os dois trocaram um olhar de sofrimento, depois que o filho tocou a testa, os lábios e o coração e fez uma reverência em respeito ao velho.

— Não vem comigo? — perguntou o filho uma última vez.

O Velho balançou a cabeça.

— Verei o fim disto. Nasci nesta fortaleza. Não serei expulso dela.

Pensou no jardim do paraíso que havia atrás da fortificação. As mulheres já estavam mortas, sob sua ordem; o vinho envenenado permitira-lhes cair suavemente no sono. Com os últimos de seus homens na muralha, não havia ninguém para remover os corpos, de forma que o jardim estava inundado pelo cheiro de carne em decomposição. Mesmo assim era um destino melhor para elas do que cair nas mãos dos invasores. O Velho pensou que poderia passar um pouco de tempo lá enquanto esperava o cã. O jardim sempre trouxera calma para a turbulência de sua alma.

– Lembre-se de mim e recomece, filho. Se eu souber que você estenderá a mão e arrancará esse cã do mundo, ou os filhos dele, posso morrer em paz.

O filho cravou o olhar nele, antes de fazer outra reverência.

– Não esquecerei – disse.

O Velho viu-o se afastar, os passos firmes e fortes. Por trás da fortaleza havia um caminho oculto pelo qual seu filho iria, deixando para trás apenas destruição. Dois homens viajariam com ele, Assassinos experientes bem versados em todas as formas de morte. Até a eles fora necessário ordenar que fossem embora. Não viam vergonha em morrer para defender seu lar. Somente outros trinta esperavam que os mongóis rompessem a muralha. Sabiam que seriam mortos e entrariam no paraíso, e estavam cheios de júbilo.

Novamente sozinho, o Velho das Montanhas deu as costas para o sol poente. Desceu pela última vez a escada de mármore até o jardim, respirando com prazer o ar que ia ficando denso com o cheiro de flores e mortos.

A coluna à direita da porta se partiu em dois pedaços ao fim da manhã seguinte, cedendo sob o peso das pedras acima. O cã avançou, ávido por ver o que havia lá dentro. Sem o apoio, a porta foi se abrindo, e os homens de Tsubodai prenderam suas varas com ganchos na abertura e puxaram. A aresta foi cortando um sulco no chão de poeira.

Gêngis usava armadura completa e segurava espada e escudo a postos enquanto esperava a abertura. Tsubodai viu sua intenção de ser o primeiro a entrar na fortaleza e se juntou aos seus homens junto à porta, segurando a beirada com as mãos nuas para ficar mais perto. Não sabia se Gêngis adivinhou seus pensamentos, mas Tsubodai foi o primeiro homem a entrar no pátio do outro lado. Ouviu os estalos de flechas se partindo nas pedras e se desviou para o lado enquanto examinava a fortaleza que tinham trabalhado tanto para dominar. Ainda havia homens na muralha, mas quando Gêngis passou recebeu as flechas inimigas no escudo, parecendo pegá-las no ar, de modo a vibrarem na superfície.

Os arqueiros de Tsubodai foram atrás, andando de costas para dentro do pátio e disparando flechas em tudo que se movesse. Os Assassinos não tinham proteção dentro da muralha. As figuras de roupas pretas destacavam-se de encontro à pedra, que era mais clara, e então caíam rapidamente. Gêngis viu-os bater no chão do pátio sem qualquer expressão no rosto, depois assentiu, satisfeito, quando o silêncio voltou. Os homens das marretas foram com ele, ainda com o rosto vermelho e suando, enquanto o general e o cã penetravam mais fundo na fortaleza. Outros subiam degraus de pedras até a muralha, decididos a encontrar qualquer sobrevivente possível, além de verificar os mortos. Tsubodai não olhou para trás ao ouvir uma luta na muralha, e depois alguém caiu com um grito. Sabia que seus homens varreriam o pátio e os aposentos mais além. Não precisava supervisioná-los; não *podia*, pois seu cã entrava muito descuidado no ninho dos Assassinos.

Depois do pátio, um claustro com colunas sustentava a construção principal. Ali Gêngis encontrou uma porta, mas era apenas madeira, e seus homens com marretas a abriram com poucos golpes. Não havia ninguém esperando-os, mas Tsubodai prendeu o fôlego quando Gêngis penetrou na sombra como se caminhasse entre suas iurtas. O cã parecia decidido a encarar seu medo de frente, e Tsubodai sabia que era melhor não tentar impedi-lo enquanto revistavam a fortaleza.

O lar dos Assassinos era um labirinto de cômodos e corredores. Tsubodai passou por salões cheios de armas e pesos de ferro, áreas abertas com arcos guardados em suportes, até uma fonte seca, com água juntada num poço onde ainda nadavam peixes dourados. Encontraram quartos em que havia camas arrumadas com lençóis finos, além de dormitórios onde catres rústicos, de madeira, ficavam junto às paredes. Era um lugar estranho, e Tsubodai teve a sensação de que fora abandonado pouco antes, que a qualquer momento os ocupantes retornariam e preencheriam os salões ecoantes com barulho e vida. Atrás podia ouvir seus homens chamando uns aos outros, as vozes abafadas à medida que mais e mais se derramavam para dentro da fortaleza e começavam a procurar qualquer coisa que valesse carregar. Num lugar com janelas gradeadas, Tsubodai e Gêngis encontraram uma taça virada, e o vinho secara havia pouco. Gêngis avançou, observando tudo, mas jamais parando para descansar.

No fim de um corredor cheio de estandartes de seda pendurados, outra porta pesada bloqueava o caminho. Tsubodai chamou os homens com as marretas, mas quando levantou a tranca de ferro ela se moveu facilmente e a porta se abriu, revelando degraus. Gêngis praticamente não diminuiu o passo, por isso Tsubodai saltou adiante e subiu o mais rápido que pôde, com a espada a postos. O ar parecia denso, repleto de cheiros estranhos, mas nem ele estava preparado para o que encontrou, e parou subitamente.

O jardim ficava nos fundos da fortaleza, dando para montanhas que se estendiam até a distância azul. Havia flores em toda parte, mas não escondiam o cheiro de morte. Tsubodai encontrou uma mulher de beleza incomparável caída junto a um canteiro de flores azuis. Os lábios da mulher estavam escuros de vinho tinto, que manchara seu rosto e seu pescoço quando ela caíra. Cutucou o corpo com o pé, esquecendo por um momento que Gêngis estava logo atrás.

O cã não olhou para baixo enquanto passava. Caminhou pelas trilhas perfeitamente cuidadas como se elas não existissem, avançando mais. Havia outras mulheres caídas naquele lugar, todas lindas e todas usando pouca coisa para cobrir a musculatura perfeita dos corpos. Era repugnante mesmo para alguém acostumado com a morte, e Tsubodai se pegou levantando a cabeça para sugar ar fresco. Gêngis não parecia notar, tinha o olhar fixo nas montanhas distantes, cobertas de neve e limpas.

A princípio Tsubodai não viu o homem sentado num banco de madeira. A figura vestida em um manto estava tão imóvel que parecia mais um ornamento naquele cenário espantoso. Gêngis estava quase junto do velho quando Tsubodai estremeceu e gritou um alerta.

O cã parou e levantou a espada para golpear, contando com parte de sua antiga velocidade. Mas não viu ameaça no homem, então baixou a lâmina, enquanto Tsubodai o alcançava.

– Por que não fugiu? – perguntou Gêngis ao homem. Falou na língua jin; o homem levantou a cabeça e deu um sorriso cansado, depois respondeu na mesma língua:

— Este é o meu lar, Temujin.

Gêngis se enrijeceu ao ouvir seu nome de infância vindo de um estranho. A espada estremeceu em sua mão por instinto, mas o homem no banco levantou devagar as mãos vazias, deixando-as cair em seguida.

— Eu destruirei este lugar, você sabe — disse Gêngis. — E jogarei as pedras pelo penhasco, de modo que ninguém jamais lembrará de que houve uma fortaleza nestas montanhas.

O Velho deu de ombros.

— Claro. Tudo o que você conhece é a destruição.

Tsubodai estava muito perto, erguendo-se acima do homem e pronto para matar ao primeiro movimento rápido. Ele não parecia ser uma ameaça, mas seus olhos eram escuros por baixo das sobrancelhas grossas e seus ombros pareciam enormes apesar das rugas no rosto. Com o canto do olho viu Gêngis embainhar a espada e não ousou dar as costas enquanto o cã sentava-se no banco, soltando o ar pelos lábios em alívio.

— Mesmo assim estou surpreso por você não ter fugido — disse Gêngis.

O velho deu um risinho.

— Quando você tiver dado a vida para construir uma coisa, talvez entenda; não sei. — Sua voz assumiu um tom amargo quando ele prosseguiu: — Não, você não entenderia, nem assim.

Gêngis sorriu, depois explodiu numa gargalhada, até que teve de enxugar os olhos. O Velho observou-o, o rosto se retorcendo numa máscara de ódio.

— Ah, eu precisava rir — disse Gêngis. — Precisava me sentar num jardim cercado por mulheres mortas e ouvir um Assassino me dizer que não construí nada na vida. — Ele riu de novo e até Tsubodai deu um sorriso, mas sua espada permaneceu a postos.

O Velho das Montanhas pretendera derramar escárnio sobre o cã e depois ir para a morte com a dignidade intacta. Ter o sujeito rindo na sua cara o fez ficar vermelho, seu sentimento de fria superioridade despedaçado.

— Você acha que alcançou alguma coisa com sua vida? — sibilou o Velho. — Acha que será lembrado?

Gêngis balançou a cabeça, e estava prestes a se descontrolar novamente de tanto que se divertia. Ainda ria quando se levantou.

— Mate esse velho idiota para mim, está bem, Tsubodai? Ele não passa de um saco de vento.

O assassino soltou perdigotos de raiva enquanto tentava responder, mas Tsubodai baixou a espada, deixando-o gorgolejando no próprio sangue. Gêngis já havia tirado o sujeito da mente.

— Esses homens me deixaram um aviso com o povoado que destruíram, Tsubodai. Não posso fazer menos por eles, se algum ainda sobreviver. Quero que lembrem o quanto custa me atacar. Que os homens comecem pelo telhado e joguem as telhas e pedras pelos penhascos. Não quero que reste nada aqui para mostrar que eles já tiveram um lar.

Tsubodai assentiu, baixando a cabeça.

— Como quiser, senhor cã.

Jelaudin acendeu um cone de incenso para o pai, pensando nele no aniversário de seu falecimento. Os irmãos viram lágrimas em seus olhos enquanto ele se empertigava e falava palavras suaves na brisa da manhã:

— Quem dará vida aos ossos quando eles forem pó? Dará vida aquele que os fez. — Ele fez uma pausa e se abaixou, tocando a testa no chão em honra ao xá que, na morte, havia se tornado a luz dos seguidores de seus filhos.

Jelaudin sabia que mudara ao longo do ano que se passava desde seu desespero na minúscula ilha do mar Cáspio. Havia encontrado sua vocação, e muitos homens que tinham vindo defender a fé o consideravam um homem santo. O número dos seguidores havia crescido, homens viajavam por milhares de quilômetros para se juntar à sua guerra contra o cã invasor. Suspirou por não conseguir manter a mente limpa para a oração justamente neste dia. Seus irmãos haviam se tornado seus oficiais do estado-maior, mas também pareciam olhá-lo quase com reverência. No entanto, apesar de toda a fé, alguém precisava fornecer comida, tendas e armas para os que não tinham nada disso. Era por essas coisas que ele atendera a um convite para se encontrar com o príncipe de Peshawar. Haviam se encontrado apenas uma vez, na infância, em Bukhara, quando ambos eram mimados e gordos de tantos doces. Jelaudin tinha apenas uma lembrança nebulosa do garoto e nenhuma ideia do homem que ele havia se tornado. No entanto, o príncipe governava uma região onde os campos eram ricos em grãos e Jelaudin chegara ao ponto mais ao sul que já alcançara. Tinha andado até que suas sandálias ficaram aos pedaços, e depois mais ainda, até que as solas dos pés estivessem tão coriáceas quanto seus antigos sapatos. As chuvas haviam matado sua sede e o sol quente o queimara até ficar magérrimo, tornando seus olhos ferozes e criando uma barba que crescera densa e preta.

A fumaça subia do braseiro enquanto ele se lembrava do pai. O xá teria orgulho do filho, pensou Jelaudin, mesmo que não entendesse os mantos maltrapilhos que ele optara por usar. O pai não entenderia que agora ele desdenhava qualquer demonstração de riqueza e se sentia mais limpo com isso. Quando Jelaudin olhava para a vida mansa que tivera, só conseguia estremecer. Agora lia o alcorão, além de rezar e jejuar até que todos os seus pensamentos fossem relacionados com vingança e com o exército que inchava ao seu redor. Mal conseguia imaginar o rapaz vaidoso que havia sido, com seu belo cavalo preto e suas roupas de seda e seu ouro. Todas essas coisas tinham ido embora e ele as substituíra pela fé, que queimava o suficiente para destruir todos os inimigos de Deus.

Quando deu as costas para a fumaça viu os irmãos esperando pacientemente, de cabeça baixa. Pousou a mão no ombro de Tamar ao passar, subindo em seguida os degraus até o palácio do príncipe. Soldados com armadura afastavam o olhar dele, depois se viravam para olhar a figura maltrapilha que viera ver seu senhor. Ninguém levantou a mão para impedir o homem santo que trouxera um exército a Peshawar. Jelaudin caminhou com passos firmes até chegar ao salão de audiências. Escravos abriram a porta e ele não fez reverência ao ver o homem que o chamara à sua casa.

O rajá de Peshawar era um guerreiro magro; vestia uma túnica de seda cortada com uma faixa que caía frouxa ao quadril, cobrindo a ponta do punho dourado de uma espada. Suas feições eram suaves e corpulentas, apesar da cintura estreita, e pouca coisa lembrava a Jelaudin o garoto que ele conhecera havia tanto tempo. Enquanto Jelaudin se aproximava, o príncipe indiano dispensou dois conselheiros e desceu do trono para fazer uma reverência.

Jelaudin levantou-o com uma das mãos, embora o gesto lhe agradasse.

— Não somos iguais, Nawaz? Você muito me honra com sua hospitalidade. Meus homens não comem bem há meses.

O jovem rajá ficou vermelho de prazer. Seu olhar passou pelos pés marrom-escuros de Jelaudin, endurecidos pelos calos e a sujeira. Jelaudin riu, imaginando como teria recebido um visitante tão maltrapilho quando era o filho de Khwarezm.

— Ouvi coisas maravilhosas, Jelaudin — respondeu finalmente o rajá. — Homens de minha própria guarda ofereceram seu serviço contra esse cã estrangeiro.

— Eles são bem-vindos, amigo, mas preciso mais de suprimentos do que de homens. Se tiver cavalos e carroças para me oferecer, eu me jogarei em seu pescoço, de tanta gratidão. Se tiver comida para meu exército, eu até beijarei esses chinelos dourados que você usa.

O príncipe Nawaz ficou mais vermelho ainda, conquistado pelo tom brincalhão.

— Você terá todas essas coisas. Só peço que me deixe cavalgar com seus homens quando for para o norte.

Jelaudin avaliou o rapaz, vendo nele uma fagulha do mesmo fogo que mantinha seu exército do lado de fora do palácio. Aqueles jovens ardiam, fossem ricos ou pobres, abençoados ou amaldiçoados na vida. Queriam ser liderados. Este era o grande segredo que ele descobrira: as palavras certas os acendiam fazendo-os alcançar um fervor que jamais poderia ser extinguido. Aquecido por esse fervor, seriam capazes de se voltar contra suas tribos, até contra suas famílias, para segui-lo. Testemunhara pais deixando esposas e filhos chorosos sem olhar para trás enquanto vinham até ele. Se seu pai tivesse descoberto as palavras certas, Jelaudin tinha certeza de que ele poderia ter comandado seus exércitos até o fim do mundo.

Fechou os olhos brevemente. Estava exausto em virtude da longa marcha através das montanhas, e nem mesmo a visão do rio Indo, que alimentava o continente, banira o cansaço. A princípio caminhara porque não tinha cavalo. Depois caminhara porque isso impressionava seus homens. No entanto, os quilômetros e os morros o haviam exaurido, e era tentador pedir apenas uma noite numa cama fresca antes de mandar seus irmãos correndo para alimentar o exército que ele teria de levar de volta, novamente por aqueles morros. Resistiu, sabendo que isso iria diminuí-lo aos olhos do príncipe. O rapaz não se sentia no mesmo nível dele, não importando que usasse uma roupa tão ruim que era capaz de ser desprezada por um mendigo. Em vez disso, Nawaz via sua fé e sentia-se humilde em sua presença.

Jelaudin voltou a si com um susto, percebendo que não falava havia muito tempo, que em vez disso balançava-se em silêncio.

— O seu pai não fará objeções, Nawaz? — disse finalmente. — Ouvi falar que ele não segue a grande fé. — Ficou olhando enquanto o príncipe se retorcia em desagrado.

— Ele não entende, com seus mil oratórios e templos tolos. Proibiu que eu fosse com você, mas não tem poder sobre mim! Estas terras são minhas e toda a riqueza delas dou a você. Meus homens são jurados apenas a mim, e meu pai não pode tirá-los de minhas mãos. Deixe-me chamar você de mestre e caminhar ao seu lado na estrada.

Jelaudin sorriu cansado, sentindo o entusiasmo do rapaz aliviar parte da dor nos ossos.

— Muito bem, Nawaz. Você comandará seus homens numa guerra santa e expulsará os infiéis. Estará à minha direita, e nós triunfaremos.

Terceira Parte

CAPÍTULO 32

GÊNGIS SORRIU AO VER SEU NETO MONGKE CHAPINHANDO NA BEIRA DO LAGO. Seus batedores haviam encontrado aquele lugar a algumas centenas de quilômetros a nordeste de Samarkand, e ele trouxera as iurtas e famílias para ali, enquanto o exército administrava as terras e cidades de Khwarezm. As caravanas viajavam de novo, vindo até da Rússia e das terras jin, mas agora eram recebidas por oficiais mongóis treinados por Temuge e apoiados por guerreiros. Uma parte da carga de cada mercador era tomada, mas em troca eles não precisavam ter guardas próprios. A palavra do cã protegia as estradas por mais de 1.500 quilômetros em qualquer direção a partir de Samarkand.

Montanhas rodeavam o lago e a planície, suficientemente distantes para que Gêngis não se sentisse sufocado. Sabia que seus guerreiros estariam de vigia em cada pico, mas não podia vê-los. De algum modo era reconfortante saber que as montanhas ainda estariam lá quando todos os vivos virassem pó.

Ogedai havia assumido bem sua posição de herdeiro. Gêngis o mandara ir com os *tumans*, para aprender cada detalhe dos homens que comandaria. Isso já era esperado, mas Gêngis também havia posto Ogedai junto de Temuge, que lhe ensinava como manter um exército alimentado e vestido. Ogedai absorvia cada conhecimento que as tribos pudessem lhe dar, além de línguas e até mesmo a escrita. O herdeiro jamais era visto sem um grupo de tutores atrás, mas parecia crescer com isso.

Gêngis se espreguiçou, sentindo-se em paz. Os sons da guerra eram distantes naquele lugar e ele estava gostando dos gritos e risadas dos meninos na água, pegando sol e aprendendo a nadar como peixes. Alguns até mergulhavam abaixo da superfície, saltando de pedras e espirrando água. As mães gritavam e olhavam ansiosas para o fundo, mas eles sempre voltavam à tona, soprando e rindo dos que se preocupavam.

Gêngis sentiu uma pequena mão puxando sua calça e se abaixou para balançar Kublai no ar. O menininho tinha apenas 3 anos, mas desde apenas alguns meses de idade sorria sempre que via o avô. Gêngis passara a gostar dele.

Com um movimento súbito, o cã pôs o neto nos ombros e foi até a beira d'água, encolhendo-se um pouco quando Kublai agarrou seu cabelo com muita força.

– Não deixarei você cair, homenzinho – disse Gêngis. Viu Mongke perceber o tratamento especial e erguer os braços para ser levantado também. Gêngis balançou a cabeça. – Daqui a pouco. Até lá, Kublai é quem monta.

– Mais uma história! – gritou Kublai de cima de sua cabeça.

Gêngis pensou por um tempo. A mãe de Kublai tinha dito que suas histórias eram violentas demais para o menininho, mas mesmo assim Kublai parecia gostar. Gêngis podia ver Sorhatani olhando-o de alguma distância, mais adiante na margem. Com 19 anos, ela se tornara uma mulher de beleza rara. Às vezes Gêngis se perguntava como o pequeno Tolui conseguira segurá-la.

– Quer ouvir sobre o cã dos Assassinos?

– É, conta! – gritou Kublai, cheio de alegria.

Gêngis sorriu, virando-se para um lado e para o outro e fazendo o garoto rir dos movimentos súbitos.

– Ele era um homem *enorme* – disse Gêngis –, com braços fortes capazes de dobrar uma barra de ferro. Sua barba parecia arame preto e ia quase até a cintura! Foi há dois anos que eu o encontrei em sua fortaleza. Ele pulou nas minhas costas enquanto eu passava por baixo de um arco e não pude soltá-lo. Senti as mãos dele na minha garganta, apertando e *apertando* até que achei que meus olhos iriam saltar para fora da minha cabeça!

Ele imitou a cena, enquanto Mongke saía da água e observava com os olhos arregalados.

– Como você se livrou dele? – perguntou Mongke.

Gêngis olhou para baixo e pensou por um momento.

– Não consegui, Mongke. Tentei sacudi-lo, como estou fazendo com o Kublai, mas ele era forte demais para mim. Apertou com mais força ainda e de repente vi meus olhos rolando pelo chão, na minha frente.

– Como você viu, se eles estavam no chão? – perguntou Kublai imediatamente.

Gêngis riu e tirou-o das costas.

– Você é um garoto inteligente, Kublai; tem razão. Eu não podia vê-los. Na verdade eu podia *me* ver, só com buracos onde os olhos antes estavam, e o assassino ainda agarrado às minhas costas. Mas enquanto meus olhos rolavam, vi um grande rubi faiscando na testa dele. Não sabia que o rubi era o ponto fraco dele, mas estava desesperado. Levantei as mãos e arranquei-o. A força dele foi embora, porque a pedra era a fonte de todo o seu poder. Peguei meus olhos do chão e vendi o rubi para comprar um cavalo branco. Sobrevivi, mas até hoje preciso ter cuidado para meus olhos não saírem de novo quando espirro.

– Não é verdade – disse Mongke, zombando.

– É *sim* – insistiu Kublai, decidido a defender o avô.

O cã deu um risinho.

– Quem vai saber se eu lembrei cada detalhe direitinho? Talvez ele não tivesse barba.

Mongke fungou e deu um soco em sua perna, que Gêngis pareceu não notar. Quando Kublai e Mongke levantaram os olhos, viram o avô olhando para a distância, onde dois homens cavalgavam pela praia de seixos na direção dele. Uma mudança ocorreu no cã ao ver aquilo, e os dois garotos espiaram interrogativamente, sem entender por que o clima leve havia acabado.

– Vão para a mãe de vocês agora. À noite conto outra história, se tiver tempo.

Gêngis não os olhou saírem correndo, espalhando areia e seixos com os pés descalços. Em vez disso empertigou-se totalmente para receber os batedores. Conhecia os homens que cavalgavam até ele. Tinha-os mandado para longe das famílias mais de um ano antes, sob ordens com palavras cuidadosamente escolhidas. O retorno significava que tinham ou fracassado ou encontrado seu filho desaparecido. Não podia saber pelos rostos; eles chegaram perto e apearam, fazendo uma reverência profunda.

— Senhor cã — disse o primeiro.

Gêngis não tinha paciência para cumprimentos educados.

— Encontraram-no? — perguntou rispidamente.

O homem assentiu, engolindo o nervosismo.

— No norte distante, senhor. Não paramos para verificar pois vimos iurtas e pôneis como os que conhecemos. Não poderia ser nenhuma outra pessoa.

— Iurtas? Ele não levou nenhuma — respondeu Gêngis. — Então ele fez um lar, tão longe da lembrança de mim. Os homens dele viram vocês?

Os dois batedores negaram com a cabeça, em certeza absoluta, permanecendo em silêncio. O cã não iria querer saber os detalhes de como haviam se esgueirado até perto do assentamento precário de Jochi, escondendo-se na neve até quase morrer congelados.

— Bom — respondeu Gêngis. — Fizeram bem. Peguem seis cavalos descansados do meu rebanho, como recompensa: duas éguas, dois garanhões e dois capões mais novos. Recomendarei vocês ao seu general pelo trabalho.

Os batedores fizeram reverência de novo, ruborizados devido ao sucesso, enquanto montavam e cavalgavam até o labirinto de iurtas às margens do lago. Gêngis foi deixado a sós por um momento, olhando por cima das águas. Em toda a sua vida, nenhum de seus generais havia recusado uma ordem, ou mesmo pensado em traí-lo. Até Jochi desaparecer, levando 7 mil guerreiros valiosos. Gêngis mandara batedores em todas as direções, revirando terras novas e antigas em busca do filho. Havia demorado quase dois anos, mas finalmente o encontrara. Balançou a cabeça enquanto seus pensamentos escureciam. Aquilo terminaria em sangue, depois de tudo que ele fizera ao criar o filho de outro homem como se fosse seu. Toda a nação falava sobre o exército desaparecido, mas não na presença do cã. Jochi não lhe dera escolha.

Olhou ao longo da margem, até onde as iurtas se aglomeravam, cobrindo quilômetros de terras em volta do lago. Era um bom lugar, mas o pasto era muito pobre, e as cabras e ovelhas que serviam de alimento eram obrigadas a andar de volta por um longo caminho para ser mortas. Era hora de se pôr em movimento, pensou, gostando da ideia. Seu povo não era feito para ficar num só lugar, com apenas uma paisagem, não quando o mundo se estendia ao redor com uma quantidade infinita de coisas para ver. Gêngis arqueou as costas, sentindo-as estalar de modo desagradável. Viu outro cavaleiro partir das iurtas e suspirou. Ainda que seus olhos não fossem mais tão afiados quanto antigamente, reconheceu seu irmão Kachiun pelo modo como ele cavalgava.

Esperou o irmão, desfrutando da brisa que vinha da água enquanto o sol batia forte. Não se virou quando Kachiun gritou um cumprimento para Sorhatani e os meninos.

— Então você soube? — perguntou Gêngis.

Kachiun ficou de pé junto dele, ambos olhando para as águas claras.

— Os batedores? Eu os mandei falar com você, irmão. Eles encontraram Jochi, mas não é por isso que estou aqui.

Então Gêngis se virou, levantando as sobrancelhas diante da expressão séria do irmão.

— Não? Achei que você estaria cheio de conselhos sobre como devo lidar com meu filho, o traidor.

Kachiun bufou.

— Nada que eu possa dizer mudará o que você vai fazer, Gêngis. Você é cã e talvez devesse torná-lo um exemplo para os outros; não sei. Isso é para você decidir. Tenho outras novidades.

Gêngis examinou o irmão, vendo como o rosto dele que já fora liso tinha assumido rugas em volta da boca e dos olhos. A idade aparecia mais quando ele sorria, o que acontecia cada vez menos desde que tinham vindo para as terras árabes. Gêngis não possuía espelhos como os feitos pelos jin, mas supunha que seu rosto estivesse igualmente envelhecido, ou até mais.

— Então conte, irmão.

— Você ouviu falar de um exército ao sul? Tenho homens vigiando-o há algum tempo.

Gêngis deu de ombros.

— Tsubodai e Chagatai mandaram homens vigiá-los. Sobre aquele agrupamento de camponeses, sabemos mais do que eles mesmos sabem.

— Eles não são camponeses, Gêngis, ou, se são, têm armaduras e armas de soldados. Da última vez que soube, eram 60 mil homens, se é que meus batedores aprenderam a contar até um número tão grande.

— Devo temer apenas 60 mil? Então eles estão crescendo. Estamos observando-os há mais de um ano. Eles gritam, cantam e brandem as espadas. Finalmente estão vindo para nós?

Gêngis sentiu um frio apertar-lhe o estômago, apesar de todo o tom despreocupado. Tinha ouvido falar do exército que se reunia e de seu líder reverenciado quase um ano depois de retornar da fortaleza dos Assassinos. Seus generais haviam se preparado para o ataque, mas as estações se arrastaram e nenhum exército marchara contra eles. Às vezes pensava que era apenas aquela ameaça que o mantinha em terras onde o calor e as moscas o incomodavam todo dia.

— Meus homens capturaram três deles — respondeu Kachiun, interrompendo seus pensamentos. — Ficaram loucos, irmão, quase espumando pela boca quando perceberam quem nós éramos.

— Você os fez falar?

— Não conseguimos; foi isso que me surpreendeu. Eles meramente cuspiram ameaças contra nós e morreram mal. Só o último me deu alguma coisa: o nome do homem que os comanda.

— De que me importam nomes? — perguntou Gêngis, incrédulo.

— Você conhece este: Jelaudin, cujo pai era o xá de Khwarezm.

Gêngis ficou totalmente imóvel enquanto digeria a informação.

— Ele se saiu bem. O pai teria orgulho dele, Kachiun. Sessenta mil homens? Pelo menos sabemos que com certeza ele virá para o norte, caçar minha cabeça. Não se especulará mais de invasões à Índia, não agora que sabemos que é Jelaudin.

— Eles não podem dar um passo sem que eu saiba, irmão.

— Se os esperarmos — disse Gêngis pensativamente. — Fico tentado a encerrar os gritos deles com meus *tumans*.

Kachiun se encolheu, sabendo que, se quisesse orientar Gêngis, teria de ser sutil.

— O exército do xá era muito maior, mas na época não tínhamos escolha. O seu *tuman* e o meu são garantidos. Os Jovens Lobos de Tsubodai e os Peles de Urso de Jebe trazem mais 20 mil ao campo. Chagatai, Khasar e Jelme, mais 30 mil. Sete *tumans* de veteranos. Ogedai mal viu sangue. Eu não gostaria de jogar os homens dele contra um inimigo assim.

— Eu dei bons oficiais a ele, Kachiun. Não me decepcionarão.

Gêngis pensou nas iurtas ao longo da margem. As famílias tinham filhos aos milhares a cada ano, mas muitos iam para os *tumans* substituir os mortos e feridos. Tinha sido difícil criar um novo *tuman* para Ogedai, mas seu herdeiro precisava aprender a comandar, e os outros generais haviam implorado durante um ano. Ele não mencionou seus planos de formar um nono *tuman* para Tolui comandar. A mulher do filho mais novo o havia procurado para falar sobre isso apenas alguns meses antes. Gêngis olhou para onde ela estava, brincando com Kublai e Mongke, jogando um depois do outro na água, provocando nos filhos gritos deliciados.

— Encontre um bom subgeneral para Ogedai, Kachiun. Alguém que possa impedi-lo de fazer alguma coisa tola até ele aprender.

— Mesmo assim, oito *tumans* contra um número quase igual? — respondeu Kachiun. — Poderíamos perder muitos homens bons. — Hesitou, e Gêngis virou-se para ele.

— Você não se preocupou com os números antes, irmão. Desembuche, o que quer que seja.

Kachiun respirou fundo.

— Você nos trouxe aqui para vingar homens mortos pelo xá. Fez isso, e cobrou um preço dez vezes maior pela morte deles. Por que deveríamos ficar e nos arriscar a sermos destruídos? Você não quer estas terras e cidades. Há quanto tempo não vê as montanhas de casa? — Ele fez uma pausa para indicar os picos ao redor. — Isto aqui não é a mesma coisa.

Gêngis passou longo tempo sem responder. Quando falou finalmente, pesou cada palavra com cuidado:

— Eu juntei as tribos para tirar o pé dos jin de nosso pescoço. Depois o *tirei* e nós humilhamos o imperador deles em sua capital. Este foi meu caminho, o caminho que fiz e que escolhi e pelo qual lutei. Queria mandar os jin mais para longe ainda, Kachiun, até o mar, em todas as direções. Nem teria vindo aqui se eles não tivessem me provocado. Eles trouxeram isso sobre a própria cabeça.

— Não precisamos lutar contra o mundo inteiro — disse Kachiun em voz baixa.

— Você está ficando velho, Kachiun, sabia? Está pensando no futuro, em suas esposas e filhos. Não diga nada, irmão, você sabe que estou certo. Esqueceu por que fazemos isso. Eu fiquei assim por um tempo em Samarkand. Falei a Arslan que essas pessoas vivem mais do que nós e têm vida mais segura e mais tranquila. Elas *têm*, assim como os camelos e as ovelhas vivem felizes nas planícies. Nós poderíamos escolher ter isso por um tempo, mas no fim os lobos ainda viriam nos pegar. Somos pastores, Kachiun. Sabemos como o mundo funciona realmente, e todo o resto é apenas ilusão.

Gêngis olhou para os netos, vendo Sorhatani pentear o cabelo deles enquanto os meninos se retorciam, tentando se soltar dela. O cabelo dela era comprido e preto, e ele brincou com a ideia de arranjar outra esposa jovem como ela para esquentar sua cama. Isso iria revigorá-lo, tinha certeza.

— Irmão — disse —, podemos viver a vida em paz, de modo que nossos filhos e netos possam viver a vida *deles* em paz, mas qual é o sentido nisso? Se todos vivermos até os 80 anos num campo verde, sem jamais segurar um arco ou uma espada, teremos desperdiçado os anos bons. Você deveria reconhecer a verdade disso. Será que nossos netos nos agradecerão por uma vida pacífica? Só se tiverem medo demais para pegar em armas. Eu não desejaria uma vida tranquila nem para meus inimigos, Kachiun, quanto mais para minha família. Mesmo as cidades só prosperam quando há homens fortes nas muralhas, dispostos a ficar e morrer para que outros possam dormir em paz. Em nosso povo, *todos* lutamos, desde o primeiro grito do nascimento até o último fôlego de vida. É o único modo de nos orgulharmos do que somos.

— E eu me orgulho! — disse Kachiun rispidamente. — Mas isso não significa...

Gêngis levantou a mão.

— Não existe "mas", irmão. Este tal de Jelaudin varrerá o norte com seus homens e nós podemos correr à frente deles. Podemos deixar que ele retome cada cidade que conquistamos e se proclame xá no palácio do pai. Ele poderia pensar duas vezes antes de me provocar de novo quando eu lhe mandasse emissários. Mas eu vim a estas terras porque, quando um homem me ameaça e eu desvio o olhar, ele tirou algo importante de mim. Se eu lutar e morrer, tudo que ele pode tomar é minha vida. Minha coragem e minha dignidade permanecem. Devo fazer menos pela nação que criei? Devo permitir a meu povo menos honra do que reivindico para mim?

— Entendo — murmurou Kachiun.

— Entenda mesmo, irmão, porque você irá cavalgar comigo contra essa horda. Vamos vencer ou morrer, uma coisa ou outra. Mas *não* desviarei o olhar, quando eles vierem. Não vou me abaixar e deixar que pisem em mim. — Ele fez uma pausa e soltou uma gargalhada ruidosa. — Sabe, eu ia acrescentar que ninguém jamais dirá que já me viu fugir de uma batalha, mas Arslan me lembrou de uma coisa em Samarkand. Não importa o que os outros pensem sobre como vivi minha vida. Não importa se figurarmos nas histórias de Temuge como tiranos ou mesmo covardes. Só importa o que fazemos agora. Somos nossos únicos juízes, Kachiun. Lembre-se disso. Os que vierem depois terão outros problemas, outras batalhas com que se preocupar.

Gêngis viu que Kachiun tinha ouvido e pelo menos tentado entender. Deu-lhe um tapinha no ombro.

— Nós percorremos um caminho muito longo, Kachiun. Ainda me lembro dos primeiros dias, quando éramos só nós e estávamos passando fome. Lembro-me de ter matado Bekter e às vezes gostaria que ele estivesse aqui para ver o que acabamos fazendo. Talvez você e eu tenhamos criado uma coisa que vai durar mil gerações, ou talvez vá desaparecer conosco. Não sei. Nem mesmo me importo, irmão. Fiquei forte para derrotar inimigos poderosos. Recebo de bom grado essa horda do sul para ficar mais forte ainda.

— Você é um homem estranho — disse Kachiun. — Não há ninguém igual, sabia? — Ele esperou que Gêngis sorrisse, mas o irmão balançou a cabeça.

— Cuidado para não me elevar demais, irmão. Eu não tenho força especial, a menos que seja em escolher bons homens para me seguir. A grande mentira das cidades é dizer que todos somos fracos demais para enfrentar quem nos oprime. Tudo que fiz foi enxergar através dessa mentira. Eu *sempre* luto, Kachiun. Os reis e xás dependem de o povo permanecer como ovelhas, com tanto medo que não se levantam. Tudo que fiz foi perceber que posso ser um lobo para eles.

Kachiun assentiu, suas preocupações sumindo sob os olhos claros do irmão. Foi puxando o cavalo ao lado de Gêngis enquanto os dois voltavam às iurtas para comer e descansar. Estavam se aproximando quando Kachiun se lembrou da chegada dos batedores:

— E Jochi? Você tomou uma decisão?

Gêngis apertou a boca diante da menção do nome.

— Ele me tirou 7 mil homens, Kachiun. Não posso perdoá-lo por isso. Se ele tivesse ido sozinho, talvez eu o deixasse encontrar o próprio rumo. Mas não, ele roubou um décimo do meu exército, e eu os quero de volta.

— Você os traria de volta? Honestamente? — perguntou Kachiun, surpreso.

— A princípio pensei que mandaria matá-los, mas tive tempo para pensar enquanto esperava notícias, Kachiun. Eles deixaram as esposas e os filhos e o seguiram, assim como outros me seguiram e abriram mão de tudo que conheciam e amavam. Mais do que qualquer um, eu sei o que um líder pode fazer. Eles se permitiram ser guiados, mas eu preciso deles agora, se Jelaudin está preparando uma tempestade. Mande batedores para trazer Tsubodai. Jochi o admirava mais do que a qualquer homem. Ele o deixará falar.

Tsubodai veio, mas com o coração oprimido. O grande acampamento estava agitado com a notícia de que Jochi fora encontrado, e Tsubodai esperava que Gêngis não o mandasse chamar. Encontrou o cã com Ogedai, vendo o filho treinar rapazes. Gêngis sinalizou para ele segui-lo e os dois cavalgaram para longe dos *tumans*, os dois cavalos lado a lado, como velhos amigos.

O coração de Tsubodai batia forte enquanto ouvia. Reverenciava Gêngis desde que conhecera o homem que havia forjado uma nação a partir de tribos em guerra. Estivera lá quando tomaram as primeiras fortalezas em Xixia, e depois toda a região. Tsubodai não tinha falsa modéstia. Sabia que representara um papel vital no sucesso do cã. Gêngis o tratava com respeito, e Tsubodai retribuía o respeito como não fazia com nenhum outro homem vivo. Mesmo assim, o que lhe estava sendo pedido provocou nele amargura e dor. Respirou fundo estremecendo, enquanto Gêngis o olhava à espera de uma resposta.

– Senhor cã, não quero fazer isso. Peça qualquer outra coisa e eu farei. Qualquer coisa.

Gêngis puxou as rédeas, virando o cavalo de modo a ficar de frente para o general. O sujeito era brilhante, mais talentoso para a guerra do que qualquer outro que Gêngis conhecia, mas ele exigia em primeiro lugar obediência, e só a surpresa o conteve de dar uma resposta brusca.

– Se eu mandar Khasar ou Kachiun, acho que Jochi resistirá. Os homens dele violaram juramentos para segui-lo. Não deixarão de lutar para impedir que ele seja dominado. Você é o único que ele deixará falar, Tsubodai. Você é o único que pode chegar perto.

Tsubodai fechou os olhos por um momento, dominado. Gêngis devia entender como Jochi o considerava, caso contrário não o teria escolhido para a tarefa.

– Senhor, nunca recusei uma ordem sua, jamais. Lembre-se disso quando me pede para cumprir tal missão.

– Você o treinou quando ele era apenas um garoto raivoso, mas eu o alertei de que o sangue dele era ruim, que ele poderia se virar contra nós a qualquer momento. Eu estava certo, não estava? Confiei guerreiros e autoridade a ele, e ele os levou e fugiu. Como meu general, diga como devo lidar com um homem assim!

Tsubodai apertou os punhos em volta das rédeas. Não disse que o próprio Gêngis provocara aquilo, que o orgulho que ele demonstrava por Chagatai havia corroído Jochi até que não restasse nada além de ódio. Nada disso importaria ao cã que estava diante dele. Tentou uma outra abordagem, em desespero:

— Pelo menos adie isso até que tenhamos ido contra o filho do xá, senhor. Meus homens são vitais para isso. Se me mandar agora, ficarei longe por seis meses ou mais. Se eles nos atacarem antes disso, serei inútil para o senhor.

Gêngis franziu as sobrancelhas, com raiva porque seu general continuava resistindo.

— Esse príncipe tem apenas 60 mil homens, Tsubodai. Eu poderia mandar dois ou três *tumans* e estripá-lo onde ele está. Esse outro assunto me preocupa mais. Você é o único homem que Jochi deixará falar. Ele respeita você.

— Eu sei — disse Tsubodai baixinho. Sentiu-se nauseado, dividido entre a obediência ao cã e a amizade por Jochi. Não ajudou em nada o fato de sua mente tática ver a verdade nas palavras de Gêngis. Tsubodai sabia que poderia chegar perto de Jochi, como ninguém mais poderia. Sentou-se em desespero à margem do lago. Gêngis pareceu sentir seu sofrimento absoluto e deixou o rosto e a voz se suavizarem ligeiramente.

— Você achava que todas as ordens que receberia seriam fáceis, Tsubodai? Que eu nunca pediria algo difícil? Quando um homem é testado? É quando seu cã ordena que ele vá para a batalha, com guerreiros de habilidade e coragem comprovadas? Ou é agora, quando recebe um trabalho que não quer? Você tem a melhor mente de todos os meus generais, Tsubodai. Vou lhe conceder o seguinte: se você conseguir ver outro modo, diga agora e eu farei a tentativa.

Tsubodai já havia considerado e descartado uma dúzia de planos, mas nenhum deles valia sua saliva. Em desespero, tentou mais uma vez:

— Os *tumans* estão se reunindo, senhor. Deixe-me ficar com eles e levaremos a guerra ao príncipe no sul. Sou mais valioso para o senhor lá. Se me mandar para o norte, perderá meu *tuman* também, justo quando precisa de cada homem.

— Demorei mais de um ano para encontrá-lo da primeira vez, Tsubodai. Se meus batedores foram vistos, ele já terá ido embora. Você pode seguir a trilha, mas poderia encontrá-la daqui a um ano? Esta é a hora de pegá-lo discretamente. Você é meu general, mas começarei a guerra sem você se eles vierem. Junte-se a mim quando retornar ou *devolva as marcas de posto que eu lhe dei!*

Sua raiva chegou à superfície nas últimas palavras e Tsubodai quase se encolheu para longe. Os argumentos do cã eram débeis e os dois sabiam disso. Gêngis estava obcecado por castigar Jochi. Esta era a verdade que sussurrava por trás de suas palavras. O cã não podia ser alcançado com argumentos razoáveis quando seu coração estava cheio de amargura. Tsubodai baixou a cabeça, derrotado.

– Muito bem – disse. – Cavalgarei rápido e para longe, senhor. Se o príncipe trouxer seu exército do sul, procure por mim nas montanhas.

CAPÍTULO 33

O BATEDOR MONGOL PRESSENTIA ALGUMA COISA. TINHA SEGUIDO DOIS HOMENS para dentro das montanhas durante três dias inteiros, ficando bem atrás enquanto os observava. Eles o haviam guiado para o fundo do labirinto de cânions e montanhas altas em volta do vale de Panjshir e da cidade afegã de Parwan, com sua fortaleza antiga. Era um terreno difícil, mas o batedor era experiente e conhecia cada centímetro dali. Na escuridão que se aproximava, não conseguiu mais seguir os rastros e procurou um lugar para passar a noite em segurança. Incomodava-o ter perdido a pista dos homens. Algo neles havia provocado sua curiosidade desde a primeira vez que os avistara. A distância pareciam ser das tribos de montanha afegãs, envoltos em roupas para proteger o rosto do sol e do vento. Mesmo assim havia algo estranho neles, e o mongol ficara curioso. No cânion sentiu uma coceira, como se alguém estivesse vigiando. Será que teriam preparado uma emboscada? Era possível. As tribos das montanhas conheciam o território ainda melhor do que ele. Moviam-se como fantasmas quando queriam, e o batedor ficou tentado a recuar e encontrar os rastros de novo quando o sol nascesse. Hesitou, sentando-se imóvel e tentando ouvir algum barulho acima do ruído do vento que serpenteava pelos morros.

Ouviu o estalo de um arco, mas não foi rápido o bastante para se jogar no chão. A flecha o acertou com força no peito, onde não havia armadura para protegê-lo. O batedor grunhiu, balançando-se para trás na sela. Suas mãos seguraram o arção de madeira entre as pernas, mantendo-se ereto enquanto a montaria relinchava, perturbada. Sugou o ar, cuspindo sangue e puxando as rédeas com força. Seus olhos tinham se enchido de lágrimas de dor e ele estava cego enquanto virava a égua, confiando em que ela encontrasse o caminho de saída.

Outra flecha partiu zumbindo da escuridão e o acertou nas costas, rasgando-lhe o coração. Ele caiu com o impacto, deslizando por cima da cabeça da égua. Ela teria disparado, mas homens vieram correndo em sua direção, agarrando as rédeas.

— Ele morreu — disse o arqueiro ao homem que o acompanhava.

Jelaudin pôs a mão em seu ombro.

— Foi um bom trabalho considerando-se a pouca luz.

O arqueiro deu de ombros e tirou a corda do arco, dobrando-a muito bem numa bolsa à cintura. Sabia que era um bom arqueiro, talvez o melhor que o príncipe de Peshawar poderia oferecer. Seu senhor entregara seu serviço a Jelaudin, mas a lealdade do arqueiro era somente para com o príncipe, e não para este homem santo maltrapilho. Mesmo assim, Jelaudin claramente conhecia o inimigo. Pudera prever o movimento do batedor, atraindo-o apenas o suficiente para trazê-lo à mira.

Jelaudin pareceu sentir como corriam os pensamentos do arqueiro, apesar da escuridão do cânion.

— Se tirarmos a visão deles, esses mongóis não são temíveis nem pela metade — disse baixinho. — Deus guiou sua flecha, amigo.

O arqueiro baixou a cabeça em respeito, embora fosse um artesão e se orgulhasse de sua habilidade.

— Poderemos libertar a fortaleza de Parwan, senhor? Tenho um velho amigo que mora na cidade. Gostaria de pensar que poderemos tirá-lo de lá vivo.

Jelaudin sorriu na escuridão.

— Jamais duvide, amigo. Pela manhã os mongóis estarão cegos, com os batedores mortos. Sairemos das colinas e cairemos sobre eles como uma avalanche.

O amanhecer chegava, revelando as terras empoeiradas ao redor de Parwan e da fortaleza que ficava às costas da cidade. Quatro *minghaans* mongóis cercavam a alta torre do castelo, que ficara dos dias em que grupos de bandidos assolavam a região, vindos dos morros. O povo da cidade abandonara suas posses para correr para dentro das muralhas, seguro por um tempo.

Os guerreiros mongóis haviam cercado a fortaleza completamente, sabendo que poderia haver pouca água dentro. Um rio fundo corria pelo vale, e eles podiam dar água aos cavalos livremente enquanto os que estavam na fortaleza sentiam apenas poeira na garganta. Alguns mongóis perambularam pela cidade deserta enquanto esperavam. Outros haviam construído uma ponte atravessando o rio de modo que pudessem caçar nos morros cobertos de florestas, do outro lado. Não tinham pressa. A fortaleza cairia e outro lugar aceitaria um novo governante ou seria completamente destruído. Os oficiais estavam numa preguiça agradável enquanto viam a luz do sol esticar sombras pelo terreno poeirento. Não precisavam da cidade nem de nada que houvesse nela, mas ela ficava numa rota para o oeste e Gêngis havia ordenado que o caminho fosse limpo.

Nos dois anos desde que Gêngis e Tsubodai tinham cavalgado contra os Assassinos, esse tipo de trabalho se tornara comum. Eles sempre tinham homens mutilados ou velhos para cuidar das fortalezas da estrada. O tributo vinha na forma de ouro, escravos ou cavalos, e a cada estação eles tinham um controle mais forte sobre as terras afegãs. Sempre havia alguns que se recusavam a baixar a cabeça para os novos governantes, mas se lutassem eram mortos até o último homem. A antiga torre de pedra em Parwan servia às necessidades dos mongóis e o povo da cidade havia perdido toda a esperança enquanto os dias passavam e o único e pequeno poço ia secando. Não sabiam nada sobre as grandes guerras que aconteciam ao redor, só que uma força sinistra de guerreiros implacáveis esperava do lado de fora da muralha.

O sol nascia quando Jelaudin saiu das montanhas, as palavras da oração do amanhecer ainda frescas nos lábios. Seus melhores rastreadores conheciam essa região melhor do que qualquer batedor mongol vivo, e haviam caçado os infiéis nos vales e cânions, até que o último batedor caiu, sob o olhar de Jelaudin. A força mongol não teria qualquer aviso do ataque. Jelaudin exultou enquanto seus homens iam para o vale de Panjshir, cujo rio brilhava ao sol. Os mongóis mal tiveram tempo de correr para os cavalos antes que o exército árabe estivesse em formação. Ele havia chamado seus homens pela fé e eles o atenderam. Nômades turcomanos tinham vindo, alguns tão bons com um arco quanto os próprios mongóis. Guerreiros berberes cavalgavam à sua esquerda, homens que compartilhavam a fé ainda que não o sangue árabe que corria nas veias de Jelaudin. Árabes verdadeiros, beduínos, persas, até mesmo turcos: ele unira todos aos homens e ao príncipe de Peshawar. Tendo esses homens como núcleo, Jelaudin havia treinado seu exército.

Os mongóis os receberam com flechas zumbindo, mas Jelaudin conhecia o inimigo e todos os seus homens carregavam longos escudos com camadas de madeira e couro curtido. Com o apoio do ouro do príncipe, havia encontrado uma formação que resistia bem aos arcos dos mongóis, e poucos de seus homens caíram nas primeiras malignas saraivadas. À medida que a distância diminuía, Jelaudin cavalgava com coragem absurda, gritando enquanto os mongóis mudavam a mira para seus preciosos cavalos. Estes também usavam as melhores armaduras que Peshawar podia produzir, escamas de metal se sobrepondo aos focinhos longos e peitos. Isso diminuía sua velocidade durante a carga, mas em compensação as flechas não podiam derrubá-los com facilidade.

As fileiras mongóis se formavam diante deles a partir do caos; eles então os acertaram, chocando-se com força espantosa contra homens que não cediam. A última saraivada de flechas havia rasgado os homens de Jelaudin e nem mesmo as armaduras e os escudos podiam protegê-los a tão poucos passos de distância. Jelaudin viu-os cair, mas logo estava no meio do inimigo, sua espada girando. Avaliou mal o primeiro golpe na sua fome de vingança, de modo que a arma se chocou contra o elmo de um guerreiro. Sua velocidade deu força ao golpe e o homem foi voando para trás, sendo pisoteado instantaneamente por cascos. O exército de Jelaudin havia sobrevivido ao primeiro contato, e o centro mongol caiu para trás em confusão.

Jelaudin viu chifres se formando nas laterais e o príncipe de Peshawar estava lá para mandar seus homens por fora, prendendo os chifres quase antes que eles começassem a manobra. Os mongóis nunca haviam lutado contra homens que conhecessem seus truques e táticas tão bem quanto Jelaudin. Ele gritava, maníaco de fúria e júbilo enquanto seus inimigos caíam para trás, as trompas dos batedores fazendo soar o toque de retirada.

Mesmo assim eles lutavam, e a carnificina foi terrível quando os árabes pressionaram de muito perto. Os guerreiros mantinham formação cerrada, recuando em grupos enquanto as fileiras mais próximas cobriam suas costas de flechas e espadas. Jelaudin levantou a mão e arcos se curvaram ao longo de sua fileira de frente. Quando a divisão entre os exércitos se abriu, eles mandaram uma saraivada contra os mongóis, cada homem apontando para os arqueiros inimigos, que não carregavam escudos. Dezenas deles foram mortos e o exército de Jelaudin continuou pressionando, passo a passo, forçando-os de volta para a fortaleza enquanto os cidadãos de Parwan comemoravam nas muralhas.

O rio perto da cidade estava a menos de 1,5 quilômetro de distância quando os mongóis desistiram de lutar, recuando, e correram para a ponte. Jelaudin galopou atrás deles com seus homens, decidido a matá-los. Tinha-os visto triunfar vezes demais para não sentir prazer com aquela visão. Cavalgava com leveza, a brisa fresca no rosto.

Os mongóis não pararam na ponte. Os guerreiros sobreviventes atravessaram a galope sem diminuir a velocidade, arriscando a vida sob a pressão de homens. Foi algo benfeito, e os homens de Jelaudin não hesitaram em segui-los.

Jelaudin viu guerreiros mongóis saltando dos cavalos e usando machados contra as cordas e tábuas da ponte, ignorando os que se aproximavam a galope. Talvez uma centena de seus homens montados haviam atravessado e, com uma clareza terrível, Jelaudin viu que os mongóis pretendiam cortar a força ao meio, deixando os que estavam do lado da fortaleza impotentes enquanto partiam para o resto como cães loucos. A visão de um pensamento tão calmo atravessou seu frenesi e ele puxou as rédeas. Podia direcionar seus homens para matar os que golpeavam os pontos de sustentação da ponte. Se ela aguentasse, ele destruiria as forças mongóis até o último homem, mas se ela caísse muitos de seus homens morreriam. Pensou que tinha feito o suficiente. Havia ferido e sangrado um inimigo que não conhecera a derrota antes. Tirou uma trompa da cintura, pendurada por uma tira. Ela já pertencera a um batedor mongol, mas seus homens estavam preparados para o toque alto.

Os que ainda não haviam chegado à ponte se viraram de volta e formaram fileiras radiantes, já comemorando a vitória. Os que haviam atravessado a ponte se afastaram do inimigo e começaram a recuar pelo rio. Jelaudin observou com orgulho que eles seguiam suas ordens sem questionar, levantando os escudos para receber as flechas que voavam atrás deles.

A ponte caiu, batendo no rio e levantando um enorme jorro de água. Talvez cinquenta de seus homens ainda estivessem do outro lado; Jelaudin correu até a margem, olhando a água lá embaixo. Era funda demais, pensou. Talvez os homens pudessem ter nadado de volta com os cavalos um outro dia, mas não com arqueiros inimigos prontos para pressioná-los enquanto eles forçavam as montarias margem abaixo. Jelaudin levantou a espada numa saudação aos que o olhavam do outro lado do rio, tanto inimigos quanto aliados.

Seus homens retribuíram o gesto e viraram os cavalos, partindo para cima dos mongóis numa última carga. Foram mortos, mas cada homem caiu sem medo, matando o máximo de homens que podia.

As duas forças se encararam, cada uma de um lado do fluxo d'água, ofegantes e ensanguentadas. Jelaudin mal podia descrever o êxtase do momento. Viu o oficial mongol trotar com a montaria até a margem e por um momento os dois se encararam. O mongol deu de ombros para a trilha de mortos que ia até a fortaleza à distância. Em seguida levantou a espada, copiando o gesto de respeito, até finalmente girar a montaria e se afastar. Gêngis ficaria sabendo, e o oficial derrotado não precisava gritar ameaças em nome dele.

– A notícia está sendo repetida em cada cidade, Gêngis – disse Kachiun, amargo. – Até hoje, eles nos consideravam invencíveis. Isto é uma rachadura nessa crença, irmão. Se deixarmos isso sem resposta, mesmo que por uma estação, eles ficarão mais confiantes e mais homens irão para os estandartes de Jelaudin.

– Um ataque bem-sucedido não faz um general, Kachiun. Esperarei o retorno de Tsubodai. – Gêngis fez um gesto irritado em direção à planície aberta que descobrira, 150 quilômetros ao sul do lago onde Kublai e Mongke tinham aprendido a nadar. A nação não podia permanecer por muito tempo num mesmo local. Era difícil de encontrar capim exuberante nas terras árabes, mas o mundo era grande e Gêngis tinha dois lugares escolhidos para ir dentro de um mês. Este era simplesmente o modo de vida de seu povo e ele não pensava a respeito além das decisões rápidas quando chegasse a hora. A voz de Kachiun o irritou, interrompendo seus pensamentos, que giravam em torno de Jochi e Tsubodai. Era verdade que o exército de Jelaudin havia matado mais de mil de seus homens e o acontecimento provocara ondas de inquietação pelas cidades árabes. O primeiro tributo devido pela cidade afegã de Herat não viera, e Gêngis se perguntava se seria um atraso ou se eles haviam decidido aguardar para ver o que ele faria.

Kachiun esperou, e quando Gêngis não disse nada, falou de novo, com a voz dura:

– Os homens que perdemos eram do meu *tuman*, Gêngis. Permita-me pelo menos cavalgar até a área e assustar esse príncipe desgraçado. Se você não me der o exército, deixe-me atacar as fileiras dele, golpeando e desaparecendo à noite, como já fizemos antes.

– Você não deveria temer esses camponeses, irmão. Eu cuidarei deles quando souber que Tsubodai encontrou Jochi.

Kachiun se manteve imóvel, engolindo as perguntas que desejava fazer. Gêngis não havia contado a ele as ordens dadas a Tsubodai, e ele não imploraria para que lhe contasse – embora quisesse muito ficar sabendo. Ainda achava difícil acreditar que Jochi levara seus homens para longe e tentado desaparecer. Os espíritos sabiam que Jochi fora provocado, e às vezes Kachiun só podia xingar a cegueira do pai que o levara a isso, mas a realidade da traição tinha deixado todos perplexos. Ninguém jamais se voltara contra o homem que fizera a nação. Apesar de todos os defeitos, Gêngis era reverenciado e Kachiun mal conseguia imaginar a força de vontade necessária para Jochi arrancar de sua vida tudo que conhecera. Viu Gêngis firmar o queixo obstinadamente, adivinhando seus pensamentos enquanto Kachiun tentava fazê-lo entender.

– Você é aquele que construiu um império neste lugar, Gêngis, em vez de apenas ruínas. Você pôs Arslan em Samarkand e Chen Yi em Merv quando ele veio. Eles governam em seu nome, assim como reis e xás governaram antes naqueles lugares. No entanto, eles ainda são invasores, e sempre haverá quem queira vê-los tirados de lá. Dê a esses árabes um vislumbre de fraqueza em nós e teremos rebeliões em todos os lugares que tomamos. – Ele suspirou. – Estou velho demais para fazer tudo de novo, irmão.

Gêngis piscou lentamente e Kachiun não soube se ele estava escutando de verdade ou não. O cã parecia totalmente obcecado com o filho que se voltara contra ele, talvez porque ninguém mais tivesse feito isso. Todo dia examinava o horizonte em busca de algum sinal de Tsubodai. Era cedo demais, Kachiun sabia. Mesmo que Tsubodai tivesse cavalgado tão depressa quanto batedores leves, mal teria alcançado a terra ao norte, que era aonde Jochi fora. Mais uma vez, Kachiun ficou louco para saber qual fora a ordem dada a Tsubodai. Suspeitava de que sabia, e sentiu pena de Tsubodai. Kachiun sabia que Tsubodai via Jochi quase como um filho. Era típico de Gêngis testar a lealdade do homem até o ponto de rompimento, mandando-o para cumprir a tarefa. Seu irmão sempre fora implacável com os que o rodeavam, assim como consigo mesmo.

Kachiun se preparou para tentar de novo, desesperado para que Gêngis entendesse. Engoliu em seco, percebendo que poderia ter usado Tsubodai. Seu irmão ouvia Tsubodai mais do que a todos os outros e não se demoraria ali enquanto apareciam rachaduras em tudo que ele construíra.

– Eles se contrapuseram aos chifres, Gêngis, girando ao redor. Têm escudos melhores do que qualquer coisa que já vimos, e cavalos com armaduras, que sobrevivem às nossas flechas. Não são os números que eu temo, irmão, e sim o modo como esse Jelaudin os usa. Se você não vem, deixe-me mandá-los de volta. Eles não vão surpreender meu *tuman* com as mesmas táticas. Vamos nos contrapor a *eles* e mandar uma mensagem para qualquer um que imagine que podemos ser derrotados.

Gêngis abriu a boca para chupar um dos dentes de trás.

– Faça como quiser, Kachiun – disse, depois pensou melhor, para não deixar o irmão com autoridade completa para agir. – Leve três *tumans*, o seu e mais dois. Não Ogedai ou Tolui. Os homens deles foram desmamados há pouco e não os quero com você.

Kachiun falou rapidamente:

– Então Jelme. E Khasar.

Gêngis assentiu, olhando para o norte, onde seus pensamentos estavam com Tsubodai.

– Escaramuça, Kachiun, entendeu? Se eles forem tão terríveis quanto ouvi dizer, não quero que você perca seus homens nas montanhas. Sangre-os um pouco, como já fez antes, como fez em Yenking e, depois, contra o xá. Eu irei com Tsubodai.

Kachiun baixou a cabeça, tão aliviado que mal conseguiria exprimir com palavras.

– Farei isso, irmão – disse, depois, quando estava prestes a se virar, parou: – Tsubodai não fracassará. Eu antes achava que você era louco por tê-lo elevado, mas ele é o melhor que já vi.

Gêngis resmungou.

– O problema, Kachiun, é que não sei se quero que ele fracasse ou tenha sucesso.

Viu Kachiun abrir a boca para perguntar o que ele queria dizer e o descartou com um gesto irritado.

– Vá, irmão. Ensine a esses homens do deserto a não mexer comigo de novo.

CAPÍTULO 34

PARADO ENTRE DOIS PILARES DE ROCHA, KACHIUN OLHAVA PARA O VALE DE Panjshir abaixo, vendo as tendas e os cavalos do exército de Jelaudin. A manhã avançada já estava quente e ele suava e coçava preguiçosamente uma axila, onde um furúnculo precisava ser lancetado. Com Jelme e Khasar, tinha cavalgado tão intensamente quanto qualquer batedor, quase matando os cavalos para levar a vingança rápida pela derrota em Parwan.

O exército de Jelaudin sabia que os mongóis tinham vindo. Kachiun podia ver as figuras vestidas com mantos vigiando-os em cada pico, homens que haviam escalado com as mãos rochas verticais de tão íngremes, para chegar aos postos. Um deles estava bem acima de sua cabeça, fora do alcance de qualquer flecha. Kachiun não podia derrubá-los e estava desconfortável sob aquele escrutínio silencioso. Todos os vigias tinham se virado para ele e alguns haviam sinalizado ao exército embaixo usando bandeiras, mantendo Jelaudin informado.

Ali também Kachiun podia ver provas de uma mente a controlá-los, uma mente que por fim aprendera com o inimigo. O acampamento árabe ficava a 5 quilômetros da cidade de Parwan, do outro lado do rio, num trecho de planície aberta bloqueada por montanhas que se erguiam do terreno plano como se fossem lâminas. A posição não permitia emboscadas e não podia ser cercada a cavalo. Não dependia de muralhas, mas Kachiun podia ver que blocos de pedra e estacas de madeira tinham sido arrastados e colocados diante do acampamento inimigo, colocados de modo perfeito para atrapalhar uma carga de cavalaria. Os quadrados das tendas balançavam à brisa da manhã e, justo enquanto Kachiun observava, sinais de bandeiras mandados dos picos fizeram os homens se organizarem em fileiras sólidas. Mostravam a confiança que tinham naquela posição, desafiando os mongóis a cavalgar contra eles.

— Precisamos atravessar aquele rio — disse Jelme junto ao ombro de Kachiun. — Agora que sabemos onde eles estão, podemos procurar um vau.

Kachiun tinha o comando geral dos três *tumans*; assentiu, ainda olhando para o vale enquanto Jelme mandava batedores para encontrar o melhor ponto onde atravessar aquela barreira. Mordeu o lábio ao pensar nisso, sabendo que Jelaudin teria marcado os locais de travessia até 150 quilômetros dali. Não havia chance de um ataque-surpresa quando o filho do xá sabia exatamente de onde eles viriam. Ainda assim, precisavam atravessar. Jelaudin escolhera o local para a batalha. Conhecia a terra; tinha os números e todas as outras vantagens que importavam. De novo Kachiun desejou que Gêngis tivesse mandado mais homens com ele desta vez.

Apertou os olhos na direção do vigia bem lá no alto, muitas dezenas de metros acima de sua cabeça. O homem estava agachado, usando um manto branco, tendo escalado uma face de rocha que subia até praticamente formar uma ponta. Kachiun resistiu à ânsia de mandar guerreiros o derrubarem. O homem podia ter levado dias para chegar àquela posição precária de onde via uma entrada para o vale. Se tinha odres de água e suprimentos, poderia defendê-la contra homens que escalassem até ele durante o tempo que quisesse.

Seu irmão Khasar veio cavalgando até a frente. Kachiun viu que ele também olhou para o sujeito nas alturas.

— Não podemos ficar aqui parados o dia inteiro, irmão — disse Khasar, puxando as rédeas. — Eu poderia descer e destruir aquela cidadezinha, pelo menos. Os árabes poderiam se desanimar ao ver a fumaça subindo.

Kachiun olhou por cima do vale. Os oficiais de *minghaans* que tinham sido derrotados haviam descrito o terreno com grandes detalhes, pateticamente ansiosos para agradar após a vergonha da derrota. Kachiun não podia ver figuras se movendo em nenhum lugar na cidade e presumiu que as pessoas tivessem se retirado de novo para a fortaleza que se erguia acima da planície. Se tivesse pensado que havia o mínimo de sentido, teria mandado Khasar para baixo como uma flecha. Em vez disso, balançou a cabeça.

— O que significa mais uma cidade, para nós ou para eles? Quando tivermos derrotado este inimigo, poderemos tomar a fortaleza como quisermos.

Khasar deu de ombros para a resposta e Kachiun prosseguiu, expondo os pensamentos em voz alta para torná-los claros.

— Ele está confiante, Khasar, com as montanhas às costas.

— Então é um tolo — respondeu Khasar em tom despreocupado.

— Ele *não* é um tolo, irmão. Esse homem nos viu estripar o exército do pai. Conhece nossas táticas e nossos pontos fortes, talvez até nossas fraquezas. Veja como colocou blocos de pedra para interromper nossas filas de lanceiros e arqueiros. Ele está confiante e isso me preocupa.

— Você pensa demais, Kachiun. Quando Jelme tiver encontrado um modo de atravessar o rio, vamos espremê-lo contra aquelas montanhas. Faremos com que ele sirva de exemplo.

Kachiun assentiu, cansado. Gêngis não havia exigido uma vitória rápida, só que ele tirasse o primeiro sangue do inimigo. No entanto, a primeira regra da guerra era não deixar que o inimigo escolhesse o terreno e estabelecesse os termos. Kachiun estalou os nós dos dedos, depois o pescoço, desejando que Tsubodai estivesse ali para iluminar suas ideias.

Não demorou muito para os recrutas de Jelme retornarem, informando sobre um vau raso a apenas 8 quilômetros de distância. Kachiun deu a ordem para os *tumans* se colocarem em movimento e não pôde deixar de olhar para a agitação de bandeiras coloridas sinalizando de um pico para o outro, informando os passos inimigos.

— Eles vêm — murmurou Jelaudin, lendo as bandeiras.

— Eles não têm escolha — respondeu Nawaz.

Jelaudin olhou para o rajá por baixo das sobrancelhas, a cabeça baixa, escondendo o divertimento diante daquele pavão que ele transformara em seu segundo no comando. Sob a armadura, o rajá vestia seda, púrpura e ouro, encimados por um turbante azul-claro. Aos olhos de Jelaudin, Nawaz parecia ter sido vestido por uma prostituta ou um ator, mas ele não duvidava da determinação do sujeito.

De novo Jelaudin examinou as fileiras de seus homens, apesar de já tê-los inspecionado mil vezes. Não havia falhas, tinha certeza. As montanhas protegiam a retaguarda, e as pesadas pedras trazidas das muralhas de Parwan estavam postas em amontoados adiante, exatamente onde atrapalhariam os cavaleiros mongóis. Se o inimigo tivesse mandado alguém até a cidade, teria encontrado grandes trechos das muralhas faltando: foram levados para o outro lado do rio sobre balsas, feitas de madeira tirada das casas. O povo daquele lugar havia sofrido grande perda para fazer esta defesa, mas não se ressentiu com o sacrifício, principalmente porque o exército já trouxera sucesso contra os descrentes. A fortaleza que os abrigava, do outro lado do rio, era longe demais para Jelaudin ver os rostos, mas ele sabia que estavam olhando das alturas. Eles pelo menos teriam uma visão espetacular da luta vindoura.

– Temos até esta tarde, se eles usarem o primeiro vau para atravessar o rio – disse Jelaudin. – Andemos de novo por entre os homens. Alguns estarão nervosos, e será bom para eles verem que estamos calmos e animados.

Seus olhos contradiziam o tom casual, mas Nawaz não comentou, meramente baixou a cabeça e apeou para caminhar com ele.

– Eu havia esperado mais de 30 mil dos inimigos – observou Nawaz enquanto os dois passavam entre as tendas. – São tão arrogantes assim?

Jelaudin assentiu.

– Eles têm motivo para tanta arrogância, amigo. Despedaçaram o exército do meu pai quando ele tinha um número três vezes maior do que o deles. Esta será uma luta difícil, mesmo depois de tudo que fiz.

Nawaz soprou ar pelos lábios, mostrando seu desprezo:

– Esvaziei meu tesouro para lhe dar os escudos e as armaduras que você queria. Em troca, você incendiou o coração dos homens. – Ele viu Jelaudin olhá-lo e continuou: – Não sou tolo. Você os conhece melhor do que ninguém, mas esta noite queimaremos pilhas de mortos deles.

Jelaudin sorriu diante da confiança do rajá. Era verdade que ele conhecia a força que os mongóis eram na guerra. Podia esperar vitória, mas nada era garantido nesta vida.

— Estarei à frente dos homens nas orações de hoje ao meio-dia. Se Alá nos olhar com bondade, despedaçaremos a lenda deste cã, de modo que a força dele sangre. Basta vencer aqui e todas as cidades que estão a olhar e esperar se juntarão a nós para arrancar o sujeito da nossa terra. Basta perder e ele não será desafiado de novo. É isto que está em jogo, Nawaz.

O rajá baixou a cabeça, abismado. Sentia um espanto reverente por Jelaudin, mesmo antes de ele ter feito os mongóis atravessarem a ponte em fuga. Mais do que qualquer coisa, queria impressionar esse homem que ele conhecera na infância, apenas um ano mais velho do que ele. Seu olhar varreu as fileiras de homens que Jelaudin pusera sob uma única bandeira. Turcomanos, berberes, beduínos dos desertos distantes e guerreiros de pele escura de Peshawar, que se destacavam do resto devido à armadura de sua guarda pessoal. Também havia afegãos nas fileiras, homens sérios que tinham descido dos morros com espadas pesadas e curvas. Nenhum deles estava montado para a batalha iminente. Jelaudin escolhera uma posição que tiraria a vantagem dos cavalos mongóis. Seu exército lutaria a pé. Resistiria ou seria destruído.

Ele trabalhara duro nos dias anteriores para preparar a posição, pois sabia que os mongóis não demorariam a reagir. Nawaz havia até mesmo ido com seus homens trazer as pedras de Parwan, desde o outro lado do rio. O rajá esperava que os homens vissem que ele era capaz de pôr de lado a dignidade para trabalhar com eles, mas seus esforços desajeitados tinham feito Jelaudin rir. Nawaz ficou vermelho ao se lembrar das palavras de Jelaudin sobre o orgulho. Ele era um príncipe de Peshawar! Isso lhe era natural, mas o rapaz se esforçava para ser humilde.

Nawaz franziu o nariz quando ele e Jelaudin passaram por uma vala de latrina, com moscas em enxames furiosos enquanto homens jogavam terra de volta no buraco. Jelaudin havia participado até mesmo daquilo, escolhendo o local da vala de modo que ao ser cheia formasse um barranco de terra no flanco direito. Nawaz afastou o olhar dos homens que jogavam terra, mas Jelaudin chamou-os pelo nome e reduziu a vergonha que sentiam por um trabalho tão sujo. Nawaz olhava-o com intensidade febril, tentando aprender tudo que pudesse. Havia gasto o ouro do pai como se fosse água, tudo para equipar o exército. De algum modo isso não bastava, e ele esperava mostrar a Jelaudin que podia comandar e lutar com tanta coragem quanto qualquer um ali.

O sol se movia pelo céu, jogando sombras sobre o exército, que esperava. Essas sombras diminuiriam até chegar a nada à medida que o meio-dia se aproximasse, mas até lá os homens estavam refrescados. Os *tumans* mongóis estariam quentes até atravessarem o rio e voltarem ao ponto onde estavam os árabes. Jelaudin planejara tudo, e assentiu em aprovação para os rapazes que esperavam para correr entre os homens com odres de água quando a luta começasse. Os cavalos estavam em segurança, amarrados na retaguarda, onde não poderiam entrar em pânico e fugir. Viu pilhas de flechas amarradas com barbante, além de novos escudos e espadas aos milhares.

– Não comi esta manhã, Nawaz – disse Jelaudin de repente. – Gostaria de compartilhar um pouco de comida comigo?

Na verdade não estava com fome alguma, mas sabia que seus homens ririam e apontariam ao ver o líder comendo despreocupado enquanto o temido inimigo se aproximava. Nawaz foi na frente, até sua própria tenda, que era maior do que as outras. Era tão opulenta quanto as roupas que ele usava, e Jelaudin sorriu sozinho, de novo, diante da ostentação do príncipe. Quando chegou à entrada, olhou para a planície que escolhera para vingar o xá de Khwarezm, à procura de qualquer coisa fora de lugar ou que pudesse ser melhorada. Não havia nada. Só restava esperar.

– Mande seus serviçais trazerem a comida aqui para fora, Nawaz – murmurou ele. – Deixe que os homens me vejam sentado como um deles, mas faça com que a refeição seja simples, como seria a deles.

O rajá de Peshawar baixou a cabeça, entrando rapidamente na tenda para cumprir a ordem de Jelaudin.

O vau havia encharcado os *tumans*, que atravessaram produzindo jorros de água lamacenta, mas o sol os secou enquanto eles cavalgavam 8 quilômetros de volta até o vale de Panjshir. O sol passara bastante do meio-dia quando eles voltaram a enxergar o inimigo à distância. Kachiun fez seu cavalo andar até a frente dos três *tumans*, conservando a força do animal enquanto Jelme e Khasar iam ao seu lado.

— Será uma luta dura, irmão — disse Kachiun a Khasar. — Siga minhas ordens e esqueça qualquer pensamento de uma vitória fácil.

Khasar deu de ombros, enquanto o vale se abria diante deles. Tinham encontrado outra entrada para a planície central, mas ali também havia um homem num pico, e este ficou de pé para levantar uma bandeira que podia ser vista a quilômetros de distância. O rio corria à esquerda deles enquanto trotavam na direção do acampamento de Jelaudin. Os três generais podiam ver que o exército árabe estava a pé, numa tigela que atravessava a terra. Sessenta mil homens de pé eram uma visão formidável, e os mongóis cavalgavam em concentração séria, olhando para seu general à espera de ordens.

Kachiun sentiu a bexiga se encher enquanto atravessava a planície. Numa cavalgada longa ele simplesmente teria deixado o líquido escorrer pelo flanco do cavalo. Com o inimigo tão perto, fez uma careta e prendeu-o, para não deixar os homens pensarem que fazia isso por medo.

Quando as fileiras do inimigo estavam a cerca de 1,5 quilômetro de distância, Khasar e Jelme cavalgaram de volta diante da vanguarda dos *tumans*, até suas posições. Eles haviam acompanhado Kachiun até o rio e de volta, e os dois sabiam o que tinham de fazer. Pelo menos nisso Kachiun sabia que era bem servido. Levantou a mão, ao que 30 mil guerreiros passaram a um trote. Adiante, a primeira fila de Jelaudin levantou espadas e escudos, com as lâminas pesadas descansado nos ombros e brilhando ao sol que se movia para o oeste.

Kachiun olhou os blocos de pedra cobrindo o terreno aberto adiante. Não sabia se Jelaudin havia cavado valas na frente de seus homens, e torturava-se tentando adivinhar onde eles poderiam ter sido postos. Deveria deixar o centro aberto e se concentrar apenas nos flancos? Era enlouquecedor pensar que Jelaudin conhecia suas táticas. Certamente ele esperaria a formação de chifres; nesse caso, Kachiun deveria mandar os *tumans* pelo centro. Isso deixaria seus próprios flancos vulneráveis — ele sentiu as axilas esfriando com o suor que escorria enquanto cavalgava. Seus generais conheciam o plano, mas estavam prontos para qualquer coisa; ele poderia mudar as ordens, até o momento em que se chocassem contra o inimigo.

Jelaudin tinha visto Gêngis lutar, disse Kachiun a si mesmo. Um ou dois dos flancos teriam armaduras no caminho. A 800 metros, teve uma certeza súbita disso. Esse príncipe achava que estava seguro numa posição onde não podia manobrar. Kachiun decidiu mostrar-lhe a falha nisso.

— Giro amplo à direita! — gritou, levantando o braço e desenhando um círculo no ar. Os batedores próximos levantaram estandartes vermelhos para o lado direito e os *tumans* fluíram. Atacariam apenas o flanco direito, mandando tudo que tinham contra essa parte do exército de Jelaudin. Que o resto se enervasse, esperando atrás de suas pedras e seus espetos.

Era necessário anos de treino para mover tantos homens sem que cada fileira atrapalhasse as outras. Os mongóis conseguiam isso como se não fosse nada, os *tumans* deslizando para uma nova formação longe, na lateral do inimigo. Eles aumentaram a velocidade até um meio-galope, acompanhando a velocidade de Kachiun e retesando os arcos. À retaguarda, uma nuvem de poeira subia a ponto de lançar sombra pelo vale. Com o sol por trás, eles cavalgavam com a escuridão das sombras fugindo adiante.

Kachiun viu os inimigos brandindo as espadas com raiva enquanto ele passava trovejando pelas primeiras pilhas de pedras à esquerda. Se comandasse os homens de Jelaudin, já os teria feito avançar como uma porta se fechando sobre os *tumans*. No entanto, eles ficaram parados, seguindo as ordens.

A quatrocentos passos Kachiun começou a cantar em voz alta a distância que se encolhia a uma velocidade aterrorizante. Cavalgava na quinta fileira, visando manter-se vivo para dirigir a batalha. Seu coração martelava no peito e a boca estava seca pois se obrigava a respirar pelo nariz, bufando a cada respiração. Os três *tumans* corriam para o inimigo. Haviam feito um desvio tão amplo que atacariam quase ao longo da fila de morros.

As primeiras fileiras bateram em trincheiras escondidas com juncos do rio e terra solta. A pleno galope, os cavalos caíram com violência, fazendo os cavaleiros voarem. Alguns ficaram com os pés presos nos estribos e deslocaram as pernas. O exército de Jelaudin rugiu de júbilo, mas os mongóis se recuperaram depressa. Mais de cem homens haviam caído, porém os que continuavam vivos se enrolaram como bolas e usaram as montarias para se proteger enquanto as fileiras de trás saltavam por cima. Mais alguns caíram ao avaliar mal a barreira de cavalos tombados, mas a fileira praticamente não diminuiu a velocidade. Nenhum outro exército poderia ter disparado flechas na faixa de terra entre as trincheiras e o inimigo. Os mongóis mandavam saraivadas densas como moscas contra o inimigo, derrubando-o de costas. Quando chegaram às fileiras de espadas, alguns guerreiros largaram os arcos, enquanto a maioria demorava um momento para prender a arma num gancho de sela, desembainhando uma espada com a outra mão. Não pensavam nos mortos que haviam deixado para trás nas trincheiras, só em vingá-los.

A fileira se chocou aos berros contra os soldados de Jelaudin, em alta velocidade. O peso e o poder dos cavalos tão perigoso quanto a força das lâminas. Os mongóis usavam suas montarias sem piedade, como aríetes para quebrar as linhas.

Kachiun via as lâminas curvas dos árabes reluzindo à luz do sol enquanto resistiam. Seus *tumans* tinham derrubado apenas uma pequena parte da fileira, e quase metade de seus homens não conseguia sequer empunhar as armas. Em vez disso, eles atiravam flechas sobre suas próprias colunas, as setas negras subindo e indo cair em algum lugar em meio ao inimigo. Eles atacaram a força árabe, mas como Kachiun sabia, os escudos inimigos eram benfeitos e sua disciplina, firme. Ele viu escudos levantados sobre as cabeças, formando uma parede contra as flechas que caíam, enquanto os homens se abrigaram sob elas em segurança.

Os homens de Jelaudin lutaram com fúria e disciplina conforme eram passo a passo forçados para trás sobre seus próprios mortos. A carga mongol perdeu velocidade contra suas fileiras bem-armadas, e as espadas curvas ainda golpeavam em uníssono. Guerreiros eram arrancados das selas e, para horror de Kachiun, ele viu seus homens empurrados para trás enquanto os árabes cercavam qualquer guerreiro como a uma ilha no mar.

O restante do exército de Jelaudin começou a avançar contra ele. Eles haviam abandonado a segurança de suas posições, mas se locomoviam em ordem e não em uma corrida desabalada. O flanco mais distante se posicionou à frente e Kachiun praguejou. Sua coluna havia penetrado apenas uma das partes do inimigo e ele tateou a trompa em seu pescoço para alertar sobre o fracasso da última investida. Quando ele soprou, Khasar respondeu, recuando seus homens com uma simples ordem que se espalhou pela cadeira de comando. Kachiun viu seu olhar questionador e apontou para a horda de homens que inundava a planície. Os homens de Jelaudin sabiam onde ficavam as trincheiras, e passavam sobre elas praticamente sem se deter. Em questão de instantes, eles teriam cercados os *tumans* mongóis e então a carnificina começaria de verdade.

Khasar tinha 10 mil arqueiros, cada um com uma aljava de trinta flechas às costas. Eles se formaram na linha mais ampla que conseguiam, mas a borda da frente foi rapidamente sugada para a luta contra o flanco. O resto retesava os arcos contra os que marchavam em sua direção. Khasar baixou o braço e mil flechas morderam o ar, batendo em armaduras e homens. Outra saraivada se seguiu instantaneamente, e mais outra.

Kachiun gritou de frustração ao ver as fileiras árabes estremecendo. Centenas deles caíram, mas caminhavam com os escudos erguidos e meramente grunhiam ao receber os disparos. Kachiun estava exposto e pela primeira vez temeu de fato a derrota.

Tocou a trompa de novo, uma nota dupla e repetida que faria seus homens fugirem. Os que estavam mais perto partiram primeiro, mas a ordem se espalhou como uma onda pelos *tumans*. Khasar gritou de raiva, mas depois ele também virou o cavalo para longe do inimigo e recuou.

As forças árabes uivaram de triunfo ao ver o inimigo fugir. Milhares tentaram matar os mongóis que cavalgavam para longe, correndo atrás deles com espadas erguidas, prontas para um golpe maligno. Kachiun esperou o resto, certificando-se de não cavalgar tão depressa a ponto de deixar todos para trás. A falsa retirada teria sido mais fácil contra homens montados, quando cada um cavalgava sozinho num louco frenesi sedento de sangue.

Kachiun respirou fundo quando um novo sinal de trompa soou na planície. Não era um dos seus. Para sua perplexidade, viu as fileiras de árabes parar em meio à corrida, hesitando, e voltar. Um príncipe espalhafatoso no meio das fileiras havia tocado a nota e eles desistiram instantaneamente da perseguição. Kachiun já estivera planejando o ponto em que iria se virar e cortá-los em pedacinhos, longe da proteção do terreno que tinham preparado. Em vez disso, eles se organizaram de novo na posição inicial e os *tumans* foram deixados sozinhos na planície, ofegantes e ensanguentados em meio à frustração.

Somente alguns árabes demoraram demais para reagir e foram mortos por guerreiros mongóis. O resto permaneceu em fileiras sólidas e gritou insultos, levantando as espadas e os escudos como se desafiasse os inimigos a ir pegá-los. Kachiun podia ver a expressão pasma de Khasar quando os dois irmãos se encontraram a 800 metros do campo de batalha.

— Jelaudin — disse Khasar, ofegando —, aquele desgraçado nos conhece bem demais.

Kachiun assentiu, sério. O filho do xá tinha visto falsas retiradas contra o pai, por isso se preparara. Os mongóis tinham sido levados a parecer idiotas, correndo do inimigo, e ele lutou para encontrar a calma de que precisava.

O sol se movera até uma distância espantosa durante a luta, de modo que as primeiras sombras da noite saltavam dele quando apeou e virou um odre de água na boca. Havia tempo para outro ataque, mas Jelaudin tinha pensado à frente dele em cada passo, e sua confiança fora despedaçada. Khasar sentiu a confusão no irmão e falou de novo, pois precisava que o irmão começasse a pensar:

— Que tal assumir uma posição fora das linhas deles esta noite e mandar flechas? Isso pode atraí-los para longe dos morros que têm às costas.

Kachiun balançou a cabeça.

— Sem nenhuma outra ameaça, eles só iriam se juntar embaixo dos escudos. As flechas seriam desperdiçadas.

— Então *o quê*, irmão? Deixá-los com a vitória? — perguntou Khasar. Seus olhos se arregalaram de choque quando Kachiun não respondeu. — Você deixaria esses camponeses que estupram cadelas ficarem com a vitória?

— A não ser que você tenha uma ideia melhor — reagiu Kachiun rispidamente.

Khasar olhou-o boquiaberto e os dois levantaram os olhos, agradecidos, quando Jelme se aproximou, coberto de poeira.

— Eles estão separados do rio, pelo menos — disse Jelme. — Os suprimentos de água que têm, seja qual for a quantidade, devem acabar em algum momento. Podemos esperar.

Khasar pareceu sentir desdém pela ideia.

— Gostaria que Tsubodai estivesse aqui — disse. — Ele não admitiria que ficássemos esperando um inimigo morrer de sede ou de velhice.

Kachiun fez uma careta, mas pensava o mesmo.

— O negócio é o seguinte — disse ele. — Nenhum truque nem manobra. Somente arcos e espadas contra um inimigo duas vezes maior do que nós.

— É só isso que você tem a oferecer? — perguntou Khasar, incrédulo. — Gêngis arrancaria seus polegares por causa de um plano desses. Perderíamos mais de metade dos nossos homens.

— Nunca enfrentamos nenhum inimigo como este, Khasar, e *precisamos* vencer. — Ele pensou por um momento enquanto os outros dois o observavam ansiosos. — Se eles não deixarem a posição, podemos nos aproximar lentamente, limpando o terreno. — Kachiun levantou os olhos e viu a confiança retornar.

— Arqueiros na frente para mantê-los abaixados e sob os escudos enquanto avançamos. Lanceiros logo atrás, prontos para fazer uma carga. Sem os buracos e as pedras, eles não passam de um exército de soldados a pé. Vamos matá-los. — Ele olhou para o sol que se aproximava dos morros a oeste e fez uma careta. — Mas não será hoje. Devemos esperar o amanhecer. Mandem os homens descansarem e comerem e cuidarem dos ferimentos. Amanhã seremos todos testados, mas não podemos fracassar neste local.

Quando Khasar falou, sua voz não tinha nada da zombaria de sempre:

— Irmão, você deve mandar homens a Gêngis. Faça com que ele mande reforços.

— Ele não poderia nos alcançar em menos de meio mês, Khasar.

— Então vamos esperar! Vamos esperar e ver esses camponeses ficarem com sede enquanto bebemos do rio deles.

Jelme pigarreou e os dois ficaram aliviados em deixar que outro rompesse a tensão entre eles.

— As perdas seriam menores se tivéssemos o resto dos *tumans*. Isso é verdade.

Kachiun sabia que era um bom conselho, mas cada parte dele queria retomar a batalha. Não conseguia se lembrar de já ter sido forçado a uma situação daquelas, e isso o irritava. Pragueou durante um tempo, em três línguas.

— Desgraçados do inferno! Muito bem, mandarei cavaleiros a Gêngis.

Khasar sabia que a decisão custara orgulho ao irmão, e pela primeira vez optou por não zombar dele, meramente batendo-lhe no ombro.

— O objetivo da guerra é vencer, Kachiun. Não importa como fazemos isso, ou quanto tempo dure. Quando Gêngis chegar, eles estarão com a garganta seca como galinhas ao sol. Vou gostar do que vier depois disso.

Quando chegou o amanhecer do dia seguinte, trazendo consigo uma luz cinzenta ao vale de Panjshir, os mongóis se levantaram do acampamento do outro lado do rio, onde não podiam ser atacados à noite. A princípio Kachiun não entendeu por que seus batedores, homens de olhos afiados, estavam gritando. A noite fora gelada e ele havia dormido com os braços enfiados num dil vestido por cima da armadura. Puxou as mangas para liberar a mão com que segurava a espada, procurando a arma por instinto enquanto os batedores vinham correndo.

— É um ataque? — perguntou, ainda entorpecido de sono e frio. O batedor parecia aterrorizado por ter de dar a notícia.

— Não, general. O inimigo foi embora à noite. A planície está vazia.

Kachiun sentiu o corpo frouxo. O vale de Panjshir era um labirinto de fendas e passagens de todos os lados. Os homens de Jelaudin deviam conhecer todas.

Sua mente se voltou para os batedores que mandara cavalgando até Gêngis na tarde anterior. Não tinha se saído bem no vale de Panjshir e agora precisaria mandar mais homens ainda para manter Gêngis informado. Pior ainda era o pensamento que ele não verbalizou: que os homens de Jelaudin haviam levado consigo outra vitória para os morros.

Era uma terra difícil para se rastrear um inimigo em movimento. A perspectiva de procurá-lo no labirinto de pedras e vales que formavam aquela parte do mundo o deixou nauseado de fúria. Não importava que tivesse a maior parte de suas forças intactas. O inimigo os vira recuar. Kachiun engoliu em seco enquanto percebia que deixara sair do vale uma fagulha que poderia incendiar o mundo. A notícia de que os mongóis podiam ser derrotados iria se espalhar e, gostasse disso ou não, Gêngis teria de ser informado.

– Mandem os rastreadores – disse rispidamente. – Temos de alcançá-los.

CAPÍTULO 35

A NEVE CAÍA EM REDEMOINHOS AO REDOR, MAS TSUBODAI GOSTOU DO FRIO. Tinha nascido num lugar assim e a temperatura combinava com o entorpecimento que sentia desde que aceitara a ordem do cã. Seu rosto estava vítreo, com o gelo formado na respiração se juntando no lábio superior, não importando quantas vezes o esfregasse.

Com 10 mil homens às costas, não havia tentado esconder sua presença. Jochi não era idiota, e ele suspeitava de que o rapaz sabia exatamente onde o *tuman* estava. Tsubodai achava que existia uma chance de encontrar apenas um acampamento abandonado, e então ele seria obrigado a caçar o filho do cã através da paisagem congelada sob o sol. Certificou-se de que seus estandartes fossem mantidos no alto, faixas de um amarelo brilhante de seda que seriam visíveis por quilômetros adiante. Jochi saberia que um *tuman* viera procurá-lo, mas também saberia que Tsubodai era quem o comandava.

Tsubodai baixou a cabeça, apertando mais o dil que usava por cima da armadura. Seus dentes chacoalhavam e ele trincou-os. Não parecia ter a força da qual se recordava, de quando era garoto, e se perguntou se a mudança do calor para o frio havia roubado parte de sua resistência. O corpo precisava se acostumar a esses extremos, mesmo os que haviam nascido para o inverno.

Tinha sofrido uma luta interna por causa das ordens recebidas durante toda a viagem para o norte, subindo montanhas e cavalgando por vales vazios, além de passar por cidades que dormiam no escuro. Aquela não era uma jornada de conquista, portanto ele e seus homens ignoravam povoados maduros. Tinham tomado ovelhas e cabras sempre que encontravam, mas isso era apenas bom senso e necessidade de carne fresca. Os mil homens precisavam ser alimentados, não importando para onde cavalgassem. Seus pôneis haviam nascido para a neve e pareciam se ajustar mais depressa do que os homens que os montavam, usando os cascos para escavar o gelo até o capim sempre que tinham permissão de descansar.

O batedor que encontrara Jochi cavalgava logo à frente de Tsubodai. Durante 38 dias de viagem intensa ele havia sido um companheiro quase silencioso. Agora Tsubodai viu que o homem ficara alerta, sua cabeça se virando constantemente. Tinham cavalgado por mais de 1.500 quilômetros desde que deixaram Gêngis, usando com cuidado as montarias de reserva. Por fim estavam perto e nenhum deles sabia como seriam recebidos. O primeiro sinal de Jochi poderia ser um povoado vazio ou uma canção de flechas vindo da brancura. Mesmo assim continuavam em frente, e o general lutava consigo mesmo, fazendo e descartando uma dúzia de planos a cada dia. Às vezes se atormentava com a visão de quando encontraria o rapaz que ele havia criado e treinado durante três anos, boa parte passada quase tão ao norte quanto agora. As lembranças eram fortes e ele se pegava ansioso para ver Jochi outra vez, assim como um pai poderia querer ver o filho. Repassava conversas inteiras na cabeça, uma depois da outra, mas elas não lhe traziam paz.

Quando seus batedores trouxeram um estranho de volta para o *tuman*, foi quase um alívio estar chegando ao fim da jornada, mas sentiu o estômago apertar. Não estava pronto para o que viria, mesmo depois de tanto tempo de espera.

Não reconheceu o homem, mas ele usava armadura mongol e um dil por cima, como Tsubodai. E mais: possuía um ar de autoridade enquanto cavalgava entre dois batedores e não baixou a cabeça ao chegar a Tsubodai. Tinha de ser um oficial de *minghaan*, presumiu Tsubodai, olhando sem piscar enquanto o estranho era desarmado e recebia permissão de chegar perto. O *tuman* parou e o vento cegante pareceu se intensificar ao redor, uivando pela terra e arrastando neve solta ao redor dos cascos dos cavalos.

— General Tsubodai — disse o homem, cumprimentando-o —, vimos seus estandartes.

Tsubodai não respondeu. O homem não teria autoridade para agir por conta própria, e ele meramente esperou para saber como Jochi agiria.

— Devo lhe dizer que não é bem-vindo, general — continuou o oficial. Os guerreiros em volta de Tsubodai levantaram a cabeça diante do desafio presente nas palavras, mas o homem não se abalou. — Não temos disputas com o senhor, de modo algum, principalmente com o senhor; mas por respeito pedimos que dê meia-volta e deixe este lugar.

Tsubodai franziu os lábios, sentindo o gelo se rachar ao grudar-se a ele.

— Seu senhor disse mais do que isso, *minghaan* — disse ele. O oficial piscou e Tsubodai soube que havia adivinhado corretamente o posto do homem. — O que ele lhe disse para fazer caso eu não fosse embora?

O oficial pigarreou; havia sido lembrado subitamente de que falava com o homem mais reverenciado da nação, depois de Gêngis. Apesar da tensão, sorriu brevemente:

— Ele disse que o senhor não iria embora, que me faria esta pergunta, quase palavra por palavra.

— E então? — perguntou Tsubodai. Podia sentir o frio penetrando no corpo e estava cansado de viajar. Sua mente estava entorpecida e ele queria sair do vento.

— Ele me disse para dizer que não estará lá quando o senhor chegar. Se cavalgar contra nós, não encontrará nada. Nem o senhor pode nos rastrear na neve, e conhecemos esta terra. O senhor começará uma caçada que irá levá-lo para cada vez mais longe do cã, mas será tempo perdido. — O homem engoliu em seco, com o nervosismo crescendo por dentro enquanto permanecia montado imóvel sob o olhar dos guerreiros de Tsubodai. Juntou coragem para continuar: — Disse que o senhor o ensinou bem e que não sobreviverá à caçada, se começá-la.

Tsubodai levantou a mão para impedir os que queriam avançar e matar o mensageiro. Um bom número deles desembainhou espadas com mãos entorpecidas pelo frio, ficando com raiva em nome de Tsubodai. O momento viera, e ainda que doesse mais do que o frio, ele sabia exatamente como alcançar Jochi.

— Não vim caçar, *minghaan*. Leve-me a um lugar onde meus homens possam fazer acampamento, comer e descansar. Depois irei sozinho com você. Você me levará até ele.

A princípio o oficial não respondeu. Os que estavam com Tsubodai começaram a clamar para ele, exigindo o direito de protegê-lo entre seus inimigos. Ele balançou a cabeça e os homens silenciaram.

— Ele me receberá, *minghaan* — continuou Tsubodai. — Ele disse isso? Que me receberia se eu fosse sozinho? Eu o treinei. Ele deveria ter pensado nisso antecipadamente.

O oficial baixou a cabeça. Suas mãos tremiam enquanto ele segurava as rédeas, mas não era de frio.

— Eu o guiarei, general — respondeu.

Passou-se outra noite e um amanhecer antes que Tsubodai e o oficial de *minghaan* entrassem devagar com os cavalos no acampamento de Jochi. Com o instinto de anos, o general não pôde deixar de procurar as defesas. Eles haviam escolhido um local cercado por florestas densas e morros cobertos de árvores. Até mesmo o caminho para lá serpenteava em neve recente caída no caminho entre árvores antigas. O respeito de Tsubodai pelo batedor que os encontrara aumentou significativamente. Ele recomendaria o homem, caso vivesse para retornar ao seu *tuman*.

Havia iurtas ali, as paredes de feltro grosso muito melhores do que pedra ou madeira para manter o frio do lado de fora. Uma paliçada de madeira protegia o povoado contra os ventos mais fortes. Ao passar por um trecho aberto, Tsubodai pôde notar ovelhas e cabras em cercados de madeira, formando grupos esbranquiçados. Os números eram pequenos e ele não ficou surpreso ao ver cabanas de madeira feitas de troncos de pinheiro amarrados e presos com travas. Subia fumaça delas, e o povoado tinha uma sensação de calor e aconchego que agradou a Tsubodai. Ele havia crescido num lugar assim, cada casa separada da outra pelas trilhas congeladas e lamacentas.

Sua chegada não passara despercebida. Homens cujo rosto ele reconhecia vagamente estavam de pé observando-o. Sua capacidade de memória era lendária entre as tribos, mas longe dos *tumans* só conseguia lembrar sussurros de nomes, nenhum com força suficiente para dar-lhe certeza. Alguns faziam questão de continuar seu trabalho enquanto o general passava, mas a maioria ficava parada, olhando, quase com desejo ao se lembrarem de um mundo diferente. Viu pilhas de peles curtidas, com outras frescas sendo aparadas e lavadas em tanques de madeira. Para sua surpresa, também viu mulheres de pele clara, algumas até mesmo grávidas. Elas trabalhavam tanto quanto os homens para fazer a vida naquele povoado gélido, e não levantaram os olhos quando ele passou. O nome Tsubodai nada significava para elas.

Jochi estava esperando junto à porta de uma casa de troncos, uma construção atarracada e pequena, mas de aparência sólida comparada com as iurtas. Seus ombros estavam mais fortes do que Tsubodai recordava, talvez pelo trabalho duro de criar o povoado. Tsubodai sentiu o coração acelerar de prazer ao vê-lo, apesar das circunstâncias. Teria instigado a montaria num trote, mas o oficial de *minghaan* estendeu a mão e pegou suas rédeas antes que ele pudesse fazer isso. Sob o alerta silencioso do homem, Tsubodai apeou, observado o tempo todo por Jochi.

O general manteve a expressão fria enquanto deixava que dois guerreiros o revistassem à procura de armas. Foram muito meticulosos, inspecionando o forro do dil e removendo qualquer borda afiada de sua armadura, mesmo que tivessem de cortar as amarrações com facas. Ele suportou a inspeção sem olhá-los. Um deles puxou bruscamente para soltar um pedaço de ferro da armadura e Tsubodai virou o olhar para o sujeito, fazendo-o ruborizar enquanto terminava o trabalho. No fim havia uma pilha de escamas de bordas afiadas jogadas na neve, junto com a espada e duas adagas no topo de tudo. A lona pesada por baixo da armadura foi revelada em muitos lugares e parte de sua dignidade fora retirada. Só então Jochi avançou, enquanto seus homens ficavam perto com espadas prontas para decepar a cabeça do general.

– Você não deveria ter vindo, Tsubodai – disse Jochi. Seus olhos estavam cheios de brilho, e por um instante Tsubodai pensou ter visto afeto, que rapidamente foi esmagado.

— Você sabia que eu viria — respondeu Tsubodai. — Embora vá abandonar este lugar quando eu for embora.

Jochi olhou ao redor.

— Eu achei que valeria a pena, mas muitos dos meus homens queriam que você fosse morto na floresta. — Ele deu de ombros. — Tenho outros locais escolhidos, bem longe. Vamos reconstruir. — Seu rosto endureceu. — Mas você já me custou muito, Tsubodai, só porque sabia que eu iria deixar que viesse a mim.

Tsubodai se manteve parado, sabendo que um único movimento brusco acabaria com sua vida. Além do homem com espada às suas costas, não duvidava de que haveria arqueiros com a mira fixa nele.

— Então tenha certeza de que não é um desperdício, Jochi. Faça com que eu seja bem-vindo no seu acampamento e vamos conversar.

Jochi hesitou. O sujeito diante dele era um dos seus melhores amigos, um homem que ele respeitava acima de todos os outros. Mesmo assim não conseguia afastar o sentimento de pavor que vinha com sua presença. Não poderia ser mais esperto do que Tsubodai, e era difícil esmagar um sentimento de medo cada vez maior.

— É bom ver você — disse Tsubodai gentilmente.

Jochi assentiu.

— Você também, velho amigo. Você é bem-vindo no meu acampamento. Tome chá com sal comigo. Vou deixá-lo viver por enquanto.

Jochi dispensou os guerreiros e Tsubodai subiu dois degraus de madeira que mantinham a casinha longe do chão enlameado. Jochi recuou para deixá-lo entrar primeiro, e Tsubodai foi para o cômodo pequeno que havia após o da entrada.

Quando Jochi fechou a porta, Tsubodai captou um vislumbre de homens armados se reunindo do lado de fora. A mensagem era suficientemente clara e ele tentou relaxar enquanto uma chaleira de ferro começava a sibilar no fogão e Jochi servia chá aguado, acrescentando leite e uma pitada de sal que pegou de uma bolsa pendurada junto à porta. Havia apenas uma cama baixa naquele lugar, e Tsubodai sentou-se num banquinho, tomando goles da tigela de chá e gostando de como o líquido aliviava o frio no peito. Jochi parecia nervoso e ele segurava o chá com as mãos trêmulas.

– Minha mãe está bem? – perguntou Jochi.

Tsubodai assentiu.

– Ela fica ótima em terras quentes, mais do que a maioria de nós. Seus irmãos também estão ficando mais fortes a cada ano. Ogedai agora tem um *tuman* e Tolui também, embora os guerreiros dele sejam apenas garotos. Eu não gostaria de vê-los lutar. Seu pai...

– Não me importo em saber como meu pai está, Tsubodai – reagiu Jochi rispidamente, interrompendo-o. – Ele mandou você para me matar?

Tsubodai se encolheu como se tivesse queimado os lábios. Com cuidado, pousou ao lado a tigela ainda pela metade. Pensara muitas vezes nessa conversa, mas nada poderia tê-lo preparado para o sentimento de desolação ao ver Jochi de novo. Nesse momento teria dado tudo para estar longe, cavalgando em outras terras para o cã.

– Gêngis me deu ordens difíceis, Jochi. Eu não as queria.

– Mas mesmo assim está aqui, como o fiel cão de caça dele – disse Jochi sem suavizar o tom. – Diga o que ele quer de mim.

Tsubodai respirou fundo.

– Você não tem nem 7 mil homens, Jochi. Eles não podem enfrentar meu *tuman*. O destino deles depende do que devo pedir a você.

Jochi ficou imóvel como pedra, não lhe revelando nada, até que Tsubodai prosseguiu:

– Se você voltar sozinho, eles serão deixados em paz. Se não voltar, devo matar todos.

– Se *conseguir* – disse Jochi, a raiva chamejando nele.

– Você sabe que eu consigo.

– *Não* se eu mandar matá-lo aqui, general. Eu conheço esta floresta. Meus homens lutarão por seus lares.

– Se você violar a trégua – disse Tsubodai baixinho –, os meus lutarão para me vingar. Pense nisso como um líder, Jochi. Você os trouxe para cá, para longe de seu pai. Eles olham para você em busca de honra e vida. Está disposto a ver todos mortos?

Jochi se levantou, sua tigela de chá caindo no chão e se despedaçando.

– Você espera que eu volte para ser trucidado por meu pai? Que deixe tudo que construí aqui? Está louco.

— Seu pai não quer os seus homens, Jochi. Ao traí-lo, você o feriu publicamente. Ele não se dará ao trabalho de caçá-los se você voltar. Sim, você vai morrer; esperava que eu mentisse? Será executado para servir de exemplo para qualquer outro homem que possa se voltar contra ele. Mas seu povo será deixado em paz. Quando eles deixarem este acampamento, ninguém mais virá atrás deles, pelo menos enquanto eu viver.

Ele também se levantou para encarar Jochi, sua expressão ficando séria.

— Você os levou a isto, Jochi. Você tem a vida deles nas mãos. Eles serão mortos; ou você irá comigo e eles viverão. Esta é a escolha que deve fazer, e faça-a agora.

O peito de Tsubodai estava apertado ao ver a agonia do outro. Ele também a sentia, mas, assim como Jochi, não tinha outra escolha. Viu o espírito de luta abandonar Jochi, que se pôs numa respiração lenta e se deixou cair frouxo, sentando-se na cama. Seus olhos estavam mortos; ele olhava para o nada.

— Eu deveria saber que meu pai jamais me deixaria ir — disse quase num sussurro. — Eu lhe dei tudo, e ele ainda assim assombra meus passos.

O sorriso cansado que ele virou para Tsubodai quase partiu o coração do general.

— O que é uma vida, afinal de contas, Tsubodai? Mesmo que seja a minha?

Jochi empertigou as costas e esfregou as mãos com força no rosto, para que Tsubodai não visse o brilho das lágrimas em seus olhos.

— Este é um lugar bom, Tsubodai. Nós até começamos a comerciar peles, vendendo para outros lugares. Meus homens encontraram esposas em ataques a povoados e em pouco tempo haverá crianças aqui que nunca ouviram o nome de Gêngis. Pode imaginar isso?

— Posso. Você criou uma vida boa para eles, mas há um preço a pagar por isso.

Jochi encarou-o em silêncio por longo tempo. Por fim fechou os olhos.

— Muito bem, general. Parece que meu pai mandou o homem certo para me levar de volta.

Ele se levantou, recuperando parte da postura enquanto abria a porta e deixava o vento jorrar para dentro do cômodo pequeno.

— Recolha suas armas, general — disse apontando para a pilha na neve.

Ao redor, muitos homens haviam se reunido. Quando viram Jochi, seus rostos se iluminaram. Tsubodai saiu, ignorando os homens hostis enquanto se curvava para pegar a espada e as adagas. Deixou as escamas de armadura quebradas onde estavam, prendeu o cinto da espada e enfiou as adagas nas botas. Não olhou enquanto Jochi falava aos seus oficiais superiores. Não achava que conseguiria suportar. Seu cavalo estava pronto, as rédeas seguras por um estranho. Tsubodai assentiu para ele por hábito ao montar, mas o homem não estava olhando para ele.

Virou-se para ver Jochi se aproximando. O rapaz parecia cansado e, de algum modo, menor, como se algo lhe tivesse sido tirado.

— Retorne ao seu *tuman*, general. Eu irei dentro de três dias. Há coisas que preciso dizer aqui.

Tsubodai fez uma reverência na sela, a vergonha corroendo-o.

— Estarei à sua espera, general.

Jochi estremeceu ligeiramente ao ouvir a palavra, mas depois assentiu e se virou.

A neve ainda caía quando a luz começou a desbotar na terceira tarde. Tsubodai não tinha certeza de que Jochi viria, como prometera, mas não tinha perdido tempo. Seus homens estavam prontos para um ataque enquanto congelavam e esperavam. Os batedores estavam espalhados em todas as direções e ele não poderia ser surpreendido. Estava na extremidade do seu grupo de homens, olhando a trilha desaparecer sob a neve que caía. Desejou que as lembranças pudessem desaparecer de modo igualmente completo, tornadas frescas e limpas, em vez de torturá-lo com o que ele podia ter feito. Ainda se recordava da sensação de ter recebido o paitze de ouro da mão do próprio Gêngis, com o mundo diante deles. Havia se dedicado ao cã, sempre lutando para mostrar que era digno da honra. Suspirou. O cã era um homem a ser seguido, mas ele não desejaria ser seu filho.

Seus batedores o alcançaram antes de Jochi, informando sobre um cavaleiro solitário abrindo caminho pela floresta. Por um tempo, Tsubodai esperou que não fosse Jochi, que ele jogasse fora a vida de seus homens em troca da liberdade. Gêngis teria feito exatamente isso, mas Jochi tinha vivido uma vida diferente e Tsubodai o conhecia bem demais.

Quando viu que era Jochi, ficou imóvel na sela. Mesmo então esperou que ele mudasse de ideia, mas o filho do cã chegou cada vez mais perto até parar o cavalo diante do general.

– Leve-me para casa, Tsubodai. Leve-me e deixe-os ir.

Tsubodai assentiu e Jochi guiou sua montaria em meio aos guerreiros que o olhavam, mal entendendo o que ele fizera. O *tuman* se virou para ir para casa e os dois generais cavalgaram no meio dos homens para assumir a frente.

– Desculpe – disse Tsubodai.

Jochi olhou-o estranhamente, depois suspirou.

– Você é um homem melhor do que o meu pai. – Viu o olhar de Tsubodai baixar para a espada com a cabeça de lobo que ele usava à cintura. – Vai deixar que eu fique com ela, Tsubodai? Eu a ganhei de modo justo.

Tsubodai balançou a cabeça.

– Não posso. Vou guardá-la para você.

Jochi hesitou, mas estava cercado pelos homens de Tsubodai. Fez uma careta de repente, cansado de toda a luta que conhecera durante a vida inteira.

– Pegue-a, então – disse, abrindo a fivela do cinto e da bainha.

Tsubodai estendeu a mão como se fosse aceitar a espada. Jochi estava olhando para ela quando Tsubodai cortou sua garganta com um movimento rápido. O rapaz estava inconsciente antes de cair do cavalo, o sangue espirrando brilhante na neve.

Tsubodai soluçou enquanto apeava para verificar o corpo, cada respiração sua sendo arrancada violentamente.

– Desculpe, amigo – disse. – Sou homem do seu pai. – Em seguida se ajoelhou por longo tempo diante do corpo esparramado, e seus homens sabiam que era melhor não falar.

Por fim, Tsubodai recuperou o controle e ficou de pé, respirando fundo o ar gelado como se ele pudesse limpar o sangue das mãos. Tinha seguido as ordens, mas não havia conforto nisso.

– Ao amanhecer voltaremos ao acampamento deles – disse. – Eles virão, agora que ele está morto.

– O que faremos com o corpo? – perguntou um dos seus oficiais de *minghaan*. Ele também conhecia Jochi desde que este era menino, e Tsubodai não conseguiu encará-lo.

– Vamos levá-lo. Tratem-no com gentileza. Ele era filho do cã.

CAPÍTULO 35

Gêngis puxou as rédeas ao chegar ao vale de Panjshir. Um vento uivante fez a poeira redemoinhar pelo vazio, e num dos lados do rio aves carniceiras saltavam e bicavam, umas para as outras. Gêngis grunhiu ao ver aquilo antes de bater os calcanhares e cavalgar para baixo. Jebe guiava os que estavam com ele, inclusive os *tumans* comandados por seus filhos mais novos. Os homens de Ogedai já tinham visto as consequências de batalhas e ataques, mas a maior parte do *tuman* de Tolui ainda era jovem, alguns mal haviam completado 14 anos. Eles seguiam de olhos arregalados, até que homens mais velhos cutucavam os mais obviamente perplexos com um punho de espada nas costelas.

Quarenta mil homens seguiram Gêngis até Panjshir, empoeirados e magros depois de uma cavalgada exigente. Só o *tuman* de Chagatai permanecera para guardar as famílias e levá-las a uma nova pastagem. Gêngis havia levado todos os outros homens disponíveis, com dois cavalos de reserva para cada um. Equipados com odres de água e suprimentos, o vasto séquito de montarias trotava atrás dos guerreiros, com apenas alguns homens na retaguarda para arrebanhá-las.

Enquanto Gêngis cavalgava pelo terreno empoeirado, o calor aumentou até que parecia bater diretamente sobre as cabeças. O rio corria à esquerda, a única fonte de vida num local de desolação. Gêngis podia ver estandartes pisoteados à medida que se aproximava do local da batalha e, a distância, pessoas fugiam da cidade de Parwan para a segurança da fortaleza do outro lado do rio. Gêngis não parou de cavalgar para os pássaros que brigavam, os corvos e os abutres diante dos cavalos de seus homens, fazendo-os grasnar e girar furiosos ao redor.

Dois homens ainda permaneciam daquele lado do rio, sentados em seus cavalos imóveis como estátuas enquanto o cã se aproximava. Kachiun os havia deixado para guiar Gêngis até as montanhas, mas eles estavam pálidos de tensão à medida que os *tumans* se aproximavam. Cercados por pássaros, decidiram ambos que seria boa ideia apear e se prostrar. Gêngis viu o movimento e virou a montaria na direção deles, com Ogedai e Tolui seguindo-o. Diferentemente do pai, eles olhavam para tudo; mas tentavam esconder.

Gêngis apeou, e sua irritação só transpareceu quando um corvo chegou perto demais e ele o golpeou furiosamente, mandando o pássaro em giros pelo ar. Muitas aves comedoras de carniça estavam cheias demais para voar e meramente pulavam de um corpo para outro, abrindo as asas pretas e os bicos como se num alerta.

Gêngis não olhou para os cadáveres, a não ser para avaliar os números. O que viu não o agradou. Ficou parado acima dos batedores prostrados e sentiu a paciência se esgarçar no calor.

— Levantem-se e contem as notícias — disse rispidamente.

Eles se puseram de pé em um salto, como se estivessem diante da execução. Ninguém sabia como Gêngis reagiria a uma derrota.

— O general Kachiun seguiu o inimigo para as montanhas, senhor. Disse que deixará outros homens para trás, para levá-lo até ele.

— Vocês ainda estão em contato?

Os dois homens assentiram. Esse processo usava guerreiros valiosos, mas a prática de estabelecer uma linha de um local ao outro não era nada nova. Apenas 8 quilômetros separavam os batedores e eles podiam passar informações por distâncias cinco vezes maiores em pouco tempo.

— Havia pistas falsas, senhor, mas os *tumans* estão procurando em cada vale — disse um batedor. — Não tenho notícias de se ter avistado de fato o inimigo, por enquanto.

Gêngis xingou; os dois batedores franziram o rosto, com medo.

– Como vocês perderam de vista 60 *mil* homens? – perguntou.

Nenhum dos batedores sabia se a pergunta exigia uma resposta, ao que se entreolharam em desespero. O alívio foi óbvio quando Jebe cavalgou para perto de Gêngis, examinando com olhos experientes o campo de batalha ao redor. Além das lajes de pedra feitas para interromper uma carga, ele podia ver trincheiras, algumas ainda com guerreiros e cavalos mortos. Estacas de madeira amarradas juntas tinham sido partidas ou derrubadas para o lado, mas as manchas enferrujadas de sangue ainda podiam ser vistas em algumas. Havia centenas de corpos com roupas árabes, caídos em montes dignos de pena enquanto pássaros e outros animais arrancavam-lhes a carne. Não era o bastante, nem de longe, e Gêngis mal conseguia controlar a indignação. Só o pensamento de que não devia criticar seus generais em voz alta conteve sua língua. Sabia que Jebe podia ver a verdade, mas com Ogedai e Tolui perto o suficiente para escutar, Gêngis permaneceu em silêncio. O exército de Jelaudin havia fortificado uma posição, como faria uma cidade. Kachiun tentara romper as defesas à força, em vez de ficar recuado e esperar que eles morressem de fome. Gêngis olhou o sol que batia em sua nuca. A sede os mataria primeiro, não importando o quanto tivessem se preparado. Atacar uma posição como aquela era imprudência – mas ele supunha que talvez tivesse feito o mesmo. Mesmo assim, a inteligência de seu irmão o abandonara. Gêngis fez uma careta ao se virar para Jebe, vendo os mesmos pensamentos refletidos naquele rosto moreno.

– Discuta os pontos fracos da estratégia com meus filhos quando montarmos acampamento, general – disse ele. – Este príncipe deveria ter sido parado aqui. Agora temos de caçá-lo.

Virou-se de volta para os batedores, que continuavam parados, engolindo em seco nervosamente.

– Não há mais nada para ver aqui, nada que me agrade. Mostrem o caminho até meu irmão e até o próximo batedor da corrente.

Os dois homens fizeram reverência e Gêngis cavalgou com eles, seus *tumans* indo atrás em ordem perfeita, cruzando o vale de Panjshir e entrando numa fenda estreita, quase invisível nas rochas marrons. Mal tinha largura para os cavalos passarem.

Gêngis levou mais oito dias para alcançar os *tumans* de Kachiun. Nesse tempo ele não permitira que seus homens parassem por tempo suficiente para cozinhar, mesmo que pudessem encontrar madeira e fazer fogo. As montanhas daquela região pareciam despidas de vida, povoadas apenas por lagartos e altos ninhos de pássaros. Quando os guerreiros encontravam uma árvore retorcida, cortavam-na com machados e amarravam a lenha a cavalos de reserva para ser usada mais tarde.

Enquanto prosseguia, Gêngis foi puxando a linha de batedores que Kachiun deixara para trás, trazendo cada homem consigo enquanto os *tumans* penetravam cada vez mais fundo no labirinto de cânions e vales. Às vezes eles passavam com as montarias por encostas de rocha quase íngreme demais para permanecerem na sela. Ali não restavam trilhas. Gêngis e Jebe começaram a avaliar a dificuldade da tarefa de Kachiun. Era difícil até mesmo saber para que direção estavam virados, especialmente à noite, mas a linha de batedores conhecia o caminho e eles faziam progresso rápido. Quando chegaram à retaguarda dos *tumans* de Kachiun, Gêngis levou Jebe e seus filhos até a frente, procurando o general. Encontrou-o na manhã do oitavo dia, junto a um lago salobro rodeado por picos altíssimos.

Gêngis fez questão de abraçar Kachiun, deixando que os homens vissem que ele não estava ressentido com a derrota.

– Você está perto? – perguntou sem preâmbulo.

Kachiun viu a raiva contida no irmão e se encolheu. Sabia que não deveria se explicar, não tendo absolutamente nenhuma dúvida de que Gêngis discutiria seus erros em grandes detalhes quando estivessem a sós.

– Três pistas falsas iam para o leste, irmão, mas a força principal está indo para o sul, tenho certeza. – Kachiun mostrou a Gêngis um pedaço de bosta de cavalo, partindo-o nas mãos. – Ainda está úmida, mesmo nesse calor. Não podemos estar a mais de um dia atrás deles.

– No entanto paramos – disse Gêngis, erguendo as sobrancelhas.

– Estou ficando com pouca água, irmão. Este lago é salgado e inútil para nós. Agora que você está aqui, podemos compartilhar odres e andar mais depressa.

Gêngis deu a ordem imediatamente, sem parar para ver os primeiros odres sendo trazidos. Tinha milhares em seus cavalos de reserva e os animais estavam acostumados a sugá-los como se nunca tivessem se esquecido das tetas das mães. Ele sentia cada atraso como uma espora em sua irritação crescente. Foi difícil não repreender Kachiun, com tanta gente olhando a conversa. Quando Khasar e Jelme vieram cumprimentá-lo, Gêngis mal conseguiu olhá-los.

— Tsubodai tem ordens para se juntar a nós quando retornar — disse aos três generais. — O que passou, passou. Cavalguem comigo agora e redimam-se.

Um movimento rápido atraiu seu olhar e Gêngis franziu os olhos por causa do sol. Num pico viu um homem distante balançando uma bandeira acima da cabeça. Olhou de volta para Kachiun, incrédulo.

— O que é *aquilo*?

— O inimigo — respondeu Kachiun, sério. — Eles têm vigias nos olhando o tempo todo.

— Mande seis bons escaladores para matá-lo — disse Gêngis, obrigando-se a permanecer calmo.

— Eles escolheram lugares que um homem sozinho pode defender. Nós passamos por eles rápido demais para perder tempo tirando-os de lá.

— O sol amoleceu sua cabeça, irmão? — De novo teve de lutar para controlar o mau humor. — Aqueles são os olhos de Jelaudin. Mande mais homens cavalgarem à frente e os matarem com flechas à medida que forem encontrando. Não importa se alguns guerreiros caírem tentando alcançá-los. Quando nosso inimigo estiver cego, vamos encontrá-lo com mais facilidade.

Jelaudin fitava a distância, vendo o sinal da bandeira subir e baixar quatro vezes.

— O cã chegou ao campo — disse. Seu estômago se apertou enquanto ele falava, e de repente toda a força de seu exército pareceu insubstancial. Aquele era o homem que havia destruído os regimentos de seu pai, deixado os elefantes loucos de dor e aberto caminho através das cidades douradas. Jelaudin sabia que ele viria, e saber isso manchava-lhe as vitórias. O orgulho do cã exigia sua presença ali, e Jelaudin já sabia que ele não demoraria a aparecer.

— Quantos homens? — perguntou Nawaz junto ao seu ombro. Não havia se dedicado a aprender os sinais das bandeiras, mas Jelaudin não o censurou.

— Quatro *tumans*, 40 mil guerreiros a mais na caçada. Agora se deslocarão mais depressa.

Durante 12 dias eles haviam guiado os mongóis para cânions cegos e trilhas falsas, perdendo apenas alguns homens enquanto eles serpenteavam pelas montanhas do Afeganistão. A súbita retirada de Panjshir sempre fora um jogo, mas Jelaudin sabia que a notícia se espalharia quase tão depressa quanto ele podia mover seu exército. Cidades num raio de 1.500 quilômetros esperavam ouvir dizer que os homens do cã tinham sido derrotados. Jelaudin pensava nelas enquanto olhava o sol se pôr. Elas se ergueriam quando ficassem sabendo. Os lugares onde guarnições mongóis mantinham a paz estariam em guerra de novo. Cada dia que ele permanecesse vivo enfraqueceria o controle do cã sobre as terras árabes. Jelaudin fez um juramento silencioso ali parado. Ele acabaria com esse controle.

Homens cavalgavam à sua frente, deixando os morros bem atrás, iam levando a notícia. Jelaudin sabia que, se pudesse segurar o cã por apenas uma estação, seu exército cresceria, absorvendo cada homem e menino capaz de segurar uma espada. Ele incendiaria a terra com a chance de contra-atacar o invasor. Se sobrevivesse. Sorriu para Nawaz, ao seu lado como um serviçal fiel. Estava cansado e seus pés doíam. Tinha caminhado muitos quilômetros naquele dia, mas agora o cã viera. Era hora de cavalgar, depressa e para longe das montanhas.

Gêngis não pôde encontrar falha no modo como Kachiun levava seus *tumans* pelo labirinto de passagens. Seu irmão havia mandado homens em todas as direções, mantendo contato com os generais como os fios de uma teia delicada se espalhando nos morros. Havia poucos erros assim que as rotinas eram aprendidas, e enquanto Gêngis estava ali eles evitaram mais dois becos sem saída e uma trilha falsa que os levaria para 16 quilômetros fora da rota. Gêngis desenvolveu um respeito relutante pelo príncipe que caçava. Gostaria de perguntar a Tsubodai sobre a perseguição até o mar Cáspio. Ocorreu-lhe que Jelaudin podia ter sido a mente que mantivera a família em segurança, e não o pai, como eles haviam suposto.

Era estranha a frequência com que o nome de Tsubodai surgia na conversa entre os generais. Gêngis desviava o interesse deles com respostas curtas ou silêncio, não querendo discutir a ordem que dera. Algumas coisas não deveriam entrar para as histórias que Temuge estava escrevendo. Enquanto cavalgava, perguntou-se se deveria manter uma rédea mais curta nos registros que o irmão fazia sobre as tribos. Parte dele ainda achava idiotice prender palavras desse modo, apesar de tudo que era possível controlar assim. Mesmo recordando o silencioso desdém de Arslan pela fama, Gêngis gostava da ideia de moldar a memória de si mesmo. Em Samarkand havia mencionado a possibilidade de dobrar o número de inimigos no relato de Temuge sobre batalhas, o que deixou seu irmão boquiaberto.

Os *tumans* se moviam mais depressa pelos morros, deixando a pior parte do labirinto para trás. Gêngis pressionava os homens e eles encontravam novos limites de resistência sob o olhar do cã. Ninguém queria ser o primeiro a pedir uma parada e todos sobreviviam com apenas algumas horas de sono, às vezes cochilando na sela enquanto os que ainda estavam acordados os guiavam.

Após as encostas e os vales rochosos, agora seguiam uma trilha de verdade, com marcas de uma grande força de homens e cavalos. Além de montes de esterco de cavalo secando, os excrementos de homens zumbiam com moscas se refestelando na umidade, mais frescos a cada dia. Os *tumans* sabiam que estavam chegando perto do inimigo. Na presença do cã, estavam famintos para se vingar das derrotas em Panjshir: não cairiam novamente, não com Gêngis assistindo. Em seu íntimo, Gêngis achava que Kachiun poderia tê-los levado pelos morros sem ele, mas ele comandava a nação e não podia confiar a tarefa a outro homem.

Cada dia trazia novidades das cadeias de batedores espalhados por 1.500. Os velhos tempos de um exército movendo-se sozinho e fora de contato haviam-se ido com seu subjugo das terras árabes. Era raro o dia em que não surgissem dois ou mais mensageiros empoeirados, vindos até mesmo de Samarkand e Merv, além de lugares mais distantes no oeste. A nação mongol havia gravado pegadas profundas nas poeirentas terras árabes.

Gêngis gostava do jorro de informações mas ao mesmo tempo ficava perturbado. Havia chegado à vida adulta num tempo em que um bando de ataque poderia se mover sem ser visto pela terra, sem prestar contas a ninguém. Agora chegavam problemas até ele com relação aos quais não podia fazer nada, e às vezes desejava ter trazido Temuge para cuidar dos detalhes dos relatórios. Ficou sabendo que a cidade árabe de Herat havia expulsado sua guarnição mongol, deixando os homens vivos. Outra fortaleza, Balkh, fechara os portões e se recusava a mandar o tributo de mais um ano. As rachaduras estavam aumentando e ele não podia fazer nada. Sua tarefa era encontrar e aniquilar o inimigo que causara esse surto de confiança em cidades que já haviam sido derrotadas. Com o tempo iria lembrá-las das suas obrigações para com ele.

Os sete *tumans* moviam-se a uma velocidade cada vez maior, pressionando os homens e os cavalos de reserva. Jebe organizava novas montarias de dois em dois dias, e cada mudança trazia um jorro de energia renovada, pois os guerreiros sentiam de novo um cavalo ávido sob eles. Meninos cavalgavam atrás do exército com os suprimentos; Gêngis não prestou atenção neles até que Jebe trouxe dois moleques minúsculos sobre sua sela e veio cavalgando direto para o cã. Estavam tão pretos de sujeira que a princípio Gêngis não os reconheceu. Sempre havia meninos acompanhando o exército, mas aqueles eram muito pequenos. Cumpriam tarefas para os guerreiros e os maiores tinham permissão de tocar tambores enquanto o exército se formava para a batalha.

Um dos meninos riu e Gêngis parou, atônito. Mongke estava sentado na frente de Jebe e Kublai espiava por trás de suas costas. Com a energia sem limites dos meninos, estavam magros como ratos e queimados pelo sol feroz. Gêngis fez uma careta e os risos desapareceram imediatamente. Sua expressão se suavizou um pouquinho, lembrando-se de um tempo em que o mundo inteiro era uma aventura. Eles eram novos demais para participar de uma jornada daquelas, e Gêngis suspeitou de que a mãe dos dois, Sorhatani, arrancaria a pele das nádegas deles quando voltassem às famílias. Imaginou se o pai, Tolui, fazia alguma ideia de que eles estavam ali. Duvidava.

— O que o senhor quer fazer com eles? — perguntou Jebe.

Seus olhos brilhavam enquanto olhava Gêngis e os dois homens compartilharam um momento de bom humor. Os meninos não tinham recebido ordens de ficar com a mãe. Não ocorrera a ninguém dar uma ordem dessas a crianças tão pequenas. Eles não faziam ideia do perigo que havia ao redor do avô. Gêngis baixou as sobrancelhas, tornando o rosto sério.

— Eu não os vi, general — disse.

Os olhos de Kublai brilharam de esperança súbita. Gêngis optou por ignorar o rostinho, que tinha até mesmo uma crosta de ranho entre o nariz e o lábio superior. Jebe assentiu, um sorriso levantando um dos lados da sua boca.

— Senhor cã — respondeu ele, baixando a cabeça enquanto ia soltar de novo os meninos no rebanho de cavalos de reserva que ia atrás.

Gêngis sorriu sozinho e continuou cavalgando. Suspeitava de que era um avô melhor do que jamais fora como pai, mas não deixou a ideia perturbá-lo indevidamente.

Os *tumans* continuavam cavalgando com obstinação quando chegaram à borda da região montanhosa. Gêngis achou que poderiam estar a menos de 150 quilômetros do vale de Panjshir, mas haviam cavalgado muito mais do que isso ao longo dos caminhos sinuosos. Não sabia se Jelaudin esperava abrir uma distância entre os exércitos. Quase havia feito isso nos primeiros dias, mas os *tumans* tinham se aproximado do exército dele, diminuindo o espaço dia a dia. Quando as montanhas terminaram, o excremento de homens e cavalos encontrado mal começara a esfriar. Gêngis cavalgava com seus generais à frente da horda, e estava dentre os primeiros a sentir o terreno rochoso ceder à terra compactada e ao capim ralo. A partir de seus mapas sabia que a planície coberta de capim levava à Índia, no sul. Não era uma terra que ele conhecesse, mas não se importava nem um pouco com isso. Seus batedores estavam cavalgando a curtos intervalos e ele sabia onde o inimigo se encontrava.

Os homens de Jelaudin corriam diante dos perseguidores. Gêngis pressionara o exército árabe intensamente durante mais de um mês, de forma que os homens estavam cansados e magros, com as rações de leite e sangue perto do fim, mal conseguindo sustentá-los. O rio Indo ficava adiante e a horda de Jelaudin fluía em direção a ele, desesperada para escapar da tempestade que eles haviam atraído para sobre a própria cabeça.

CAPÍTULO 37

JELAUDIN OLHAVA PARA UMA QUEDA DE 12 METROS ATÉ O INCHADO RIO INDO, a grande artéria que alimentava um continente por mais de 1.500 quilômetros em direção ao sul. Os morros em volta das margens eram verdes, exuberantes com acácias antigas e oliveiras selvagens. Podia sentir o cheiro de flores na brisa. Passarinhos voavam em todas as direções, cantando alertas enquanto seu exército se reunia. Era um lugar de vida, mas a água corria rápida e funda, de modo que era como se o Indo já tivesse sido a muralha de uma cidade. A região de Peshawar ficava a pouca distância dali, do outro lado do rio, e Jelaudin se virou furioso para o jovem rajá que estava com ele, olhando em abalo para as margens vazias.

– Onde estão os barcos que você me prometeu? – perguntou Jelaudin.

Nawaz gesticulou debilmente, perplexo. Eles haviam impelido homens e cavalos até a exaustão para alcançar o rio, sabendo que, depois de atravessarem, os mongóis não poderiam segui-los durante meses, se é que poderiam. A Índia era um terreno desconhecido para o cã mongol, e, se ele ousasse pôr os pés lá, uma centena de príncipes reagiria com exércitos maiores do que ele jamais vira. Jelaudin havia planejado levar suas vitórias como joias por entre os príncipes, de modo que pudesse retornar com uma força ainda maior. Não conseguia deixar de olhar para trás, para a nuvem de poeira a distância, subindo no ar como um mau presságio.

De súbito, Jelaudin segurou o casaco de seda do rajá e sacudiu-o furiosamente.

— Onde estão os *barcos*? — gritou no rosto dele. Nawaz estava pálido de medo e Jelaudin o soltou igualmente rápido, de modo que ele quase caiu.

— Não sei — gaguejou o rajá. — Meu pai...

— Ele deixaria você morrer aqui? — perguntou Jelaudin. — Com suas terras tão perto? — Sentiu uma histeria crescente, e era difícil resistir a dar um tapa no jovem príncipe tolo que prometera tanto.

— Talvez eles ainda venham — disse Nawaz.

Jelaudin quase rosnou para ele, mas assentiu. Em instantes tinha cavaleiros galopando para o sul ao longo da margem, procurando a frota de barcos mercantes que iria levá-los à segurança. Não ousava olhar a distante nuvem de poeira, sabendo que os mongóis estariam lá, vindo como lobos com dentes de ferro para despedaçá-lo.

Gêngis cavalgava a meio-galope, fitando adiante. Seus olhos haviam enfraquecido mais ainda, de modo que não podia confiar neles para longas distâncias. Em vez disso mandava Ogedai gritar uma descrição constante do exército à frente. A voz de seu filho estava tensa de empolgação.

— Eles se reuniram à margem do rio. Vejo cavalos, talvez 10 mil ou mais, na ala à nossa direita, à esquerda deles. — Ogedai fez uma pausa, apertando os olhos. — Vejo... fileiras se formando ao redor do centro. Estão se virando para nós. Ainda não consigo enxergar além do rio.

Gêngis assentiu. Se Jelaudin tivesse conseguido alguns dias livre do inimigo, poderia ter levado seus homens à segurança. Em vez disso porém, o passo rápido estabelecido por Gêngis tornara as coisas bem difíceis para o árabe e, assim, mostrara seu valor. Ele havia alcançado o príncipe daquele lado do rio. Seria bom. O cã se virou na sela para o batedor mais próximo.

— Leve esta mensagem ao general Kachiun: vou segurar o centro com Jebe e Ogedai. Kachiun terá a ala direita, com Khasar, contra a cavalaria deles. Diga que ele pode revidar a derrota que teve em Panjshir e que não aceitarei nada menos. Agora vá.

Outro batedor ocupou o lugar do rapaz que se afastou. O segundo estava pronto e Gêngis prosseguiu:

— Os generais Jelme e Tolui farão um arco amplo à minha esquerda. Quero o inimigo preso num lugar só, contra o rio. A tarefa deles é bloquear qualquer linha de retirada para o norte. — O *tuman* de Tolui ainda era jovem demais para ser mandado contra soldados veteranos. Manter o exército no lugar seria honroso o bastante para homens que mal tinham visto sangue. Jelme não iria gostar da tarefa, mas Gêngis sabia que ele obedeceria. Os *tumans* varreriam o exército de Jelaudin em três lugares, prendendo-o contra o Indo.

Gêngis diminuiu a velocidade de aproximação enquanto as linhas se formavam, virando a cabeça para a esquerda e a direita à medida que novos detalhes iam se clareando à distância, mas Gêngis não ouviu nada que interferisse no sentimento cada vez maior de ansiedade no peito. Lembrou-se da presença dos netos em meio aos cavalos de reserva e mandou mais um batedor correndo para garantir que eles fossem mantidos longe da luta.

Continuou lentamente até conseguir ver as fileiras inimigas com tanta clareza quanto Ogedai, e silenciou o filho com um gesto. Jelaudin havia escolhido o local da batalha anterior. Não pudera escolher o terreno.

Gêngis desembainhou a espada, segurando-a no alto; seus homens esperavam o sinal de atacar. O exército à margem do rio seria sensato em se render, ele sabia. O príncipe apostara tudo ao retornar do mar Cáspio e não tinha mais para onde fugir. Gêngis viu os *tumans* de Jelme e Tolui movendo-se à frente das linhas principais, prontos para se desviar e conter a ala esquerda. À sua direita, Kachiun e Khasar faziam a mesma manobra, de modo que os mongóis cavalgavam como uma taça vazia, com Gêngis na parte mais funda. Estavam diante de 60 mil fanáticos, que Gêngis viu levantarem as espadas como se fossem um só, esperando-o. Com o rio às costas, eles lutariam por cada centímetro de chão.

Gêngis se inclinou adiante na sela, arqueando os lábios secos para mostrar os dentes. Baixou o braço e os *tumans* avançaram, instigando as montarias a galope.

Jelaudin olhou para as linhas de cavaleiros mongóis que arrastavam consigo a poeira das montanhas. Suas mãos tremiam de fúria e frustração quando olhou mais uma vez para o rio vazio. A margem oposta e a segurança estavam tão perto que doía só de pensar. Poderia atravessar as águas a braçadas, apesar da correnteza feroz, mas a maior parte de seus homens jamais havia aprendido a nadar. Por instantes desesperados pensou em tirar a armadura e levá-los para o rio, para longe da morte que via chegando. Eles o seguiriam, sabia, confiando em Alá para mantê-los a salvo. Era impossível. Para os que haviam crescido nas montanhas afegãs, em desertos e cidades, a água profunda era uma visão rara. Eles se afogariam aos milhares quando entrassem na correnteza veloz.

Viu muitos rostos se virando para ele, em busca de palavras de encorajamento enquanto o odiado inimigo formava chifres nas duas laterais. Seus irmãos estavam entre os que o olhavam, os rostos radiantes de fé. Jelaudin lutou contra o desespero.

– Nós mostramos que eles podem ser derrotados! – gritou para os homens. – Eles são muitos, mas não tantos que não possamos estripá-los de novo. Matem esse cã para mim e vocês conhecerão o paraíso. Que Alá guie suas espadas e não deixe nenhum homem dar as costas à luta de modo a não poder encarar Deus com orgulho. Eles não passam de homens! – gritou. – Que venham. Mostraremos que esta terra não pode ser tomada.

Os que ouviram se viraram de volta para o cã mongol com um fogo novo nos olhos. Levantaram escudos e espadas curvas enquanto o chão tremia sob seus pés.

A pleno galope, Gêngis golpeou com a espada. Flechas vinham numa onda pelas fileiras dos dois lados, ligeiramente atrasadas à medida que cada *tuman* recebia o comando e disparava. Adiante, viu as fileiras de Jelaudin se agacharem, segurando os escudos no alto. Gêngis grunhiu irritado e mandou outra saraivada zumbindo na direção deles. Muitos dos árabes sobreviveram à primeira e se levantaram cedo demais, de modo que a segunda leva de flechas os pegou. Setas capazes de furar uma escama de ferro os lançaram para trás.

Os *tumans* nas laterais de Gêngis prenderam os arcos em ganchos de sela, desembainhando espadas à medida que chegavam ao inimigo. À sua direita, adiante, ele viu os *tumans* de Kachiun e Khasar se chocando contra as fileiras a pé, enquanto Tolui e Jelme estavam quase na margem do rio à sua esquerda. Dali dispararam uma flecha depois da outra numa chuva constante. Árabes caíam, acertados pela lateral enquanto levantavam os escudos para a frente, às cegas.

Gêngis sentiu o cheiro do rio e do medo de milhares de homens enquanto instigava a montaria direto para o centro. Esperava encontrar o príncipe ali, aguardando-o. A linha de batalha de Jelaudin tinha dez homens de profundidade, mas os pôneis mongóis haviam sido treinados para um ataque assim e não hesitavam ao mergulhar contra eles. Gêngis passou pelas primeiras fileiras, girando a espada enquanto homens eram derrubados pelo impacto. Com os joelhos, virou a montaria no mesmo lugar, sentindo a sólida conexão quando ela escoiceou e fez alguém cair girando. Uma cunha de seus melhores guerreiros vinha com ele, protegendo o cã com sua ferocidade ao abrir caminho na massa.

Gêngis viu um príncipe com turbante de tecido cheio de brilho e partiu para ele, mas os soldados de Jelaudin o impeliram de volta com o simples peso. Viu um escudo vir na sua direção, acertando-o na cara de sua égua e fazendo-a virar. Gêngis matou o homem, mas foi obrigado a recuar mais um passo enquanto outros chegavam, usando bem os escudos e dando golpes ao redor.

Pouquíssimos alcançavam o cã para ser mortos. Mil guerreiros se moviam com ele, todos veteranos de tantas batalhas que lembrava. A cunha pontuda que formavam escavou mais fundo as fileiras de Jelaudin até que puderam ver o rio adiante. Jebe e Ogedai moviam-se no centro de outras duas pontas de lança de cada lado do cã, formando três espetos afiados que se cravavam no exército à frente. Quem quer que enfrentasse as bordas era abatido, ao passo que os que ficavam para trás eram mortos pelos homens que vinham em seguida.

O barulho era terrível em meio à pressão, um estrondo que golpeava os ouvidos. Gêngis sentiu o braço se cansar e não conseguiu conter uma espada que deslizou pelas camadas de escamas da coxa até abrir um talho acima do joelho. A dor aumentou sua velocidade e ele chicoteou com a espada o rosto do atacante.

Os homens de Jelaudin não se dobraram, talvez porque não tinham para onde ir. A princípio Gêngis se contentou em deixar que as três cunhas se movessem juntas, rasgando tiras nas linhas inimigas. Montados, eles se erguiam acima dos homens a pé, usando o peso das espadas para golpear com mais força do que os que estavam embaixo e sempre vendo o atacante seguinte. Mesmo assim, Gêngis se sentiu pressionado pelos inimigos, e soube que seus homens deviam estar sentindo o mesmo. Viu um cavalo cair quando teve as patas da frente cortadas, o guerreiro permanecendo na sela até que uma espada se cravou em sua garganta. Guerreiros passaram rugindo pela abertura na cunha, tentando alcançar o próprio Gêngis, que se virou, pronto para eles. Mas seus homens eram rápidos e jovens: bloquearam o caminho quase antes de se formar. Gêngis se levantou nos estribos enquanto eles também eram apunhalados e derrubados das montarias.

A retaguarda do exército de Jelaudin estava fazendo um redemoinho, com mais e mais homens convergindo para o cã. Eles o encaravam enquanto tentavam abrir caminho entre os próprios homens numa fúria insensata. Gêngis viu a esquerda de sua cunha ser empurrada para trás, dobrando-se sob as lâminas do inimigo. Alguns até se juntavam, três ou quatro forçando os escudos, de modo que os cavaleiros eram empurrados sobre os de trás. Mais e mais árabes se derramavam para dentro da cunha, vindo direto para ele. Gêngis teve tempo de ver rapidamente Ogedai, mas a pressão onde ele estava não era nem de longe tão grande.

Fez sua montaria dar três passos rápidos para trás, ganhando espaço enquanto a onda de árabes o alcançava. A égua respondia a cada comando dado pela pressão dos joelhos, dançando em círculo de modo que o primeiro golpe foi um giro largo. Gêngis arrancou a cabeça de um homem, mas o seguinte acertou a pata dianteira da égua. Enquanto ela se movia, a lâmina virou, mas o peso do ferro bastou para quebrar o osso. O animal gritou e Gêngis caiu mal, batendo no chão com o braço que segurava a espada estendido. Ele sentiu uma pancada atordoante e lutou para se levantar, sem entender que havia desencaixado a junta do ombro. Parecia haver inimigos gritando em toda parte, e ele estava desorientado.

Sua cunha caiu sobre si própria à medida que os homens lutavam para proteger o cã. Mais e mais vinham de trás, enquanto um guerreiro apeava e tentava colocar Gêngis sobre sua própria sela. O guerreiro morreu fazendo isso, golpeado nas costas quando Gêngis montou de novo. A espada do cã se fora e seu braço pendia frouxo, cada movimento uma agonia. Tirou uma adaga da bota com a mão esquerda e girou o novo cavalo, afastando-se. Seus homens rugiram e entraram no espaço que ele deixara, usando a força num jorro louco que faria com que muitos deles fossem mortos enquanto ficavam mais lentos devido ao cansaço.

Gêngis recuou através de suas próprias fileiras, furioso com a fraqueza do braço. Por um momento fugaz desejou que Kokchu estivesse ali para colocá-lo no lugar, mas havia outros homens que conheciam os ferimentos de guerra. Viu um dos seus oficiais de *minghaan* e gritou para ele, chamando-o pelo nome através das fileiras em luta.

O oficial quase perdeu a cabeça ao se virar para o cã, reagindo com um corte rápido nas pernas de um homem antes de girar o cavalo e abrir caminho a força.

— Senhor? — disse o oficial, ofegando.

— Ponha meu braço de volta no lugar — respondeu Gêngis.

A essa altura a dor era insuportável. Ele ficou parado calmamente no cavalo enquanto guerreiros cercavam os dois, olhando com curiosidade para o cã. Gêngis pôs a adaga na bota e segurou com força o arção da sela com a mão esquerda enquanto passava a perna por cima e deslizava para o chão. O oficial, antes boquiaberto, fechou a boca, seu rosto se firmando.

— Deite-se de rosto para o chão, senhor — disse ele, embainhando a espada.

Gêngis fez isso com um grunhido e manteve o rosto frio enquanto o oficial pegava o braço solto e pressionava os dedos na junta.

— Depressa! — disse Gêngis rispidamente.

O oficial pôs a bota na axila de Gêngis e fez força, torcendo ao mesmo tempo. Houve outro estalo oco e Gêngis enxergou tudo branco por um instante, até a dor desaparecer. Deixou o oficial ajudá-lo a ficar de pé e testou o braço.

— O senhor ainda pode cortar de cima para baixo, mas evite levantar o braço para longe do corpo, entendeu?

Gêngis ignorou-o. O braço estava mais fraco do que antes, mas ele fechou o punho e sorriu. Podia segurar uma espada.

À sua direita, Kachiun e Khasar haviam destruído a cavalaria de Jelaudin, obrigando umas poucas dúzias de sobreviventes a fugir enquanto eles viravam as espadas e flechas em direção ao centro. Os árabes foram apanhados entre as pontas da pinça mas continuaram lutando, aparentemente decididos a levar junto o máximo de inimigos que pudessem. O ritmo da batalha diminuíra à medida que os dois lados se cansavam, e Gêngis viu que perderia ainda muitos homens até o dia terminar. Flexionou o braço, olhando para onde Ogedai e Jebe ainda lutavam. As cunhas deles estavam intactas, com o inimigo recuando. Numa planície livre, poderia ter pressionado para a frente, sabendo que eles se dobrariam logo. Contra o rio, Gêngis balançou a cabeça e pegou a trompa de batedor que estava pendurada no peito.

Tocou uma nota longa e descendente, depois repetiu-a. Ela ecoou em outras trompas ao longo do campo, e seus homens ouviram. Eles recuaram, matando enquanto os árabes tentavam ir para cima. Os que ainda estavam montados se livraram dos inimigos primeiro, mas os que estavam a pé tinham de defender cada passo enquanto os árabes jorravam atrás. Era um trabalho sangrento, porém à medida que a luz começava a se desbotar havia um terreno limpo entre os *tumans* e o exército na margem.

Gêngis procurou seus batedores-mensageiros mas não os viu por perto. Mandou guerreiros chamá-los, e pareceu demorar uma eternidade até eles serem encontrados. Então os fez levantar a bandeira para convocar seus generais. Passou ordens para montar acampamento a apenas 800 metros do rio, e seus homens foram com ele. Tinham perdido o rosto frio durante a luta, ficando vermelhos e cheios de vitalidade. Alguns riam loucamente. Outros cavalgavam com humor sombrio, tendo visto a própria morte chegar perto demais naquele dia.

Deixaram uma linha de mortos para trás, com um número muito maior de homens de Jelaudin do que deles. O exército do príncipe fora despedaçado, mas mesmo assim comemorava e gritava — sem muito ânimo, pois os sons vinham de homens ofegantes e cansados. Eles viram os mongóis apearem a apenas oitocentos passos de distância. Os *tumans* ignoraram o exército atrás, na margem do rio, trazendo os animais de carga para pegar comida e água enquanto se preparavam para montar acampamento.

Jelaudin ainda estava vivo, mas sua armadura tinha buracos e brilhava em muitos pontos. Ele ofegava como um cão ao sol, olhando os mongóis cavalgarem para longe sem olhar para trás. A luz do sol estava ficando cinza e, mesmo aliviado pela folga, Jelaudin sabia que eles retornariam ao amanhecer. Ele e seus homens teriam de fazer tudo de novo.

— Morrerei amanhã — sussurrou consigo mesmo.

Nenhum de seus homens ouviu; passavam odres de água do rio ao longo da linha, para aliviar as gargantas. Jelaudin podia sentir sobre si os olhares deles. Estava de pé observando a planície; talvez eles esperassem que ele ainda surgiria com alguma ideia para salvar a todos.

O rajá de Peshawar veio percorrendo as fileiras para se juntar a ele na frente, demorando-se para dar tapinhas nos ombros dos homens e trocar algumas palavras de encorajamento. Os que haviam recebido ferimentos terríveis estavam começando a gritar, o barulho subitamente alto depois do estrondo da batalha. Muitos morreriam antes do amanhecer. Jelaudin tinha ópio para a dor, o bastante para pelo menos entorpecer a consciência enquanto eles morriam. Era tudo que podia fazer, e sentiu-se doente de ódio pelo cã dos mongóis.

Virou-se para o amigo; os dois sabiam que estavam acabados, e sentiam-se incapazes de ver isso refletido nos olhos um do outro.

— Acho que meu pai mandou queimar os barcos — disse Nawaz baixinho. — Ele é um tolo, perdido no estilo de vida antigo e nos velhos deuses hindus. Não entende por que optei por seguir você.

Jelaudin assentiu, ainda olhando o acampamento mongol, que parecia quase perto o suficiente para ser tocado. Os homens do cã os cercavam num grande arco. Não haveria uma fuga às escondidas naquela noite.

— Desculpe por ter trazido você a este lugar — respondeu Jelaudin. — Eu tinha tantas esperanças, amigo! Ver isto chegar a esse ponto... — Ele escarrou e cuspiu no chão e Nawaz se encolheu diante da tristeza na voz.

— Você sabia nadar quando era menino, Jelaudin. Poderia atravessar o rio?

— E deixar meus homens aqui? Não farei isso. Você afundava como uma pedra, se lembro bem, Nawaz. Eu precisava arrancá-lo da água.

O amigo sorriu diante da lembrança. Suspirou, olhando os mongóis que descansavam na escuridão cada vez maior.

— Nós mostramos que eles podem ser vencidos, Jelaudin. Você ainda é um talismã para os homens. Se conseguir atravessar o rio, eles darão a vida com boa vontade. Isso não precisa terminar aqui. Leve seus irmãos e viva.

Ele viu Jelaudin firmar a boca e falou rapidamente para impedir qualquer objeção:

— Por favor, Jelaudin. Deixe-me comandar os homens amanhã. Se eu achar que você conseguirá escapar, poderei lutar sem arrependimentos. Eu lhe prometi que os barcos estariam aqui. Não me deixe morrer com essa culpa, amigo. É demais para mim.

Jelaudin sorriu com gentileza, permitindo-se sentir o cansaço que doía em cada junta.

— Seu pai teria orgulho de você, se soubesse de tudo isso — disse. — *Eu* tenho orgulho de você. — Jelaudin deu um tapinha na nuca de Nawaz antes de deixar a mão cair.

O alvorecer chegava quando Gêngis despertou, irritado instantaneamente ao ver que o braço estava rígido como um pedaço de pau. Levantando-se do chão frio, testou-o cautelosamente. Com o cotovelo ao lado do corpo, tinha bom movimento para cima e para baixo, mas se afastasse o membro sentia-o frouxo e sem força. Praguejou, odiando a fraqueza muito mais do que a dor. O oficial de *minghaan* tinha vindo de novo antes de dormir, testando a junta e alertando que precisava de um mês de descanso, e depois mais dois para recuperar os músculos que perderia.

Gêngis se levantou e aceitou uma tigela de chá salgado de um guerreiro que havia esperado que ele acordasse. Bebeu devagar, sentindo o calor banir o frio dos membros. Tinha falado com seus generais, elogiando Kachiun diante deles para recuperar o dano causado à reputação do irmão. Elogiava também Ogedai, e estava realmente satisfeito com o filho. Ogedai parecia ter crescido em estatura desde que se tornara o herdeiro. Tinha uma dignidade calma que Chagatai jamais possuíra, e Gêngis pensou na estranheza do destino. Talvez ele tivesse sido levado a escolher o filho certo para herdar suas terras.

O exército de Jelaudin ficava claramente visível à medida que a luz crescia. Eles haviam removido muitos dos mortos, e Gêngis supôs que os corpos tivessem sido jogados no rio para ser levados pela correnteza. Não pareciam tão temíveis agora, pensou. Quase metade fora trucidada no dia anterior e, ainda que pudesse ser sua imaginação, pensou ter visto resignação no modo como eles ficavam esperando num silêncio tão grande. Eles não esperavam sobreviver, e isso lhe agradava. Pensou nas cidades que tinham sido tão rápidas em se rebelar. Ficariam sabendo sobre esse dia e considerariam o que isso significava para elas. Herat e Balkh seriam as primeiras a ver seus exércitos, e desta vez ele não aceitaria tributo ou rendição. Iria usá-las como lição de que não admitiria desprezo nem zombarias.

Jogou a tigela no chão de capim e sinalizou para trazerem um cavalo descansado. Os *tumans* se formaram em quadrados e Gêngis mal os olhou, sabendo que os oficiais teriam trabalhado durante a noite para trazer novas flechas e espadas para os que precisavam. Ele não era mais jovem, capaz de ficar dois ou três dias sem descansar. Enquanto dormia, muitos de seus guerreiros haviam trabalhado, afiando espadas e cuidando dos cavalos.

Ao montar, Gêngis viu Mongke e Kublai sentados com outros meninos ali perto, os três dividindo um pedaço de cordeiro seco. Fez uma careta, olhando em volta à procura do oficial mais próximo que pudesse levá-los para um lugar em que estivessem a salvo. Antes que pudesse encontrar algum, o exército de Jelaudin gritou uma provocação, fazendo bandos de pássaros assustados levantar voo das árvores junto ao rio.

Gêngis se levantou nos estribos, forçando os olhos para ver se eles iriam atacar. Em vez disso, o exército árabe se dividiu e Gêngis olhou atônito um homem cavalgar por entre os soldados até o terreno entre os dois exércitos.

O cã olhou para o cavaleiro solitário. Não conhecia Jelaudin de vista, mas não poderia ser outro. Enquanto Gêngis olhava, Kublai e Mongke se levantaram para ver o que atraía o interesse do avô. Os dois garotos espiaram com fascínio enquanto Jelaudin pegava uma faca e cortava os laços que prendiam sua armadura, fazendo-a cair em partes.

Gêngis levantou as sobrancelhas, imaginando se estaria vendo algum tipo de ritual. Em apenas alguns instantes Jelaudin estava montado no cavalo usando apenas uma túnica maltrapilha. Gêngis trocou um olhar com os oficiais próximos, perplexo. Viu o príncipe levantar a espada como numa saudação e depois jogá-la no chão, cravando-a na terra. Estaria se rendendo? Três rapazes saíram das fileiras e Jelaudin falou com eles, ignorando a horda mongol. O príncipe parecia relaxado na presença dos jovens e riu com eles. Gêngis olhou curioso enquanto os três tocavam a testa no estribo de Jelaudin e retornavam aos seus lugares.

O cã abriu a boca para ordenar o avanço dos *tumans*, mas o príncipe virou o cavalo e bateu os calcanhares. Seu exército havia deixado um caminho livre até a margem do rio e Gêngis percebeu finalmente o que Jelaudin iria fazer. O cã tinha visto o barranco no dia anterior e se encolheu, apreciando.

Jelaudin chegou à margem lamacenta a galope. Sem hesitar, homem e cavalo saltaram, mergulhando por sobre a margem. Os *tumans* estavam suficientemente perto para ouvir o som da água espirrando, e Gêngis assentiu sozinho.

– Viram aquilo, Kublai? Mongke? – gritou, arrancando os meninos do espanto.

Kublai respondeu primeiro:

– Vi. Ele morreu?

Gêngis deu de ombros.

— Talvez. Era uma queda longa até o rio.

Pensou por um momento, querendo que os netos apreciassem o dramático gesto de desprezo. Jelaudin poderia ter descido a qualquer momento da noite, mas quisera que o cã visse a coragem insensata de sua raça. Como cavaleiro nato, Gêngis gostou daquele momento mais do que de qualquer outra parte da campanha, mas era difícil explicar isso aos garotos.

— Lembre-se do nome Jelaudin, Kublai. Ele era um inimigo forte.

— Isso é bom? — perguntou Kublai, perplexo.

Gêngis assentiu.

— Até os inimigos podem ter honra. O pai dele era abençoado em ter um filho assim. Lembrem-se deste dia e talvez com o tempo vocês deixem seu pai orgulhoso também.

À sua frente, o exército de Jelaudin fechou a abertura e levantou as espadas. Os três irmãos do príncipe avançaram com lágrimas de júbilo nos olhos.

Gêngis sorriu, mas não esqueceu de mandar os meninos para a retaguarda antes de dar a ordem para o avanço.

CAPÍTULO 38

FINALMENTE AS CHUVAS HAVIAM CHEGADO A SAMARKAND, BATENDO NAS telhas da cidade num aguaceiro constante que durou dias sem mostrar sinal de que iria cessar. As ruas pareciam rios e os habitantes só podiam padecer. A doença se espalhou à medida que as fossas sépticas transbordavam e acrescentavam o conteúdo fétido à água, algumas até mesmo envenenando os poços da cidade. Mesmo assim o ar permaneceu quente, e Gêngis abandonou o palácio do xá quando uma pestilência nova e maligna apareceu. Começou com vômitos e tripas soltas, matando primeiro crianças e velhos, que iam enfraquecendo. Ninguém estava seguro e não havia qualquer padrão na doença: numa área, centenas morriam, enquanto ninguém sofria nas ruas ao redor. Os médicos jin disseram a Gêngis que só se podia deixar que aquele flagelo seguisse seu curso.

O cã insistiu para que Arslan deixasse Samarkand, mas o velho general se recusou, o que era seu direito. A cidade era sua. Arslan não mencionou os primeiros sintomas de doença nas tripas enquanto levava Gêngis ao portão e via a entrada trancada com pregos. Com o cã em segurança, Arslan fechou os olhos, sentindo o ferro quente nas entranhas enquanto voltava ao palácio através das ruas desertas. Gêngis ficou sabendo de sua morte poucos dias depois.

Quando Gêngis olhava para Samarkand depois disso, era com fúria e sofrimento, como se a cidade em si fosse responsável. Os que estavam dentro lamentavam os mortos ou se juntavam a eles enquanto o cã e seus generais se abrigavam nas iurtas do lado de fora. Ninguém morreu lá. As famílias recolhiam a água dos lagos ao norte e a doença não atacou o acampamento.

Tsubodai foi avistado quando o número de mortos na cidade começou a cair e o ar se refrescou pela primeira vez em muitos meses. À medida que o general se aproximava, a tensão crescia de modo palpável no acampamento. Gêngis foi ficando cada vez mais irritado até que ninguém ousava se aproximar dele. A morte de Arslan dera o toque final num ano ruim e ele não sabia se queria saber o que fora feito de Jochi. Ninguém morrera durante quatro dias, quando ele permitiu que os portões da cidade fossem abertos finalmente e que os mortos, em processo de apodrecimento, fossem queimados. Arslan estava entre os cadáveres, e Gêngis sentou-se junto à pira funerária enquanto seu amigo mais velho era reduzido a cinzas e ossos limpos. Os xamãs da nação se reuniram solenemente com cantos para levar a alma do general até o pai céu, mas Gêngis praticamente não os ouvia. As grandes fogueiras cortavam o ar, queimando o resto da doença. De certa forma, era como um renascimento. Gêngis queria deixar para trás as lembranças ruins, mas não podia impedir que Tsubodai voltasse para casa.

Quando o general chegou finalmente às muralhas de Samarkand, Gêngis esperava por ele em sua iurta, perdido em pensamentos sombrios. Levantou os olhos quando o ele entrou pela porta pequena, e mesmo então uma pequena parte sua tinha esperanças de que ele houvesse fracassado.

Tsubodai entregou ao cã a espada com a cabeça de lobo, os olhos em sombra e sem revelar nada. Gêngis pegou a arma quase com reverência, pondo a bainha contra o colo e soltando o ar lentamente. Parecia mais velho do que Tsubodai recordava, gasto e emagrecido pela batalha e pelo tempo.

— O corpo? — perguntou Gêngis.

— Eu teria trazido, mas o calor... — O olhar de Tsubodai baixou para um saco áspero que ele trouxera. Havia carregado o conteúdo por centenas de quilômetros.

— Tenho a cabeça de Jochi — disse.

Gêngis se encolheu.

— Leve-a e enterre ou queime. Não quero ver isso.

Os olhos de Tsubodai relampejaram por um momento. Sentiu-se tentado a tirar a cabeça do saco e fazer com que o cã olhasse o rosto morto do filho. Sufocou o impulso rapidamente, sabendo que era consequência da exaustão.

— Depois disso os homens dele resistiram? — perguntou Gêngis.

Tsubodai deu de ombros.

— Alguns oficiais jin optaram por tirar a própria vida. O resto veio comigo, como eu achava que aconteceria. Ainda temem que você mande matá-los. — Ele respirou fundo. — Fiz promessas a eles. — Tsubodai sentiu que Gêngis ia falar e jogou longe a cautela. — Não admitirei que minha palavra seja violada, senhor cã.

Os dois se encararam por um longo momento, cada um avaliando a vontade do outro. Por fim, Gêngis assentiu.

— Eles viverão, Tsubodai. Lutarão de novo por mim, não? — Ele deu um risinho, ainda que fosse um som forçado e feio. O silêncio ficou desconfortável, até que Tsubodai falou de novo:

— Ouvi falar de sua vitória.

Gêngis pôs a espada de lado, com alívio por poder falar de coisas menos graves.

— Jelaudin escapou — disse. — Tenho batedores procurando-o, mas não há sinal. Quer a tarefa?

— Não, senhor. Já me cansei do calor. A única coisa boa que encontrei ao ir para o norte foi sentir o frio de novo. Tudo é mais limpo lá.

Gêngis hesitou enquanto pensava em como responder. Sentia uma grande amargura em seu general e não sabia como aliviá-la. Lembrou-se dos piores momentos de sua vida e soube que um tempo sozinho iria curar o homem, mais do que qualquer coisa que ele pudesse dizer. Tsubodai havia obedecido às ordens e ele ficou tentado a lhe dizer para sentir-se reconfortado com isso.

Conteve-se. O general pensativo trazia um sutil sentimento de ameaça à iurta; Gêngis sentiu um arrepio invisível enquanto buscava palavras.

— Levarei a nação para Herat, no oeste. Um golpe forte lá vai restaurar o ânimo das outras cidades. Depois disso acho que voltarei para casa e ficarei lá durante alguns anos. Faz muito tempo, e estou cansado.

Tsubodai inclinou a cabeça ligeiramente e Gêngis sentiu o temperamento começando a se esgarçar. O sujeito havia cumprido suas ordens e Jochi estava morto. O que mais ele poderia querer?

— Você soube que Arslan morreu na cidade? — perguntou.

Tsubodai assentiu.

— Era um grande homem — disse baixinho.

Gêngis fez um muxoxo diante do tom calmo.

— Mesmo assim não foi uma morte boa.

De novo Tsubodai não acrescentou nada à conversa entrecortada, e o temperamento do cã veio à superfície.

— O que *quer* de mim, Tsubodai? Você tem meu agradecimento. Acha que estou satisfeito por que isso teve de ser feito? — Gêngis olhou para o saco entre os pés de Tsubodai e quase estendeu a mão para ele. — Não havia outro modo, general.

— Ainda estou de luto por ele — respondeu Tsubodai.

Gêngis encarou-o, depois desviou o olhar.

— Como quiser, Tsubodai. Haverá muitos que ficarão de luto. Jebe era amigo dele, assim como Kachiun. A mãe dele está perturbada, mas eles sabem que a ordem foi minha.

— Ainda assim, eu sou o homem que matou o filho do cã — disse Tsubodai, sério.

Gêngis balançou a cabeça.

— Ele *não* era meu filho — disse com a voz dura. — Ponha esse assunto de lado e cavalgue comigo até Herat.

Tsubodai balançou a cabeça.

— O senhor não precisa de mim para isso.

Gêngis esmagou o sentimento crescente de raiva contra o sujeito. Entendia pouco a dor de Tsubodai, mas havia uma dívida a ser paga e ele percebeu que o general não poderia simplesmente retornar à nação.

– Mais uma vez então, Tsubodai – disse com a voz dura. – Pelo seu serviço, pergunto: o que quer de mim?

Tsubodai suspirou. Esperara encontrar a paz quando entregasse a espada e a cabeça de Jochi ao cã. Não acontecera isso.

– Deixe-me levar *tumans* ao norte de novo, para o frio limpo. Conquistarei cidades para o senhor lá e lavar o que fiz.

Tsubodai baixou a cabeça finalmente, os olhos vazios fitando o chão de madeira enquanto Gêngis pensava. Jebe estivera planejando uma investida ao norte antes que o exército de Jelaudin atacasse em Panjshir. Em tempos normais, Gêngis teria mandado os dois generais para longe sem pensar um instante. O sofrimento doentio que via em Tsubodai o perturbava profundamente, em parte porque também o sentia, mas resistiu. Tinha vingado os insultos de reis pequenos. O xá estava morto, junto com todos os filhos, menos o mais velho, e Gêngis havia calcinado cidades de leste a oeste. Procurou uma satisfação de vitória, mas não pôde encontrar. De algum modo a traição e a morte de Jochi tinham envenenado os prazeres simples.

Depois de uma eternidade, assentiu.

– Muito bem, Tsubodai. Leve Jebe e os homens de Jochi. Eu teria de mandá-los para longe de qualquer modo, para reaprenderem a disciplina que espero dos que me seguem.

Tsubodai levantou o olhar do chão, sem deixar de perceber o aviso.

– Sou leal, senhor. Sempre fui leal ao senhor.

– Eu sei – disse Gêngis, suavizando a voz com um esforço. Sabia que não tinha a leveza que Kachiun teria trazido ao encontro. Gêngis raramente pensava em como comandava homens como Tsubodai, o mais capaz que ele conhecera. No silêncio da iurta, sentiu uma ânsia de aliviar o sofrimento do general com as palavras certas.

– Sua palavra é ferro, Tsubodai, sinta orgulho disso.

Tsubodai se levantou e fez uma reverência rígida. Seu olhar se demorou no saco antes de colocá-lo no ombro.

– Preciso mesmo sentir, senhor. É tudo que me resta.

Herat ficava a quase 800 quilômetros ao sul e oeste de Samarkand, tendo dois rios largos e uma dúzia de outros menores no meio do caminho.

Com as iurtas da nação em carroças, Gêngis optou por se aproximar da cidade-fortaleza a partir dessa direção, para não voltar às montanhas em volta de Panjshir e atacar para o oeste através do labirinto de vales e morros. Tsubodai e Jebe já haviam ido para o norte, partindo de Samarkand, levando o *tuman* de Jochi e uma sinistra sombra consigo. A história daquela caçada e morte era sussurrada em mil iurtas, mas jamais quando o cã podia ouvir.

Passaram-se mais de dois meses antes que as famílias avistassem as pedras alaranjadas de Herat, uma cidade junto a um rio. Ela se erguia de um afloramento de granito e, aos olhos dos mongóis, era impossivelmente antiga. Nas primeiras investidas à área, Herat havia se rendido sem derramamento de sangue, preservando a vida dos habitantes em troca de tributos e ocupação. Kachiun deixara uma guarnição de apenas oitenta homens e depois se esquecera de Herat até que a cidade expulsou os mongóis, empolgada com as vitórias de Jelaudin.

Enquanto se aproximava pela primeira vez, Gêngis começou a apreciar o puro volume da fortaleza. Era construída como um quadrado em cima de uma rocha, as paredes subindo mais de 30 metros a partir da base irregular, com grandes torres redondas engastadas em cada canto e ao longo da extensão. Contou 12 torres, cada uma tão grande quanto a que havia abrigado o povo de Parwan. Era uma construção gigantesca, capaz de abrigar milhares de pessoas que fugissem diante dos *tumans*. Gêngis suspirou ao ver aquilo, sabendo por experiência que não haveria uma vitória rápida. Como acontecera em Yenking e Yinchuan, teria de cercá-la e esperar que as pessoas passassem fome.

Os portões da fortaleza estavam fechados, mas Gêngis mandou oficiais e intérpretes para exigir a rendição ao mesmo tempo em que os *tumans* começavam a montar acampamento. Nenhuma resposta veio e Gêngis mal ouvia enquanto os oficiais erguiam uma tenda branca fora do alcance das flechas. Não sabia se o povo de Herat conhecia seus rituais e não se importava. A tenda branca ficaria durante um dia, seguida pela vermelha e depois pelo tecido preto que sinalizaria a destruição absoluta de todos que estivessem dentro da fortaleza.

Passaram-se mais dois dias antes que as catapultas fossem montadas na frente das muralhas, e o povo de Herat permanecia em silêncio.

Gêngis se perguntou se as pessoas confiavam nas muralhas ou se simplesmente entendiam que ele não poderia aceitar uma rendição pacífica pela segunda vez. Esperou tenso até que as primeiras pedras voaram, ricocheteando nos muros alaranjados com apenas uma marca borrada para mostrar onde tinham acertado.

A tenda preta balançava à brisa e Gêngis relaxou, preparando-se para um longo cerco, como já fizera muitas vezes. Era o método de guerra de que menos gostava, mas essas fortalezas tinham sido feitas para manter do lado de fora exércitos como o seu, e não havia solução rápida.

Para a nação nas iurtas, a vida continuava ao redor de Herat, pontuada pelos estalos rítmicos das catapultas noite e dia. As famílias davam água aos animais no rio, contentes em deixar a destruição da cidade por conta dos guerreiros. As chuvas haviam trazido o capim fresco, mas já estava ficando esbranquiçado à medida que o sol batia. Essas preocupações eram antigas e, se a cidade não caísse depressa, eles mandariam os rebanhos para outros pastos, deixando os morros mais próximos para serem usados no final.

Gêngis descansou; seus ferimentos haviam se desbotado e se tornado cicatrizes pálidas nas pernas e nos braços. Não pensava em Jochi, a não ser com alívio porque a traição chegara ao fim. Após a partida de Tsubodai, o cã parecera revigorado, disposto a cair sobre Herat com a nação e recomeçar. Seu ombro havia se curado com o tempo e ele cavalgava todo dia para dar forças ao corpo, ignorando as dores da idade. Tinha mandado Chagatai e Kachiun sitiarem a cidade de Balkh, ao leste, mas a força principal da nação viera com ele à fortaleza, e ele se animava com a visão do acampamento. Sua esposa Borte não falara com ele desde que ficara sabendo do destino de Jochi, mas ele não se importava. O mundo estava aos seus pés e ele era forte e esperava a queda de Herat.

No quarto mês do cerco, Gêngis estava caçando com oficiais ao redor da base da cidade. Depois de tanto tempo num lugar só, havia poucas coisas vivas que houvessem escapado das panelas das famílias. Restavam apenas alguns coelhos, e esses eram sobreviventes cautelosos, acostumados a fugir do som de um cavalo ou um homem.

Balkh havia caído dois meses antes e seus *tumans* tinham trucidado os moradores, derrubando as pedras das muralhas. Só Herat ainda se sustentava, e Gêngis estava cansado do cerco e das terras quentes. Tivera esperança de um fim rápido quando Kachiun e Chagatai retornaram, mas a fortaleza de Herat era uma das mais fortes que eles já haviam tentado derrubar.

À medida que a estação passava, Gêngis moveu suas catapultas três vezes, concentrando as pedras em trechos planos da muralha. Rachaduras apareceram, para grande júbilo do acampamento, mas às vezes ele se sentia atacando uma montanha, com efeito igual ao que teria se de fato o fizesse. As muralhas aguentavam, golpeadas e marcadas em mil lugares. A essa altura, Gêngis sabia que a fome e a sede venceriam a cidade, mas mantinha as armas de cerco funcionando.

– Quando isto estiver feito, vamos para casa – murmurou Gêngis para si mesmo, olhando as muralhas acima.

Kachiun e Khasar, que tinham ouvido o irmão dizer isso uma centena de vezes, apenas trocaram um olhar. Um coelho disparou para fora de um esconderijo mais adiante e os três instigaram as montarias para caçá-lo. Mais forte que o barulho dos cascos, Gêngis ouviu um grito agudo acima da cabeça e olhou para o alto. Sempre havia alguém olhando das muralhas para seu acampamento, mas desta vez viu que um homem tinha se inclinado demais. O observador sem sorte havia se agarrado por pouco e agora estava pendurado pelas pontas dos dedos à borda externa. Gêngis assobiou para os irmãos, apontando enquanto o homem gritava por ajuda no alto.

Khasar e Kachiun retornaram, olhando para cima com interesse.

– Querem apostar? – perguntou Khasar. – Dois cavalos, como ele vai cair.

– Eu não, irmão – respondeu Gêngis.

Havia outros estendendo a mão para puxar o homem de volta, mas ele deu um grito de desespero ao sentir as mãos escorregarem. Gêngis e os irmãos ficaram olhando fascinados quando ele despencou, berrando. Por um instante pareceu que uma janela de pedra, em arco, poderia salvá-lo. Ele colocou as mãos na beirada, mas não conseguiu se segurar. Os irmãos se encolheram quando o homem bateu na parede de novo, caindo para fora e sobre a base de rocha da fortaleza. O corpo girou frouxo e veio parar não muito longe de Gêngis. Para sua perplexidade, Gêngis viu um braço se balançar.

— Ele está vivo! — disse.

— Por alguns instantes, talvez — respondeu Khasar. — Essa queda mataria qualquer um.

Gêngis e os irmãos trotaram até o homem. Um dos tornozelos estava obviamente quebrado, o pé torcido. O corpo era uma massa de arranhões e cortes, mas ele piscou de terror para os generais, incapaz de acreditar que sobrevivera.

Khasar desembainhou a espada para acabar com o sujeito, mas Gêngis levantou a mão, dizendo:

— Se os espíritos não o matarem depois disso, não seremos nós que o faremos. — Ele olhou para cima, espantado com a distância da qual o homem havia caído, antes de se dirigir a ele num árabe hesitante: — Você tem uma sorte incrível.

O homem gritou quando tentou se mexer, e também olhou para a muralha acima da cabeça.

— Não parece... sorte — respondeu.

Gêngis riu para ele.

— Leve-o a um curandeiro, Khasar. Quando os ferimentos estiverem atados, dê-lhe uma boa égua e tudo mais que ele quiser.

Mais homens podiam ser vistos agora na muralha, olhando e se inclinando para fora, alguns quase tanto quanto o homem que estava aos pés de Gêngis.

— Quando a cidade cair, você verá como realmente é sortudo — disse o cã em sua própria língua. O homem olhou-o inexpressivo e Khasar apeou para ajudá-lo a subir à sela.

A muralha de Herat cedeu e caiu no sexto mês do cerco. Uma das torres despencou junto com o trecho de muro, chocando-se nas rochas abaixo e deixando um enorme buraco de entrada para a cidade. Os *tumans* se reuniram depressa, mas não houve resistência. Quando entraram em Herat viram as ruas e as construções já engasgadas de mortos e agonizantes.

Os que ainda viviam foram trazidos para a planície e obrigados a se ajoelhar para serem amarrados. Só essa tarefa já demorou muitos dias, pois a fortaleza estava apinhada de homens, mulheres e crianças. Temuge deu aos serviçais a tarefa de numerar os prisioneiros com placas de cera, chegando a um total de 163 mil. Quase metade desse número de pessoas morrera de sede ou fome durante o cerco. Em medo e desespero, os prisioneiros choravam e gemiam enquanto eram amarrados para a execução, e o som ia longe, por cima das iurtas. Os guerreiros do cã revistaram cada cômodo, corredor e porão da cidade até que ela fosse apenas uma casca oca, cheia de mortos. O cheiro de uma cidade depois de um cerco não se parecia com nenhuma outra coisa, e até os guerreiros endurecidos engasgavam enquanto tiravam os corpos apodrecidos.

O sol ia se pondo quando Temuge ficou satisfeito com sua contagem e Gêngis decretou que a matança começaria ao alvorecer. Ele se retirou à iurta do cã, para comer e dormir, mas sua esposa Chakahai procurou-o enquanto a escuridão se aproximava. A princípio ela não disse nada e ele gostou da sua presença. Chakahai trabalhou no fogão de ferro, fazendo chá e esquentando bolsas de pão ázimo, carneiro e ervas que havia preparado naquela manhã. Gêngis não viu a tensão que ela escondia, mas quando a mulher passou por ele com um prato cheio das bolsas, ele segurou sua mão e a fez estremecer.

— O que foi? — perguntou.

Chakahai baixou a cabeça. Sabia que ele reagiria melhor a um tom direto, mas seu coração batia tão rápido que ela mal conseguia respirar. Ajoelhou-se diante dele e Gêngis pôs de lado a fome, intrigado.

— Marido, tenho um favor a pedir.

Gêngis pegou a mão dela.

— Peça, então.

Chakahai se obrigou a respirar mais lentamente.

— As mulheres e crianças — disse. — Deixe que vão embora livres. Elas levarão a notícia da queda da cidade. Elas...

— Não quero falar disso esta noite — reagiu Gêngis rispidamente, deixando a mão dela cair.

— Marido — implorou Chakahai —, posso ouvi-las chorando.

Ele tinha ouvido quando ela estendera a chave para ele descobrir sobre a traição de Kokchu. Tinha ouvido quando ela insistira para que ele nomeasse Ogedai como herdeiro. Os olhos dela imploravam.

Gêngis resmungou no fundo da garganta, subitamente furioso.

– Você não pode entender, Chakahai.

Ela levantou a cabeça e ele viu que seus olhos estavam brilhantes de lágrimas. Mesmo contra a vontade, continuou:

– Não sinto prazer nisso. Mas posso tornar essa matança um grito que vai se espalhar mais longe do que eu posso cavalgar. A notícia se espalhará a partir daqui, Chakahai, tão rápido como um pássaro. Eles dirão que eu trucidei cada ser vivo em Herat, que minha vingança foi terrível. Só meu nome, já levará medo aos que se ergueriam contra mim.

– Só os homens... – começou Chakahai.

Gêngis bufou.

– Os homens sempre morrem na guerra. Os reis deles esperam isso. Quero que saibam que, se resistirem a mim, estarão colocando a mão na boca de um lobo. Eles perderão *tudo* e não podem esperar misericórdia. – Gêngis estendeu a mão de novo e segurou o rosto dela, de modo que Chakahai sentiu o calo duro da palma.

– É bom que você chore por eles, Chakahai. Eu esperaria isso de uma esposa e mãe de meus filhos. Mas *haverá* sangue amanhã, de modo que eu não tenha de fazer isso de novo, cem vezes e mais ainda. Esses árabes não me mandam tributo porque reconhecem meu direito de governar. Eles baixam a cabeça porque, se não fizerem isso, vou visitá-los com fúria e fazer com que tudo que eles amam vire cinzas.

Lágrimas escorriam dela, e Gêngis acariciou seu rosto gentilmente.

– Eu gostaria de dar o que você quer, Chakahai. Mas se fizesse isso haveria outra cidade no ano que vem e mais uma dúzia depois disso. Esta é uma terra dura, e o povo está acostumado à morte. Se eu for governá-los, eles devem saber que me enfrentar é ser destruído. Eles devem ter medo, Chakahai. É o único modo.

Ela não respondeu, e Gêngis se pegou subitamente excitado com o rosto manchado de lágrimas. Pôs no chão da iurta o prato de comida, deixando-o para a manhã seguinte, e colocou a esposa sobre a cama baixa ao seu lado, sentindo o ombro estalar. Chakahai estremeceu quando a boca de Gêngis encontrou a dela, e ele não soube se era de luxúria ou medo.

Ao amanhecer, Gêngis deixou Chakahai na iurta e saiu para ver a matança. Tinha dado a tarefa aos *tumans* de seus filhos Ogedai e Tolui. Vinte mil guerreiros haviam limpado e afiado as espadas para o trabalho, mas até mesmo um número tão grande ficaria exaurido quando acabassem.

Os prisioneiros estavam sentados, amontoados à sombra matinal da cidade destruída enquanto os *tumans* os rodeavam. Muitos rezavam alto, e os que estavam de frente para os guerreiros sérios estendiam as mãos e gritavam até que as lâminas caíam. Não era rápido. Os guerreiros se moviam no meio deles e tinham de baixar as espadas muitas vezes enquanto os prisioneiros se retorciam amarrados e lutavam para se livrar. Homens e mulheres subiam uns sobre os outros e os guerreiros estavam encharcados de sangue. Muitas lâminas se arruinaram em ossos, com as bordas de aço rachadas ou amassadas. O meio-dia chegou e a matança prosseguiu, o cheiro de sangue forte no ar parado. Os guerreiros deixaram a massa de vivos e mortos, ofegando enquanto bebiam água quente e salobra antes de continuar.

O sol da tarde estava forte quando finalmente terminaram e a planície ficou em silêncio. Os *tumans* dos filhos de Gêngis estavam cambaleando de fraqueza, como se tivessem travado uma batalha longa e amarga. Os oficiais mandaram os homens ao rio para lavar o sangue e limpar e lubrificar as armas. A cidade permanecia silenciosa acima deles, esvaziada de qualquer vida.

O homem que havia caído das muralhas chorou durante parte do dia, mas suas lágrimas se evaporaram rapidamente no calor até que ele ficou soluçando em seco e não tinha mais lágrimas. Seu tornozelo quebrado fora fixado com talas e ele recebeu um cavalo e suprimentos de um oficial mongol não identificado, seguindo ordens do cã. O homem cavalgou para longe enquanto as moscas e os pássaros se juntavam acima de Herat. Gêngis o viu ir embora, sabendo que ele levaria a notícia a todos que tivessem ouvidos para escutar.

Gêngis pensou nas lágrimas de Chakahai enquanto estava à sombra de Herat. Não tinha dito a ela aonde levaria a nação. As famílias sabiam que ele pretendia ir para casa, mas um outro lugar tinha parado de mandar tributos havia muito tempo e ele queria levar seu exército para lá, antes de ver de novo aqueles morros e rios. Xixia era o local onde conhecera a pálida filha de um rei, a região de um degrau que o levara para a capital de um imperador. Como os anciãos de Herat e Balkh, o pai de Chakahai havia pensado que o cã não sobreviveria aos exércitos árabes mandados contra ele.

Gêngis sorriu com leveza, sozinho, enquanto dava as ordens para a nação finalmente desmontar acampamento. Estivera por tempo demais longe das terras jin e xixia seria o exemplo sangrento para fazê-las obedecer.

CAPÍTULO 39

A NAÇÃO VIAJOU JUNTA PARA O LESTE, QUEIMANDO UMA TRILHA DE FOGO E sangue através de cidades árabes. Os *tumans* iam à frente das famílias, cavalgando contra cidades que ainda eram pouco mais do que ruínas devido à primeira experiência com o cã mongol. À medida que os sobreviventes começavam a reconstruir suas vidas e lares, os *tumans* chegavam varrendo outra vez para trucidar e queimar.

Para os que viajavam nas carroças da nação, a paisagem era marcada por nuvens de fumaça escura, crescendo à medida que chegavam mais perto e finalmente deixadas para trás enquanto novos fios pretos apareciam a distância. Moviam-se através da desolação e Gêngis estava bem satisfeito com o que via. Não tinha mais utilidade para as cidades árabes nem para os que viviam nelas. A destruição que levava tornaria a terra um deserto durante uma geração ou mais, e as pessoas não se ergueriam de novo em desafio. Apenas Samarkand e Merv foram deixadas intactas, para outros governarem em seu nome. Mesmo assim Temuge fora obrigado a implorar para que uma guarnição mantivesse Samarkand a salvo, com suas bibliotecas e o palácio. Gêngis estava deixando as terras árabes e não se passou muito tempo até que os menores dentre os que se encontravam nas iurtas soubessem que estavam retornando à guerra com os jin. Doze anos haviam se passado desde a queda de Yenking e Gênis ansiava por ver de novo seus inimigos ancestrais. A nação crescera em força e desta vez nada no mundo iria impedi-lo de colocar o pé na garganta dos jin.

Seis luas passaram de crescente a cheia até que os homens mongóis rodearam um grande deserto ao sul. A pátria mongol ficava no norte, além das montanhas, e Gêngis ansiava por ver sua terra, mas foi em frente. A nação viajou mais de 3 mil quilômetros, penetrando num inverno frio que apenas revigorava as famílias, enjoadas do calor interminável. Xixia ficava mais a leste, porém Gêngis adorou a mudança de paisagem, deliciando-se nos inundados campos de arroz verde quase como se estivesse chegando em casa. A caça melhorou e eles limparam a terra de qualquer coisa que se movesse, pegando rebanhos de iaques e cabras com tanta facilidade quanto incendiavam povoados nas proximidades das terras jin.

Numa tarde quente, com o sol se pondo num céu sem nuvens, Chakahai foi mais uma vez à iurta do cã. Ele ergueu os olhos com prazer ao vê-la e ela sentiu a força da nova vitalidade que infundia-se nele. Gêngis usava uma túnica e uma calça que deixavam os braços nus, em que ela podia ver a teia de cicatrizes, chegando até os dedos.

Ele sorriu ao ver o prato de comida que ela trouxera e pegou-o, sentindo com prazer o aroma de carne fresca. Ela não falou durante o tempo em que ele comeu, o que fazia com as mãos, seu marido relaxando visivelmente depois de um dia longo. Os sons repletos de paz das famílias podiam ser ouvidos ao redor: milhares de guerreiros comiam e descansavam com as mulheres e os filhos, prontos para outro dia de cavalgada.

Gêngis terminou a refeição e bocejou, estalando o maxilar. Devolveu o prato e ela baixou a cabeça.

— Você está cansado — disse ela.

Ele deu um risinho, dando tapinhas na cama ao lado.

— Não tanto — respondeu.

Apesar de ter lhe dado quatro filhos, ela havia mantido o corpo esguio, legado de sua raça. Enquanto estendia a mão para Chakahai e desfazia o nó de sua faixa, Gêngis pensou brevemente na cintura de Borte, cada vez mais larga. Gentilmente ela afastou suas mãos.

— Deixe-me fazer isso, esposo — disse ela.

Sua voz tremia, mas ele não percebeu isso; Chakahai deixava o dil e a túnica abotoada caírem, revelando a pele branca por baixo. Ele enfiou a mão dentro do tecido, segurando-a em volta da cintura nua com mãos fortes. Ela podia sentir a dureza dos dedos do marido se cravando na carne e ofegou ligeiramente, o que o agradou. A respiração dos dois se misturou e ela se ajoelhou diante dele para tirar suas botas. Gêngis não a viu tirar uma faca comprida de um dos calçados dele, e, se ela tremeu, ele presumiu que fosse por ele ter tocado seus seios. Viu os mamilos dela ficarem firmes no ar gelado e baixou o rosto para eles, sentindo o gosto de jasmim amargo em sua pele.

Khasar e Kashiun estavam montados em seus cavalos na extremidade do acampamento, atentos ao enorme rebanho de animais que acompanhava a nação. Os irmãos estavam tranquilos, desfrutando do resto do dia e conversando preguiçosamente antes de voltarem às famílias para uma refeição ao fim da tarde.

Foi Kachiun que viu Gêngis primeiro. Ele riu de algo que Khasar havia dito enquanto olhava Gêngis montar e pegar as rédeas de sua égua predileta. Khasar se virou para ver o que atraíra o interesse do irmão e os dois ficaram silenciosos quando Gêngis fez o animal andar por entre as iurtas do povo, pegando um caminho que seguia para longe deles.

A princípio não fizeram nada, e Khasar terminou uma história sobre a mulher de um dos seus oficiais superiores e a proposta que ela fizera. Kachiun mal sorriu da narrativa e Khasar olhou de novo, vendo que Gêngis havia chegado ao limite do acampamento, o pônei levando-o sozinho para a planície coberta de capim.

– O que ele está fazendo? – perguntou Kachiun em voz alta.

Khasar deu de ombros.

– Vamos descobrir – disse. – Você é um mau ouvinte para os meus problemas, irmão. Gêngis verá a graça que há neles.

Kachiun e Khasar seguiram a trote pelo vasto acampamento, cortando caminho para interceptar Gêngis, que ia deixando a nação para trás. A luz estava diminuindo e a planície se iluminava em ouro, o ar cálido. Estavam relaxados quando chegaram perto dele, e gritaram um cumprimento.

Gêngis não respondeu; Kachiun franziu a testa pela primeira vez. Levou seu cavalo mais para perto, mas Gêngis não olhou para ele. Seu rosto estava brilhando de suor e Kachiun trocou um olhar com Khasar enquanto cada um ia para um lado do cã e acompanhava seu passo.

— Gêngis? — tentou Khasar.

Ainda assim não houve resposta, e Khasar não insistiu, disposto a deixar que o irmão explicasse em seu próprio tempo. Os três andaram com as montarias até longe sobre o capim vazio, e a certo ponto as iurtas eram apenas um calombo esbranquiçado atrás deles e o balido dos animais se reduzia a um murmúrio distante.

Kachiun notou o suor brotando no cã. Seu irmão estava numa palidez pouco natural e o estômago de Kachiun se encolheu, temendo alguma notícia terrível.

— O que foi? — perguntou. — Gêngis? O que há de errado?

O cã continuou cavalgando como se não tivesse ouvido e Kachiun sentiu a preocupação crescer. Imaginou se deveria usar seu cavalo para virar o do cã, acabando com aquela cavalgada para longe das famílias. O cã segurava as rédeas frouxamente, mal exercendo controle sobre a égua. Kachiun balançou a cabeça para Khasar, confuso.

A última luz do dia estava sobre eles quando Gêngis tombou para o lado e escorregou da sela. Khasar e Kachiun ofegaram em choque, e Kachiun gritou, saltando da sela e estendendo a mão para o irmão.

À luz fraca, não tinham visto a mancha que se espalhava na cintura dele, o sangue escuro e escorregadio que marcava a sela e a lateral da égua. Ao cair, seu dil se abriu, de modo que eles puderam ver um ferimento terrível.

Kachiun pegou Gêngis nos braços, pressionando com a mão sobre o sangue cada vez mais farto, numa tentativa inútil de estancar o jorro de vida. Sem palavras, olhou para Khasar, que continuava montado no cavalo, imóvel devido ao choque.

Gêngis fechou os olhos, a dor da queda acordando-o do estupor. Sua respiração estava entrecortada, e Kachiun o segurou com mais força.

— Quem fez isso, irmão? — perguntou Kachiun, soluçando. — Quem fez isso com você? — Não mandou Khasar procurar um médico. Os irmãos tinham visto ferimentos demais na vida.

Khasar apeou rigidamente, as pernas de súbito fracas. Ajoelhou-se com Kachiun e estendeu a mão para segurar a de Gêngis. O sangue na pele do cã já estava ficando frio. Um vento quente soprava pela planície vazia, trazendo poeira e o cheiro das plantações de arroz.

Gêngis estremeceu no abraço de Kachiun, a cabeça tombando para trás até repousar no ombro dele. O rosto estava quase branco quando os olhos se abriram. Houve uma fagulha de reconhecimento e Kachiun o apertou com mais força, desejando desesperadamente que o sangramento parasse. Quando Gêngis falou, o som mal passou de um sussurro:

– Fico contente por vocês estarem aqui, comigo – disse. – Eu caí?

– Quem fez isso, irmão? – perguntou Kachiun, seus olhos se enchendo de lágrimas.

Gêngis não pareceu ouvi-lo.

– Há um preço para todas as coisas – disse ele.

Seus olhos se fecharam de novo e Kachiun tossiu um som sem palavras, consumido pelo sofrimento. Mais uma vez o cã voltou à consciência e, quando falou, Kachiun encostou o ouvido nos lábios do irmão para escutar.

– Destrua Xixia. Por mim, irmão, destrua todos eles. – A respiração continuou a sair num jorro e os olhos amarelos perderam o fogo enquanto o cã morria.

Khasar se levantou sem perceber, o olhar fixo nos dois homens caídos juntos, subitamente pequenos demais na vasta planície. Com raiva, esfregou as lágrimas dos olhos, inspirando com força para conter uma onda negra de tristeza que ameaçava esmagá-lo. Aquilo viera com uma rapidez tão brutal que ele não pôde suportar. Oscilou olhando para baixo, vendo que suas mãos estavam cobertas com o sangue do cã.

Lentamente desembainhou a espada. O som fez Kachiun levantar os olhos, e ele viu o rosto infantil do irmão se fixar numa fúria que ameaçava transbordar a qualquer momento.

– Espere, Khasar! – disse Kachiun, mas o irmão estava surdo a qualquer coisa que ele pudesse dizer. Ele se virou para seu cavalo, que pastava gentilmente. Com um salto, assustou o animal, fazendo-o disparar num corrida de volta às iurtas de seu povo, deixando Kachiun sozinho, ainda balançando o corpo no colo.

Chakahai estava sentada na cama, passando a mão pelas manchas de sangue no cobertor e olhando a marca vermelha. Movia-se como se estivesse em transe, incapaz de acreditar que ainda vivia. Lágrimas escorreram pelas suas faces ao se lembrar da expressão de Gêngis. Quando ela o cortou, ele ofegou, afastando-se com a faca cravada fundo. Ele a olhara em pura perplexidade. Chakahai ficou assistindo enquanto o marido arrancava a faca e a jogava num canto da iurta, onde ainda estava a esposa.

— Por quê? — perguntou ele.

As lágrimas correram livremente de Chakahai enquanto ela ia até a faca e pegava-a.

— Xixia é meu *lar* — respondeu, já chorando. Ele poderia tê-la matado então. Ela não sabia por que Gêngis não fizera isso. Em vez disso, ele ficou de pé, ainda olhando-a. Ele sabia que estava morrendo, ela teve certeza. Isso ficou nítido nos seus olhos amarelos e na palidez súbita do seu rosto. Chakahai ficou olhando enquanto ele apertava o dil em volta do ferimento, comprimindo-o sobre uma mancha de sangue cada vez maior. Ele deixou-a sozinha com a faca e ela ficou deitada na cama, chorando pelo homem que desposara.

Khasar voltou ao acampamento, o cavalo galopando pelos caminhos por entre as iurtas sem se importar com os que se espalhavam à frente. Os que o viam congelavam ao entender que algo estava errado. Um bom número de pessoas tinha visto o cã se afastar das famílias cavalgando, mas um número maior viu Khasar retornar, com o rosto terrível em fúria.

Ele chegou à iurta do cã. Parecia terem se passado apenas instantes desde que vira Gêngis sair dali, mas tudo havia mudado. Khasar pulou para o chão antes que o cavalo parasse, cambaleando ligeiramente enquanto subia os degraus e chutava a porta para a semiescuridão lá dentro.

Respirou com força diante do que viu. Chakahai estava deitada na cama baixa, os olhos vítreos. Deu dois passos até chegar perto dela, quando então viu o corte na garganta e a faca ensanguentada que caíra das mãos da mulher. Era uma cena pacífica, que o ofendeu.

Soltou um grito inarticulado, estendendo a mão para a carne dela, de modo que ela foi arrancada da cama e caiu frouxa no chão. Sem pensar,

Khasar mergulhou a espada no peito de Chakahai, golpeando com violência até estar sujo de sangue e ofegando e a cabeça dela estar decepada.

Quando apareceu de novo na porta destruída, os guardas do cã haviam se juntado, alertados por seu grito. Eles olharam para o sangue no rosto e para os olhos selvagens dele e, por um instante, Khasar achou que iriam atacá-lo.

— Onde está o cã? — perguntou um deles, levantando um arco e apontando a flecha para o peito de Khasar.

Khasar não podia ignorar a ameaça, mas mal conseguia se obrigar a falar. Sinalizou vagamente para a planície que ia escurecendo fora do círculo de fogueiras que havia brotado a toda volta.

— Está morto — disse. — Está caído na grama e a prostituta jin que fez isso jaz atrás de mim. Agora saiam da minha frente.

Desceu, passando entre os guardas, que, em confusão e terror, recuaram diante dele. Khasar não viu um dos homens entrar correndo na iurta para verificar, seu grito de angústia seguindo Khasar enquanto este montava e disparava pelo acampamento. Sua fúria não havia se aplacado ao cortar carne morta. A iurta de Chakahai ficava ali perto e ele procurava os filhos dela, decidido a cobrar um preço pelo que a mulher fizera.

A iurta estava vazia quando ele a encontrou, entrando e saindo em apenas alguns instantes. Viu uma serviçal jin se encolher para longe do general sujo de sangue e agarrou-a pela garganta, enquanto ela tentava se ajoelhar, cheia de horror.

— Os filhos de Chakahai — disse ele, apertando-a sem piedade. — Onde estão?

A mulher engasgou, ficando vermelha até ser solta. Tossiu caída no chão e ele levantou a espada para matá-la.

— Com Borte, senhor. Por favor, não sei de nada.

Khasar já ia se movendo. Seu cavalo estava arisco com o cheiro de sangue nele e havia se afastado. Khasar começou a correr, a espada baixa enquanto serpenteava entre as iurtas, procurando a certa. Lágrimas enchiam seus olhos enquanto ele pensava no irmão esfriando na planície. Haveria um preço.

Havia muitas pessoas em volta da iurta de Borte. A notícia já estava se espalhando pelo acampamento e guerreiros e famílias tinham abandonado as refeições e as camas para sair. Khasar mal os via, o olhar procurando e finalmente encontrando a iurta que desejava. Pôde ouvir os sons de vida dentro, vozes e risos. Não hesitou e se jogou contra a porta, fazendo-a cair no chão e rasgando as dobradiças de couro.

Dobrou-se para entrar e parou diante da chocada família do irmão. Borte estava ali, com Ogedai. Ele ficou de pé antes que Khasar tivesse se empertigado, a mão no punho de uma espada. Khasar mal o registrou enquanto seu olhar pousava nas quatro crianças geradas por Chakahai, duas meninas e dois meninos. À luz do lampião, elas olhavam imóveis aquela aparição coberta em sangue.

Khasar saltou na direção delas, levantando a espada para matar. Borte gritou e Ogedai se lançou contra o tio, sem tempo para desembainhar a própria espada. Os dois caíram, mas Khasar estava muito cheio de fúria para ser impedido com facilidade. Empurrou Ogedai para longe como se ele não pesasse nada e se levantou de pronto. Em sua loucura, o som de uma espada sendo desembainhada o alcançou e seus olhos se viraram lentamente para ver Ogedai de pé, preparado.

— Saia do meu caminho! — disse Khasar rispidamente.

Ogedai estremeceu e seu coração disparou, mas não se mexeu. Foi Borte que quebrou o impasse. Havia morte no ar, e, mesmo sentindo-se aterrorizada, ela falou com o tom mais suave que pôde:

— Você veio aqui me matar, Khasar? Diante das crianças?

Khasar piscou, como se retornasse de longe.

— Você, não — disse ele. — Gêngis está morto. Estes são os filhos da prostituta dele.

Com lentidão infinita, Borte se levantou e parou diante do irmão do cã, movendo-se como faria com uma serpente pronta para atacar. Abriu os braços para proteger as crianças atrás de si.

— Você terá de me matar, Khasar. Não vai machucá-las.

Khasar hesitou. A fúria lancinante que o carregara de volta ao acampamento e de uma iurta a outra começou a se dissipar e ele se agarrou ao sentimento, ansiando pela simplicidade da vingança. Seus olhos encontraram os de Ogedai, em quem emergia uma percepção, em meio à tristeza. O rapaz se empertigou, ficando mais alto diante do tio, e o tremor em suas mãos desapareceu.

— Se meu pai está morto, Khasar — disse Ogedai —, então eu sou o cã da nação.

Khasar fez uma careta, sentindo-se enjoado e velho enquanto a fúria o abandonava.

— Não até você ter reunido as tribos e recebido o juramento delas. Até lá, fique de lado. — Ele mal suportava olhar os olhos amarelos do herdeiro de Gêngis parado à frente. Havia um eco grande demais do pai, que Khasar também escutou na voz de Ogedai quando este falou de novo:

— Você não matará meus irmãos e irmãs, general. Vá embora e lave o sangue do rosto. Eu irei com você até o meu pai, para ver. Não há mais nada para você aqui esta noite.

A cabeça de Khasar baixou, a tristeza vindo sobre ele como uma grande onda escu7ra. A espada caiu de sua mão e Ogedai moveu-se rapidamente para segurá-lo antes que ele caísse. Ogedai virou-o para a porta aberta e olhou de volta apenas uma vez para a mãe que a tudo assistia, tremendo de alívio.

EPÍLOGO

Tudo era novo. Os irmãos e filhos de Gêngis não levaram seu corpo para os morros de uma terra estrangeira para ser despedaçado por corvos e águias. Enrolaram-no em lençóis de linho branqueado e o lacraram em óleo enquanto reduziam a região de Xixia a uma ruína fumegante e desolada. Fora sua última ordem, e eles não economizaram no esforço. Um ano inteiro se passou enquanto cada cidade, cada povoado, cada coisa viva era caçada e deixada para apodrecer.

Só então a nação se moveu para o norte, até as planícies gélidas, levando o primeiro cã para as montanhas Khenti, onde ele viera ao mundo. A história de sua vida foi cantada e entoada mil vezes, e uma vez foi lida, quando Temuge contou toda a linha de sua narrativa. Ele havia prendido as palavras em folhas de pele de bezerro e elas eram as mesmas, não importando quantas vezes ele as dissesse.

Ogedai era cã. Ele não reuniu as tribos e recebeu o juramento delas enquanto o pai estava envolto em óleo e panos. No entanto, era a sua voz que governava sobre as outras, e se seu irmão Chagatai ficou carrancudo com sua ascensão ao poder, não ousou deixar que isso transparecesse. A nação ficou de luto e nenhuma pessoa teria questionado o direito de Gêngis escolher seu herdeiro agora que ele havia partido. Com a vida do ex-cã completa, eles sabiam de novo o que ele fizera e significara. Seu povo ascendera e os inimigos tinham sido transformados em pó. Nada mais importava no último relato de uma vida.

Num amanhecer frio, com um vento gelado soprando do leste, os filhos e irmãos de Gêngis cavalgavam à frente de sua coluna fúnebre, deixando a nação para trás. Temuge havia planejado cada detalhe, pegando emprestadas partes dos ritos de morte de mais de um povo. Ele cavalgava com Khasar e Kachiun atrás de uma carroça puxada por belos cavalos. Um oficial de *minghaan* estava sentado no alto, acima dos animais, instigando-os com uma vara comprida. Atrás dele, na carroça, havia uma caixa simples feita de olmo e ferro, às vezes parecendo pequena demais para conter o homem que estava dentro. Nos dias anteriores, cada homem, mulher e criança da nação viera pôr a mão na madeira quente.

A guarda de honra era de apenas cem homens, bem formados e jovens. Quarenta moças cavalgavam com eles e elas choravam e uivavam ao pai céu a cada passo, marcando a passagem de um grande homem e forçando os espíritos a parar para ouvir. O grande cã não iria sozinho para os morros.

Chegaram ao local que Temuge havia preparado, ao que os irmãos e filhos do cã se reuniram num silêncio solene enquanto a caixa era posta dentro de uma câmara escavada na rocha. Não falaram enquanto as mulheres cortavam a garganta e se deitavam, prontas para servir ao cã no outro mundo. Só os guerreiros que supervisionavam o ritual saíram, e muitos tinham os olhos vermelhos de tristeza.

Temuge assentiu para Ogedai e o herdeiro levantou a mão gentilmente, parado por longo tempo enquanto olhava o local de último descanso do pai. Ele cambaleava ligeiramente, os olhos vítreos da bebida, que não ajudara em nada para aplacar o sofrimento. O filho de Gêngis falou palavras engroladas num sussurro, mas ninguém ouviu, e ele deixou o braço cair.

Os guerreiros puxaram cordas que subiam em arco pelo morro. Seus músculos se retesaram e eles fizeram força juntos até ouvirem um trovão acima. Tapumes de madeira cederam e por um momento pareceu que metade da montanha caía para bloquear a câmara, levantando uma nuvem de pó tão densa que eles não conseguiam respirar nem ver.

Quando o ar se limpou, Gêngis se fora para longe e seus irmãos ficaram satisfeitos. Ele nascera à sombra da montanha conhecida como Deli'un-Boldakh, e eles o enterraram nesse local. Seu espírito naquela encosta verde iria vigiar o povo.

Kachiun assentiu sozinho, soltando com a respiração uma grande tensão que não percebera que estava sentindo. Virou seu pônei junto com os irmãos e olhou para trás apenas uma vez enquanto eles serpenteavam pelo caminho entre as árvores densas que cobriam a encosta. A floresta cresceria por cima da cicatriz que haviam feito. Com o tempo, Gêngis faria parte dos próprios morros. Kachiun olhava com seriedade por cima da cabeça dos jovens guerreiros que cavalgavam com ele. O cã não seria perturbado em seu descanso.

A apenas alguns quilômetros do acampamento da nação, Khasar cavalgou até o oficial superior, mandando-o ordenar que seus homens parassem. Todos que haviam se reunido na iurta do cã na noite anterior cavalgaram adiante num grupo único: Temuge, Khasar, Tsubodai, Jelme, Kachiun, Jebe, Ogedai, Tolui e Chagatai. Eram as sementes de uma nova nação, e cavalgavam bem.

Do acampamento veio o *tuman* de Ogedai para se encontrar com eles. O herdeiro puxou as rédeas enquanto seus oficiais faziam reverência, depois mandou que passassem por ele para matar a guarda de honra. Gêngis precisaria de homens bons em seu caminho. Os generais não olharam para trás quando as flechas cantaram de novo. A guarda de honra morreu em silêncio.

Na extremidade do acampamento, Ogedai se virou para os que iria comandar nos anos seguintes. Eles haviam se endurecido na guerra e no sofrimento e devolveram seu olhar amarelo com confiança simples, sabendo o que valiam. Ele usava a espada com cabeça de lobo que seu pai e seu avô haviam carregado. Seu olhar se demorou por mais tempo em Tsubodai. Precisava do general, mas Jochi morrera pela mão dele e Ogedai prometeu a si mesmo que um dia haveria um acerto de contas, um preço pelo que ele fizera. Escondeu os pensamentos, adotando o rosto frio que Gêngis lhe ensinara.

– Pronto – disse Ogedai. – Meu pai se foi e eu aceitarei o juramento de meu povo.

NOTA HISTÓRICA

"Dormimos em segurança em nossa cama porque homens resistentes estão prontos na noite para levar a violência contra os que nos fariam mal."

– George Orwell

DESCREVER TERRAS COMO SENDO "CONQUISTADAS" POR GÊNGIS KHAN SEMPRE exige alguma qualificação da palavra. Quando os romanos conquistaram a Espanha e a Gália, levaram estradas, comércio, cidades, pontes, aquedutos – todos os atavios da civilização da forma como a conheciam. Gêngis nunca foi construtor. Ser conquistado pelo exército mongol significava perder seus reis, seus exércitos e suas cidades mais preciosas, mas os mongóis jamais tiveram um número de homens suficiente para deixar uma força grande para trás quando seguiam adiante. Os guerreiros mongóis apareciam em mercados de cidades chinesas ou descansavam na velhice em locais tão distantes quanto a Coreia ou o Afeganistão, mas em geral, assim que a luta tivesse terminado, havia pouco governo ativo. Em essência, ser conquistado pelos mongóis significava que todas as forças armadas locais tinham de ser desmobilizadas. Se corresse a notícia de que *alguém* estava movimentando soldados, eles podiam esperar que um *tuman* aparecesse no horizonte. Os mongóis cobravam tributo e controlavam a terra, mas jamais abdicaram de seu estilo de vida nômade enquanto Gêngis viveu.

É um conceito difícil de entender oitocentos anos depois, mas o temor induzido pelas forças móveis de Gêngis talvez fosse tão eficaz em controlar uma província dominada quanto a presença obstinada dos romanos. No século XVII, o cronista muçulmano Abu'l Ghazi escreveu:

> Sob o reinado de Gêngis Khan, todo o território entre o Irã e a terra dos turcos desfrutou de uma paz tão grande que um homem poderia viajar do nascer ao pôr do sol com um prato de ouro na cabeça sem sofrer a menor violência da parte de ninguém.

A simples velocidade e a destruição foram cruciais para o sucesso mongol. Afinal de contas, na campanha contra o imperador jin os exércitos de Gêngis Khan atacaram mais de noventa cidades num único ano. O próprio Gêngis se envolveu em batalhas contra 28, sendo repelido de apenas quatro. Historicamente, ele se beneficiou do fato de que a China ainda não tinha começado a usar a pólvora com eficiência na guerra. Apenas seis anos após a queda de Yenking, em 1221, um exército jin usou potes de ferro explosivos contra a cidade sung de Qizhou, no sul, com um efeito de estilhaços muito parecido com o das granadas atuais. Os que vieram depois dele tiveram de enfrentar as armas de uma nova era.

A cena contra os cavaleiros russos no primeiro capítulo acontece mais ou menos na época da primeira cruzada na Terra Santa. Para colocar a Rússia em perspectiva histórica, a gigantesca catedral de Sta. Sofia em Novgorod foi construída já em 1045, substituindo uma igreja de madeira com 13 cúpulas, construída um século antes disso. A Rússia medieval, e na verdade toda a Europa, estava prestes a começar um grande período de construção de catedrais e a expansão cristã, que iria se chocar com o islã nos quatro séculos seguintes. Descrevi as armaduras e as armas dos cavaleiros no período do modo mais acurado possível.

Os mongóis chegaram de fato à Coreia — se bem que usei uma pronúncia mais antiga, "Koryo", em todo o livro. O nome significa "terra alta e linda". As forças mongóis destruíram os khara-khitai, um ramo dos jin que havia deixado sua terra e se enfiado nas montanhas da Coreia, de onde a dinastia do país não conseguia arrancá-los.

Em homens como seu irmão Khasar, Jebe e Tsubodai, o cã encontrou um grupo de generais que faziam jus ao nome de "cães de caça de Gêngis". Eram praticamente impossíveis de ser detidos — e no entanto Gêngis se virou para a Ásia central islâmica antes que a conquista da China, até mesmo da parte norte da China, estivesse completa. Na História, Jebe, a flecha, foi estabelecido em seu papel antes do momento em que eu o coloquei, mas as pressões da trama fazem com que mudanças sejam às vezes inevitáveis. Ele e Tsubodai se tornaram os dois generais mais famosos de seu tempo — iguais em capacidade, implacabilidade e na absoluta lealdade ao cã.

Gêngis não lutava a fim de governar cidades, para as quais não tinha absolutamente nenhum uso. Seu objetivo era quase sempre pessoal, para dobrar ou matar inimigos, não importando quantos exércitos e cidades estivessem no caminho. Ele estava prestes a fazer um tratado com o imperador jin por conta de Yenking, mas quando o imperador fugiu para Kai-Feng-fu, Gêngis queimou a cidade e mandou um exército atrás dele. Por mais ampla que fosse a destruição, ainda era uma batalha entre Gêngis e uma família.

Outros acontecimentos fizeram Gêngis se desviar de sua visão empedernida e pessoal da guerra. É verdade que uma das caravanas diplomáticas mongóis — leia-se espiãs — foi trucidada pelo xá de Khwarezm. Gêngis mandou entre cem e 450 homens (varia de acordo com a fonte) e eles foram detidos pelo governante de Otrar, parente do xá. Mesmo então Gêngis presumiu que o sujeito estivesse agindo por conta própria e mandou mais trezentos homens para tomar o governante como prisioneiro e negociar a libertação do primeiro grupo. Eles também foram mortos, e foi esse ato que levou Gêngis contra as nações islâmicas. A essa altura, ele quase certamente pretendia completar a conquista da China. Não tinha desejo de abrir toda uma nova frente contra um inimigo enorme. No entanto, não era homem de ignorar um desafio aberto à sua autoridade. O exército mongol mudou de alvo e *milhões* de pessoas morreram. Gêngis foi sozinho ao topo de uma montanha e rezou ao pai céu, dizendo: "Não sou o autor desse problema, mas dê-me a força para cobrar a vingança."

Ao enfurecer Gêngis, o governante de Otrar tomou a que talvez seja uma das piores decisões militares da história. Talvez pensasse que poderia zombar do cã dos mongóis com impunidade. Como primo do xá e com vastos exércitos disponíveis, pode ter subestimado a ameaça mongol.

A cidade original de Otrar permanece como entulho até hoje e jamais foi reconstruída. Inalchuk foi executado com prata derretida derramada nos olhos e ouvidos. Ainda que eu tenha alterado a ordem das cidades que caíram, o xá teve seu exército debandado e foi obrigado a fugir, com Tsubodai e Jebe em sua caça, como descrevi. Ele ficou adiante deles por mais de 1.500 quilômetros, atravessando o atual Uzbequistão e o Irã até o litoral do mar Cáspio, onde pegou um barco com os filhos até uma pequena ilha. Exausto, morreu de pneumonia ali, e seu filho Jelaudin (ou Jalal Ud Din) foi deixado para ocupar o lugar do pai à frente dos exércitos árabes. Ele finalmente enfrentou Gêngis junto ao rio Indo e escapou praticamente sozinho enquanto seu exército era esmagado. O menino que iria se tornar Kublai Khan estava de fato lá, e supostamente Gêngis teria feito questão de falar com ele sobre a bravura de Jelaudin, como exemplo de como um homem deveria viver e morrer.

Os Assassinos árabes talvez sejam mais famosos por nos dar a palavra assassino, que vem de Hashishin, através do "Ashishin" de Marco Polo, devido à sua prática de criar um frenesi louco com o haxixe. No entanto, a rota pode ter sido mais simples, derivando de "assassin", a palavra árabe para "guardião". Como muçulmanos xiitas, eles se diferenciavam do principal ramo do islamismo, o sunita. A prática de mostrar aos recrutas atordoados por drogas uma versão do céu e do inferno é verdadeira. Só podemos imaginar o resultado dessas experiências em mentes jovens e impressionáveis. Certamente sua reputação era de uma lealdade feroz para com o "Velho das Montanhas". No auge, sua influência era enorme, e é verdadeira a história de que deixaram um bolo envenenado no peito de Saladim enquanto ele dormia, uma mensagem clara para deixá-los em paz durante suas conquistas. Ainda que a fortaleza deles tenha sido destruída por Gêngis e pelos cãs que vieram depois dele, a seita permaneceu ativa por muitos anos.

Elefantes foram usados contra os mongóis em Otrar, Samarkand e outras batalhas – uma tática inútil contra guerreiros cuja primeira arma era o arco. Os mongóis não se intimidaram nem um pouco com os enormes animais de assalto e os crivaram de flechas. Todas as vezes os elefantes esmagaram as próprias fileiras. Num determinado ponto Gêngis se viu no controle de elefantes capturados, mas deixou-os ir em vez de usar criaturas tão pouco confiáveis.

Por motivos de trama, mudei o lugar do minarete ao qual Gêngis "fez reverência" a Samarkand. Na verdade foi em Bukhara e ele permanece até hoje, com cerca de 45 metros. Supostamente, Gêngis teria se dirigido aos ricos mercadores daquela cidade, dizendo-lhes, através de intérpretes, que eles claramente haviam cometido grandes pecados e que, se quisessem prova, não precisavam procurar além de sua própria presença entre eles. Jamais saberemos se ele realmente se via como o castigo de Deus ou se estava simplesmente sendo excêntrico.

Nota: na fé islâmica, Abraão é considerado o primeiro muçulmano, que se submeteu a um só deus. Como aconteceu com Moisés e Jesus, a descrição de sua vida no alcorão difere em pontos significativos daquela que aparece na Bíblia.

Jochi, o filho mais velho de Gêngis, foi o único general a se virar contra ele. Levou seus homens e se recusou a voltar para casa. Ainda que isso seja bem registrado, um escritor de ficção histórica às vezes precisa explicar como algo assim poderia acontecer. Seus homens teriam deixado esposas e filhos para trás, e isso parece extraordinário para as sutilezas modernas. Será que ele poderia ter sido tão carismático? Pode parecer um exemplo estranho, mas me lembrei do líder de seita David Koresh, cujos seguidores foram mortos num cerco em Waco, Texas, em 1993.

Antes do fim ele havia levado as esposas dos seguidores casados para sua própria cama. Não somente os maridos não foram contra, como até aceitaram a determinação de que não mais se deitariam com as esposas após isso. Este é o poder de um líder carismático. Para aqueles de nós que não recebem esse tipo de lealdade, homens como Nelson, César e Gêngis deverão ser sempre uma espécie de mistério. O modo exato da morte de Jochi permanece desconhecido, mas se foi por ordem de seu pai, isso não seria registrado. No entanto, o momento é de uma conveniência suspeitosa. Serviu muito bem a Gêngis o fato de o único homem a traí-lo morrer pouco depois de levar seus guerreiros para o norte. Podemos ter certeza de que Gêngis não teria empregado Assassinos, mas isso é tudo.

A esposa de Tolui, Sorhatani, tem um daqueles nomes com muitas variações de grafia. A mais acurada é provavelmente Sohkhakhtani, mas rejeitei como sendo muito difícil para o olhar – e os "k" eram pronunciados como "h", de qualquer modo. Sorhatani representa apenas um papel pequeno neste livro, mas, como mãe de Mongke e Kublai, teve influência gigantesca sobre o futuro da nação mongol. Como cristã, foi uma das influências para os netos de Gêngis e no entanto permitiu que Yao Shu, um budista, virasse mentor de Kublai. Os dois juntos criariam um homem que adotou a cultura chinesa de um modo que Gêngis jamais poderia.

Jelaudin reuniu aproximadamente 60 mil homens sob seus estandartes após a morte do pai. Tirado de suas terras, ele também devia ser um líder extraordinário. No vale de Panjshir, no Afeganistão, obrigou um exército mongol a recuar atravessando um rio. Subestimando-o, Gêngis mandou apenas três *tumans* para esmagar a rebelião. Nessa única vez na vida de Gêngis seu exército foi posto em debandada. Em apenas um ano a aura de invencibilidade que ele se esforçara tanto para criar se despedaçou. O próprio Gêngis foi para o campo de batalha com tudo que tinha. Moveu seus homens tão depressa que eles não podiam cozinhar, alcançando Jelaudin finalmente às margens do rio Indo, no que agora é o Paquistão. Gêngis encurralou o exército do príncipe contra as margens. Não continuei a história de Jelaudin aqui, mas depois de sobreviver à batalha no Indo ele atravessou o Irã até a Geórgia, a Armênia e o Curdistão, convocando seguidores até ser assassinado, em 1231. Foi seu exército que dominou Jerusalém, embora sem ele, fazendo a cidade permanecer sob controle muçulmano até 1917.

O homem que caiu da muralha de Herat é uma parte peculiar das histórias. A cidade-fortaleza abandonada ainda está de pé hoje, mais ou menos como a descrevi. Gêngis realmente poupou o homem, atônito por ele sobreviver à enorme queda. Como acontece tantas outras vezes, Gêngis, o homem, era bem diferente de Gêngis, o cã implacável. Como homem, gostava de demonstrações de coragem, por exemplo quando Jelaudin mergulhou com seu cavalo de um barranco alto. Como cã, Gêngis ordenou que se matasse cada coisa viva em Herat, sabendo que assim mandaria um recado para quem achasse que seu controle fora abalado pela rebelião de Jelaudin. A matança em Herat foi sua última grande ação no Afeganistão. Como essa cidade, a região chinesa de Xixia achou que os mongóis estavam espalhados demais para defender postos distantes, por isso parou de mandar tributos. Sua recusa tiraria finalmente o cã das terras árabes, decidido a retomar a subjugação absoluta do império jin, iniciada mais de uma década antes.

Em 1227, apenas 12 anos depois de tomar Yenking, em 1215, Gêngis Khan estava morto. Passou cerca de oito desses 12 anos em guerra. Mesmo quando não havia inimigo óbvio, seus generais estavam sempre em movimento, chegando até Kiev, na Rússia, onde Tsubodai fez o único ataque de inverno bem-sucedido na história. De todos os generais de Gêngis, Tsubodai é conhecido, justificadamente, como o mais capacitado e talentoso. Mal lhe fiz justiça aqui.

Gêngis morreu depois de cair de seu cavalo, no processo de atacar os xixias pela segunda vez. Sua última ordem foi varrer Xixia do mapa. Há uma lenda persistente de que o grande cã foi esfaqueado por uma mulher antes dessa última cavalgada. Como ele estava a caminho de destruir Xixia, fez sentido dar esse papel à princesa que ele tomara como esposa. Como a data de seu nascimento só pode ser estimada, ele tinha entre 50 e 60 anos. Para uma vida tão curta, e a partir de um início tão humilde, ele deixou uma marca incrível no mundo. Seu legado imediato foi que seus filhos não despedaçaram a nação decidindo quem lideraria. Eles aceitaram Ogedai como cã. Talvez houvesse uma guerra civil se Jochi ainda estivesse vivo, mas ele se fora.

O exército de Gêngis Khan era organizado em dezenas, de baixo para cima, com uma rígida cadeia de comando:

arban: dez homens – dividindo duas ou três iurtas se estivessem viajando totalmente equipados.
jagun: cem
minghaan: mil
tuman: 10 mil

Os comandantes de mil e 10 mil homens recebiam o posto de "noyan", mas usei as palavras "*minghaan*" e "general" em nome da simplicidade. Acima destes, homens como Jebe e Tsubodai eram "orloks", ou águias, equivalentes a marechais de campo.

É interessante notar que, ainda que Gêngis tivesse pouco uso para o ouro, placas dessa substância, conhecidas como paitze, tornaram-se símbolos de posto para seus exércitos e sua administração. Os oficiais de *jagun* levavam uma de prata, mas os noyans carregavam uma que pesava aproximadamente 500g de ouro. Um orlok carregaria uma que pesava quase 1,5 quilo de ouro.

Ao mesmo tempo, o crescimento da organização do exército, as armas de campanha e as rotas de mensageiros exigiram o surgimento de uma espécie de posto de intendente. Estes eram conhecidos como "yurtchis". Eles escolhiam os locais dos acampamentos e organizavam os mensageiros por milhares de quilômetros entre os exércitos. O yurtchi de posto mais alto era responsável por reconhecimento, informações e administração cotidiana do acampamento de Gêngis.

Finalmente, para os que queiram conhecer mais sobre Gêngis e os que os seguiam, recomendo o maravilhoso livro de John Man, *Gengis Khan:*

Life, Death and Resurrection; *The Mongol Warlords*, de David Nicolle; *The Devil's Horsemen: The Mongol Invasion of Europe*, de James Chambers; *Jenghiz Khan*, de C.C. Walker, e, claro, *The Secret History of the Mongols* (autor original desconhecido, mas usei uma edição traduzida por Arthur Waley).

Este livro foi composto na tipografia
Rotis Serif, em corpo 11/15, e impresso em papel
off-white no Sistema Digital Instant Duplex da
Divisão Gráfica da Distribuidora Record.